U0540129

青年學者叢書出版計劃——中國人文新知叢書

香港浸會大學孫少文伉儷人文中國研究所

元代宮廷與詩壇研究

陳漢文 著

臺灣 學生書局 印行

元代宮廷與詩壇研究

目　次

第一章　緒　論 …………………………………………………… 1

　第一節　問題的提出 …………………………………………… 1
　第二節　研究空間的歸納 ……………………………………… 8
　第三節　本書的研究旨趣及論述安排 ………………………… 12

第二章　詩學定位——本朝詩的概念與典範 ………………… 23

　第一節　對近世詩的體認 ……………………………………… 24
　第二節　學古與古意 …………………………………………… 29
　第三節　本朝詩的概念及其理路 ……………………………… 33

第三章　萬物大元——元代宮廷詩的階段發展及創作特色 …… 43

　第一節　元代宮廷詩的分期及發展 …………………………… 43
　第二節　從數位人文工具看元代宮廷詩的創作傾向及其特色 …… 49

第四章　文化傳承——元代宮廷的賞賜文化及其詩的王權呈現　77

　第一節　從御書賞賜及其周邊文本看元代的君臣際遇 ……… 77
　第二節　連結傳統：宮廷詩裡的賞賜儀式與自是一家句法 …… 91

第五章　創造新聲——蒙漢風物的交匯與漢詩寫作的新變 …… 107

第一節　蒙元混一區宇與詩歌語言、命意之更新⋯⋯⋯⋯⋯ 109
第二節　蒙漢風物與漢詩框架內外的新變⋯⋯⋯⋯⋯⋯⋯ 115

第六章　寓情於物——元代文人的題畫共作與政治隱情⋯⋯⋯⋯ 141

第一節　政事之餘的仕隱空間：高克恭 1294 年前後的
〈夜山圖〉及其後續元人題詠⋯⋯⋯⋯⋯⋯⋯⋯⋯ 144
第二節　權力空間內的忠誠宣示：重探王振鵬 1310 年
〈金明池圖〉及 1323 年大都皇姊雅集的相關題詠⋯⋯ 176

第七章　板蕩京闕——南坡之變與宮廷文人的回響⋯⋯⋯⋯⋯ 203

第一節　1323 年的南坡之變與元代中期的帝位紛爭⋯⋯⋯⋯ 204
第二節　檜竿嶺道中詩：創傷的回響與延宕⋯⋯⋯⋯⋯⋯⋯ 206
第三節　榆林驛對月：創傷經驗的沉澱與再現⋯⋯⋯⋯⋯⋯ 210
第四節　東平王哀詩：以史筆重建新的政治及道德威信⋯⋯ 216
第五節　宮廷詩的勸誡：1325 至 1326 年的經筵後詩⋯⋯⋯ 220

第八章　故實規鑑——君臣同場下元代中期宮廷詩的
治國想像與關懷⋯⋯⋯⋯⋯⋯⋯⋯⋯⋯⋯⋯⋯⋯ 227

第一節　奎章閣開閣的原因以及文宗御書〈奎章閣記〉論略⋯ 228
第二節　奎章閣閣藏及其題詠的頌美規鑑
——以虞集、揭傒斯為中心⋯⋯⋯⋯⋯⋯⋯⋯⋯ 246

第九章　流別指歸——國朝文典與中後期的大都詩壇⋯⋯⋯⋯ 261

第一節　從元代的政治文化背景看蘇天爵《國朝文類》的編纂⋯ 264
第二節　《國朝文類》編錄的大都文人及其作品⋯⋯⋯⋯⋯ 268
第三節　《國朝文類》的詩選在元代後期大都詩壇上的示範意義⋯ 282

第十章　總　結⋯⋯⋯⋯⋯⋯⋯⋯⋯⋯⋯⋯⋯⋯⋯⋯⋯⋯⋯ 297

第一節　王權與跨界：多族士人圈下的元代宮廷詩……………… 297
　　第二節　感恩與惶恐：元代宮廷文人的心靈世界………………… 299
　　第三節　文學文本和歷史文獻的結合：元代宮廷詩的文化價值 …… 305

引用書目 ……………………………………………………… 313
後　記 ………………………………………………………… 339

表目次

第三章

表 3-1	元代帝王、宮廷文人及其宮廷詩題材分類概述	47
表 3-2	元代宮廷詩關鍵字詞分層	50
表 3-3	構詞方式：宮	55
表 3-4	構詞方式：殿	56
表 3-5	構詞方式：雨	71
表 3-6	構詞方式：春	72
表 3-7	元代宮廷詩 A 類及 B 類二字詞詞頻率統計	73
表 3-8	全部元代宮廷詩二字詞詞頻率統計	75

第四章

表 4-1	仁宗、文宗手詔御筆及其本事	78
表 4-2	文宗、順帝、皇太子愛猷識理達臘手書大字	82

第六章

表 6-1	1294 年前後題詠〈夜山圖〉的士紳群體的仕宦出處	156
表 6-2	〈金明池圖〉及〈松風閣詩〉題詠者自署款識	186

第八章

表 8-1	致和、天曆年間的明宗和文宗繼位本事	229
表 8-2	天曆、至順年間的奎章閣本事舉隅	236
表 8-3	御書奎章閣記刻本賞賜本事	239

第一章 緒 論

第一節　問題的提出

　　近三十年來，宮廷文學研究有長足的發展，諸如君臣酬唱、帝王文學、館閣與文臣、科舉與文學等等課題一直是探討重心，而且成果斐然。舉其要者，有從詩歌史、聲律建構、總集編纂、文學功能及其表現的角度切入。葛曉音將唐代宮廷文人及其詩放在詩歌史的進程裡，考察他們對詩歌體式的貢獻以及由此引致的僵滯表現模式。[1] 賈晉華從集會總集研析唐太宗、中宗朝宮廷文人和文館學士群的詩體風格，又探索修書學士群對於詩歌聲律作法的探尋。[2] 吳伏生（Wu Fusheng）研究魏晉南北朝應制詩，指出宮廷文人關注應制詩本體的內在書寫價值，而詩歌的外在美刺功能放在次要位置。[3] 吳妙慧（Meow Hui Goh）則由聲色及佛教角度看永明時代宮廷文人的貢獻，如何感覺世界，繼而獲得精神超越。[4]

　　另一視角是館閣文化制度與文學思潮的相互關係，尤其是館臣的組成和文人集團建構，在文學及文體發展的重要意義。王水照指出北宋嘉祐貢舉事件對文風改革的作用，也是歐陽修進士集團引領詩文創作風潮的基礎。[5] 陳

---

[1] 參葛曉音《詩國高潮與盛唐文化》裡相關宮廷文人論文，北京：北京大學出版社，1998 年。

[2] 賈晉華，《唐代集會總集與詩人群研究》，北京：北京大學出版社，2001 年。

[3] Wu Fusheng, *Written at Imperial Command: Panegyric Poetry in Early Medieval China*. Albany: State University of New York Press, c2008.

[4] Meow Hui Goh, *Sound and Sight: Poetry and Courtier Culture in the Yongming Era (483-493)*. Stanford: Stanford University Press, 2010.

[5] 王水照，《北宋三大文人集團》，上海：上海古籍出版社，2021 年〔2022 年重印〕。

元鋒以北宋館閣的制度及翰林學士群體，考察宋代館臣的宴賞賦詠和詩歌創作形成的館閣形象，以及學士群體引領北宋詩壇形成自身面目的貢獻。[6] 成明明從北宋兩部館閣唱和詩集，看當時應制詩文的書寫重心和典雅莊重、華美宏贍的館閣氣。[7] 廖可斌探討江西派士人與明初臺閣體的關係，如何為當時文壇帶來理學色彩。[8] 陳廣宏從閩中十子詩派的文學活動，梳理閩詩派參與建構明初臺閣應制文學裡「鳴盛」範式的過程。[9] 魏崇新研究明初臺閣作家詩宗盛唐，特別推尊杜甫「忠君愛國」和李白「豪宕勁健」的兩個書寫視角。[10] 潘務正研究翰林院與清代詩風的建立和流變，兼而論其影響與律賦、古文理論興盛的關係。[11]

此外，有學者關注王朝權力及其象徵在宮廷文學的呈現，諸如帝王權力及品味、宮廷文人的個人形象建構都是研究重心。康達維（David R. Knechtges）探討漢武帝文學品味的形成、藩王王府與賦的寫作、揚雄藉賦體如何表現道德勸誡。[12] 田曉菲研究梁朝「文化貴族」的精英階層，在圖書整理、編纂等活動裡為自己定位並建構文學史的宏大敘事。[13] 陳威（Jack

---

[6] 陳元鋒，《北宋館閣翰苑與詩壇研究》，北京：中華書局，2005 年。陳元鋒，《北宋翰林學士與文學研究》，上海：復旦大學出版社，2019 年。

[7] 成明明，《北宋館閣與文學研究》，北京：中國社會科學出版社，2007 年。

[8] 廖可斌，〈論臺閣體〉，《中華文史論叢》第 46 輯，上海：上海古籍出版社，1990 年，頁 149-183。

[9] 陳廣宏，〈明初閩詩派與臺閣文學〉，《文學遺產》2007 年第五期，頁 63-76，及其《閩詩傳統的生成：明代福建地域文學的一種歷史省察》，上海：上海古籍出版社，2018 年。

[10] 魏崇新，〈論臺閣體〉，載周勛初，錢中文，葉子銘主編：《文學評論叢刊》第 1 卷第 1 期，南京：江蘇文藝出版社，1997 年，頁 68-89。魏崇新，〈臺閣體作家的創作風格及其成因〉，《復旦學報》1999 年第二期，頁 46-51。

[11] 潘務正，《清代翰林院與文學研究》，北京：人民出版社，2014 年。

[12] David R. Knechtges, *Court Culture and Literature in Early China*. Aldershot: Ashgate c2002. 部分論文的中譯本，參見康達維著，蘇瑞隆譯，《康達維自選集：漢代宮廷文學與文化之探微》，上海：上海譯文出版社，2013 年。

[13] 田曉菲，《烽火與流星：蕭梁王朝的文學與文化》，北京：中華書局，2010 年。

W. Chen）則以唐太宗朝的宮廷文學為本，探討其對前代文學的接受和當代審美趣味的形成，尤其關於帝王形象、詠物詩、賦寫宮殿作品所形塑的權力象徵。[14] 余寶琳（Pauline Yu）探尋唐代製作御覽詩集與帝王品味的游移，艾朗諾（Ronald Egan）指出宋徽宗朝，文人品味的滲入如何建構徽宗的畫院形象等等。[15]

由此可知，近三十年來宮廷文學研究的視角非常多元，包括詩歌體式的發展、文學的生成場域、對前朝宮廷文學的閱讀與接受、帝王品味的指導思想、館閣制度文化的影響等等，做了非常有意義的探討。相對於漢魏晉六朝、唐、宋、明、清的豐碩成果，雖然近來已有不少學者參與元代宮廷文學研究，[16] 此一階段的詩文研究仍然處於弱勢，還有不少可持續關注的詩文領域，同時，還有以下三個原因，促使本書選取元代宮廷文學為研究重心。

第一，與元代以前和以後的宮廷文學相比，元代宮廷在君臣酬唱、文學書寫、詩歌傳播方面有著自身特點。元代宮廷文人之間的交遊唱和頻仍，宮廷裡的君臣酬唱卻與前朝相異。楊鐮指出：「元代的臺閣詩與唐宋明清相比，並不合格，那是因為除了元文宗與元順帝初期短暫的不足十年的時間，幾乎就沒有帝王參與館閣翰苑詩文唱和的實際運作。」[17] 就現存文獻所見，蒙元帝王、貴戚、宗室從不與宮廷文人唱酬，同時，有元一代，應制詩非常少，筆者寓目所及，約一百二十首。這樣一個與前代、後代相異的特殊宮廷文化現象非常值得考究。

---

[14] Jack W. Chen, *The Poetics of Sovereignty: On Emperor Taizong of the Tang Dynasty*. Cambridge, Mass.: Harvard University Asia Center, 2010.

[15] Pauline Yu, "Poems for the Emperor: Imperial Tastes in the Early Ninth Century" and Ronald Egan, "The Emperor and the Ink Plum: Tracing a Lost Connection between Literati and Huizong's Court", in *Rhetoric and the Discourses of Power in Court Culture: China, Europe, and Japan*, edited by David R. Knechtges and Eugene Vance, Seattle: University of Washington Press, c2005, pp. 73-93, 117-148.

[16] 參閱下節及本書相關章節，介紹和引用的楊鐮、查洪德、徐永明、邱江寧、楊亮、劉嘉偉、余來明、李嘉瑜、蕭麗華等學者的元代文學研究。

[17] 楊鐮，《元詩史》，北京：人民文學出版社，2003年，頁484。

第二，與唐、宋館閣及其群體成員的組成和文化活動相比，元代的館閣群體鬆散。例如北宋館閣入館薦試縝密，館臣修書校書兼具政治地位。景德二年（1005）至大中祥符元年（1008），既編《歷代君臣事跡》，又把此時的唱和結集為《西崑酬唱集》，學義山詩風，形成嚴謹的創作風氣與團隊。[18] 觀乎元代宮廷，皆欠缺上述的館閣文學結集活動，不過，元代宮廷文人仍有酬唱活動，而且在不同的小型酬唱和個人書寫之間，出人意表地反映當時不同階段的政治隱情。在這樣一個非常特殊的宮廷文化生態下，據本書歸納，現存超過二千首宮廷詩（包括應制作品），至於呈現如此文學現象的原因及其文化價值，值得我們予以關顧。

　　第三，相異於宋代宮廷以漢文化和漢人為中心的文學文化生態，蒙漢並置和多族士人圈的面向是元代宮廷文學的特殊價值所在。[19] 宮廷文學創作歷久不衰，宮廷文人以此美時政、興禮樂、感人心，同時是向帝王、貴戚、宗室輸誠的途徑。以大雅正聲為正格的宮廷文學，黼黻皇猷、營構盛世的意旨自是題中之義。這些視點都是以漢文化為中心，關懷在此文化底下的文學創作和形成方式。不過，作為征服王朝的蒙元時代，[20] 她承載的草原強悍文化、汗國首領和怯薛制度、黃金家族的生活習尚等等，逐步移入大都宮廷，與漢文化的宮廷習俗並行，形成一種新的政治文化制度和生活習尚。而蒙漢文化的交匯，反映在政治制度和宮廷文學裡，往往帶來不少衝擊。對宮廷文人來說，或許是一個新的創作契機。蒙古滅宋後，元世祖在焦友直的建議下，於 1277 年北遷南宋內府藏品。時在大都宮廷的翰林學士王惲（1227-

---

[18] 參楊億等著，王仲犖注，《西崑酬唱集注》，上海：世紀出版集團・上海書店出版社，2001 年，前言，頁 1-8。陳元鋒，《北宋館閣翰苑與詩壇研究》，北京：中華書局，2005 年，頁 42-55，邱江寧，《元代奎章閣學士院與元代文壇》，北京：中國社會科學出版社，2013 年，頁 55。

[19] 「多族士人圈」的觀念由蕭啟慶提出，《九州四海風雅同：元代多族士人圈的形成與發展》，臺北：中央研究院、聯經出版事業股份有限公司，2012 年。

[20] 洪麗珠認為，「元朝具備了征服王朝最大的特徵——異質性。元朝的君臣關係、政治與軍事組織包擁了中原與蒙古兩個傳統。」《肝膽楚越——蒙元晚期的政爭（1333-1368）》，新北市：花木蘭文化出版社，2011 年，頁 5。

1304），曾寓目部分故宋珍品，包括147幅法書、81幅畫作，撰成〈書畫目錄〉，乃入元後首篇詳細記錄蒙元皇室書畫收藏的清單。[21] 順帝至正年間的《秘書監志》，記錄秘書庫藏御覽圖籍、歷代法書名畫等等，書畫達一千軸之數，名畫超過一千五百軸以上。[22] 故宋內府珍品的北遷與記錄，反映宋物作為權力過渡的表徵外，它必須有待宮廷文人的書寫才能完整彰顯其時代意義和人文價值。在如此豐富的收藏下，蒙元皇室附庸風雅的風氣極盛，答剌麻八剌（順宗）后答己和大長公主祥哥剌吉鍾愛漢文化藝術。被召入元廷的故宋宗室趙孟頫（1254-1322）曾經應答己懿旨題寫〈耕織圖〉詩二十四首，[23] 大長公主於1323年舉行南城雅集，展示書畫藏品並召二十多位宮廷文人題跋，袁桷（1266-1327）有詳細記錄。[24] 大長公主與宮廷文人的書畫雅集，是當時頗具影響力的藝文鑒藏活動，雅集裡曾鈐印題跋的北宋黃庭堅書〈松風閣〉詩便流傳至今。[25]

　　征服王朝帶來新的政治和文化制度，蒙元以大都為都邑後，同時影響著宮廷文人的撰作。在公共領域，宮廷文人肩負撰作宗廟冊文，上書進言，應制唱和，傳承斯文等等責任，他們榮顯的公共形象、文學關懷、為官心聲反

---

[21] 王惲，〈書畫目錄序〉，王惲著，楊亮，鍾彥飛點校，《王惲全集彙校》，北京：中華書局，2013年，頁1979-1980。元世祖接收南宋內府藏品的狀況，參閱傅申，第一章〈女藏家皇姊大長公主〉，載氏著《元代皇室書畫收藏史略》，上海：上海書畫出版社，2018年，頁12-17。盧慧紋曾以王惲為中心探討元初大都藝文圈的書畫文物流動，〈元初北方士大夫的書畫活動與鑒藏：以王惲（1227-1304）《秋澗先生大全集》為中心的幾點考察〉，《故宮學術季刊》38（2），2020年，頁47-82。

[22] 王士點，商企翁編次，高榮盛點校，《秘書監志》卷六，杭州：浙江古籍出版社，1992年，頁112-113。

[23] 趙孟頫，〈題耕織圖二十四首奉懿旨撰〉，載楊鐮主編，《全元詩》第17冊，北京：中華書局，2013年，頁201-207。

[24] 袁桷，〈皇姑魯國大長公主圖畫奉教題〉，〈魯國大長公主圖畫記〉，袁桷著，楊亮校注，《袁桷集校注》，北京：中華書局，2012年，頁1961-1982。

[25] 「宋黃庭堅自書〈松風閣〉詩卷」書法（故書00006900000）今存臺灣國立故宮博物院，資料取自 https://digitalarchive.npm.gov.tw/Painting/Content?pid=43&Dept=P（2023/08/21瀏覽）。

映在私人領域的書寫裡，往往引起文人群體的討論和關注。被宋濂（1310-1381）譽為當世四傑之一的南人虞集（1272-1348），[26] 其仕途在元英宗、文宗時期達至高峰，由於長期於大都宮廷供職以及捲入不同階段的宗室內訌，虞集不少作品流露江南思念，其七言絕句〈聽雨〉說：「屏風圍坐鬢鬖鬖，絳蠟搖光照暮酣。京國多年情盡改，忽聽春雨憶江南。」[27] 順帝元統元年（1333）春，虞集寄〈風入松〉予一同於文宗奎章閣供職的鑒書博士柯九思（1290-1343），詞的下闋云：「御溝冰泮水挼藍。飛燕又呢喃。重重簾幕寒猶在，憑誰寄、銀字泥緘。為報先生歸也，杏花春雨江南。」[28] 詩詞互通者在於突顯北方的寒天對照春雨江南的和煦，詞裡添寫對柯九思的思念，告訴對方自己的歸訊，化為末句的景語情詞，足見二人情誼深厚。虞集和柯九思皆際遇文宗於奎章閣，時人對此閣的成立抱持欣喜雀躍，在於它同時是論藝文和論政事的場地，故而相關奎章閣的藝文韻事很快便傳播開去。元末陶宗儀傳鈔虞集〈風入松〉及其本事，說此作「詞翰兼美，一時爭相傳刻，而此曲遂徧滿海內矣。」[29] 虞集的後輩張翥（1287-1368），其〈摸魚兒〉詞序指出：「元夕，吳門姚子章席上，同柯敬仲賦。敬仲以虞學士書風入松于羅帕作軸，故末語及之。」末幾句是如此說去：「君試問、人生誰是無情者。先生歸也。但留意江南，杏花春雨，和淚在羅帕。」[30] 這裡新增的訊息包括虞集曾書〈風入松〉詞於羅帕上，柯九思以此物作軸，頗見生活之風雅。這一段韻事繼而傳播民間，元末明初瞿佑（1347-1433）云：「曾

---

[26] 宋濂，〈《柳待制文集》後記〉，載柳貫著，柳遵傑點校，《柳貫詩文集》，杭州：浙江古籍出版社，2004 年，頁 479。

[27] 虞集，〈聽雨〉，載王頲點校，《虞集全集》，天津：天津古籍出版社，2007 年，頁 208。

[28] 虞集，〈風入松〉，載朱惠國主編，《全金元詞評注・元詞》第二冊，西安：西安出版社，2014 年，頁 1240-1241。羅鷺繫此詞作於 1333 年，《虞集年譜》，南京：鳳凰出版社，2010 年，頁 147。

[29] 陶宗儀，《南村輟耕錄》，北京：中華書局，1959 年〔2014 年重印〕，頁 172。

[30] 張翥，〈摸魚兒〉，載朱惠國主編，《全金元詞評注・元詞》第三冊，頁 1762-1763。

見機坊以詞織成帕，為時所貴重如此。」[31] 如所言不虛，宮廷文人虞集在私人領域的寄贈同僚之作，其中的憶江南想像，加上其際遇文宗的奎章閣閣員身分，結合起來是如此具有生命力的抒情議題。

　　時人如此關注宮廷文人的仕隱生活，在某種意義上，反映他們對獲取蒙元宮廷消息的獵奇心理。元末明初的瞿佑和蔣一葵，記述文宗議立太子一事，命虞集撰寫即位詔書，云明宗在北之時，自謂順帝非其子。順帝繼位後撤文宗神主，時虞集已退職在江西，相傳被皮繩拴腰，馬尾縫眼，逮捕至大都，兩目由是喪明。順帝知悉詔稿乃文宗親改，而曰：「此朕家事，外人豈知？」虞集才倖免於罪。[32] 文宗命虞集撰寫詔書詆毀順帝事，見《元史》所載，而虞集從大都退隱江西後，順帝仍然非常重視他，命其在家撰寫碑板公文，反證拴腰縫眼被縛一事子虛烏有，翁方綱已辨之。[33] 這則故事透露蒙元時人不止留心宮廷文人的公共形象，同時關注他們在朝中面對的政治波折。換句話說，研究元代文學繞不開宮廷文人及其創作，藉考察這個群體作品的頌美箴規、仕隱心態、政治隱情，可以探究蒙元政治和文化制度，如何為元人的宮廷詩帶來獨有的性情面目。基於以上原因，本書選取宮廷與詩壇的互動視角進入元代文學研究。

---

[31] 瞿佑，〈翰院憶江南〉條目，《歸田詩話》卷下，載丁福保輯，《歷代詩話續編》，北京：中華書局，1983 年〔2001 年重印〕，頁 1273。元末金固寫有〈戊辰三月十六夕同彭待之宿周存誠所取虞文靖公樂府杏花春雨江南之句分韻賦詩得春字〉，《全元詩》第 63 冊，頁 206。

[32] 瞿佑，〈虞伯生草詔〉條目，《歸田詩話》卷中，載《歷代詩話續編》，頁 1271。蔣一葵撰，呂景琳點校，《堯山堂外紀》（外一種），北京：中華書局，2019 年，頁 1143-1144。

[33] 宋濂等撰，《元史》卷 181「虞集列傳」，第 14 冊，北京：中華書局，1976 年〔2011 年重印〕，頁 4174-4182。元統元年（1333），虞集以病謁告還臨川，順帝於 1334 年已賜尊酒、金帛，召虞集還朝，惜疾作未及，後獲准在家撰文。羅鷟，《虞集年譜》，頁 149，155-158。翁方綱，《石洲詩話》卷五，載趙執信著，陳邇冬校點，《談龍錄》，翁方綱著，陳邇冬校點，《石洲詩話》，北京：人民文學出版社，1998 年，頁 163。

第二節　研究空間的歸納

　　大蒙古國於 1271 年建立「大元」後，開始實行多元的文化政策，1285 年江南訪賢，1307 年蒙譯儒典，1314 年重開科舉等等，召集漢人和南人在大都為官，使元代中期（1294-1333）成為文治高峰，宮廷文人的詩歌創作繼而興盛。[34] 邱江寧整理有元一代館閣文人的事跡及作品繫年後，指出 1286 年至 1332 年文宗去世之期間，是南北多族館閣文人酬唱和統領文壇的顛峰，反映「多民族、多文化形態的混融」，兼而主導文壇的審美方向。[35] 當時文臣的創作場合和作品傳播的重要樞紐，包括奎章閣及翰林國史院。姜一涵很早注意到，文宗奎章閣的沿革及其代表閣員，在書畫藝文鑑賞和文獻記錄上的文史價值，指出虞集是閣裡的規劃者，與文宗從容翰墨間的柯九思是閣裡的象徵人物。[36] 楊鐮從蒙古色目和江南的館閣名臣生活，討論他們在朝廷內、外的書寫，包括上京紀行和館閣閒吟之作。[37] 邱江寧兩部相關奎章閣文人與文學創作的專著認為，奎章閣「囊括了代表元代文壇的絕大部分精英」，核心成員包括虞集、馬祖常、揭傒斯、黃溍、柳貫、歐陽玄、柯九思、蘇天爵、康里巎巎等等。他們以儒家文學思想為本，撰作雍熙平易之文，成就盛世之音和引領復古思潮，又與不同民族的士人唱和交流，體現南

---

[34] 忽必烈歿於 1294 年，至順帝繼位之 1333 年，是為元代中期，Hsiao Chi-ching, "Mid-Yuan Politics," in *The Cambridge History of China. Vol. 6: Alien Regimes and Border States 907-1368*, ed. by Herbert Franke and Denis Twitchett, Cambridge: Cambridge University Press, 1994, p. 490. 就政治分期言，初期為 1260-1294，中期為 1294-1333，後期為 1333-1368。參洪麗珠，《肝膽楚越——蒙元晚期的政爭（1333-1368）》，新北市：花木蘭文化出版社，2011 年，頁 1。姚大力稱之為「中元」，見〈元仁宗與中元政治〉，載氏著《蒙元制度與政治文化》，北京：北京大學出版社，2011 年，頁 366-389。

[35] 邱江寧，《元代館閣文人活動繫年》，北京：人民出版社，2015 年，頁 2-17。

[36] 姜一涵，《元代奎章閣及奎章人物》，臺北：聯經出版事業公司，1981 年。

[37] 楊鐮，《元詩史》，北京：人民文學出版社，2003 年。楊鐮，《元代文學編年史》，太原：山西教育出版社，2005 年。

北文化混融的特點。[38] 劉嘉偉進一步探索在元代中期文壇，虞集、馬祖常的凝聚力與多族士人之間文化活動，最終形成的趨雅風尚。[39] 楊亮指出翰林國史院的沿革、職能、人員構成，建立了提供文士唱酬交流的平台，形成雅正復古的詩風。[40] 余來明也有從延祐復科的背景，探索元代中期雅正文風的形成。[41]

　　既然元代宮廷文人的書寫場域主要在宮廷館閣、翰林國史院、多族士人群體文化活動之中，那麼，以上諸賢的研究促使我們思考，元代宮廷文學的書寫和傳播問題，即受文者和創作者之間的關係如何？楊鐮業已指出：「幾乎就沒有帝王參與館閣翰苑詩文唱和的實際運作。」[42] 實際上，在現存漢文文獻裡，找不到蒙元帝王參予唱酬的例證。這或許涉及其運用漢字，包括閱讀、書寫、說話與鑑賞漢詩的能力，例如崇尚漢文化的文宗（1328，1329-1332 在位），其詩歌便予人漢語根柢稍弱的印象。傅海博（Herbert Franke）和吉川幸次郎較早談到這問題，認為十四世紀初的蒙元皇帝，一般懂漢字運用，但程度有別。仁宗能讀寫漢字，下令翻譯《貞觀政要》為蒙文。英宗能讀能寫，曾鈔寫皮日休詩四句賜丞相拜住。泰定帝大概能寫漢字，然文獻證據闕如。文宗漢化較深，現存數首漢詩，如〈望九華〉：「昔年曾見九華圖，為問江南有也無。今日五溪橋上見，畫師猶自欠工夫。」用字簡樸，是其真實水平，李則芬以〈望九華〉為例認為文宗「能詩」。[43]

---

[38] 邱江寧，《元代奎章閣學士院與元代文壇》，北京：中國社會科學出版社，2013年。邱江寧，《奎章閣文人群體與元代中期文學研究》，北京：人民出版社，2013年。

[39] 劉嘉偉，《元代多族士人圈的文學活動與元詩風貌》，北京：人民出版社，2016年。

[40] 楊亮，《混一風雅：元代翰林國史院與元詩風尚》，北京：社會科學文獻出版社，2022年。

[41] 余來明，〈延祐復科與元代中期雅正文風的形成〉，氏著《元代科舉與文學》第四章，武漢：武漢大學出版社，2013年，頁 145-209。

[42] 楊鐮，《元詩史》，頁 484。

[43] 李則芬，〈元代諸帝的漢學修養〉，載氏著《宋遼金元歷史論文集》，臺北：黎明文化事業股份有限公司，1991年，頁 747。

順帝懂漢文，曾命人刻〈千字文〉於石，現存〈贈吳王〉（又題為〈答明主〉）末四句云：「莫言率土皆王化，且喜江南有俊才。歸去丁寧頻屬付，春風先到鳳凰臺。」[44] 傅海博認為這幾位皇帝的漢語水平只及「學生程度」，[45] 就構句和意象運用言，以上兩詩的描述確是比較直接。畢竟，漢詩的用詞和意象高度概括，柳存仁說元世祖或未能理解漢文化中「比較抽象及有相當高度理念之事物」而「多數帝王仍賴讀譯文以明白事理」。[46]

如果說蒙元帝王與宮廷文人的漢語水平不相稱，以漢人和南人為主的宮廷文人為何還要依據宮廷詩傳統寫作？要了解這個書寫現象，卜正民（Timothy Brook）等人界定「大蒙古國」及「元代」名稱的二分用法時，提供了思考角度，後者「元代」之指稱主要集中在蒙古帝國的東面，即前金和南宋的舊有區域，進而指出，忽必烈及其繼位者並沒有成為中國的，而是保有政治及文化上的蒙古人。[47] 在元代的漢文獻資料裡，有非常多相關皇元混一區宇的說法，[48] 而在時人眼中，佔有中原漢地的統治權，便成為所

---

[44] 文宗及順帝詩，見顧嗣立編，《元詩選》初集・卷首，北京：中華書局，1987 年〔2002 年重印〕，頁 1。順帝詩又題為〈答明主〉，另一版本的末四句為「信知海內歸明主，亦喜江南有俊才。歸去誠心煩為說，春風先到鳳皇臺。」，《全元詩》，第 60 冊，頁 411。

[45] Herbert Franke, "Could the Mongol Emperors Read and Write Chinese?", in his *China under Mongol Rule*, Brookfield, Vt.: Variorum, 1994, pp. 28-41. 吉川幸次郎，〈元の諸帝の文学〉，載《吉川幸次郎全集》第 15 冊（1969 年），東京：筑摩書房，1968-1975 年，頁 232-313。趙翼（1727-1814）〈元諸帝多不習漢文〉：「不惟帝王不習漢文，即大臣中習漢文者亦少也。」王樹民，《廿二史劄記校證》卷三十，北京：中華書局，1984 年，頁 686-687。趙翼此言已為學者不取。

[46] 柳存仁，〈元代蒙古人漢化問題及其漢化之程度〉，《新亞學報》第 15 卷（1986 年），頁 166，173。

[47] 原文為："Khubilai Khan and his successors did not become 'Chinese' but remained politically and culturally Mongol, and the Mongol empire remained a thoroughly Chinggisid project." In *Sacred Mandates: Asian International Relations since Chinggis Khan*, edited by Timothy Brook, Michael van Walt van Praag, and Miek Boltjes, Chicago: University of Chicago Press, 2018, p. 27.

[48] 參本書第五章。《秘書監志》談到纂修地理圖志時：「至元二十四年三月二十一日，

有蒙古汗國的宗主。蒙元皇帝與西北諸汗國藩王的關係以兄弟之國相稱，實際情況非常複雜，例如仁宗時代，佔據漢地的元廷就有意聯合伊利汗國消滅察合台汗國。[49] 如此說來，元代宮廷文人的文學書寫，純粹是漢文化底下的操作，而對蒙元統治者和宗室來說，從屬於漢文化的宮廷文學，只是大蒙古國的框架下部分文化的呈現。李漫探討元代寬容的思想文化氛圍時指出，「元人比較敢於用文字表達自己的真實想法，主要不在於統治者不識或不懂漢文，而是由於蒙古統治者掌握武力，對實際的反抗舉動有鎮壓的實力，又由於草原人粗放豪烈的性格，所以比較不忌諱文字，對於思想文化較為寬容放任。」[50] 因此，元代宮廷文學的書寫和傳播，並沒有因為統治者的漢語水平高低，或文臣忌諱朝廷反彈而被中斷，反而是在漢文化的制約下，宮廷文人肩負了書寫宮廷詩的傳統文臣責任。

在蒙、漢兩套文化交匯下，宮廷文學的書寫雖然是部分文化的呈現，但由於其參與者遍及蒙古色目、漢人南人所形成的多族士人群體，其關顧的當代世情題旨和書寫模式，與傳統宮廷文學相比，應該有著同中有異的特點。趙園的觀察非常值得參考：

> 有元一代語文現象之豐富，也像是前所未有。……卻仍然以漢民族以外的民族運用漢語思考與寫作這一趨向更為強大。漢語寫作在這一異族為主要統治者的時代非但未被削弱，反而因吸納了異民族的資源而造成了一片前所未有的獨特風景。考察元代士大夫異於前後世代的表

本監切詳，聖朝天下一統，疆宇宏遠，州郡繁多，著而為書，比之前代浩瀚數倍。」頁 77。又參趙翼，〈元時疆域之大〉條，欒保群、呂宗力校點，《陔餘叢考》，石家莊：河北人民出版社，1990 年，頁 287-288。

49 劉迎勝，〈皇慶、至治年間元朝與察合台汗國和戰始末〉，載氏著《蒙元帝國與 13-15 世紀的世界》，北京：生活‧讀書‧新知三聯書店，2013 年，頁 286-334。

50 李漫，《元代傳播考——概貌、問題及限度》，北京：北京大學出版社，2013 年，頁 193。

述方式，文學研究者或許有其特殊的便利。[51]

雖然不是就宮廷文學立論，但其觀察到的文學現象值得進一步思索。元代宮廷文化與前朝同中有異，造成其詩的某些獨特面向，就本書課題言，有何元素導致元代宮廷詩呈階段變化？宮廷文人如何傳承前代作品的盛世營構手法並有所創新？而詩裡書寫蒙古和外來風俗的移入，反映蒙漢文化的交匯對宮廷詩的傳統題旨和表現手法的革新。換句話說，於蒙漢並置交匯的視角下，才能彰顯元代宮廷詩的文學意義和文化價值。

第三節　本書的研究旨趣及論述安排

元人於十三世紀末至十四世紀初漸次承認蒙元治統。由初期郝經、胡祗遹以至中期代表的虞集、宋濂等等，皆認為「天命歸元」。[52] 這觀念毫無疑問影響元人對本朝詩歌的看法，文獻顯示，在中期階段，文人始用「我朝」、「國朝」確立本朝詩歌的雅正特色。作為引領文壇風潮代表的中期宮廷文人，在確認蒙元治統後，固守宮廷詩傳統以為頌聖，實為合理。我們看到，元代宮廷文人的創作與宮廷文化發展有莫大關係，包括語言文化的交匯、蒙漢政制並聯等等。這些方面都可以整合在蒙漢並置的框架下說去，因此，本書其中一個關顧的元代宮廷文學現象，是在蒙漢並置的視角下，探究宮廷詩的文學和文化價值。

蒙漢並置

元代宮廷文化特殊面向源自其官方語言的使用以及蒙漢節慶文化的融合，同為宮廷文人帶來創作角度的改變。元廷官方語言為蒙文，百司上呈文

---

[51] 趙園，《想像與敘述》，北京：人民文學出版社，2009 年，頁 218。
[52] 蕭啟慶，《元朝史新論》，臺北：允晨文化實業股份有限公司，1999 年，頁 114-136。

書以蒙文為主，漢字為副，而漢譯蒙文有文言及硬譯白話兩種。[53] 泰定帝（1324-1327 在位）開經筵，用蒙文作口頭應對，虞集指出進講「皆以國語譯所說書」，[54] 又說：「集昔以文史末屬得奉翰林，見廷中奏對文字言語，皆以國語達。若夫德音之自內出者，皆畫以漢書，而下之詔誥，出於代言者之手，又循文而附諸國語，其來尚矣！」[55] 得見在朝中並置使用蒙文和漢語的基本情況。中期以後部分蒙古高官還不懂用毛筆簽發正式文件，錯別字多，而以漢人南人為主的宮廷文人多不諳蒙文，溝通不便，即使蒙古高門子弟精通漢文者傾向以實用為尚，[56] 故蒙漢官員差距多在語言使用方面。那麼，以漢語書寫宮廷詩的文臣便肩負起此一書寫責任，即把專屬蒙元風俗的概念寫進詩裡，袁桷（1266-1327）〈元日朝回〉曾說：「卉裳象譯語音殊」，新的蒙古和外來概念需要以漢語借用於蒙語的音譯詞來表達，而陌生的語音又是一種新奇的體驗。

蒙古風俗移入後，用漢語表達這些概念的情況豐富起來。據袁國藩研究，中期以後上都宮廷的詐馬宴最為重要，與此相關的宮廷詩非常多，楊允孚（約 1354 年在世）〈灤京雜咏〉寫千官萬騎、金鞍雉尾盛況，周伯琦（1298-1369）〈詐馬行〉從域外馬匹裝飾、蒙俗飲食渲染盛世。[57] 蒙俗移入，擴闊了宮廷詩的取材範圍。此外，當時宮廷節慶有不同程度的漢化，如蒙元皇帝慶賀生辰的天壽節，按漢人傳統，皇帝先御大明殿接受諸王宗親、

---

[53] 宋濂等，《元史》卷 102「刑法志」，第 9 冊，北京：中華書局，1976 年，頁 2615。蕭啟慶，〈元代的通事和譯史：多元民族國家中的溝通人物〉，氏著《內北國而外中國：蒙元史研究》，北京：中華書局，2007 年，頁 432-435。蕭啟慶，《元朝史新論》，臺北：允晨文化實業股份有限公司，1999 年，頁 24。宮紀子，《モンゴル時代の出版文化》，名古屋：名古屋大学出版会，2006 年，頁 84-86。

[54] 虞集，〈書趙學士經筵奏議後〉，王頲點校，《虞集全集》，頁 423。

[55] 虞集，〈送譚旡咎赴吉安蒙古學官序〉，王頲點校，《虞集全集》，頁 555。

[56] Herbert Franke, "Could the Mongol Emperors Read and Write Chinese?", p. 29. 蕭啟慶，〈元代蒙古人的漢學〉，載氏著《內北國而外中國：蒙元史研究》，頁 663。

[57] 袁國藩，〈元代歲幸上都紀要〉，載氏著《元代蒙古文化論集》，臺北：臺灣商務印書館，1973 年，頁 189-203。

文武百官的道賀，後賜宴共享；元廷又參考漢俗，在上巳日於太液池畔臨水修禊活動，設宴萬歲山。[58] 蒙漢禮儀及文化活動的並行，表現在文學領域便是擴大宮廷文人的取材範圍，使其兼有蒙漢內涵，這在元代宮廷詩發展過程有重要的推演作用。

與上述蒙漢內涵相關的是，蒙漢政制在朝中的並置關係，涉及文化政策的實施、主奴關係等元素，影響宮廷文人群體的組成以及其創作傾向。元代宮廷詩的創作高峰在中期，此階段發展與當時的文化政策有關。即如科舉考試到仁宗皇慶二年（1313）頒布翌年重開，祥哥剌吉公主於至治三年（1323）在大都城南天慶寺辦漢文化藝術雅集，文宗於天曆二年（1329）立奎章閣收藏書畫，在立閣的數年間，也有書籍編纂計畫。文化活動增多，自是宮廷文人的創作契機。不過，元廷鮮少舉行館職召試，宮廷文人職務多在文書工作，奎章閣又大多兼領其職，[59] 而元代館閣文學聚會不多，雖仍有朝會，然僅限於「平時朝會」，[60] 中期宮廷文人因而渴求唱酬，袁桷《開平第四集》提及在英宗至治二年（1322）扈從上都，書詔簡絕，同院亦寡唱和。[61] 大都宮廷雖不乏唱和，但多由二至三人賡和，[62] 群體鬆散，沒有形

---

[58] 袁國藩，〈從元詩中論元代蒙人節慶之漢化〉，載氏著《元代蒙古文化論叢》，臺北：文史哲出版社，2004 年，頁 23-34。

[59] 虞集，〈嶺北等處行省左右司郎中蘇公志道墓碑銘〉謂朝廷首重武力有功之臣，其次吏員。《虞集全集》，頁 868。邱江寧，《元代奎章閣學士院與元代文壇》，北京：中國社會科學出版社，2013 年，頁 55-88。

[60] 姚大力，〈論蒙元王朝的皇權〉，載氏著《蒙元制度與政治文化》，北京：北京大學出版社，2011 年，頁 181。

[61] 顧嗣立編，《元詩選》初集上，北京：中華書局，1987 年〔2022 年重印〕，頁 657。

[62] 例如袁桷〈早朝興聖宮次韻〉有虞集、楊載和詩，袁桷詩載顧嗣立編，《元詩選》初集上，頁 636-637，虞集詩載《道園遺稿》，文淵閣本《四庫全書》第 1207 冊，上海：上海古籍出版社，1987 年，頁 747，楊載詩見《元詩選》初集中，頁 969。虞集〈朝迴和周南翁待制〉有袁桷、揭傒斯和詩，虞集詩載《道園遺稿》，頁 747，袁桷詩見《清容居士集》，《四庫全書》第 1203 冊，頁 150，揭詩載李夢生標校，《揭傒斯全集》，上海：上海古籍出版社，1985 年，頁 99。馬祖常〈大明殿進講畢侍宴得詩〉有虞集和詩，馬詩載李叔毅、傅瑛編《石田先生文集》，鄭州：中州古籍出版

成持續的館閣文化。⁶³ 如果換一角度看，聚焦宮廷詩的寫作對象，可以思考蒙元皇帝或宗室賞析宮廷詩後的反響。例如，虞集〈興聖宮朝退次韻袁伯長見貽是日上加尊號禮成告謝集即東出奉祠齋宮〉寫於太皇太后答己上尊號儀式後，如果這首詩歌作為一種宮廷禮儀和文臣生活的記錄，與周邊人分享固屬正常，那麼，答己能否賞析典奧的虞集詩歌？許正弘認為太皇太后答己雅好中原藝術，既觀畫又懂士大夫題識文化，其「漢學造詣雖不可詳，但具有一定的漢文化素養，應無疑義。」⁶⁴ 觀畫屬圖像審美，與熟練掌握漢字和參透詩意屬不同層次的能力。惜蒙元帝王、貴戚宗室從不唱酬，今人無從得知其能力所在，只可推測其漢語水平或許未可應付在朝當下的構思和回應，因而文獻缺乏這方面的材料。

當我們推測帝王、貴戚宗室或許不完全掌握宮廷詩詩意，宮廷文人仍然寫作宮廷詩除了治統的因素外，還應該從蒙元政權的蒙漢二元框架看。李治安指出忽必烈時代，已立意創建「一個與大蒙古國、漢地傳統王朝都有繼承聯繫的元帝國。」⁶⁵《元史》「輿服志」記載元初草創禮儀，世祖「近取金宋，遠法漢唐」，至英宗時「親祀太廟，復置鹵簿」，「參酌古今，隨時損益，兼存國制，用備儀文。」延祐七年（1320）英宗繼位後，「拜住進鹵簿圖，帝以唐制用萬二千三百人耗財，乃定大駕為三千二百人，法駕二千五百人。」黃溍說時任秘書監著作郎的袁桷，寫鹵簿之儀為「六百言」詩，極盡太平盛世之謂。⁶⁶ 另一方面，據馬曉林研究，有元一代，帝王親郊祀共三

　　社，1991 年，頁 70，虞集載《道園學古錄》卷 3，《四部備要》第 276 冊，上海：中華書局，1936 年，頁 4a。

63 這與宋代相較言。參楊億等著，王仲犖注，《西崑酬唱集注》前言，頁 1-8。陳元鋒，《北宋館閣翰苑與詩壇研究》，頁 42-55，邱江寧，《元代奎章閣學士院與元代文壇》，頁 55。

64 許正弘，〈元答己太后與漢文化〉，《中國文化研究所學報》第 53 期，2011 年，頁 96-105。

65 李治安，《忽必烈傳》，新北市：臺灣商務印書館，2017 年，頁 103-107。

66 《元史》卷 78「輿服志」，第 7 冊，頁 1929-1930。《元史》卷 27「英宗本紀」，第 3 冊，頁 609。黃溍，〈跋袁翰林鹵簿詩〉，載李修生主編，《全元文》第 29 冊，南京：

次，雖然次數不多，但反映了當時「二元文化傳統的衝突和調和問題」，中原文化尊崇的天為昊天上帝，而蒙古人信仰裡最高神祇為長生天。二者在觀念上、祭天朝向、神主安排與否皆大為不同，而元廷每年秋天在上都，皆舉行蒙古傳統的灑馬奶祭天儀式。兩種祭祀儀式於元廷裡是並存的，而帝王決定是否舉行親郊，又與當時的政治氣候相關，如武宗和英宗有意親郊是為了「籠絡人心，宣揚皇權」，惜最終未能實行；文宗親郊和大赦天下的目的在於宣揚繼位的合法性，意圖掩蓋毒死兄長一事。[67] 在元代宮廷裡，蒙漢文化的交匯是非常複雜的，姚大力指出：「對傳統中原政治資源的利用，並不意味著蒙古政權就此放棄了源於蒙古政治傳統的合法性象徵。」就宮廷文化言，皇帝即位典禮的第一部分用蒙古舊制，再次中原範式，雖可作為「蒙漢雜揉」，但視為「兩套儀式的並聯」會更恰當。[68] 以上事例提醒我們，元代宮廷有蒙漢傳統文化的並聯，可以說，以漢人和南人為主的宮廷文人，基於認同蒙元治統，承擔了頌聖述德的寫作責任，屬漢文化底下的慣常操作，因此，其寫作對象是華是夷，以及其漢語閱讀能力之高低，並非宮廷文人創作的考慮。另一方面，蒙元同時需要宮廷文人及其詩，藉以展現政治目的在於彰顯帝王、貴戚宗室認同和保護漢文化，這樣的操作方式，一如大德十一年（1307）武宗即位，六月立皇太子時以蒙文簡譯《大學衍義》、《圖像孝經》，七月壽辰誕加封孔子，八月出版蒙文譯本《孝經》，以示他作為漢文化的守護者，藉活動的紀念性質鞏固統治地位。繼位者仁宗也有類似政策。[69] 這是蒙元並行兩套傳統所帶來的特殊宮廷文化現象。

可進而從蒙元的主奴關係討論。元初的朝廷政策是由不同族群共議，引起不少紛爭。當時總財賦的回回人阿合馬，拒設門下省，害怕權力被限制，

江蘇古籍出版社，1999 年，南京：鳳凰出版社，2004 年，頁 169。袁桷詩待考。
[67] 馬曉林，〈蒙漢文化交會之下的元朝郊祀〉，載平田茂樹，余蔚主編，《史料與場域：遼宋金元史的文獻拓展與空間體驗》，上海：上海人民出版社，2020 年，頁 424-439。
[68] 姚大力，〈論蒙元王朝的皇權〉，載氏著《蒙元制度與政治文化》，頁 145 及 150。
[69] 宮紀子，《モンゴル時代の出版文化》，頁 30-37，頁 138。

在朝中對抗世祖太子真金、廉希憲的行仁政、親賢、不言利害民之舉,兩派是回法和漢法之爭。[70] 而掌管朝廷紀律的怯薛近侍握有大權,與蒙古貴族專權自恣,無可避免使宮廷文人由故宋「共治天下」的士大夫精神改變為「主奴關係」的從屬地位,因而傾向減少論政。[71] 就算論政,也未必盡如人意,延祐元年(1314)孔濤(1286-1342)以鄉薦進京考試,「所對傷太直,且微譏切主司,竟不合,用特恩補溧陽州儒學教授。」[72] 漢人南人被多族士人監視和逼迫,例如虞集因撰寫文宗即位詔書而捲入文宗與順帝朝的爭鬥,1333 年他歸隱江西,總結在朝生活為「兢兢歷淵冰」。[73]「主奴關係」和權臣的逼迫使宮廷文人論政心態變得謹慎,反映在文學領域,便是宮廷詩內涵趨保守,諷喻刺時之情緒寄託較多表現在私人領域的作品裡。

王權呈現

　　蒙漢並置是元代宮廷文化最為特出的現象,它在某些方面影響宮廷文人的創作,而宮廷文人肩負書寫美時政、興禮樂、感人心的創作責任,其中一

---

[70] 《元史》卷 115「裕宗」,第 10 冊,頁 2888-2893;卷 126「廉希憲列傳」,第 10 冊,頁 3090-3092;卷 205「姦臣列傳」阿合馬,第 15 冊,頁 4558-4564。蒙漢在宮廷裡的權力爭奪情況複雜,非本節可以涵蓋。宮崎市定以達魯花赤及必闍赤兩種職位入手,討論蒙人漢人競相爭奪權利的方式,例如中國人(宮崎用語)改換姓名冒充蒙人。詳參宮崎市定著、童嶺譯,〈從元朝統治下的蒙古職官看蒙漢關係──再論元朝恢復科舉的意義〉,載宮崎市定著,張學鋒、尤東進、馬雲超、童嶺、楊洪俊、張紫毫譯,《中國的歷史思想──宮崎市定論中國史》,上海:上海古籍出版社,2018 年,頁 210-243。

[71] 主奴關係即蒙古舊制「大汗─皇帝」(使長)與「臣僚」(奴婢)的對應。姚大力,〈論蒙元王朝的皇權〉,載氏著《蒙元制度與政治文化》,頁 166-170。宋朝與士大夫有共治天下的理念,參余英時,《朱熹的歷史世界──宋代士大夫政治文化的研究》,北京:生活・讀書・新知三聯書店,2012 年,頁 207-229。

[72] 黃溍,〈承直郎潮州路總管府知事孔君墓誌銘〉,王頲點校,《黃溍集》,杭州:浙江古籍出版社,2013 年,頁 839。

[73] 虞集,〈次韻陳溪山櫻履〉其一,《道園學古錄》卷 27,《欽定四庫全書薈要》集部第 403 冊,長春:吉林出版集團有限責任公司,2005 年,頁 408。

個首要考慮的元素，就是如何通過文學書寫彰顯王權的威儀。古代的王權展現和紀念，首重國家祭祀，廖宜方詳審明代開國帝王廟的創立和保護、王陵致獻、祭祀山川神靈等典禮為帝王崇拜的重要元素。[74] 由此視角觀照元代，在國家層面，著實有持續展現王權的各類活動——御容的掛률、潛邸改建為寺院、祭祀天妃岳瀆等等，都由宮廷文人記錄儀式、場合、程序之生發。使用「王權」一詞描述蒙元統治者的治權，杉山正明指出可以從寬泛的角度理解。按照其說法，「王權」本是日語詞彙，而在中華文明底下，必須將之視為至高無上的「皇帝」底下的階序來看；就此「王權」概念的延展性質而言，即帝王的政治機構和制度組織，作為核心的「王」以及其王族、宮廷、子孫、血脈、支配附庸國等等，理應包括在內，而「蒙古」這樣一個「游牧民新群體」特別重視對成吉思汗血脈的繼承和攀附，故此，在蒙元框架下，王權的定義周延甚廣。[75]

據此寬泛意義，在元代宮廷日常生活裡，萬國來朝、支配附庸國的交往、混一觀念的凝聚、日常朝會、兩都扈從、侍讀、觀禮、公讌、經筵等場合，宮廷文人撰寫宮廷詩文，並以此參與王權話語的建構，便是題中之義。據田曉菲研究南朝宮廷詩的王權展現，王權涵蘊「君主的身分、地位和尊嚴」的意思，對於王權的感受和認知，來自社會菁英階層的臣子，以及君主行使權力時共同塑造，落實在文本裡，便關乎到文字的經營如何呈現王權的可見度。[76] 元代的宮廷與詩壇非常特別，皇帝、太子、貴戚、宗室等等並不參與詩歌唱酬，而賦詩賞賜臣子只有英宗一例，[77] 從現存漢文文獻裡，

---

[74] 廖宜方，《王權的祭典——傳統中國的帝王崇拜》，臺北：國立臺灣大學出版中心，2020 年，頁 5-13。

[75] 杉山正明著，周俊宇譯，《顛覆世界史的蒙古》，新北市：八旗文化出版，2014 年，頁 137-139，142-144。

[76] 田曉菲著，何維剛、雷之波譯，〈南朝宮廷詩歌裡的王權再現與帝國想像〉，《中國文哲研究通訊》第三十卷第一期（2020 年 3 月），頁 141-182。該文同時關注物質建築和文字經營的關聯。英文原版 Xiaofei Tian, "Representing Kingship and Imagining Empire in Southern Dynasties Court Poetry", in *T'oung Pao* 102-1-3 (2016), pp. 18-73.

[77] 順帝有〈御制詩〉，然而非賞賜予臣子，《全元詩》第 60 冊，頁 412。

找不到任何君臣同題創作的對話，可以說與傳統帝王習慣相異——那麼，元代宮廷與詩壇以怎樣的文字經營和內容方式呈現王權威儀的書寫，而與前代相同的詩歌主題創作相較，它們之間的承續關係如何？這是本書的另一個關懷重點。

跨界、王權、抒情

宮廷文人以詩文書寫當代世情以及回應時代發展，在蒙漢並置和天命歸元的框架下，宮廷詩必須形塑王權的威儀與帝國的強大，而參與此一意義建構的多族士人圈，[78] 遍及蒙古、色目、漢人南人（漢族）群體，其跨界特徵——作者與受文者的族群跨界、蒙漢題材的文化地理跨界、蒙漢表述的語言跨界——成就元代宮廷詩獨有的性情面目，因此，與傳統唐宋宮廷文學相比，元代宮廷詩有著同中有異的書寫場域、兩種文化的交疊、蒙漢語言的跨界特色。進一步來看，如果彰顯王權的威儀、帝國的強盛、萬物大元的跨界盛況是宮廷文人的責任，在他們的宮廷詩文書寫裡，又是否可以看到王權的脆弱、帝國的崩潰的一面？那麼，藉考察這個群體的宮廷詩文，其中所反映的頌美箴規、仕隱心態、政治隱情，應該可以更貼近元代宮廷文人在公私兩面的心靈世界。在此意義上，我們才能對元代宮廷詩的文化價值和文學價值予以恰當評價，避免落入宮廷文學無益時政的傳統批評的漩渦裡。因此，本書圍繞元代宮廷詩文的文化跨界、王權呈現、抒情特質，尋繹此類寫作的文化和文學價值，以及探問在蒙漢並置的框架下，元代宮廷文人公私兩面的心

---

[78] 「多族士人圈」概念由蕭啟慶提出，他指出本屬漢族的南人、漢人只是南北地域差異，故其專著不加區別，而在元朝被劃分為「漢人」的契丹和女真，由於已漢化，故同樣視之為漢族，因此，其「多族士人圈」概念指蒙古、色目、漢族等三大族群。《九州四海風雅同：元代多族士人圈的形成與發展》，臺北：中央研究院、聯經出版事業股份有限公司，2012年，頁6。近來有學者以北籍士人指稱北籍的權貴士大夫，可以更清楚顯示他們的官宦身分及區域源流，因此本書也參酌使用。例如石守謙討論1288年大都雪堂雅集時，考究當時的參與者，除趙孟頫等少數人，都為北籍士人，又以東平學士參與最多，見《風格與世變：中國繪畫十論》，北京：北京大學出版社，2008年，頁168-173。

靈世界,即在面對征服王朝之時,元人提供了一個怎樣的安頓身心的場域予後人參考?

　　本書各章運用不同材料從不同層面研究,並以專題形式出之,是因為筆者較為喜歡從研究問題入手,雖然各章側重不同,但又各自連繫文化跨界、王權呈現、抒情特質三點。基於元代宮廷文學及文化現象繁富多元,本書只能挑選其中最具代表意義的課題深入剖析。具體來說,在文化跨界方面,從漢詩體式探究蒙漢風物在宮廷詩裡帶來怎樣的藝術趣味,從多族士人圈的同題創作、奉和以及當代詩文編纂看宮廷文人如何書寫政治隱情;在王權呈現方面,由詩歌史角度考察本朝詩的定位、宮廷詩關鍵字詞的使用情況及其彰顯的帝王文化意涵,並進一步由帝王御書、尊號儀式、拓本分賜探究王權威儀的呈現,以及其反面——脆弱崩潰的王權與元代中後期時局紛亂的關係;在抒情特質方面,觀照大雅正聲的宮廷詩的書寫,所形塑的個人榮顯形象和對當世文治舉措的尊崇,並以戰爭與文學書寫為視角,探討中期宮廷文人在帝位紛爭、弒君臣、公文和詔書的撰寫策略方面,所映現的在朝心態與退隱心情,期以從公私兩面尋繹宮廷詩的抒情世界。

　　本書除緒論和總結外,共分八章。第二、三、四、五章為綜論部分,務求從整體上宏觀把握元代宮廷詩的發展階段和寫作特色,而第六、七、八、九章大致以時代先後為序,探討元代中後期,即主要包括武宗、仁宗、英宗、泰定帝、文宗、順帝朝的重大文化事件和政治紛爭與宮廷詩寫作的關係,期望由此詩歌史側面勾勒宮廷文人公私兩面的心靈圖像。

　　第二章「詩學定位」。從詩學史的角度,考察宋末元初以來,時人對本朝詩的看法,細讀相關宋元詩的現存文獻,指出他們在十三世紀末期,並沒有明顯區分本朝詩之意識,大多是以近世詩的表述指出時人作品的缺失。一直要到十四世紀初(元代中期),文人普遍確認蒙元治統的情況後,才開始有大元詩、本朝詩的論述,進而指出本朝詩的雅正特點,體現在大都宮廷文人之手,以虞集、馬祖常為當世典範。

　　第三章「萬物大元」。從詩歌史的角度,綜覽元代宮廷詩的階段發展和創作傾向,首先確認元代中期是宮廷詩的創作高峰,其次藉運用數位人文研

究方法，把現存元代宮廷詩的分類、用語、內容予以細讀，指出它與前代作品的傳承關係，而元代宮廷詩裡的王權呈現，在於從物質、社會、精神層面的文化內涵挪用合適的表述方法，建構宮廷詩裡王權的可視、可知、可感氛圍。

第四章「文化傳承」。自宋代以來，帝王御書和上尊號儀式非常普遍，它同時是蒙漢並置的框架下一個重要表徵。蒙元帝王以御書手詔彰顯一己的王權威儀，然而，在蒙元帝國權臣的視野內，御書手詔的發布並非可以隨心所欲，因此，它又是王權脆弱不堪的象徵。宮廷文人記錄和回憶帝王御書及其他相關儀式，表現了對君臣契合的理想世界和對此世界崩坍後的矛盾心情。不過，宮廷文人對御書和儀式讚美的書寫方式，成就了宮廷詩「自是一家句法」的特點，全在於興王之象的書寫目的。

第五章「創造新聲」。從蒙漢風物交匯的視角下，考察宮廷文人如何表述蒙古和外來的嶄新概念，特別關注詩裡的語言運用情況，即在於用漢字借音表達蒙古和外來概念，或者以漢語固有詞彙表述，是如何做成宮廷詩獨有的新趣味，並逐漸積澱成為漢語系統內的文化新聲，同時，探討它為元代宮廷詩帶來怎樣有別於傳統宮廷文學的詩藝效果。

第六章「寓情於物」。從物質文化角度，以兩個前後相續、位處南北地域的書畫同題創作和奉和，考察宮廷文人與多族士人之間的交往。高克恭〈夜山圖〉的書畫聚會主要發生於杭州，其題詠綿延整個中後期的藝文世界，詩人表達對西域官員高克恭的欣賞，同時抒發對故宋的幽微情思，其中的因緣又與李白、蘇軾的曠達適意有關，似可反映元代宮廷文人的內心悵惘。而王振鵬的界畫〈金明池圖〉，題詠活動發生於大都宮廷，是圖乃呈獻太子及公主之作，可以想見宮廷文人的題詠偏向公共領域的一面，不過，在當時眾多的頌聲作品裡，袁桷詩文的刺時警世顯得別出心裁，其原因又與當時的政壇風氣相關。以上兩個不同的題詠場域，可以充分說明中期宮廷文人公私兩面的心靈底蘊。

第七章「板蕩京闕」。從戰爭史角度，選取影響元代中期政局最為重要的南坡之變為中心，探討英宗和賢臣拜住被弒，對宮廷文人的心理影響，如

何反映在詩歌創作裡。指出袁桷、虞集、馬祖常是以一組聯句和三組次韻詩的方式療傷，事發後所寫的詩的內容極其委婉，當時間愈後、思緒愈沉澱，宮廷文人以大雅正聲的書寫向新主直陳，提出重建道德標準的願望。

第八章「故實規鑑」。從文宗奎章閣開閣原因切入，探討其御書虞集〈奎章閣記〉並分賜文臣的象徵意義，說明元代中期帝位紛爭與宮廷文人備受權臣打壓的狀況。當時身為奎章閣閣臣的虞集和揭傒斯，又是如何面對敵對派系的逼迫？虞集在閣裡題詠藏品的態度偏向頌美，而揭傒斯則以規鑑為本。本章由此指出二人在朝中的位置、經歷與宮廷詩美刺書寫之間的關係。

第九章「流別指歸」。從文學總集的編纂視角，考察後期在杭州刊行的蘇天爵《國朝文類》，如何成功建構當世的大都文人群體和文壇風尚。蘇天爵以傳承斯文為己任，專取有繫於政治、補於世教、補史、雅製的詩文，編錄既有宮廷文人履行職務要求的文書撰作，也有關注時局的隱晦書寫，而且同時包括宮廷文人生活的無可奈何的詩。是書可謂重點反映元代宮廷文人的生活兩難，本章最後以《國朝文類》對讀元末兩部《皇元風雅》，是為了指出蘇天爵是書在後期大都文壇上的示範意義。

第十章為總結。首先從王權與跨界的角度總結元代宮廷詩的文學價值，再從宮廷文人的仕隱心態與政治隱情的書寫，指出他們心靈世界之所嚮往，最後歸結元代宮廷詩的文化價值在於文學文本與歷史文本的結合。

第二章　詩學定位
——本朝詩的概念與典範

　　中後期名臣歐陽玄（1283-1357）有言：「我元延祐以來彌文日盛，京師諸名公咸宗魏、晉、唐，一去金、宋季世之弊而趨於雅正，詩丕變而近於古。」[1]「我元」一詞拈出本朝詩的特點具現在延祐以來（1314-）的京師名公，他們革除金宋季世之弊，把目光投向魏、晉、唐從而確立本朝詩雅正和近古特點。「我元」一詞又讓我們想到延祐以前的文人是否已有宋詩和本朝詩劃分的意識——當時如何評價宋詩？是否已承認我朝，稱本朝詩為元詩，並擺脫宋詩的影響逐漸建立本朝詩的自家面目？本章試圖從十三世紀後期文人論學古之見解，探索他們對本朝詩的體認過程。[2]

---

[1] 歐陽玄，〈羅舜美詩序〉，《圭齋文集》卷 8，《四部叢刊初編縮本》，上海商務印書館縮印明刊本，頁 53 上。

[2] 使用「十三世紀後期文人」作為宋末至元初的另一表述方式，用意在於突顯此時期的文人對宋詩和本朝詩劃分的思考。本文論述以金源詩為副，宋元詩為主。奚如谷以「1300 年之前的北方創作」和「1300 年之前的南方創作」討論宋末元初詩，孫康宜、宇文所安主編，《劍橋中國文學史（上卷 1375 年之前）》，北京：生活・讀書・新知三聯書店，2013 年。蕭麗華「元詩之分期及其重要詩家與風格一覽表」列元好問、劉祁、郝經等人為「先元時期」（太祖 1207-1227 至世祖 1260-1276），並再分為「元代初期」（1277-1307）、「元代中期」（1308-1332）、「元代末期」（1333-1367），《元詩之社會性與藝術性研究》，臺北：國家出版社，1998 年，頁 465-466。就政治分期言，初期為 1260-1294，中期為 1294-1333，後期為 1333-1368。參洪麗珠，《肝膽楚越——蒙元晚期的政爭（1333-1368）》，新北市：花木蘭文化出版社，2011 年，頁 1。

第一節　對近世詩的體認

　　公元 1271 年（元世祖至元八年；宋度宗咸淳七年），忽必烈聽從儒臣建議，採納漢語「大元」為國號。[3] 曾受知於忽必烈的郝經（1223-1275）從金源文物典章的墜沒，以及提倡援引唐宋故典、遼金遺制的角度，論述建立「國朝之成法」的重要意義，[4] 認為「談王道，議國政，士夫之職也」，[5] 而他早於 1263 年出使南宋時，已選取「抑揚刺美，反覆諷詠，期於大一統，明王道」的漢至五代詩，來高舉文學與政治教化的關係。[6] 易代之後，士大夫在元廷裡倡導唐宋典章制作，南方文人則在吳興、臨安等地致力保存宣和、紹興文物，另一方面，他們不滿宋季的萎靡詩風，要批判繼承前朝遺產。在這樣一個過程裡，十三世紀後期文人怎樣評價前朝遺產以及劃分本朝作品？以下從宋末習尚、天命歸元、近世範圍討論之。

　　十三世紀後期，文人普遍認為宋詩格卑淺陋在於干謁風氣、理學與科舉的影響。有意見稱宋末舉子無暇為詩，肆意為詩的都是不擅長科舉、功名無望之人，而詩人多為謁客。[7] 宋末劉克莊（1187-1269）則說：「近世理學興而詩律壞」，[8] 批評宋人以理入詩。稍後的戴表元（1244-1310），指出宋末

---

[3] 近來重讀蒙元史的研究指出，元朝應以公元 1271 年作為起點，忽必烈聽從儒臣建議，於該年採納漢語「大元」為國號。烏雲畢力格，〈明清蒙古史家的元朝認識〉，載張志強主編，《重新講述蒙元史》，北京：生活・讀書・新知三聯書店，2016 年，頁 118。

[4] 郝經，〈立政議〉，張進德，田同旭編年校箋，《郝經集編年校箋》卷 32，北京：人民文學出版社，2016 年，頁 835-842。

[5] 郝經，〈上趙經畧書〉，張進德，田同旭編年校箋，《郝經集編年校箋》卷 24，頁 636-639。

[6] 郝經，〈一王雅序〉，張進德，田同旭編年校箋，《郝經集編年校箋》卷 28，頁 719-722。關於此點，參閱顧易生、蔣凡、劉明今著，《宋金元文學批評史》，上海：上海古籍出版社，1996 年，頁 908-911。

[7] 林巖，〈宋季元初科舉存廢的文學史意義：以詩歌為中心之考察〉，《中國文化研究所學報》，總第 61 期（2015 年），頁 138-140。

[8] 劉克莊，〈林子顯序〉，《後村先生大全集》卷 98，《四部叢刊初編》集部第 69

名卿大夫多出於科舉,「其得之之道,非明經則詞賦,固無有以詩進者」,「科舉塲屋之弊俱革,詩始大出」。[9] 翻查史料,南宋咸淳十年（1274）科舉進士科 506 人、特奏名進士若干人等等,端宗景炎元年（1276）特賜第 3 人而已,[10] 宋亡後科舉暫停,直至元仁宗延祐二年（1315 年）重開。文人於此期間擺脫理學和科舉對性情的限制,可肆意寫情,放意為詩。[11] 袁桷（1266-1327）則從詩固有委婉的抒情方式沿著劉克莊之評指出：「至理學興,而詩始廢,大率皆以模寫宛曲為非道……其不明理,則錯冗猥俚,散焉不能以成章……宋之亡也,詩不勝其弊。」,又言「金之亡,一時儒先猶秉舊聞於感慨窮困之際,不改其度,出語若一,故中統、至元間,皆昔時之緒餘,一一能有以自見。」[12] 指出忽必烈時期的中統（1260-1264）、至元（1264-1294）年間,詩人承金詩傳統寫作。同一時空下,公元 1260 年是宋理宗景定元年,至公元 1279 年宋亡為止,皆屬宋詩範圍,按袁桷說法,宋亡以前,理學對詩的影響仍鉅。袁桷同時評價「宋亡」和「中統、至元」兩種不同的詩歌發展情況,時段重疊,斷限模糊,這裡並沒有更多訊息呈現劃分本朝詩的意識。

　　進一步從十三世紀後期文人何時確認天命歸元的角度談。據蕭啟慶研究,從十三世紀後期郝經、胡祗遹（1227-1295）、孟祺等名臣,[13] 以至十四世紀初期的南人官員,如虞集（1272-1348）、宋濂（1310-1381）等皆認

　　　冊,上海：商務印書館,1900 年,頁 852-853。
[9]　戴表元,〈陳晦父詩序〉,《剡源戴先生文集》卷 9,《四部叢刊初編縮本》,上海商務印書館縮印明刊本,頁 81。戴表元於宋咸淳七年（1271）登進士第,授建康府府學教授,後於元大德八年（1304）起家拜信州州學教授。龔延明,祖慧編著,《宋代登科總錄》第 12 冊,龔延明主編,《中國歷代登科總錄》,桂林：廣西師範大學出版社,2014 年,頁 6629。
[10]　龔延明,祖慧編著,《宋代登科總錄》第 12 冊,頁 6635-6704。
[11]　戴表元,〈陳無逸詩序〉,〈張君信詩序〉,《剡源戴先生文集》卷 8,頁 77,79。
[12]　袁桷,〈樂侍郎詩集序〉,李軍、施賢明、張欣校點,《袁桷集》,長春：吉林文史出版社,2010 年,頁 351。又載《全元文》第 23 冊,頁 243-244。
[13]　胡祗遹、孟祺皆受名臣王磐所薦,見柯劭忞撰,張京華,黃曙輝總校,《新元史》卷 185,列傳第 82,第八冊,上海：上海古籍出版社,2018 年,頁 3741。

為「天命歸元」。[14] 南人已不談「夷夏之防」，而以「胡漢一家」的指導思想肯定蒙元皇帝，虞集〈翰林學士承旨劉公神道碑〉有云：「世祖皇帝既定天下，列聖承之。四方無虞，民物康阜，熙洽太平，將百年於茲矣。」[15] 涂雲清指出：「元代中葉以後，士人基本上不再強調『夷夏大防』的觀念，他們生為元之臣民，視蒙元為君父，衡諸綱常倫理，亦屬當然。錢賓四評元末諸儒心中但有蒙元君父，而毫無華夷之辨，當是實情。」[16] 即見十三世紀後期以來，文臣從政治層面承認蒙元統治，那麼就文化層面言，時人如何體認及劃分本朝作品的範圍？我們以元好問作品屬金屬元來談這問題。郝經〈遺山先生墓銘〉指元好問乃「金源有國」以來一代宗匠，振起風雅，中規李杜。[17] 劉敏中（1243-1318）談到長短句製作時，「逮宋而大盛，其最擅名者東坡蘇氏，辛稼軒次之，近世元遺山又次之。」[18] 就目前資料所及，十三世紀後期部分文臣視元好問為「近世」之列。將元好問視為本朝詩歌的文化正統來源的論述大約到十四世紀初才有，例如蘇天爵（1294-1352）得到元廷資助編纂出版的官刻定本《國朝文類》（元統二年〔1334 年〕初刻），便選入元好問詩八首。[19] 就上引事例而言，從文化層面說去，「金

---

[14] 蕭啟慶，《元朝史新論》，臺北：允晨文化實業股份有限公司，1999 年，頁 114、136。

[15] 虞集，〈翰林學士承旨劉公神道碑〉，《道園學古錄》卷 17，《欽定四庫全書薈要》集部第 403 冊，長春：吉林出版集團有限責任公司，2005 年，頁 252。

[16] 涂雲清，《蒙元統治下的士人及其經學發展》，臺北：國立臺灣大學出版中心，2012 年，頁 88。

[17] 郝經，〈遺山先生墓銘〉，張進德，田同旭編年校箋，《郝經集編年校箋》卷 35，頁 905-912。

[18] 劉敏中，〈江湖長短句引〉，《中庵集》卷 9，《四庫全書》第 1206 冊，頁 12a-b，總頁數 79，又見李修生主編，《全元文》第 11 冊，南京：江蘇古籍出版社，1999 年，頁 439。

[19] 蘇天爵編，《元文類》，臺北：世界書局，1962 年。凌頌榮指出：「〔蘇天爵〕順應自身與北方學術的師承淵源，加上蒙古先滅金而後滅宋的有利歷史條件，合情合理地在宋、金之間判定後者為前朝的唯一文化正統。如是者，以元好問為首的詩人成為諸類的開端，南宋詩風的位置隨之遭到淡化。」，〈踵金宋餘習：蘇天爵《元文類》

源」與「大元」詩的劃分以及兩者間的承續關係在易代後的一段時間還在持續探索，更多的是使用「近世」總括前此階段的詩壇。在十三世紀後期詩論和文論裡，暫未見有從「大元」角度為本朝詩定位，[20] 從另一方面來看，這或許是文人，尤其是南方隱逸文士不認同蒙元有關，著名的例子如舊題鄭思肖《心史》，每篇仍冠德祐之號，或如月泉吟社諸人以徵詩方式抒解悵惘。[21]

由此角度進一步考察十三世紀後期文人的「近世」範圍。隨著時間推移，「近世」觀念會有調整，例如：「近世學晚唐者，專師許渾七言」（方回，1227-1307）、[22]「近世元遺山又次之」（劉敏中，1243-1318）、[23]「近世梅都官能詩」（戴表元，1244-1310）、[24]「唐人詩可傳者不翅十數百家，而近世能詩者何寡也。場屋舉子多不暇為，江湖遊士為之又多不傳」（吳澄，1249-1333）、[25]「所存至簡而至精，惟近世簡齋陳去非詩」（吳澄）[26]、「宋詩至簡齋起矣，近來人競學之」（吳澄）、[27]「引陳〔振孫〕

中的詩歌史開端探論〉，《人文中國學報》第三十四期（2022 年 6 月），頁 221。

[20] 另一方面，已有從「大元」角度討論時政，例如王惲（1227-1304）〈儒用篇〉論忽必烈任用儒臣只為理財實用，說「國朝自中統元年已來，鴻儒碩德濟之為用者多矣，如張、趙、姚、商、楊、許……」，《秋澗先生大全集》卷 46，臺北：新文豐出版公司，1985 年，頁 59-60。趙孟頫〈玄武啟聖記序〉：「大元之興，實始於北方，北方之氣將王……」，任道斌校點，《趙孟頫集》，杭州：浙江古籍出版社，1986 年，頁 139。

[21] 姚從吾論《心史》或為南宋以後江南學人的集體創作，載氏著《姚從吾先生全集》第 7 冊，臺北：正中書局，1971 年，頁 148。王次澄，〈元初月泉吟社及其詩析論〉，氏著《宋元逸民詩論叢》，臺北：大安出版社，2001 年，頁 103-130。

[22] 方回評許渾〈春日題韋曲野老邨舍〉，《瀛奎律髓》卷 10，《四庫全書》第 1366 冊，頁 11b-12b，總頁數 99-100。

[23] 劉敏中，〈江湖長短句引〉，載《全元文》第 11 冊，頁 439。

[24] 戴表元，〈王敬叔詩序〉（寫於元貞丙申，公元 1296 年），《剡源戴先生文集》卷 11，頁 97。

[25] 吳澄，〈出門一笑集序〉，載《全元文》第 14 冊，頁 250。

[26] 吳澄，〈鄧性可刪稿序〉，載《全元文》第 14 冊，頁 256。

[27] 吳澄，〈曾志順詩序〉，載《全元文》第 14 冊，頁 259-260。

氏曰：聖俞為詩，古淡深遠，有盛名於一時。近世少有喜者，或加訾毀，惟陸務觀重之，此可為知者道也」（馬端臨，1254-1323）、[28]「近世周益公之辭藻，朱文公之理學，楊誠齋之風節」（劉將孫，1257-?）。[29] 就論者身處的時空言，「近世」的內涵延伸包括北宋梅堯臣、陳與義，金源元好問，南宋周必大、朱熹、楊萬里、陸游、江湖遊士；而方回的「近世」指向南宋江湖詩人，他另有「今『江湖』學詩者，喜許渾詩……」之語。[30] 以「近世」指稱南宋以後時段，嚴羽《滄浪詩話》有此用法，寫到：「近代諸公乃作奇特解會，遂以文字為詩……國初之詩沿襲唐人……近世趙紫芝翁靈舒輩……」。[31] 由以上排比可見，宋末元初的方回和嚴羽的「近世」，即主要指向宋室南渡以後江湖詩人、永嘉四靈的一段時間，藉品評「近世」詩探索今後詩歌的創作方向。吳澄評詩歌源流時指出：「詩自《風》、《騷》以下，惟魏、晉五言為近古，變至宋人，浸以微矣。近時學詩者頗知此，又往往漁獵太甚，聲色酷似而非自然。」、[32]「今之詩人隨其能而有所尚，各是其是」。[33] 按其語氣，似乎「近時學詩者」、「今之詩人」的當前詩作與「近世」詩稍稍相異。不過，這些觀點基本上延續宋代文人批評「近世」詩的角度，恐怕很難說是帶著「元」詩史的意識來觀照。在這一個階段來說，「元」詩的概念還是比較模糊。

---

[28] 馬端臨著，《文獻通考》卷 234「梅聖俞《宛陵集》60 卷、《外集》10 卷」條，北京：中華書局，1986 年，頁 1868。陳振孫，《直齋書錄解題》卷 17，《叢書集成初編》第 44 冊，北京：中華書局，1985 年，頁 467。

[29] 劉將孫，〈題閣皂山凌雲集〉，《養吾齋集》卷 25，《四庫全書》第 1199 冊，頁 2a-3b，總頁數 236。

[30] 方回，〈拗字類序〉，《瀛奎律髓》卷 25，《四庫全書》第 1366 冊，頁 1a-b，總頁數 344。

[31] 郭紹虞校釋，《滄浪詩話校釋》，北京：人民文學出版社，1998 年，頁 26-27。

[32] 吳澄，〈黃養源詩序〉，載《全元文》第 14 冊，頁 294。

[33] 吳澄，〈譚晉明詩序〉，載《全元文》第 14 冊，頁 303。

第二節　學古與古意

　　十三世紀後期文人接續批評近世以來一以理言、重視辭章、奇險的創作風氣，從而引出學古之見。方回指出：「近世為詩者，七言律宗許渾，五言律宗姚合，自謂足以符水心四靈之好，而餖飣粉繪，率皆死語啞語。……又且借是以為游走乞索之具，而詩道喪矣！」[34] 批評鑽研形式而忽視內容深意的寫作趨向，討厭江湖遊士借詩干謁，更謂「不當學姚合、許渾，格卑語陋，恢拓不前。」[35] 另一方面，言愈工意愈鄙，去古愈遠，講求詩藝的次韻詩就是其一。陳櫟（1252-1334）評近時有無知之徒，「辭語鄙俚而謬，且以和韻強人，無知者又為之先和」，指出唱和詩雖自春秋賦詩始，李陵蘇武、盛唐諸人繼之，「然有和意不和韻，尚有古意。又降而白樂天、元微之之徒，則和韻矣，全失古意。」[36] 使用險韻、俗韻皆有損詩之天趣，袁桷便從音節論近世詩，謂「自次韻出而唐風益絕」。[37] 以上所引見十三世紀後期文人皆在宋末詩評家論調的延長線上，即主張詩歌應該吟詠性情，[38] 他們提倡的學古論就是要擺脫「近世」詩舊習而達到唐以及唐以前的詩境。

　　學古通變非常重要，吳澄說：「然制禮作樂因時所宜，文章亦然。品之高，其機在我，不在乎古之似也……然則古詩似漢、魏可也，必欲似漢魏則泥……」[39] 學古時靈活參考前人作品，舉出杜甫取資漢魏而終能自成一

---

[34] 方回，〈滕元秀詩集序〉，載《全元文》第 7 冊，頁 74-75。

[35] 方回，〈送俞唯道序〉，載《全元文》第 7 冊，頁 28-29。

[36] 陳櫟，〈和詩說〉，載《全元文》第 18 冊，頁 164-165。

[37] 袁桷，〈書番陽生詩〉，李軍、施賢明、張欣校點，《袁桷集》卷 49，頁 691。

[38] 嚴羽就時人以理寫詩的傾向，主張從藝術上復古。相對金源以來崇尚尖新的寫詩風氣，元好問從儒學角度提倡風雅興寄、吟詠性情之作。顧易生、蔣凡、劉明今，《宋金元文學批評史》，頁 827。金代詩風的特點，可參劉祁著，崔文印點校，《歸潛志》卷 8，北京：中華書局，1983 年〔2007 年重印〕，頁 85。元代後期詩論有不少提倡吟詠性情之論，「強調此『情』必須經過『禮義』的矯正過濾」，宋濂乃此論的代表，參廖可斌，《明代文學復古運動研究》，上海：上海古籍出版社，1994 年，頁 32-33。

[39] 吳澄，〈孫靜可詩序〉，載《全元文》第 14 冊，頁 376。

家，全因為「機在我」。更強調漢魏詩是「頗近古」的典範，而所謂「古之詩」必須是「有為而作，訓戒存焉，非徒修飾其辭，鏗鏘其聲而已。」[40] 即講究性情之所發，意義之所託，這與元好問提倡風雅興寄、吟詠性情無異。吳澄讚揚今人胡印之詩達意而不巧飾，批評「近年以來，學詩者浸多，往往亦有清新奇麗之作。然細味深玩，不過倣像他人之形影聲響以相矜耀。」[41] 評今人胡助（1278-1355）古體祖述漢，近體宗唐，評今人丁叔才教生徒寫詩不以新、工、奇為尚，重視辭達以及清淡悠然之興。[42] 吳澄重視性情寄託的漢魏唐詩的學古觀點，皆是以近世詩這個對立面思考當時詩的發展方向。戴表元於 1291 年為李時可寫的序，謂其寫詩必擬古，規模陶謝以來諸作，「故下筆輒無今人近語」；[43] 論今人洪焱祖（1263-?）詩時，提出由宋入唐繼而臻於古，批評近世詩人只知學梅堯臣之「沖淡」、黃庭堅之「雄厚」、永嘉詩人之「清圓」而不知可由此力追唐人，「唐且不暇為，尚安得古？」此一宣言寫於大德八年（1304）。[44] 探究今人的寫詩方法，戴表元之見與吳澄一致，皆是以近世詩為對立面來看問題，而非從「大元」的角度考慮本朝詩應該具備什麼特質。

　　與學古相關的一個觀點，就是十三世紀後期文人提出的「古意」。上引陳櫟論唱和詩發展，從「尚有古意」的「和意不和韻」演變成中唐以後「和韻」詩講究使用俗韻、險韻為競的風氣，「全失古意」，陳櫟又言：「楊誠齋深言和韻之弊，見於〈答徐虞書〉」。[45]〈答徐虞書〉講的是作文方法，並非專論次韻，但其中對古今之別有深刻體認，「合乎今未必不違乎古，合乎古未必售於今」，謂不可泥於前人法度，要善於取資變化。[46] 陳櫟所說

---

[40] 吳澄，〈劉復翁詩序〉，載《全元文》第 14 冊，頁 378-379。
[41] 吳澄，〈胡印之詩序〉，載《全元文》第 14 冊，頁 373。
[42] 吳澄，〈胡助詩序〉，載《全元文》第 14 冊，頁 376-377；〈丁叔才詩序〉，《全元文》第 14 冊，頁 382。
[43] 戴表元，〈李時可詩序〉，《剡源戴先生文集》卷 8，頁 78。
[44] 戴表元，〈洪潛甫詩序〉，《剡源戴先生文集》卷 9，頁 81。
[45] 陳櫟，〈和詩說〉，載《全元文》第 18 冊，頁 164-165。
[46] 楊萬里，〈答徐虞書〉，辛更儒箋校，《楊萬里集箋校》，北京：中華書局，2007

的古意，意謂作品應重視內容，而非在詩藝上較量，失去古人寫詩重意蘊之趣。前此南宋士人多有此論調，例如曹彥約（1157-1228）謂：「古人用意深遠，言語簡淡，必日鍛月煉，然後洞曉其意。及思而得之，愈覺有味。非若後人一句道盡也。晉宋間詩人，尚有古意。」[47] 上述諸位的古意皆大致指向漢魏六朝詩。據葛曉音研究，漢魏古意以漢詩特徵為主，寫「人心之至情，世態之常理」，具「意象渾融、深厚溫婉」的魅力。[48] 從十三世紀後期以「近世」詩作為對立面的詩歌創作語境來看，漢魏詩的典範一直是文人企盼的。趙孟頫（1254-1322）曾數次使用古意一詞，例如「賦詩多秀句，往往含古意。大誇江山美，一洗塵土翳。……雪谿春水生，歸志行可遂。閒吟淵明詩，靜學右軍字。」[49]、「我友文子方，其人美如玉。高談動卿相，惠利厚風俗。文章多古意，清切綠水曲。紛紛鳧鷺羣，見此摩霄鵠。」[50] 就詩意言，趙氏的古意指向麗而不俗的秀句以及清貴切近的寫景，這兩點特色都讓人聯想至漢魏詩的風貌。趙孟頫喜歡直接化用古人詩句作詩，尤其挪用漢魏晉詩句，[51] 例如「髭鬚已黃行且白，亦知人生不滿百」、「欲作傳盃飲，誰能秉燭遊」、「故鄉一別三千里，看見池塘草又生」，[52] 對讀諸句，更能領會趙孟頫的古意內涵，即用樸實溫厚文筆書寫世情。

年，頁 2806-2808。
[47] 曹彥約，〈池塘生春草說〉，《昌谷集》卷 16，《四庫全書》第 1167 冊，頁 13a-14a，總頁數 199。
[48] 葛曉音，〈論漢魏五言的「古意」〉，載氏著《先秦漢魏六朝詩歌體式研究》，北京：北京大學出版社，2012 年，頁 300-321。
[49] 趙孟頫，〈酬滕野雲〉，任道斌校點，《趙孟頫集》，杭州：浙江古籍出版社，1986 年，頁 24。
[50] 趙孟頫，〈送文子方調選雲南〉，任道斌校點，《趙孟頫集》，頁 25。其他詩文例子見〈詠懷六首·其二〉，〈與季宗源書〉論畫條目，錢偉強點校，《趙孟頫集》，杭州：浙江古籍出版社，2016 年，頁 10，375-376。
[51] 袁桷〈跋子昂贈李公茂詩〉曰：「松雪翁詩法高踵魏晉，為律詩則專守唐法，故雖造次酬答，必守典則。」，李軍、施賢明、張欣校點，《袁桷集》，頁 697。
[52] 趙孟頫，〈贈相士〉，〈秋夜〉，〈劉端父御史見和前詩次韻答之〉，任道斌校點，《趙孟頫集》，頁 43、50、61、85。

相對古意，上述近世詩「新、工、奇」特點即是新意所在。趙孟頫雖然沒有直接批評宋季詩歌，但他曾說：「宋之末年，文體大壞」，治經者尚「立說奇險」、作賦者主「綴緝新巧」。[53] 整個「近世」文壇皆有著以奇險新巧的審美取向。趙孟頫自跋畫卷〈扣角圖〉（題於大德五年〔1301年〕），論：「作畫貴有古意，若無古意，雖工無益。今人但知用筆纖細，傅色濃艷，便自為能手。殊不知古意既虧，百病橫生，豈可觀也？吾所作畫，似乎簡率，然識者知其近古，故以為佳。此可為知者道，不為不知者說也。」[54] 其畫論針對今人畫工用筆「纖細、濃艷」而發，即如南宋以來畫院畫工所發展的風格，趙孟頫不以此為本，主張臨摹北宋、唐、晉畫和法帖，[55] 可知趙氏畫評的「古意」與其詩歌用意大致相同，以近世、今人作品為對立面，從而提倡用筆簡率。從上述詩論、文論、畫論對古意的理解來看，十三世紀後期文人對整體「近世」文藝觀念的發展頗為不滿，此間流行的奇險、纖巧、濃豔的「新意」一直延續至今人的藝文創作，有識之士藉此對立面提出的「學古」及「古意」，實際上是延續南宋以來批評家的理論框架。如果把「近世」至今人的十三世紀後期視為一整體階段，而不從朝代更替的角度看，我們才可更好理解為什麼元初詩論似乎缺乏獨創性質，因為它是對前一階段觀點的延續，並不是以「大元」的角度思考本朝詩的定位以及其發展。

---

[53] 趙孟頫，〈第一山人文集序〉，任道斌校點，《趙孟頫集》，頁133。
[54] 錢偉強點校，《趙孟頫集》，頁396。趙孟頫〈扣角圖〉自跋收錄於明代張丑（1577-1643）《清河書畫舫》裡，見張丑撰，徐德明校點，《清河書畫舫》，上海：上海古籍出版社，2011年，頁515。
[55] 徐建融，《元代書畫藻鑒與藝術市場》，上海：上海書店出版社，1999年，頁159。又參成書於天曆元年（1328年）湯垕《古今畫鑑》的「古意」用法，評李思訓（651-716）畫著色山水開創「用金碧輝映，為一家法」的傳統，影響五代和宋代宗室畫，湯氏據此評定趙伯駒畫「嫵媚無古意」。可知古意乃就「金碧輝映」的新意而立論。湯垕，《古今畫鑑》，《叢書集成初編本》，北京：中華書局，1985年，頁3。

第三節　本朝詩的概念及其理路

　　十三世紀末至十四世紀初，約在仁宗時期科舉重開前後，文人始大量使用「國朝」、「我朝」等詞語敘述本朝詩，詩論中雖可見以「近世」稱「宋」的用法，但頻率減低，具現明確的宋朝、本朝之別。這與時人開始集中論述中原雅音和文化制度有關，其中又牽涉到要從音聲上復古、科舉考試規則、摒棄近世江西詩派的寫作手段，從而奠定本朝詩的特點。[56] 以下先看此間文人對語音的認識與本朝詩定位的關係。

　　約在公元 1297 年，熊忠編《古今韻會舉要》（黃公紹原編）並引用儒家經典解釋韻部使用，平田昌司指出此乃十三世紀後期，江南學人藉韻部歸納來倡儀復古的手段。與熊忠同時的熊朋來（1246-1323），提倡以《易經》、《詩經》、《書經》的用韻方式統整叶韻系統，就這點而言，他們皆繼承朱熹提出詩歌用韻必須參考《詩經》和漢魏詩人作品的主張。[57] 前述十三世紀後期文人的復古觀念，是從漢魏晉詩的創作傳統中，學習書寫性情與提煉深意，而劃歸為江南道統一脈的熊忠等人又從用韻上復古，既注意用韻問題，連帶關注內容是否符合儒家旨要，無形中擴闊了學古內涵。

　　江南學人對學古和語音的關係有充分論述，江西人周德清（約活動於 1314-1324）在此際也提出中原之音的概念：「惟我聖朝興自北方，五十餘年，言語之間必以中原之音為正；鼓舞歌頌，治世之音，始自太保劉公、牧庵姚公、疎齋盧公輩」。[58] 在蒙元獨特的多族士人圈的背景下，周德清主

---

[56] 詳細討論請參考拙文 "The Concept of *yazheng* (Orthodox Correctness) in the Chinese Poetic Tradition with Special Reference to Yuan Period Criticism of Poetry," in *Monumenta Serica* vol. 62 (2014), pp. 78-84. 本節的論述有資料更新和改寫。

[57] 平田昌司，〈音起八代之衰——復古詩論與元明清古音學〉，《中華文史論叢》，總第 85 期（2007 年），頁 186-193；張民權，〈元代古音學考論〉，《陝西師範大學學報》總第 32 期（2003 年），頁 71；平田昌司，〈「中原雅音」與宋元明江南儒學——「土中」觀念、文化正統意識對中國正音理論的影響〉，載耿振生編，《近代官話語音研究》，北京：語文出版社，2006 年，頁 64、70。

[58] 周德清，《中原音韻》，中國戲曲研究院編，《中國古典戲曲論著集成》第 1 冊，北

張的中原之音是從大一統的角度提出，可以說，此時文人已完全承認蒙元的合法統治了，所謂中原之音可追溯到北宋汴洛通語的傳統背景，是建構國家形象的方式。元代李祁〈周德清樂府韻序〉進一步說：「德清……以中原之音，正四方之音……近之則可追漢代之遺風，遠之可以希商周之《雅》、《頌》」。[59] 平田昌司便指出，宋元時人試圖利用「中原音想像古音、最原始的中國語音」，而這個中原雅音，並不能僅理解為「漢語北方音系」，「可能比較接近當時天下通行的標準音。」[60] 中原雅音可正四方之音，就是說聲音與政通的關係。

自至元二十三年（1286）程鉅夫奉詔往江南訪賢，南人北上機會大增，仁宗於公元 1315 年重開科舉後，舉世盼望出仕，大多已為順民。[61] 加上天命歸元逐漸成為時人共識，例如，官方下令編纂的《經世大典》（於至順三年〔1332〕呈獻朝廷）談到：「蓋聞世祖皇帝初易大蒙古之號而為大元也。」[62] 可見於十四世紀初，「大元」一詞已廣泛應用和得到官方認可。對此，就士人而言，詩歌創作就必須是鼓舞盛世。袁桷指出：「音與政通，因之以復古，則必於盛明平治之時。唐之元和，宋之慶曆，斯近矣。」把當時身處的時期比之為元和、慶曆，他評今人程貞詩為「淡而和，簡而正，不激以為高，舂容怡愉，將以鳴太平之盛。其不遇之意，發乎心而未始以為怨也。」[63] 便完全是前述吟詠性情的主張，兼及是儒家詩教觀的延伸了。延

京：中國戲劇出版社，1959 年，頁 219。

[59] 李祁，〈周德清樂府韻序〉，《雲陽集》卷 4，《四庫全書》第 1219 冊，頁 16a-19a，總頁數 671-672。

[60] 平田昌司指出《中原音韻》代表的十四世紀北曲音系，絕不可能追漢代遺風，而它只是當時「有人試圖利用中原音想像古音、最原始的中國語音。」其中的轉折非本文能涵蓋，請參閱其〈回望中原夕霽時——失陷汴洛後的「雅音」想像〉，《中國文學學報》第 2 期（北京大學中文系、香港中文大學中文系），2011 年，頁 170-172。

[61] 姚大力，《蒙元制度與政治文化》，北京：北京大學出版社，2011 年，頁 246-247。

[62] 《經世大典序錄》「帝號」，蘇天爵，《元文類》卷 40，臺北：世界書局，1962 年，頁 3-5。

[63] 袁桷，〈書程君貞詩後〉，李軍、施賢明、張欣校點，《袁桷集》，頁 690。

祐二年（1315）科舉重開，時任禮部尚書馬祖常（1279-1338）認為錄取標準應該要「崇雅黜浮」，[64]「雅」普遍指向作品風格和內容之雅正。元統元年（1333）左榜進士第二李祁（1299-?）言：「自科場以通經取士，有司命題，多出雅頌，出國風者，十無二三。由是而習是經者，亦惟雅頌是精，國風則自二南之外，罕有能究其情而得其趣者……」[65] 說明與「雅」關係密切的《詩經》〈雅〉、〈頌〉部分，是此時一個重要的考核內容。此外，在元代科舉文化的語境下，「雅」的意涵還應該包括用韻之正，因為科舉第二場考核古賦、詔誥，就必然考慮到古韻的運用。櫻井智美指出，雖然元代科舉考試沒有規範韻部用書，士子可用各種通行版本的宋代《禮部韻略》或者參考古人騷賦作品的用韻方式，但這樣的考試規則說明當時知識界對宋代韻部給予一定程度的重視，屬於崇雅的一個面向。[66]

在十三世紀末至十四世紀初知識界崇「雅」和重視用韻的背景下，歐陽玄〈羅舜美詩序〉確立本朝詩的「雅正」價值很大程度是建基於音聲之正的考慮：

> 江西詩在宋東都時宗黃太史，號江西詩派，然不皆江西人也。南渡後，楊廷秀好為新體詩，學者亦宗之，雖楊宗少於黃，然詩亦小變。宋末須溪劉會孟出於廬陵，適科目廢，士子專意學詩，會孟點校諸家甚精，而自作多奇崛，眾翕然宗之，於是詩又一變矣。我元延祐以來，彌文日盛，京師諸名公咸宗魏、晉、唐，一去宋、金季世之弊而趨於雅正，詩丕變而近於古。江西士之京師者，其詩亦盡棄其舊習

---

[64] 蘇天爵，〈御史中丞馬公文集序〉，陳高華、孟繁清點校，《滋溪文稿》，北京：中華書局，1997年，頁65。

[65] 李祁，〈顏省原詩序〉，《全元文》第45冊，頁434。侯美珍研究元代科舉，指出現存《皇元大科三場文選》〈詩義〉第一題，即至正元年（1341）江西鄉試題，題目取自〈周頌‧賁〉，見〈元代科舉三場考試偏重之探論〉，《國文學報》第63期，2018年，頁190。

[66] 櫻井智美，〈禮部韻略與元代科舉〉，《元史論叢》第9輯，2004年，頁110。平田昌司，〈音起八代之衰——復古詩論與元明清古音學〉，頁191-193。

焉。[67]

歐陽玄沿襲前人評論方向，即以近世南宋詩作為對立面，論述「我元延祐以來」的本朝詩歌。這裡說江西人楊萬里新體詩「小變」，即以楊氏「活法」和用韻方式為批評重點，若連繫引文下半部分標舉延祐以來詩人「趨於雅正」的說法，楊萬里作詩的用韻方式值得注意。楊萬里寫詩大多不依從禮部韻，曾說：「吟詠性情，當以國風、離騷為法，又奚禮部韻之拘哉！」[68] 如果考慮到此一創作背景，這種「小變」似乎不會是歐陽玄所推許的，他認為能夠「近於古」，摒棄近世詩壇尤其是江西詩人的用韻缺失，兼及藉語音來建構「我元」雅正詩風的，就只有「江西士之京師者」，連繫歐陽玄〈梅南詩序〉所言：「京師近年詩體一變而趨古，奎章虞先生實為諸賢倡」，[69] 江西士之京師者主要指向元代中期的宮廷文人虞集，以他作為確立本朝詩面目的其中一個典範。以下我們來看虞集如何論詩和寫詩。

虞集曾多次批評近世詩人文風，其〈廬陵劉桂隱存稿序〉寫道：「宋之末年，說理者鄙薄文辭之喪志……國朝廣大，曠古未有，起而乘其雄渾之氣以為文者，則有姚文公其人……當是時，南方新附，江鄉之間，逢掖搢紳之士……以為高深危險之語。」[70] 以「宋末」比對「國朝」，並用「當是時」形容南方文士好為高深危險之語。另一篇〈跋程文憲公遺墨詩集〉云：「故宋之將亡，士習卑陋，以時文相尚。病其陳腐，則以奇險相高，江西尤甚……今代古文之盛，實自〔程文憲〕公倡……所為詩八十九首……見其沖澹悠遠、平易近民，古人作者之風，其可及哉。」[71] 進一步批評江西後學好為奇險，讚揚程鉅夫詩「沖澹悠遠」，就虞集的詩學觀言，這番話可作為

---

[67] 歐陽玄，〈羅舜美詩序〉，《圭齋文集》，頁 53。
[68] 羅大經著，王瑞來點校，《鶴林玉露》，北京：中華書局，1983 年，頁 339。
[69] 歐陽玄，〈梅南詩序〉，《圭齋文集》，頁 51。
[70] 虞集，〈廬陵劉桂隱存稿序〉，王頲點校，《虞集全集》，天津：天津古籍出版社，2007 年，頁 499。
[71] 虞集，〈跋程文憲公遺墨詩集〉，王頲點校，《虞集全集》，頁 430。

「學古者，言淡而意深」的註腳。[72] 另一方面，虞集詩的用韻又確實與前此江西詩人有別，據杜愛瑛研究，虞集現存古體 292 首和近體 1197 首，其古體詩用韻差不多全部根據宋代通語十八部來寫，只有一首以江西韻出之；而其近體詩，只有九首不以通語出之。[73] 可見歐陽玄說的「江西士之京師者」，確是能做到從詩歌取法和用韻兩方面改正近世詩的缺點。

準此可得出結論，十四世紀初本朝詩的確立與語音運用之間有莫大關係，即通過提出音與政通的理論來革除近世詩的寫作習慣和缺點，進而重新確立本朝詩的「雅正」價值。蘇天爵〈書吳子高詩稿後〉肯定延祐以後本朝詩人的文學價值：「我國家平定中國，士踵金、宋餘習，文辭率麤豪衰薾。涿郡盧公始以清新飄逸為之倡。延祐以來，則有蜀郡虞公、浚儀馬公以雅正之音鳴於時，士皆轉相效慕，而文章之習今獨為盛焉。」[74] 同樣以「雅正」作為本朝詩的特點，「雅正」除內容上要復歸風雅正聲外，也包括語音上的復古、以漢魏唐詩為典範的內涵延伸。[75] 除虞集作為本朝詩的典範外，蘇天爵另舉雍古氏馬祖常（1279-1338）。託名范椁的《木天禁語》曾記載馬祖常論詩與聲音的一段話：「蓋中原天地之中，得氣之正，聲音散布，各能相入。是以詩中宜用中原之韻，則便官樣不凡。」[76] 文士以雅音作為工作和生活用語，以及日常寫詩之標準，乃是建構個人和公務形象的方式，進一步來看，或許與蒙元宮廷讀詔書和撰作公文須以國語、漢語並行有

---

[72] 虞集，〈送熊太古詩序〉，王頲點校，《虞集全集》，頁 544。
[73] 杜愛瑛，〈元代儒學教授虞集詩詞曲用韻考〉，《南昌大學學報》總第 30 卷第 4 期（1999 年），頁 96-100。
[74] 蘇天爵，〈書吳子高詩稿後〉，陳高華，孟繁清點校，《滋溪文稿》，北京：中華書局，1997 年，頁 495。
[75] Chan Hon Man, "The Concept of *yazheng* (Orthodox Correctness) in the Chinese Poetic Tradition with Special Reference to Yuan Period Criticism of Poetry," p. 107.
[76] 這一論點由平田昌司首先指出，參閱其〈音起八代之衰——復古詩論與元明清古音學〉、〈「中原雅音」與宋元明江南儒學〉等前揭論文的相關討論。託名范椁的《木天禁語》，見張健，《元代詩法校考》，北京：北京大學出版社，2001 年，頁 178。

關，故特別重視雅音在朝廷中的運用。[77]

　　由於文士已承認蒙元政權的合法統治，十四世紀初期的詩論已傾向大量使用「我朝」、「皇元」、「國朝」、「元」敘述本朝詩的發展和特點，例如：

> 近世為詩者，言愈工而味愈薄……我國家以淳龐大雅之風丕變海內，為治日久。[78]

> 江左之風，至嬴宋季世，而音調卑矣。元興，作者間起。比年矣，四方之士雷動響應……[79]

> 我元之詩，虞為宗，趙、范、楊、馬、陳、揭副之，繼者疊出而未止。[80]

> 詩之弊，至宋末而極。我朝詩人往往造盛唐之選，不極乎晉魏漢楚不止也……[81]

上述引文從近世詩精巧格卑的角度出之，更進一步對照「我元」之詩的特點及其代表詩人，這些說法在十三世紀後期詩論裡難以看到。十四世紀初，仁宗時的李祁為劉孟簡、劉素履撰寫〈《元朝詩選》序〉，說其「嘗取本朝詩刻諸梓……吾黨之士，適生乎文明之時，而與聞乎治平之聲，文王清廟，洋

---

[77] 例如蒙元規定「讀詔，先以國語宣讀，隨以漢語譯之。」宋濂等著，《元史》卷67「禮樂一」，第六冊，北京：中華書局，1976年初版，2011年再版，頁1670。又可參蔡春娟，〈元代的蒙古字學〉，《中國史研究》，2004年第2期，頁103-122。

[78] 陳旅，〈周此山集序〉，《安雅堂集》卷4，載於《元代珍本文集彙刊》，臺北：國立中央圖書館，1970年，頁179-181。

[79] 楊翮，〈九曲韻語序〉，載《全元文》第60冊，頁447-448。

[80] 楊維楨，〈剡韶詩序〉，載《全元文》第41冊，頁242。

[81] 楊維楨，〈無聲詩意序〉，載《全元文》第41冊，頁314。

溢盈耳，式和且平⋯⋯」[82] 可知是選專取大雅正聲的本朝詩歌。元代中後期名臣蘇天爵的《國朝文類》補刊於順帝至正二年（1342），從國家層面確立本朝詩的自家面目，除以「雅正」形容本朝詩的風貌外，通過選詩部分彰顯本朝詩具有美刺諷喻、上本風雅的特色。在此期間，坊間還有兩部《皇元風雅》詩選，一為傅習、孫存吾本（虞集序於 1336 年），另一為蔣易本（自序於 1337 年）。前者是隨得即刊的朝野群英詩選，多取民生題材，後者選詩重視朝廷官員的個人情感和厭倦官場但歸鄉無期的落寞。[83] 戴良（1317-1383）對此有一總評：

> 氣運有升降，人物有盛衰，⋯⋯一皆去古未遠，《風》、《雅》遺音，猶有所徵也。⋯⋯唐詩主性情，故於《風》、《雅》為猶近；宋詩主議論，則其去《風》、《雅》遠矣。然能得夫《風》、《雅》之正聲，以一掃宋人之積弊，其惟我朝乎。我朝輿地之廣，曠古所未有⋯⋯故一時作者，悉皆餐淳茹和，以鳴太平之盛治，其格調固擬諸漢唐，理趣固資諸宋氏。至於陳政之大、施教之遠，則能優入乎周德之未衰，蓋至是而本朝之盛極矣。[84]

不滿宋詩因為其去風雅甚遠，忽略性情在詩中的重要作用，而戴良在文中列舉的「我朝」詩人，包括姚燧、盧摯、劉因、趙孟頫、范梈、虞集、揭傒斯、楊載、馬祖常、薩都剌、余闕及嚴穴隱人、江湖羈客，卻可以利用輿地之廣的優勢來陳政和施教，即以傳統漢文化的風雅觀來施行教化。此後，本朝詩人典範大致確立，戴良標舉的姚燧、盧摯、趙孟頫、虞集、揭傒斯、馬祖常皆被列入元末孔齊所論的「大元國朝文典」之中，成為時人共識。[85]

---

[82] 李祁，〈《元朝詩選》序〉，載《全元文》第 45 冊，頁 409。
[83] 見本書第九章。
[84] 戴良，〈皇元風雅序〉，《九靈山房集》卷 29，《四庫全書》第 1219 冊，頁 1a-b，總頁數 587-589。又見《全元文》第 53 冊，頁 293。
[85] 孔齊，《至正直記》，上海：上海古籍出版社，1987 年，頁 26-27。

元代文人對本朝詩的體認過程有一特點,是以「近世」詩為對立面論時人的寫詩方向,就資料所及,從「大元」角度為本朝詩歌定位的討論要到元代中期延祐以後才具體清晰。延祐以前的一段時間,文人沿著南宋詩評家的理論探討「近世」詩和時人作品裡奇險、新巧的趨向,提出回到漢魏唐詩的學古觀念,其中並沒有明確說明本朝詩歌應該具備什麼特質。因此,本章把宋末元初視為整體階段,以十三世紀後期作為此階段的另一表述方式,以見當時文人對南宋詩論的繼承。十四世紀初期(即元代中期),在科舉崇雅黜浮的錄取標準以及文人提出雅音概念的影響下,文人始以雅正一詞(用韻之正、作品風格與內容之雅正)總結本朝詩的特點,從根本上撇清了「近世」詩,尤其是江西後學的寫作缺失。「江西士之京師者」虞集,以及雍古氏馬祖常被標舉為本朝雅正詩的典範,連同後期戴良對本朝詩的定評和孔齊「國朝文典」的歸納,十四世紀初期,文人對本朝詩的定位自此完成,最終成為時人共識,其影響一直綿延至清初康熙年間顧嗣立(1669-1722)《元詩選》詩人小傳的撰作與詩選彙編。[86]

　　十三世紀後期至十四世紀初,那些被歸納為「近世」尤其是指向晚宋以來的詩,似乎要一併捨棄。在此期間,文人一方面搜尋故宋遺物以存衣冠禮樂,另一方面從內容和藝術角度批判地繼承宋詩,又認為漢傳統文化對其他族群有其「變化」作用,例如趙孟頫曾讚揚西戎貴種薛昂夫學為儒生,發而為詩、樂府,皆「激越慷慨,流麗閑婉」,「吾觀昂夫之詩,信乎學問之可以變化氣質也」。[87] 這些論述雖然無甚新穎,皆是在儒家詩教觀的延長線上,但如果考慮到上節所引「我朝興地之廣,曠古所未有」的廣闊背景,那麼十四世紀初期文人對本朝詩的體認便值得重新思考。

　　組成大蒙古國的四大汗國於公元 1260 年前後開始分離,一直至十四世

---

[86] 顧嗣立編,《元詩選》,北京:中華書局,1987 年〔2002 年重印〕。顧嗣立,《寒廳詩話》,載《清詩話》,上海:上海古籍出版社,1999 年,頁 84。參陳漢文,〈文化傳承與江南情結——顧嗣立《元詩選》詩人小傳探析〉,《漢學研究》第 35 卷第 4 期(2017 年),頁 197-235。

[87] 趙孟頫,〈薛昂夫詩集序〉,任道斌校點,《趙孟頫集》,頁 134-135。

紀以前,他們仍然以佔據漢地的大汗為名義上的首領,可以說,大汗是屬於更大範圍的「蒙古政治共同體」的領袖。[88] 姚大力指出,約在公元 1310 年前後,「大汗」才逐漸不再受到四大汗國的尊奉。原因在於世侯與蒙古統治的紛爭以及各治理體系的差異,要在更大範圍內維持統一,可說力不從心。[89] 把上述「大元」本朝詩的定位放回 1310 年前後的背景來看,它的出現對「大元」或「四大汗國」的意義何在?仁宗(1311-1320 在位)乃大元大汗,他卻受制於其母答己和鐵木迭兒弄權之中,故他即位之初便有強政勵治之心,削減蒙古諸王因分封而獲得的利益,並整頓吏治,及延祐開科。換句話說,十四世紀初期文人對本朝詩的論述,部分指向此時段的延祐儒治。此時文人認為延祐儒治可廣被四海,通過本朝的雅正文學可以施行教化,因此,在十四世紀初的文獻中,有大量使用類似「我朝輿地之廣,曠古所未有」並連繫本朝詩的論斷。事實上,仁宗朝政局不隱,曾發生繼位人選紛爭、省台衝突(例如鐵木迭兒受賄,然有答己護航,故僅被罷相一事)等等問題,於此時局下,本朝詩似乎難以具有在廣闊輿地中有陳政與施教的廣大作用。近來研究元詩者常常強調多族士人來中原學習和寫作漢詩,那麼反過來說,多族士人的漢詩在四大汗國是否有廣泛的流傳和影響?[90] 限於本章題旨,這問題值得另文深入探討。

---

[88] 關於四大汗國,參鄭天挺「蒙古帝國與元」條目,鄭天挺著,王曉欣,馬曉林整理,《鄭天挺元史講義》,北京:中華書局,2009 年,頁 23-24。

[89] 姚大力,《蒙元制度與政治文化》,北京:北京大學出版社,2011 年,頁 139-194;姚大力,〈怎樣看待蒙古帝國與元代中國的關係〉,載張志強主編,《重新講述蒙元史》,北京:生活・讀書・新知三聯書店,2016 年,頁 20-29。

[90] 邱江寧最近的一篇文章〈13-14 世紀世界的互聯互通與文學格局的開放情形〉,曾討論絲綢之路與「絲路」紀行的創作,進而探討當時世界各文化圈對「中國形象」的體認,載氏著《元代文人群體的地理分布與文學格局(下)》,北京:中華書局,2021 年,頁 547-586。

第三章　萬物大元
——元代宮廷詩的階段發展及創作特色

　　本文不囿於宮廷文人義界，只要具有官職的文臣，無論是文職官員、武官、吏員、監察御史等等，供職期間曾撰作宮廷詩，俱納入研究範圍，集中以宮廷文人或宮廷詩人、文臣等字詞籠統概括。[1] 由此觀照所有現存元代宮廷詩，梳理其發展方向和階段特點，藉數位人文工具標註關鍵字詞，歸納其創作傾向如何呈現王權話語，以及此話語系統與傳統宮廷文學及文化的關係。本章指出元代宮廷詩高峰始於中期，與當時一系列文化舉措相關，南人、漢人撰作者佔大多數，由於有此族群傾向，詩的題旨和寫法類近傳統宮廷文學及文化，與前朝有著相承相續的關係。

第一節　元代宮廷詩的分期及發展

　　至元八年十一月（1271 年），忽必烈頒布〈建國號詔〉，取《易經》「乾卦」裡「大哉乾元，萬物資始，乃統天」之意，建國號大元。[2] 建國號

---

[1] 談到唐代宮廷文職官員時，葛曉音指出：「幾乎人人都必須具備寫作應詔詩的技能。只是有些以文學進身的官吏尤其擅長應制奉和，并留下了較多的作品，於是這些人便籠統地稱為宮廷文人了。」，〈論宮廷文人在初唐詩歌藝術發展中的作用〉，載氏著《詩國高潮與盛唐文化》，北京：北京大學出版社，1998 年，頁 25。

[2] 《易經》「乾卦」，朱熹撰，廖名春點校，《周易本義》，北京：中華書局，2009 年，頁 32。徒單公履，〈建國號詔　至元八年十一月〉，蘇天爵，《元文類》卷九，臺北：世界書局，1962 年，頁 4a-5a。

的始末，蔡美彪指出：

> 包括國號、帝號與紀年的元代國家建號制度，實際上存在著蒙制與漢制兩重體系。漢制體系是：大元國號——漢語皇帝廟號（如世祖、成宗）及謚號——漢語年號干支。蒙古體系是：大蒙古國號（大朝）——蒙語大汗尊號（如成吉思汗）、廟號（薛禪：完澤篤）——十二生肖紀年。這兩種體系同時并存，蒙、漢互譯，形成蒙古國家制度的一大特點。[3]

在大蒙古國建立國號之初，蒙漢並制的體系已然確立。杉山正明指出：「忽必烈在蒙古帝國架構之上，將親手實現再統合的『中國』置於新國家構想主軸的想法。其目標在於同時承繼以蒙古為頂點的遊牧國家傳統，以及歷代中華王朝所累積下來的遺產，集兩者成萬物『大元』之國家。」[4] 在治統確認、宮廷裡蒙漢語言和政制並行的情況下，宮廷文人潤飾鴻業，以宮廷詩敷陳嘉話，宣告萬物「大元」實為合理。據唐宋宮廷文學傳統，宮廷詩以應制奉和為正聲，凡君臣唱和、朝會、公宴、禮儀、祭祀等等俱是主要內容，相較下，蒙元宮廷文化活動並非常規舉行，皇帝、太子、貴戚、宗室也不唱酬，應制詩非常少，卻有鮮明的階段發展。以下由撰作場合和時代斷限兩方面闡釋研究範圍。

元代實行兩都制，宮廷詩的寫作空間和生發一般在大都和上都宮廷，或在兩都巡幸道中、諸王府、太子潛邸、官府宴會場合等等，如此歸納，即見各種例外情況接續而來，故此，本章綜合學界所論，[5] 認為應該把撰寫場合

---

[3] 蔡美彪，〈明代蒙古與大元國號〉，載氏著《遼金元史十五講》，北京：中華書局，2015 年，頁 180。

[4] 杉山正明著，周俊宇譯，《顛覆世界史的蒙古》，頁 117。

[5] 例如賈晉華研究唐太宗朝宮廷詩人聚會的場合，以宮廷、太子和諸王府、及朝臣之間為主，《唐代集會總集與詩人群研究》，北京：北京大學出版社，2001 年，頁 30。朱錦雄指出應當注意「下令寫〔應制〕詩者必須具有帝王、太子或諸王的皇室身

以及帝王、太子、貴戚、宗室等上位者是否在場作為考慮基礎，再根據詩意約分為三類：

A 類─帝王詩及應制詩　現存包括元世祖、文宗、順帝詩；下令寫詩者是皇帝、太子、貴戚或宗室，也有宮廷文人奉皇姊大長公主的懿旨寫題畫詩。[6]

B 類─帝王、太子、貴戚、宗室等上位者同場　宮廷文人在上述撰寫場合裡自撰宮廷詩，無論是當下所作或是事後回想記錄，撥歸此類。舉例說，滕安上撰於 1282 年〈至元德音并序〉提及聆聽元世祖德音。[7]

C 類─帝王、太子、貴戚、宗室等上位者不在場　宮廷文人在上述撰寫場合裡自撰宮廷詩，諸如僚屬唱和、詠物宴遊、贈別憶舊、公務閒暇時的言志抒懷、題畫共作等等，由於上位者不在場，可以多寫心聲。例如，袁桷〈次韻大亨待制賦院中御馬纓花〉。[8]

時代斷限方面，以 1271 至 1294 年為初期（忽必烈時期），以南人陸續北上為官的時段 1294 年至 1333 年為中期（成宗、仁宗、英宗、泰定帝、文宗），1333 年至 1368 年為後期（順帝）。部分宮廷文人職務跨越兩期，統計方法從詩的創作時間和內容判定，如吳師道職務跨越中後期，其〈十二月廿四日至廿八日崇文閣下試諸生和仲舉韻〉撥歸中期，[9] 因詩題裡的國子監

分」，而「公宴詩產生的場合，必須是在遊宴之時，應制詩則不限制寫作的場合」，故此實為兩種不同的詩歌類型。《在情志之外──六朝詩的多元面向》，臺北：萬卷樓圖書公司，2020 年，頁 78-80。

[6] 應制包括應詔、應令、應教，見吳兆宜釋劉遵〈繁華應令〉題：「凡應皇帝曰應詔，皇太子曰應令，諸王公曰應教。」徐陵編，吳兆宜注，程琰刪補，穆克宏點校，《玉臺新詠箋注》卷八，北京：中華書局，1999 年，頁 334。就元代應制詩的創作情況與場合言，上位者與宮廷文人一般同場。元代多了懿旨一項。

[7] 滕安上，〈至元德音并序〉，《全元詩》第 11 冊，頁 1-2。

[8] 袁桷，〈次韻大亨待制賦院中御馬纓花〉，《全元詩》第 21 冊，頁 218。

[9] 吳師道，〈十二月廿四日至廿八日崇文閣下試諸生和仲舉韻〉，《全元詩》第 32 冊，頁 97。

崇文閣於仁宗皇慶二年（1313）建成，而其主要活動在中期。另外，依據重要宮廷文人在朝的活動情況判斷，初期以趙孟頫、鮮于樞、鄧文原為下限，因學界習慣統稱他們為元初三大書家，中期以袁桷為起點，他有三部上京紀行詩成於 1314 年、1319 年、1321 年，屬中期代表人物，[10] 中期、後期的分野可以吳師道為界，他是至治元年（1321）進士，至元元年（1335）遷池州，後為國子博士，卒於至正四年（1344），其活動集中在中期，又與中期的柳貫唱和，在他以後的張翥、李孝光等便屬後期代表。

據以上原則，筆者通覽《全元詩》（共 68 冊）和學界補考，[11] 參考《全元詩》詩人小傳爵里的記述以及「中國歷代人物傳記資料庫（CBDB）」的籍貫郡望、社會關係年分，[12] 從元詩分期和詩人氏族角度，統計 A 類及 B 類的詩歌分布。A、B 類是宮廷詩的正聲，內容雅正，盛大遒麗，最能反映元代宮廷詩的特色，[13] 下表沒有統計 C 類，此類作品在中期以後增多，約有 1200 題，超過 1400 首，就撰寫場合言，C 類多是宮廷文人與僚屬之心聲，這部分的重要題材會在下一節分析，並在第五、六、七章裡討論。

---

[10] 袁桷卒於 1327，同時稍後的宋本卒於 1334，馬祖常卒於 1338，皆屬中期代表人物。

[11] 重要詩作已統整其中，可基本反映元代宮廷詩的發展狀況。楊鐮主編，《全元詩》68 冊（北京：中華書局，2013 年）。鄧富華，〈《全元詩》補遺〉，《古籍整理研究學刊》2014 年 11 月第 6 期，頁 38-41，孫海橋，〈《全元詩》補遺 80 首〉，《古籍整理研究學刊》2015 年 5 月第 3 期，頁 46-53，鄧富華，〈《全元詩》補考〉，《古籍整理研究學刊》2016 年 1 月第 1 期，頁 45-50、38，都劉平，〈《全元詩》輯補 25 首〉，《古籍整理研究學刊》2016 年 11 月第 6 期，頁 14-17。

[12] Harvard University, Academia Sinica, and Peking University, *China Biographical Database* (March 08, 2023), https://projects.iq.harvard.edu/cbdb。

[13] 六朝以來對宮廷詩正聲的看法較為一致，即在內容雅正、用字典雅溫麗、氣象盛大遒麗，參陳廣宏，〈明初閩詩派與台閣文學〉，《文學遺產》2007 年第 5 期，頁 63-76。朱錦雄有專章論六朝應制詩的正格，《在情志之外——六朝詩的多元面向》，頁 95-104。Chan Hon-man, "The Concept of *yazheng* (Orthodox Correctness) in the Chinese Poetic Tradition with Special Reference to Yuan Period Criticism of Poetry," *Monumenta Serica* vol. 62 (2014), pp. 55-109.

表 3-1　元代帝王、宮廷文人及其宮廷詩題材分類概述

時期	詩人氏族	詩歌總數	題材分類	
初期（約 1271-1294）	蒙古：1；漢人：11 色目：0；南人：7	81	A 類：4	B 類：77
中期（約 1294-1333）	蒙古：1；漢人：5 色目：6；南人：21	324	A 類：106	B 類：218
後期（約 1333-1368）	蒙古：1；漢人：2 色目：1；南人：22	286	A 類：7	B 類：279

通讀現存所有 A、B 類後，得出幾個事實：

I. 宮廷詩寫作由漢人南人承擔，比較少蒙古和色目人參與，能夠寫作的，已漢化甚深，如薩都剌。元代帝王詩出自元世祖、文宗、順帝。[14]

II. 宮廷詩具明顯階段變化，至元二十三年（1286）程鉅夫應世祖命江南訪賢後，[15]南人北上大都為主流，宮廷詩創作始盛，發展以中期為高峰；

III. 應制詩的數量與前朝相比有雲泥之別，終元一朝沒有君臣唱和；A 類於後期大幅下降，與順帝至正年間各地戰亂頻仍有很大關係，其時宮廷活動減少，文人轉而在私人領域書寫江南城市及紅巾軍之亂；[16]

IV. 中期時，A、B 類顯著增多，對應當時大都和上都的文化氛圍，如魯國大長公主的南城雅集、兩京巡幸、祭祀和朝貢增加、奎章閣的題畫活動；後期 B 類數量上升，與上京紀行類作品增加有關；[17]

---

[14] 英宗有御製御題詩，然只得一聯，見第四章討論。

[15] 程鉅夫謂國家混一江南，宜用南北人才，〈好人〉，《全元文》第 16 冊，頁 96。

[16] 例如中期宮廷詩裡天壽節乃常見題旨，不過，至正十九年（1359），順帝以天下多故，推卻天壽節朝賀，群臣認為應該舉行，帝不允。皇太子等復上奏，順帝曰：「今盜賊未息，萬姓荼毒，正朕恐懼、修省、敬天之時，奈何受賀以自樂！」《元史》卷 45，第 4 冊，頁 947。

[17] 相對初期言，中後期的上京紀行詩數量驟增。需要指出的是，後期的兩京巡幸次數開

V. 宮廷詩的創作集中在以下宮廷文人：王惲、趙孟頫、陳孚、鄧文原（前期）；袁桷、柳貫、虞集、揭傒斯、胡助、馬祖常、薩都剌、柯九思（中期）；張翥、許有壬、貢師泰、張昱（後期）；

VI. 多以七律為標準範式；

VII. 中後期宮廷詩的主題鮮少離開歌功頌德，如薩都剌〈丁卯及第謝恩〉、〈賜恩榮宴〉寫登第後面聖。[18] 敘寫群臣宮廷生活的有胡助〈和虞學士讀廷對策玉堂有賦〉，應制有虞集〈題柯敬仲畫扇應制〉，袁桷〈魯國大長公主圖畫記〉記奉教題畫詩三十多篇。[19]

從以上歸納可知，元代宮廷詩的創作高峰在中期，與第二章由詩學史背景論本朝詩的考察相合。

始減少，至正十九年（1359）十二月以後，史載「因上都宮闕盡廢，大駕不復時巡。」，《元史》卷 45，第 4 冊，頁 949。陳高華，史衛民，《元代大都上都研究》，北京：中國人民大學出版社，2010 年，頁 101。

[18] 薩都剌著，龍德壽譯注，《薩都剌詩詞選譯》，南京：鳳凰出版社，2011 年，頁 200-203。

[19] 可參蘇天爵，《元文類》卷七，臺北：世界書局，1962 年，頁 5a-5b；虞集，《道園學古錄》卷 3，《四部備要》集部第 276 冊，據明刻本校刊，上海：中華書局，1936 年，頁 7b-8a；胡助，《純白齋類稿》，北京：中華書局，1985 年，頁 70；《道園學古錄》卷 3（《四部備要》本），頁 16b；顧嗣立編，《元詩選》二集上，北京：中華書局，1987 年（2022 年重印），頁 523；虞集，《道園類稿》卷 9，《元人文集珍本叢刊》，臺北：新文豐出版公司，1985 年，頁 373；楊亮校注，《袁桷集校注》，北京：中華書局，2012 年，頁 1981-1982。元代宮廷詩有題內府藏品（以畫為主），本文比對《全元詩》詩題與《宣和畫譜》（臺北：世界書局，2009 年）、傅申和姜一涵的歸納，統計結果已一併放入表（3-1）。傅申，〈女藏家皇姊大長公主——元代皇室書畫收藏史略（一）〉，《故宮季刊》13.1，1978 年，頁 25-51，〈元文宗與奎章閣——元代皇室書畫收藏史略（二）〉，《故宮季刊》13.2，1978 年，頁 1-24。姜一涵，〈元內府之書畫收藏·上〉，《故宮季刊》14.2，1979 年，頁 25-54，〈元內府之書畫收藏·下〉，《故宮季刊》14.3，1980 年，頁 1-38。

第二節　從數位人文工具看
元代宮廷詩的創作傾向及其特色

　　如果王權展現要強調帝王在宮廷內外、國家地域的「可見度」，田曉菲謂「服飾、車輿、娛樂、居處」便是區別社會等級的象徵性標誌。[20] 關於社會等級，可進而思考帝王及上位者的在場與缺席的問題。巫鴻研究空椅與空間的視覺策略在美術史的意義提供了借鑑。空間的意義在於容納「虛」，沒有虛就沒有空間，所以設計椅子時，已包括椅子承載「假想的身體」的重量，一張椅子的設計、擺放與所處空間的關係皆「指涉著這個假想身體的地位和權力」。巫鴻引用清代宮廷有關寶座和御榻的禮儀規定，帝王在席，臣子固然恭敬，帝王不在席，臣子經過時也要莊重噤聲。[21] 無論帝王在席或不在席，寶座和御榻此一具可見度、物質性、其容納之空間範圍，展示至高無上的王權。沿此思路，相關宮廷的一切器物、禮儀、階級與氣氛營造等等所形塑的帝王威儀與臣子恭敬形象，都是建構王權話語的元素，而宮廷文人最有資格參與此一意義建構過程。無論是可見的器物和禮儀，可知的制度階級，或是可感的氛圍，只要運用這些元素在宮廷詩撰作，便可靈活展示王權。通覽元代宮廷詩，有使用上述元素形塑王權，而本章以帝王、太子、貴戚、宗室在場（B 類）與不在場（C 類）的劃分，旨在突顯前者作為宮廷詩正聲的雅正主導風格，而後者體現更多不同詩風題旨，既有王權展現部分也有表達王權話語以外的詩人心聲。

　　為了掌握元代宮廷詩的書寫模式，本章參考杜正勝〈什麼是新社會史〉的社會層級為研究框架，此分類縮攝文明社會的基本面向，據此可以有效標記 A、B、C 類作品使用的關鍵字詞，以及宮廷文人的語言使用習慣和差異，探索其建構王權的傾向。杜正勝指出社會史研究可概分為物質的、社會

---

[20] 田曉菲著，何維剛、雷之波譯，〈南朝宮廷詩歌裡的王權再現與帝國想像〉，《中國文哲研究通訊》第三十卷第一期（2020 年 3 月），頁 141-182。

[21] 巫鴻著，錢文逸譯，《「空間」的美術史》，上海：上海人民出版社，2017 年，頁 138-140。

的、精神的三個層面，三者與人群關係密切，反映個人與社會的關係，其十二項分類包括：

　　物質的：生態資源、產業經營、日用生活
　　社會的：親族人倫、身分角色、社群聚落、生活方式（品味）
　　精神的：藝文娛樂、生活禮儀、信仰宜忌、生命體認、人生追求

杜正勝謂分類似沒有「政治」成分，其實已滲入各層面裡，「任何人群皆離不開政治，人類社會只要到達稍稍複雜的階段，產生統治者與被統治者的關係，就構成一種政治形式……中國的政治結構雖然不是社會的基礎，但從群體的社會活動與信仰以至個人之思想觀念，都離不開政治結構的模式。」[22] 因應元代宮廷詩題旨，下表即以杜正勝的分類為本，設置第一層級，再參酌廖宜方對中古地方祭祠文化的分層等級方法，[23] 觀照元代宮廷詩情況，設置第二、第三層，調整為以下九項：「物質的」地點場所、生態、日常生活，「社會的」政治權力、社群聚落，「精神的」藝文娛樂、價值意義、生活禮儀、宗教信仰。據此整理元代宮廷詩的關鍵字詞，其大概分布舉隅如下：

表 3-2　元代宮廷詩關鍵字詞分層

第一層	第二層	第三層	宮廷詩關鍵字詞分層						
地點場所	建築	宮殿官署	九重	未央	金華	玉殿	宮中	南宮	六宮	天門
			金鑾	玉堂	千門	紫宸	深宮	大明	龍虎	
			殿閣	宮殿	玉堂	青宮	閶闔	長楊	西宮	行宮
			群玉	建章	延閣	北闕	丹墀	龍池	龍樓	齋宮

---

[22] 杜正勝，〈什麼是新社會史〉，《新史學》第 3 卷第 4 期（1992 年），頁 95-116。筆者曾運用相同方法探討唐宋宮詞的書寫模式，參閱拙文〈論宋白（936-1012）〈宮詞〉百首的字詞運用及其文學意義〉，《數位典藏與數位人文》第七期（04.2021），臺灣數位人文學會主辦、項潔主編，頁 1-36。

[23] 廖宜方，「中國中古地方祠祀中人物信仰的性格與發展」研究計畫（臺灣科技部，計畫編號 MOST105-2420-H001-009-MY3）http://www3.ihp.sinica.edu.tw/dhrctw/index.php/latest/89-2018-09-16-09-31-10，見計畫公開檔案（三）Markus 標註分類表。Accessed March 13, 2023.

第三章 萬物大元——元代宮廷詩的階段發展及創作特色

			鶴禁	金門	金闕	延華閣	翠華閣	紫殿	洪禧殿	崇真宮
			宣文閣	金明池	鴛鴦殿	白玉堂	龍虎臺	明仁殿	崇天門	黃金殿
			大明宮/殿	水晶宮/殿	興聖宮/殿	奎章/奎章閣	太液/太液池	大安/大安閣	樞密/樞密院	慈仁殿/宮
			玉階	彤庭	宮闕	宮闈	別殿	香殿	帳殿/幄殿	
地點場所	建築	遊苑園林	樓臺	御溝	樓閣	苑	樓	闌干	上林	萬歲山	瑤池
地點場所	建築	宗教建築	瀛洲							
地點場所	建築	河海湖泊	太液	御溝						
地點場所	山岳丘陵	名山	鳳凰山	南山	驪山	西山				
地點場所	地域	地方名勝	江南	長安	西湖	龍虎臺	居庸	上都	槍竿嶺	黑河
			長城	遼東	龍門	龍岡	赤城	白海		
			灤河	灤京	灤水					
地點場所	地域	天下	四海	九州	八荒					
生態	植物	花木	杏花	宮花	海棠	梨花	牡丹	芳草	芙蓉	
			梅花	珊瑚	桃花	楊柳	牡丹	草木	碧草	宮樹
			芍藥	柳林	杏花	山椒				
生態	動物	鳥獸蟲魚	鴛鴦	鸚鵡	白馬	雙鳳	虎豹	萬馬	白翎	黃鼠	天馬
價值意義	人格風範	聖王	聖人	聖德	重瞳	聖主	唐虞	聖明	聖恩	恩波	堯舜
			德音	天恩	頌聲	功德	聖神	聖殿	聖朝	昌平	
價值意義	人與天地萬物	天體與四時	春風	秋風	東風	西風	清風	松風	天風	雨露	五雲
			春雨	白雲	松雪	日月	秋水	夕陽	明月	中天	五色
			風雲	佳氣	黃道	春色	紅雲	瑞氣	天光	風雨	鈞天
			銀河	薰風	祥雲	湛露	春水	星辰	山河		
			天地	卿雲	雲氣	萬物	萬春	瑞靄	清光		
			東壁	曉日	旭日	微風	北辰	麗日			
			青冥	霹靂	霜露	西風	朝陽	月明			
			曙色	春日	天河	天步	天意	天威	化日		
價值意義	人格風範	忠孝節義	君子	祖宗						
生活禮儀	日常禮節	宮殿禮儀	班拜	奏	宣	祝	賜	呈	進	獻	幸
			萬歲	嵩呼	承詔	分賜	退朝	聽詔	稽首	敕賜	奉詔
			進講	傳宣	謝恩	承旨	朝賀	承恩	禮成	拜手	
			早朝	朝天	禮樂	恩榮	再拜	典禮	恩賜		
			御賜								
生活禮儀	社群禮節	歲時祭典	天壽	南郊	大禮	太廟	簫仗	周禮	天壽節	
			吉日							
宗教信仰	教派信仰	道教	神仙	仙人	真人	道人	天人			
宗教信仰	本土信仰	瑞獸	鳳凰	麒麟						
宗教信仰	生命限度的突破	神仙信仰	長生	蓬萊	瑤池					

			天人	王母	西池	玉皇	玉斧			
日常生活	日用品	室內器物	軒	簾	珠簾	黃金	金盤	白玉	寶扇	
			天香	香案	爐香	御榻	翡翠	玉杯	寶鼎	圖畫	氍毹
日常生活	日用品	室外器物	旌旗	霓旌	穹廬	旆常				
日常生活	行旅	交通工具	馬	駕	天馬	八駿	法駕	乘輿		
			鑾輿	華蓋	寶馬					
日常生活	衣著	妝飾	金蓮	琅玕	明珠	雉尾				
日常生活	衣著	穿著品類（冠履衣裳）	霓裳	衣冠	紫衣	翠袖	衣裳	珠帽		
			布衣	宮袍	只孫	袞龍	袞衣	龍章		
日常生活	飲食	飲料與食品	馬湩	蒲萄	馬酒	流霞	馬奶	瓊漿	酒	
日常生活	起居活動	宴會文會	詐馬	經筵	賜宴	錫宴	大宴			
			賜酒	萬甕	置酒					
			恩榮宴							
日常生活	衣著	布料	宮錦							
社群聚落	族群	百姓	萬姓	田家	黎庶	子孫				
社群聚落	族群	邊陲	高麗	安南	傜/猺	廣西	南國	蠻	瘴	
			交州							
政治權力	外朝	行政運作及執事人員	千官	供奉	尚書	侍臣	畫師	中書	翰林	從官
			丞相	御史	待制	小臣	右丞	左丞	太史	中丞
			參政	平章	百官	學士	近臣	詞臣	儒臣	中書
			微臣	大臣	諸侯	老臣	大官			
政治權力	統治者	天子	君王	天子	明皇	皇帝	徽宗	國王	吾皇	龍顏
			武王	翠華	天下					
			蛟龍	蒼龍	六龍	飛龍	天顏	大駕		
			龍飛	漢家	龍光	皇元	朝廷			
			雙龍	神孫	皇極	王氣	明主			
政治權力	內廷	皇室成員	帝子	王孫	太子	前星	世祖	世子		
政治權力	內廷	宮廷女性	宮人	皇姊	美人	妃	大長公主			
政治權力	內廷	宦官	中使							
政治權力	武力	武人	羽林	將軍	扈從	近侍	宿衛			
藝文娛樂	品目	文章	文章	詩書	翰林					
藝文娛樂	品目	音樂	簫韶	九奏	天樂	琵琶	簫聲	歌舞	法曲	
藝文娛樂	品目	遊獵	羽獵	弓矢						
藝文娛樂	從業人員	職位名目	雞人							

上表已大致鍵入重要的關鍵字詞，創作宮廷詩的元素涵蓋九類，表述變化多端。本章把以上資料及全部元代宮廷詩文本，上載「中央研究院數位人文研究平台」分析詞頻頻率，[24] 有數個文學現象值得留意，以下即從物質、社會、精神三個層面，看元代宮廷詩形塑王權的創作傾向及其特點。

2.1 物質層面：地點場所、日常生活

屬「地點場所」的宮殿官署、遊苑園林一般指向權力空間範圍的劃分，而歸屬「日常生活」的器物、衣飾等等，則是塑造莊重尊貴的上位者與宮廷文人的距離感，二者是支撐宮廷詩內涵的基本元素，需要它作為背景陳述和營造氣氛之用。就宮殿官署言，有運用元代宮殿名稱。例如，用於朝會接見的大明殿或大明宮（36 次），大都宮廷遊苑園林萬歲山（20 次）、太液〔池〕（61 次；或瑤池 44 次）、瀛洲（46 次），文宗建立的藝術中心奎章〔閣〕（74 次），順帝宣文閣（15 次），[25] 中期以後的兩都巡幸途經的龍虎臺（21 次）、居庸關（12 次）、灤河或灤水（56 次）等等，詩人大量使用這些地點反映元代宮廷詩核心是在中期。另一方面，唐宋文人向以輝煌的漢唐宮殿謳歌本朝之繁榮，元代延續此傳統，例如代稱園囿的上林（37 次）、長楊〔宮〕（26 次）、建章〔宮〕（20 次）。更多的情況是，詩人泛稱宮殿官署，例如玉堂（140 次）、翰林（135 次）、上京（97 次）、試院（37 次）。如此書寫傾向得知詩人關心的宮廷生活，集中在宮廷文人的活動範圍，即在大都官署和上都巡幸往來間。再仔細看其構詞方式，宮字資料超過 1200 筆，殿字 577 筆。宮、殿的構詞變化多端，常用的有「宮中」（名詞＋方位詞）、「宮廷」（名詞）、「宮闕」（名詞）、「宮殿」（名詞）、「深宮」（形容詞＋名詞）等形式，就如元初南人王義山（1214-1287）的〈郊壇奏告禮成口號〉：

---

[24] 臺灣中央研究院數位文化中心 https://dh.ascdc.sinica.edu.tw/member/index.html。
[25] 至正元年（1341）改舊奎章閣為宣文閣，見《元史》卷40，第 3 冊，頁 861。

夜半宮中響珮環，小臣髣髴見天顏。月星明鑒齋壇上，穹昊昭臨方寸間。五色雲祥開景運，兩行露立綴仙班。皇心自與天心合，萬姓歡呼法駕還。[26]

首句以「宮中」劃出權力範圍，宮內的珮環聲傳遍開去，小臣通過珮環聲彷彿親睹帝王，故此，詩裡「宮中」的定點方位，說明並非所有宮廷文人都有機會面聖，由聲音聽覺引申的距離感，形塑王權的至高無上。「宮中」固然是王權範圍的彰顯，而第五、六句同樣指王權權力的外延，天上五色祥雲的出現，傳統以來指稱帝王之恩澤而有的瑞象，[27] 加上宮外兩班臣子的恭敬站立等候，俱是王權的可見度了。故此，首句「宮中」與第五、六句的宮外指涉，是有一定的連繫作用。[28] 再如，中期馬祖常（1279-1338）的〈駕發〉：

紫繡鸞旗不受風，北都駕發日曈曨。九秋宮殿明天外，十步簫韶起仗中。白海水波浮曉綠，赤城花蕊帶春紅。神皋不用清塵雨，輦路龍沙草藉重。[29]

據第三句的深秋，北都應指寒冷的上都。蒙元中期後的帝王習慣，每年 3 月至 9 月巡幸上都，9 月車駕還大都。[30] 馬祖常詩寫帝王及扈從人員由上都宮殿沿輦路回到大都，第三句「宮殿」是王權權力空間的指涉，「宮殿」與

---

[26] 王義山，〈郊壇奏告禮成口號〉，《全元詩》第 3 冊，頁 107。
[27] 王欽若等編纂，周勛初等校訂，《冊府元龜》壹・帝王部（二十二）「符瑞」，卷第二十二，南京：鳳凰出版社，2006 年，頁 218。
[28] 「宮中」有時也指詩人自身在宮中情況，並不指涉權力，如「宮中無以消長日，自擘龍頭二十絃。」詩屬後期的張昱撰，見〈宮中詞〉（二十一首，其九），《全元詩》第 44 冊，頁 55-57。
[29] 馬祖常，〈駕發〉，《全元詩》第 29 冊，頁 402。
[30] 陳高華、史衛民著，《元代大都上都研究》，北京：中國人民大學出版社，2010 年，頁 140-177。

「九秋」平實敘寫寒冷的上都宮殿區域，定點位置本無特別，王權話語卻由此定點藉著其他元素一直延伸：由上都宮殿王權的定點呈現，藉扈從人員的恭敬排列和器物的使用，包括俱屬「日常生活」類別的扈從人員旗幟（第一句）、車駕（第二句）、儀仗隊（第四句），把承載帝王車駕、儀仗的輦路（第八句）變成具有延展性質，行走可見的王權。這樣一個由君臣共同創造的王權呈現，由上都一直延伸至大都。明代胡應麟評元人七律佳作為「全篇整麗，首尾勻和」，其中包括馬祖常〈駕發〉。[31] 馬祖常有另一首類似作品（〈駕發上京〉「蒼龍對闕夾天閶」），[32] 未知胡氏指向哪一首，姑錄評論於此，以見元代宮廷詩風格整麗，結構勻稱的優點。

既然「宮」、「殿」普遍是王權權力範圍的指稱，在宮廷詩寫作裡，使用頻率之高就在情理中。要追問的是，該如何評價此類用字在詩裡的藝術效果？國立臺灣大學數位人文研究中心開發的 DocuSky 系統，[33] 提供前後構詞使用頻率統計，有助吾人研究元代宮廷詩的構詞和構句模式。由於數據繁多，下引的「宮」、「殿」製圖只各取首十位詞組：

表 3-3　構詞方式：宮

宮 X				X 宮			
排序	字詞	全文詞頻	文件頻率	排序	字詞	全文詞頻	文件頻率
1	宮中	65	1	1	南宮	26	1
2	宮廷	51	1	2	六宮	25	1
3	宮詞	43	1	3	三宮	25	1
4	宮闕	39	1	4	用宮	24	1
5	宮殿	31	1	5	深宮	21	1
6	宮人	28	1	6	故宮	20	1
7	宮花	26	1	7	王宮	20	1
8	宮圖	23	1	8	明宮	18	1
9	宮女	18	1	9	青宮	16	1
10	宮樹	17	1	10	壽宮	16	1

---

[31] 胡應麟，《詩藪》，長澤規矩也解題，《和刻本漢籍隨筆集》第十九集，古典研究會發行，東京：汲古書院，1972 年，頁 138。

[32] 馬祖常，〈駕發上京〉，《全元詩》第 29 冊，頁 354。

[33] DocuSky 軟件系統介紹，見臺灣大學數位人文研究中心 http://www.digital.ntu.edu.tw/。

表3-4　構詞方式：殿

殿X			
排序	字詞	全文詞頻	文件頻率
1	殿閣	18	1
2	殿前	17	1
3	殿下	17	1
4	殿西	15	1
5	殿上	15	1
6	殿進	14	1
7	殿中	13	1
8	殿裏	9	1
9	殿試	8	1
10	殿開	8	1

X殿			
排序	字詞	全文詞頻	文件頻率
1	宮殿	31	1
2	明殿	28	1
3	玉殿	23	1
4	金殿	19	1
5	水殿	15	1
6	行殿	15	1
7	仁殿	14	1
8	王殿	13	1
9	和殿	9	1
10	帳殿	9	1

有些構詞不用考慮，例如「用宮」、「殿開」、「仁殿」、「和殿」便沒有這樣的構詞，詩句裡分屬二個成分。上表3-3及3-4有共同趨向：（1）使用專有名詞，例如青宮（即太子東宮）、壽宮、明宮、帳殿、殿試；（2）用字下語與宮詞寫法重疊，宮詞為唐宋以來的宮廷文學傳統主題，多以七絕記錄宮壺逸事兼及大雅正聲題旨，在元代宮廷詩裡也常見這類慣常用字，諸如宮人、宮花、宮女、宮樹；（3）形容詞＋名詞的構詞模式，如深宮一詞多寫詩人情緒，玉殿和金殿鋪敘尊貴氛圍；（4）名詞＋方位詞的構詞模式，這類構詞佔大多數，無論是「宮X」或「殿X」，皆是以此為主要的書寫模式。筆者曾研究唐宋宮詞的構詞模式，指出「宮／殿＋方位詞」的寫法在唐代王建（768-835）、宋代宋白（936-1012）及王珪（1019-1085）的三百首宮詞裡，都是常用手段，此類構詞一如上文所論，是詩裡的背景陳述和點題之用。不過，「名詞＋方位詞」的配搭或會阻礙詩意和想像空間的構成。拙文曾引用宋代陳世崇論詩意與詩中方位詞的關係，此論與本文關涉，這裡再次援用。[34] 陳世崇的《隨隱漫錄》卷四引曾吉甫（曾幾，1084-1166）〈送

---

[34] 陳漢文，〈論宋白《宮詞》百首的字詞運用及其文學意義〉，《數位典藏與數位人文》第七期，臺灣數位人文學會、項潔主編，Ainosco Press出版，2021年4月，頁1-36。

第三章　萬物大元——元代宮廷詩的階段發展及創作特色　57

汪內相赴臨川詩〉其中二句：「白玉堂中曾草詔，水晶宮裡近題詩」，指出「韓子蒼〔駒〕易為『堂深』、『宮冷』……。」[35] 這裡「堂中」構詞與上述的「宮中」、「殿中」構想相近。韓駒對詩歌用字的嚴謹常見於宋人記述，[36] 他易「堂中」為「堂深」，在於「中」落實了方位，比不上「深」字可以建構空間之深廣及其空間之不確定，不確定來自敘述者和讀者視線向前搜索的過程，又因為光線強弱緣故，想到堂深之深，可以達至何種程度，此偌大之想像空間瞬間突顯獨自工作的草詔者，配搭對句「宮裡」易為「宮冷」，孤寂感油然而生。相較起來，元代宮廷詩的「宮／殿＋方位詞」構句顯得單調，例如：

宇宙承平日，邦畿壯麗鄉。宮中無暇逸，湖上暫翱翔。（第 1-4 句，後期・許有壬）[37]

殿西小殿號嘉禧，玉座中央靜不移。讀罷經書香一炷，太平天子政無為。（早期・趙孟頫）[38]

殿前錦繡積如山，玉几金壺在殿間。天子未來供帳辦，紫衣傳令走知班。（後期・程文）[39]

---

[35] 陳世崇，《隨隱漫錄》，上海：上海書店，1990 年，頁 5-6。
[36] 吳曾論韓駒「詩不厭改」條，傅璇琮著，《黃庭堅與江西詩派卷》下冊，高雄：麗文文化事業股份有限公司，1993 年，頁 607-608。
[37] 許有壬（1284-1364），〈至正改元四月十二日戊子皇帝御龍舟幸護聖寺中書右丞臣帖穆爾達實參知政事臣阿魯臣有壬扈行樂三奏命右丞前特授平章政事參政進右丞臣有壬進左丞懇辭不允惶汗就列平章右丞曰今日游騁之盛恩遇之隆不可不紀也悚懼之餘為二十韻以獻〉，《全元詩》第 34 冊，頁 311。
[38] 趙孟頫（1254-1322），〈宮中口號〉（二首其二），《全元詩》第 17 冊，頁 274。
[39] 程文（1289-1359），〈和伯防觀詐馬〉（九首其二），《全元詩》第 35 冊，頁 295-296。

「宮中」、「殿西」、「殿前」皆指涉王權，尤以趙孟頫詩「殿西」配搭專有名詞嘉禧殿，[40] 以及「玉座」靜止不移的專屬王權空間，其寫法最為典型，不過，由於方位詞的定點取向，直道了詩意，予人起句草草之感。通覽元代宮廷詩「名詞＋方位詞」的構詞，屬普遍寫法，與唐宋宮詞的寫作慣用一致，雖然可稱元代對傳統宮廷文學之暗合和繼承，但似乎是宮廷文人寫作此類定點位置時的通病。

大德五年（1301），王惲〈《朝儀備錄》敘〉記述世祖至元八年辛未（1271），大都宮廷肇建，始議講行朝會禮儀，「會集故老，參考典故」，或包括前朝遺制，時侍儀舍人周之翰「纂述物色儀制之品，班次度數之則，曰朝賀，曰策立，曰開讀，皆具已行而可驗，復圖注以致其詳。」又攜皇儀綰典求王惲考辨。[41] 可知建國號「大元」之年，已經立即議訂日常宮廷禮儀，並參考漢人遺制。平宋後王構（1245-1310）至杭州，「首言宋三館圖籍、太常、天章禮器輿仗儀注，當悉輦歸于朝。董趙公文炳從其言。」[42] 禮儀程序和器物的引入，可以建立一套有效的日常宮廷活動模式。Pocock J. G. Agard 探究中國古代的禮儀、語言、權力的運作模式，指出語言指令的本質是口頭言辭，是「法」的一個部分，涉及賞罰制度；而「禮」是儒家制度下文明社會的價值和典範所在，它雖非口頭言辭，但由於是絕對的、不可被質疑的，因此「禮」的確立，可以消除意志和行動之間的不確定性，可以形塑和諧，「禮」進而被完整記錄，成為知識體系，更能說明其在文明社會內

---

[40] 仁宗曾命唐棣為嘉禧殿御屏繪畫，見石守謙，《風格與世變——中國繪畫十論》，北京：北京大學出版社，2008 年，頁 145。

[41] 王惲，〈《朝儀備錄》敘〉，《全元文》第 6 冊，頁 215。所謂參考典故，包括前朝遺制，王惲言：「許〔衡〕左丞作《新定官制圖》，大抵以唐為則，品從略與金同。」王惲撰，楊曉春點校，《玉堂嘉話》卷三，北京：中華書局，2006 年，頁 88。

[42] 見袁桷，〈翰林學士承旨贈大司徒魯國王文肅公墓誌銘〉，《全元文》第 23 冊，頁 630。

第三章　萬物大元——元代宮廷詩的階段發展及創作特色　59

的延續影響。[43] 沿此思路觀察，元代宮廷禮儀程序和器物之完備，見諸宮廷文人作品裡，即是說，宮廷詩歌可以完滿地形塑宮廷之和諧氛圍。

　　上引馬祖常〈駕發〉已見歸屬「日常生活」類的器物、車駕等用字，作為形塑王權之視覺延展，以及誇耀帝國盛大之用。進而可概分兩類，（一）繁富的器物陳設和行列，在儀式進行時共用，藉以潤色鴻業，宣行大事，包括香（782 次）、酒（557 次；其配搭方式有：春酒 13、馬酒 12、賜酒 11）、冠（270 次；衣冠 73、儒冠 9、豸冠 8、南冠 7、峨冠 5、朝冠 5、冠蓋 23、冠帶 6）、旌（140 次；旌旗 55 次、霓旌 17）、旗（139 次；旌旗 55 次、龍旗 8、鸞旗 7）、扇（129 次；寶扇 6、宮扇 7、團扇 7、雉扇 5、紈扇 6、鸞扇 4）、[44] 簫（128 次；簫韶 30、簫鼓 18、簫聲 13）、筵（127 次；賓筵 7、御筵 7、華筵 7）、[45] 袍（113 次；錦袍 21、宮袍 14）、輦（116次；輦路 17、翠輦 13、步輦 11、鳳輦 8、玉輦 6、象輦 3）、輿（104 次）、杖（102 次）、駿（102 次）、天馬（57 次）、金鑾（25 次）等。以上隨從的裝飾和器物使用，主要申明隊伍的恭敬形象，而行列拱衛儀仗中的陳設，形塑帝王王權專屬空間與臣民之間距，以及具延展性質、行走可見的王權。[46]（二）另一類微物，多為室內繁富之物，例如珠（310 次；明珠 16、驪珠 15、真珠 8、龍珠 5、寶珠 5、珍珠 4；珠簾 25、珠宮 12、珠樹 10、珠玉 6、珠帽 6）、簾（161 次）、屏（138 次）、琴（115 次）、燭（110 次）、帳（100 次）、琵琶（46 次）、琅玕（37 次）、圖畫（52

---

[43] John Greville Agard Pocock, "Ritual, Language, Power: An Essay on the Apparent Political Meanings of Ancient Chinese Philosophy", in *Politics, Language and Time: Essays on Political Thought and History*, London: Methuen, 1973, c.1972, pp. 44-47.

[44] 除儀式用扇外，元人題宮廷藏畫也多寫扇面（11次）、扇圖（7次）。

[45] 筵字一般指宴會外，另外也指經筵（36次）。

[46] 蒙元很早按照漢人習慣用宮廷禮儀。元世祖中統元年（1260）九月，置拱衛儀仗，至元八年（1271）造內外儀仗，延祐七年（1320），英宗即位，造鹵簿，「平章政事拜住進鹵簿圖，帝以唐制用萬二千三百人為耗財，定大駕為三千二百人，法駕二千五百人。至治元年（1321），鹵簿成。其目：曰儀仗，曰崇天鹵簿，曰外仗，曰儀衛。」，《新元史》卷96，第 5 冊，頁 2292。

次)、圖卷（37次）、文物（35次）等等，烘托內廷器物的繁富感覺以及尊貴閒雅氛圍。氣氛的營造必待器物之使用，上引各例皆指涉王權之威儀，以及宮廷裡尊貴閒雅之姿，尤其後者似乎與傳統漢文化宮廷習慣相近，多由內廷之香氣營構。[47] 內廷點香，除熏香作用外，是形塑帝王尊貴閒雅形象的手段，後期南人周伯琦（1298-1369）〈歲乙酉元旦早朝大明宮〉詩後詳述內廷用香：「御榻前列紅白山茶、梅花、迎春、小桃十餘盆。又殿上懸香漏，狀如毬燈，中爇香篆，旋繞以應十二時，制甚精。下置銀盆溫湯，浴綠毛龜。」[48] 陳設精美之物是內廷尊貴豐盛的象徵，進而映照閒雅氣氛。同時，香氣點燃驅使臣子肅穆，是以清淨姿態晉見帝王時的身體自覺。中期南人袁桷〈進史明仁殿書事〉云：

> 大帝仁功徧八寰，敢將鉛筆強脩刪。寶輿花覆簫聲趁，黃道松分佩影環。仗簇金吾開雉尾，香浮黼坐仰龍顏。還家陡覺詞臣貴，獨恨年深鬢已斑。[49]

詩的器物運用包括隨從行列的儀仗、奏樂、雉尾扇，以及帝王寶輿、黼坐（即御座，本指天子後座的斧形圖案屏風）、香。五六句寫朝見天子，文臣等待儀仗人員依次打開雉尾扇，[50] 香氣滲溢時龍顏可見，說明內廷儀式安

---

[47] 例如唐代宮廷的薰香陳設：「朝日，殿上設黼扆、躡席、熏爐、香案」，歐陽修，宋祁撰，《新唐書》，北京：中華書局，1975年，頁488。

[48] 周伯琦（1298-1369），〈歲乙酉元旦早朝大明宮〉，《全元詩》第40冊，頁370。順帝至正元年，改奎章閣為宣文閣，周伯琦為宣文閣授經郎，進講稱旨，「帝以伯琦工書法，命篆『宣文閣寶』，仍題扁宣文閣，及摹王羲之所書〈蘭亭序〉、智永所書〈千文〉，刻石閣中。」《元史》卷187，第14冊，頁4296。

[49] 袁桷，〈進史明仁殿書事〉，《全元詩》第21冊，頁250。《全元詩》作「仗簇」，應為「仗簇」。

[50] 袁桷〈次韻周南翁退朝三首〉其二首聯同樣寫宮廷禮儀用扇：「雉尾高張擁玉皇，彤庭金榜粲明光。」楊亮校注，《袁桷集校注》，北京：中華書局，2012年，頁609。元制宮廷禮儀用的雉尾扇有大中小之別，見《新元史》卷96「輿服志」，第5冊，頁2297。

排有序,是王權話語必備的程序,而香氣營繞御座,渲染帝王專屬空間之澄明潔淨,用以區別於外廷的空間。並讀以下揭傒斯詩的傳統寫法,進一步知道這種雙向要求:

> 巍巍道德拱義皇,濟濟威儀陋漢光。日射龍文宮女扇,風傳雞舌侍臣香。中霄景氣浮雙闕,下界歡謠動八荒。詞館小臣何以報,皇圖聖壽與天長。[51]

第三句化用杜甫宮廷詩句意,謂宮女手握作為禮儀器物的扇,而扇上龍形,受日光(帝王威儀)照射,喻意靜止之物因為帝王恩澤而充滿生氣,[52] 宮廷文人肅穆晉見,含嚼雞舌香使口氣芬芳,固然包含傳統三省故事所言的對答芬芳之意,[53] 同時,也指宮廷文人潔淨的身體自覺,對應澄明肅穆的內廷氛圍。袁桷、揭傒斯詩通過香氣揚導天津,形塑王權之可見可感。再如下面三首詩:

> 萬國珪璋拜紫宸,八荒同染御香新。(第 1-2 句)[54]

---

[51] 中期南人揭傒斯(1274-1344),〈大明殿退朝和周待制〉,《全元詩》第 27 冊,頁 195-196。

[52] 這裡呼應杜甫〈奉和賈至舍人早朝大明宮〉句意:「旌旗日暖龍蛇動」。《杜詩詳注》謂:「燕雀配龍蛇,以實對虛。《周禮》:『析羽為旌,交龍為旂,熊虎為旗,龜蛇為旐。』」杜甫著,仇兆鰲注,《杜詩詳注》,北京:中華書局,1979 年,頁 428。《周禮》原文作:「司常掌九旗之物名,各有屬,以待國事。日月為常,交龍為旂,通帛為旜,雜帛為物,熊虎為旗,鳥隼為旟,龜蛇為旐,全羽為旞,析羽為旌。」孫詒讓著,汪少華整理,《周禮正義》,北京:中華書局,2015 年,頁 2646。

[53] 沈括撰,金良年點校,《夢溪筆談》卷二十六「藥議」,北京:中華書局,2015 年〔2017 年重印〕,頁 258。

[54] 早期漢人胡祗遹(1227-1295),〈萬秋節大燕〉,《全元詩》第 7 冊,頁 135-136。

天上輕飄合殿香，東風籤仗曉生光。（第1-2句）[55]

堤柳染成春水色，宮花并入御爐香。（第3-4句）[56]

不同時期的作品皆從王權可見可感的視角出發，以香氣寫宮廷，並褒以美詞。要補充的是，屬「地點場所」的名山和地方名勝，以及「日常生活」的飲料和宴會，多為域外風物，與蒙元兩京巡幸制度、獨特的宴會飲食習慣有關，體現君臣和洽、臣民共樂，屬於元代宮廷詩的新聲，這點會在第五章討論。

2.2 社會層面：政治權力

「政治權力」分目，有統治者、皇室成員、宮廷女性、武人、行政執事人員等等，把職位等級寫進詩裡，藉以標示君臣、上位者與宮廷文人的距離感，渲染至高無上的王權。上表3-2已歸納不同職位稱呼的關鍵字，這些傾向反映怎樣的元代宮廷文學現象？本節從以下字詞探討：

君王（162次）、天子（152次）、皇帝（42次）、聖主（41次）、紫宸（26次）
延祐（37次）、至治（32次）、泰定（35次）、天曆（30次）
公主（28次）、太子（25次）
君臣（34次）
千官（75次）、小臣（54次）、侍臣（35次）、詞臣（33次）、扈從（31次）
宮人（28次）、宮花（26次）、宮女（18次）

關鍵字「君王」使用次數最多，以本章探討約二千首宮廷詩看，上引君王系

---

[55] 早期漢人張之翰（1263-1296），〈元會〉，《全元詩》第11冊，頁125。
[56] 後期南人黃清老（1290-1348），〈興聖殿進史庚午〉，《全元詩》第36冊，頁176。

列用詞已達423次,再考慮「千官」系列的宮廷文人自謙之詞,無論帝王、宗室等在場或不在場,詩人都是以王權的彰顯(尊貴名稱)及其範圍延伸(君臣的尊卑距離和等級對應)作為書寫核心。就宮廷詩寫作傳統來看,「君王」也是唐宋三家宮詞「政治權力」屬類使用最多的關鍵字。[57] 試看後期張翥(1287-1368)〈乙酉□〔闕文〕月二十七日大雪寒甚有旨賜宴史局〉:

> 聖主恩隆六賜筵,玉音躬聽相臣宣。史裁東觀何殊漢,人在瀛洲總是仙。御酒如春浮浩蕩,宮花與雪鬭嬋娟。微生此日霑休澤,祇望丹宸祝萬年。[58]

史臣躬聽德音,領受聖主恩澤,詩裡提及的賜宴、玉音、御酒、史臣、宮花(有時代稱宮人),無不彰顯帝王的豐富資源和權力使喚。詩裡褒揚蒙元如同漢朝重視史官,從屬帝王的史官(微生)此日幸運地得到沾溉,「微生」大概還應該包括宮人(宮花),因帝王恩澤而美豔(盛開),可與雪爭妍,同時,位處大都宮廷遊苑園林北海園區的瀛洲亭(另有南海園區的瀛臺),[59] 本身已是神仙世界的象徵,帝王及文臣身處宮廷便不假外求。有此前設,居文翰之職的微生,最後敷陳萬歲的嘉話便來得合理。

其次,本章所論宮廷詩裡只有提及仁宗延祐(1314-1320)、英宗延祐至治(1320-1323)、晉宗泰定(1324-1328)、文宗天曆(1328-1329)的年號,仁宗、英宗、文宗屬史家稱譽的儒治期,泰定帝在時人眼中雖有暗殺英宗之嫌,然其即位後陸續重開經筵,使得宮廷文人再次活躍於內廷講學,四者都是元代中期盛世的代表,由此關鍵字詞進一步確認元代宮廷詩的階段重在中期。至於「公主」、「太子」、「宮詞」的關鍵字頗多,與中期以後魯

---

[57] 陳漢文,〈論宋白《宮詞》百首的字詞運用及其文學意義〉,《數位典藏與數位人文》第七期,2021年4月,頁14。

[58] 張翥,〈乙酉□〔闕文〕月二十七日大雪寒甚有旨賜宴史局〉,《全元詩》第34冊,頁58。

[59] 朱偰「元大都宮殿圖」,《元大都宮殿圖考》,北京:北京古籍出版社,1990年。

國大長公主的藝文雅集、蒙元太子在潛邸時的活動、中後期文臣的宮詞寫作有關,[60] 例如以下兩首宮詞類作品:

> 內人調膳侍君王,玉仗平明出建章。宰輔乍臨閶闔表,小臣傳旨賜羊湯。[61]

以四個假手於眾人的相續片段,內人侍奉、儀仗行列、代告王言、宣賜羊湯,簡短描寫上都內廷和宮殿的帝王氣派,末句賜羊湯已是元代宮廷文化習俗跨界的特質,只是略嫌其敘述過於線性直接。另一首是柯九思的紀實類作品:

> 玉椀調冰湧雪花,金絲纏扇繡紅紗。彩牋御製題端午,敕送皇姑公主家。皇姑者,魯國大長公主,皇后之母也。天曆二年端午,上賜甚厚,並御詩送之。[62]

椀、扇點染宮詞傳統題旨,專寫內廷珍貴器物,二、三句的扇、御題、端午,突顯文化習俗的跨界性質,指向蒙元皇帝繼承漢帝王傳統端午賜扇的舉措。著名例子如貞觀十八年(644),唐太宗作飛白書、賜文臣飛白扇,乃端午舊俗,願「庶動清風,以揚美德」。[63] 天聖四年(1026),宋仁宗

---

[60] 傳統宮詞常寫宮人的耳聞目見、宮中行樂、宮闈逸事、禁闈瑣聞,如薩都剌〈四時宮詞四首〉:「主家恩愛有時盡,賤妾心情無限思」。另一類宮詞專注頌聖述德和稱道祥瑞,不寫宮怨,如柯九思〈宮詞十五首〉:「近臣當殿謝恩來」。本文包括第二類宮詞,而歸屬傳統宮詞類會作為論述參考。關於唐五代及明清宮詞,參王育紅《唐五代宮詞研究》,南京:南京大學出版社,2013 年,高志忠《明清宮詞與宮廷文化研究》,北京:方志出版社,2014 年。

[61] 後期南人楊允孚,〈灤京雜詠〉,《全元詩》第 60 冊,頁 401-410。

[62] 中期南人柯九思(1290-1343),〈宮詞一十五首〉其十一,《全元詩》第 36 冊,頁 2-3。

[63] 宋代王溥,《唐會要》卷 35「書法」,北京:中華書局,1960 年,頁 647。

「以端午賜輔臣御飛白書、羅扇各二」。[64] 蘇軾撰於宋哲宗元祐三年（1088）的〈端午帖子詞〉「皇帝閤六首」其六，鋪寫清風美德句意，云：「一扇清風灑面寒，應緣飛白在冰紈。坐知四海蒙膏澤，沐浴君王德似蘭。」[65] 於此傳承有序的端午賜字和賜扇的宮廷文化背景下，柯九思記錄天曆二年（1329）端午，賜御詩和扇予皇姑大長公主，即見文宗甚為尊敬皇姑。御詩不可考，然而當時常侍文宗左右的虞集，其《道園學古錄》「應制錄」收有〈端午賜大長公主〉，其序及詩云：

> 細葛迎颸，喜宮衣之初試；瑞蓮承露，慶壽斝之方持。輒陳節物之多儀，用祝年齡之有永。併將唐律，式衍魯風。
> 殿閣薰風五月涼，綠荷池上度天香。扇裁團鑑飄羅雪，碗注輕冰薦玉漿。麈尾可消時晝永，綵絲宜祝壽年長。清朝共慶宮闈貴，萬歲菖蒲泛紫觴。[66]

虞集應文宗命書寫宮廷時節之和諧，內廷香氣襲人，瑞蓮生發，清談時手執的麈尾，端午用菖蒲之俗，皆鋪陳儒雅的宮廷文人以及其所用之物的淡雅閒適。虞集第六句五彩絲的贈予乃漢人端午習俗，常見於唐代及以後的宮廷賞賜禮儀，例如李商隱寫端午賜物，提及端午百索，即五色絲，俗謂以之纏臂可辟兵及鬼，遠離病瘟。[67] 虞集藉端午扇含蓄讚揚皇姑的清風美德，見蒙

---

[64] 王應麟，〈乾興飛白書　天聖賜飛白書〉，載其編纂《玉海》卷 34，臺北：華聯出版社，1964 年，據元後至元三年慶元路儒學刊本影印，頁 1b-2a。晏殊有〈飛白書賦〉、〈御飛白書扇賦〉、〈謝賜飛白書表　天聖九年閏十月〉、〈御飛白書記〉，參曾棗莊，劉琳主編，《全宋文》第 19 冊，上海：上海辭書出版社，2006 年，頁 199，200，216，228。

[65] 王文誥輯注，孔凡禮點校，《蘇軾詩集》卷四十六，第七冊，北京：中華書局，1982 年〔2009 年重印〕，頁 2486-2487。

[66] 虞集，〈端午賜大長公主〉，《道園學古錄》卷二十一「應制錄」（《四部備要》本），頁 4a。

[67] 李商隱，〈為安平公謝端午賜物狀〉、〈為滎陽公端午謝賜物狀〉，劉學鍇，余恕誠

元宮廷跨越蒙漢的禮儀習俗。

　　文宗延續唐宋端午的賜扇習慣，是營構個人文化事業之一環，他從各方面學習中原帝王行習，諸如御書賞賜、刻石分賜、書畫收藏等等，有此文化意識除了他在潛邸時已受漢文化薰陶外，也因為繼入大統時曾牽涉帝位紛爭，需要借助文化事業鞏固政治權力和形象。[68] 在這意義上，文宗端午賞賜，是尋求唐宋帝王典範再生的一種行徑，其賞賜對象皇姑大長公主，同樣愛好漢文化藝術而得到時人推許。蒙元帝王承續端午賜書及扇的漢人宮廷文化，賞賜具有一定漢化程度的蒙古宗室，反映跨越蒙漢二界的元代宮廷文化，通過南人柯九思和虞集的紀實，鞏固文宗和皇姑的文化形象，賞賜同時彰顯了王權的可見度。

　　沿著杉山正明所論，蒙元王權的內涵應包括其附屬郡國，圖表 3-2 的關鍵字詞「邊陲」有高麗、安南、傜、廣西、南國、蠻、瘴、交州，足見蒙元撫郡國、平猺亂的王權敘事。本節仍然關注宮廷文人看到周邊國家踐禁掖之地時，如何對此褒以美名，袁桷〈元日朝迴〉其二記述的是漢文化節慶的元日盛況，詩云：

> 萬國梯航滿禁衢，卉裳象譯語音殊。鳳簫聲送纖腰舞，雉扇行分兩翼趨。花氣欲浮金鑿落，雲光疑下錦流蘇。詞臣不識金泥祕，點指薇垣頌六符。[69]

詩人陟降帝右，親睹宮廷典章文物之盛大，詩褒萬方瞻仰我朝之際的盛況，「卉裳」即葛服，指蠻夷，四方之國的語言在禁中縱橫交錯。頷聯回到日常

　　著，《李商隱文編年校注》，北京：中華書局，2002 年，頁 76-77，1332-1333。唐宋例子頗多，這裡不一一列舉，宋代的事例參考吳淑《事類賦》卷四「歲時部‧夏」，冀勤，王秀梅，馬蓉校點，《事類賦注》，北京：中華書局，1989 年，頁 79。

[68] 許正弘，〈元太禧宗禋院官署建置考論〉，《清華學報》新 42 卷第 3 期（2012），頁 448-449。

[69] 袁桷，〈元日朝迴〉其二，《全元詩》第 21 冊，頁 240。

禮儀的常用字詞簫、舞、扇，屬儀仗行列的必需品，雉扇和行列突顯漢宮廷儀式裡，雉扇前後排列的盛大效果，第三句纖腰舞固然可解釋為宮女朝中的一般舞蹈，如果依據首聯的文化跨界性質，或可指向元代最負盛名的十六天魔舞，「以宮女三聖奴、妙樂奴、文殊奴等十六人，按舞名為十六天魔。首垂髮數辮，戴象牙佛冠，身被瓔珞，大紅銷金長短裙……各執噶布喇完之器……又宮女十一人……或用唐帽、窄衫……」[70] 足見此類舞蹈的盛大。頸聯轉寫貴重的室內器物，鏤金酒器盛載的美酒，透現日光的華美帷帳，皆寫宴陪的文臣當下的可見、可知、可感，末聯以謙遜小臣敷陳嘉話作結。袁桷既突顯周邊國家，在元日朝拜蒙元的盛大場合和語言交流現象，也有褒揚帝王事業的宮廷詩寫作傳統，這首詩呈現了杉山正明所論的蒙元特色，即宮廷文人在蒙古帝國架構上，統合中華王朝遺產，集兩者所長成萬物「大元」的表徵。

2.3 精神層面：生活禮儀、價值意義

歸屬精神層面的核心元素，包括禮儀形式、歲時祭典與四時運行，旨在區別君臣間距，象徵王權的尊貴永恆，以及其潤澤萬物萬民的能力。

「生活禮儀」裡相關宮殿禮儀的關鍵字詞，變化多端，旨在傳遞感恩帝王之關顧。例如，傳（611 次）、恩（371 次；恩波 22、恩榮〔宴〕16 次、恩深 12 次、承恩 54 次、聖恩 21 次、天恩 14 次、君恩 12 次）、賜（370 次；賜金 21 次、賜宴 13 次、賜酒 11 次、新賜 12 次、御賜 11 次）、奉（365 次）、承（362 次）、拜（268 次）、詔（254 次）、奏（216 次）、獻（188 次）、班（146）、旨（135 次）、賀（96 次）、祝（96）、傳宣（37 次）等等。就句子結構言，作為動詞的傳、賜、承、拜的大量運用，似乎過於直接，如果考慮到王權呈現在於推恩足以保四海（孟子語），[71]

---

[70]《新元史》卷 94「樂志」，第 5 冊，頁 2261。

[71] 王欽若等編纂，周勛初等校訂，《冊府元龜》叁・閏位部（十六）「慶賜」，卷第一百九十七，南京：鳳凰出版社，2006 年，頁 2208。

這些關鍵字詞的使用還是必須的,如中期答失蠻薩都剌(1280-1345)的〈敕賜恩榮宴〉:

> 內侍傳宣下玉京,四方多士預恩榮。宮花壓帽金牌重,舞妓當筵翠袖輕。銀甕春分官寺酒,玉杯香賜御廚羹。小臣涓滴皆君澤,惟有丹心答聖明。[72]

以帝王之名舉辦的恩榮宴,於翰林國史院舉行,賜予新晉進士。[73] 薩都剌詩由內侍的傳宣分賜起句,在詩裡雖只直接作用於聖旨、賜酒及羹,更為重要的象徵意義是彰顯王權的使喚能力,從屬於傳宣分賜命令下的所有器物,包括繁富的宮花、珍貴的銀甕和玉杯、華麗的衣飾物品(金牌、翠袖),以及文臣下屬,包括內侍、士、舞妓、小臣,共同成就朝廷寬大,申飲暢之嘉好,表現群情樂附之意。

另一方面,歸屬「價值意義」裡的天體與四時物象,例如使用次數最多的關鍵字春風(154次)、雨露(98次)、清風(66次)、春色(51次),或如湛露、祥雲、薰風等等傳統符瑞,把帝王恩澤萬物的外延視覺效果具象化,宣告君臣、君民當下共存的美好時刻。[74] 歐陽玄的〈侍宴北省〉有如下想法:

> 臣本江南一布衣,恩榮今日及寒微。台纏列宿光相射,湛露迎陽晝未晞。仙醞飲來生羽翼,宮花留得奉庭闈。酒闌車馬如流水,回望紅雲遶闕飛。[75]

---

[72] 薩都剌,〈敕賜恩榮宴〉,《全元詩》第 30 冊,頁 179。

[73] 按照宋繁所寫的進士登第唱名和慶祝活動,包括崇天門唱名、恩榮宴、同年會、賜章服、上表謝恩,見〈登第詩五首 泰定元年甲子〉,《全元詩》第 37 冊,頁 250-251。

[74] 這種用法與歸屬物質層面「生態」的「花木鳥獸蟲魚」一樣,藉大自然動植物苗壯成長申明帝王恩澤遍布萬物的作用。

[75] 歐陽玄,〈侍宴北省〉,《全元詩》第 31 冊,頁 229。傅習、孫存吾編,《皇元風

御准侍宴，宮廷文人得以享用美酒和領受酒筵之盛大排場——大至朝廷裡的貴胄重臣，小至點綴內宴的宮花——詩人都恭敬對待，並希望把此體會與父母家人分享（奉庭闈）。第四句「湛露迎陽」揚導天津，[76] 連結末句「紅雲」繞宮闕的情景，深化作者的回味不捨，是以物候天象的瑞意轉寫美好時光。借用沈凡玉研究六朝宮廷詩的話，在詩裡空間中所見的物色描寫，是聯繫眾人共賞與同賦的情感交流基礎，也是藉節日嘉會「記錄或塑造時人群體所共存的美好時代」。[77]

又如虞集〈朝迴和周南翁待制韻〉以大景烘托盛世的典雅溫麗：[78]

> 三十六竽吹鳳凰，九重春色絢天光。卿雲微動旄旗煖，湛露初晞草木香。貝葉神師東度嶺，金輿馴象北浮洋。小臣職在歌功德，拜手陳詩對日長。[79]

題旨鮮少脫離傳統宮廷詩的寫作模式，圍繞帝王中心展開，末聯用宮廷詩慣用的「小臣」，示君臣間之肅穆距離。[80] 中間以旄旗、樂聲的禮儀程序以

雅》前集卷三，題為〈延祐二年二月十七日侍宴北省〉，四部叢刊初編縮本，《四部叢刊》初編集部（1919 年），據上海商務印書館縮印高麗翻元本，頁 22。

[76] 《左傳》文公四年：「昔諸侯朝正於王，王宴樂之，於是乎賦〈湛露〉，則天子當陽，諸侯用命也。」喻君主恩澤。左丘明傳，杜預注，孔穎達正義，《春秋左傳正義（十三經注疏）》，北京：北京大學出版社，2000 年，頁 579。

[77] 沈凡玉謂詩裡節日嘉會的指標意義，在於體現時人群體當下共存的美好時代。《六朝同題詩歌研究》，臺北：國立臺灣大學出版中心，2015 年，頁 364-366。

[78] 周應極，字南翁，受程鉅夫（1249-1318）等人薦於朝，至大年間獻〈皇元頌〉予時為太子的仁宗。《元史》卷 187，第 14 冊，頁 4296。程鉅夫〈致樂堂記 皇慶二年二月〉談周應極為人孝謹，《全元文》第 16 冊，頁 281-282。周應極熟悉宮廷禮儀並曾執行之，可參虞集〈送集賢周南翁使天壇濟源序〉，《全元文》第 26 冊，頁 220，袁桷〈書虞伯生送周南翁序後〉，《全元文》第 23 冊，頁 343。

[79] 虞集，〈朝迴和周南翁待制韻〉，《道園遺稿》，《欽定四庫全書》第 1207 冊，上海：上海古籍出版社，1987 年，頁 747。周氏原詩待考。

[80] 「小臣」寫法，參 Wu Fusheng, *Written at Imperial Command: Panegyric Poetry in Early*

及卿雲、湛露的符瑞意象，形塑宮廷的莊重與臣民之和合。就後者而言，傳統認為「『人主和德於上，百姓和合於下，則天下之和應矣。』故嘉禾興，朱草生。」[81] 因此，甘露降、嘉禾生、慶雲出、鳳凰見、芝生草等等瑞應，皆是用於黼黻皇猷、贊美帝王恩澤的祥瑞意象。虞集運用這些元素於詩裡，便具有同樣的美好祝願。另一方面，虞集詩第二句「九重春色絢天光」和第三句「卿雲微動旌旗煖」化用杜甫〈奉和賈至舍人早朝大明宮〉第一聯和第二聯。虞集「九重」句與杜詩第二句「九重春色醉仙桃」構思近似，同樣寫盛世；虞氏「卿雲」句改寫杜詩第三句「旌旗日暖龍蛇動」，但是比不上杜甫詩藝。杜句旗上之龍蛇，本為死物，卻因為日之暖和進而使旗上龍蛇躍動，即「暖」有著兩重作用，作為形容詞之「暖」以及因為日之「暖」使龍蛇動的效果，明代李日華譽「龍蛇動」具有「生氣」。[82] 對照下，虞集只用卿雲代稱符瑞及「旌旗煖」三字，敘述略為直接。揭傒斯同時寫有〈大明殿退朝和周待制〉，其第三句「日射龍文宮女扇」同樣寫日光，申帝王恩澤。[83] 可惜，詩裡的動詞「射」只對「龍文宮女扇」產生作用，比不上杜甫「暖」的雙重效果。以上引例的具象化描寫，刻意建構王權麾下臣民物質生活之豐盛，全在於帝王恩賜才有的美好。

綜觀此類關鍵字詞，語意最為穩定的是「雨露」，所有 A、B、C 類詩歌裡的雨露皆申明帝王恩澤，參看下表的前後構詞分布：

Medieval China, Albany: State University of New York Press, c2008, p. 150.

[81] 王欽若等編纂，周勛初等校訂，《冊府元龜》壹·帝王部（上），卷二十二，南京：鳳凰出版社，2006 年，頁 218。

[82] 施閏章《蠖齋詩話》「早朝詩」引明代李日華《紫桃軒雜綴》所論，收入王夫之等撰，《清詩話》，上海：上海古籍出版社，1999 年，頁 398。李日華評杜甫早朝詩「龍蛇」句與對句「燕雀」具「變化」、「生氣」。

[83] 揭傒斯著，李夢生標校，《揭傒斯全集》，上海：上海古籍出版社，1985 年，頁 99。

表 3-5　構詞方式：雨

排序	字詞	全文詞頻	文件頻率
1	雨露	98	1
2	雨過	33	1
3	雨中	18	1
4	雨餘	17	1
5	雨圖	16	1
6	雨來	15	1
7	雨初	11	1
8	雨聲	11	1
9	雨後	11	1
10	雨霽	10	1

排序	字詞	全文詞頻	文件頻率
1	風雨	105	1
2	春雨	42	1
3	如雨	27	1
4	夜雨	23	1
5	霖雨	18	1
6	秋雨	18	1
7	煙雨	17	1
8	新雨	16	1
9	山雨	15	1
10	烟雨	15	1

這裡引早期胡祗遹（1227-1295）〈萬秋節大燕〉的「雨露」以概其餘：

> 萬國珪璋拜紫宸，八荒同染御香新。河山覆際乾坤闊，草木恩霑雨露均。聖子神孫森玉樹，虎臣文士曳朝紳。日車烜赫中天駐，聖壽宜過萬萬春。[84]

詩寫王權覆蓋範圍之廣，由抽象大景「八荒」天下至「河山」家國，再至天下家國裡的具象指涉「草木」，不分彼此沐浴恩霖裡，雨露均澤草木的描述，把抽象的帝恩具象化，「均」字標舉帝王一視同仁的治國之本。第二句的「御香」一如上文所指，藉香熏呈現帝王清明潔淨的嶄新氣象，加上首句萬國朝向蒙元同拜的聚攏角度，沿著第二、三、四句的指涉範圍縮小，視角逐漸向內包藏，而御香與恩霖的幅射範圍卻由中心點「紫宸」（宮廷官署、帝王代稱）向外擴散，如此向內、向外視點的雙重迴轉，為詩歌帶來有趣的閱讀印象。至於另一佔據首位的構詞「風雨」，多見於宮廷文人的題畫詩，描述景色或訴說畫家下筆疾如風雨，或鋪敘眼前困境，至於位列第二的「春雨」，一如下文解釋的「春風」，同樣申明恩澤。

---

[84] 胡祗遹，〈萬秋節大燕〉，《全元詩》第 7 冊，頁 135-136。

再看使用最多的關鍵字詞「春風」。春的配搭千變萬化，在其具有萬物伊始、重新煥發的文化意義，宮廷詩人自然較多使用。下表 3-6 的前後構詞用法，有些字詞「年春」、「一春」等屬於句子裡兩個成分，可置之不理，其他構詞組合則見宮廷詩人以「春」寄寓萬物欣欣向榮，獻嘉頌於帝王恩澤的用意。

表 3-6　構詞方式：春

春 X				X 春			
排序	字詞	全文詞頻	文件頻率	排序	字詞	全文詞頻	文件頻率
1	春風	154	1	1	陽春	23	1
2	春色	51	1	2	青春	17	1
3	春雨	42	1	3	長春	16	1
4	春草	36	1	4	立春	15	1
5	春日	33	1	5	年春	12	1
6	春秋	33	1	6	一春	12	1
7	春水	29	1	7	生春	11	1
8	春雲	29	1	8	新春	11	1
9	春山	20	1	9	度春	11	1
10	春深	20	1	10	行春	10	1

綜覽本章所論的元代宮廷詩，春風多指溫暖之意，例如早期王惲（1227-1304）〈闕下元日口號五首〉其一云：「筍班春仗簇初齊，贅馬行牽望拜時。臘雪未消雙鳳瓦，春風先到萬年枝。」[85] 寫都城繁富物象在暖和春風下的茁壯成長。唐宋詩裡常見萬年枝的表述，王維曾說：「春池百子內，芳樹萬年餘。」是對都城官署褒以美詞。[86] 後期南人周伯琦（1298-1369）〈伏承恩賜青貂裘作〉申明春風就是帝王暖意：

---

[85] 王惲，〈闕下元日口號五首〉其一，《全元詩》第 5 冊，頁 416。
[86] 王維〈和尹諫議史館山池〉「萬年枝」注，趙殿成箋注，《王右丞集箋注》，上海：上海古籍出版社，1998 年〔2010 年重印〕，頁 116。吳曾論韓駒「萬年枝」條，傅璇琮著，《黃庭堅與江西詩派卷》下冊，高雄：麗文文化事業股份有限公司，1993 年，頁 606。

第三章　萬物大元——元代宮廷詩的階段發展及創作特色　73

貂貀古來稱貴服，龍光此日被寒儒。金閨通藉聯環衛，玉署傳經忝範模。挾纊虛言良足鄙，賜袍巧制未為殊。微軀長在春風裏，願播陽和徧九區。[87]

帝王賞賜貂裘的美意及其溫暖對照寒儒之微軀，自此以後，因貂裘的保暖就如得到長久持續的帝恩，而文臣也毫不吝嗇，願意藉此詩把帝王和煦溫暖的美意傳播至天下。要說明的是，「春風」構詞在不少元人題畫詩裡，或只轉寫畫意，未必申君恩之美好，這是必須指出的。[88]

以下再比較二字詞在詩裡的普遍傾向，作為本章結語。先看 A、B 類：

表 3-7　元代宮廷詩 A 類及 B 類二字詞詞頻率統計

中研院數位人文研究平台
元代宮廷詩_A、B 類文本差異分析

說明：通過對讀 A、B 類文本，＊粗體代表出現頻率較高者，＊文字有底線代表出現頻率較低者，＊斜體代表該詞在另一文本沒出現過。例如，「君王」在 B 類出現頻率較高，故用粗體呈現；相較之下，「君王」在 A 類出現頻率較低，為便於說明，以文字下加底線標示。

A 類　二字詞	頻率	比例	B 類　二字詞	頻率	比例
韓幹	7		天子 ↑	32	8
明皇	5		千官 ↑	30	15
奎章	5	1	**萬歲** ↑	28	14
君王 ↓	5	1	九重 ↑	28	14
開元	4		*太平*	26	
邢公	4		君王 ↑	26	5.2
萬里 ↓	4	1	*進講*	24	
老臣	4	1	日月 ↑	23	11.5
神光	4		*大明*	23	
此圖	4		四海 ↑	23	7.7

---

[87] 周伯琦，〈伏承恩賜青貂裘作〉，《全元詩》第 40 冊，頁 354。
[88] 如馮子振（1257-?）〈題宋趙昌蛺蝶圖〉：「蚱蜢青青䒱䒱扶，草間消息未能無。尺綃何限春風意，約略滕王蛺蝶圖。前集賢待制馮子振奉皇姊大長公主命題。」，《全元詩》第 18 冊，頁 284。

學士 ↓	4	1	萬年	22	
天馬 ↓	4	1	萬國	21	
以下字詞因頻率太少，不具可比性，故省略不引。			小臣↑	19	9.5
			蓬萊	18	
			龍虎↑	17	8.5
			雨露↑	16	8
			天上	16	
			元日	16	
			五雲	16	
			上京	16	
			一時↑	16	5.3
			馬上	15	
			衣冠	15	
			明殿	15	
			天門	15	
			殿進	14	
			四月	14	
			公主↑	14	4.7
			五色↑	14	4.7
			二月	14	
			乾坤	14	
			三日↑	14	4.7
			翠華	13	
			簫韶↑	13	6.5
			宮中	13	
			傳宣	13	
			春風↑	12	4
			早朝	12	
			天馬↑	12	3
			天下↑	12	4

由於 A 類帝王和應制詩歌數量少，難以從用字頻率看到寫作規律，不過，仍可看到描寫內府藏品的關鍵字詞相對多，佔據統計前列的包括韓幹畫、明皇主題、奎章藏品。上表 3-7 的 B 類呈現了一定的寫作規律，例如歌頌君王的字詞相對用得多。如果以此對讀全部宮廷詩的二字詞，應該可以看到寫作模式。先看下表全部宮廷詩的二字詞使用頻率：

表 3-8 全部元代宮廷詩二字詞詞頻率統計

中央研究院數位人文研究平台
N 字詞詞頻率統計數字（選錄）
N 字選錄準則：與宮廷詩相關的首 1000 筆檢索結果、詞頻達 90 以上

二字			
萬里	248	子昂	123
人間	192	尚書	122
江南	172	千里	122
君王	162	蓬萊	121
白雲	158	天上	121
春風	154	將軍	99
先生	153	雨露	98
天子	152	十年	98
百年	151	何處	97
秋風	140	丹青	97
玉堂	140	上京	97
翰林	135	芙蓉	95
太平	135	玉山	95
千年	134	明月	93
千載	129	乾坤	93
天下	124	九重	92
日月	123		

對讀表 3-7 的 B 類以及表 3-8 的全部宮廷詩的二字詞頻率，有相同的用詞現象：（1）歌頌系統範疇：萬里、春風、百年、太平、千年、天下、日月、雨露等等；（2）區別系統範疇：君王、天子、乾坤、九重等等；（3）地點及職級系統範疇：龍虎、上京、玉堂、翰林等等。相異處在於表 3-8 的新見字詞部分，包括人間、江南、子昂、丹青、尚書、先生。新見字詞大部分屬於 C 類作品，宮廷文人書寫這類詩歌的場合，或許仍在宮廷官署，不過，由於帝王、貴戚、宗室及上位者不在場，因此可以自如地表現個人心聲，例如「江南」在元代初期的宮廷文人手裡，大多寫世祖時候，蒙宋兩國交戰下，蒙古平定江南之意；另一方面，某些詩人卻寫思鄉之情，元世祖至元年間，

曾隨駕北行的陳義高（1255-1321），其詩表達回到江南之想望：「青紫貂蟬分不容，狐裘猶得賜微躬。恩來窈窕宮庭內，春在蒙茸領袖中。披拂灞橋驢背雪，侵凌薊北馬頭風。何時詔許江南去，著向煙波理釣篷。」[89] 又或如關鍵字「尚書」使用頻率異常高，大多指向元代初期、中期之際來自西域的官員畫家高克恭尚書，觀乎整個元代宮廷文人皆持續不斷題詠高克恭的〈夜山圖〉，形成當時一個大型的題畫創作活動。關鍵字詞使用頻率的多寡，幫助我們了解元代宮廷詩豐富的文化現象，這些研究主題將在後面數章分別探索。

以上從物質、社會、精神三個層面，得見元代宮廷文人形塑王權的傾向和方法。本章主要細讀一字和二字關鍵字詞，在詩裡的用意及其表達方式，見元代宮廷文人著力潤色鴻業、奉閒宴陪、申帝王恩澤的寫作目的。就寫法言，與傳統宮廷文學及文化有著深廣連繫，例如以漢宮代稱當代宮殿的寫法便是唐宋慣例，無論是詩裡的構詞方式（宮 X 或殿 X），或者是呈現階級尊卑的句意表達，都與唐宋時代書寫大雅正聲的宮詞一脈相承。再如詩裡記錄蒙元帝王的賞賜文化以及漢俗節日、禮儀文化的生活常態，申明蒙元對唐宋宮廷帝王文化的繼承與應用。而王權的可見度是詩人著意表達的，通過一切建築、遊苑、花木、天體四時、器物、禮儀、儀仗行列、職位等級、音樂、撫群國等等關鍵字詞的運用，充分呈現王權的可視（具象化）、可知（抽象觀念的體認）、可感（氣氛表述），元代宮廷文人對此筆不停綴，煥然成章，申萬物「大元」之情。

---

[89] 陳義高（1255-1321），〈后賜狐裘〉，《全元詩》第 18 冊，頁 56。

第四章　文化傳承——元代宮廷的賞賜文化及其詩的王權呈現

據上章所論，宮廷詩發展高峰始於中期，宮廷文人記錄蒙元帝王落實各項漢文化習尚，並敷陳嘉話於元日慶典、符瑞圖象、萬國來朝等等。宮廷文人潤色之任，必須熟悉舊典，祖述前訓，竭慮以盡規。由於有此強韌的舊典傳統，宮廷詩常被視為善頌善禱、言理雅正之辭。然而，宮廷文人是否能夠將它發揮於治體，感動人心？又因為蒙元帝王及宗室身分的特殊性，讓我們思考在以蒙古為頂點的遊牧民族國家的框架下，帝王是如何結合中華王朝文化遺產，而有蒙漢並置的王權呈現。反映在宮廷文學裡，歌詠御書及尊號賞賜為重要題旨，從中可見蒙元帝王的漢化程度，對漢文化的繼承與保護，以及其原因。職是之故，本章探討帝王賞賜文化與宮廷文人的記錄，如何形塑蒙漢並置下的王權呈現，並反映當時的君臣際遇狀況。

第一節　從御書賞賜及其周邊文本看元代的君臣際遇

宮廷文人記錄御書賞賜，以恭跋或恭贊御書（御筆）為主，或記述閱覽他人藏品後的感受。[1] 元代《經世大典》第七「禮典」載「御書」：「迨夫

---

[1] 最受學者關注的是宋徽宗朝的御筆。北宋此一階段的御筆數量增多，乃繼承前此的手詔和內降文書轉化而來，徽宗既用瘦金體書寫，又申帝王的高度權威。然而，問題接踵而來，例如徽宗自覽細務，悉降御筆，造成不少干擾，又有權臣偽造御筆。參李如鈞，〈予奪在上——宋徽宗朝的違御筆責罰〉，《臺大歷史學報》第 60 期（2017 年 12 月），頁 119-158。

仁宗皇帝、英宗皇帝，時有宸翰，寵賜群臣。傳至欽天統聖至德誠功大文孝皇帝，則辭章之粹、書法之聖，度越前代帝王矣。」[2] 據本章所考，曾寫手詔並見於記錄的有文宗（1328，1329-1332），而賞賜御書予官員的包括仁宗（1311-1320）、英宗（1320-1323）、文宗、順帝（1333-1368）、順帝皇太子愛猷識理達臘，遍及元代中期的儒治階段以及後期的亂世時段。通過排列其撰作者、賞賜形式、記錄者、獲賜者等本事，有數端可供思考。

先談文宗一篇手詔和兩篇御筆，分別賜予朵來、太師秦王（伯顏）、丑閭、哈剌拔都兒，由虞集、許有壬、黃溍記錄。其資料及本事見下表：

表 4-1　仁宗、文宗手詔御筆及其本事

項目	形式	御書者	獲賜或收藏者	記錄者	本事及來源
1	手詔	文宗	朵來	虞集	天曆二年（1329）九月十二日，文宗手詔，云上都、大都城門設門禁，如沒夜行象牙圓牌附織字聖旨，不許輒開城門，「制詔所頒，臨定詳審，親御翰墨，端重方嚴，所謂歷代寶之以為大訓者也。先皇帝上賓之明年，閏三月，臣朵來出此詔本，俾臣集識之。臣等追懷恩遇，不勝感泣之至。」[3]
2	手詔	文宗	太師秦王（伯顏）	許有壬	文宗去世後，順帝賜伯顏為太師秦王，[4] 據此，許有壬記錄文宗手詔一事即於順帝朝撰寫，「臣有壬恭讀〔手詔〕，蓋以兩都門禁遇有夜啟，舊惟牙符，申以織文，不具而

---

[2] 上引《經世大典》段落錄自《元文類》卷 41，載趙世延、虞集等撰，周少川，魏訓田，謝輝輯校，《經世大典輯校》，北京：中華書局，2020 年，頁 184。原《經世大典》已佚，只能從今人輯校本見其貌。

[3] 虞集，〈書朵來學士所藏御書織錦文後〉，《全元文》第 26 冊，頁 277-278。《欽定四庫全書薈要》本《道園學古錄》（頁 168-169）記朵來為「多囉」。聖旨原文見《四部備要》本《道園學古錄》「在朝稿」卷十，頁 10a-10b，〈書朵來學士所藏御書後〉後續載〈抄錄御書〉，前者記「天曆二年九月十二日」。當時明宗於八月暴崩，文宗再次復位後，便下令設門禁。

[4] 馬祖常，〈敕賜太師秦王佐命元勳之碑〉，李叔毅，傅瑛點校，《石田先生文集》卷 14，鄭州：中州古籍出版社，1991 年，頁 247-251。

第四章 文化傳承——元代宮廷的賞賜文化及其詩的王權呈現 79

					啟……」與虞集所記為同一本事。「伏念人君之責，在於得人，聖人有金城得人之謂也。惟太師在天曆初，當汴兵衝，參謀秘策，與奪如神。使乘輿達京，中原不驚。……臣有王故敢書此，以助聖君賢相擇人之萬一云。」[5]
3	御筆	仁宗	郭貫	鄧文原	「由是治書侍御史臣郭貫，擢禮部尚書，凡在選者六人，惟貫進秩有加。親灑宸翰，昭示龍光。忝備臣僚，咸增鼓舞。」[6]
4	御筆	文宗	丑閭	虞集	「國朝典故，凡命官，自宰相以下，皆中書造命，其貴者，封以天子之璽而賜之……未有若臣丑閭之親被御書者也。……」[7]
5	御筆	文宗	哈剌拔都兒（宣政使臣哈剌八都兒）	虞集、黃溍	此記謂天曆二年（1329）五月〔十三〕日下聖旨，「聖天子御奎章閣，尊德性，進儒臣……閣中別置捧案官，……獨蒙聖恩，親御翰墨，作勅書以賜之。……」[8] 天曆二年（1329）夏五月，文宗坐奎章，御筆任命捧案官，「惟國朝任官作命，皆出外廷，具有品式。捧案官蓋中朝侍從近臣，且不常設，非可律以定制。故天子親御翰墨以命之，實盛典也。史臣宜謹志之，以備館閣故事焉。」[9]

　　手詔都城門禁（資料 1 及 2）、御筆任命官員（資料 4 及 5）的特殊性質可以由元代中書省的職能來看。據屈文軍研究，中書省職能包括公文署

---

[5] 許有壬，〈恭題太師秦王所藏手詔〉，《全元文》第 38 冊，頁 138。
[6] 鄧文原，〈奉題延祐宸翰〉，《元文類》卷 7，臺北：世界書局，1962 年，頁 5a-5b。
[7] 虞集，〈跋御筆除丑閭太府大監〉，《全元文》第 26 冊，頁 278。《道園學古錄》（《欽定四庫全書薈要》本，頁 159）記丑閭為「超爾」。
[8] 虞集，〈書哈剌拔都特授奎章閣捧案官御書後〉，《全元文》第 26 冊，頁 276-277。《道園學古錄》（《欽定四庫全書薈要》本，頁 157）題為「皇帝聖旨：特命禮部尚書哈喇巴圖爾充奎章閣捧案官。宜令哈喇巴圖爾，準此。天曆二年五月〔十三〕日。」
[9] 黃溍，〈恭跋命哈剌拔都兒充捧案官御筆〉，《全元文》第 29 冊，頁 194。

押、處理行文格式等，宰相只負責輔助君主和監督政令執行，沒有諫諍帝王的權力，重大決策由帝王獨自決定或由高級官員，例如講究根腳的怯薛人員協助，而以「為天子主文史者」的必闍赤為主。[10] 除御史臺、宣政院等少數機構外，各級官員不能越過中書省奏事傳旨，[11] 因此番直（值勤）近侍帝王的怯薛得以掌握宮務機要、越職奏事，或傳旨時弄權。[12] 詔令出台、擬定、發布由怯薛操作，用蒙文撰寫「聖旨」，如不涉漢人事務，制定後逐字硬譯，相反，翰林國史院文臣用漢文起草的文書，叫「詔令」，完成後循附諸國語。[13] 可以看到，中書省只是執行政令下達的最高級機構，宰相沒有被賦予議政權力，怯薛才是「王朝政治活動中的中樞組織」。[14] 自宰相以下的官員任命，皆由中書省負責公文，現存文獻只見仁宗和文宗手詔御書發布命令、任命官員，虞集認為只有貴者才能有此榮譽，這裡可以看到仁宗及文宗的王權，是通過擺脫中書省的掣肘呈現。[15]

　　表 4-1 資料 5 的年分記錄提供新的思考角度，虞集〈書哈剌拔都特授奎

---

[10] 《元史》卷 99「兵志・宿衛」，第 8 冊，頁 2524。

[11] 例如天曆二年（1329）四月，明宗諭：「其他事務，果有所言，必先中書〔省〕、〔樞密〕院、〔御史〕臺，其下百司及暬御之臣，毋得隔越陳請。宜宣諭諸司，咸俾聞知。儻違朕意，必罰無赦。」同年六月，燕鐵木兒奏曰：「中政院越中書擅奏除授，移文來徽制敕，已如所請授之，然於大體非宜，乞申命禁止，庶使政權歸一。」，《元史》卷 31「本紀第三十一・明宗」，第 3 冊，頁 697，699。

[12] 箭內亙著，陳捷、陳清泉譯，《元朝怯薛及斡耳朵考》，太原：山西人民出版社，2015 年，頁 29-31，52-57。

[13] 元代的聖旨起草情況複雜，以蒙文起草有既定起首語公文格套，見劉曉，〈元代公文起首語初探──兼論《全元文》所收順帝詔書等相關問題〉，《文史》2007 年第 3 輯・總第 80 輯，頁 171-182。

[14] 屈文軍，〈論元代中書省的本質〉，《西北民族研究》2003 年第 3 期（總第 38 期），頁 27-40。或參氏著《元代中央官制論述》（南京大學博士論文，2001 年）元代行政系統相對簡單，數次商議後都沒有設立門下省。

[15] 與宋代相比，御筆、御筆手詔在宋徽宗代大量出現，作用是突出「君主在王朝政治生活中的存在」，徽宗的親筆御書，有不容商量的權威，但這不等於皇帝直接指揮或越過宰輔處理政事。方誠峰，〈御筆、御筆手詔與北宋徽宗朝的統治方式〉，《漢學研究》第 31 卷第 3 期（2013 年），頁 31-67。

章閣捧案官御書後〉謂天曆二年（1329）五月十三日，「聖子〔按：文宗〕御奎章閣，尊德性，進儒臣」，天曆年間雖為史家所言的儒治時期，1329年的帝位紛爭卻極其混亂，是年正月文宗兄長和世㻋（明宗）即位於和寧之北，[16] 當時文宗在權臣燕鐵木兒的安排下很早已經在大都繼位，文宗在奎章閣進用儒臣之舉，既設立專屬自己的派系，也向遠在北方的明宗表明心跡，開閣只為沉潛學問藝術之追求，文宗和明宗繼位先後的時間轉折，將在第八章詳析。是年五月，文宗在大都奎章閣的御筆，是建立個人威望的一道御書，但這道御書背後的奎章（表明從順明宗心跡、表達個人威望）和權臣燕鐵木兒的因素，卻不得不使我們重新思考，文宗在天曆二年正月至八月期間的王權並非擁有絕對權力，而是由權臣賦予，在這期間，文宗於五月所發的御筆的權威意義，是頗為模糊的──明宗正月即位和寧之北，四月立文宗為皇太子──文宗御筆的王權呈現，絕非一般帝王意義下的絕對王權，而是有明宗遠在和寧之北繼位、遠在沙漠而起程回大都的背景，故此，文宗在奎章閣撰寫御筆所展現的王權，是游移和不隱定的。

至於文宗手詔門禁出現的時間點（表 4-1 資料 1），更是饒有意思。虞集記錄天曆二年（1329）九月十二日，文宗手詔云上都及大都設門禁，沒有夜行象牙圓牌附織字聖旨，不許輒開城門。是年八月，當時文宗作為皇太子往北覲見明宗，明宗暴崩，同月文宗在上都大安閣再次繼位，事發不及一月，文宗手詔門禁直接發下來，不經中書省或怯薛發布。在明宗暴崩、文宗再次繼位的短短一個月內，文宗這道手詔彰顯個人的王權位置，已經沒有明宗的背景考量。表 4-1 的資料 1 及 2，兩篇記載皆在文宗歿後，朵來（負責續寫《蒙古秘史》，文宗命置之奎章）、太師秦王向虞集和許有王展視手詔，而有的追敘之作。虞集關注的本事為「追懷恩遇」，許有王以太師秦王的藏品申述「人君之責，在於得人」，而文宗在天曆初得到太師秦王相助，「臣有王故敢書此，以助聖君賢相擇人之萬一云。」可見，諸位南人看到彼時的帝位紛爭是由權臣操弄，而文宗歿後手詔的物質文化意義，則在提

---

[16] 《元史》卷 31「本紀第三十一・明宗」，第 3 冊，頁 696。

醒眾人，治國之道在於得人，文宗既有朵來及太師秦王相助，南人幫忙撰寫公文，可惜的是，他們的力量不足以動搖權臣燕鐵木兒派系，故此，這個「得人」之治國想像，反映王權在不同時間階段以及權臣派系之間充滿變數。

賞賜的另一方式是手書大字。據寓目所及，本章考出文宗五篇、順帝五篇、順帝皇太子愛猷識理達臘二篇。除了李存沒有官職外，記錄者皆於朝廷供職，大部分是漢族，例如黃溍、虞集、揭傒斯、陳旅，只有馬祖常及康里巎巎不是。[17] 請看下表：

表4-2 文宗、順帝、皇太子愛猷識理達臘手書大字[18]

項目	形式	御書者	獲賜或收藏者	記錄者	本事及來源
1	『雪月』二字	文宗	健篤班	馬祖常	「上日御奎章閣，聽天下之政，蓋所謂未明求衣，日旰忘食者也。恭己南面，不邇聲色。清燕之頃，留神翰墨，於昭回雲漢之章，尤見天縱之聖也。茲『雪月』二字，詔賜中奉大夫、侍御史臣健篤班。事天子，官侍御史，持平綱紀，憲法是賴，非有清明之德，配彼雪月者，則天子不以此官官之矣。聖神在上，量包天地，幺麼小臣，智識狹陋，曷足以窺之意者或萬一歟？臣祖常又得陪侍御史下列，乃屬臣為贊，遂告之以是，俾其子孫寶承之，以世其家焉。」[19]
2	『梅邊』二字	文宗	林天麒	虞集	「武略將軍瓊州安撫副使臣林應瑞之子天麒，得事上於游泳翰墨之際，百拜求所以顯揚其親者，乃蒙賜之『梅邊』二字，以賁飾其祠堂云……」[20]

---

[17] 馬祖常為雍古族。錢大昕，《元史氏族表》，北京：中華書局，1991年，頁190。

[18] 筆者自行整理。部分資料，例如雪月、永懷、雪林等等首見吉川幸次郎，〈元の諸帝の文學（三）：元史叢說の一〉，《東洋史研究》8（5-6），1944-03-15，頁 305-317。

[19] 馬祖常，〈恭題御書雪月二字〉，《全元文》第32冊，頁416。

[20] 虞集，〈御書贊〉，《欽定四庫全書薈要》本《道園學古錄》，頁 64。虞集有另一

第四章　文化傳承——元代宮廷的賞賜文化及其詩的王權呈現　83

| 3 | 『永懷』二字 | 文宗 | 哈剌拔都兒 | 黃溍 | 「文皇以萬幾之暇，游心藝事……間嘗以佩刀刻蘆葭根，作『永懷』二字，亦妙具乎八法。因摹為墨本，以賜近臣。今翰林學士承旨哈喇巴圖爾，時方以禮部尚書入侍燕間，與被是賜。襲藏已久，恐人無知者，出以示臣某，俾志於下方。臣竊惟永懷之義，猶《大雅》之詩所謂『永言孝思』也。昔周成王剪桐葉為圭，徒以實其戲言。而上之孝思，造次不忘乎聖念，度越三代之人主遠矣。後之史臣，宜有述焉。」[21] |
| 4 | 『永懷』二字 | 文宗 | 康里巎巎 | 康里巎巎 | 「上臨唐太宗《晉祠銘》，因書『永懷』二字，親刻之石，乃手印四紙以賜奎章閣大學士臣阿榮、御史中丞臣趙世安、宣政使臣哈剌八都兒及臣巎巎。臣伏觀宸翰，遒麗雄強，神采輝暎，龍跳虎臥，不足喻也。賜與之際，聖恩低徊，復謂之曰：『唯賜卿四人，其石朕已剗去矣。』臣等無任感激，悚懼之至。至順二年正月三日，通議大夫禮部尚書監群玉內司事臣巎巎拜手稽首謹記。」「至順三年五月十七日，上在興聖殿之穿廊，奎章閣大學士臣阿榮侍，正臣阿魯輝侍焉。臣進呈先所賜御書刻永懷字，上覽之良久，遂命群玉僉司高志印天曆之寶、奎章閣寶于宸翰之左右而還賜焉。即日正議大夫禮部尚書監群玉內司領會同館事臣巎巎再拜謹識。」[22] |

篇〈御書贊並序〉，然其本事未詳，姑錄於此，待考。文見王頲點校，《虞集全集》，頁328。

[21] 黃溍，〈恭跋御賜永懷二字〉記為「哈喇巴圖爾」，《全元文》第29冊，頁167-168。「翰林學士承旨哈剌拔都兒家藏文皇所賜御書墨本二卷、親筆二卷，此賜筆之一。蓋先朝嘗賜以今名，而上復出御筆申命之也。」黃溍，〈恭跋賜名哈剌拔都兒御書〉，《全元文》第29冊，頁194。

[22] 劉鑾鑾首先指出拓文載於馬成名〈元拓孤本元文宗自書、自刻、自拓『永懷』二字一卷〉，馬成名編著，《海外所見善本碑帖錄》，上海：上海書畫出版社，2014年，頁183-187。康里巎巎跋，載馬氏碑帖錄頁183，「永懷」拓本，見圖版頁25。劉鑾鑾，〈元文宗御書御賜研究——以〈永懷〉與〈奎章閣記〉為例〉，《故宮學術季

5	『永懷』二字	文宗	阿榮	康里巙巙	同上
6	『永懷』二字	文宗	趙世安	康里巙巙	同上
7	『雪林』二字	文宗	趙世安[23]	揭傒斯、馬祖常	「聖主揮毫臨秘閣，親臣執法坐崇臺。祥雲五色從天下，彩鳳雙飛映日來。政欲清如林上雪，已聞聲奮地中雷。君臣千載明良會，咫尺薇垣接上台。」[24]「聖主敷文化，臺臣得寶書。方員河洛出，次舍日星居。禹畫州圻古，羲文物象初。克勤貧負辰，躋敬賴儲胥。王錫非鞶帶，天光豈器車。傳家恩有渥，訓德義無餘。浩浩冰華潔，亭亭木本疏。山輝因玉潤，雲氣是龍噓。瑩爽才尤峻，栽培力不虛。明良須慶會，動植樂舒徐。眷遇榮金匱，謳歌媿石渠。賤微叨下列，瞻拜舞堦除。」[25]
8	『保寶』二字	文宗	保寶	陳旅、揭傒斯	「……監察御史臣保寶際遇文宗皇帝於淵潛之時，上為書『保寶』二字賜之。既臨御，又識以兩璽。蓋良貴者，天所與人之至寶也。惟賢者為能保之於身，惟聖主為能保其賢於國。御史能忘文皇所以書二字之意乎？鼎湖龍去，惟弘璧、琬琰、天球、河圖在東

刊》第 40 卷第 1 期（2022 年），頁 63-102。正臣阿魯輝，乃柯九思同僚，參閱石守謙，〈衝突與交融：蒙元多族士人圈中的書畫藝術〉，載石守謙，葛婉章主編，《大汗的世紀——蒙元時代的多元文化與藝術》，臺北：國立故宮博物院，2001 年，頁 207。

[23] 按虞集〈飛龍亭記應制〉，「雪林」二字是文宗賜名虛白先生陳寶琳（字玉林）之字，「後臨御，別書『雪林』字賜近臣趙伯寧，而寶琳仍字玉林矣。」，文載王頲，《虞集全集》，頁 605。吉川幸次郎指出伯寧乃趙世安之字，即文宗賜「雪林」御書予趙世安，〈元の諸帝の文學（三）：元史叢說の一〉，《東洋史研究》1944 年 8（5-6），頁 311。都劉平指出趙世安字伯寧，見其〈元散曲家趙世安事蹟鈎沉〉，載《元史及民族與邊疆研究集刊》第三十七輯，2019 年 01 期，頁 50-59。馬祖常考趙氏家世，並沒有提及趙世安字伯寧，見其〈敕賜御史中丞趙公先德碑銘〉，載《全元文》第 32 冊，頁 459-461。在更多資料考出前，本文仍從學界所論。

[24] 揭傒斯，〈御書雪林二字賜趙中丞應制〉，《全元詩》第 27 冊，頁 219。

[25] 馬祖常，〈贊御書雪林二字為趙伯寧中丞作〉，《全元詩》第 29 冊，頁 318-319。

第四章 文化傳承──元代宮廷的賞賜文化及其詩的王權呈現 85

				西序,悲夫!」[26]
「先帝真天縱,斯文乃在茲。淵潛當建業,乾象見庖犧。雲漢天垂紀,山河地有維。每書含至理,隨筆寄深規。從事南臺彥,嘉名上聖貽。惟皇三統正,所實寸心知。歷數歸龍御,簫韶覿鳳儀。戴星趨秘閣,和月下彤墀。俯仰君臣際,攀號日月移。羹牆空想像,鐵石永操持。什襲餘天翰,孤忠託聖時。奎章舊臣在,一覽淚交頤。」[27]
9	『和齋』二字	順帝	阿合馬	宋褧	「……後至元己卯(1339年)……中興守臣阿合馬出示今天子御書『和齋』二字……」[28]
10	『九霄』二字	順帝	胡震宦	歐陽玄、許有王	「上在桂林,臣有震宦〔宦〕……」[29]
「布衣臣豫章胡震宦,奉『九霄』二字示臣有王曰:『震宦游桂林,實得侍今上皇帝筆硯,及見作字時,落筆如宿習,每精意審訂,然後振臂一掃,不復潤飾。此則書以賜震宦者也。』……而『九霄』二字,又有訓焉。唐高宗為飛白賜近臣,皆有比興,其賜郝處俊曰『飛九霄,假六翮』,豈聖衷有見於震宦,故不他書,而撮此二字以賜之邪?……」[30]
11	『閑閑看雲』四大字	順帝	吳全節	李存	「元統元年秋(順帝1333年),皇帝御明仁殿,特書『閑閑看雲』四大字,賜玄教大宗師特進上卿臣吳全節。『閑閑』,蓋其所自號也;『看雲』,又其嘗築宮於雲錦山,曰崇文,復構樓一區,以為他年佚老者也。」[31]
12	『明良』二字	順帝	扎剌爾公(朵爾直班)	黃溍	「扎剌爾公,以開國元勳之冑世長宿衛,清忠粹德,簡在帝心,親御翰墨,書『明良』二大字以賜焉……公出以示臣,俾志於下

---

[26] 陳旅,〈恭跋文宗皇帝御書保寶二字〉,《全元文》第37冊,頁282。
[27] 揭傒斯,〈保寶御史為南臺從事時識文宗於潛邸嘗御書其名以賜之因觀宸翰感極成詩〉,《全元詩》第27冊,頁342。
[28] 宋褧,〈御書和齋贊〉,《全元文》第39冊,頁346。
[29] 歐陽玄,〈御書九霄贊〉,《全元文》第34冊,頁583。
[30] 許有王,〈恭題胡震宦所藏今上御書〉,《全元文》第38冊,頁143。
[31] 李存,〈御書贊〉,《全元文》第33冊,頁457。

					方……元首之明，君德也；股肱之良，臣道也。合明、良之二言以為賜，而因以字之，於以表君臣一體也。」[32]
13	『慶壽』二大字	順帝	多爾濟巴勒[33]	黃溍	「今上皇帝改元至正之明年（1342），翰林學士臣多爾濟巴勒，嘗一日侍燕閒於宣文閣，上親御翰墨，作『慶壽』兩大字以賜焉。」[34]
14	『節用』二字	皇太子愛猷識理達臘（順帝子）	斡欒	許有王	宋李沆為相，讀《論語》中的「節用而愛人」，「使民以時」二句，謂終身誦之；皇太子書「節用」二字，賜中書右丞臣斡欒。斡欒裝潢寶襲，俾有王識之。[35]
15	『麟鳳』二字	皇太子愛猷識理達臘	鄭深	歐陽玄	「皇太子習大書端本堂上，……所賜為『麟鳳』二大字，若曰同居為國家之瑞，有若麟鳳云爾。」[36]

　　所記本事不出兩種內容，一申君臣契合之願景，如表 4-2 資料 1「〔健篤班〕非有清明之德，配彼『雪月』者，則天子〔文宗〕不以此官官之矣。」或如資料 7「雪林」和 8「保寶」。另一種寫法更為直接，記述帝王因應獲賜對象的人生情狀而賜字，如資料 10 胡震宦侍奉當時被遠放桂林的

---

[32] 朵爾直班於至正元年（1341）順帝改奎章閣後，任翰林學士。黃溍，〈恭跋御書明良二大字〉，《全元文》第 29 冊，頁 166。《黃溍集》第二冊，頁 308，又參第四冊，〈朝列大夫僉通政院事贈榮祿大夫河南江北等處行中書省平章政事柱國追封魯國公札剌爾公神道碑〉，頁 1110-1115。劉爐爐，〈元文宗御書御賜研究——以〈永懷〉與〈奎章閣記〉為例〉，《故宮學術季刊》第 40 卷第 1 期（2022 年），頁 88。關於朵爾直班的為政及編書經歷，見許正弘，〈闊闊真太后與元成宗朝政治——兼論太后位下徽政院的建立〉，《臺灣師大歷史學報》第 66 期（2021 年），頁 66-67。

[33] 多爾濟督諸將平雲南，文宗賜予弓矢、貴珍之物。事見虞集，〈題蕭從道平雲南詩卷後〉，《道園學古錄》卷十「在朝稿」，《四部備要》本，頁 11a。

[34] 黃溍，〈恭跋御書慶壽二大字〉，《全元文》第 29 冊，頁 167。

[35] 許有壬，〈跋賜斡欒右丞節用二字〉，《全元文》第 38 冊，頁 175。

[36] 歐陽玄，〈麟鳳二大字贊〉，《全元文》第 34 冊，頁 583-584。

順帝，[37] 見順帝作字一揮而就不加潤飾，並賜「九霄」予震宦，許有王引申字義，連結唐高宗賜飛白書予近臣的「飛九霄，假六翮」，許有王將御書大字連結漢帝王傳統賜字文化，謂所書之字皆有比興義，從而推許順帝御書「九霄」並非隨意之作。許有王的記錄既有頌聖，同時指稱帝王對獲賜者事業人生的殷切期望。

表 4-2 最為特別的該是文宗賜「永懷」二字。清人端方《壬寅消夏錄》記元文宗曾臨唐太宗〈晉祠銘〉永、懷二字，刻石並印之，賞賜阿榮、趙世安等人。[38] 劉嬬嬬勾勒這一樁藝文本事的生發及其出處，尋繹文宗手書「永懷」與臨摹唐太宗〈晉祠碑〉全文其中的永、懷二字。[39] 本節關心的是此樁本事的撰作者與獲賜者、獲賜時間、文宗王權呈現與奎章閣御書刻本的關係。據資料所及，只有黃溍（表 4-2 資料 3）記錄文宗以佩刀刻蘆萉根作永懷字，以墨本賜近臣哈剌拔都兒，黃溍認為二字有《大雅》「永言孝思」之意。獲賜者其實還有康里巎巎、阿榮、趙世安。馬成名《海外所見善本碑帖錄》載〈元拓孤本元文宗自書、自刻、自拓『永懷』二字一卷〉，拓本記錄的本事包括：

- 康里巎巎撰寫題跋
- 上臨唐太宗晉祠銘，因書永懷二字，親刻之
- 墨本只賜予上述四人，文宗已親剗原石
- 至順二年正月三日記

所載較黃溍記錄更為詳實。據上文所論，基本上御書手詔等等的記錄，都由南人當下恭題或事後題寫，唯獨此帖除哈剌拔都兒「襲藏已久，恐人無知

---

[37] 《元史》卷 38，第 3 冊，頁 815。柯劭忞撰，張京華，黃曙輝總校，《新元史》第 1 冊，上海：上海古籍出版社，2018 年，頁 315。

[38] 端方，《壬寅消夏錄》所記，收於《續修四庫全書》第 1089-1090 冊，上海：上海古籍出版社，1995 年，頁 394-395。

[39] 劉嬬嬬，〈元文宗御書御賜研究——以〈永懷〉與〈奎章閣記〉為例〉，《故宮學術季刊》第 40 卷第 1 期（2022 年），頁 63-102。

者，出以示臣某（黃溍）」而有南人的記錄外，只有獲賜者康里巎巎予以題跋。獲賜四人乃文宗親信，史載文宗命阿榮和趙世安為提調通政院事，助其將建康潛邸籌建為大龍翔集慶寺。[40] 由御書「永懷」至刻石，分賜墨本後毀石的行徑，其他宮廷文人無從觀賞或無從得之，表明獲賜四人在文宗朝的地位。如果按照一般南人的撰作思路，這是「得人」之重要表徵，在某種程度上，「永懷」墨本系列是為理想的治國想像。

然而，引起我們注意的時間點為「至順二年（1331）正月三日」以及當時文宗身邊重要南人沒有參與記錄一事。按照慣例，南人記錄御賜「永懷」應該是合理期望。至順二年正月同時是文宗御書奎章閣閣文的時間點，閣文由虞集撰於天曆二年四月（1329），御書閣文成於至順二年正月（1331），閣文的刻本分賜由宮廷文人虞集、馬祖常、許有壬、黃溍等記錄（見第八章）。分賜「永懷」及御書閣文時間相約，為何「永懷」獨缺虞集等人的記錄？[41] 這說明獲賜永懷墨本的四位蒙古色目大臣，皆為文宗親信，史載幾位親信非常猜忌當時同為奎章閣閣臣的虞集，[42] 不過，事實並非如此，幾位親信皆是正直之人，其因緣會在第八章談。「永懷」系列獨缺南人記錄，更突顯此次賞賜的榮耀和私人性質。這裡想說明的是，在奎章閣裡，蒙古色目大臣與南人虞集等等，同樣受到文宗親炙和提拔任用，文宗朝任用官員不分族群，是君臣良會得人之舉，雖然在實際操作上，南人在不同場合均受壓逼。[43]

---

[40] 《元史》卷 33，第 3 冊，頁 738；《新元史》第 1 冊，頁 297。命禪師造大龍翔集慶寺的開山細節，事見歐陽玄，〈元故太中大夫佛海普印廣慈圓悟大禪師大龍翔集慶寺長老忠公塔銘〉，《全元文》第 34 冊，頁 629-630。天曆元年（1328）十月文宗命之籌建，營之三年寺成，至順二年（1331）十一月立素覺皇像，參釋大訢，〈大龍翔集慶寺素覺皇像頌有序〉，《全元文》第 35 冊，頁 487。

[41] 蒙元中期的朝廷典冊制誥、公卿碑板多出虞集之手，見歐陽玄寫於 1346 年的〈《道園類稿》序〉，載虞集，《道園類稿》，《元人文集珍本叢刊》，臺北：新文豐出版公司，1985 年，頁 252。

[42] 《新元史》第 9 冊，頁 4065-4066。

[43] 參第八章。例如至元二十四年（1287）元世祖忽必烈命程鉅夫為御史中丞，「臺臣

作為王權表徵的御書，其文化意義在於賜予、收藏、展示、書寫的過程裡，君臣之間和官員之間的互動。承接南人書寫御書的關懷在於得人和君臣契合的治國想像，在元代文獻裡，我們看到兩個追懷君臣契合的特別例子，包括英宗與拜住、文宗與宮廷文人，本章只論前者，後者會在第八章考察。

　　英宗與拜住在南坡被殺，在中期以後北籍士人或南人書寫裡，是治國想像破滅的表徵。許有壬〈恭題至治御書〉提及英宗御筆現由東平忠獻王拜住兒子收藏（文章記時為順帝至元庚辰 1340 年），許氏得以寓目而獲邀題識於後，其關注的本事在英宗「拔惡木深固之柢」、「取豫章大材以梁棟」的「君臣千載之遇」上。某日拜住侍便殿，信手拈墨作古錢，條理分明，規矩法度兼而有之，英宗大悅，「取朱筆書皮日休詩『我愛房與杜，魁然真宰輔。黃閣三十年，清風一萬古』於其側，蓋以〔東平忠獻〕王為房、杜也。今慶老福德亦侍側，即以賜之。福德裝潢十襲。」就此日常宮廷本事說去，許有壬譽之為「至治之治」，[44] 他必定想到往日英宗與拜住共議重開科舉、削減朝廷宗室日常費用等等，而後來的南坡鉅變，卻使一切落空，這些都是當世重要史實，也是讓臣子懷憾不已的治國理想典範。許有壬有如此想法，或許緣於個人在朝中的不快經歷。至元年間，中書平章政事徹里帖木兒等人首議罷科舉，許有壬與權臣太師伯顏論爭，力陳不可，伯顏認為舉子多貪鄙，有假冒蒙古、色目名者，舉子裡可為任用者為數不多，有壬力辨歷來通過科舉考核的有馬祖常、歐陽玄等等，皆表表者，實無礙於選法，伯顏謂有壬「能言」，有壬說「能言何益於事？」時徹里帖木兒在座，知始末，出言譏誚，翌日崇天門宣詔，特命有壬為班首，有壬以為耻辱。[45] 蕭啟慶認

　　言：『鉅夫南人，且年少。』帝大怒曰：『汝未用南人，何以知南人不可用！自今省部臺院，必參用南人。』遂以鉅夫仍為集賢直學士，拜侍御史，行御史臺事，奉詔求賢於江南。」《元史》卷 172，第 13 冊，頁 4016。

44　許有壬，〈恭題至治御書〉，《全元文》第 38 冊，頁 165-166。

45　《元史》卷142，第11冊，頁3405。伯顏在文宗時擔任燕鐵木兒副手，燕鐵木兒死後，伯顏在順帝朝獨攬大權，反漢法和科舉，推行敵視漢人、南人的政策。洪麗珠，《肝膽楚越——蒙元晚期的政爭（1333-1368）》，新北市：花木蘭文化出版社，2011 年，頁 18，26-42。伯顏在順帝朝之專權，見《元史》卷 138，第 11 冊，頁 3338-3339。

為許有壬力抗伯顏罷廢科舉，其〈送馮照磨序〉是「一篇科舉採行及所遇反對的重要文獻」，許氏之序懷悒往日仁宗「排眾議，出宸斷」而推行科舉，[46] 蕭啟慶認為仁宗之決心，是因為李孟對他的長期影響，李孟不時強調科舉取士用人最為有效，以及先德行經術，後文辭，乃可得真材之論說策略。[47] 因此，許有壬一直記掛得人之舉和君臣契合，皆緣自自身經驗與帝王故事，再讀他在〈恭題至治御書〉對英宗和拜住的懷悒，由此引申英宗御書皮日休詩的意義：

> 上不書他語，獨書時人誦房、杜之句，非有契宸衷，將責以貞觀之治乎？則是游宴之頃，未嘗有忘天下之心焉。史稱房、杜不言功，持眾美効之君……君臣相遇，古今所難；及其相遇，而天復中道畫之，此有志之士不能不痛悼也。……[48]

英宗獨書「我愛房與杜」詩句，反映時刻有著關顧天下之心，固然還有賢臣拜住的擔當，才能有此美滿的治國能力，可惜君臣旋被敵對派系謀害。許有壬記錄的英宗御書詩及其本事，既是王權呈現，也是王權脆弱不堪的象徵。

本章所考的帝王賞賜還有數例。例如，「仁宗自居潛邸，……上雅愛尚文學，敕印真德秀《大學衍義》分賜侍臣，俾知忠君、愛民之說。」[49]

---

[46] 許有壬，〈送馮照磨序〉，《全元文》第 38 冊，頁 70-71。

[47] 蕭啟慶，《元代進士輯考》，臺北：中央研究院歷史語言研究所，2012 年，頁 6-7。《元史》卷 175「李孟列傳」載事跡，包括仁宗居懷州時期、監國時期等，李孟常常單騎以從，進言講論古先帝王之得失成敗及君臣父子之義，並論科舉取人之勝。見《元史》第 13 冊，頁 4084-4089。至大四年（1311）夏五月，仁宗「嘗召繪工，惟肖其〔李孟〕形，賜號秋谷。命集賢大學士王顒大書之，手刻為扁，而署其上。……裝潢是圖，填金刻扁，而摹賜號與御署，加卷標軸，寵耀至矣，人孰與儔？」見姚燧，〈李平章畫像序 至大四年夏五月〉，《全元文》第 9 冊，頁 381-382。

[48] 許有壬，〈恭題至治御書〉，《全元文》第 38 冊，頁 165-166。

[49] 蘇天爵，〈元故榮祿大夫御史中丞贈推誠佐治濟美功臣河南行省平章政事冀國董忠肅公墓誌銘〉，《全元文》第 40 冊，頁 403。

又如翰林直學士亦思剌瓦性吉購得智永〈千文〉，呈獻順帝，「命近臣摹勒刻置宣文閣中。所拓墨本，從官之有文學者，則識以『宣文閣寶』而賜之。」[50] 正如蘇天爵所言，這是「文物興隆，治化清謐」之舉。[51] 或如皇太子愛猷識理達臘賜福建行中書省右丞恩寧溥得八字：「文行忠信，為善最樂。」[52]

以蒙古為頂點的游牧民族國家框架下說去，從屬漢宮廷文化傳統的御書賞賜，在蒙元宮廷裡大部分只賜予蒙古及色目大臣，宮廷文人只作觀賞、記錄御書和手詔之本事，北籍士人及南人的題詠普遍關心帝王的王權呈現以及痛惜王權被削弱的情況。文宗撰作的御書最多，其作大多由南人記錄，而得人之舉和君臣契合是宮廷文人最為關注的治國想像，往往由此歌頌彼時「君臣千載明良會」（表 4-2 資料 7）的朝廷，同時反襯治國理想破滅後對往日君臣契合的懷恓。

第二節　連結傳統：宮廷詩裡的賞賜儀式與自是一家句法

御書賞賜是漢宮廷文化傳統，蒙元帝王繼之，反映在宮廷文人的詩裡，呈現怎樣的跨界風景？在蒙漢文化並置的制度下，元代宮廷禮儀裡賞賜儀式的兩大部分──御筆分賜、上尊號──成為宮廷詩的重要題旨。以下首先探討宮廷文人以詩書寫賞賜的內容，以及考察此等內容呈現何種文化價值。

---

[50] 引文見歐陽玄，〈御賜石刻千文搨本後題〉，《全元文》第 34 冊，頁 464。又參許有壬，〈跋戶部主事觀音奴新刻千文賜本〉，《全元文》第 38 冊，頁 173。許有壬，〈跋檢討鄭取新刻千文賜本〉，《全元文》第 38 冊，頁 168。程文，〈題御賜石刻千文搨本後〉，《全元文》第 31 冊，頁 452。

[51] 蘇天爵，〈恭跋御賜真草千文碑本〉，《全元文》第 40 冊，頁 118-119。

[52] 引文見貢師泰，〈皇太子賜書跋〉，《全元文》第 45 冊，頁 197。至正庚子（二十年，1360），皇太子大書賜福建行中書省平章政事普華帖睦爾，見貢師泰，〈皇太子賜書贊〉，《全元文》第 45 冊，頁 287-288。至正二十年（1360）皇太子賜「弘化」（出自《周官》）予福建行中書省平章政事臣完者帖木兒。貢師泰，〈皇太子賜書贊〉，《全元文》第 45 冊，頁 289。

御書漢字賞賜大臣是光耀文化盛美的行為，也是蒙元帝王維護統治的手段，以示重視和支持漢文化。仁宗時代及以前，官員多從恩蔭和吏員出仕，李孟建議仁宗重開科舉，改善吏治，科舉分左右榜，被譽為「延祐儒治」，不過，族群配額優待蒙古、色目，對漢族士子不公，獲得進士的漢族士子後來多為文學侍從。[53] 在士子對策答卷裡，多見對官場優劣的評判，例如探討官員舞弊、冗官、漢人冒充蒙色等等，相反，在宮廷文人的詩裡，更多是讚美帝王招攬儒臣的舉措。[54] 元初三大書家鄧文原（1259-1328），皇慶元年（1312）任國子司業，至治二年（1322）集賢直學士，次年兼國子祭酒，即目所見的仁宗御書，記錄在〈奉題延祐宸翰〉（表4-1 資料3）：[55]

> 欽惟仁宗，上承祖武，搜羅俊彥，求治靡寧。尤尊禮儒臣，務敦風化。由是治書侍御史臣郭貫擢禮部尚書，凡在選者六人，惟貫進秩有加。親灑宸翰，昭示寵光；忝備臣僚，咸增鼓舞。集賢直學士臣鄧文原謹拜手稽首而作詩曰：
> 宵旰需賢表薦紳，秩宗首選贊華勛。官聯天府璇璣象，帝闡河圖琬琰文。[56]曾聽簫韶瞻曉日，仰攀弓劍泣秋雲。小臣作頌稱仁聖，湛露承恩未足云。[57]

---

[53] 《元史》卷81「選舉志」，頁2019-2031。蕭啟慶對此有詳細討論，〈元代科舉特色新論〉，《中央研究院歷史語言研究所集刊》第八十一本，第一分，2010年，頁1-36，特別是頁5-11。

[54] 申萬里論宮廷文人在詩裡寫會試、殿試、揭榜、唱名等喜悅，又論士人對策答題裡對元代官場的批評，《元代科舉新探》，北京：人民出版社，2019年，頁195-200，290-298，新發現〈新刊類編歷舉三場文選〉「壬集‧對策」試題題目，見328-330。

[55] 鄧文原，〈奉題延祐宸翰〉，《元文類》卷7，臺北：世界書局，1962年，頁5a-5b。

[56] 華勛也可作華勳，指稱帝舜（名重華）和帝堯（名放勳）。琬琰文除了指美文外，也可指具備崇高品德的人。

[57] 黃帝乘龍飛天，臣惜未能隨之，只能悲慟手執斷了的龍鬚和黃帝掉下的弓。見《封禪書》，載吳汝綸評論和編纂，《史記集評》卷28，臺北：臺灣中華書局，1970年，頁481a。

按照上節考察蒙元帝王御書的撰作，現存文獻可見，仁宗似乎是比較早使用御書賞賜，呈現一己的王權，以及由此證明蒙元廣納賢才，肯定儒臣在朝中的風化作用。在此意義上，鄧文原詩的重大文化價值，就是首次記錄御書的生發過程，其中的跨界性質，即蒙元帝王以漢文化傳統御書官員任命政事，捨棄中書省負責官員任命的公文。看到御書，對於作為書家的鄧文原應該深受鼓舞。詩的頷聯用大景，天府星辰喻中期宮廷文人眾備，襄助帝王的盛大氣象，河圖天文示仁宗施行仁政，以制度（表薦紳）和御書（琬琰文，序文謂昭示龍光）「尊禮儒臣」。就宮廷文人言，皇帝宸翰非常珍貴，在於它是落實尊禮儒臣的證據，鄧詩的其他部分也就圍繞尊禮（表薦、用雅音簫韶、頌聖）和儒臣（以攀弓劍喻忠臣、贊華勛）來書寫，這些元素的積澱，一如第三章所論，營構了仁宗王權的可視（御筆）、可知（階級尊卑體現）、可感（雅音簫韶、仰望瑞象）。

　　宸翰御書代表蒙元帝王對儒典和禮樂文化制度的守護，和恩澤臣民的念茲在茲。虞集記述延祐甲寅（1314）以來，仁宗獨斷以進士科取士，「……〔熊朋來〕先生屢以為言，後得周尚之以《禮經》擢第，習此經者漸廣，由先生啟之也。」而「英宗皇帝始採用古禮，親御袞冕祠太廟，奮然制禮作樂之事，朝之大儒縉紳先生，凜然恐不足以當上意。而翰林學士元公明善颺言於朝，以先生為薦。未及召，而至治三年五月，先生卒矣。」[58] 南儒學者熊朋來（1246-1323）雖未及出仕，但其影響一早已遍及士子之學習。英宗在位的至治時期（1321-1323），供職朝廷者包括袁桷、虞集、馬祖常、元明善等等，並有賢臣拜住輔助推行五類新政，包括「黜貪、進賢、振學、寬賦、恤貧」，[59] 削減蒙古諸王的賞賜以及任用漢人南人行儒法。虞集謂英宗採用古禮，著實反映當時蒙漢並置制度，實為宮廷文人打開以儒治國的期待視野。可惜自仁宗朝以來，改變兄弟武仁授受之盟約，不像先帝武宗對蒙

---

[58] 虞集，〈熊與可墓誌銘〉，《全元文》第 27 冊，頁 595。
[59] 王頲，〈南坡肆逆——元英宗朝政治與鐵失行刺〉，載氏著《西域南海史地探索》，北京：中國人民大學出版社，2010 年，頁 272。

古統治集團、黃金家族施予恩賜，造成仁宗繼位者英宗的統治壓力，[60] 此後，蒙古派系爭相奪權，英宗和拜住於 1323 年在南坡驛被暗殺。[61]

馬祖常便由觀賞英宗御書引發對君臣契合的懷想，其〈題英宗御書〉云：

> 功德使三旦八藏英宗皇帝所賜御書，中有御製詩云：「月色清吾心，日光照吾民」十字，大哉！君人之言也。又云「明仁殿書賜旦」。謹贊詩四句于後。
> 英皇朝坐明仁殿，賜旦新書日月中。河漢昭回光氣在，淒涼空抱小臣弓。[62]

有別於上節各個御書大字例子，是次御書賞賜是帝王御製詩。就筆者寓目所及，御書御製詩賞賜，只得英宗一例。英宗御製詩內容直接表達治國理想，並非以獲賜者的生活情狀為創作考慮。三旦八為唐兀人，初任功德使，在元代行政制度裡隸屬宣政院，負責管理佛事及吐蕃地域。[63] 詩序引錄英宗御製「月色清吾心，日光照吾民」，反映帝王時刻警醒吾身以及關顧臣民的自覺，兩者都是儒臣關注的帝王之道。通過馬祖常之記錄，向外展視王權之餘（朝坐明仁殿、賜書日月中），也表達治國應有之道。難怪乎南坡鉅變後，普遍宮廷文人對英宗的懷想會如此深刻。

三旦八的收藏在元代中後期的一段時間內，流傳有序，引發不少回響，虞集有詩記錄觀英宗御題後的反應，詩歌屬私人領域之作，非宮廷詩屬性，卻有利於觀察宮廷文人心態。虞集詩題為〈次韻筠軒司徒，足成旦公所藏英

---

[60] 劉曉，〈『南坡之變』芻議——從『武仁授受』談起〉，中國元史研究會編：《元史論叢》第 12 輯，呼和浩特：內蒙古教育出版社，2010 年，頁 49。

[61] 《元史》，頁 624-633。

[62] 馬祖常，〈題英宗御書〉〔此題據詩序補〕，《全元詩》第 29 冊，頁 373。

[63] 三旦八後來累官至雲南行省右丞，順帝時（約 1352 年前後）任江浙行省平章政事，抵禦江南反元者，抗張士誠，後來貪財玩寇，久而無功。《元史》卷 45，第 4 冊，頁 944。

宗御題之句,並序〉:

> 元題曰:「日光照吾民,月色清我心。」又題琴曰:「至治之音。」
> 化國多長日,高僧侍紫宸。觀書從上相,屬筆念生民。雲漢文章備,風雷號令新。惟應青簡在,能載古風淳。御翰龍池曉,繙經驚殿陰。雲依清靜葉,月印妙明心。千載堂堂去,諸天肅肅臨。朱弦誰為鼓?至治有遺音。[64]

點染英宗治下已建成的教化之國,隨後發揮御製詩所言的帝德惠民,夜省吾身之意。虞集記錄英宗兩句詩的次序,與馬祖常所錄剛好倒過來,然而,句序影響不大,虞集所錄多出一條線索,琴有御題「至治之音」。[65] 以此線索引申,全詩便由聲音主導,「觀書」藉由御製詩的兩句聲情引出〈大雅・生民〉詩意,〈生民〉講述周人祖先及農耕民族的輝煌歷史,[66] 虞集借以歌頌英宗治下臣民的安隱生活,是在古代臣民共樂的淳樸生活上繼往開來。而英宗御製詩歌呈現的惠民省身之意,以及佛經說法之妙傳,兩者的聲情結

---

[64] 虞集,〈次韻筠軒司徒,足成旦公所藏英宗御題之句,並序〉,《虞集全集》,頁89。司徒筠軒,即壽公,虞集〈佛國普安大禪師塔銘〉記:「〔上都大龍光華嚴禪〕寺於城東北隅,溫公主之。溫去世,而少林雪庭裕公主之。裕公去之二十年……至於我先師筠軒壽公,六世矣。在壽公之時,英宗皇帝念茲寺為世祖所築,作而新之,加廣大焉,命壽公為司徒,以重其事。」《虞集全集》,頁989。袁桷,〈華嚴寺碑〉有載,楊亮校注,《袁桷集校注》,北京:中華書局,2012年,頁1255。據今人所考,壽公乃上都華嚴寺住持,現存〈皇元敕賜大司徒筠軒長老壽公之碑〉碑首,其拓片及解說見王大方、張文芳編著,〈皇元敕賜大司徒筠軒長老壽公之碑〉,《草原金石錄》,北京:文物出版社,2013年,頁64。

[65] 元人陶宗儀記述英宗:「承武、仁治平之餘,海內晏清,得以怡情觚翰。嘗見《宋宣和手敕》卷首御題四字,又別楮上『日光照吾民,月色清我心』十字,一琴上『至治之音』四字,皆雄健縱逸,而剛毅英武之氣發於筆端者,亦足以昭示於世也。」徐永明點校,《書史會要》卷七,北京:北京師範大學出版社,2016年,頁159。

[66] 《毛詩正義》,收於李學勤主編,《十三經注疏整理本》,北京:北京大學出版社,2000年,頁1239-1266。

合讓臣民感到身心安隱。對此，虞集才說，英宗歿後留下的教化之國、治國理念，俱可從英宗的詩聲、琴音勾起感悟，而且持久不絕。虞集詩以聲音起興，包含詩聲、讀經聲、琴聲，句句扣題，最後歸結為英宗「至治遺音」的文化傳承，寫得非常精彩。翰林編修程端學（1278-1334）也曾次韻司徒筠軒詩，有句云：「鹵簿崇親祀，風雲繞帝宸。百年開禮樂，萬感付臣民。牀上琴空在，書中墨更新。不逢帷幄舊，寧識聖恩淳。」[67] 每次看到蒙元皇帝宸翰，使宮廷文人想起中原禮樂文化的傳承，這點在蒙元宮廷用蒙文漢語進講交談、翰林院裡先蒙後漢的公文進書程序、蒙古色目大臣對南人的打壓，有其特殊的時代意義。

英宗以後，中期宮廷文人尤重文宗御書和賜書等行為，歌頌帝王心繫禮樂文獻。文宗某次命歐陽玄為敘贊，危素記述文宗與大臣商略賜予歐陽玄何等官階品秩，來回討論後，文宗「即取奏目，御書『歐陽玄可授藝文少監』。」[68] 文宗又因為眷念故宋魏了翁（1178-1237）所傳道德性命之學，應魏氏後裔所求，建立鶴山書院，於至順元年（1330）八月，命虞集題鶴山書院，著記以賜之。[69] 又建立奎章閣收藏、賞玩書畫器物，御書虞集〈奎章閣記〉，將之刻石分賜近臣，[70] 石守謙指出這是「追仿宋代帝王以御書賞賜的行為。」[71] 文宗時期推行的多種文化工作，給予中期宮廷文人極大鼓舞，因為有如北宋盛世的再臨。關於盛世文治的營構，最為人稱道的是，文宗於天曆三年（1330）春正月，命趙世延（1261-1336，其先為雍古氏）和心腹趙世安領纂修本朝文獻為《經世大典》。[72] 此一舉動在蒙元最高框

---

[67] 程端學，〈和筠軒司徒題英皇御書韻〉，《全元詩》第 28 冊，頁 396-397。
[68] 危素，〈大元故翰林學士承旨光祿大夫知制誥兼修國史圭齋先生歐陽公行狀〉，《全元文》第 48 冊，頁 403。
[69] 虞集，〈鶴山書院記，應制〉，《虞集全集》，頁 606-607。
[70] 虞集，〈題御書奎章閣記後〉，《虞集全集》，頁 400。
[71] 石守謙，〈元文宗的宮廷藝術與北宋典範的再生〉，《中國文化研究所學報》第 65 期，2017 年 7 月，頁 97-117。
[72] 《元史》卷 34，第三冊，頁 749。趙世延祖先為雍古族，錢大昕，《元史氏族表》，北京：中華書局，1991 年，頁 188。

架下的重要意義在於，它完全是文宗的個人決策，超出中書省討論及權臣燕鐵木兒視野之外。天曆三年二月，以纂修久無進展，專命奎章閣阿隣帖木兒、忽都魯都兒迷失等「譯國言所紀典章為漢語」，以趙世延及虞集等主持纂修，加入燕鐵木兒監修。[73] 這次仍然以趙世延為主導，並延攬奎章閣的蒙古及南人閣員，這樣一來完全是文宗個人化的操作了，把燕鐵木兒加入，應是安撫之策。需要指出是的，擁有實權的趙世延在宮廷裡屢受燕鐵木兒攻擊，至順元年六月，燕鐵木兒云一向有旨，只有自己和伯顏可兼領三職，批評趙世延怎可兼領平章政事兼翰林學士承旨、奎章閣大學士職務，向文宗說希望趙世延以疾辭，帝不允，相隔一月，監察御史葛明誠上奏，云趙世延：「『年踰七十，智慮耗衰，固位苟容，無補於事，請斥歸田里。』臺臣以聞，詔令中書議之。」帝最終只允許保留趙世延翰林、奎章之職。[74] 這幾個月期間，奎章閣學士忽都魯都兒迷失、撒迪、虞集意欲請辭，帝不允之，另一方面，學士們需要使用祖宗實錄及國書《脫卜赤顏》（蒙古秘史）纂修大典，虞集以為請，國史院史臣說：「《實錄》，法不得傳於外，事蹟不當示人。」國書更不可傳於外。[75] 南人儒臣纂修時處處受到阻撓，非常被動。趙世延也屢次上奏乞解中書政務，專意纂修，直至同年秋天，才可養疾於金陵。[76] 即見《經世大典》的編纂工作，是在文宗個人策劃下的文化舉措，因而屢見燕鐵木兒對文宗團隊的打壓。

趙世延退職後，虞集總領其事，至順二年（1331）五月草成大典，因目疾加劇，改他人負責，由奎章閣閣員歐陽玄於至順三年（1332）三月表進文宗。[77] 薩都剌有詩寫進書過程，其〈奎章閣觀進皇朝經世大典〉云：

---

[73] 《元史》卷34，第三冊，頁751。
[74] 《元史》卷34，第三冊，頁762。
[75] 《新元史》第九冊，頁4065。
[76] 《元史》卷34，第三冊，頁751；卷180，第十四冊，頁4166。
[77] 趙世延，虞集等撰，周少川，魏訓田，謝輝輯校，《經世大典輯校》，北京：中華書局，2020年，頁1-2。

文章天子大一統，館閣詞臣日纂脩。萬丈奎光懸祕閣，九重春色滿龍樓。門開玉鑰芸香動，簾捲金鉤硯影浮。聖覽日長萬機暇，墨花洗出鳳池頭。[78]

此詩又題為〈三月七日奎章進本朝經世大典呈虞伯生〉。薩都剌呈詩予虞集，饒有意思，攜諸以上背景，讓人想起宮廷文人在編纂大典時受到的阻繞，例如虞集不獲准使用國朝實錄和秘史，而本來總領其事的趙世延因派系爭鬥而請辭之事，如今大典製成，虞集終於可以通過薩都剌詩直面進書過程。

薩都剌詩末句可指文宗墨寶。鳳池意涵豐富，傳統上指向鳳凰池，即中書省之謂，詩意指墨花出自內苑。參考詩裡描述相關編修和御書的用字，包括纂脩、硯影、墨花，因此，鳳池也可以是鳳池硯的代稱，宋代佚名《端溪硯譜》記載：「宣和初，御府降樣造形，若風字，如鳳池樣。」[79] 米芾（1051-1107）指出：「宋真宗所用硯，與仁廟賜駙馬都尉李公炤鳳池硯，形製一同，至今尚方多此製。國初以來，公卿家往往有之。宋仁宗以前賜史院官硯皆端溪石……猶有鳳池之像。」[80] 宋時，鳳池硯是皇帝用硯，是官樣，也是帝王賞賜文臣的常用器物。按照這樣的北宋傳統，薩都剌詩末句意義開放，可以指向文宗沿用漢人宮廷的用硯文化，以鳳池硯磨墨題寫，詩裡沒有明言「聖覽」後題寫什麼，如果根據文宗御書習慣，或許是讚揚眾儒臣的協力編修。

畢竟，虞集常常留心文宗御書。虞集《道園學古錄》「在朝稿」收錄〈御書贊〉，記瓊州安撫副使林應瑞之子林天麒，百拜求御書以顯揚其親，

---

[78] 薩都剌詩，見《全元詩》第 30 冊，頁 203。《經世大典輯校》本，「詞臣」作「史臣」，「祕閣」作「鳳闕」，「洗出」作「流出」，見頁 873。

[79] 《端溪硯譜》，載《硯史；硯譜》，《四庫全書・藝術類》，北京：中國書店，2014 年，頁 89。

[80] 米芾，《研史》，收於《文房四譜》三十二種，第 52 卷，臺北：世界書局，2016 年，頁 356-358。

文宗賜「梅邊」二字，天麟以此飾祠堂，其後往大都時，求虞集述贊。[81] 御賜「梅邊」，想必是讚賞林天麟家為蒙元建功立業後，歸隱太平治世之下的理想生活。〈御書贊〉裡「雲漢之章，照耀下土」句，申文宗恩澤萬民，或暗用〈大雅・棫樸〉「倬彼雲漢，為章于天」句意，[82] 指天子法度，帝王文章。虞集體認文宗御書背後的理念，仍是彰顯禮樂文化、恩澤萬民的舉措。

御書賞賜禮儀反映在宮廷詩裡，是敷衍一椿椿盛大的君臣良會。表 4-2 資料 7 記載，御史中丞趙世安獲文宗賞賜「雪林」二字，[83] 揭傒斯應文宗旨撰〈御書雪林二字賜趙中丞應制〉，詩云：

> 聖主揮毫臨秘閣，親臣執法坐崇臺。祥雲五色從天下，彩鳳雙飛映日來。政欲清如林上雪，已聞聲奮地中雷。君臣千載明良會，咫尺薇垣接上台。[84]

「雪林」二字被敷衍為第五句，申為政清明，如潔淨雪白的林上雪，未受塵土污染。文宗賜字，除肯定趙世安為心腹近臣外，也因為「雪林」二字寫入應制詩裡，即是申明對獲賜者的為政清明要求。揭傒斯寫得非常工整，第一、三、四句皆屬精神層面的宮廷禮儀和價值意義的表述，寫帝王秘閣賞賜御書，寫五色祥雲和雙飛彩鳳映日而來，申王權之永恆和恩澤遍及萬物，於此美好時代，文臣自有公務責任（第二句）。對此，詩人由「雪林」二字對獲賜者的為政期待，引起的心理激動見於第六句，化用《易經・豫卦》所

---

[81] 虞集，〈御書贊〉，《道園學古錄》卷四，《欽定四庫全書薈要》本，頁 64。

[82] 據鄭玄箋：「雲漢之在天，其為文章，譬猶天子為法度于天下。」《毛詩正義》，收於李學勤主編，《十三經注疏整理本》，頁 1173。

[83] 虞集〈飛龍亭記應制〉記獲賜者為「近臣趙伯寧」，文載王頲，《虞集全集》，頁 605-606。羅鷺繫此文於至元五年（1339），見其《虞集年譜》，南京：鳳凰出版社，2010 年，頁 117、183。

[84] 揭傒斯，〈御書雪林二字賜趙中丞應制〉，《全元詩》第 27 冊，頁 219。

說，先王以作樂崇德，是取帝王作樂象雷動之聲，申明「和之至也」的傳統解讀方向。[85] 揭詩第六句，雷動聲奮的聲音之大，把聖主揮毫賞賜的重要行為形象化，如同漢人重視的帝王制禮作樂，是共同形塑宮廷氣象的宏大。而第七句的文臣，第八句星宿代稱的中書和天下官署，俱在帝王身邊，是故末聯「明良會」的美好祝願便來得合理。馬祖常〈贊御書雪林二字為趙伯寧中丞作〉同樣歌詠文宗御書大字，如「禹畫州圻古，羲文物象初。」山川風物的茁壯固然是帝王賞賜的恩澤，「山輝因玉潤，雲氣是龍嘘。瑩爽才尤峻，栽培力不虛。明良須慶會，動植樂舒徐。眷遇榮金匱，謳歌媲石渠。賤微叨下列，瞻拜舞堦除。」[86] 可以說，宮廷詩的御書記錄，反映蒙元皇帝追倣前朝皇帝的文治舉措，而宮廷文人的記述，是從鼓舞和感恩的角度寫文化盛大的欣喜，是這個時期蒙元視角下宮廷詩盛世營構的特點。

　　本節所謂連結傳統，其實包含兩個元素，一是蒙元皇帝傳承漢文化的賞賜禮儀，另一個是蒙元文臣傳承宮廷詩的寫作傳統。以下結合二者來談。上文談到宸翰賞賜的書寫關乎蒙漢制度的並置，宮廷上尊號禮儀的進行便是這制度下的另一面向。虞集〈興聖宮朝退，次韻袁伯長見貽。是日，上加尊號，禮成告謝，集即東出奉祠齋宮〉值得留心，筆者疑此詩撰於英宗期間，袁桷於1324年辭歸，卒於1327年。1324年以前，據《元史》「禮樂志」所載，頗為重要的上尊號儀式有「太皇太后上尊號進冊寶儀」，史載包括「侍儀使入至大明殿，跪奏冊寶至興聖宮」等程序。[87] 虞集詩云：

---

[85] 〈豫卦〉：「雷出地奮，豫；先王以作樂崇德，殷薦之上帝，以配祖考。」朱熹：「雷出地奮，和之至也。先王作樂，既象其聲，又取其義。」朱熹撰，廖名春點校，《周易本義》，北京：中華書局，2009年，頁88。

[86] 馬祖常，〈贊御書雪林二字為趙伯寧中丞作〉，《全元詩》第29冊，頁318-319。

[87] 《元史》卷67「禮樂志」，第六冊，頁1680。許正弘指出太皇太后尊號玉冊、玉寶的典禮，排場程序等等，完整保存於《元史》「禮樂志」內，可見太皇太后上尊號儀式為時人所重的情況，〈元答己太后政治集團與仁英二朝政局〉，《臺大歷史學報》第66期（2020年12月），頁27。揭傒斯則寫有延祐二年的〈皇太后加尊號監修國史府賀表 延祐二年〉，李夢生標校，《揭傒斯全集》，上海：上海古籍出版社，1985年，頁263。

第四章　文化傳承——元代宮廷的賞賜文化及其詩的王權呈現　101

> 翠蓋重重寶扇斜，從官穿柳散慈鴉。過宮路遠紆天步，上壽杯深閣雨花。玉貫兩虹通象緯，衣成五綵練雲霞。奉祠東出蓬萊道，春水鳧鷖踏漢槎。[88]

上尊號儀式乃漢文化宮廷傳統，蒙元皇帝承之，詩裡描寫此程序的同時，也說明蒙漢並置的現狀。此詩引人注目的是，傳統禮儀器物翠蓋和寶扇的使用。《元史》記載上尊號儀式包括舉葆蓋者四十人，華蓋二人，以四把朱團扇為一組，前後兩排成層級效果，而小雉扇、中雉扇、大雉扇各八把，前後排列成十二層級。[89] 虞集以蓋和扇的層疊寫盛大效果，是以第一身親歷儀式之進行。第二句以傳統宮廷詩裡，寫動植物的繁盛而宣導王澤，類比宮廷文人同樣得到皇帝恩澤，末句春水鳧鷖有相同寓意。[90] 三四句寫儀式進行。第五句或寫太液池上的儀天殿，陶宗儀《南村輟耕錄》記太液池在興聖宮東，狀西王母玉池，喻人間仙境，池北有二島，大者萬歲山，小者儀天殿，殿北有白玉長橋連萬歲山，殿東有木橋連大內，殿西則有木吊橋連興聖宮。[91]

---

[88] 虞集，〈興聖宮朝退次韻袁伯長見貽是日上加尊號禮成告謝集即東出奉祠齋宮〉，《道園遺稿》，《欽定四庫全書》第 1207 冊，上海：上海古籍出版社，1987 年，頁 747。

[89] 《元史》卷 67，第六冊，頁 1684-1685。

[90] 自司馬相如〈上林賦〉以來，形成鋪寫園囿誇耀帝王一統天下的書寫傳統。皇帝是構成自然與社會秩序平衡之重心，而非單純的國家首領，他能潤澤宮廷裡的園囿萬物，引申開去，象徵蒼生得以平衡發展，突顯皇帝乃道德禮儀之化身。宮廷詩以宮廷園囿和本事為背景，寓宴會的繁榮、君恩浩蕩、朝代之不朽。D. McMullen, "Recollection without Tranquility: Du Fu, the Imperial Gardens and the State," in Asia Major 3rd. ser. vol. 14, part 2 (2001), pp. 191, 200, 201, 203, 214. 草木榮枯又可比擬國君施政，是狀況的連結和一種共識，鄭毓瑜，〈詮釋的界域——從《詩大序》再探『抒情傳統』的建構〉，《中國文哲研究集刊》第 23 期，2003 年，頁 19，23，29。

[91] 陶宗儀著，武克忠、尹貴友編，《南村輟耕錄》，濟南：齊魯書社，2007 年，頁 279-280。朱偰，《元大都宮殿圖考》，北京：北京古籍出版社，1990 年，頁 20-21，41-42。

換言之,「玉貫兩虹通象緯」之玉乃白玉長橋,兩虹是木橋和木吊橋,[92] 象緯即天象,側寫儀天殿,[93] 全句稱答己與天相接,正有「儀」天之意。第六句泛寫禮儀服飾,渲染吉祥。據《虞書》、《禮記》和禮儀傳統,禮儀服飾以五彩為尚,綴以金線繡上天文山川之象,[94] 虞集詩用五色和雲霞服飾,稱道尊貴。第七句以蓬萊代稱興聖宮和太液池,第八句的春水鳧鷖喻臣子的生生不息,結以張騫泛槎出使之典,表達作者將不負使命,東出奉祠齋宮的詩旨。虞集從漢文化傳統的禮儀程序、服飾,繼之以柳、鴉、鳧鷖的生氣勃發,申宮廷之和諧,以及和洽美好的祝願。

　　就蒙元皇帝言,宮廷禮儀沿用漢人傳統,是蒙漢制度並置所容許的。從漢族宮廷文人本位看,把這些禮儀程序寫進宮廷詩,是在蒙元視角下繼承自身文化傳統的手段。故此,本節所謂連結傳統意義,也應該考察元代宮廷詩與前朝作品的傳承相合。葛立方(?-1165?)《韻語陽秋》論夏竦(985-1051)與王珪(1019-1085)〈上元觀燈詩〉,雖然其主題「觀燈」與虞集詩「上加尊號」不同,但二者俱屬宮廷詩,而且葛立方指出宮廷詩的句法特點,具參考價值。此則詩話指出:

　　　　應制詩非他詩比,自是一家句法,大抵不出於典實富艷爾……二公
　　　　〔按:指夏竦與王珪〕雖不同時,而二詩如出一人之手,蓋格律當如

---

[92] 虹代指橋,參庾信〈哀在司水看治渭橋〉。庾信撰,倪璠注,《庾子山集注》,北京:中華書局,1980年,頁269-270。

[93] 《道園遺稿》、《虞集全集》、《元詩選》錄此句為「玉貫兩虹通象錦」。蔣易《皇元風雅》版本為「玉貫兩虹通象緯」,象緯作象數讖緯,即天象,與對句雲霞匹配。《道園遺稿》,頁747。《虞集全集》,頁163。《元詩選》,初集中,頁931。《皇元風雅》,載《續修四庫全書》,上海:上海古籍出版社,1995年,頁81。

[94] 可參《元史》卷78「輿服志」載天子及皇太子冕服車輿之制,第七冊,頁1929-1934。《禮記》卷六「玉藻」載天子諸侯服飾制度,陳澔注,《禮記》,上海:上海古籍出版社,1987年,頁165-176。

是也。……若作清癯平淡之語，終不近爾。[95]

典和實指質實的故事和內容，富即繁富，艷乃美好、華麗，典實富艷謂內容充實、繁富而賦予詩歌美好、華麗的感情色彩。相較下，清癯平淡指向用字設色清瘦平淡。先從夏竦〈上元觀燈〉看典實富艷，詩云：「魚龍曼衍六街呈，金鎖通宵啟玉京。冉冉遊塵生輦道，遲遲春箭入歌聲。寶坊月皎龍燈淡，紫館風微鶴餤平。宴罷南端天欲曉，回瞻河漢尚盈盈。」元宵觀燈是宋代常規的宮廷禮儀活動，有慶賞豐年、與民同樂含意。《宋史》「禮十六・嘉禮四・游觀」記元宵前後一天，張樂陳燈於大內正門、皇城宮門、東西角樓、寺院等等，元夕當天開舊城門通宵達旦慶祝，以「觀民風、察時態、黼飾太平、增光樂國，非徒以遊豫為事。」[96] 夏竦以宮城外、宮廷內的兩線敘述營構盛世，第一、三、五句圍繞六街（宮城外的通衢大道）、輦道（宮城外皇帝車駕行走的通道）、寶坊（寺院）寫宮城外的熱鬧，魚龍曼衍是隋朝以來宮廷雜伎百戲的代稱，[97] 龍燈是宋代花燈樣式；[98] 另一線以宮廷器物金鎖、春箭、鶴餤寫帝王生活之華貴。兩線的下字設色充滿生意（宮外）與富貴氣（宮內），反映與民同樂的願望，達到謳歌太平的目的，為典實富艷的呈現。

葛立方又以王珪詩為例，原題〈恭和御製上元觀燈詩〉，詩云：「雪消華月滿仙臺，萬燭當樓寶扇開。雙鳳雲中扶輦下，六鰲海上駕山來。鎬京春酒霑周燕，汾水秋風陋漢材。一曲昇平人共樂，君王又進紫霞杯。」[99] 詩

---

[95] 葛立方，《韻語陽秋》，載何文煥編，《歷代詩話》，北京：中華書局，1981 年，頁 498。

[96] 脫脫等撰，《宋史》，北京：中華書局，1985 年，頁 2697-2699。

[97] 魏徵等撰，《隋書》，聚珍仿宋《四部備要》版，臺北：臺灣中華書局，1965 年，頁 19a。

[98] 周密，《武林舊事》，北京：中華書局，2007 年，卷二元夕、燈品條，頁 49-57，59-61。

[99] 鎬京句用周武王設宴賜酒大臣故事，喻北宋皇帝之仁愛。秋風句藉漢武帝《秋風辭》優於宮廷文人作品，歌頌北宋皇帝之文采。王珪詩第三聯暗合宋之問〈奉和晦日幸昆

材取資宮廷禮儀之物，藉著燭、扇、輦、酒、樂曲渲染華貴生活，仙臺即漢代位處神仙門的尚書省，此謂宮廷觀燈之位置所在，雙鳳、六鼇因君澤而來，前者用《北史》景義、景禮典，喻才行之士，[100] 後者用《列子》典，寫渤海五神山無垠，有珍禽異獸、琅玕花木，帝命巨鼇負之，[101] 詩人使用這些瑞象故事，書寫鼇山燈品並謂宮廷即人間仙境。王珪詩取資禮儀器物和包含瑞意的園囿動植物，結以共樂賜酒，頌揚皇帝，恩澤萬民，全詩典實富艷。

從中期宮廷文人代表虞集詩說去，附以北宋夏竦、王珪詩，得見傳統宮廷詩的典型寫法有某種相近性質：取資於漢文化的禮儀器物、儀式與宮廷環境，配合茂盛的園囿花木、祥瑞意象。這些取材類近的詩，有「自是一家句法」的宮廷詩傳統，一首詩如果有這樣的取材範圍和頌聖題旨，自不會「清癯平淡」。正如李嘉瑜指出，元代上京紀行詩的創作裡，藉誇耀帝國宮殿的寫法渲染盛世，已為常態。[102] 需要指出的是，宮廷詩風並非只有典實富艷，富貴、典雅、雍容，無一不可，[103] 李舜臣和歐陽江琳便認為虞集宮廷

明池應制〉「鎬飲周文樂，汾歌漢武才」。沈佺期，宋之問撰，陶敏、易淑瓊校注，《沈佺期宋之問集校注》，北京：中華書局，2001 年，頁 480。

[100] 李延壽，《北史》卷 56，《四庫全書》電子版，香港：迪志文化出版有限公司，2007 年，頁 32b。

[101] 列禦寇，《列子》卷 5 湯問篇，《四庫全書》電子版，香港：迪志文化出版有限公司，2007 年，頁 4a-5a。

[102] 李嘉瑜，〈宮城與廢墟的對視——元代文學中的大安閣書寫〉，《文與哲》第 21 期，2012 年 12 月，頁 269-272。

[103] 例如陳元鋒認為北宋應制詩、早朝詩、宮詞具有「館閣氣象」，以雍容、典雅、整麗風格作「昇平氣象」，或以富貴語寫「富貴氣象」。〈北宋館職詞臣的宴賞賦詠活動〉，《山東師範大學學報》2003 年第 3 期，頁 57-61，及〈論北宋詩歌的館閣氣象〉，《東嶽論叢》2005 年第 3 期，頁 105-110，二文收入其專著《北宋館閣翰苑與詩壇研究》，北京：中華書局，2005 年。成明明沿陳元鋒研究指出，北宋應制詩有典雅莊重、華美宏贍、富貴雍容與承平氣象特徵，參成明明，《北宋館閣與文學研究》，北京：中國社會科學出版社，2007 年，頁 338-344。

詩「雍容雅正，辭藻典麗」，屬典型的館閣宮廷詩。[104] 宮廷詩雖有不同風格，但其傾向有一定原則，須以營構「承平之盛」為鵠的，[105] 此創作理路與宮廷音樂演奏的考慮類近，《經世大典》「禮典」之「樂」指出：「國家樂歌雄偉宏大，足以見興王之盛焉。」[106]《元史》轉述此一宮廷音樂形制，重在「樂聲雄偉而宏大，又足以見一代興王之象。」[107] 在此意義上，上引鄧文原〈奉題延祐宸翰〉的雅音簫韶，揭傒斯〈御書雪林二字賜趙中丞應制〉的聲奮地中雷，皆與詩樂的相同目標互通。概言之，文臣要潤色鴻業，宮廷詩便要取材於禮儀器物和宮廷園囿內涵，藉以塑造興王之象。

蒙元帝王的禮儀文化實踐，其中包括御書賞賜、上尊號儀式，這固然是倣傚盛宋和漢族文化，強調一己乃文明之君主，以及保護漢文化的立場。元代宮廷文人在詩裡稱道祥瑞，既傳承漢文化裡興王之象的寫作目的，同時也把蒙元帝王重視漢文化的舉措，置入宮廷詩傳統，蕭啟慶曾以「文明的使命」形容元初漢人，保存中原禮樂文獻和典章制度的貢獻，[108] 此論同樣適用於中期以降的宮廷文人身上。[109] 這種信念和原則可以用巫鴻的話來總

---

[104] 李舜臣、歐陽江琳，《「漢廷老吏」虞集》，南昌：江西高校出版社，2006 年，頁 138-139。

[105]《瀛奎律髓彙評》卷一六選夏竦〈（奉和御制）上元觀燈〉，評：「形整而味淺，存之以見承平之盛。」方回評、李慶甲集評校點，《瀛奎律髓彙評》，上海：上海古籍出版社，1986 年，頁 616-617。

[106] 上引《經世大典》段落錄自《元文類》卷 41，載趙世延，虞集等撰，周少川，魏訓田，謝輝輯校，《經世大典輯校》，北京：中華書局，2020 年，頁 182。

[107]《元史》卷 67「禮樂志」，第六冊，頁 1664。

[108] 蕭啟慶，《九州四海風雅同——元代多族士人圈的形成與發展》，臺北：中央研究院，聯經出版事業股份有限公司，2012 年，頁 100。田浩（Hoyt C. Tillman）研究元初漢族士人的心理創傷，指出士人有以保存漢文化傳統為己任，〈因「亂」而致的心理創傷：漢族士人對蒙古入侵回應之研究〉，《臺大文史哲學報》第 58 期，2003 年，頁 88-89。

[109] 虞集〈尚志齋說〉勉勵後進在安逸順適、患難憂戚時都要堅守志向，又在〈趙孟昌以順字說〉云：「不得於聖經賢傳之旨，則無以致其力而造其成」。文載王頲，《虞集全集》，頁 349-350，359。中期名臣蘇天爵（1294-1352）以元好問為楷模，獨身任一代文獻之寄，編《國朝文類》，以傳承漢文化為鵠的，參第九章。

結：

> 宗廟和禮器，都城和宮殿，墓葬和隨葬品──均具有重要的宗教和政治內涵。它們告訴人們應該相信什麼以及如何去相信和實踐，而不是純粹為了感官上的賞心悅目。[110]

禮器、都城和宮殿的內涵皆是本文討論的宮廷詩取材範圍，它們本身代表了文明社會的規範和價值，體現時人應該遵守的原則。元代宮廷詩在某些方面反映了上述文明價值。

---

[110] 巫鴻著，李清泉、鄭岩等譯，〈導論：九鼎傳說與中國古代的「紀念碑性」〉，氏著《中國古代藝術與建築中的「紀念碑性」》，上海：上海世紀出版集團，上海人民出版社，2010年，頁6。

第五章　創造新聲
——蒙漢風物的交匯與漢詩寫作的新變

　　我朝輿地之廣、大元混一的敘述在元代文獻裡俯拾皆是，是蒙元帝國王權的展示。而多元族群陸續移入漢地，與原屬北方的漢人及南方的南人相互交流，此一跨界特質使元人的生活非常國際化。據元上都遺址出土實物考證，元人日常使用的錢幣「至正通寶」，正面為漢字，背面以八思巴「寅、卯、辰、巳、午」文加鑄銘文作紀元用。「至元通寶」刻有五種文字，錢幣正面有「至元通寶」漢字，背面有八思巴「至」字、梵文「元」字、察合台文「通」字、西夏文「寶」字，背面四種語文對應蒙元國字、帝師國師所用語文、宗室諸王、蒙古所征服之國。藏於內蒙古自治區赤峰市博物館的祭器，包括給全寧路文廟用的銅爵和三皇廟用的銅簋，二器鑄有「皇姊大長公主施財鑄造祭器」等字，足見弘吉剌部對儒學的支援以及醫學教育與廟制結合的推動。在內蒙古自治區興安盟科右中旗發現的官兵夜行巡銅牌，上鑄有漢字、八思巴字、波斯文、藏文、畏兀兒字蒙古文五種語文，顯示此一區域多元族群的語言文化聚合。[1]

　　元代當世已有不少人從事宣導本國文化的工作，並關注日常生活裡蒙漢語言的使用，多元族群之聚合有待譯者把本國文化轉譯開去。順帝至元六年

---

[1] 王大方、張文芳編，《草原金石錄》，北京：文物出版社，2013 年，頁 220-221，228-229。該書指出三皇廟祭器反映「弘吉剌部貴族信奉道教、吸納漢文化的史實」（頁 220）。需要補充的是，「元代鼓吹在地方上建立三皇廟，將醫學教育和廟制合一」作為治統的開端，見范家偉，〈元代三皇廟與宋金元醫學發展〉，《漢學研究》第 34 卷第 3 期，2016 年，頁 53-87。

（1340）的《事林廣記》刊本（宋末元初陳元靚編著）載〈至元譯語〉及〈蒙古字體〉章節，對譯蒙漢字詞，以便好事者在日常生活裡，答問之間，隨叩隨應。[2] 據竹越孝的編定，〈至元譯語〉錄詞 541 個，例如分屬「人事門」的「帶弓箭人（火魯直）」、「走獸門」的「羊（忽你）」、「飛禽門」的「海東青（扎罕束忽兒）」等等，俱屬蒙元宮廷及日常生活裡的尋常觀念。[3] 元代都市生活裡的蒙漢語言運用，蒙元貴戚、宗室對漢文化的支持，以及廣闊腹地之下多元族群的交流，皆讓人了解到元代生活習尚的國際化，由此培養出來的元人，用今天的話來說，具有充分的國際視野。由於寫作主體的國際化視野，其書寫內容同樣國際化，趙園指出：

> 有元一代語文現象之豐富，也像是前所未有。……卻仍然以漢民族以外的民族運用漢語思考與寫作這一趨向更為強大。漢語寫作在這一異族為主要統治者的時代非但未被削弱，反而因吸納了異民族的資源而造成了一片前所未有的獨特風景。考察元代士大夫異於前後世代的表述方式，文學研究者或許有其特殊的便利。[4]

特別提到「漢民族以外的民族運用漢語思考與寫作」。就元代文學寫作主體言，起碼有數個層次，蒙古和色目（包括西域）人用漢語寫作，漢人和南人藉漢語借用於蒙語的音譯詞表達蒙元和域外的嶄新概念，又或用漢語固有詞彙表達新概念，正由於元人「吸納了異民族的資源」，使得漢語寫作混合了蒙漢特色。陳得芝便指出蒙元治下各民族文化的交匯，漢族文化和習俗最先受到影響的就是語言文字，「元代有不少蒙古語和西域語言的音譯詞被吸收

---

[2] 陳元靚，《事林廣記》，北京：中華書局，1999 年，頁 185-187，188-191。

[3] 竹越孝，〈『至元譯語』漢語語彙索引〉，古代文字資料館發行《KOTONOHA》第 46 号，2006 年 9 月，頁 8-23。竹越孝，〈『至元譯語』校異〉，古代文字資料館發行《KOTONOHA》第 43 号，2006 年 6 月，頁碼缺，http://www.for.aichi-pu.ac.jp/museum/pdf/takekoshi43.pdf。

[4] 趙園，《想像與敘述》，頁 218。

到漢語漢文中。如車站的『站』就是蒙古語 Jam（驛傳）的譯音，『站』字漢語本義是『立著』、『停下』，而元代漢蒙語並用合成『驛站』一詞，遂發展為如今車站的『站』義。」[5] 本章即由此獨特的語言現象切入，考察元代宮廷詩書寫蒙漢和域外風物的方式，如何為元詩建立自身面目，以及宮廷文人運用漢語表述新的知識體系時面對的情況，例如難以言說的新概念、詞彙對譯的準確度等問題。為行文方便，本章以「蒙漢風物」包攬蒙古、漢、域外風物的指稱。

第一節　蒙元混一區宇與詩歌語言、命意之更新

蒙古統治者征服外邦的好奇心強大，有強烈探究未知疆域的衝動，很早便有撰述圖志的決心，元代《秘書監志》載至元 23 年（1286）便有撰述圖志的聖旨「編類地里圖文字」。[6] 1307 年劉應李編「大元混一方輿勝覽」，1320 年朱思本的「輿地圖」，1324 年詹有諒改編劉應李「大元混一方輿勝覽」，1330 年傳李澤民撰「聲教廣被圖」，1332 年《事林廣記》載「大元混一圖」以及元代諸行省圖六幅，1346 年《大元大一統志》（至元 28 年〔1291〕藏之秘府）杭州刻板，許有王序之。[7] 混一區宇的觀念自不然伴隨

---

[5] 陳得芝，〈從元代江南文化看民族融合與中華文明的多樣性〉，《北方民族大學學報（哲學社會科學版）》，2010 年第 5 期，頁 5-13。

[6] 邱軼皓，〈第十章：《桃里寺文獻集珍》所載世界地圖考〉，載氏著《蒙古帝國視野下的元史與東西文化交流》，上海：上海古籍出版社，2019 年，頁 348-349。元代王士點、商企翁編次，高榮盛點校，《秘書監志》，杭州：浙江古籍出版社，1992 年，頁 72-74。

[7] 許有王，〈大一統志序〉，《全元文》第 38 冊，頁 124-125。以上資料，參考陳佳榮，〈現存最詳盡、準確的元朝疆理總圖——清浚《廣輪疆理圖》略析〉，《海交史研究》2009 年第 2 期，頁 1-24。郭聲波，〈《大元混一方輿勝覽》作者及版本考〉，載紀宗安、湯開建主編《暨南史學》第二輯，廣州：暨南大學出版社，2003 年 12 月，頁 184-194。劉迎勝主編，《《大明混一圖》與《混一疆理圖》研究——中古時代後期東亞的寰宇圖與世界地理知識》，南京：鳳凰出版社，2010 年，頁 1-99。宮紀子研究上述幾個地理圖後指出此乃蒙古時代對新世界的認識，是「六合混一」的里

著各種圖志的出版而滲入元人的生活裡。

　　因此，對本國文化的自豪與優越常見廣被四海的敘述，不少宮廷文人詩贈蒙古字學教授，肯定受文者的文化推廣功勞，貢奎云：「蒙恩千里領教職，養育多士培菁莪。諧音正譯妙簡絕，窮完根本芟繁柯。」[8] 是由蒙元文化本位立論。部分從帝國之眼的角度說蒙元文化廣被四海，色目人雅琥推許蒙古學教授感化四川中部的邛州：「玉貫珠聯我國音，亂山深處變巴吟。……文翁課最同文盛，應譯嘉謨寄上林。」[9] 西漢文翁在蜀地辦學，見此地蠻夷風行，選有才者教之，雅琥藉此故事頌揚蒙古文化廣被蜀地，又得到蒙古學教授推波助瀾才能成就美事。貢師泰也是從帝國之眼的角度觀照：「人到烏蠻異，官同博士清。定知江海上，殊俗盡諧聲。」[10] 烏蠻乃西南土著，聚於雲南南詔等地。可以說，元人對中土周邊的蠻夷區域，特別是西南、雲南等地，仍然抱持鄙視眼光。古代中國及周邊的異域書寫，離不開鄙視、厭棄、欣賞、責難、獵奇等表現，[11] 元人混一區宇的心態下，怎樣看待異域是有自身的體會。

　　元代中後期的監察御史蘇天爵對廣西一地的論述，可資參考。蘇氏云：「矧荒邊異域山區海陬之間，北去京師萬里之遠，民物彫瘵，居有文移召發之警，行有戰攻饋餉之勞。而懷柔撫綏之責，贊協畫諾之宜，苟不慎擇其人，何以敷宣天子之德服遠人乎……」[12] 廣西雖為蒙元帝國一部分，但因為治理困難而寇亂不絕，蘇天爵目之為荒邊異域，即是說，元人判定某一地方為異域，包涵了蒙元對此地管治成功與否的問題。傅若金〈送幻上人還高

程碑，《モンゴル帝国が生んだ世界図：地図は語る》，參第3章，東京：日本經濟新聞出版社，2007年，頁132-216。

[8] 貢奎，〈贈送蒙古字周教授〉，《全元詩》第23冊，頁127-128。

[9] 雅琥，〈送蒙古學教授之邛州〉，《全元詩》第37冊，頁438。

[10] 貢師泰，〈送蒙古彭教授往高州〉，《全元詩》第40冊，頁269。

[11] 例如葛兆光論朝鮮人批清人蠻夷，本國則乃小中華傳統，《想像異域——讀李朝朝鮮漢文燕行文獻札記》，北京：中華書局，2014年，頁37-47。

[12] 蘇天爵，〈送察君白赴廣西帥府經歷序〉，《滋溪文稿》卷五，北京：中華書局，1997年，頁69-70。

麗〉首三聯云：「梵宇通遼海，僧居屬弁韓。象依三藏立，龍近眾香蟠。異域今為一，游方故不難。」[13] 高麗作為蒙元的附庸國，是管治成功的標記，詩裡「異域今為一」已說明了不再視此地為異域，僧人化緣雲遊從此不再困難。異域一詞在元人心中有所特指，相關描寫上都紀行、北方風物等等新的知識概念的詩，皆屬於蒙元混一區宇下的產物，目之為元人心中的異域風情似乎不太準確，因此，本章盡量避免使用「異域」一詞描述上都紀行類、北方風物等元詩新題。

文史學者對蒙古和外來風物在元代文獻裡的運用情況，有充分的探討，例如袁國藩對喪葬、飲酒、遊獵、宮廷大宴等有大量研究，[14] 史衛民關注元人的日常生活習慣，包括皇室住房及御用品、醫療與養生、歲時風俗等等，[15] 陳高華及史衛民關注大都、上都兩都並行下的交通和行政管理、經濟及政治生態，[16] 傅樂淑箋注明代朱有燉《元宮詞百章》，箋釋蒙元宮廷風俗，[17] Francis Cleaves 詮釋和翻譯元代柯九思《宮詞》十五首為英文，[18] 邱江寧探討上京紀行詩裡的奇特地貌、天氣、蒙古鄉俗、文化鄉愁等等詩歌題旨，[19] 諸位學者為元代文化及社會的跨界特質提供可靠的意義考證和解說。本章期望在此基礎上，緊扣宮廷詩視角，考察元人把蒙古和外來風物寫進作品後，如何影響詩歌命意和語言表述。

盛元宮廷文人表現蒙元風物的一種方式，是以漢語借用於蒙語的音譯詞入詩，造成特別趣味，帶來創作新變。例如火赤（帶弓箭人、怯薛官），[20]

---

[13] 傅若金，〈送幻上人還高麗〉，《全元詩》，第 45 冊，頁 130。

[14] 袁國藩，《元代蒙古文化論叢》，臺北：文史哲出版社，2004 年〔2011 年〕。袁國藩，《元代蒙古文化論集》，臺北：臺灣商務印書館，1973 年〔2004 年〕。

[15] 史衛民，《元代社會生活史》，北京：中國社會科學出版社，1996 年。

[16] 陳高華及史衛民，《元代大都上都研究》，北京：中國人民大學出版社，2010 年。

[17] 傅樂淑著，《元宮詞百章箋注》，北京：書目文獻出版社，1994 年。

[18] Francis Woodman Cleaves, "The "Fifteen 'Palace Poems'" by Ko Chiu-ssu," in *Harvard Journal of Asiatic Studies*, vol. 20 no. 3/4 (Dec. 1957), pp. 391-479.

[19] 邱江寧，〈元代上京紀行詩論〉，《文學評論》2011 年第 2 期，頁 135-143。

[20] 方齡貴，《元明戲曲中的蒙古語》，昆明：雲南人民出版社，2014 年，頁 83-85。

閱讀這類音譯外來語時，與體會漢語的意思不同。活躍於元代中後期的西域葛邏祿人迺賢，曾寫〈失剌斡耳朵觀詐馬宴奉次貢泰甫授經先生韻〉，[21]失剌即黃色，斡耳朵為宮殿或帳殿，[22] 此類詩題即為陌生化一例，失剌斡耳朵（Sïra Ordu）作為音譯外來語，在漢語系統裡是難以組成意義的。這批用詞的生活化和通俗化，或許不合元代詩學的雅正觀念（用韻之正、作品風格和內容之雅正），[23] 但是，這些新的概念為宮廷文人提供新的詞彙，它對漢詩的表述和審美效果帶來一定的影響。

描寫上都宮廷生活的詩，既寫新穎的灤京風物，兼及傳統漢文化內容。活躍於中期的胡助〈灤陽雜詠十首〉（七絕）有言：[24]

　　帝業龍興復古初，穹窿帳幄倚空虛。
　　年年清暑大安閣，巡筆山川太史書。（其一）

　　朝來雨過黑山雲，百眼泉生水草新。
　　長夏蚊蠅俱掃跡，葡萄馬湩醉南人。（其八）

其一藉大安閣寫蒙元繼承宋代正統文化之意。大安閣的建閣材料來自北宋汴京熙春閣，虞集〈跋大安閣圖〉言：「世祖皇帝在藩，以開平為分地，即為

---

[21] 迺賢著，葉愛欣校注，《迺賢集校注》，鄭州：河南大學出版社，2012 年，頁 160-161。

[22] 王頲曾考析成吉思汗、鐵木真、窩闊台時期，因應季節而變動的斡耳朵駐蹕地，見〈龍庭崇汗——大蒙古國斡耳朵的構築和布局〉，載王頲著，邱樹森等編，《龍庭崇汗——元代政治史研究》，海口：南方出版社，2002 年，頁 111-132。箭內亙對斡耳朵的組織、后妃對此之掌控、管理等等有詳盡考析，見箭內亙著，陳捷，陳清泉譯，《元朝怯薛及斡耳朵考》，太原：山西人民出版社，2015 年，頁 59-143。

[23] Chan Hon Man, "The Concept of *yazheng* (Orthodox Correctness) in the Chinese Poetic Tradition with Special Reference to Yuan Period Criticism of Poetry," *Monumenta Serica* vol. 62, 2014, pp. 78-84.

[24] 胡助，〈灤陽雜詠十首〉，《全元詩》第 29 冊，頁 109-110。

城郭宮室。取故宋熙春閣材於汴,稍損益之,以為此閣,名曰大安。既登大寶,以開平為上都,宮城之內不作正衙,此閣巋然,遂為前殿矣。」[25] 在蒙古上都區域,以故宋閣材重建為大安閣,藉此彰顯元人繼承漢地的中原正統文化。[26] 在四大汗國看來,佔據漢地的大汗是為名義上的首領,故此,繼承和保護漢文化是蒙元皇帝的統治需要。[27] 胡助「年年清暑大安閣」實指北宋宮廷文化和傳統已扎根於上都,帶出蒙元皇帝把漢地文化廣被四海的含意。身為南人每年夏天隨蒙元貴族北上上都,開始習慣漠北蒙漢並置的文化氛圍,其八「葡萄馬湩醉南人」已清楚表示南人完全接納蒙元的生活文化和統治。

　　某些詩人用漢語固有字詞來書寫蒙元文化,袁桷〈開平第四集〉載〈內宴〉二首,其一云:「寶勒猩纓雁翅屯,錫鑾款款奏南薰。」與其另一首作品〈裝馬曲〉開首數句互通:「綵絲絡頭百寶裝,猩血入纓火齊光。錫鈴交馳八風轉,東西夾翼雙龍岡。……」[28] 猩血入纓並非指用猩血染製的馬腹皮帶,只是以血字強化紅的鮮艷,對讀〈內宴〉的猩纓,便有著強烈的鮮紅的視覺效果,而錫鑾指向裝上「錫鈴」的君王車駕,故〈內宴〉是寫眾多裝有貴重飾物的馬匹,載著皇帝前行的情況。猩纓具原始粗獷之感,其強烈的視覺效果與傳統講究典奧雅麗的宮廷詩有著落差,袁桷把它並聯於漢文化傳統用詞南薰(傳虞舜作的樂曲)之前,便帶來新鮮的閱讀效果。蒙元皇帝騎在飾有猩纓的駿馬前進,宮樂南薰徐徐奏起,顯然,中原雅樂在上都宮廷的滲透,說明漢傳統文化與蒙古風俗並置的現象。〈內宴〉其二進一步渲染興王之象:

---

[25] 《道園學古錄》「在朝稿」,卷十,《欽定四庫全書薈要》,頁 161-162。
[26] 李嘉瑜,〈記憶之城・虛構之城――《灤京雜詠》中的上京空間書寫〉,《文與哲》第十九期,2011 年 12 月,頁 261-290。馮恩學,〈北宋熙春閣與元上都大安閣形制考〉,吉林大學邊疆考古研究中心編:《邊疆考古研究》第七輯,2008 年,頁 292-302。
[27] 姚大力,〈論蒙元王朝的皇權〉,載氏著《蒙元制度與政治文化》,頁 139-194。
[28] 〈裝馬曲〉,袁桷著,楊亮校注,《袁桷集校注》,北京:中華書局,2012 年,頁 855。

> 樱殿沉沉曉日清，靜鞭初徹四無聲。捆官玉乳千車送，酒正瓊漿萬甕行。肯以駝峯專北饌，不須瑤柱詫南烹。先皇雄略函諸夏，擬勝周家宴鎬京。[29]

樱殿即在灤京大斡耳朵內的棕毛殿，玉乳和瓊漿指馬奶和葡萄酒，駝峯的表述全是域外習尚，頷、頸聯的千車萬甕和宴會飲食皆是宮廷禮儀必備之物，詩人結合具有蒙元概念的漢語，使得此詩雖以漢語詩律為載體，卻包含蒙元文化廣被內外的一種世界觀，此意尤見重於末聯，詩人謂蒙元先皇打下江山後的隱固發展，其重要意義勝過華夏周天子於鎬京宴賞群臣。[30] 即是說，因為蒙古先行者的雄圖偉略廣及華夏大地，所以才有當今上都內宴之美好。這是時人對蒙元世界的廣泛體認，「陳政之大、施教之遠」是元末戴良肯定本朝詩作者「悉皆餐淳茹和，以鳴太平之盛」的文化背景。[31] 稍後於袁桷的周伯琦〈詐馬行并序〉更為詳細敘寫宴會裡「陳百戲，如是者凡三日而罷」的蒙元詐馬（jamah）宴習俗，詩云：

> 金支滴露冰華濃，水晶殿閣搖瀛蓬。……大宴三日酣群悰，萬羊臠炙萬甕醲。……紫衣妙舞腰細蜂，鈞天合奏春融融。師獰虎嘯跳豹熊，山呼鼇抃萬姓同。……[32]

水晶殿位於上都宮殿區，它如同大都宮殿太液池上的瓊花島，同樣被形塑成漢文化裡的瀛洲、蓬萊，詩人借瀛蓬點染上都宮廷如同仙境。周詩續寫詐馬

---

[29] 〈內宴二首〉，袁桷著，楊亮校注，《袁桷集校注》，北京：中華書局，2012 年，頁 896-897。

[30] 這讓我們想到忽必烈與儒臣在金蓮川藩邸討論治國之道，後來都經於中統元年（1260）上〈立政議〉，提出與宋議和，定疆界和歲幣，立新政和法政，辨別人材等政策。《全元文》第 4 冊，頁 85-89。

[31] 戴良，《九靈山房集》，《景印文淵閣四庫全書》第 1219 冊，卷 29，臺北：臺灣商務印書館，1983 年，頁 1。

[32] 《元詩選》初集下，頁 1858-1859。

宴舉行三日的盛況，域外飲食「萬羊臠炙萬甕醪」的粗獷豪邁，隨後百獸紛陳的描述，用視覺帶動群眾情緒，寫元人豢養和訓練猛獸的勇猛精神，充滿奇異風情。其中的域外習尚和風物、由蒙元制度引進宮廷詩裡的蒙古譯音、用漢字表達的蒙古文化概念等等，皆使元代宮廷詩所得到的發展有著新的趣味，在典奧雅麗的典型宮廷詩風外，加添另一層次的豪放瀟脫。

第二節　蒙漢風物與漢詩框架內外的新變

上節指出，蒙元和外來概念及其意義在漢語系統內的積澱，擴大了漢詩語言的表述方式，帶來陌生化的字詞組合。本節進一步探討元代宮廷文人怎樣處理嶄新概念入詩以及其相關詩藝等問題。

至元六年（1269），世祖下詔八思巴制「蒙古新字」，即後來所謂的「國字」，以譯寫一切文字。趙孟頫很早就談到譯語的情況，〈皇朝字語觀瀾綱目序〉云：「蓋譯語皆有聲而無文，雖欲傳，其可得乎？聖朝混一區宇，乃始造為一代之書，以文寄聲，以聲成字，于以道達譯語，無所不通，蓋前代之所未有也。」[33] 意謂蒙元國字的建立，幫助國人有效地傳情達意。實際上，國字仍是注音符號而已。陳得芝指出，當時皇室成員學習的文字、楊叔謙《農桑圖》配趙孟頫的漢詩譯寫、朝廷制作的《皇圖大訓》譯寫，所用「通行是畏兀兒字蒙古文」。[34] 無論是使用國字或畏兀兒字蒙古文，皆以譯寫漢語言文化為鵠的。

蒙古和外來概念的大量生發和引入，為詩人提供新穎的寫作和命意視角，而元代詩評家則開始關注新的寫作主體。至正十四年（1354），戴良為回回人丁鶴年（1335-1424）撰寫的序提及：「我元受命，亦由西北而興……以詩名世，則馬公伯庸、薩公天錫、余公廷心其人也。……而其為

---

[33] 趙孟頫，〈皇朝字語觀瀾綱目序〉，《全元文》第 19 冊，頁 75。
[34] 陳得芝，〈元代多元文化社會的言語文字二題〉，載方鐵、鄒建達主編，《中國蒙元史學術研討會暨方齡貴教授九十華誕慶祝會文集》，北京：民族出版社，2009 年，頁 54。

詩,乃有中國古作者之遺風,亦足以見我朝王化之大行,民俗之丕變,雖成周之盛莫及也。」³⁵ 就漢文化本位稱譽西北作家以漢語思考和書寫漢詩,讚賞他們仰慕和追隨漢詩寫作模式,戴良意在申述漢文化在蒙元治下的韌性。一如趙園所論,「漢民族以外的民族運用漢語思考與寫作」,而漢語寫作「吸納了異民族的資源」,成為獨特的言情方式。據邱江寧統計,單是西域作家有漢詩傳世者超過 140 位,著名的有馬祖常、薩都剌、金元素、丁鶴年、廉惇、廼賢等等,各存詩百首以上。³⁶ 就漢詩的語言運用來說,有數個層次,蒙古、色目、漢人、南人用漢語寫作,藉漢字借音表達蒙古和外來的嶄新概念,或以漢語固有詞彙表達。由此說去,元代漢詩除了內容命意之新,我們更應關注其語言運用情況,可分為「漢語借用於蒙語或其他外來語言的音譯詞」和「以漢語固有詞彙表述蒙古或外來概念」。

關於音譯外來語,亦鄰真從歷時角度考察元代的漢字譯寫蒙語的慣例,發現:「元代漢字轉寫蒙古名詞時,在初期和後期有用字上的區別。在初期,用所能夠找到的漢字隨意音寫,如用『歹』、『失』、『兒』、『不』、『兀』等不甚典雅的詞語。而到後期,逐漸使用較為雅致的詞語,如『歹』作『台』、『泰』,『失』作『識』,『兒』作『而』、『爾』,『不』作『普』,『兀』作『悟』等,說明蒙古人的漢文化水平有了提高。」³⁷ 由非莊典的文辭借音到選擇相對莊典的詞彙表述,說明音譯詞的選擇是元代文人必須考量的問題。³⁸ 亦鄰真另一篇文章指出:「在詞彙方面,硬譯文體中常有蒙古語和其他民族語借詞出現。有的是直接的音譯,如『別里哥』(蒙古語:證件)……有的則是意譯的,如『肚皮』(蒙古語:

---

³⁵ 戴良,〈鶴年吟稿序〉,《全元文》第 53 冊,頁 274。
³⁶ 邱江寧,《元代文人群體的地理分布與文學格局》(上),北京:中華書局,2021 年,頁 444-445,449-450。
³⁷ 亦鄰真著,白薩茹拉翻譯,〈元代漢字譯寫蒙古語音的慣例〉,《蒙古學訊息》2004 年第 1 期,頁 29。
³⁸ 這裡參考馮勝利對莊典與非莊典語言的討論,所謂援古入今,方為莊典。見《漢語韻律詩體學論稿》,北京:商務印書館,2015 年,頁 73-75,90-94。

賄賂）……這些話，單憑漢語習慣委實無法現〔按：應為理〕解。」[39] 詞彙的不同表述，讓我們注意到元詩裡音譯詞的組合，可以建構不同的詩藝效果。[40] 至於「以漢語固有詞彙表述蒙古或外來概念」，由於有漢語固有系統支撐，詞彙意義所以穩妥，但元人是如何在漢詩框架裡處理蒙古和外來的嶄新概念呢？會否因為漢語詞彙的穩妥意涵，掩蓋蒙元時代新概念的特指？元人描寫蒙古和外來風物的題旨，較多出現於上京書寫和開平紀行、扈從、灤京雜詠、輦下曲、宮詞、安南、雲南、廣西敘事等詩歌裡，因此，本節以此類作品為本，從詞彙、句法、漢詩框架內外，尋繹元人如何把嶄新概念寫進漢詩，並為漢詩帶來獨特的詩藝效果。

2.1 漢詩框架下的新地景書寫

元人以詩記錄進入新地景的體會，無論是漠北的上都、灤京等地，或是高句麗、安南、西南地區，感受五味紛陳。所抒之情固然牽引自新地景，但詩家的喜怒哀樂無分域內域外，因此傳統漢詩題旨的王權展現、閒適、倦遊、羈旅、宦情等等便是題中應有之義。李嘉瑜一系列從文化地理學角度探討李陵臺地景的虛實解讀、上京大安閣的更名與再現（前身為北宋壺春堂、入金後改稱熙春閣）、袁桷《開平四集》的士人鄉愁、楊允孚《灤京雜詠》寫毀滅消逝的上京城、傅若金書寫西南傜亂的持久、陳孚以帝國之眼記錄安南之行，創獲甚多。[41] 劉嘉偉從薩都剌、廼賢之大都交遊圈探索元代清和

---

[39] 亦鄰真，〈元代硬譯公牘文體〉，載亦鄰真著，齊木德道爾吉、烏雲畢力格、寶音德力根編輯，《亦鄰真蒙古學文集》，呼和浩特：內蒙古人民出版社，2001年，頁585。

[40] 需要指出的是，元詩裡有某些意譯例子，如「白海／白灤」（察罕惱兒），但本文關注音譯外來語在元詩裡的陌生化效果，至於元詩裡的外來語意譯部分，俟來日詳細再考。

[41] 李嘉瑜，《元代上京紀行詩的空間書寫》，臺北：里仁書局，2014年。李嘉瑜，〈《交州藁》中的安南書寫〉，《漢學研究》，第34卷第4期，2016年2月，頁63-97。李嘉瑜，〈傅若金使越詩中的傜亂書寫〉，載胡曉真、廖肇亨主編，《遺忘與凝望：另一種文學書寫的再詮釋》，臺北：中央研究院中國文哲研究所，2022年，頁259-284。

詩風，[42] 查洪德指出元人遊歷之風特盛，舉馬祖常、薩都剌、迺賢為代表。[43] 諸位時賢已經深入研究和掌握元人寫作域內域外的主題取向、取材視角、作家代表，這裡毋庸再探討，筆者關心的是，詩人運用漢詩框架如何寫作新地景的問題。

李京於武宗至大元年（1308）出使安南，時為吏部侍郎，[44] 袁桷寫〈安南行 送李景山侍郎出使〉贈之，詩云：

> 輶軒使者安南來，紫泥封詔行風雷。濕雲翻空海波立，鐵網山裂狂蛟摧。神京煌煌鎮無極，火鼠燭龍窮髮北。彈丸之地何足論，蚯蚓為城霧為域。瘴江如墨黃茅昏，群蠻渡江江水渾。千年白雪不到地，十月青梅猶滿村。赤腳搖脣矜捷門，竹箭藏蛇雜猿狖。崛強曾誇井底蛙，低徊自比泥中獸。龍飛天子元年春，萬邦執璧修臣鄰。朱干玉戚廣庭舞，笑問銅柱今何人？君不聞，重譯之人越裳氏，有道周王輸白雉。又不聞，防風之骨能專車，神禹震怒行天誅。李侯桓桓水蒼珮，舌本懸河四方對。後車並載朝未央，稽顙九拜乞取金印歸炎荒。[45]

此詩氣勢跌宕，來自其散句節奏。七言句式貫串而下，以雜言收結，中間既有「4︱3」（『｜』表示間歇）的七言標準句型（例如第 3-4 句），也有散句描寫安南瘴氣混雜、蠻夷好勇的敘事效果（例如第 7-10 句），又插入歌行體常見的君不聞、又不聞的短語結構和聯綿詞（煌煌、桓桓），加上與安南敘事相關的「越裳獻白雉」經典故事和漢詩傳統的莊典詞彙（輶軒使者、重譯等詞），[46] 使得本詩具有顯著的安南新地景的特色，以及通過形式的重

---

[42] 劉嘉偉，《元代多族士人圈的文學活動與元詩風貌》，北京：人民出版社，2016 年，頁 234-260。

[43] 查洪德，《元代文學通論》（中冊），上海：東方出版中心，2019 年，頁 604-637。

[44] 《元史》卷二十二「武宗本紀」，第二冊，頁 500-501。

[45] 袁桷，〈安南行 送李景山侍郎出使〉，《全元詩》第 21 冊，頁 171-172。

[46] 漢代應劭《風俗通義》已記輶軒使者採異國方言，見應劭撰，王利器校注，《風俗通

第五章 創造新聲——蒙漢風物的交匯與漢詩寫作的新變 119

複性塑造放情長言、步驟馳騁的歌行體特點。[47] 需要注意的是，詩裡並沒有使用音譯詞，袁桷運用漢語固有詞彙書寫安南。

曾為監察御史的劉敏中（1243-1318），寫有〈灤河觜〉七律一首，詩云：

> 宿雨霏微浥路塵，清風便旋送人行。
> 煙昏野色牛羊曉，水滿沙痕鳧雁春。
> 四海車書混同後 時江左初平，兩都冠蓋往來頻。
> 長衫羸馬無人識，簿領區區欺此身。[48]

除了第三句尋常的漠北牛羊，第六句兩都扈從制度，第七句由新地景引發的「無人識」的陌生感外，其餘句子幾乎是從漢文化本位和詞彙書寫灤河。描寫景色的部分用語淺白，設色淡雅，情緒舒緩。全詩以「4 | 3」的七律基本句型構成，沒有刻意塑造新地景帶來的時空突兀與變異，如第二句「便旋」即徘徊，不可拆開成二字，故句子仍是「4（清風便旋）| 3（送人行）」，又如第四句「水滿」可視為一種狀態，同樣是「4 | 3」結構，而且詩人有考慮句末三字的節奏安排，[49] 如首句和末句的句末 3 字是「1 | 2」（浥路塵、

義校注》，北京：中華書局，2010 年，頁 11。重譯一詞，常常帶有本國恩德廣被域外之意，見《史記・三王世家》：「百蠻之君，靡不鄉風，承流稱意。遠方殊俗，重譯而朝，澤及方外。」司馬遷著，《史記》卷 60（第六冊），北京：中華書局，1959 年〔1982 年第 2 版、2011 年重印〕，頁 2109。

[47] 明代徐師曾《文體明辨》「樂府」條，載吳文治主編，《明詩話全編》第肆冊，南京：江蘇古籍出版社，1997 年，頁 3891。關於歌行體語調和節奏特點，參葛曉音，〈初盛唐七言歌行的發展——兼論歌行的形成及其與七古的分野〉，載氏著《詩國高潮與盛唐文化》，北京：北京大學出版社，1998 年，頁 380-407。葛曉音，〈關於『行』之釋義的補正〉，載氏著《先秦漢魏六朝詩歌體式研究》，北京：北京大學出版社，2012 年，頁 467-469。

[48] 劉敏中，〈灤河觜〉，《全元詩》第 11 冊，頁 290-291。

[49] 馮勝利從節律和古代詩歌韻律的角度，指出「五言和七言的最後三字都是一個單位，這是古人的語感。」，〈駢文韻律與超時空語法——以《蕪城賦》為例〉，載蔡宗齊

歎此身），中間六句是「2 | 1」（送人行、牛羊曉、鳧雁春、混同後、往來頻、無人識），在首尾工整之外有極高比例的節奏重複，使得本詩語調流暢。即在漢詩七律典型的節奏和句構下，詩人稍稍滲進新地景的書寫，然此部分不佔據主導位置。

陳孚〈明安驛道中〉四首七絕，表現新地景的文化習俗，試看其中兩首：

> 貂鼠紅袍金盤陀，仰天一箭雙天鵝。
> 雕弓放下笑歸去，急鼓數聲鳴駱駝。（其二）
>
> 黃沙浩浩萬雲飛，雲際草深黃鼠肥。
> 貂帽老翁騎鐵馬，胸前抱得黃羊歸。（其三）[50]

其二的四句都與蒙元風物相關，貂裘、馬鞍、弓箭、鼓、駱駝物象接連出現，藉七絕體式本身用散句順承而下的典型作法，以線性的時間接續敘寫單一場景，然後在第三、四句笑歸去的自得與急鼓鳴的張弛裡，成功塑造漠北策馬者的自信形象。其三的句型安排特別，前 3 句每一句都是「4 | 3」結構，是典型的七言句式，就馮勝利歸結的韻律詞音節單位來說，兩個音節為一個音步，上述其三的首三句皆是兩個標準音步加一個超音步的組合（2+2 | 3），[51] 屬於七言的標準韻律結構，讀來輕揚有致，連綴三個相關蒙元風物的場景片段——黃沙天空、地上黃鼠、貂帽鐵馬，刻意書寫平靜日常的漠北

主編：《嶺南學報》復刊第五輯「聲音與意義：中國古典詩文新探」，上海：上海古籍出版社，2016 年，頁 193。

[50] 陳孚，〈明安驛道中〉四首，《全元詩》第 18 冊，頁 410-411。

[51] 馮勝利，〈駢文韻律與超時空語法——以《蕪城賦》為例〉，頁 194。馮勝利，《漢語的韻律、詞法與句法》（修訂本），北京：北京大學出版社，1997 年〔2009 年〕，頁 1-3。馮勝利，《漢語韻律詩體學論稿》，北京：商務印書館，2015 年，頁 51-66，205-216。

第五章　創造新聲——蒙漢風物的交匯與漢詩寫作的新變　121

風光,末句或許仍是「4|3」結構,若從句子的方位詞和補語成分看,可以讀成「1 胸|1 前|1 抱|1 得|3 黃羊歸」,而「胸—前輕—抱—得重」的節奏改變,其間歇和輕重強化了「老翁收獲黃羊」的驚奇感。不過,其三的黃沙、黃鼠、黃羊,雖然是漠北新地景的文化特色,又是固有漢語詞彙,但因為用字直接,末句意義又坐實,與古人重七絕「言微旨遠,語淺情深」的理想詩境距離甚遠。[52]

上述古、律、絕四例大致按照所選文體的規範來寫,詩人皆使用漢語固有詞彙表述新地景的文化特色,由於是漢語固有詞彙,因此讀起來不覺突兀,也正因為如此,這類風物書寫的特異性質並不明顯。以下三例的作者皆是元代中期的重要詩人,依次為柳貫寫上都大安閣宴會、薩都剌書寫上京道中宦情、陳旅以詩送人適安南,詩云:

> 金殿開扉日映樞,翠帷香霧動流蘇。
> 玉壺脩幹雙龍捧,寶座重裀瑞鵲敷。
> 春色入杯初瀲灩,雪光浮棟尚模糊。
> 天元啟運三陽正,需宴欣承湛露濡。[53]

> 江南驛使路遙遙,遠赴龍門看海潮。
> 桂殿且留脩月斧,銀河未許渡星軺。
> 隔花立馬聽更漏,帶月鳴珂趁早朝。
> 祇恐淮南春色動,萬竿煙雨綠相招。[54]

---

[52] 沈德潛,「凡例」,《唐詩別裁集》,北京:中華書局,1975 年,頁 4。又參葛曉音,〈初盛唐絕句的發展——兼論絕句的起源和形成〉,載氏著《詩國高潮與盛唐文化》,頁 353-379。

[53] 柳貫,〈次韻元日預宴大安閣下〉,《全元詩》第 25 冊,頁 216。

[54] 薩都剌,〈和中丞伯庸馬先生贈別,中丞南臺,僕馳驛遠迓至上京,中丞改除徽政,以詩贈別〉,《全元詩》第 30 冊,頁 168。馬祖常有淮南煙雨萬竿圖,故薩詩末聯如此說去。

曉日承恩紫殿深,都門祖道馬駸駸。
上書不奏唐蒙策,歸橐寧將陸賈金。
露入珠盤鮫室白,苔生銅柱象崖陰。
為君臨水歌黃鵠,天北天南萬里心。[55]

按照第三章的分析,第一及第三首作品通過物質、社會、精神層面形塑王權,例如金殿和寶座的王權指涉,湛露和承恩表現的宮殿禮儀,是典型宮廷詩寫法。二詩運用宮廷(第一首的三陽代指萬物更新)和史籍故事(第三首的漢代唐蒙曾出使南越)點染題旨,使得詩意和用詞俱莊典。第二首的作者薩都剌(答失蠻氏)與寫作對象馬祖常(雍古人),都是西域人,詩寫往來上京的官職調動,以及緣自宦情而有的不捨,頸聯謂宮廷文人很早便趨赴早朝,是公務形象的最佳表述。三首七律詩基本以 4|3 為節奏段,只有第二首末聯「祇恐淮南春色動,萬竿煙雨綠相招」從句意上改動了 4|3 節奏,變成「2 祇恐 |5 淮南春色動」,而節奏的改變,突顯「淮南春色動」此一動因引發「4 萬竿煙雨 |3 綠相招」的可能。三位詩人分別寫大安閣的壯麗、漠北路途之遙、使越心聲,詩裡其實難見此地的特異性質,詩人關注的是由此地點引發的情緒(喜悅、羈旅、宦情),而地點本身的特異性質並非撰作重點。

　　此節首列的四首有「以漢語固有詞彙表述蒙古或外來概念」,其餘三首七律的題旨雖為蒙元和安南地域,但是難見所述地域的特異性質,寫作偏向雅製。漢詩框架下的新地景書寫,詩人的創作考慮各有偏重,或以漢語詞彙書寫蒙元和外來概念,或把漠北和周邊地域當作是引發詩情的地點,一如傳統懷古詠史作品裡的地域因素。

2.2　無由說與可言說

　　對詩人來說,用漢詩框架承載外來概念是有難度的。用漢語表現外來概

---

[55] 陳旅,〈送趙子期使交趾〉,《全元詩》第 35 冊,頁 52-53。

念，雖然可以帶來陌生化效果，但是，無論是音譯外來語、或用漢語固有詞彙表現外來概念，皆需要兼顧漢詩各類文體的句法要求和藝術表現。研究詩人的寫作思路，其實是在談如何處理新概念入詩的問題。

元世祖（1260-1294 在位）時候，耶律鑄（1221-1285）撰有〈鄂諾道中〉，鄂諾乃音譯河水之名，位處黑龍江上游。耶律詩云：

> 自西宮發程至鄂諾河，山重水複，風雨相繼，日復一日，偶失羊馬所在。因記其事而賦云。
> 歲月崢嶸老思荒，句中無盡寫荒涼。
> 山山水水三千里，雨雨風風一萬場。
> 致福不應須失馬，耽書堪笑竟亡羊。
> 百花留得芳葵在，傾盡丹心捧太陽。[56]

詩人寫作時應該有考慮鄂諾河有什麼值得書寫。除了音譯外來語「鄂諾」作為題目及詩序之用外，詩裡沒有一字直接提及鄂諾河，讓我們難免想起此地的可言說和無由說──可言說者，一如此河區的荒涼、風雨、道路難走、音譯詞鄂諾；無由說者，是鄂諾河區是否可用本國文化概念去言說，或許因為缺少本國的文化積澱，而且從漢語文獻裡又比較難找到相關材料。荒涼、遇風雨、道路難走屬於日常生活裡尋常概念，域外域內人士當自有相同體會，然而，談到鄂諾河區的文化內涵時，耶律鑄唯有挪用漢文化資源，填補這裡所謂的無由說部分，詩序「偶失羊馬所在」，說道中真實發生的事，而詩的頸聯敷衍羊馬事，用《淮南子·人間》記載的「馬無故亡而入胡」事，講福禍之轉而相生，以及《莊子·駢拇》因挾策讀書而亡羊事，[57] 這裡援古入今，重點當在求致福的誠懇以及耽於讀書的本業，最後的捧太陽自當是漢文

---

[56] 耶律鑄，〈鄂諾道中〉，《全元詩》第 4 冊，頁 68。

[57] 陳廣忠注釋，《淮南子譯注》第十八卷「人間訓」，長春：吉林文史出版社，1990 年〔1996 年〕，頁 853-854。郭慶藩撰，王孝魚點校，《莊子集釋》外篇〈駢拇第八〉，北京：中華書局，1961 年〔1997 年〕，頁 323。

化裡宮廷詩的慣常頌聖操作。由音譯詞鄂諾在詩裡的位置，看到可言說及無由說的寫作習慣，無由說者，當用漢文化知識體系補寫之。耶律鑄另一首〈述實錄 四十韻〉惆懷修《征蜀實錄》事跡，開首三聯是這樣寫：

> 承天聖祖開天業，四海為家盡臣妾。規模宏遠古無比，太祖封諸親王封域，東盡東海，西盡西海。自古未有如此規模之宏遠也。統緒豈唯垂萬葉。竭來海水不揚波，向見靈河已清澈。金大安元年，河清上下數百里。次年庚午，我太祖皇帝經略中原。《易乾鑿度》曰：聖人受命，瑞應先見於河水清。河清之徵，太祖皇帝受命之符也。……[58]

耶律鑄在詩行間附加文字解說，可知元太祖經略中原事（庚午即 1210 年，金大安二年，南宋寧宗嘉定三年）之無由說，故用漢文化頌聖傳統的「黃河清」慣用語入詩，搶奪治國話語權，蒙古國使河水清澈之瑞應，是賦予元太祖享「受命之符」特指的論述策略。

  蒙古或外來概念的可言說者，一般以音譯詞出之，又或者它具有尋常意義的生活或感官概念，所以可以言說；至於哪些無由說的部分，當挪用漢文化資源填補。填補的另一個方式，是反用漢文化故事來書寫蒙古文化的「無由說」。早期重要官員王惲撰有〈飛豹行〉，其詩序及詩值得參考：

> 中統二年（1261 年）冬十有一月，大駕北狩，時在魚兒泊。詔平章塔察公以虎符發兵於燕。既集，取道居庸，合圍於湯山之東，遂飛豹取獸獲焉。時予以事東走幕府，駐馬顧盼，亦有一嚼之快。因作此歌，以見從獸無厭之樂也。予時為左司都事。
>
> 二年幽陵閱丘甲，詔遣謀臣連夜發。春蒐秋獮是尋常，況復軍容從獵法。一聲畫鼓肅霜威，千騎平崗捲晴雪。長圍漸合湯山東，兩翼閃閃

---

[58] 耶律鑄，〈述實錄四十韻〉，《全元詩》第 4 冊，頁 24-25。

牙旗紅。飛鷹走犬漢人事，以豹取獸何其雄。……[59]

詩的第三句寫蒙古狩獵舊俗的春水、秋山二獵，[60] 第九句的飛鷹，在漢語文獻裡，多以「飛放」指放鷹鶻捕天鵝、兔等禽類，俱屬蒙古狩獵文化可言說的部分。[61] 第十句的「以豹取獸何其雄」對應詩序的飛豹取獸和「從獸無厭之樂」之無休，是蒙古狩獵習俗無由說的表述。「從獸無厭」典出《孟子》，原文說「從流下而忘反，謂之流，從流上而忘反，謂之連，從獸無厭，謂之荒，樂酒無厭，謂之亡。先王無流連之樂，荒亡之行……」[62] 從漢文化說去，打獵沒有節制，以及酗酒，皆敗德行為，王者不行。王惲把蒙古文化裡無由說的部分——狩獵活動的縱情、放逸、自由、詩人自稱的「一嚼之快」，通過反用孟子句意，寫成「因作此歌，以見從獸無厭之樂也。」準確描寫蒙古春水、秋山的二次狩獵外，於冬天也北狩的活動，以及上位者和下屬一同分享滋味的融洽，詩裡的「雄」字，反映行軍發兵和狩獵長圍之盛大，飛放取獸之成功，[63] 是以從獸無厭之樂比喻行軍攻克之順利達成。

中期的柳貫寫有〈伯庸少卿在上京有詩貽經筵諸公書來錄以見示次韻繼作俟南還奉呈〉，同樣用漢文化故事書寫蒙古習俗的無由說：

隱隱蒼龍闕角西，星辰次舍宿金奎。
期門上日排熊武，尚食新秋薦饙麛。
王德體元觀太始，坤珍乘運戒先迷。

---

[59] 王惲，〈飛豹行〉，《全元詩》第 5 冊，頁 67。
[60] 李治安，《忽必烈傳》，臺北：臺灣商務印書館，2017 年，頁 358-361。
[61] 賈敬顏著，〈張德輝《嶺北紀行》疏證稿〉，載氏著《五代宋金元人邊疆行記十三種疏證稿》，北京：中華書局，2004 年，頁 350。
[62] 蘇洵原本，趙大浣增補，胡翼雲標點，《新式標點蘇批孟子》〈梁惠王章句下〉，上海：坤元堂，上海：掃葉山房，民國廿一年（1932 年），頁 24-25。
[63] 《元史》「鷹房捕獵」條載：「冬春之交，天子或親幸近郊，縱鷹隼搏擊，以為游豫之度，謂之飛放。」《元史》卷 101「兵志・鷹房捕獵」，第 9 冊，頁 2599。

欲知聖學成仁大，魚在深淵鳥在栖。[64]

頷聯似想像上京宮廷宴會狀況，第四句寫尚食官「新秋薦犢麛」，如果據《周禮・天官・庖人》鄭玄注犢、麛乃肉食類六禽其中二種，秋天宜食犢麛，須配合當令原則，以雞膏做為緩和。[65] 不過，《禮記・曲禮下》說「國君春田不圍澤，大夫不掩羣，士不取麛卵。」[66] 引申為搴麛取犢的成語，謂捕殺幼獸乃敗德行為。若按照《禮記》所載，春獵、捕食幼獸對君臣來說都不適宜，相反，蒙古秋天狩獵習俗的盛行，君臣皆有一嚼之快的口腹之欲，「薦犢麛」的意涵在此便由漢文化禮儀故事，轉變為蒙古習俗無由說的薦食習慣。「薦犢麛」與「從獸無厭之樂」同樣形塑蒙元習俗的縱情奔放的一端。

因此，寫無由說的蒙元風俗，用漢文化資源填補之具有理想效果。王惲〈大行皇帝挽辭八首〉謂至元三十一年（1294），元世祖崩於大內紫檀殿，從國禮殯於宮殿內的帳殿，其後由建德門出發，次近郊北苑。王惲詩的其四，頷、頸聯寫到：「禹甸逾輪廣，殷邦極靖嘉。尊臨三紀久，遽陟九天退。」禹甸轉寫九州，嘉靖殷邦典出《尚書・無逸》以示教化安服，[67] 皆是莊典語，九天向來是九重天之謂，即其四描寫的蒙元治國情況，是用漢文化方式填寫。其五末二聯說：「法從嗟何及，朝臣痛不勝。聖靈知在上，春草認封陵。」[68] 末句值得留心，用漢語固有詞彙書寫蒙元無由說的「送終

---

[64] 柳貫，〈伯庸少卿在上京有詩貽經筵諸公書來錄以見示次韻繼作俟南還奉呈〉，《全元詩》第 25 冊，頁 176。

[65] 漢鄭玄，《周禮鄭注》卷四「庖人」，鄭玄注此乃肉食類六禽其中二種，秋天宜食犢麛，校永懷堂本，臺北：新興書局，民國六十五年（1976），頁 27-29。林素娟，《象徵與體物：先秦兩漢禮儀中的修身與教化觀》，臺北：國立臺灣大學出版中心，2021 年，頁 282。丁亞傑著，林淑貞編，〈《周禮》食官考〉，載氏著《經典詮釋與生命會通》，臺北：萬卷樓圖書公司，2018 年，頁 175。

[66] 陳澔注，《禮記集說》，上海：上海古籍出版社，1987 年，頁 19。

[67] 王世舜，《尚書譯注》，成都：四川人民出版社，1982 年，頁 215-216。

[68] 王惲，〈大行皇帝挽辭八首〉，《全元詩》第 5 冊，頁 198-199。

之禮」。蒙元皇帝葬禮，據元末明初葉子奇記載，「送〔棺〕至其直北園寢之地深埋之，則用萬馬蹴平。俟草青方解嚴，則已漫同平坡，無復考誌遺跡，豈復有發掘暴露之患哉。誠曠古所無之典也。」[69] 即春草二字可解草青，表示園寢之地已封成，沒有後顧之患，王惲只用數字便把蒙元習俗的新概念移入詩裡，雖談不上莊典，但句子寫得正式又工整。另一位中期小官劉有慶的〈龍虎臺即事〉云：「都門北上路縈回，天近居庸境豁開。山舞鸞凰來大漠，氣騰龍虎護高臺。九重氈殿丹青障，十里金車錦綉堆。側耳祥風仙樂度，萬年聲裏進霞杯。」[70] 龍虎臺在昌平，北距居庸關二十五里，[71] 詩裡見龍虎臺之可言說者，包括其視野廣闊無垠、高聳、道中設立的氈殿、禮儀宮廷人員的扈從公務，自第三句至第八句，全是圍繞頌聖來寫，鸞鳳龍虎之瑞象、華麗宮殿的表述、仙樂美酒的祝願，一如第三章所論，這些屬雅製宮廷詩之用語規範。

2.3 新聲字詞與文化積澱

詩人用各種方法把無由說或可言說的蒙元風俗寫進詩裡，必然涉及語言運用之莊典、正式、俗常的問題，字詞的組合又會影響詩歌結構之分合。以下部分，我們再仔細考察音譯外來語、外來概念與詩藝效果的關係。廼賢〈上京紀行〉系列有數十首作品，包括上引〈失剌斡耳朵觀詐馬宴奉次貢泰甫授經先生韻〉五首。「失剌斡耳朵」為音譯外來語，乃黃色帳殿，一般由后妃管理，「詐馬」宴也是蒙元概念，二者是蒙元上都宮殿的盛事表述。從漢語詞彙及語音來說，失剌、斡耳朵在漢語語義層面沒有關聯，失剌、斡三個字音都是入聲，讀起來並不悅耳，而「詐」（非入聲）在漢語有欺詐之義，就聲義兩面言，這些音譯外來語難以引起讀者的想像和情思。廼賢詩題音譯外來語之不雅，並沒有延伸至此題下的五首七律裡，五首作品雖有蒙元風物的引入，但主要以宮廷詩的雅製方式為之，例如：

---

[69] 葉子奇，《草木子》卷之三下，北京：中華書局，1959 年〔2006 年重印〕，頁 60。
[70] 劉有慶，〈龍虎臺即事〉，《全元詩》第 28 冊，頁 10。
[71] 據周伯琦〈紀行詩・龍虎臺〉自注資料，《全元詩》第 40 冊，頁 396。

宮女侍筵歌芍藥，內官當殿出蒲萄。（其二頷聯）

鳳笙屢聽伶官奏，馬湩頻煩太僕添。（其三頷聯）

孔雀御屏金纂纂，櫻欄別殿日熙熙。（其五頷聯）[72]

蒙元風物概念者，例如芍藥花在上都頻見，蒲萄酒、馬湩是宴會必備之物，楔殿乃上都宮殿，這些相關蒙元概念字詞剛巧俱用在頷聯位置，三例用工整的對偶，約以 4｜3 七言結構為之，而各例的後三字又有不同變化，依次為「1 動詞｜2 名詞」（歌芍藥、出蒲萄）、「2 名詞｜1 動詞」（伶官奏、太僕添）、「1 名詞｜2 疊字」（金纂纂、日熙熙），誦讀迺賢此一系列，可以連續讀到工整的七言對偶句式，既有蒙元風情的添入，又有漢詩韻律節奏的變化，並不單一呆板。詩題失剌斡耳朵音譯詞之聲義不雅，被詩歌密集的雅製內容，賦予它本身應該具有的華富內廷風情。比迺賢更早在宮廷活動的柳貫，也寫有〈觀失剌斡耳朵御宴回〉，詩云：

毳幕承空拄繡楣，絲繩亙地掣文霓。
辰旂忽動祠光下，甲帳徐開殿影齊。
芍藥名花圍蔟〔簇〕坐，蒲萄法酒拆封泥。
御前賜酺千官醉，坐覺中天雨露低。
車駕駐蹕，即賜近臣灑馬嬭子，御筵設氈殿失剌斡耳朵，深廣可容數千人。上京五月，芍藥始花。[73]

談到上都失剌斡耳朵御宴，有氈殿（毳幕）、芍藥花、蒲萄法酒，自成一套蒙元上都宮廷話語，配合漢詩七律的宮廷詩寫法，宏偉宮殿及其扈從禮儀的

---

[72] 迺賢，〈上京紀行・失剌斡耳朵觀詐馬宴奉次貢泰甫授經先生韻〉五首，《全元詩》第 48 冊，頁 35。
[73] 柳貫，〈觀失剌斡耳朵御宴回〉，《全元詩》第 25 冊，頁 166-167。

王權呈現（1-4 句），芍藥花及千官因雨露恩賜，而茁壯繁盛的傳統頌聖話語（5、8 句），御賜蒲萄酒彰顯的君臣融洽及其由「賞賜」引出的尊卑（6-7 句），是典型的宮廷詩寫法。柳貫與迺賢詩一樣，音譯外來語只用在詩題，詩歌內容則雅製，而音譯外來語的聲義不雅對詩歌本體的述情並沒有帶來太大影響。柳貫另一首〈八月二日大駕北巡，將校獵于散不剌，詔免漢官扈從，南旋有期，喜而成詠〉，詩題「散不剌」（Sayin Bulagh）乃音譯外來語的地方名稱，[74] 入聲字「不、剌」語調急速，而「不」字具負面詞義，造成此音譯外來語的不雅感覺；詩歌本體卻是雅製，運用傳統宮廷詩寫法，首聯頌蒙元之開闊氣象，頷聯述宮廷禮儀的秉持，頸聯寫停駐時宿衛儀仗，末聯寫小臣愧對恩德。[75] 縱然詩題裡有不甚典雅的音譯外來語，詩人仍然可以在詩歌裡運用雅製的方式賦予新景「散不剌」（好泉）意義。如果就失剌斡耳朵一詞說去，它在元詩裡普遍連繫以鳥獸細毛做成的偌大毳殿、芍藥盛開、蒲萄酒、馬湩紛陳的盛大宴會，所以說，在元人手裡的這批新聲字詞，逐漸形成屬於自身的文學傳統，賦予音譯外來語可言說的文化意義。

在詩裡使用音譯外來語，造成的詩藝效果又有所不同。張翥〈上京秋日三首〉其一道羈旅宦情，由距離遠近之阻隔述說孤獨冷清，聚焦傳統意象橫笛奏怨之上，詩云：

> 山前孤戍水邊營，落日無人已斷行。
> 區脫數家門盡閉，轆溫千帳火宵明。
> 白摧野草狼同色，秋入關榆雁有聲。
> 最是不禁橫笛怨，海天秋月不勝情。[76]

---

[74] 散不剌在上都西北七百里外，意謂好泉，參 Tomoko Masuya, "Seasonal Capitals with Permanent Buildings in the Mongol Empire," in David Durand-Guedy ed., *Turko-Mongol Rulers, Cities and City Life*, Leiden: Brill, 2013, p. 247.

[75] 柳貫，〈八月二日大駕北巡，將校獵于散不剌，詔免漢官扈從，南旋有期，喜而成詠〉，《全元詩》第 25 冊，頁 167。

[76] 張翥，〈上京秋日三首〉，《全元詩》第 34 冊，頁 60。

區脫是音譯外來語，匈奴語所謂位處邊界的土堡哨所，《史記‧匈奴傳》作「甌脫」。[77] 漢人歷史文獻裡，區脫是正式的慣用語，作為專有名詞不可分拆，運用它在漢詩，帶來陌生化感受，因為其詞義不如對句「轒轀」（又作轒輼，攻城用的戰車）的意義明顯，後者有形旁「車」副助，故可以推想，但區脫在詞義層面是沒法形成意義的，只能硬記其對應意義「土堡哨所」。由於「區脫」聲義分離，所以無論其是否慣用語，其陌生化感受在詩裡仍然強烈。如果從地點名詞的角度比對，更易分辨其詩藝效果。上引廼賢〈失剌斡耳朵觀詐馬宴奉次貢泰甫授經先生韻〉其四的首聯言：「上林宮闕淨朝暉，宿雨清塵暑氣微。」[78] 上林指漢代上林苑，讀者可以聯想到漢代宮殿園囿裡繁富的動植物，全賴漢代司馬相如〈上林賦〉的鋪寫，造就上林一詞的基本涵義──因帝王恩澤而有繁富茁壯的動植物，說明帝王是宇宙萬物運行的中心，積澱為宮廷詩頌聖部分常用的背景陳述。[79] 就語義和文學層次來看，上林一詞既簡明，且莊典。由此說去，區脫在漢語系統裡雖為正式慣用語，但因為欠缺文學作品對其反覆書寫和引申，未能引發讀者對它的任何聯想，只能停留在專有名詞一點上，不過，正因為它的聲義分離和二字不可分割的特點，為詩歌帶來陌生感。可以說，在詩裡使用音譯外來語的詩藝效果，有時候取決於它是否具有普遍性或為人所熟知，能夠參與建構文學話語。

　　某些關於地點的外來概念開始有意義延伸。中後期的宋褧〈送高麗進士李仁復東分題得箕子廟〉有句云：「頻臨幘溝漊，奔走高句驪。」[80] 這一聯以兩個地點對舉。宋人曾季貍《艇齋詩話》記：「山谷〈和高麗松扇〉詩

---

[77] 《史記》〈匈奴傳〉作「甌脫」。司馬遷著，《史記》卷110（第九冊），北京：中華書局，1959年〔1982年第2版、2011年重印〕，頁2889。

[78] 廼賢著，葉愛欣校注，《廼賢集校注》，鄭州：河南大學出版社，2012年，頁160-161。

[79] 司馬相如，〈上林賦〉，蕭統編，李善注，《文選》第一冊，上海：上海古籍出版社，1986年〔2011年重印〕，頁361-387。

[80] 宋褧，〈送高麗進士李仁復東分題得箕子廟〉，《全元詩》第37冊，頁205。

云：『可憐遠渡幘溝漊，不堪今時襁褓子。』幘溝漊，高麗城名也，見《三國志》。」[81] 黃庭堅已運用外來概念幘溝漊入詩，泛指位處遠方的高麗，但宋人詩話裡仍舊需要注釋解讀，即是說，幘溝漊並非慣常用語，具有一定程度的陌生感，宋褧詩以幘溝漊對高句麗，即體現此一地點在高麗的特殊位置——漢時在玄菟郡頒賜朝服予高句麗，高句麗使者在此地朝貢，後來高麗王朝日漸強大，不復來郡，漢廷便在郡東高句麗民眾聚居處，築城放置朝服衣幘，溝漊乃存放朝服衣幘之城，[82] 這樣一來宋褧詩的幘溝漊既配合高麗進士的題旨，又暗合李仁復東的行程。釋梵琦的〈贈西蕃元帥〉：「劍南西路與天連，吐谷渾遮莫賀延。」[83] 首句與天連，屬漢詩的慣常寫法，誇大劍南西路的延展性質，與此對舉的莫賀延，乃音譯外來語，即哈順沙漠，或稱沙河，詩人取其幅員遼闊、誇大之義構句，故莫賀延磧並非只是地點之謂，而是跟「與天連」的性質一致，在這一聯成為誇張的代稱。這些例子說明元詩裡蒙元和域外風物的外來概念，在元人手裡開始積澱新義。

除以上的地景外，寫進詩裡的蒙元風物紛陳，黃鼠、地椒、葡萄酒、馬乳製成的飲料、天鵝炙等等，有些歸入八珍之列，可言說的新來概念非常多。[84] 這裡集中探討以馬乳為酒的飲料的相關表述，如何影響詩藝表現。馬酒、馬乳、馬湩乃蒙元風物最為突出者，無論是日常賞賜、宮廷大宴或是灑酒祭天，馬乳製成的飲料必不可少。[85] 表述馬乳製成的飲料有不同方

---

[81] 曾季貍《艇齋詩話》「山谷和高麗松扇詩」條目（黃庭堅詩題為〈次韻錢穆父贈松扇〉），吳文治主編，《宋詩話全編》第參冊，南京：江蘇古籍出版社，1998 年，頁 2627。黃詩原作「可憐遠度幘溝婁，適堪今時襁褓子。」，見黃庭堅撰，任淵、史容、史季溫注，劉尚榮校點，《黃庭堅詩集注》，北京：中華書局，2003 年，頁 282-283。

[82] 事見陳壽撰，裴松之注，《三國志・魏志》卷三十〈烏丸、鮮卑、東夷〉，《景印文淵閣四庫全書》第 254 冊，臺北：臺灣商務印書館，1984 年，頁 16a。

[83] 釋梵琦，〈贈西蕃元帥〉，《全元詩》第 38 冊，頁 292。

[84] 耶律鑄〈行帳八珍詩〉記述包括塵沉（馬酒）、天鵝炙等，《全元詩》第 4 冊，頁 120-121。許有壬〈上京十詠〉詩序云「土產可紀者尚多」，《全元詩》第 34 冊，頁 294-296。

[85] 灑馬奶祭天乃蒙古人最高禮儀，每一個裝馬奶的「醞都」（即用皮革縫成的大袋，載

式，借用馮勝利的系統分類，可分為語言之莊典（瓊漿、玉乳）、正式（馬酒、馬湩）、通俗（馬奶），語言表述之不同又與詩歌題旨和結構有關。先看馬酒的莊典表述。劉因〈黑馬酒〉從漢代挏馬官以皮革作夾兜挏馬乳的經典故事起興，[86] 賦予蒙古時代黑馬酒的新意，即黑馬酒雖好，仍要仔細釀製才成就美事：

　　仙酪誰誇有太玄，漢家挏馬亦空傳。
　　香來乳面人如醉，力盡皮囊味始全。
　　千尺銀駝開曉宴，一杯瓊露灑秋天。
　　山中喚起陶弘景，轟飲高歌敕勒川。[87]

前 4 句的挏馬故事，後接的銀駝、曉宴美稱，並用「瓊露」代稱精製的馬酒以嘉會飲，頸聯因此成功形塑宴會之華貴，瓊本意為美玉，瓊露引申為仙界玉液之謂，配合首句仙酪以及末聯陶弘景飲酒取樂的因緣。因此，瓊露作為馬酒的莊典表述，多出現在以宮廷詩為寫作範疇的題旨裡，它有時喚作玄玉漿，指可為酒的精製馬乳。[88] 又如以下兩首作品，來自許有壬〈六十里店飲脫別歹大夫帳〉及廼賢〈江東魏元德進所製齊峰墨於上都慈仁殿賜文縑馬湩以寵之既南歸作詩以贈云〉，二詩云：

　　綉箔紅飄輦路雲，竹櫺清度屬車塵。

　　於車上）需要四十匹牝馬，參閱馬曉林的考證，〈馬可·波羅所記元朝灑馬奶祭祀——兼論馬可·波羅在元上都的時間〉，載氏著《馬可·波羅與元代中國：文本與禮俗》，上海：中西書局，2018 年，頁 63-73。

[86] 《漢書》卷 19 上〈百官公卿表上〉：「武帝太初元年更名家馬為挏馬。」顏師古注引三國魏如淳語：「主乳馬，以韋革為夾兜，受數斗，盛馬乳。挏取其上（把）〔肥〕，因名曰挏馬。」班固撰，顏師古注，《漢書》第三冊，北京：中華書局，1962 年〔1964 年〕，頁 729-730。

[87] 劉因，〈黑馬酒〉，《全元詩》第 15 冊，頁 132。

[88] 傅樂淑，《元宮詞百章箋注》，北京：書目文獻出版社，1994 年，頁 64-65。

天窗下瀉風如水,月榻前留草作茵。
仙府瓊漿斛沉瀅,太官珍脯擘麒麟。
醉歸躍馬桓州道,誰信繩樞槁項人。[89]

錦襲玄圭瑩,龍香秘閣浮。
漬豪春黛濕,拂楮翠雲流。
繡綺頒宮掖,瓊漿出殿頭。
小臣霑雨露,千載荷恩休。[90]

以瓊漿對舉珍脯及繡綺,可知詩人是從宮廷詩的雅製角度考量如何稱呼精製的馬酒,無論場景是在大夫行帳或是上都宮殿,既然要美稱上位者賜予的馬酒,用莊典表述最為合理。另一方面,元代有些例子,馬乳、馬湩並用,其普遍意義已進入民間視野中,例如侯克中〈馬乳〉:

馬湩甘寒久得名,飲餘香遶齒牙生。
草青絕漠供春祭,燈暗穹廬破宿醒。
冷貯革囊和雪杵,光凝銀檟帶酥傾。
漢家屢有和親好,恨不當時賜長卿。[91]

詩題及詩歌本體並用馬乳、馬湩,兩者或許指向普通馬湩飲料而已,從今人語感言,馬乳稱呼通俗,馬湩相對正式,侯詩頷聯寫塞漠蒙古風光(穹廬即氈帳),頸聯用革囊釀酒事兼以銀檟酒器的美稱,全詩寫得工整,因此詩歌首句用馬湩表述來得合理。伍良臣〈上京〉有句:「駝峰馬湩美奇絕,金蘭紫菊香輕盈。」詩末小字云:「湩,音凍,馬乳也。」說明馬湩的寫法在當

---

[89] 許有壬,〈六十里店飲脫別歹大夫帳〉,《全元詩》第 34 冊,頁 332。
[90] 廼賢,〈江東魏元德進所製齊峰墨於上都慈仁殿賜文縑馬湩以寵之既南歸作詩以贈云〉,《全元詩》第 48 冊,頁 12。
[91] 侯克中,〈馬乳〉,《全元詩》第 9 冊,頁 47。

時仍是需要辨明的。[92] 宮廷文人趙孟頫〈次袁學士上都集韻十首〉其二則直接用馬乳，似乎與其重古意的寫作趨向有關：

> 塞草茸茸綠，宮花的的黃。龍媒嘶北極，馬乳損西涼。
> 伎女箜篌引，郎君蘇合香。千金不計意，特底慕年芳。[93]

趙詩的古意體現在貼近漢魏古詩氛圍，而用字簡易應為考量之一，首聯的疊字模式，頷聯的良馬、馬乳，頸聯的教坊曲名，末聯重情輕財的漢魏傳統題旨，皆指向古樸氛圍，如果使用莊典語便不合適。從以上例子看到，元人在表述可言說的蒙元風物的新概念時，也會考量其語言色彩在漢詩裡的位置以及對題旨的配合。

2.4　新的知識體系

詩人寫作時要考慮蒙元和域外風物的新概念，即無由說及可言說部分，通過音譯外來語、藉漢文化資料增補、積澱新義的方式，逐漸移入漢詩的語言系統，創造不少新聲。新的知識體系的建立和廣泛應用需時頗長，元人還有另一方式對應之，即在詩歌後附添文字解說。詩後附文並非元代獨有，本節要探究詩人如何處理新的知識體系與漢詩的關係。

例如音譯外來語察罕惱兒（Chaghan Na'ur），猶漢語之白海，或謂白濼，據賈敬顏的疏證，濼即蒙古語之腦兒。[94] 箭內亙指出，察罕惱兒除了具有白湖之意，也是世祖始建行宮之所在，「常為歷代行幸之所，又為重要官衙所在地；故元代之察罕惱兒，實北地著名地方之一。」[95] 此一區域元

---

[92] 伍良臣，〈上京〉，《全元詩》第 24 冊，頁 270。
[93] 趙孟頫，〈次袁學士上都集韻十首〉其二，錢偉強點校，《趙孟頫集》，頁 316，《全元詩》第 17 冊，頁 284。
[94] 賈敬顏著，〈王惲《開平紀行》疏證稿〉，載氏著《五代宋金元人邊疆行記十三種疏證稿》，頁 321。
[95] 箭內亙著，陳捷，陳清泉譯，《元朝怯薛及斡耳朵考》，頁 143。

第五章　創造新聲——蒙漢風物的交匯與漢詩寫作的新變　135

詩裡有不少描寫，例如以下兩首：

> 何年疏鑿近王城，中有龍嘘白浪生。童孺慣曾觀鹵簿，鑾和從此謁承明。汪洋靜照千官影，湃湃遙涵萬歲聲。尚想先皇開國日，諸賢附翼定章程。[96]

> 涼亭臨白海，行內壯黃圖。貝闕明清旭，丹垣護碧榆。龍湫時霧雨，鷹署世衡虞。駐蹕光先軌，長楊只一隅。
> 右察罕腦兒。猶漢言白海。[97]

第一首為唐元〈察罕惱兒 白海〉，第二首是周伯琦〈紀行詩二十四首〉其十七。兩首作品附解說，一在詩題下，一在詩末，即察罕惱兒在元代屬新的知識領域，需要輔助說明。問題是，詩裡內容是否完全道出察罕惱兒的特點。明顯地，二詩從漢文化資料補足察罕惱兒無由說的地方，唐元暗用韓愈「龍之嘘氣成雲」句意，一般認為是講君臣遇合，[98] 後接宮廷詩寫法，藉察罕惱兒的波平如鏡突顯千官的恭敬靜穆，又藉其波濤聲轉寫官員澎湃的頌聖聲音；周伯琦只用首二句寫白海，謂此地壯大蒙元區域版圖，隨後緊接宮廷詩寫法頌聖。二詩以察罕惱兒為題，但詩裡相關白海特點不多，極其量只有區域廣大和宏偉行宮的敘述。如此說去，詩人其實也在尋找可以表述新知識體系概念的方式，有時候某些部分的效果並不理想。

　　用漢文化資料補添說明無由說的部分，有時候會因為漢文化的強大傳統、讀者對漢語本身的熟知程度，引致忽視了蒙元風物的嶄新元素。例如廼賢的七古〈送道士張宗岳奉賀正旦表朝京竣事還龍虎山〉，全詩有兩處地方附文字解說，其中一處為第三聯：

---

[96] 唐元，〈察罕惱兒 白海〉，《全元詩》第 23 冊，頁 297。
[97] 周伯琦，〈紀行詩二十四首〉其十七，《全元詩》第 40 冊，頁 392。
[98] 韓愈，〈雜說一〉，周啟成、周維德注譯，《新譯昌黎先生文集》（上），臺北：三民書局，1999 年，頁 89。

> 珠懸殿幄晨光動，鐙轉紗籠刻漏長。
>
> 大明殿幄懸大寶珠于上，中設郭太史所製鐙漏。[99]

熟知漢文化和語言的讀者，或會因為習知宮廷詩的寫作傳統，而對詩中的殿內懸珠和燈漏陳設不以為然，詩人寫作時應該有此考慮，故刻意補說大都大明殿室內陳設的特點。當詩人需要描述新的知識體系時，運用漢語語言系統把蒙元的嶄新概念寫進詩裡，難免要思考所使用的漢語詞彙是否能夠突顯所描述的蒙元風物觀念，在更多的情況下，詩人面對如此難題時，除了音譯外來語外，大體傾向以文字輔加說明。柯九思的〈宮詞一十五首〉（絕句）可以作為絕佳例證說明。[100] 其一云：

> 萬國貢珍羅玉陛，九賓傳贊捧珠簾。
> 大明前殿筵初秩，勳貴先陳祖訓嚴。
>
> 凡大宴，世臣掌金匱之書者，必陳祖宗大扎撒以為訓。

玉陛及珠簾皆為宮殿陳設，九賓即接待之禮儀，筵初秩典出《詩經・賓之初筵》，[101] 這些組合俱屬典型宮廷詩寫法。末句漢語「祖訓」對應輔加文字裡的「大扎撒（jasaq 命令／法令）」，柯九思這裡明顯思考了漢字與音譯外來語在詩裡的關係，使用祖訓對譯，意義明確，指向祖先遺下的訓誡，但同時模糊了蒙古世臣陳述祖宗大扎撒為訓的動機，即世臣掌金匱之書者必陳一義，因此，柯九思必須在「祖訓」的對譯之上，另加文字解說，這是元人處理蒙元新的知識體系與漢詩寫作時所做的折衷方式。其二云：

---

[99] 廼賢，〈送道士張宗岳奉賀正旦表朝京竣事還龍虎山〉，《全元詩》第 48 冊，頁 23。

[100] 柯九思，〈宮詞一十五首〉，《全元詩》第 36 冊，頁 2-3。

[101] 《詩經》〈小雅・賓之初筵〉，朱熹注，王華寶整理，《詩集傳》，南京：鳳凰出版社，2007 年，頁 190-192。

黑河萬里連沙漠，世祖深思創業難。
數尺闌干護春草，丹墀留與子孫看。
世祖建大內，命移沙漠莎草于丹墀，示子孫勿忘草地也。

春草有時可指蒙元國葬後的草色覆蓋（見前述），柯九思這裡則謂春草是特稱，指向沙漠莎草，即見此一觀念是元代新的知識體系，並不可從漢文化傳統裡理解（春草可指大地回春，萬物欣榮的傳統解釋），而是包涵蒙元獨有的勿忘草地的象徵意義，因此，春草雖是漢語，其意涵卻是元代新聲。其五云：

萬里名王盡入朝，法官置酒奏簫韶。
千官一色真珠襖，寶帶攢裝穩稱腰。
凡諸侯王及外番來朝，必錫宴以見之，國語謂之質孫宴。質孫，漢言一色，言其衣服皆一色也。

第二句的韶樂演奏是漢文化宮廷必備的禮儀活動，第三句轉寫質孫宴服飾，質孫乃蒙古語，漢言一色。[102] 漢語一色最為容易引起誤解，就字面言，是顏色單一之謂，全賴柯九思添附質孫宴的解釋，「千官一色」的數字組合成功營造了排場盛大的氣氛，形形色色的外賓進朝，器物詩酒儀仗紛陳，官員穿著一色服，由多重視覺起興，歸結至侍臣立朝時的衣飾色彩統一，突顯整個質孫宴裡侍臣的高度整合。「千官一色真珠襖」用漢語表達蒙元文化，一色看似直接，其實含義豐富，尤其它出現在「奏簫韶」和「真珠襖」這兩套宮廷詩常用漢字之間，使得詩句產生獨特的陌生化效果。

柯九思〈宮詞一十五首〉系列裡，其六可供討論處甚多，包括音譯外來語和漢語的轉寫帶來的問題，以及內容表達上的差異，詩云：

---

[102] 《元史·輿服一》卷 78 載質孫宴服飾在冬夏的定制，頁 1938。周伯琦〈詐馬行〉謂：「只孫，華言一色服也。」，《全元詩》第 40 冊，頁 345-346。

官家明日慶生辰，準備龍衣熨帖新。

奉御進呈先取旨，隋〔隨〕珠錯落間奇珍。

御服多以大珠盤龍形，嵌以奇珍，曰鴉忽曰剌者，出自西域，有直數十萬定者。

內容簡明，寫龍衣上綴有珍稀寶石，龍衣、奇珍之謂慣常出現在宮詞類作品，隋〔隨〕珠是莊典語，即漢時隋〔隨〕侯之珠，這裡指珍稀物。[103] 全詩符合宮詞體式專寫單一情事，以及使用華美言辭造句的特點。就漢詩體式言，隋〔隨〕珠為莊典語，其來自有，指向珍貴之物一義上，加上後面的「奇珍」，表述看來非常足夠，然而，隋〔隨〕珠、奇珍既沒有設色，也沒指向具體物件，攜之柯九思的附加文字，才明白詩裡的漢語隋〔隨〕珠、奇珍二詞的表述還是有所不足。據柯氏附加文字，隋〔隨〕珠指向御服上的大珠，而奇珍對應音譯外來語「鴉忽」和「剌」。奇者，其意義顯然不只是「非尋常物」，而是重在其來自域外之珍稀。王一丹指出，鴉忽（yaqut）乃紅色或藍色剛玉，剌（la'l）以紅寶石最為有名，二者是名貴寶石，在伊利汗國的巴達赫尚（八答山）等地有採，自窩闊台以來，一直得到蒙古貴族的喜愛，王一丹引用元末楊瑀《山居新語》及陶宗儀《南村輟耕錄》記述的回回紅剌石頭，此石得到回回富商及蒙元皇帝的喜愛。[104] 劉迎勝指出：「當時接受回回人財富觀影響的，主要是以元皇室為代表的蒙古人的上層

---

[103] 《莊子》有記，本意是指「以隨侯之珠彈千仞之雀，世必笑之。」據疏，「隨國近濮水，濮水出寶珠，即是靈蛇所銜以報恩，隨侯所得者，故謂之隨侯之珠也。」莊子談論的，是藉珍貴之物權衡輕重之問題，郭慶藩撰，王孝魚點校，《莊子集釋》，頁972。《淮南子》〈覽冥訓〉及〈說山訓〉也引隨侯之珠談得失富貧，陳廣忠注釋，《淮南子譯注》，頁279，789。

[104] 王一丹，〈巴達赫尚的紅寶石〉，收錄於榮新江、朱玉麒主編，《絲綢之路新探索：考古、文獻與學術史》，南京：鳳凰出版社，2019年，頁143-157。楊瑀記回回富商賣紅剌一塊於官，估值十四萬定，嵌於帽頂之上，《山居新語》，載上海古籍出版社編，《宋元筆記小說大觀》第六冊，上海：上海古籍出版社，2007年〔2019年重印〕，頁6073。陶宗儀記回回石頭甚詳，謂累朝皇帝相承寶重之，凡正旦及天壽節大朝賀，必服用之，陶氏兼而列出剌之種類。《南村輟耕錄》卷七「回回石頭」，北京：中華書局，1959年〔2014年〕，頁84。

──蓋因為回回人所屬的色目集團高居於社會上層,與蒙古統治者關係密切」,[105] 以此看來,鴉忽和剌在蒙元語境裡,是嶄新的知識概念,有著以紅寶石聞名的特點,以及受到商人、皇帝之鍾愛。柯九思要把鴉忽、剌之意思直接寫進詩裡,必要顧及聲義關係,「忽、剌」的入聲聲調,以及二字在詞義層面的不雅,著實難以入詩,故不得不轉寫成漢語「奇珍」。轉寫後,漢語「奇珍」在詩裡卻無法彰顯寶石之豐富意涵,詩人也意識到此點,因此,柯九思才會在詩後添附文字,說明奇珍的意義延伸,同時,形成〈宮詞一十五首〉系列新穎的漢語表述方式。

在蒙漢並置的框架下,蒙古和外來的山川物象、飲食習慣、文化風物等等概念的移入,逼使宮廷文人思考在漢詩的傳統寫法裡,如何突顯廣大漠北區域內外的蒙漢特色。特別是蒙元混一區宇觀念的影響,毫無疑問使詩人書寫蒙漢風物時,抱持著歌頌的態度,抒發了帝國強大以及蒙古文化廣被邊域四海之讚美。本章指出,宮廷詩在這方面的語言運用情況,可以分為「漢語借用於蒙語或其他外來語言的音譯詞」和「以漢語固有詞彙表述蒙古或外來概念」兩部分。在某些詩人手裡,運用漢語固有詞彙書寫新地景頗具難度,這或許與新地景的文化積澱仍在進行當中有關,因此,新地景的特異性質有時候並不明顯。不過,宮廷詩人發現了新的書寫模式,對於無由說的蒙古和外來風物,用漢文化知識體系補寫之,是為此一階段最為突出的寫作模式。而屬於新聲字詞的音譯外來詞,隨著時間過去,開始在文學世界裡積澱了自身意義,例如失剌斡耳朵不只是黃色帳殿之謂,也是代表盛大宴會、器物紛陳的空間象徵。至於柯九思以漢語撰寫和表述蒙元新的知識體系,提供了一個思考角度,可知漢語及其意義不足以完全表達外來的嶄新概念。漢語字義有漢文化制約,其意義和象徵相對固定,但在元代詩歌裡,漢字的意義有時候可以疊加,有時候又因為要表述的東西太過新穎和複雜,漢字沒有辦法承載某些意涵,故此,元代詩人才會以詩後添補文字的方式,表述蒙元時代新

---

[105] 劉迎勝,〈元代回回珠寶與江南士人及其新價值觀〉,北京大學伊朗文化研究所編,《伊朗學在中國》第五輯,上海:中西書局,2021 年,頁 164。

的知識體系。本章所謂蒙元新聲,很多時候必須聯結詩文脈絡來理解。元詩裡的漢語表述或許是舊式、傳統,例如春草、奇珍,其意涵卻有著屬於新聲的獨特情況。

第六章　寓情於物
——元代文人的題畫共作與政治隱情

　　元世祖忽必烈崩於 1294 年，至文宗下世期間，是學界統稱的元代中期。[1] 此中，延祐元年（1314），仁宗（1311-1319 在位）重開科舉，行儒治漢法，至治二年（1322）太后答己崩，英宗（1320-1323 在位）開始縮減太后轄下的宣徽院使，除冗官，減國家支出，是為仁宗儒家節用政策之延伸。[2] 自程鉅夫奉元世祖命，於至元二十三年（1286）江南訪賢後，南人陸續北上為官，與北籍士人、蒙古色目人共事，宮廷文化隨之盛行，多元族群的題詠唱和成為元代中期儒治和盛世象徵，灤京唱和、詠番族類詩、詠馬圖詩、私邸雅集酬唱等等指不勝數。其跨界特質不言而喻，受文者往往為蒙古帝王貴族，引發酬唱者不少為上位者或漢化甚深的蒙古色目官員，詩裡描寫的宮廷禮儀、上都生活的蒙漢習俗、蒙古風貌的漢語對音等等成為詩歌新聲，宮廷文人藉漢詩形塑蒙元王權之威儀，寄寓治國理想，同時也書寫自身的喜悅與悵惘。其中一個引人注目的題詠唱和範疇，便是觀物與寫物。

　　自北宋以來，文人文化裡各種觀物寫物蔚然成風，歐陽修專注石刻拓本的蒐集保存，蘇軾寄託仕途不濟於怪石書寫，[3] 黃庭堅、王安石、朱熹等對

---

[1] 學界一般約以 1294 至 1333 年間為蒙元中期盛世，後期即為 1333 至 1368 年的元順帝時期。

[2] 許正弘，〈元答己太后政治集團與仁英二朝政局〉，《臺大歷史學報》，第 66 期（2020），頁 33-34。

[3] Ronald Egan, *The Problem of Beauty: Aesthetic Thought and Pursuits in Northern Song Dynasty China*, Cambridge, Mass.: Harvard University Asia Center, Distributed by Harvard

文人畫的鑑賞題詠，宋人對物之命名和擁有權的提倡，[4] 以至於宗室，宋徽宗艮嶽花石綱的建立及其書畫撰作和收藏，成為後來南宋皇室內府藏品之本。[5] 蒙古入主中原後，移送內府藏品往大都，而蒙元帝王貴族對文人文化的附庸風雅，除了滿足個人喜好或達到政治宣傳的目的外，也給予深諳文藝的南人或北籍士人契機，開展供職朝廷和拓展交遊的路徑。至元四年（1338），虞集與南楚師悅禪師同觀李衎（息齋）墨竹圖卷於江西崇仁普安寺，虞集觀圖因而憶起延祐元年（1314），仁宗命李衎寫竹於嘉熙殿壁一事，詩云：[6]

> 同開先南楚悅禪師觀息齋畫竹卷於崇仁普安寺煜公之禪室，蓋煜之師一初本公所藏也。因記延祐甲寅，息齋奉詔寫嘉熙殿壁，南楚與之同寓慶壽寺，時予方為太常博士。俯仰之間，已為陳跡，乃題其後云。
> 嘉熙殿裏春日長，集賢奉詔寫蒼筤。邇來二十有五載，飄零殘墨到江鄉。匡廬高人昔同住，身見揮毫鳳鷟翯。木枯石爛是何年，修竹森森長春雨。[7]

仁宗命精於畫竹的李衎畫壁，突顯王權視野下的跨界特質——宮室有圖兼備鑑戒乃漢文化宮廷操作，而竹石俱是北宋以來文人畫的重要部分，反映傳統

University Press, 2006, pp. 7-59 (論歐陽修《集古錄》石刻), 221-234 (論蘇軾奇石收藏及引發的藝術考量).

[4] Stephen Owen, *All Mine!: Happiness, Ownership, and Naming in Eleventh-Century China*, New York: Columbia University Press, 2021, pp. 59-83 (論奇石收藏), 85-105 (論命名及擁有權).

[5] James M. Hargett, "Huizong's Magic Marchmount: The Genyue Pleasure Park of Kaifeng", in *Monumenta Serica: Journal of Oriental Studies* Volume 38 (1988 - Issue 1), pp. 1-48.

[6] 羅鷺繫此詩於1338年，見《虞集年譜》，頁178。

[7] 虞集，《道園學古錄》卷二十八，《欽定四庫全書薈要本》（集部第403冊），長春：吉林出版集團有限責任公司，2005年，頁417-418，又見王頲，《虞集全集》（頁57），版本稍異。

文人追慕清雅澹泊的生命境界，二者相合，形塑仁宗嚮往的文藝生活以及對文人文化的支持。不過，隨著當代文史學者對元代中期政治文化的研究愈深，愈趨發現這一層鼎盛的文藝風潮之下，中期宮廷文人的文藝創作隱藏著他們對政治風暴、帝位紛爭、官場體驗的看法。虞集「飄零殘墨到江鄉」固然指向李衎竹卷，而當時因壁畫而來的君臣際會，以及畫家、禪師與南人的交遊，隨著李衎和仁宗於 1320 年下世以後，逐漸褪色，只剩下至元四年在江西崇仁重聚的竹卷、南楚悅禪師、虞集。「飄零」或許也屬虞集心聲，深知自己曾奉文宗命，撰寫詆毀順帝繼位合法性的詔書，[8] 當文宗於1332年崩逝而順帝即位後，虞集以病謁告，歸隱江西臨川，詩裡江西「匡廬高人」是禪師代稱，也是暗喻虞集的家鄉江西及其出世想望──匡廬一詞在虞集其他詩裡頻見。[9] 元人藉著觀物引發的交遊生活和寫物言情，似乎與世變密不可分。

　　以元代初期、中期文人觀物後的同題創作為重心，可以從物情書寫了解他們在王權視野下，如何周旋權力空間，以及尋找隱逸空間的可能，藉此體察元代中期儒治和盛世象徵以外另一種生命圖像。為有效凝聚討論，集中元代中期儒治漢化和文藝風潮時期下的題詠，包括高克恭（字彥敬，1248-1310）尚書約於 1294 年前後，在杭州吳山創作的〈夜山圖〉及其至元末的回響，圍繞王振鵬1310年的〈金明池圖〉，以及後來 1323 年的大都皇姊藝術珍藏雅集。[10] 這兩個時代相近的大型題詠，足以反映南北地域，共現多族士人圈的同題創作和交遊生活，西域人高克恭尚書的夜景山水圖，引起南方士人和北籍士人的同情共感，在於作畫者隱含胸次磊落與仕隱情懷的相連，永嘉人王振鵬進呈〈金明池圖〉與時為東宮太子的仁宗，圖像和題跋吻

---

[8] 詆毀順帝繼位合法性的詔書，見本書第九章的討論。
[9] 例如〈記夢〉、〈紀夢二首〉其二，見王頲，《虞集全集》，頁 19，26。
[10] 余輝認為「王振鵬」應作「王振朋」，謂：「自元以來，絕大多數美術史家將王振朋誤作『王振鵬』，都忽略了王振朋在《伯牙鼓琴圖》卷上的小楷名款：『王振朋』。」，《畫史解疑》，臺北：東大圖書公司，2000 年，頁 302。國內外學人近十年相關論文都作「王振鵬」，本文同樣以「王振鵬」為論述基礎。

合仁宗心意,其原因應該放在武宗、仁宗和答己太后爭權的背景下了解。[11]元代中期儒治和盛世表徵之下,南北兩地有著深廣持續的觀畫題詠活動,由仕隱空間的叩問到權力空間內的忠誠宣示,表現觀畫題詠時的場域及社群因素的影響。本章兩個題詠案例,在當時曾經公開展示和傳播,一為蒙元官員與杭州士紳群體,一為皇帝、貴戚、宗室與大都宮廷文人群。其中表現的政治隱情,前者回顧南宋,向內尋找自適與調節,後者展望將來,向外展視理想世界的寄託。官員與士紳群體之間談物,可以自如遊走公私兩域,既公開讚美作畫者與收藏者,也寄寓物情與人品情操的個人體察,屬於由初期進入中期之際,文人在王權視野外,開闢另一安頓身心的幻景。另一方面,宮廷裡相關「物」的收藏、展示、題詠,是形塑王權權力的可視、可知、可感,在王權視野與傳統宮廷文人的憂患意識底下,沉迷於物卻是負累,可以藉物與帝王事業的連結表達鑑戒。本章兩個時段相若的南北場域案例,足以洞悉元人的生命圖像,即在私人領域肆意調適身心,在公共領域則有積極的刺時精神,兩者同時反映元廷文網之鬆散。

第一節　政事之餘的仕隱空間:高克恭 1294 年前後的〈夜山圖〉及其後續元人題詠

　　蕭啟慶指出元代的文學、藝術、遊覽雅集頻繁,[12] 初期有至元二十五年(1288)的大都雪堂雅集,上距宋亡僅十數年,參與者大部分為北籍士人,有來自東平,也有漢化之女真人。[13] 而西域人高克恭尚書在至元後

---

[11] 本文所論文例,包含題跋及題畫詩兩者,「題跋通常書寫於書籍文章或圖畫之後,寫於圖畫之後的,即為『畫跋』。」題畫詩則範圍更闊,今人所見題某畫的詩作未必「實際寫於畫面,甚至有未睹畫作即作詩歌詠的例子。」,參閱衣若芬,〈題畫文學研究概述〉,《中國文哲研究通訊》第十卷第一期,2000 年,頁 218、219-220。

[12] 蕭啟慶,《九州四海風雅同:元代多族士人圈的形成與發展》,頁 219-253。

[13] 姚燧〈跋雪堂雅集後〉記載完整的參與者名單,載《全元文》第 9 冊,頁 406-407。石守謙,《風格與世變:中國繪畫十論》,北京:北京大學出版社,2008 年,頁 168-169。

期，開始為不少士人寫畫，與宮廷文人、南方文士交流。當時，北人仕宦具政治優勢，故文化勢力高漲，南方文士有以結交北客為榮。[14] 在此背景下，高氏作畫、南人題詠乃題中之義。不過，高克恭創作於 1294 年前後的〈夜山圖〉只是偶然的即興寫畫，卻引起大量的後續題詠，參與者多為南方文士，包括故宋遺民、入元為官的士人，有什麼元素吸引南方文士題詠高克恭畫呢？本文認為高克恭其人其畫的連結，在元代初期、中期之際，讓南方士人在政事之餘找到仕隱空間，並由此牽動各自對南宋的懷舊情緒，在宋亡二十年後，化為一種褪去創傷記憶的生活況味。

1.1 磊落與無求——元人眼中的高克恭及其畫作

高克恭（1248-1310），字彥敬，號房山，西域回紇人，[15] 時人譽為循吏，[16] 是出入仕隱空間的代表。曾受知高克恭的鄧文原，為高公撰寫〈故大中大夫刑部尚書高公行狀〉，舉其貢獻，包括薦士（舉江南文學之士敖君善、姚子敬、陳無逸、倪仲深於朝）、為民請命而不署簽湖東夏稅、敦學校、平反冤案、廉平節用無長物、幫助貧困文士姚式（字子敬）、認為人生之至貴者在於「無求」。[17] 元末楊瑀《山居新語》記高克恭於杭州的軼事：「至元末年尚有火禁，高彥敬為江浙省郎中，知杭民藉手業以供衣食，禁火則小民屋狹，夜作點燈必遮藏隱蔽而為之，是以數致火患，甚非所宜，遂弛其禁，杭民賴之以安。事與廉叔度除成都火禁之意一也。余因書之，俾後人知公之德政利人者如此。」[18] 見其執行公務時體察民情之舉。加上，高氏「無求」的處世哲學，使他遠離宮廷爭鬥，開展自己的興趣。至元二十

---

[14] 石守謙，《風格與世變：中國繪畫十論》，北京：北京大學出版社，2008 年，頁 171。

[15] 王頲，〈元代回紇畫家高彥敬史事考辨〉，《中國文化研究所學報》第 48 期，2008 年，頁 149。

[16] 例如倪瓚〈寫畫贈馬彥敬〉：「高房山尚書清節雅尚，為本朝名臣……」，《全元文》第 46 冊，頁 604。

[17] 鄧文原，〈故大中大夫刑部尚書高公行狀〉，《全元文》第 21 冊，頁 96-100。

[18] 楊瑀著，李夢生校點，《山居新語》，載《宋元筆記小說大觀》第六冊，頁 6073。

五年（1288），高克恭為監察御史，二十七年（1290）為兵部郎中，據王頲考證，高氏其後「賦閑的時間，自至元二十九年（1292）正月起，而大德元年（1297）九月，尚未赴新任，由此計算，一共五箇整年又八箇月」在杭州路城留居。[19] 大德二年（1298），鮮于樞霜鶴堂新軒落成之日，與會者包括高克恭、趙孟頫、李衎、石巖、薩都剌等十二人。[20] 當時，鮮于樞與趙孟頫以擅書法為名，李衎擅畫竹，石巖善書畫，薩都剌為後起之秀，可知，高克恭的個人興趣，不離雅集之會，以及與名士作藝文交流。毋怪乎柳貫有如此體會：「高公彥敬畫入能品，故其詩神超韻勝，如王摩詰在輞川莊，李伯時泊皖口舟中，思與境會，脫口成章，自有一種奇秀之氣。人見其出藩入從，而不知其遊戲人間，直其寓耳。」[21] 出入仕宦為民請命，不被功名牽絆，遊戲人間是其人生寫照，也可說是元代時人嚮往的生命圖像。以下一則記錄更能突出高克恭處世的靈活變通。畫家朱德潤記述皇慶年間（1312-1313，仁宗）曾問學於姚式子敬，姚式即上文提及曾受知於高克恭的文士，姚式向朱德潤說：「藝成而下足以掩德，戒以勿勤畫事。」時高克恭剛至，見朱德潤弄翰，轉向姚式曰：「『是子畫亦有成，先生勿止之。』由是日新月染，不覺墮于藝成。延祐初，因抵杭，與郭君天錫會于旅次，天錫每詫余于善得高侯旨趣。」[22] 即見高克恭非迂腐之人，為官時正直無私，同時抱持遊於藝的情操。高克恭好友趙孟頫〈題高彥敬畫〉其二寫及：「萬木紛然

---

[19] 王頲，〈元代回紇畫家高彥敬史事考辨〉，《中國文化研究所學報》第 48 期，2008 年，頁 155。

[20] 陸友仁，《研北雜志》卷上，載於明代陳繼儒輯，《寶顏堂秘笈》，上海：文明書局，出版年分缺，頁 13a。蕭啟慶《九州四海風雅同》有專節談論鮮于樞邸的兩次雅集，皆繫於大德二年（1298），頁 240-243。

[21] 柳貫，〈題趙明仲所藏姚子敬書高彥敬尚書絕句詩後〉，《全元文》第 25 冊，頁 172。

[22] 朱德潤，〈題徽太古所藏郭天錫畫卷後〉，《全元文》第40冊，頁 548。姚式性格剛性，見吳師道所記姚式的臨終生活，「屏居敷山中，絕食，惟日飲水。」以蕩滌潔清腸胃，曰：「男子不死於婦人之手」，留一子待在身旁，扶起坐而逝，〈趙明仲所藏姚子敬書高彥敬詩〉，《全元文》第34冊，頁 176。

搖落後，唯餘碧色見松林。尚書雅有冰霜操，筆底時時寄此心。」[23] 可謂完全掌握高氏為人和寫畫之道。

高克恭性坦易，愛杭州之清麗山水，[24] 攜「紅酒一樽，少助浩然之氣」，乘興磨墨寫畫，[25]「房山筆精墨潤，澹然丘壑，日見於游藝」，[26] 元代後期山水畫家倪瓚指出高氏「以清介絕俗之標」寓居杭城，「暇日策杖攜酒壺、詩冊」，觀越中山巒雲煙出處，於「政事文章之餘，用以作畫，亦以寫其胸次之磊磊者歟」。[27] 高氏在杭城山巒間尋找個人的仕隱空間，反映在畫中，便是其胸次磊落之延伸，這種看法在時人眼裡幾成共識，鄭元祐謂：「高侯胸中渭川之千畝，家居房山未必有。如何文章政事之暇日，能為此君圖不朽。……」[28] 朱德潤也說：「高侯以文章政事之餘，作山水樹石，落筆便見雲烟滃鬱之象，真所謂品格高而韻度出人意表者也。」[29] 政事文章之餘，作詩寫畫是高克恭理想的生命境界，乘興而來的創作衝動和雅趣讓人想起名士之風流。元末陶宗儀《南村輟耕錄》記載高克恭一樁在杭城的藝文活動：

> 高文簡公一日與客遊西湖，見素屏潔雅，乘興畫奇石古木。數日後，文敏公為補叢竹。後為戶部楊侍郎所得。虞文靖公題詩其上云：「不見湖州三百年，高公尚書生古燕。西湖醉歸寫古木，吳興為補幽篁妍。國朝名筆誰第一，尚書醉後妙無敵。老蛟欲起風雨來，星墮天河化為石。趙公自是真天人，獨與尚書情最親。高懷古誼兩相得，慘澹酬酢皆天真。侍郎得此自京國，使我觀之三歎息。今人何必非古人，

---

[23] 〈題高彥敬畫〉其一云：「記得西湖新霽後，與公攜杖聽潺湲。」趙孟頫著，錢偉強點校，《松雪齋詩集》，杭州：浙江人民美術出版社，2019年，頁159。
[24] 鄧文原，〈故大中大夫刑部尚書高公行狀〉，《全元文》第21冊，頁99。
[25] 錢惟善，〈題高彥敬竹石 又序〉，《江月松風集》卷一，中國基本古籍庫，頁5。
[26] 袁桷，〈仰高倡酬詩卷序〉，《全元文》第23冊，頁217。
[27] 倪瓚，〈題高尚書秋山暮靄圖〉，《全元文》第46冊，頁592。
[28] 鄭元祐，〈高房山墨竹〉，《全元詩》第36冊，頁313。
[29] 朱德潤，〈題高彥敬尚書雲山圖〉，《全元文》第40冊，頁540。

淪落文章付陳迹。」此圖遂成三絕矣。[30]

高克恭遊西湖，見素屏雅潔，乘酒興寫奇石古木圖，數日後好友趙孟頫補上叢竹。此圖後來由他人收藏，見高克恭畫廣受當時杭州的藝文圈子關注。作為官宦後輩的虞集，題詩圖上並追敘高、趙情誼，以及點染「醉歸」、「醉筆」之名士風流，加上虞集之文壇地位，使該圖成詩書畫三絕。這樣一個藝文交流過程，讓人想起南宋高宗的杭城韻事，周密《武林舊事》卷三「西湖遊幸（都人遊賞）」條目載：

> 一日，御舟經斷橋，橋旁有小酒肆，頗雅潔，中飾素屏，書〈風入松〉一詞于上，光堯（按：光堯為高宗退位後的尊號）駐目稱賞久之。宣問何人所作，乃太學生俞國寶醉筆也。其詞曰：「一春長費買花錢。日日醉湖邊……明日重攜殘酒，來尋陌上花鈿。」上笑曰：「此詞甚好，但末句未免儒酸。」因為改定……[31]

從以上兩則記載說去，杭城斷橋酒肆、素屏裝飾、醉筆題詞、重攜殘酒經營的一種南宋雅緻悠遊氛圍，於入元後的杭城，似乎不曾斷裂。元代中期虞集對〈風入松〉及其周邊本事特別感到興趣，他指出歐陽玄曾經談論上述紹興臨安士人題詞和高宗改寫詞句事，虞集因而與陳旅尋腔度之歌之，並寫詩如下：「重扶殘醉西湖上，不見春風見畫船。頭白故人無在者，斷堤楊柳舞青煙。」[32] 虞集從文本記憶裡提煉南宋杭城的藝文韻事，剛好又為高、趙的

---

[30] 陳高華，《元代畫家史料匯編》，杭州：杭州出版社，2004 年，頁 20 及 26。陶宗儀，《南村輟耕錄》卷二十六「詩書畫三絕」條，北京：中華書局，1959 年〔2014 年〕，頁 328。虞集題詩，作〈題高彥敬尚書、趙子昂承旨共畫一軸，為戶部楊侍郎作〉，《道園學古錄》卷二，《欽定四庫全書薈要》（集部第 403 冊），長春：吉林出版集團有限責任公司，2005 年，頁 18。

[31] 周密著，朱廷煥著，謝永芳注評，《武林舊事 附增補《武林舊事》》，鄭州：中州古籍出版社，2019 年，頁 116-118。

[32] 虞集，《道園學古錄》卷四，《欽定四庫全書薈要本》（集部第 403 冊），長春：吉

杭城素屏共作寫上後續題辭,杭城在元人心中是無可替代的藝文風雅場域。

高克恭逝世後十二年,趙孟頫回想高氏寫畫之緣由:

> 僕至元間為郎兵曹秩滿,彥敬與僕為代,情好至篤。是時猶未甚作畫,後乃愛米氏山水,專意模倣,久而自成一家,遂能名世傳後。蓋其人品高,胸次磊落,故其見於筆墨間者,亦異於流俗耳。至於墨竹樹石,又其游戲不經意者。因見此二紙,使人緬想不能已已,書東坡〈墨君堂記〉於其後。至治元年(1321)六月二日,吳興趙孟頫書。[33]

趙孟頫於至元二十四年(1287)授兵部郎中,二十七年(1290)拜集賢直學士,[34] 而高克恭於至元二十五年(1288)為監察御史,二十六年(1289)遣使江淮行省,還後授兵部郎中。[35] 按仕宦經歷和趙氏所寫的「秩滿,彥敬與僕為代」,可知高克恭大約在 1290 年之後開始作畫。一如時人體認,趙孟頫推許高克恭胸次磊落,以及由此呈現於山水畫的飽滿意蘊,而墨竹、樹石的寫法體現高氏「游戲不經意」的寫畫風格。此種作法,柳貫言高克恭「不輕於著筆,遇酒酣興發,或好友在前,雜取縑楮研墨,揮毫乘快為之,神施鬼設,不可端倪。今俗工極意臨摹,豈能得其彷彿哉?」[36] 由酒起興或為好友寫畫,皆是隨心寫意的即興活動,俗工因而極難模仿。

此後,高克恭常常寫畫。大德初元(1297)九月九日,高克恭於月泉精

林出版集團有限責任公司,2005 年,頁 53-54。謝永芳注評《武林舊事 附增補《武林舊事》》也有引用虞集此詩,鄭州:中州古籍出版社,2019 年,頁 118。

[33] 趙孟頫,〈書東坡墨君堂記跋〉,錢偉強點校,《趙孟頫集》,頁 419,《全元文》第 19 冊,頁 158。

[34] 柯劭忞撰,張京華、黃曙輝總校,《新元史》卷 190,第八冊,上海:上海古籍出版社,2018 年,頁 3831。

[35] 柯劭忞撰,張京華、黃曙輝總校,《新元史》卷 188,第八冊,上海:上海古籍出版社,2018 年,頁 3789。鄧文原,〈故大中大夫刑部尚書高公行狀〉,《全元文》第 21 冊,頁 97。

[36] 柳貫,〈題高尚書畫雲林烟障〉,《全元文》第 25 冊,頁 202。

舍（或為泉月）會仇遠，「酒半」，為仇作〈山邨圖〉，「頃刻而成，元氣淋漓，天真爛漫，脫去畫工筆墨畦町。」[37] 宴飲間酒次數巡，即興頃刻而成，正是揮毫乘快、隨心寫意之註腳，天真爛漫是由高氏率真和毫不掩飾的性情體會其圖畫風格，而元氣淋漓不只是仇遠的個人體認，趙孟頫觀賞同一幅圖畫時，也說：「彥敬所作山水，真杜子美所謂元氣淋漓者耶！仁近得之，可為平生壯觀也。」[38] 以「元氣淋漓」形容畫作，來自杜甫〈奉先劉少府新畫山水障歌〉：「元氣淋漓障猶濕，真宰上訴天應泣。」圖像作勢之要，筆墨活力飽滿，氣象磅礡，杜詩第四句謂作者「乘興遣畫滄洲趣」，仇兆鰲謂滄州趣即屏中山水。[39] 以此觀之，元氣淋漓、天真爛漫所示的高克恭寫畫風格可以歸結為——即興的隨心寫意而筆力飽滿，氣象萬千。又如李存記載吳塤於大都得畫一幅，「山木蒼潤，風雲噓薄，甚不類於今者，而謂高彥敬尚書作也。」[40] 山色蒼潤的飽滿感，雲煙吐納的氣象變化，便是高克恭的主導風格。柳貫〈題高尚書畫雲林烟障〉指出：「房山老人初用二米法寫林巒烟雨，晚更出入董北苑，故為一代奇作。」[41] 而朱德潤〈題高彥敬山水〉云：「高侯畫學簡淡處似米元暉，叢密處似僧巨然，天真爛漫處似董北苑。後人鮮能備其法者。今觀此卷，天真爛漫，故可寶也。」[42] 據余輝研究，高克恭在南北兩地的生活經驗，「使他有條件綜合兩地的山水畫藝，甚至混合了南北兩地不同的地貌、地質特徵，如該圖〔〈雲橫秀嶺圖〉〕以董、巨和二米畫江南土質山的手法（礬石、米點）描繪了北方陡峭

---

[37] 仇遠，〈自題高房山寫山邨圖卷並序〉，《全元文》第 19 冊，頁 572。仇遠《山村遺集》作「泉月精舍」，《文淵閣四庫全書》電子版，香港：迪志文化出版有限公司，2007 年，頁 3。釋來復於洪武九年（1376）記，此圖後來由崆峒外史王溥得之，〈題高彥敬山村隱居圖〉，《全元文》第 57 冊，頁 202。

[38] 趙孟頫，〈跋高彥敬山村隱居圖〉，《全元文》第 19 冊，頁 170。

[39] 杜甫著，仇兆鰲注，《杜詩詳注》，北京：中華書局，1979 年〔1995 年重印〕，頁 275-279。

[40] 李存，〈跋吳季行青山白雲圖後〉，《全元文》第 33 冊，頁 391。

[41] 柳貫，〈題高尚書畫雲林烟障〉，《全元文》第 25 冊，頁 202。

[42] 朱德潤，〈題高彥敬山水〉，《全元文》第 40 冊，頁 547。

的高峰巨嶂。」[43]

綜上所論，來自西域回紇的高克恭，為人磊落瀟灑，為官正直，喜文藝，閒居杭州，[44] 短時間內學會江南寫畫風格，參與元代初期、中期之際各種雅集，為文士寫畫，1297 年為仇遠作〈山邨隱居圖〉，1299 年前後為李衎作〈春山晴雨圖〉，[45] 名聲日隆，時人記載「其作山水，人家多有之，珍藏什襲，其價甚高，為大元能畫者第一。青山白雲，甚有遠致。業儒，瀟灑戴包巾，著長袍，為刑部尚書……」，[46]「當時求者遍都邑，冠蓋填門如索逋」，[47] 既然畫作難得，必有摹傳仿作，不可不辨。[48] 元末時期，愈來愈難得高畫，至正十年（1350）七月初十日，趙雍便有「房山高尚書〈墨竹〉，世已罕得，宜寶藏之」的感受。[49]

1.2 高克恭〈夜山圖〉在元代的流傳及其本事

陳垣指出高克恭畫見於元人題詠者約有十七幅，其中〈夜山圖〉及〈秋山暮靄圖〉尤為習見。[50] 筆者翻檢宋元文獻，除題詠〈夜山圖〉的三十一篇外，題詠高克恭其他畫作者超過九十篇，題〈秋山暮靄圖〉及〈青山白雲

---

[43] 余輝，〈元代宮廷繪畫研究〉，載其《畫史解疑》，臺北：東大圖書公司，2000 年，頁 295-296。

[44] 釋來復〈題高房山竹〉：「西域高侯老更成，平生節操抱孤貞。偶然琳館垂休暇，自寫琅玕寄自情。」《全元詩》第 60 冊，頁 185。

[45] 李衎〈題高克恭春山晴雨圖〉載：「彥敬侍御為予畫此幅，乃作詩云」，詩後題「大德己亥夏四月，息齋道人書。」，《全元詩》第 12 冊，頁 327。

[46] 王士熙，〈題高房山青山白雲圖〉，《全元詩》第 21 冊，頁 22。

[47] 釋來復，〈次韻張仲舉學士題高彥敬所畫山村圖卷有趙松雪周草窗仇仁近諸公題詠〉，《全元詩》第 60 冊，頁 96-97。

[48] 袁桷：「余嘗見彥敬、子昂親作繪事，生香疏影，光透紙墨，觀者莫不斂衽。二公既下世，摹傳益多，優孟之叔敖，幾不可辨。觀此生意，猶侍杖屨時也。」，〈題彥敬子昂蘭蕙梅菊畫卷〉，《全元文》第 23 冊，頁 311。

[49] 趙雍，〈題高房山墨竹〉，《全元文》第 54 冊，頁 603。

[50] 陳垣，《元西域人華化考》，上海：上海古籍出版社，2008 年〔2015 年重印〕，頁 84。

圖〉，各佔六首，題〈山村隱居圖〉四首，餘以題詠單篇為主，或概述高氏墨竹、樹石、古木圖。〈夜山圖〉題跋之多突顯其文化價值，明代張丑《清河書畫舫》和清代卞永譽《式古堂書畫彙考》著錄高克恭自題詩一首，題畫詩及題跋共二十九題三十一篇（詩二十九首、詞一闋、文一篇），不見於著錄的有盲詩人侯克中詩一首。[51] 高克恭創作〈夜山圖〉的時間，大約上距宋亡二十年左右，這樣一個題詠西域人山水畫作的大型藝文活動，在元代初期、中期之際非常罕見。

現存〈夜山圖〉三十一篇題詠並非一時一地所作，其撰作時間與流傳經過分為三個階段。〈夜山圖〉首個出現的時間段為至元三十一年（1294）前後。據徐琰（?-1301）題詞，高彥敬為江浙行省照磨李公略作是圖。徐琰於至元二十五年（1288）為江西參政、江浙參政，[52] 曾與商挺、王磐、閻復、徐世隆、王惲等早期重要官員，以及集賢學士趙孟頫、吏曹尚書谷之奇等等，參加 1288 年的大都雪堂雅集。黃溍記謝晟孫事跡時指出，閻復、徐琰「皆中州大老，慎許可，或舉公可直詞林，或舉公可佐憲府，其見引重如此。」[53] 見徐琰朝中地位，其〈夜山圖〉題詠最為詳盡，曰：

彥敬郎中高君，讀書窮理外，留心繪事，所謂吳裝山水者，[54] 尤得

---

[51] 明代張丑《清河書畫舫》卷十一下，《文淵閣四庫全書》電子版，香港：迪志文化出版有限公司，頁 17-29。清代卞永譽《式古堂書畫彙考》卷四十七‧畫十七，清文淵閣四庫全書本，中國基本古籍庫，頁 1696-1702。另參張丑撰，徐德明校點，《清河書畫舫》，上海：上海古籍出版社，2011 年，頁 533，564-572；卞永譽，《式古堂書畫彙考（全四冊）》第四冊，臺北：正中書局，1958 年，頁 181-187，卞永譽纂輯，《式古堂書畫彙考》第四冊，杭州：浙江人民美術出版社，2012 年，頁 1844-1849，以及《全宋詩》、《全宋詞》、《全元詩》所載三十篇詩詞，吳福孫跋文不見於今本《全元文》。傅璇琮，倪其心，孫欽善，陳新，許逸民主編，北京大學古文獻研究所編，《全宋詩》，北京：北京大學出版社，1991 年。以下所引詩文，版本同時參考張丑、卞永譽所錄，為簡化行文，注釋只列《全元詩》、《全宋詩》頁碼。
[52] 植松正，《元代江南政治社会史研究》，東京：汲古書院，1997 年，頁 193。
[53] 黃溍，〈信州路總管府判官謝公墓誌銘〉，《全元文》第 30 冊，頁 321-322。
[54] 吳裝山水，即吳道子山水畫風，敷以丹青，落筆雄勁。參吳保合，《高克恭研究》，

意焉。左右司秩滿之後，閒居武林，不求仕宦，日從事於畫，心愈好而技愈進，雖專門名家，有弗逮也。行省照磨李君公略，性沖澹，樂山水，寓居吳山之巔，南嚮開小閣，俯瞰錢塘江及浙東諸山，歷歷可數，如几案間物。彥敬每相過，未嘗不留連徒倚，以展清眺。公略謂夜起登此閣，月下看山，尤覺殊勝。彥敬聞之，躍躍以喜，遂援筆而為是圖。公略持以示余，且請著語。因賦〈錢唐夜山圖歌〉一篇，書之左方，聊為道其梗概云。[55]

高克恭〈夜山圖〉為江浙行省照磨李公略作。徐琰詩後記題詠於 1294 年武林官舍芳潤堂，又謂高氏「閒居武林」，王頲指出該是 1292 年至 1297 年期間。[56] 按照上述線索，〈夜山圖〉作於 1294 年或以前，而以 1294 年為各家撰寫題跋之始。

　　李公略寓居吳山之巔。宋代以來，吳山已是杭人遊覽勝地，蘇軾「遊人腳底一聲雷」描寫在吳山最高處的有美堂，遊人遠眺錢塘江雨中景象。[57] 李公略在吳山居處開小閣俯瞰杭城，就像把錢塘江及浙東諸山圖框下來，如「几案間物」，掌玩指掌間，類同北宋賞玩風氣，在案頭上擺設奇石如山巖的況味。身為西域人的高克恭，多次遊樂李公略吳山居處，或許會由此領略賞玩文化。例如，李公略曾收藏太平興國時（982 年左右）所製的雷威百衲琴，高彥敬藏宣和故物「鳴玉」琴，見二人類近的賞物因緣。[58] 當高克恭

　　國立故宮博物院故宮叢刊編輯委員會編輯，臺北：國立故宮博物院，1987 年，頁 49。

[55] 徐琰，〈錢唐夜山圖歌〉，《全元詩》第 9 冊，頁 129。張丑撰，徐德明校點，《清河書畫舫》，頁 565。

[56] 王頲，〈元代回紇畫家高克恭史事考辨〉，《中國文化研究所學報》2008 年第 48 期，頁 155。

[57] 蘇軾，〈有美堂暴雨〉，王文誥輯注，孔凡禮點校，《蘇軾詩集》第二冊，北京：中華書局，1982 年〔2009 年重印〕，頁 482-484。

[58] 周密，《志雅堂雜鈔》，載周密撰，鄧子勉點校，《志雅堂雜鈔；雲煙過眼錄；澄懷錄》，北京：中華書局，2018 年，頁 44-45，50，58。

從李公略得悉月下看山之美態,「躍躍以喜,遂援筆而為是圖」,乃高氏隨心寫意的仕隱生活、揮毫乘快的寫畫心態。石守謙已經指出,〈夜山圖〉乃「實景寫生畫。夜景山水固然是個創格,不過〈夜山圖〉的形式樣貌,亦非全然無跡可尋。如果根據徐琰的跋語及其後〈錢塘夜山圖歌〉,高克恭此圖乃是對由吳山之頂俯瞰所見的即刻描寫,其形象應極接近南宋李嵩所作的〈西湖圖〉(上海博物館藏),不僅呈現著相似的鳥瞰式山水橫卷結構,而且在描述物象時具有放棄既成格法,改採直觀素描的現象。」[59] 強調其畫作的實景寫生、即刻描寫,在此意義上,反映高克恭在閒居仕隱之際的適意人生。

據題詠和群體交往資料,可以推測某些作品的撰作時間相若。自徐琰說李公略「持以示余」後,高克恭友人鮮于樞說:「容翁復作有聲畫……千年人誦容公詩」,[60] 徐琰號容齋,可知他應該是首位題寫〈夜山圖〉的官員,而鮮于樞也是較早一位題寫。鮮于樞與高克恭相識甚久,據柳貫記錄,至元大德間,高克恭、鮮于樞、趙孟頫、鄧文原等人已於杭州交相引重,「尤鑒古,有清裁」、「喜鑒定法書、名畫、古器物,而吳越之士因之引重亦數人。」[61] 杭州士紳群體既已具規模,高克恭畫、徐琰及鮮于樞題詠的結合自然是杭州藝文圈子大事,周密寫到「無聲詩與有聲畫,一夕異事傳南州」,[62] 屠約也謂「城中明日傳清事」、「清事城中人得知」。[63] 活躍於周密杭州遺民圈子的成員,包括王易簡、呂同老、仇遠,也有題詠,[64] 仇遠《山村

---

[59] 石守謙,《從風格到畫意——反思中國美術史》,北京:生活‧讀書‧新知三聯書店,2015 年,頁 153。

[60] 鮮于樞,〈高尚書夜山圖〉,《全元詩》第 13 冊,頁 123-124。

[61] 柳貫,〈奚門老人杜君行簡墓碣銘〉,《全元文》第 25 冊,頁 401。柳貫,〈跋鮮于伯幾與仇彥中小帖〉,《全元文》第 25 冊,頁 176。

[62] 周密,〈題高房山夜山圖為江浙行省照磨李公略作〉,《全宋詩》第 67 冊,頁 42571。

[63] 屠約,〈題高尚書夜山圖〉,《全元詩》第 8 冊,頁 292。

[64] 以上四位曾參與元初遺民詞人的五次結社唱和,後結集成《樂府補題》,見姚道生,《殘蟬身世香蓴興:《樂府補題》研究》,南京:鳳凰出版社,2018 年,頁 5-6。歐

遺集》載詩題〈題李公略示高郎中吳山觀月圖〉，可見是由李公略主動出示〈夜山圖〉，考慮到仇遠與高克恭的交流，[65] 以上諸位或為同時觀看。至於曾參與大德二年（1298）杭州城東唱和的戴表元、屠約、陳康祖也有題寫〈夜山圖〉，[66] 其中，戴表元（1244-1310）題詞指出：「公略坐中示高郎中畫圖，援筆為賦」、「開編忽得中郎畫，意趣皆是心茫然。山中李侯亦瀟灑，卻燭捲筵風露下」，[67] 同樣於雅集座席時，李公略出示〈夜山圖〉予眾人題詠。高克恭曾薦舉五位文士，其中三位有題詞，包括姚式、陳康祖、鄧文原（後來官至國子祭酒，三人中他的位階最高），[68] 同時，姚式、陳康祖、張復亨乃趙孟頫所言的吾友群，[69] 相信他們有機會一起題詠〈夜山圖〉，趙孟頫題跋雖然沒有更多高氏寫畫訊息，但有明確指出李公略藏〈夜山圖〉。[70] 與趙孟頫吾友群同被譽為吳興八俊的牟應龍，同樣有題詠高氏畫。而館於鮮于樞家的盛彪，其題詞有云「展卷物色分殘膏」，[71] 與鄧文原為友而居杭的戴天錫（1264-1308），[72] 大德元年（1297）為官的趙孟籲皆有題詠，遺民王英孫、湯炳龍也有參與。至元間擔任江浙行省掾的張謙，其跋語曰：「大德改元，歲在丁酉（1297），四月中澣信筆題于新居之淺

陽光，《宋元詩社研究叢稿》，廣州：廣東高等教育出版社，1998年重印本，頁268-274。

[65] 高克恭曾於泉月〔或曰月泉〕精舍為仇遠畫〈山村圖〉，時為大德初元（1297）九月九日。仇遠，〈自題高房山寫〈山邨圖卷〉並序〉，《全元文》第19冊，頁572。

[66] 戴表元，〈城東倡和小序 大德三年（1299）三月三日〉，《全元文》第12冊，頁154-155。

[67] 戴表元，〈題高克恭夜山圖 并序〉，《全元詩》第12冊，頁181。

[68] 鄧文原，〈故大中大夫刑部尚書高公行狀〉，《全元文》第21冊，頁100。楊維楨指這五位文士為敖繼翁、鄧文原、陳康祖、倪淵、姚式，謂之五儁，〈有元文靜先生倪公墓碑銘 代歐陽先生作〉，《全元文》第42冊，頁59。

[69] 趙孟頫，〈送吳幼清南還序〉，《全元文》第19冊，頁66。

[70] 趙孟頫，〈題李公略所藏高彥敬夜山圖〉，《全元詩》第17冊，頁222。

[71] 盛彪，〈題高尚書夜山圖〉，《全元詩》第8冊，頁373。

[72] 戴天錫居杭而「藏書甚富」，「嗜古法書名畫及鼎彝器物」。見鄧文原，〈戴祖禹墓誌銘〉，《全元文》第21冊，頁113-115。

山。」[73] 則又說明他在稍後時間題詠。另外，宋末元初的廬陵人李震，在元末張素的題詠裡被標記為「所未識者，李震也」。[74]

就仕宦出處說去，以上諸位入元為官有 13 人，入元不仕 8 人，至於未能確定在何時參與題詠者有 3 人，列為下表：

表 6-1　1294 年前後題詠〈夜山圖〉的士紳群體的仕宦出處

入元為官者	教授／學正：屠約、姚式、盛彪、仇遠、牟應龍、[75] 陳康祖。翰林集賢：徐琰、趙孟頫、鄧文原。太常寺典籍：鮮于樞。同知：趙孟籲、張復亨。秘書監承：張謙。
入元不仕者	周密、王英孫、王易簡、呂同老、張逢源〔原〕、[76] 湯炳龍、戴表元、戴天錫。
未詳待考者	李震：據元末張素〈夜山圖〉題跋，可知李震題詞在圖上。 孟淳（1264?-）：時為總管，其題詞純為白描。 雄覺。[77]

上面大致根據他們於元代初期擔任的官職表列，並非指各人致仕前擔任的職位，以見〈夜山圖〉士紳群體的組成。王頲業已指出：

> 高克恭的繪畫創作的高峰，出現在至元二十七（1290）至元貞元年

---

[73] 張謙，〈題高尚書夜山圖〉，《全元詩》第 24 冊，頁 303。

[74] 張素，〈題高尚書夜山圖〉，《全元詩》第 34 冊，頁 170。李震〈賀新郎〉（題高克恭夜山圖）是唯一一篇以詞題寫之作，其詞首先寫吳山之高，可聽澎湃潮聲，讚高克恭妙筆如摩詰，而詩、景相合，使人渾忘功名。張丑撰，徐德明校點，《清河書畫舫》，頁 568。

[75] 《新元史》卷 234〈儒林傳〉：「留夢炎事世祖為吏部尚書，以書招之，許以館職，〔牟〕應龍不受。起家教授溧陽州，晚以上元縣主簿致仕。」第九冊，頁 4479。

[76] 泉月精舍後為張逢原之墳菴。張逢原乃句曲外史張雨之大父，而張雨與中期宮廷文人多有酬唱。張素，〈題高彥敬山邨隱居圖〉，《全元文》第 48 冊，頁 591。

[77] 清曾燠輯《江西詩徵》，卷八十八「釋子」收錄雄覺詩，「雄覺，臨川人，住曹山。」，載「中國基本古籍庫」電子版，頁 1938。未知是否同一人，姑存以待考。

（1295）間的閑隱杭州期間；然而，其藝術成就所仰賴的修養，仍應該積蘊於平居大都期間。事實上，高克恭處身於來到南方的北方士人的鬆散「團體」，然後又加入了南方的士人。正是這個擁有鮮于樞、李衎、趙孟頫、周密等士人的「團體」的互相影響，才使生性喜愛詩畫和山水的他，同時得到詩畫和山水的靈感，從而造就了創作的升華。而這個「團體」的北方成員，除了特別講義氣和友情外，還有與南方成員同樣的嗜好，那就是文藝和文物。而通過模仿前人作品，達到個人的藝術風格，乃是學畫者的尋常途徑。因此，到了後世，自然有人以高克恭的畫作為臨摹對象。[78]

既為官又為西域人的高克恭，藉個人性情喜好以及藝文活動連繫南方士人，包括南宋遺民、他所推薦的文人、當世書畫名士。邱江寧目之為「江南士紳群體」，張逢源、趙孟頫、仇遠、周密等人代表當時江南「故宋官僚、故宋宗室、故宋遺民等群體的核心人物」，高氏約在至元二十七年（1290）後「開始學畫，並借題畫、賞鑑、雅集等活動廣泛接觸和融入到江南士紳群體中，實際很可能是其時南北融合的整體氛圍和願景所致。」[79] 有機會參與1294 年前後〈夜山圖〉的觀賞和題詠者，反映當時士紳群體的組成，成員包括高克恭，鮮于樞，趙孟頫吾友群，鄧文原在杭州的雅集，以周密吟社為中心的遺民群，戴表元的杭州城東唱和群，高克恭提拔的南方文士，以及吳興八俊其中的五人。當時上距宋亡不到二十年，〈夜山圖〉連繫之廣泛以及題詠者遍布不同士紳階層，是元初陳恕可編纂《樂府補題》以外的另一次重

---

[78] 王頲，〈高君賦閑——元回紇畫家高克恭史事考辨〉，載氏著《西域南海史地探索》，北京：中國人民大學出版社，2010 年，頁 217。引文首句的賦閑期間與〈元代回紇畫家高克恭史事考辨〉不同，後者記為 1292-1297 期間賦閑，文載《中國文化研究所學報》2008 年第 48 期，頁 160。無論如何，也不影響本章所論 1294 年前後為〈夜山圖〉題詠之始。

[79] 邱江寧，《元代文人群體的地理分布與文學格局》（全二冊），北京：中華書局，2021 年，頁 476。

要藝文活動。

其後〈夜山圖〉不再由李公略持有。從虞集〈題趙伯高所藏高彥敬吳山夜景圖〉可知，轉由趙伯高收藏，[80] 此為第二個時間段。據羅鷺《虞集年譜》，虞集於 1296 年隨父在江西行省，1298 年至金陵授館於董士選家，1300 年客錢塘，1301 年至大都，明年授大都路儒學教授，1307 年丁內艱回到臨川，1309 年召為國子助教。[81] 即〈夜山圖〉於 1294 年完成前後的題詠群體裡，虞集不在其中，其詩有句云：「坐上賦詩誰絕唱，夢中化鶴或臨關」，藉著展卷重讀元初文士的賦詩，用丁令威化鶴之典，說往昔題詠者或來到面前，詩題的趙伯高，該是 1294 年題詠群體以外的文士。趙伯高生平資料待考，虞集另撰有〈與趙伯高論詩〉和〈趙伯高所藏楊補之松竹梅圖〉，[82] 可知趙伯高喜談論詩書畫，收藏南宋楊〔揚〕无咎畫作。書家郭畀（1280-1355）記至大元年（1308）十二月十八日，寓湖溪趙宅，趙伯高等人來客房夜酌。[83] 如果是同一位趙伯高，見其與藝術名士交流之狀況。

時至元末，張翥（1287-1368）及吳福孫（1280-1348）記〈夜山圖〉再度流傳，此為第三個階段。張翥〈題高尚書夜山圖〉詩後語指出，「昔在童子時，得以筆硯侍諸先生，俛仰〔俯〕五十年。彥方出示〈夜山圖〉，卷中作者皆翥所嚴事，風流盡矣，典型故在。慨然久之，不敏小子輒題以志歲月。所未識者，李震也。」[84] 邱江寧謂「張翥在大德元年（1297）時十一歲，常出入諸公雅集」，[85] 俛仰五十年，題寫〈夜山圖〉約為 1347 年前

---

[80] 虞集，〈題趙伯高所藏高彥敬吳山夜景圖〉，《全元詩》第 26 冊，頁 128。
[81] 羅鷺，《虞集年譜》，南京：鳳凰出版社，2010 年，頁 22，24，27，30。
[82] 虞集，〈端午節飲客賦贈趙伯高〉，〈與趙伯高論詩〉，載王頲，《虞集全集》，頁 133 及 140。〈趙伯高所藏楊補之松竹梅圖〉，《道園遺稿》卷二，《文淵閣四庫全書》第 1207 冊，上海：上海古籍出版社，1987 年，頁 736。
[83] 郭畀，《雲山日記》卷上，中國基本古籍庫，頁 21。
[84] 張翥，〈題高尚書夜山圖〉，《全元詩》第 34 冊，頁 170。張丑撰，徐德明校點，《清河書畫舫》，頁 571。
[85] 邱江寧，《元代文人群體的地理分布與文學格局》（全二冊），北京：中華書局，2021 年，頁 476。

後。張嘉跋詞的「彥方」究竟是何人，必須連繫吳福孫（1280-1348，字子善）的題詠。吳氏有書名，年少時得到仇遠、鄧文原、趙孟頫賞識，與之為友好，至正六、七年（1346-1347）前後，奉省檄詣溫台兩郡，查考私鹽問題。[86] 吳福孫題〈夜山圖〉曰：「予自丙寅歲（泰定三年，1326）來桐城，[87] 識信齋萬戶，眾仲陳先生在西席。[88] 至正丁亥（至正七年，1347）奉省檄來首謁彥方總管，又識復禮李先生，因出示高尚書此圖。[89] 追憶少時受學于容齋，公〔按：即徐琰〕時主憲事在西浙，一時南北名士大夫皆得朝夕相與瞻奉，今於卷中翰墨，使予慨嘆不已。復禮珍秘之。予復書其邑里爵位，標其上云。金華吳福孫書。」[90] 吳氏於泰定三年（1326）來桐城識信齋萬戶，至正七年（1347）奉省檄來首謁彥方總管。桐城即福建泉州，地有刺桐花故名，[91] 信齋萬戶相信是指孫天有（號信齋），大德年間任湖州萬戶府萬戶，其子為孫長安，字彥方，有詩名，喜好藝文。宋末以來，泉州孫氏家族勢力頗大，孫天有父親為壯敏侯孫勝夫，乃降元者蒲壽庚同黨，入

---

[86] 黃溍，〈上海縣主簿吳君墓誌銘〉，《全元文》第 30 冊，頁 389-390。
[87] 《清河書畫舫》（張丑撰，徐德明校點，頁 571）作「相城」，《式古堂書畫彙考》（第四冊，杭州：浙江人民美術出版社，2012 年，頁 1849）作「桐城」，《中國畫學著作考錄》（謝巍編著，上海：上海書畫出版社，1998 年，頁 242）作「桐城」。據下文的彥方總管資料，應作「桐城」。
[88] 此句多有爭議。《清河書畫舫》（張丑撰，徐德明校點，頁 571）作「識信齋萬戶眾仲陳先生在西席」，《中國畫學著作考錄》（謝巍編著，上海：上海書畫出版社，1998 年，頁 242）同樣作「識信〔齋〕萬戶眾仲陳先生在西席」，即認為信齋萬戶為陳旅。考陳旅於 1327 年自泉州來京訪虞集，陳旅 1328 年再至京，由布衣被薦為國子助教，虞集器重之，見羅鷺，《虞集年譜》，頁 92，97。筆者認為，信齋萬戶與下文的彥方總管有關，並非指陳旅。
[89] 謝巍讀此句為：「……又識復禮。李先生因出〔示〕高尚書此圖……」，見謝巍編著，《中國畫學著作考錄》，上海：上海書畫出版社，1998 年，頁 242。
[90] 卞永譽，《式古堂書畫彙考》，臺北：正中書局，1958 年，頁 186。《式古堂書畫彙考》第四冊，杭州：浙江人民美術出版社，2012 年，頁 1849。
[91] 張中復運用唐宋及伊斯蘭史料論證刺桐即泉州，見〈從「蕃客」到「回族」：泉州地區穆斯林族群意識變遷的歷史省察〉，洪麗完主編，《國家與原住民：亞太地區族群歷史研究》，臺北：中央研究院臺灣史研究所，2009 年，頁 287-292。

元後為元世祖賞識。延祐年間,孫天有貪縱枉法被彈劾,然並未被責罰。[92] 吳氏題詞謂他於 1326 年認識陳旅眾信,陳旅是福建莆田人,而「復禮李先生」,因為文獻闕如,暫時未可解決此句的闡釋問題,筆者疑為李復禮,他曾任福建延平路儒學教授。[93] 由吳福孫記述可知,上述各人皆在福建活動。喜好藝文的孫彥方獲得高克恭〈夜山圖〉後,於 1347 年前後出示高氏圖畫予張翥題詠,該圖稍後是否轉入李復禮之手?按吳氏跋詞「復禮珍秘之」,或是證據之一。[94]

此外,還有兩篇作品未知何時題寫,包括薛玄曦(1289-1345),其跋詞寫高克恭、李公略之藝文風流,而林泉生(1299-1361),字清源,又名張樞,至順元年(1330)進士第,其跋詞關注高克恭畫及趙孟頫書。[95]

綜上所述,高克恭〈夜山圖〉在元代有三個可考的流傳經過,首先是 1294 年前後,由李公略藏〈夜山圖〉引發的江南士紳群體題詠,其次是元代中期虞集題寫趙伯高藏〈夜山圖〉,再次是元末張翥謂泉州孫彥方出示

---

[92] 陳麗華以碑文及拓本考據泉州孫氏家族,見其一系列研究:〈元王應祚墓誌銘考釋〉,《福建文博》2016 年第 1 期,頁 15-20,〈家荷帝恩:元代孫勝夫家族在泉州事蹟考〉,《福建文博》2018 年第 3 期,頁 37-44,〈元代鎮戍泉州的萬戶府及其職官探析〉,《閩南師範大學學報(哲學社會科學版)》2018 年第 2 期,頁 91-99,〈元代泉州《重建清源純陽洞記》人物新考〉,《福建文博》2022 年第 2 期,頁 2-10。

[93] 李復禮曾題寫見心來復禪師(釋來復,1319-1391)山房,井手誠之輔,〈見心來復編集『澹游集』編目一覽(附、見心來復略年譜)〉,《美術研究》第 373 號,東京:東京文化財研究所出版,2000 年 3 月,頁 226。釋來復與當時士人交遊廣泛,他曾次韻張翥題高彥敬〈山邨圖〉詩,見釋來復,〈次韻張仲舉學士題高彥敬所畫山村圖卷有趙松雪周草窗仇仁近諸公題詠〉,《全元詩》第 60 冊,頁 96-97。

[94] 時人黃鎮成(1288-1362),為福建邵武人,曾寫〈松江欸乃題李復禮松江漁者圖卷〉(《全元詩》第 35 冊,頁 89-90),李復禮對藝文應該頗有認識,未知是否與吳福孫題跋所記為同一人,聊備一說。

[95] 薛玄曦,〈題夜山圖〉,《全元詩》第 35 冊,頁 263。林泉生,〈題高尚書夜山圖〉,《全元詩》第 41 冊,頁 167。林泉生曾題見心來復禪師的山房。井手誠之輔,〈見心來復編集『澹游集』編目一覽(附、見心來復略年譜)〉,《美術研究》第 373 號,東京:東京文化財研究所出版,2000 年 3 月,頁 222。

〈夜山圖〉，而吳福孫跋詞或許可說明該圖最後由孫彥方轉入李復禮之手。

1.3 互文視角下的〈夜山圖〉題詞：自適、逃入虛空、懷舊、自傷

江南士紳群體題寫 1294 年前後的〈夜山圖〉，時間剛好落在元代初期、中期之交匯，此時上距宋亡僅二十年，就目前掌握的材料，題詞之間互文情況多，又與唐宋經典文本互見，從而表達個人的仕隱出處以及對前朝的幽微情思。中期的虞集和元代末年的題詞，完全不見前此江南士紳群體藉〈夜山圖〉表達的前朝記憶，轉而以自傷為題，突顯中期以後南方文士頗多關注個體生命圖像的省察。以下由此兩部分討論。

高克恭畫〈夜山圖〉，自題為李公略作，其詩云：「萬松嶺畔中秋夜，況是樓居最上方。一片江山果奇絕，卻看明月似尋常。高克恭為公略作。」[96] 在樓居上方觀看尋常明月下的奇絕江山，尋常明月即永恆之象，江山因潮汐漲退，明月映照，而有不同姿態。詩意明白，如何引起後續唱詠？筆者認為高氏磊落正直的人品與其所畫的吳山夜色，結合杭城的歷史意義引發一連串江南士紳的南宋回憶，而題詠者據個人遭逢，把懷舊情緒移入其中。

在江南士紳群體的題詞裡，首先看到的集體描述是，讚許李公略和高克恭的風流雅致，前者居於吳山高處，後者由吳山高處觀賞夜景而來的興發感動，即時實景摹寫，「一夕異事傳南州」（周密語），「清事城中人得知」（屠約語）後，城中士紳感受到的畫意是水氣滿空，明月疊巘因為雲氣而有蒼茫縹緲的飽滿夜色：

> 常人畫山皆畫山，青天白日摹何難。郎中畫山作夜景，沈瀣滿空生筆端。[97]（首二聯；徐琰）

---

[96] 高克恭，〈自題夜山圖〉，《全元詩》第 14 冊，頁 173。
[97] 徐琰，〈錢唐夜山圖歌〉，《全元詩》第 9 冊，頁 129-130。

世人看山在山下，李侯看山向絕頂。世人畫山畫白日，高侯畫山摹夜景。絕頂看山山更奇，夜景摹出人少知。[98]（首三聯；鮮于樞）

安知璃樓有夜景，明月蒼茫墮清影。李侯勝賞高侯筆，展卷一時如夢醒。[99]（末二聯；呂同老）

等閒吳越在毫端，疊巘微茫月影寒。一曲危欄人獨倚，江山渾作夢中看。[100]（王英孫）

越山蒼蒼秋月白，江水無聲群動息。此時此景天下無，縹緲飛樓人獨立。昔人清賞政爾同，若道丹青摹不得。請看此紙如何長，卷取素縑三百尺。[101]（姚式）

正因為李公略居處觀看湖山的位置和高克恭的「清興」，成就「一段風流」，[102] 寓居杭州常與士紳交流的戴天錫譽之為：「風露百尺樓，湖海兩奇士……德人與天游，恢廓應如此。」[103] 高克恭在政事之餘尋找到個人在杭州的仕隱空間，並閒居其中，攜詩酒尋勝跡，其磊落胸次反映在〈夜山圖〉裡，時人認為有如李白謫仙的快意人生：

李白酒豪高適筆，當時人物總風流。[104]（末聯；仇遠）

---

[98] 鮮于樞，〈高尚書夜山圖〉，《全元詩》第 13 冊，頁 123-124。
[99] 呂同老，〈題高尚書夜山圖〉，《全元詩》第 8 冊，頁 252。
[100] 王英孫，〈題夜山圖〉，《全元詩》第 7 冊，頁 414。
[101] 姚式，〈題高尚書夜山圖〉，《全元詩》第 8 冊，頁 340。
[102] 孟淳〈題高克恭夜山圖〉其一：「剡藤不到高人手，一段風流可得成」，其二：「江行山立月盤桓，有客無言樓上看。清興肯隨城漏盡，夜深風露恐高寒。」《全元詩》第 20 冊，頁 200。
[103] 戴天錫，又名戴錫，〈題夜山圖〉，《全元詩》第 20 冊，頁 211。
[104] 仇遠，〈題高尚書夜山圖〉，《全元詩》第 13 冊，頁 261。

第六章　寓情於物——元代文人的題畫共作與政治隱情　163

謫仙把酒看不足，摩詰收之入橫幅。[105]（首聯；牟應龍）

對照高克恭的日常習慣，酒豪之說指高氏，因此不論仇遠或牟應龍詩，皆借李白喻高克恭的磊落瀟灑，又以高適雄豪的邊塞詩筆和王維詩畫相融稱譽高克恭圖。吳興八俊之一的張復亨同樣寫到：「高侯江海姿，落筆勢雄放……茲圖欻流傳，披展神為王。何當就謫仙，一醉秋閣上。」[106] 足見當時的江南士紳群體已公認高克恭之仕隱閒居、胸次磊落以及其〈夜山圖〉建構的飽滿夜色，足以讓人遠離煩囂，體會快意人生。

　　蕭啟慶指出「唐代詩人中，李白最受蒙古、色目士人的頌揚」。[107] 李白、高克恭都有西域的地緣因素，[108] 或許，江南士紳群體由此連結高氏具有李白之酒豪和放逸詩情。陳康祖〈題高尚書夜山圖〉以「謝公」、「子猷」、「山陰」、「鸂鷘裘」字詞為架構，續寫瀟灑放逸的名士風流，藉呼應李白〈對雪醉後贈王歷陽〉出現過的「謝尚」、「子猷」、「山陰」、「相如」脫鸂鷘裘共飲內容，[109] 建構自己詩裡對高克恭的讚美。陳康祖詩首八句便用上乘秋興泛江的謝尚典故，故事說其聽到臨汝郎袁宏在明月清風下自詠〈詠史詩〉，認為甚有情致，其後「大相賞得」的故事，接著用王子猷開尊夜飲，兼詠左思〈招隱〉，憶起戴逵的即興之典，[110] 從而引出「江山勝踐何代無，往往因人見奇崛」的省察，認為高克恭和李公略接續魏晉名

---

[105] 牟應龍，〈題高尚書夜山圖〉二首其二，《全元詩》第 13 冊，頁 283。

[106] 張復亨，〈題高尚書夜山圖〉，《全元詩》第 24 冊，頁 298。

[107] 蕭啟慶，《九州四海風雅同：元代多族士人圈的形成與發展》，頁 376-377。

[108] 松浦友久指李白「並非唐室同族，不生於巴蜀而生於西域。確切說，他是一個異民族出身的移居者。」松浦友久著，劉維治，尚永亮，劉崇德譯，《李白的客寓意識及其詩思——李白評傳》，北京：中華書局，2001 年，頁 39，48-49。

[109] 李白，〈對雪醉後贈王歷陽〉，王琦注，《李太白全集》，北京：中華書局，1999 年重印版，頁 607-608。陳康祖，〈題高尚書夜山圖〉，《全元詩》第 17 冊，頁 182-183。

[110] 謝尚及王子猷故事，見劉義慶著，劉孝標注，余嘉錫箋疏，周祖謨，余淑宜，周士琦整理，《世說新語箋疏》，北京：中華書局，2009 年重印版，頁 317，893。

士風流，更深一層者，由於其題詞有意挪用李白詩的用詞及詩意，即是以謫仙的醉飲快意讚美高克恭，最後指出：

> 平明跨馬趨省垣，公退往就高侯說。高侯前身定摩詰，此畫此詩俱妙絕。看君寧久此淹留，乘傳行當擁三節。[111] 吳山越水尺素間，舒卷還如向西浙。

為官的高克恭選擇政事之餘的仕隱閒居生活，直是時人嚮往的生命圖像。又如曾受知於高克恭的鄧文原（1259-1328），年約三十二時署杭州路儒學正（約 1290-1291），大德二年（1298）為崇德州儒學教授，[112] 也是如此領略〈夜山圖〉：

> 吳山面滄江，中秋氣颯爽。樓居謫仙後，公退謝塵鞅……人生何獨勞，局促老穹壤。我將乘倒景，千載縱清賞。松喬遺世人，一笑凌煙像。[113]

藉吳山夜景圖，可以一掃塵世煩囂，也從高克恭仕隱閒居得到啟發，抱持輕鬆的心情面對講究功名利祿的世情。

不重視功名利祿，似乎與士紳們的南宋記憶有關。1294 年前後吳山〈夜山圖〉的出現，只是上距宋亡二十年，對當時的江南士紳群體來說，杭城是百感交雜的場域。汪元量有言杭城是銷金窩兒的享樂代稱，也是奔競名

---

[111] 三節或指篤守禮教的原則，蕭啟慶指出蒙古、色目多以此為行為標準，時人有以三節（父忠、母貞、子孝）盛稱高昌偰氏，見其《元代的族群文化與科舉》，臺北：聯經出版事業股份有限公司，2008 年，頁 68。

[112] 黃溍，〈嶺北湖南道肅政廉訪使南陽郡公謚文肅鄧公神道碑〉，《全元文》第 30 冊，頁 183-184。吳澄，〈元故中奉大夫嶺北湖南道肅政廉訪使鄧公神道碑〉，《全元文》第 15 冊，頁 391。

[113] 鄧文原，〈題高尚書夜山圖〉，《全元詩》第 19 冊，頁 2-3。

利和亡國悲慟之象徵，[114] 這些已為時人共識的南宋記憶，持續影響著由宋入元的名士，包括在杭城與江南文士交流的北籍官員（鮮于樞、徐琰），部分如周密吟社、戴表元城東吟唱的遺民群體，另一部分有入元為官的故宋宗室（趙孟頫），或者擔任儒學教授／學正的文士。他們在不同方面表現以下與杭州相關的三種情緒。

第一，批評南宋以來杭城民眾仍然持續的享樂奔競風氣。時為江南浙西肅政廉訪使的徐琰題詞，有句云：

> 天下江山有如此，杭州城中人得看。人得看，知者少，競利爭名昏復曉。豪家翕翕志歌歡，下戶營營急溫飽。萬象橫陳棄若遺，東門俎豆雞鶩鳥。若非高李相與拈出付後來，暴殄天物誠堪哀。[115]

不就是汪元量〈西湖舊夢〉十首諷刺杭城是狂歡奢靡名利場的南宋記憶麼？鮮于樞觀賞〈夜山圖〉和徐琰題詞後，指出人少知如此夜景，可以讓人「耳絕城市喧，心息聲利機。古人無因駐清景，高侯有筆能奪移。容翁復作有聲畫，冥搜天巧為補遺。後來知有李侯之德高侯畫，千年人誦容公詩。」[116] 杭城的聲色歌舞與「清景」分野，有賴入元後的李公略和西域人高克恭的重新釐清界線，並由北籍官員徐琰大加肯定。

第二，〈夜山圖〉既然與杭城吳山有關，那麼江南士紳群體的題詞呼應蘇軾作品意涵，可說自然不過。蘇軾與杭州的關係頗深，在神宗熙寧四年至七年（1071-1074）任杭州通判，歷烏台詩案，於神宗元豐三年（1080）謫居黃州，後乞求外任，於哲宗元祐四年至六年（1089-1091）任杭州太

---

[114] 汪元量〈西湖舊夢〉十首其二：「如此湖山正好嬉，游人船上醉如泥。」其六：「一箇銷金鍋子裏，舞裙歌扇不曾停。」其七：「帝城官妓出湖邊，盡作軍裝鬭畫船。」其九：「芙蓉照水桂香飄，車馬紛紛度六橋。」其十：「六花飛舞似鵝毛，丞相身穿御賜袍。不念長安有貧者，下湖打鼓飲羊羔。」，《全元詩》第 12 冊，頁 73-74。
[115] 徐琰，〈錢唐夜山圖歌〉，《全元詩》第 9 冊，頁 129。
[116] 鮮于樞，〈高尚書夜山圖〉，《全元詩》第 13 冊，頁 123-124。

守，[117] 熙寧年間的〈法惠寺橫翠閣〉，蘇軾結合個人遭逢與湖山景色，訴說「鄉思難遣、人世易變之慨」，[118] 詩的末聯云：「遊人尋我舊遊處，但覓吳山橫處來。」[119] 將個人仕宦行止與吳山連結，因此，江南士紳群體題詞與蘇軾文本的呼應，是因為地域文化與文人書寫的緊密連繫。例如：

> 近山龍虎踞，遠山眉黛彎。江南與江北，碧玉飛潺顏。千崖無人萬壑靜，只有謫仙之裔獨坐臨飛欄。……遂覺巉巖魑魅魍魎走皆盡，攝衣縱步危巢更可棲鶻攀。不知中郎何從得是本，祇因曾向吳山小閣忍睡觀更闌。……（徐琰）

> 郎潛暇日多冥搜，夜深獨上千尺樓。天回海立月正濕，風起雲湧山疑浮。……潛虯棲鶻聲磔磔，山鬼木客鳴呦呦。……（周密）

以女子眉黛形容山巒美景，蘇軾多有此寫法，例如元祐五年（1090）寫於杭州的「山與歌眉斂，波同醉眼流」，[120] 而周密書寫杭城錢塘潮水被大風揚起的「海立」景況，與蘇軾熙寧六年（1073）吳山有美堂坐觀暴雨的用詞互見。[121] 徐琰及周密詩的不同部分，寫登山時的龍虎踞（怪石）、攝衣、危巢、棲鶻、潛虯（狀似虯龍的古木）的字詞，直是呼應〈後赤壁賦〉的攀登

---

[117] 王水照整理，施宿《東坡先生年譜》，載王水照編，《宋人所撰三蘇年譜彙刊》，上海：上海古籍出版社，1989 年，頁 42，61，77-84。
[118] 王水照選注，《蘇軾選集》，上海：上海古籍出版社，1984 年〔1999 年重印〕，頁 58。
[119] 王文誥輯注，孔凡禮點校，《蘇軾詩集》，北京：中華書局，1982 年〔2009 年重印〕，頁 426。
[120] 蘇軾，〈南歌子・錢塘端午〉，鄒同慶，王宗堂著，《蘇軾詞編年校注》，北京：中華書局，2002 年，頁 613。
[121] 蘇軾：「天外黑風吹海立，浙東飛雨過江來。」，〈有美堂暴雨〉，《蘇軾詩集》，頁 483。

第六章　寓情於物──元代文人的題畫共作與政治隱情　167

敘述，[122] 徐琰和周密的用詞與蘇軾作品互見，說明他們題寫〈夜山圖〉時，刻意召喚蘇軾的文本記憶，不過，這兩首詩並沒有把〈後赤壁賦〉表現的曠達心態移入詩裡。

　　此一文本記憶在其他題畫者手中，進一步把〈後赤壁賦〉夢覺者的象徵置於樓前。湯炳龍題畫詩有句如此：

潮來不見江吸海，但見夜壑寂寂舟無遺。廢宮隱約認孤塔，長竿高下標叢祠。俯觀下界萬屋如鱗次，其間醉夢覺者誰。……毫端巽二肯一掃，清光應更餘幾分。天然人境兩相值，樓頭白也思不群。胸中雲夢可八九，呼吸沆瀣歸雄文。[123]

詩的氣氛情緒和醉夢覺者的語意取自〈後赤壁賦〉末段：時夜將半，四顧寂寥，蘇軾就睡，夢一道士羽衣翩躚，醒來不見其處之敘述，即醉夢覺者是蘇軾，也是湯炳龍藉此引出曠達心境。湯炳龍有此心情，是因為他已經消減了南宋亡國之悲痛，這點稍後討論孤塔與懷舊一節時再談。既然杭城繼續源源不絕提供湖光山色，在吳山山頂賞景寫畫的西域官員高克恭，一如李白之橫溢才情，湯炳龍便直接挪用杜甫「白也詩無敵，飄然思不群」句意。[124]

　　如所周知，李白的才情和快意人生，蘇軾多有提及，其「喚起謫仙泉灑面，倒傾鮫室瀉瓊瑰」（〈有美堂暴雨〉），以李白醉酒後泉水灑面而題詩的才情表現自況，又謂「欲乘明月光，訪君開素懷。天杯飲清露，展翼登蓬

---

[122] 蘇軾：「予乃攝衣而上，履巉巖，披蒙茸。踞虎豹，登虬龍。攀棲鶻之危巢，俯馮夷之幽宮。」，〈後赤壁賦〉，〔明〕茅維編，孔凡禮點校，《蘇軾文集》，北京：中華書局，1986 年〔2011 年重印〕，頁 8。蘇軾於元豐五年（1082）謫居黃州時作前、後赤壁賦。

[123] 湯炳龍，〈題高尚書夜山圖〉，《全元詩》第 10 冊，頁 232-233。《全元詩》作「毫端巽巽」，考張丑及卞永譽所錄，應為「巽二」。

[124] 杜甫，〈春日憶李白〉，仇兆鰲注，《杜詩詳注》，北京：中華書局，1979 年〔1995 年〕，頁 52。

萊……絳宮樓闕百千仞,霞衣誰與雲烟浮。」(〈李白謫仙詩〉)。[125] 蘇軾文本常常提及李白,形成自我開解和調侃的線索。攜此與上述江南士紳群體的題詞來看,部分詩人將高克恭的西域本族以至喜愛詩酒的快意生活,類比李白的酒豪詩情,部分詩人更進一步,刻意召喚蘇軾與杭州的文本記憶,群體成員因而想起蘇軾對李白才情和寫意人生的體認。藉與李白和蘇軾文本互文,形成〈夜山圖〉題詞裡多層複調下的情感世界,歌頌高克恭其人其畫的曠達情懷。

高克恭吳山夜景圖傳達了物外情思,在某些詩人手裡,與唐宋文本互見的多層複調,提供詩人逃入虛空的羽化空間。戴表元觀賞〈夜山圖〉後想起三十年前「中秋夜醉坐吳山絕頂觀月」,有「此樂如新」之嘆,獨上山頂看:

空光水影相晃眩,坐見千里無纖埃。當時少年輕世故,兩掖飄飄欲生羽。浮槎已似水中仙,吹簫更尋雲外侶。陳迹荒來三十年,逢人再說無由緣。開編忽得中郎畫,意趣皆是心茫然。[126]

如果考慮到整體〈夜山圖〉題詞的互文情況,戴表元「兩掖飄飄欲生羽」讓人感受到蘇軾文本的再現,蘇軾〈前赤壁賦〉描寫月出東山,「白露橫江,水光接天。縱一葦之所如,凌萬頃之茫然。浩浩乎如憑虛御風,而不知其所止,飄飄乎如遺世獨立,羽化而登仙。」[127] 戴氏所謂的山光水影眩目,兼無塵埃之謂,就如蘇軾所說的茫然萬頃——在廣漠的清景下,足以讓人飄飄生羽,藉此舒懷。戴表元詩的水中仙、乘槎尋侶的描述,常見於遊覽類型的寫景系統,例如楊萬里寫泛舟西湖孤山時,提及水中仙:「小泛西湖六月

---

[125] 蘇軾,〈有美堂暴雨〉,〈李白謫仙詩〉,《蘇軾詩集》,頁483,2728。
[126] 戴表元,〈題高克恭夜山圖〉,《全元詩》第12冊,頁181。
[127] 蘇軾,〈前赤壁賦〉,《蘇軾文集》,頁6。

船，船中人即水中仙。」[128] 指向自適心情，水中仙也是陸游常用概念，「比湖中隱者、地仙，更強調泛舟江湖之中的快樂自足」。[129] 蘇軾元祐五年（1090）寫於杭州的觀潮詞云：「海上乘槎侶，仙人萼綠華。」[130] 從互文角度說去，戴表元所說的欲生羽、學水中仙、尋雲外侶，都是在西湖賞清景時，獲得的心靈調適，而觀賞〈夜山圖〉，再一次獲得往日同樣的快樂自足，說明高氏畫的人文價值。

可以說，〈夜山圖〉江南士紳群體題詞呈現的情感世界，是接續李白的快意人生和蘇軾的曠達情懷，在當時元代初、中期之際，具有一定的象徵意義。盛彪題畫詩首先說到生活於錢唐之日常：

> 風帆何處藏千艘，下窺萬坯埋腥臊。政夢膏火相煎熬，攝身便擬虛空逃，[131] 東將入海淩鯨鰲。昔年采石披錦袍⋯⋯

杭城之腥臭惡臭，喻污穢醜惡人事，政夢膏火的費用金錢，俱讓人疲憊，因此攝身逃入虛空，這裡又與〈後赤壁賦〉的曠達題旨和用詞互見。而「采石披錦袍」指向李白，當時旁若無人而自得的李白，自采石至金陵時著宮錦袍坐舟，[132] 便是盛彪擬逃入虛空後的寫照。詩的最後一個部分：

---

[128] 楊萬里，〈大司成顏幾聖率同舍招游裴園，泛舟繞孤山賞荷花，晚泊玉壺，得十絕句〉其六，辛更儒箋校，《楊萬里集箋校》，北京：中華書局，2007 年〔2012 年重印〕，頁 967。

[129] 鍾曉峰，〈煙艇詩想：陸游漁隱詩書寫探析〉，《臺大中文學報》第七十七期，2022 年 6 月，頁 30。

[130] 蘇軾，〈南歌子・八月十八日觀潮，和蘇伯固二首〉，《蘇軾詞編年校註》，頁 620-621。

[131] 政夢膏火的意涵與蘇軾詩互文。蘇軾〈送蜀僧去塵〉：「十年讀易費膏火，盡日吟詩愁肺肝。」，《蘇軾詩集》，頁 2698。

[132] 歐陽修，宋祁撰，《新唐書》卷二百二，北京：中華書局，1975 年，頁 5763。梅堯臣的〈採石月贈郭功甫〉，有句云：「採石月下聞謫仙，夜披錦袍坐釣船，醉中愛月江底懸，以手弄月身翻然。不應暴落飢蛟涎，便當騎魚上九天，青山有冢人謾傳，却來人間知幾年。⋯⋯」梅堯臣評郭功甫為太白後身。盛彪「東將入海」兩句句意可與

一覽不費蹻攀勞。兔蟾西飛首重搔……展卷物色分殘膏。快剪已具并州刀，不須汗漫期盧敖。[133]

詩末二句，先用杜甫「焉得并州快剪刀，剪取吳松半江水」句意比喻高氏畫圖之技藝，後反用李白「先期汗漫九垓上，願接盧敖遊太清」，喻飛升已不假外求，全在高氏畫圖中。[134] 觀賞〈夜山圖〉已經可以實現逃入虛空，不用有攀登吳山之身體勞苦，也不須在廣漠無邊遨遊太清，快意人生和曠達情懷都可通過觀覽〈夜山圖〉獲得，這是對高克恭〈夜山圖〉的最大讚美。

第三，江南士紳群體的題詞交織逝去的南宋及杭州意象，這種情感交纏是低沉淡然，是亡國創傷後的一種懷舊情緒。題詞裡其中一個多次出現的杭州意象是孤塔（白塔），例如：

嵯峨孤塔撐雲霄，坐令王氣東南銷。玉宇璚樓在何許，高低草樹寒蕭蕭。（屠約）

廢宮隱約認孤塔，長竿高下標叢祠。俯觀下界萬屋如鱗次，其間醉夢覺者誰。（湯炳龍）

就中何處最愁予，剎竿高矗白塔孤。綵筆昔曾干氣象，短髮搔斷空踟躕。（牟應龍）

詩人由高處向下望，孤塔依稀可辨，湯炳龍將它連繫廢宮，可推測孤塔指向在南宋故宮內建成的白塔。《元史》記載至元二十五年（1288）二月，「江淮總攝楊璉真加言以宋宮室為塔一，為寺五，已成，詔以水陸地百五十頃養

梅詩互見。梅堯臣著，朱東潤編年校注，《梅堯臣集編年校注》，上海：上海古籍出版社，2006 年，頁 757。
[133] 盛彪，〈題高尚書夜山圖〉，《全元詩》第 8 冊，頁 373。
[134] 杜甫，〈戲題王宰畫山水圖歌〉，《杜詩詳注》，頁 756。李白，〈廬山謠寄盧侍御虛舟〉，《李太白全集》，頁 678。

第六章　寓情於物——元代文人的題畫共作與政治隱情　171

之。」[135] 此處應該指位於宋故宮地建成的白塔，[136] 考張翥於辛未（文宗至順二年，1331）二月十三日寫〈雷火焚故宮白塔〉：「數聲起蟄乍聞雷，驟落千山白雨來。恐有怪龍遭電取，未應佛塔被魔裁。人傳妖鳥生譌火，誰見胡僧話刼灰。豈復神靈有遺恨，冷煙殘燼滿荒臺。」[137] 張翥清楚指出故宮白塔與胡僧的關係。[138] 危素入明後，被明太祖宴見，備言元初僧人楊璉真珈發陵之始末，《明史》載之甚詳：「悉掘徽宗以下諸陵，攫取金寶，裒帝后遺骨，瘞於杭之故宮，築浮屠其上，名曰鎮南，以示厭勝，又截理宗顱骨為飲器。」[139] 確認杭州故宮建有佛塔。江南士紳群體題詞的孤塔和白塔，皆指向廢宮內的佛塔，值得指出的是，屠約、湯炳龍、牟應龍只是把「孤塔」、「白塔」作為杭城故宮的地景之一，他們的題寫並沒有前此遺民的極度痛憤，屠約「嵯峨孤塔撐雲霄，坐令王氣東南銷」只說南宋王氣銷盡，與宋遺民林景熙詩「王氣銷南渡，僧坊聚北宗」互見，[140] 湯炳龍以廢、孤講故宮印象，牟應龍說看到白塔使他最愁，用字的感情色彩尋常平淡，像是經過一段時間距離後的思緒沉澱，這是否緣於題寫高克恭杭州〈夜山圖〉，不

---

[135] 《元史》卷十五，第二冊，頁 309。
[136] 陳得芝，〈從「銷金鍋兒」到民族熔爐——元代杭州與蒙古色目人文化的演變〉，載李治安、宋濤主編，《馬可波羅游歷過的城市：元代杭州研究文集》，杭州：杭州出版社，2012 年，頁 29。
[137] 張翥，〈雷火焚故宮白塔〉，《全元詩》第 34 冊，頁 115。
[138] 此即元初僧人楊璉真珈盜行發掘宋陵、割破棺槨、毀棄骸骨一事，當時宋遺民痛憤不已，周密記載甚詳。事發於至元二十二年（1285）八月，林景熙〈夢中作四首〉自注謂事發後，與數人至陵上，用草囊拾餘骸葬於越山，以冬青樹為記，自言此詩入元後作，「不敢明言其事，以夢中作為題」。部分骸骨改葬越山，其餘宋宗室遺骸在何處，或許題材敏感，宋元時人似乎有所隱藏。周密，〈楊髡發陵〉，吳企明點校，《癸辛雜識》續集上，北京：中華書局，1988 年〔2004 年重印〕，頁 152。林景熙，〈夢中作四首〉、〈冬青花〉，《全宋詩》第 69 冊，頁 43527-43528。張佳，〈元代的夷夏觀念潛流〉，《中央研究院歷史語言研究所集刊》第九十二本，第一分，2021 年 3 月，頁 105。
[139] 張廷玉等撰，《明史》卷 285「文苑一」危素傳，北京：中華書局，1974 年，頁 7315。
[140] 林景熙，〈故宮〉，《全宋詩》第 69 冊，頁 43500。

屬最佳場合訴說己意？又或是創傷記憶逐漸褪去後的一種懷舊情緒表現？

〈夜山圖〉題詞呈現的南宋亡國記憶，其情感世界內斂淡然，寫法迥異《樂府補題》詞類寄託的隱晦模糊。江南士紳群體不寫對蒙元入侵的不滿，只關顧仍在杭州生活的人，事實上，杭城的藝文活動如常多元，一如高克恭閒居杭州畫吳山，江南士紳群體參與題詠，不過，部分詩人關顧的，是不捨已逝去的南宋杭城，屬個人的懷舊情緒。例如王易簡絕句尾聯的直白：「淒涼看盡吳山月，玉鏡臺前翠鳳凰。」[141] 湯炳龍用昆明池劫灰之典：「金城樹老歲月往，昆明劫盡天地移。忽忽吳越已陳迹，丹青先寫興亡悲。虞山禹穴會稽路，蒼蒼涼涼隔煙霧。」表達對南宋杭城歷史俱往矣的無奈。戴表元題詞回想三十年前，賞西湖及登吳山之「窮居縱遊」，「誰知須臾人事息，秘玩棄在荒涼村……陳迹荒來三十年，逢人再說無由緣……還有飄零舊時客，白頭夜夜夢吳山。」因詩人（舊時客）心境飄零，入元後沒有辦法獲取生活意義，故所看所到之陳迹皆荒涼。周密的心境轉換在〈夜山圖〉題詞更進一步，最後幾聯是如此收結：

> 高侯落筆萬象泣，寫出千古蒼茫愁。無聲詩與有聲畫，一夕異事傳南州。玉琴在膝酒在手，欲寫天籟無莊周。憑誰為問華表鶴，城郭人民今是否。

在兩位蒙元官員的高克恭無聲詩和徐琰有聲畫的連結下，周密欣賞高克恭的藝術生命（藏琴、愛酒隱喻的瀟灑快意人生），而且能夠領略體道境界，從煩囂裡抽離身心，雖然畫裡江山讓人感到千古蒼茫愁的杭城歷史，但最後兩句翻轉過來，還有誰會再問「城郭如故人民非」的感嘆？[142] 周密〈夜山圖〉題詞的心境調適與《樂府補題》對南宋的深沉寄託寫法不同，或許前者

---

[141] 王易簡，〈題高尚書夜山圖〉，《全元詩》第 7 冊，頁 415。
[142] 華表鶴即丁令威之典，學道後化鶴歸遼，集城門華表柱，少年欲射之，鶴飛而言曰：「有鳥有鳥丁令威，去家千年今始歸。城郭如故人民非，何不學仙冢壘壘。」陶潛撰，汪紹楹校注，《搜神後記》卷一「丁令威」，北京：中華書局，1981 年，頁 1。

是題寫蒙元官員的公開畫作，後者屬私人領域，因而顯隱有別。在此意義上，脫去亡國創傷記憶的懷舊情緒，是這批詩人題詠〈夜山圖〉的共同想法，趙孟頫〈題李公略所藏高彥敬夜山圖〉可謂代表：

> 高侯胸中有秋月，能照山川盡豪髮。戲拈小筆寫微茫，只尺分明見吳越。樓中美人列仙臞，愛之自言天下無。西窗暗雨政愁絕，燈前還展夜山圖。

題旨一如以上諸作，讚美高克恭胸次磊落，刻劃江山入微。如果考慮到趙孟頫的故宋宗室身分、入元後為官、眾多〈夜山圖〉題詠的互文情況，趙詩「西窗暗雨」與姜夔〈齊天樂〉詠蟋蟀之作互見，引發對宋代的懷舊情緒。姜詞云：

> 丙辰歲，與張功父會飲張達可之堂，聞屋壁間蟋蟀有聲，功父約予同賦，以授歌者；功父先成，辭甚美；予裴徊茉莉花間，仰見秋月，頓起幽思，尋亦得此。蟋蟀中都呼為促織，善鬥，好事者或以三、二十萬錢致一枚，鏤象齒為樓觀以貯之。
> 庾郎先自吟愁賦，淒淒更聞私語。露溼銅鋪，苔侵石井，都是曾聽伊處。哀音似訴，正思婦無眠，起尋機杼。曲曲屏山，夜涼獨自甚情緒。　　西窗又吹暗雨。為誰頻斷續，相和砧杵。候館迎秋，離宮弔月，別有傷心無數。豳詩漫與，笑籬落呼燈，世間兒女。寫入琴絲，一聲聲更苦。宣政間，有士大夫製蟋蟀吟。[143]

詞於南宋寧宗慶元二年（1196）寫於杭州，上片由蟋蟀聲音起興，引出促織機杼聲的思婦想像，延續至下片的搗衣聲音，加上自吟、私語、哀音、機

---

[143] 姜夔著，夏承燾箋校，《姜白石詞編年箋校》，上海：上海古籍出版社，1981 年〔1998 年〕，頁 58-60。

杼、雨聲，形成以思婦愁聲為線索的基調，結「以無知兒女之樂，反襯出有心人之苦」，[144] 突顯末句「一聲聲更苦」。因此，下片首句「西窗又吹暗雨」落寞神傷的情景設定，是承接上片末句的夜涼情緒，[145] 也是上述各種聲音的氣氛襯托，而暗雨又來之無奈情緒再現，為下句遷客謫人臨時居留的「候館」和指向宮人寓居的「離宮」作為鋪墊。姜夔從豐富的聲音意象和地點描繪，訴說家國之思。[146] 以姜詞為背景看去，趙孟頫以「西窗暗雨」景況的巧妙連結，借用姜夔在杭州時書寫對過去日子之懷想，含蓄呈現自己想念南宋杭城的懷舊情緒。「西窗暗雨」的愁思固然是題詠吳山夜景圖的當下心聲設定，也是通過姜詞懷悃過去的內在情感連結，感慨的是，過去的南宋一去不返，而高克恭〈夜山圖〉的杭州夜景，卻提供詩人抒發情緒的途徑，因而才說「燈前還展夜山圖」。

上述 1294 年前後，江南士紳群體的〈夜山圖〉題詠，呈現了多層複調下的情感世界，歌頌高克恭其人其畫的曠達情懷，以及個人對故宋的思索。而進入中期、後期的〈夜山圖〉題詠，顯然脫去前此的所有題旨，轉向記念前賢和自傷。元代中期宮廷文人代表虞集，觀圖後的反響圍繞記念前賢和自傷兩點，〈題趙伯高所藏高彥敬吳山夜景圖〉云：

> 吳越蒼茫咫尺間，尚書能畫夜看山。塵銷海市露初下，雪積江山潮始還。坐上賦詩誰絕唱，夢中化鶴或臨關。高情久逐年華盡，秋樹寒波

---

[144] 陳廷焯《白雨齋詞話》謂此闋皆寫怨情，見陳廷焯撰，孫克強主編，孫克強，趙瑾，張海濤，楊傳慶輯校，《白雨齋詞話全編》，北京：中華書局，2013 年，頁 1180。

[145] 張炎《詞源》譽「西窗」句承上片而下，使過處「意脈不斷」。張炎著，夏承燾校注；沈義父著，蔡嵩雲箋釋，《詞源注‧樂府指迷箋釋》，北京：人民文學出版社，1998 年，頁 13。

[146] 龍榆生，《詞學十講》「第七講‧論結構」，福州：福建人民出版社，1988 年，頁 76-79。張宏生引鄭文焯語謂「此詞借蟋蟀以寫愁，間有『寄托遙深』的家國之思。」《清代詞學的建構》，南京：江蘇古籍出版社，1998 年〔1999 年再版〕，頁 196。

愧妙顏。

第五、六句指觀賞圖畫題跋後的感受，「化鶴」字面似與周密末聯「華表鶴」互見，但虞集不由此寫，只說由眼前觀圖得見的江南士紳題詞，其人其作就如化鶴歸來眼前，是故末聯才說往日自己與江南士紳的情誼，已隨時光飛去，展圖時看到的諸位題寫和圖畫上的景色，自是讓詩人愧對回憶片段，因而自傷。

而元末張翥題寫〈夜山圖〉時，該圖已轉入他人之手，張氏題詞指出曾經以筆硯侍前賢，俛仰五十年。按照張翥〈題山村隱居圖〉自述：「大德初元年甫十有一，常從先生出入諸公間。」此圖是高克恭為仇遠作，據張翥自述的出入諸公間，包括高克恭、仇遠、周密等人，[147] 大德元年即 1297 年，張翥約十一歲，可知他觀賞〈夜山圖〉時大約在 1347 年前後時期。其〈題高尚書夜山圖〉說：

> 危樓遙夜倚高冥，落木蒼烟認遠汀。潮上海門連月白，山來浦潊徹雲青。畫中絕筆空秋思，句裏群賢已曉星。勝概只今誰復寫，卜居應愧草堂靈。
>
> 昔在童子時，得以筆硯侍諸先生，俛仰五十年。彥方出示〈夜山圖〉，卷中作者皆翥所嚴事，風流盡矣，典型故在。慨然久之，不敏小子輒題以志歲月。所未識者，李震也。

首四句專寫畫意，五、六句類似虞集詩意，指出觀覽圖上題詞進而懷悃前賢，此時士紳群體大多已下世，周密卒於 1298 年、徐琰 1301 年、鮮于樞 1302 年、高克恭和戴表元 1310 年、湯炳龍和趙孟頫 1322 年、牟應龍 1324 年、仇遠和鄧文原於 1328 年下世，因此有群賢曉星之形容。感慨的是誰會復寫杭城吳山，詩裡末句借用鍾山之英、草堂之靈之典，謂自己長期在外，

---

[147] 張翥，〈題山村隱居圖〉，《全元詩》第 34 冊，頁 172-173。

已為俗士，[148] 必然有愧於此圖的吳山清景及其題詠——即由高克恭發端，江南士紳接續題寫的仕隱空間。

　　高克恭〈夜山圖〉出現於元代初期、中期之際，其重要意義不下於前此的大都雪堂雅集和遺民群體唱酬，高氏圖畫連繫江南士紳群體，並形成大型的交遊活動。由西域人發端的吳山夜景圖，聚集了來自不同本位的故宋遺民和宗室、北籍官員、南方士紳及官員等等，他們關係融洽，與一般認為遺民群體抱持對抗意識的生活習尚不同。綜覽元人題詠〈夜山圖〉，其重要者體現在江南士紳群體的情感世界，他們對宋代的懷想，並不是批判蒙古人的入侵，而是表達一種脫去亡國創傷記憶的懷舊情緒。江南士紳有如此體會，是與高克恭其人胸次磊落、為官正直而且追求仕隱空間的心態有關，這樣一個政事之餘的仕隱生活形態，顯然觸動江南士紳群體，因此部分人藉〈夜山圖〉連繫逃入虛空的物外情、遠離功名的退思，通過題詞之間的互文，以及與唐宋文本的互見，標舉李白的快意人生和蘇軾的曠達心靈。如果進一步從元代中期朝政更替頻繁、後期政治動盪的背景下看，虞集、張翥對前此江南群體唱酬交遊的懷想，便可以想見其心靈世界的落寞與神傷。

第二節　權力空間內的忠誠宣示：重探王振鵬 1310 年〈金明池圖〉及 1323 年大都皇姊雅集的相關題詠

　　在南方故宋都城杭州，蒙元官員高克恭的〈夜山圖〉引發江南士紳群體對仕隱空間的嚮往和尋覓，該圖在此情況下作為題詠的產物，文人題寫時多少受到杭州本身承載的歷史文化意義影響撰作方向。而當時稍後的大都宮廷，同樣有蓬勃的題畫活動風氣，場域轉向朝廷之內，更不得不關注其中的寫作模式。宮廷畫師王振鵬的圖畫，引起皇室貴戚和宮廷文人的注意，王振鵬曾奉太子愛育黎拔力八達（仁宗）作〈維摩不二圖〉草本，於隆福宮花園

---

[148] 孔稚珪，〈北山移文〉，載高步瀛選注，孫通海點校，《南北朝文舉要》，北京：中華書局，1998 年，頁 195-204。

的非正式聚會臨摹馬雲卿畫,說明愛育黎拔力八達通過藝文活動,期望得到儒家學者的支持,加入其潛邸為臣。[149] 王振鵬的界畫創作,包括金明池圖、大安閣圖、大都池館圖,著名官員題詠之,充分表現中期鼎盛的宮廷文化。以下即以〈金明池圖〉的撰作由來、王振鵬自題以及後續的題詞,放在武宗、仁宗、英宗時期的政治背景下觀察,探究此圖與王權的關係,了解宮廷文人如何在權力空間場域內,展示個人理想與識見。

2.1 〈金明池圖〉與武宗、仁宗朝的政治氣候

存世〈金明池圖〉近十件,臺灣國立故宮博物院、北京故宮博物館等藏有不同名目的龍舟圖,〈金明池圖〉與〈龍舟奪標圖〉、〈龍舟圖卷〉、〈金明奪錦圖〉、〈寶津競渡圖〉等構圖組件相似,包括卷首御座大龍舟由數艘小龍船護送,並有主體建築寶津樓和臨水殿,橋樑、樓閣,接著繪有多艘龍船,健兒划艇向前爭標。[150] Fong Chow 認為美國大都會博物館的藏本是 1323 年原本。[151] 陳韻如比對臺故宮藏的四本龍舟圖後指出,〈龍池競渡圖〉及〈金明奪錦圖〉有皇姊大長公主鈐印,〈龍池競渡圖〉上有王振鵬隸書自題,當為進呈太子愛育黎拔力八達(仁宗)時所作,此本拖尾有袁桷及劉基題跋,陳韻如疑為後人添入;而臺故宮〈寶津競渡圖〉的本幅只有作者

---

[149] 據王振鵬款識,至大元年(1308)二月,「奉仁宗皇帝潛邸聖旨,臨金馬雲卿畫〈維摩不二圖〉草本。」畫作現藏美國大都會博物館,見該館介紹:https://www.metmuseum.org/art/collection/search/40513(2023.08.21 瀏覽)Maxwell K. Hearn, "Painting and Calligraphy under the Mongols," in James C. Y. Watt, ed., *The World of Khubilai Khan: Chinese Art in the Yuan Dynasty*, New York: Metropolitan Museum of Art; New Haven and London: Yale University Press, 2010, pp. 219-220. 王士禛於庚戌(康熙九年,1670)觀宋琬所藏王振鵬〈維摩不二圖〉,見王士禛撰,靳斯仁點校,《池北偶談》卷十五,北京:中華書局,2005 年,頁 359。

[150] 陳韻如,〈「界畫」在宋元時期的轉折:以王振鵬的界畫為例〉,《國立臺灣大學美術史研究集刊》,第 26 期(2009 年),頁 149-162。

[151] Fong Chow, "A Dragon-Boat Regatta," in *The Metropolitan Museum of Art Bulletin*, Vol. 26 no. 9 (May 1968), p. 393.

款識「至大庚戌（1310）。王振鵬為翰林承旨曹公作。」陳韻如謂 1310 年或有二本，並認為各本的出現，可視為王振鵬開創和引領的新型圖式，流行於作坊體系的證明。[152]

臺故宮〈龍池競渡圖〉本幅有王振鵬隸書自題，明代張丑《清河書畫舫》題為〈王朋梅奉教作金明池圖〉，清代卞永譽《式古堂書畫彙考》則作〈王朋梅金明池圖并題卷 一名龍舟奪標圖〉。為行文方面，以下統稱〈金明池圖〉，王振鵬款識如下：

> 崇寧間，三月三日開放金明池，出錦標與萬民同樂，詳見《夢華錄》。至大庚戌，欽遇仁廟青宮千春節，嘗作此圖進呈，題曰：
> 三月三日金明池，龍驤萬斛紛遊嬉。
> 歡聲雷動喧鼓吹，喜色日射明旌旗。
> 錦標濡沫能幾許，吳兒顛倒不自知。
> 因憐世上奔競者，進寸退尺何其癡。
> 但取萬民同樂意，為作一片無聲詩。
> 儲皇簡澹無嗜慾，藝圃書林悅心目。
> 適當今日稱壽觴，敬當千秋金鑑錄。
> 恭惟大長公主嘗鑒此圖，閱一紀餘，今奉教再作，但目力減如曩昔，勉而為之，深懼不足呈獻。時至治癸亥春莫，廩給令王振鵬百拜敬畫謹書。[153]

---

[152] 陳韻如，〈記憶的圖像：王振鵬龍舟圖研究〉，《故宮學術季刊》，20 卷 2 期（2002 年 12 月），頁 130-136，參看此文對前人研究龍舟圖的詳細介紹。

[153] 臺灣國立故宮博物院〈龍池競渡圖〉本（故畫00101300000），資料取自 https://digital archive.npm.gov.tw/Painting/Content?pid=1129&Dept=P（2023/08/12 瀏覽）。作者款識也著錄於明代張丑《清河書畫舫》卷六上（《文淵閣四庫全書》電子版，迪志文化出版有限公司），頁 19。張丑撰，徐德明校點，《清河書畫舫》，上海：上海古籍出版社，2011 年，頁 273-276。清代卞永譽《式古堂書畫彙考》卷四十八‧畫十八（《文淵閣四庫全書》本，中國基本古籍庫，北京愛如生數字化技術研究中心），頁 1710。卞永譽纂輯，《式古堂書畫彙考》第四冊，杭州：浙江人民美術出版社，2012

據王振鵬隸書自題，〈金明池圖〉的製作有兩個創作時間，一為至大庚戌（武宗至大三年，1310），二為至治癸亥春暮（英宗至治三年，1323）。可知王振鵬兩次進呈〈金明池圖〉予上位者，首次於武宗至大三年（1310）欽遇太子愛育黎拔力八達（仁宗）壽辰而作，[154] 第二次緣於大長公主曾披覽上圖，故於十數年後，王振鵬奉教再作，於英宗至治三年（1323）呈獻大長公主。1310年〈金明池圖〉本和1323年本相距一紀，橫跨武宗（1307-1311在位）、仁宗（1311-1320在位）、英宗（1320-1323在位）時段。大長公主父親為答剌麻八剌（廟號順宗），母親為弘吉剌氏答己，答己有二子，海山（武宗）及愛育黎拔力八達（仁宗），為公主之兄及弟；仁宗子碩德八剌（英宗）、武宗子圖帖睦爾（文宗，1328，1330-1332 在位）為公主之甥，文宗也是公主之女婿。仁宗即位，進號皇姊大長公主。據袁桷所記，至治三年（1323）三月甲寅，大長公主在大都南城天慶寺舉行雅集，出若干圖畫，隨官員所能者題跋。[155]

釐清這兩個創作時間非常重要，涉及王振鵬的自題如何暗合太子愛育黎拔力八達（仁宗）心意，以及今本書畫目錄所見〈金明池圖〉十五篇題跋的創作時間。先談後者。明代張丑《清河書畫舫》及清代卞永譽《式古堂書畫彙考》所載王振鵬自題之後，收錄十五篇官員題詞，卻不見於存世各本龍舟圖上，據陳韻如研究，「這些題跋者，從李源道以下到趙世延，至少有十五位元人題跋此作。而這些參與至治三年（1323）公主雅集的人，與於宋代黃庭堅書法名跡〈松風閣〉之後題書詩文的十數位元人重複者不少」。[156] 我

年，頁 1857-1859。《全元詩》第 28 冊（頁 149）錄王振鵬〈題金明池圖并序〉，於「......嘗作此圖進呈」後，緊接「恭惟大長公主嘗見此圖」句，把詩歌獨立列出放在序後，編排與原本不同，或會引致誤讀。

[154] 許正弘，〈元仁宗生日及其干支問題〉，《元代文獻與文化研究》，第 3 輯（2015 年 3 月），頁 145-146。

[155] 見《袁桷集校注》第五冊，〈皇姑魯國大長公主圖畫奉教題〉箋證，頁 1961-1962，〈魯國大長公主圖畫記〉，頁 1981。

[156] 陳韻如，〈記憶的圖像：王振鵬龍舟圖研究〉，《故宮學術季刊》，20 卷 2 期（2002 年 12 月），頁 142。

們比對〈金明池圖〉與〈松風閣〉題跋，有十二位官員同時題寫二本（表6-2）。可證張丑、卞永譽著錄的十五篇元人〈金明池圖〉題詠，是在1323年3月甲寅的大長公主雅集上創作。

王振鵬款識記時為英宗至治三年（1323）春暮，憶起 1310 年進呈〈金明池圖〉予時為太子的愛育黎拔力八達（仁宗），王振鵬的界畫和七古因何獲得當時仍在藩邸的太子歡心？1310 年進呈〈金明池圖〉後，王振鵬聲名漸揚，余輝指出王振鵬於仁宗朝取代商琦，成為當時得令的畫師，1314 年轉入秘書監，掌歷代圖籍書藏，認為他「揣摩到仁宗喜好，又畫〈大安閣圖〉頌揚了仁宗先祖的功績」，延祐間繪上都〈東涼亭圖〉，虞集有詩記之。[157] 同時候的畫家必定知道此乃獲官之途，例如 1312 年何澄向仁宗進呈〈姑蘇台〉、〈阿房宮〉、〈昆明池〉三景後獲官，[158] 1314 年李衎奉仁宗命於嘉熙殿繪竹（見上引虞集詩），1318 年趙孟頫奉皇太后答己命製耕織圖詩二十四首，同年，仁宗御嘉熙殿，集賢大學士李邦寧、宦官羅源進〈農桑圖〉，趙孟頫作序，[159] 李衎之子李士行向仁宗呈〈大明宮圖〉後獲授五品官。[160] 從仁宗在位時段來看，答己與仁宗對藝文活動的支持和欣賞是當朝大事，虞集記載仁宗：「自其在東宮時，賢能材藝之士，固已盡在其左右。」為文則元明善、為書則趙孟頫、為畫是商琦，後來者為王振鵬。[161] 余輝認為王振鵬「揣摩到仁宗的喜好」當是實情，而陳韻如指出龍舟圖具

---

[157] 虞集〈王朋梅東涼亭圖，延祐中，奉勅所作草也〉：「灤水東流紫霧開，千門萬戶起崔嵬。坡陀草色如波浪，長是鑾輿六月來。」在廣漠平野裡的千門萬戶與中原有著不一樣的視野。《道園遺稿》卷五，《文淵閣四庫全書》集部第 1207 冊，上海：上海古籍出版社，1987 年，頁 786。

[158] 余輝，〈宋元龍舟題材繪畫研究——尋找張擇端《西湖爭標圖》卷〉，《故宮博物院院刊》2017 年第 2 期‧總第 190 期，頁 22，35。

[159] 趙孟頫，〈農桑圖敘 奉勅撰〉，《全元文》第 19 冊，頁 83。又有〈題耕織圖二十四首奉懿旨撰〉，《全元詩》第 17 冊，頁 201-207。

[160] 蘇天爵，〈李遵道墓誌銘〉，《滋溪文稿》，頁 313-314。石守謙，《風格與世變：中國繪畫十論》，北京：北京大學出版社，2008 年，頁 157-158。

[161] 虞集，〈王知州墓誌銘〉，《全元文》第 27 冊，頁 530。

「強烈的政治寓意」，既賀太子愛育黎拔力八達（仁宗）壽辰，同時用詩奉承「太子簡淡無所爭之意」，[162] 楊德忠認為太子不滿武宗施政，礙於自保和「蒙蔽武宗」，太子要裝「清心寡慾、與世無爭的模樣」，[163] 俞樂琦（Yu Leqi）認為龍舟圖或有政治寓意。[164]

在時賢研究基礎上，本章再作補充，嘗試把圖和題詞放在 1310 年太子壽辰以前的政治脈絡裡，看王振鵬的揣摩意圖及其寓意。[165] 王氏謂龍舟奪標的主題見於《東京夢華錄》。當時，北宋崇寧間三月開金明池，出錦標與民同樂，金明池最初為宋太祖時軍隊習水戰用，隨後兼備訓練、娛樂、宴饗功能，活動高峰在宋徽宗時期，愈趨奢靡。[166] 王振鵬畫專注龍舟競渡情景，七古卻暗藏寓意。詩的第一到第四句，寫三月三日金明池鼓聲震天的出遊盛況，既配合太子愛育黎拔力八達三月三日的壽辰，同時藉龍舟遊嬉、臣民歡聲雷動，示朝廷與民同樂的祝願。第五至八句寫出畫外意，謂世人樂此不疲追逐錦標，如像奔競者常陷進退失據。王振鵬詮釋圖像的龍舟競渡，不在爭勝，而是藉健兒龍船在前、御座大龍舟在後的圖像並列，指出朝廷與萬民同樂（第九句）。圖像及題詩以北宋宮廷三月三日金明池競渡，連繫太子三月三日壽辰，接著由龍舟競渡者翻出世上奔競者之「不善」，比對下，再

---

[162] 余輝，《翰墨辨疑：唐宋元書畫家叢考》，北京：生活・讀書・新知三聯書店，2023年，頁 346。陳韻如，〈「界畫」在宋元時期的轉折：以王振鵬的界畫為例〉，《國立臺灣大學美術史研究集刊》，第 26 期（2009 年），頁 159。

[163] 楊德忠，《元代皇權意識下的書畫活動及其政治意涵研究》，南京藝術學院博士論文，2015 年，頁 118。

[164] Yu Leqi, *Painting Architecture: Jiehua in Yuan China, 1271-1368*, Hong Kong: Hong Kong University Press, 2022, pp. 118-119.

[165] 石守謙指出元代中期：「當時宮廷中所作界畫，如王振鵬的〈大安閣〉……皆有政治上的隱含意義，故能得到統治階層的支持與贊助。」，《風格與世變：中國繪畫十論》，北京：北京大學出版社，2008 年，頁 157。

[166] 參看孟元老《東京夢華錄》卷第七「三月一日開金明池、瓊林苑」、「駕幸臨水殿觀爭標錫宴」、「駕幸寶津樓宴殿」、「駕幸寶津樓諸軍呈百戲」等條目，載孟元老撰，伊永文箋注，《東京夢華錄箋注》，北京：中華書局，2006 年〔2007 年重印〕，頁 643-675，683-721。

取與萬民同樂之「善」，巧妙地藉宋代宮廷活動的「善」為太子賀壽。

就詩意來說，引起筆者注意的，除了「錦標濡沫能幾許，吳兒顛倒不自知。因憐世上奔競者，進寸退尺何其癡」的奔競「不善」處外，還有頌揚「儲皇簡澹無嗜慾，藝圃書林悅心目」的書寫。王振鵬謂太子沉醉書畫觀賞，自是歌頌太子的文治形象，但為何突然拈出太子簡澹無慾的性格，如何連繫上幾句的奔競者？

這裡要連繫 1310 年以前，特別是成宗至仁宗之間的宮廷大事。邱軼皓翻譯波斯文史料《瓦薩甫史》，考出成宗至太子愛育黎拔力八達期間的宮廷政變，《瓦薩甫史》對此的記錄相較《元史》等漢文史料更為詳盡，[167] 了解此事，可以對王振鵬的圖及詩裡的壽辰、奔競者、簡澹無慾有新的理解。據邱氏翻譯的《瓦薩甫史》，答剌麻八剌（廟號順宗）死後，成宗鐵穆耳（1294-1307）曾想按蒙古風俗，將兄弟答剌麻八剌之妻答己收繼，成宗后卜魯罕「大為憤恨」，派遣答己長子海山（後來的武宗 1307-1311）出鎮漠北，再「貶謫」答己及其幼子愛育黎拔力八達往懷孟，[168] 奉詔出居時，為大德九年（1305）七月。[169] 此段時間之前，卜魯罕在大臣聳動下，於大德九年六月封幼子德壽為皇太子，惜早夭，成宗再無子嗣。成宗身體漸差，卜魯罕著信使通知實力雄厚的安西王阿難答與明里鐵木兒（阿里不哥子）入覲。大德十一年（1307）正月，答己與愛育黎拔力八達回到大都；同年春，成宗晏駕；宗室指定懷寧王海山為繼承人。卜魯罕密謀篡位，與當時出自不同諸部的大臣（「異密們」），明里鐵木兒，中書省阿忽台丞相，八都馬辛

---

[167] 邱軼皓，〈見諸波斯史料的一場元代宮廷政變——以《瓦薩甫史》《完者都史》為中心的考察〉，北京大學伊朗文化研究所編：《伊朗學在中國》第五輯，上海：中西書局，2021 年 12 月，頁 219-236。

[168] 邱軼皓翻譯《瓦薩甫史》為漢語時，詳細下注，業已指出漢文史料的相關記載，為行文方便，這裡不一一列舉材料的原文，請參看前揭邱文。

[169] 許正弘指出，答己及幼子愛育黎拔力八達出使懷孟，獲賜優厚，出居時多有隨從者，就藩懷孟或許出於卜魯罕懿旨，「卻非報復性貶謫」，〈從開創帝業到三宮協和：元仁宗朝前答己太后的政治活動〉，《成大歷史學報》，第六十二號（2022 年 6 月），頁 10-13。

平章，答剌罕丞相共議，「讓阿難答當大汗」。[170] 答剌罕丞相將卜魯罕計謀告知愛育黎拔力八達，後者與成吉思汗後裔結為同盟，宗王及重臣同意將大汗之號給予海山。[171] 邱軼皓對照《元史》「仁宗本紀」所載，認為誅殺阿忽台等人是在大德十一年（1307）；同年五月，海山在上都即位，隔月，封愛育黎拔力八達為太子。在此期間之前，卜魯罕及安西王「謀以三月三日偽賀仁宗千秋節，因以舉事者。」[172] 舉事即以武力推翻之意，愛育黎拔力八達知悉後，決定先發制人，「在誕辰那天」，趁明里鐵木兒、安西王祝賀時，答失蠻平章等人抓捕之。[173] 當答己和幼子愛育黎拔力八達取得主導權後，一度屬意長侍身旁的幼子繼位，以陰陽家之言勸退在漠北鎮守的長子海山，海山捍禦邊陲，勤勞十年，實力雄厚，拒絕接受答己建議，曾受知世祖的土土哈大將兒子牀兀兒相助武宗，並親率大軍南邁，[174] 愛育黎拔力八達

---

[170] 又見《元史》卷 136〈阿沙不花傳〉載：「成宗崩，安西王阿難答乘間謀繼大統，成〔宗〕后及丞相阿忽台、諸王迷里帖木兒皆陰為之助。」，第十一冊，頁 3298。可參王宗維，《元代安西王及其與伊斯蘭教的關係》，蘭州：蘭州大學出版社，1993年，頁 24-25。

[171] 《新元史》卷 201「李孟列傳」，第九冊，頁 3993-3994。陳得芝，〈耶律楚材、劉秉忠、李孟合論——蒙元時代制度轉變關頭的三位政治家〉，載氏著《蒙元史研究叢稿》，北京：人民出版社，2005 年，頁 656-657。

[172] 事見《元史》卷 136〈阿沙不花傳〉，此處載：「阿沙不花言之哈剌哈孫，且曰：『先人者勝，後人者敗，〔成宗〕后一垂簾聽政，我等皆受制於人矣，不若先事而起。』哈剌哈孫曰：『善。』前二日白仁宗，詐稱武宗遣使召安西王計事，至即執送上都。盡誅丞相阿忽台以下諸姦臣。」，第十一冊，頁 3298。柯劭忞撰，張京華，黃曙輝總校，《新元史》卷 198〈哈剌哈孫列傳〉所載較為簡短，第八冊，上海：上海古籍出版社，2018 年，頁 3948。據《瓦薩甫史》，雖未明言是三月三日，但所載是愛育黎拔力八達「在誕辰那天」抓捕安西王。

[173] 以上俱見邱軼皓，〈見諸波斯史料的一場元代宮廷政變——以《瓦薩甫史》《完者都史》為中心的考察〉，頁 219-236。

[174] 許正弘，〈從開創帝業到三宮協和：元仁宗朝前答己太后的政治活動〉，《成大歷史學報》，第六十二號（2022 年 6 月），頁 15-16。答己以「兩太子星命付陰陽家推算」事、武宗命脫脫「往察事機」，見《元史》卷138〈康里脫脫傳〉，第 11 冊，頁 3322-3323。虞集，〈句容群王世績碑〉，《全元文》第 27 冊，頁 229-237，上引牀兀兒相助武宗事，見頁 234。

和答己只能擁戴之,最後達成「兄弟叔侄世世相承」(武仁授受)的三宮協和約定。[175]

　　太子愛育黎拔力八達面對的宮廷政變,包括為了獲取權力密謀推翻約定的帝后、宗室、重臣、異密者,自己的壽辰被作為舉事的日子,兄弟之間的權力過渡協定。以此背景了解至大三年(1310)王振鵬進呈的〈金明池圖〉,可以對此圖及題詞有三點新的認識:第一,三月三日千秋節,對愛育黎拔力八達來說,除了是壽辰外,有其特殊意義,即成功瓦解偽賀計謀,誅滅異密者,從而把權力從成宗及卜魯罕一系拉回至父親答剌麻八剌及答己一系。第二,王振鵬就龍舟競渡借題發揮,「因憐世上奔競者,進寸退尺何其癡」,批評世人只顧爭標的不善,忽略與民同樂本意;連結偽賀事,即意欲奪權者,其實與奔競者無異,只顧爭權最後進退失據。第三,成為太子的愛育黎拔力八達必需低調行事,除遵守武仁授受的三宮共處約定外,時刻要警惕武宗權臣。至大三年,三寶奴勸武宗改立長子和世㻋為皇太子,時右丞相康里脫脫(阿沙不花之弟)說:「自是兄弟叔姪世世相承,敦敢紊其序者!」三寶奴言:「今日兄已授弟,後日叔當授姪,能保之乎?」,脫脫曰:「在我不可渝,彼失其信,天實鑒之。」三寶奴「莫能奪其議也」。[176]姚大力評論此段記載時,謂「以皇弟身分居潛邸的四年艱險,顯然給愛育黎拔力八達留下深刻的刺激。」[177] 在此意義上,王振鵬「儲皇簡澹無嗜慾,藝圃書林悅心目」兩句,正好揣摩了愛育黎拔力八達的心聲,簡澹無慾、愛好文藝是太子的形象工程,完全臣服兄長武宗,表示自己不會像奔競

---

[175] 姚大力,〈元仁宗與中元政治〉,《蒙元制度與政治文化》,北京:北京大學出版社,2011年,頁377。「三宮協和」、「三宮共處」,見《元史》卷138〈康里脫脫傳〉,第11冊,頁3323。

[176]《元史》卷138〈康里脫脫傳〉,第11冊,頁3324。時人非常痛恨三寶奴,劉壎〈三寶奴伏誅〉諷之,《全元詩》第9冊,頁392。

[177] 姚大力,〈元仁宗與中元政治〉,《蒙元制度與政治文化》,北京:北京大學出版社,2011年,頁378。

者一樣爭標。[178]

　　王振鵬因藝文創作受知於太子愛育黎拔力八達，自有其價值所在，王詩的巧妙處在於末聯以宮廷詩慣常的頌聖方式收結，實際緊密連繫上文對奔競者的批評。末聯云：「適當今日稱壽觴，敬當千秋金鑑錄。」《千秋金鑑錄》一事來自張九齡：「初，千秋節，公、王並獻寶鑑，九齡上『事鑑』十章，號《千秋金鑑錄》，以伸諷諭。」[179] 張九齡賀唐玄宗千秋節，呈獻《千秋金鑑錄》，同時申明臣子應有之責任在於進諫，從歷代帝王之道看政令施行的優劣。王振鵬用此經世故事收結，既配合千秋節之題旨，也同時體現君臣關係的融洽——唐玄宗與張九齡、皇太子愛育黎拔力八達與王振鵬——並呈上界畫及七古賀壽。七古演繹畫意為「儲皇簡澹無嗜慾，藝圃書林悅心目」的主旨，悅心目是其一，從藝圃書林裡領略帝王之道的鑑戒是其二，形象工程是其三。

　　以成宗后卜魯罕篡位、異密者、武宗及權臣、答己與太子愛育黎拔力八達的事蹟為背景，在此權力空間內，王振鵬作為畫家其實沒有角色，只不過他有能力觀察從蒙古諸王爭權、權力過渡時的競爭、太子要小心謹慎的狀態下，思考時局，成功揣摩當時太子面對之權力變化，藉太子壽辰之契機，將上述世情融入於三月三日開金明池的傳統宮廷活動，化為圖像和七古，同時書寫頌揚與政治隱情。王振鵬在此權力空間內充分表達傳統宮廷文人的美刺責任，並把自己放進此延長線上，進而提升個人在太子藩邸裡的地位。當愛育黎拔力八達繼位為仁宗後，王振鵬於延祐中遷秘書監典簿，「得一徧觀古圖書，其識更進，蓋仁宗意也。累官數遷……」[180] 從其升遷，印證王振鵬在權力空間內，藉圖像與題詞提升地位的有效操作。

---

[178] 愛育黎拔力八達潛邸期間的政事作為，或許要數到至大四年（1311）正月，清除武宗尚書省臣及任命新人事的舉動，見申正弘考證，〈元答己太后政治集團與仁英二朝政局〉，《臺大歷史學報》第66期（2020年12月），頁16。

[179] 歐陽修、宋祁撰，《新唐書》卷126，〈張九齡傳〉，北京：中華書局，1975年，頁4429。

[180] 虞集，〈王知州墓誌銘〉，《全元文》第27冊，頁530。

2.2 至治三年（1323）皇姊雅集的內容與袁桷〈金明池圖〉題跋的寓意

王振鵬款識謂大長公主嘗覽 1310 年進呈太子的〈金明池圖〉，相隔十數年後，奉教再作，時為英宗至治三年春暮。據袁桷〈魯國大長公主圖畫記〉，大長公主祥哥刺吉（Sengge Ragi）於英宗至治三年（1323）三月甲寅大都南城天慶寺雅集，展示若干圖畫，袁桷題詠不少大長公主藏品，其中兩幅是〈金明池圖〉及〈松風閣詩〉。[181] 上引張丑《清河書畫舫》和卞永譽《式古堂書畫彙考》收錄王振鵬〈金明池圖〉款識並附元人題詠十五首。十五位作者中，趙世延（1261-1336）是雍古氏，[182] 其餘是南人、漢人，皆擔任不同職務，於中書省、翰林國史院、集賢院等等供職（表 6-2），只有趙巖（字魯瞻）生平資料不詳。[183] 陳韻如已指出，〈金明池圖〉題詠者與題黃庭堅自書〈松風閣〉詩重複者多，而〈松風閣〉詩書法乃大長公主祥哥刺吉所藏，可以確認〈金明池圖〉的題詠同時撰作於雅集上。按 1323 年的〈金明池圖〉題寫，王振鵬於是年春暮奉呈，袁桷謂雅集時間在三月甲寅，可知宮廷文人觀賞 1323 年圖畫與十五篇題跋的撰作具同時性。

表 6-2　〈金明池圖〉及〈松風閣詩〉題詠者自署款識

《式古堂書畫彙考》載〈金明池圖〉題詠者	「宋黃庭堅自書〈松風閣〉詩卷」題詠者[184]
翰林侍讀學士李源道	✓翰林侍讀學士李源道
翰林直學士袁桷	✓翰林直學士袁桷
集賢直學士鄧文原	✓集賢直學士鄧文原

---

[181]〈皇姑魯國大長公主圖畫奉教題〉及〈魯國大長公主圖畫記〉，袁桷著，楊亮校注，《袁桷集校注》第五冊，北京：中華書局，2012 年，頁 1961-1982。

[182] 錢大昕，《元史氏族表》，叢書集成初編，北京：中華書局，1991 年，頁 187-188。

[183] 傅申指出趙巖「向不署官職，書學子昂，有功力而千篇一律。」，《元代皇室書畫收藏史略》，上海：上海書畫出版社，2018 年，頁 27。

[184]「宋黃庭堅自書〈松風閣〉詩卷」書法（故書 00006900000）今存臺灣國立故宮博物院，資料取自 https://digitalarchive.npm.gov.tw/Painting/Content?pid=43&Dept=P（2023/08/21 瀏覽）。

國子博士柳貫	✓國子博士柳貫
趙巖	✓趙巖
御史中丞王毅	X
玄教大宗師吳全節[185]	X
中書平章政事張珪	✓中書平章政事張珪
集賢大學士王約	✓集賢大學士王約
前集賢待制馮子振奉皇姊大長公主命題	✓前集賢待制馮子振奉皇姊大長公主命題
集賢大學士陳顥	✓前集賢大學士陳顥
儒學提舉陳庭實	✓儒學提舉陳庭實
李洞	✓監脩國史長史李洞奉皇姊大長公主教拜手稽首敬書
翰林編修官杜禧	✓翰林國史院編修官杜禧
集賢大學士趙世延	X
X	集賢侍講學士中奉大夫致仕魏必復
X	中書右司員外郎李尤魯翀

袁桷〈魯國大長公主圖畫記〉及書畫題跋饒有意義，先看其圖畫記追敘的雅集經過：

> 至治三年三月甲寅，魯國大長公主集中書議事執政官、翰林集賢成均之在位者，悉會于南城之天慶寺。命秘書監丞李某為之主，[186] 其王府之寮寀，悉以佐執事。籩豆靜嘉，尊罍絜清，酒不強飲，簪佩雜錯，水陸畢湊。各執禮盡歡，以承飫賜，而莫敢自恣。酒闌，出圖畫若干卷，命隨其所能，俾識于後。禮成，復命能文詞者敘其歲月，以昭示來世。……泰定元年正月，具官袁桷記。[187]

---

[185] 至治二年（1322）五月以吳全節為玄教大宗師，《元史》卷二十八〈英宗紀〉，第三冊，頁622。

[186] 王競雄指出祕書監丞為李師魯，https://theme.npm.edu.tw/khan/Article.aspx?sNo=03009168（2023/08/21瀏覽）。

[187] 袁桷著，李軍、施賢明、張欣點校，《袁桷集》，長春：吉林文史出版社，2010年，頁640-641。《袁桷集校注》第五冊（頁1981）的句讀有異，本文不從。

中間還有一段評論，稍後論之。上引段顯示的時間點為，（1）英宗至治三年（1323）三月甲寅舉行雅集，（2）泰定元年（1324）正月袁桷追敘。大長公主召宮廷文人雅集，應該是政治姿態的表現，因其弟仁宗歿於延祐七年（1320）一月，仁宗子碩德八剌（英宗）繼位，她是否想在英宗朝保有地位？事實上，大長公主之女兒後來成為文宗后。在此期間，宮廷發生的大事非常多，舉其要者如下：

- 仁宗 1311 年即位數年後，欲改變武仁授受傳位於姪的決定，並排除兄長武宗海山的殘餘勢力，故於延祐二年（1315）封武宗子和世㻋為周王，出鎮雲南，於延祐三年（1316）春議立己子碩德八剌為皇太子。[188]
- 延祐三年四月，仁宗賜皇姊大長公主「鈔五千錠、幣帛二百匹」。[189] 仁宗派蕭拜住、陝西和四川大臣監護周王至雲南，延祐三年十一月發生關陝之變，陝西官員襲殺和世㻋支持者，周王被逼再西行至金山。[190] 延祐三年十二月，仁宗正式立碩德八剌為皇太子。[191]
- 延祐六年（1319）七月，大長公主祥哥剌吉「作佛事，釋全寧府重囚二十七人」。[192]
- 延祐七年（1320）七月，太后答己位下徽政院心腹失列門、亦列失八等謀廢英宗，英宗與拜住悉誅之並籍其家。[193]
- 至治元年（1321）七月，「奉仁宗及帝御容於大聖壽萬安寺」，八月賜公主速哥八剌鈔五十萬貫。

---

[188]《元史》卷二十五〈仁宗紀〉，第二冊，頁 571，卷三十一〈明宗紀〉，第三冊，頁 693。
[189]《元史》卷二十五〈仁宗紀〉，第二冊，頁 573。
[190]《元史》卷三十一〈明宗紀〉，第三冊，頁 694。劉曉，〈南坡之變芻議——從「武仁授受」談起〉，《元史論叢》第十二輯，2010 年，頁 52-53。
[191]《元史》卷二十五〈仁宗紀〉，第二冊，頁 575。
[192]《元史》卷二十五〈仁宗紀〉，第二冊，頁 590。
[193]《元史》卷二十五〈英宗紀〉，第三冊，頁 602。

- 至治二年（1322）正月，公主阿剌忒納八剌下嫁，賜鈔五十萬貫，同年三月，以國用匱竭，停諸王賞賚及皇后答里麻失〔里〕等歲賜，八月，「詔畫〈蠶麥圖〉於鹿頂殿，以時觀之，可知民事也。」[194]
- 至治三年（1323）春，召吳元珪、王約、韓從益商議中書省事，二月翰林國史院進《仁宗實錄》。《大元通制》頒行。三月幸上都，五月御上都大安閣，見太祖、世祖「遺衣皆以縑素木綿為之，重加補綴，嘆嗟良久，謂侍臣曰：『祖宗創業艱難，服用節儉乃如此，朕焉敢頃刻忘之！』。」八月癸亥，發生南坡之變。[195]

1310年仁宗本〈金明池圖〉及1323年大長公主本之間，發生仁宗撕毀武仁授受約定，兄長武宗之子和世㻋被外放，太后答己下屬謀廢英宗事，而大長公主並沒有牽涉在內。至治三年三月英宗在上都，隨行侍臣眾多，同時，大長公主在大都舉行雅集，她在不同階段的宮廷政變裡似乎沒有角色。那麼，其雅集就如陳韻如所言，是「積極爭取政治影響力的一種動作」，「表面上看來像是冠蓋雲集的文臣雅集活動，但是從實質層面言，……〔這些文臣〕並非是隨著碩德八剌（元英宗）北上上都的侍講文官……並非政治權力核心群體」，「卻代表著元代社會新出現的菁英集團」。[196] 需要指出的是，其中也有敢於進言的，如張珪及王約。[197]

如果這樣的說法有其道理，參與雅集並題寫〈金明池圖〉（1323年本）的宮廷文人，應該可以就著自己的意願和對時局的體察寓情於物，因為創作「1323年本」的場域是奉教之作，已非1310年進呈給時為太子的仁宗

---

[194] 《元史》卷二十五〈英宗紀〉，第三冊，頁619，621，624。

[195] 《元史》卷二十五〈英宗紀〉，第三冊，頁627-32。

[196] 陳韻如，〈公主的雅集：蒙元皇室與書畫鑑藏文化〉，陳韻如主編，《公主的雅集——蒙元皇室與書畫鑑藏文化特展》，臺北：國立故宮博物院，2016年，頁222，225。

[197] 安排仁宗登基之時，答己擬在太后之宮隆福宮舉行，張珪及王約向仁宗進言，認為安排不恰當，入奏改為大明殿登基，事見《元史》卷175〈張珪傳〉，第13冊，頁4073；卷178〈王約傳〉，第14冊，頁4141。許正弘，〈元答己太后政治集團與仁英二朝政局〉，《臺大歷史學報》，第66期（2020年），頁6-7。

之本。〈金明池圖〉（1323 年本）十五篇題詠大致分以下四類。

第一類體察為描述圖像盛況，如翰林侍讀學士李源道緊隨圖像寫「金明池水清且漣，寶津樓閣三山巔」，金明池就如東海三仙山，喻帝皇居處為神仙境界，不假外求，[198] 馮子振忠於圖像題寫，謂「是時恰值宣和全盛時，消得輕綃寫晴淥」，[199] 集賢大學士陳顥也謂「想像當時同樂日，披圖似有舊歡聲」。[200]

第二類體察為發揮圖像龍舟爭標的意義，如集賢直學士鄧文原說爭標奏功，引出「得失等閒成慍喜，人生萬事弈棋中」，[201] 集賢大學士趙世延則說健兒奪錦「亦可咍」，不如「寄語金明池上月，何如修禊且流杯」，[202] 修禊即三月上巳日，曲水流觴並賦詩的雅集活動，藉此連繫大長公主至治三年的三月雅集。

第三類體察為使用佛教教義發揮畫意，或許是配合大長公主喜歡作佛事的習慣，李洞題詩云：「致心四果阿羅地，不見西川競渡人。卻見陶輪輕擲處，峨眉橫雪錦江春。」[203] 說心已常住空寂裡，本是無跡可尋，三四句陶家輪典故所示的空間移動，[204] 峨嵋雪、錦江春的大景描繪，形塑觀圖後心隨空間移動的狀態，即畫境隨觀賞者的心而轉動，無入而不自得，因此由「不見」到「卻見」裡，是境界的提升，同時也是詩人心境的轉換，似乎與

---

[198] 李源道，〈題王朋梅金明池圖〉，《全元詩》第 28 冊，頁 148。

[199] 馮子振，〈題王朋梅金明池圖〉，《全元詩》（第 18 冊，頁 283）作「是時拾值」，卞永譽《式古堂書畫彙考》作「是時恰值」。

[200] 陳顥，〈題王鵬梅金明池圖〉，《全元詩》第 20 冊，頁 208-209。

[201] 鄧文原，〈題王朋梅金明池圖〉，《全元詩》第 19 冊，頁 13。

[202] 趙世延，〈題王朋梅金明池圖〉，《全元詩》第 19 冊，頁 341。

[203] 李洞，〈題王朋梅金明池圖〉，《全元詩》第 27 冊，頁 90。

[204] 佛典裡常見陶家輪的比喻，例如《維摩詰所說經》「不思議品第六」：「又，舍利弗！住不可思議解脫菩薩，斷取三千大千世界，如陶家輪，著右掌中，擲過恒河沙世界之外，其中眾生不覺不知己之所往；又復還置本處，都不使人有往來想，而此世界本相如故。」取自「財團法人佛教電子佛典基金會」CBETA 電子版 https://cbetaonline.dila.edu.tw/zh/（2023/08/21 瀏覽）。

袁桷另一首題皇姊藏品〈羅漢圖〉詩意相通。[205]

第四類體察為隱含諷諫，以北宋龍舟奪錦活動為鑑戒，御史中丞王毅曰：「往事百年堪一笑，至今猶作畫圖看。」[206] 玄教大宗師吳全節云：「龍舟疊鼓出江城，送得君王遠玉京。惆悵金明池上水，至今嗚咽未能平。」[207] 集賢大學士王約從懷古詠史角度寫：「前代池塘土一丘，荒淫無度恣嬉遊。燕山虎踞龍盤地，何處能容此樣舟。」[208] 諸首題畫詩脫離 1310 年本「與民同樂」原意，著重提出耽於逸樂之憂慮。

不過，以上幾無一篇觸及 1310 年本的「奔競者、簡澹無嗜慾」題旨，只有王約一首觸及恣情作樂。在 1323 年本〈金明池圖〉題詞形成的文本互見脈絡下，袁桷的題詞及〈魯國大長公主圖畫記〉便顯現其文史價值，構成一個議政權力空間。

袁桷是在泰定元年（1324）正月撰〈魯國大長公主圖畫記〉，追敘至治三年（1323）三月甲寅舉行的雅集。袁氏所記雅集禮成後，大長公主「復命」能文詞者敘其歲月，若然袁桷可以在九個月後才撰成圖畫記，「復命」追敘一事並不一定立即在雅集完結後進行。兩段時間中間，發生南坡之變（至治三年八月），英宗及拜住被弒，研究顯示，繼位的泰定帝知悉暗殺計畫，而袁桷對此體察甚深，有幾組詩寫這樁政變。[209] 只是相距數月，袁桷撰〈魯國大長公主圖畫記〉，其中有「敘其歲月，以昭示來世」之語，固然是講雅集的一段美好歲月，如果連繫南坡政變，袁桷至治三年（1323）三月的題詞及泰定元年（1324）正月的〈圖畫記〉是否隱含對世變的省思？

首先看袁桷至治三年（1323）三月的〈金明池圖〉題詞：

---

[205] 袁桷〈羅漢圖〉：「四果圓融得自如，天台樓閣總虛無。何人繪畫供青眼，拍手雲中笑客愚。」，《袁桷集校注》，頁 1974。
[206] 王毅，〈敬題王朋梅金明池圖〉，《全元詩》第 18 冊，頁 168。
[207] 吳全節，〈謹題王鵬梅金明池圖〉，《全元詩》第 23 冊，頁 33。
[208] 王約，〈題王鵬梅金明池圖〉，《全元詩》第 16 冊，頁 6。
[209] 袁桷、馬祖常、虞集有聯句，以及另外幾組詩抒發對政變的感受，見本書第七章。

界畫家,以王士元、郭忠恕為第一。余嘗聞《畫史》言:「尺寸層疊,皆以準繩為則。殆猶修內司法式,分寸不得踰越。」今聞王君以墨為濃淡高下,是殆以筆為尺也。僚丸秋奕,未嘗以繩墨論。孫吳之論兵,亦猶是也。然嘗聞,鑒古之道,必繇其侈靡者言之。余於《畫斷》有取焉。龍舟之圖,得無近侶。不然,昔之所傳者,安得久遠至是耶?[210]

論界畫作法以準繩為則,猶如宋代營造宮室機構修內司的建築法式,王振鵬則以墨色線條為尺,仍然尚規矩法度。雖然,規矩法度之實際應用,常常要因應日常情況而調整,猶如宜僚弄丸、奕秋誨棋、孫吳論兵的著名故事,但在袁桷看來,王振鵬界畫依據準繩法度,鉅細無遺地展現北宋開金明池龍舟競渡的盛況,反而提供鑑古之道,因為圖畫描摹越仔細,越能表現龍舟競渡的侈靡處。如此便回應了王振鵬款識「1310 年圖本」的奔競者、簡澹無嗜慾的題旨。

袁桷有如此看法,必有考量。雅集裡,袁桷同時題寫眾多大長公主藏品,其中五篇題跋宋徽宗作品,五篇之中,只有〈徽宗鸂鶒〉純粹題詠圖像,[211] 其餘題寫或許隱含諷諭:

〈徽宗扇面〉:水殿風高菡萏清,手題紈扇墨花輕。君王猶道宮中熱,竟上臨潢五國城。

〈徽宗桃核圖 其廣幾尺〉:三足之烏千歲芝,當年曾作帝王癡。黃龍府裏沙溪淺,準擬平分作酒巵。

〈徽宗瓊蘭殿記 記中云:湖湘佳致,足以指顧其髣髴〉:玉殿遙思湘水

---

[210] 又題為〈王振鵬錦標圖〉,袁桷著,李軍、施賢明、張欣校點,《袁桷集》,頁640。袁桷著,楊亮校注,《袁桷集校注》,北京:中華書局,2012 年,頁 1979。
[211] 楊亮校注,《袁桷集校注》,頁 1975。

遊，欲看虞帝九疑秋。二君野死難相侶，宮女當年一樣愁。

〈徽宗梅雀圖〉：金帝母家宋外孫，筆畫好樂餘風存。披圖勘書儼相侶，天水別記牙籤分。明昌宮中三萬軸，盡日雲窗看不足。平明鐵騎踰河來，玉躞金題碎車轂。上皇寫生工入神，一枝瀟灑江南春。天興之初汝南失，猶解傳藏記年日。卷題「天興元年藏記」為言當年愛遺墨，不如洗手還河北。[212]

第一首由扇面圖像引申徽宗猶道宮中熱，竟向北走，極盡諷刺，歷史背景則是金天會八年（1130），即南宋高宗建炎四年，金太宗徙昏德公（徽宗）、重昏侯（欽宗）至臨潢五國城。[213] 第二首講昔日宋徽宗物癖成癡，至今已化為虛無，黃龍府是遼金兩代的軍事政治中心。第三首瓊蘭殿為宋徽宗與群臣享宴之地，在宣和殿之東曰瓊蘭，「積石為山，峰巒間出，有泉出石竇，注于沼北。有御札『靜』字榜梁間，以洗心滌慮。」[214] 殿之南、西、北各有建築，但只有瓊蘭殿有水石建築，所以袁詩首二句鋪寫為玉殿湘水，而宋徽宗宮女之愁與舜帝二妃娥皇、女英一樣，雖然原因不同（舜出巡死於蒼梧之野、宋徽宗被擄至北），但同樣因為帝之離去。第四首的明昌指金章宗明昌內府的書畫收藏，部分書畫來自宋徽宗藏品，[215] 而「天興」是金哀宗年號（1232-1234，金亡於 1234），在元人心中，例如郝經便有「天興初年靖

---

[212] 各篇見《袁桷集校注》，頁 1963，1975，1977，1979-1980。《袁桷集校注》〈徽宗梅雀圖〉小字「卷題『元興元年藏記』」，元興二字，應為「天興」，見袁桷著，李軍、施賢明、張欣校點，《袁桷集》，長春：吉林文史出版社，2010 年，頁 640。

[213] 脫脫等撰，《金史》卷三〈太宗紀〉，第一冊，北京：中華書局，1975 年〔2016 年重印〕，頁 62。

[214] 王明清撰，〈揮麈錄餘話〉卷之一，王恒柱點校，《揮麈錄》，濟南：山東人民出版社，2018 年，頁 339-340。

[215] 王耀庭，〈明昌七璽及其周邊〉，《故宮學術季刊》第 34 卷第 3 期，2017 年，頁 1-43。

康末,國破家亡酷相似。君取他人既如此,今朝亦是尋常事」之說。[216] 袁桷大概也暗藏此意,即宋徽宗的物癖與金章宗明昌年間的收藏,已是玩物喪志表徵,而金哀宗天興初年藏宋徽宗畫,不到兩年便亡於蒙古。在至治三年(1323)三月的雅集上,袁桷圖寫四首徽宗作品帶來的鑑古之意,有意識地把它作為一個文本互見系列,來談論宋徽宗之侈靡(費錢築後苑水石以享樂)、物癖、物累,兼而批評金代君主一樣滯於物而不知領略其中的鑑戒。[217]

攜諸以上題詠宋徽宗畫說去,袁桷於泰定元年(1324)正月撰作的〈魯國大長公主圖畫記〉,便反映其個人對世情的考量,指出:

> 五經之傳,左圖是先。女史之訓,有取於繪畫。將以正其視聽,絕其念慮,誠不以五采之可接而為之也。先王以房中之歌達於上下,而草木蟲魚之纖悉,因物以喻意,觀文以鑒古,審時知變,其謹於朝夕者盡矣。至於宮室有圖,則知夫禮之不可僭;溝洫田野,則知夫民生之日勞。朝覲賽享,冕服懸樂,詳其儀而慎別之者,亦將以寓其儆戒之道。是則魯國之所以襲藏而躬玩之者,誠有得夫五經之深意,夫豈若嗜奇哆聞之士為耳目計哉![218]

既然敘其歲月,首先必須頌揚雅集召集人皇姊大長公主,許其收藏不徇耳目之娛,重圖像鑑戒和教化,得五經之傳,女史之訓。〈圖畫記〉賦予大長公主不耽於物以及納諫的氣度,是故當袁桷把至治三年(1323)三月雅集時的

---

[216] 郝經,〈青城行〉,張進德,田同旭編年校箋,《郝經集編年校箋》,北京:人民文學出版社,2016年,頁251-252。

[217] 同時期的柳貫,有為大長公主題詠宋徽宗畫,詩具諷諭,然相較袁桷,語意較輕。柳氏所撰題畫詩為絕句,例如〈題宋徽宗梅雀圖〉「紇干山下他年見,青鳥司花不是春」,〈題宋徽宗扇面〉「扇影已隨鸞影去,輕紈留得瘦金書」,〈題宋徽宗獻壽桃核圖〉「蓬萊殿上三千壽,不及春風夢已回」,詩載《全元詩》第25冊,頁208。

[218] 袁桷著,李軍、施賢明、張欣點校,《袁桷集》,長春:吉林文史出版社,2010年,頁641-642。

題詠（1323 年本、以侈靡的北宋宮廷文化為鑑），重新置入〈圖畫記〉鑑古的敘述脈絡時，其題寫完全符合一己建構的大長公主襲藏躬玩的文治形象，同時，把自己放在大長公主納諫的背景下討論書畫。

袁桷藉題詞和追敘，轉化皇姊雅集為己所用，是為個人議政的權力空間。歸納起來，即反對侈靡，慎別儆戒。第一，袁桷反對侈靡風氣，有其實際考量。在袁桷供職的整個仁宗、英宗時期，尚節用、削減諸王福利為二帝的目標，這源自成宗以來，蒙古貴族每年從中央獲得利益甚鉅，奢侈風氣盛行，例如買賣異域石頭珍寶，[219] 大德二年（1298）「珍寶欺詐案」牽涉中書省朝臣與斡脫商人合謀，成宗又濫發賞賜致貨幣貶值，[220] 姚大力指出，成宗承繼忽必烈，卻無法通過他獲取統治力量，成宗因而以「惟和」施政，姑息種人和近臣；武宗執政「溥從寬大」，賞賜貴族和高級官僚不絕，自大德六年物價暴漲，至武宗時仍難以遏止，尚書省惟有徵收江南富戶高稅，提高海運糧數以隱定物價。[221] 仁宗至大四年（1311）三月繼位後，十八日即下詔書，不可擅進貢物以減輕站赤負擔；因病民為甚，暫不營構中都；伏誅私買內府珍寶、損耗國財之官員。仁宗延祐四年（1317）閏正月〈建儲詔書〉規定：「內外營繕，除必合修造外，其餘不急之役，一切停罷。」[222] 延祐七年（1320）三月，英宗詔書提出站赤消乏，毋得濫發差役之，同年十一月，又因站赤消乏，差使頻仍，命諸王、公主、駙馬斟酌應付，務從減

---

[219] 《元史》卷 175，〈張珪傳〉，第 13 冊，頁 4077。大德年間回回石頭寶物買賣，見楊瑀，《山居新語》，載《宋元筆記小說大觀》，第六冊，上海：上海古籍出版社，2007 年〔2019 年重印〕，頁 6073。

[220] 邱軼皓，〈大德二年（1298）伊利汗國遣使元朝考：法合魯丁・阿合馬・惕必的出使及其背景〉，《中央研究院歷史語言研究所集刊》第八十七本，第一分（民國一零五年三月），頁 96-97。

[221] 姚大力，〈元仁宗與中元政治〉，頁 367-369。

[222] 漢文史料見植松正整理，〈元代條畫考（七）〉，《香川大学教育学部研究報告》第一部第五十一号（1981 年 1 月），頁 60-61，73。《經世大典》第十〈工典〉「宮苑」條：「中都建於至大間，後亦希幸。其它游觀之所，離宮別館，奢不踰侈，儉而中度，可考而見焉。」《經世大典輯校》下冊，頁 788。

省；英宗與拜住商討改革並削減諸王福利。[223] 對外如此限制，對內則稍異，事記英宗即位時，會元夕欲張燈結采為鰲山，張養浩即上疏謂酖小樂淺，應崇儉慮遠，「以喜奢樂近為戒」，英宗先是大怒，後覽疏文而喜曰：「非張希孟不敢言」，旋即罷元夕宮內張燈，賜幣及帛予張養浩「以旌其直」。[224] 至治三年（1323）正月，英宗振舉臺綱，下詔監察御史等等巡歷之時，不得讓有司官吏人等遠出迎送，飲食供帳不得過分。[225] 由此政經享樂背景說去，袁桷藉皇姊書畫收藏，談論宮廷侈靡之風的鑑戒，不無道理。據目前資料所及，雖然難以知道袁桷的批評有多大影響，至少肯定袁桷對時局世情的掌握非常清楚，這點在下一例更為具體。

考之同時的蒙古貴族諸王，享盡奢華，攫取賞賜和珍寶，是滯於物的表現。袁桷推許大長公主藏物而不滯於物，避免了因物癖、物累帶來的玩物喪志後果。因此，袁桷強調物之用在於寄寓諷諫，〈圖畫記〉一連用了：

> 三個「物」的例子：《詩經》草木蟲魚（從其物性知人情之體察）、宮室有圖（知禮之不可僭）、宮廷禮儀器物（知慎別儆戒）
>
> 兩個「文」的典型：〈安世房中歌〉（東漢宗廟祭樂見功德典範）、溝洫田野（《論語・泰伯篇》載禹王溝洫田野厚愛百姓、《詩經》多有抒發民生日勞之作）

說明「因物以喻意，觀文以鑑古，審時知變」的道理。可以說，他把至治三年（1323）三月的雅集題詠，包括題跋及題畫詩，置入泰定元年（1324）正月〈圖畫記〉鑑古的敘述脈絡裡，重整為一個具有連續性、系統的批評視

---

[223] 李治安，《元代分封制度研究》，北京：中華書局，2007 年，頁 291；蕭功秦，〈英宗新政與南坡之變〉，《元史論叢》第 2 輯，北京：中華書局，1983 年，頁 152。

[224] 《元史》卷 175〈張養浩傳〉，第 13 冊，頁 4091-4092。

[225] 植松正，〈元代条画考（八）〉，《香川大学教育学部研究報告》第一部第五十八号（1983 年 3 月），頁 11，13，16。

野，以大長公主收藏的物（書畫），配合自己的文（題詠和追敘），批評侈靡的北宋宮廷文化以及提倡禮法之用在於慎別儆戒。

由此圖文領悟後得出的審時知變原則，源自袁桷對仁宗、英宗政局的體察，他撰有非常重要的〈拜住元帥出使事實〉，記錄武宗、仁宗、英宗與拜住事蹟。皇慶二年（1313）秋冬，拜住奉仁宗旨出使伊利汗國，賜印予索羅，途中被察合台汗也先不花扣留，拜住力陳元廷不戰之立場，免宗親分離，[226] 也先不花死，時為延祐七年（1320），怯別即位為察合台兀魯思之主，與元廷和好，[227] 拜住被扣七年後作為請和使臣回到元廷。至治元年（1321）三月，拜住抵京覲見英宗。同年冬，拜住入奏嘉禧殿，英宗授拜住為元帥，後再出使察合台汗國。[228] 元廷與周邊諸王的戰爭調停，拜住出力甚多，當答己及鐵木迭兒於 1322 年相繼去世，英宗及拜住本來可以全力推行新政，然而，鐵木迭兒義子鐵失掌權，他涉誣取官幣案，卻沒有被追究，因為鐵失與英宗關係特殊，鐵失妹妹為英宗皇后，其時鐵失為御史大夫，拜住為中書右丞。[229] 諷刺的是，英宗和拜住在至治三年（1323）八月的南坡之變被鐵失等人謀害。袁桷對此了解甚深，寫有數組詩詠懷就是證據。而且，南坡謀逆正是僭越禮法，不知慎別儆戒，以下犯上的舉動。[230] 故此，

---

[226] 1314 年的戰事以及元廷與周邊汗國諸王的博弈，袁桷〈拜住元帥出使事實〉及虞集〈句容郡王世績碑〉有詳盡記錄，可見他們熟知當時情況，二人所作詩文時有諷諫，是有根據的。

[227] 中間數年，察合台汗也先不花首向元軍動武，1315 年，仁宗下旨元軍參戰，六個月後，元軍攻陷察合台大斡耳朵。其過程關涉甚多，參閱劉迎勝，〈皇慶、至治年間元朝與察合台汗國和戰始末〉，載氏著《蒙元帝國與13-15世紀的世界》，頁308-325。

[228] 袁桷，〈拜住元帥出使事實〉，《袁桷集校注》，頁 1571-1574。

[229] 姚大力指出此乃屠寄〈鐵失傳〉據許有壬〈惡黨論罪疏〉論英宗及鐵失關係的重要發現，許有壬言：「先帝〔英宗〕待之〔鐵失〕，情過骨肉」。參姚大力，〈元仁宗與中元政治〉，頁 386。許有壬，〈惡黨論罪〉，《全元文》第 38 冊，頁 55-56。屠寄，《蒙兀兒史記》卷 122〈鐵木迭兒列傳〉「鐵失」，載《元史二種》（二），上海：上海古籍出版社、上海書店，2012 年，頁 742。

[230] 《元史》卷 175，〈張珪傳〉記：「至治秋八月，御史大夫鐵失既行弒逆，夜入都門，坐中書堂，矯制奪執符印，珪密疏言：『賊黨罪不可逭。』……君父之讎，不共

袁桷藉泰定元年（1324）正月〈圖畫記〉鑑古的追敘框架，從圖文領悟「知禮之不可僭」、「知慎別儆戒」繼而「審時知變」，應該是他提倡在「後」南坡之變時代，體察世情的態度。泰定元年（1324）三月六日，袁桷〈試進士策問〉問及治道人才之策，考世祖之鴻圖偉略，有同心同德之彥，比之於今，有什麼惠政綱領當今未盡執行？[231] 就是其對時局的體察。邱江寧認為策問同時傳達了泰定帝繼位後的心理，由於他借助南坡謀逆奪得帝位，所以借此策問強調祖述祖宗之訓，說明自己是忽必烈子孫，有權利繼承大統，期望天下士子盡來朝廷效忠。[232] 另一方面，袁桷非常重視朝廷宮廷禮儀的制度源流及其執行，主張要行之有據，又扈從上京五次，奉詔修成宗、武宗、仁宗三朝大典，「泰定初辭歸，四年（1327）八月三日以疾終於家，享年六十有二」。[233]〈圖畫記〉大概是袁桷辭歸和離世前的最後寄託。

稍後的虞集，對袁桷的辭歸非常不捨，撰〈別知賦送袁伯長〉，羅鷺指出虞集將此文置於《道園學古錄》卷一首篇，「見二人情誼之深」。[234] 虞集與袁桷一樣，對三朝政局知之甚深，他撰有成宗、武宗、英宗與周邊諸王汗國交戰的實錄〈句容郡王世績碑〉。[235] 當王振鵬為仁宗畫上都大安閣界畫，虞集作〈跋大安閣圖〉，追敘世祖經營開平以及取故宋熙春閣閣材之由來。[236] 大安閣前身熙春閣在前代為朝廷享樂之地，世祖用其閣材並改稱

戴天，所以明綱常、別上下也。鐵失之黨，結謀弒逆，君相遇害，天下之人，痛心疾首，所不忍聞。」第 13 冊，頁 4074-4075。

[231] 袁桷，〈試進士策問〉，李軍、施賢明、張欣點校，《袁桷集》，頁 498-499。
[232] 邱江寧，《元代館閣文人活動繫年》，北京：人民出版社，2015 年，頁 436。
[233] 袁桷，〈修遼金宋史搜訪遺書條列事狀〉，《全元文》第 23 冊，頁 140-146。蘇天爵，〈元故翰林侍講學士知制誥同修國史贈江浙行中書省參知政事袁文清公墓誌銘〉，陳高華，孟繁清點校，《滋溪文稿》卷九，北京：中華書局，1997 年，頁 133-137。
[234] 羅鷺，《虞集年譜》，頁 78。《道園學古錄》「在朝稿」卷一，《四部備要》本，頁 1a。
[235] 虞集，〈句容郡王世績碑〉，《全元文》第 27 冊，頁 229-237。
[236] 虞集寫到「取故宋熙春閣材于汴，稍損益之，以為此閣，名曰大安。」實際上，此閣於北宋稱壺春堂，入金後改稱熙春閣。李嘉瑜，〈宮城與廢墟的對視──元代文學中

「大安」,就有時代昇平之意。虞集接著寫上都「宮城之內不作正衙,此〔大安〕閣巋然,遂為前殿矣。規制尊穩秀傑,後世誠無以加也。王振鵬受知仁宗皇帝,其精藝名世,非一時僥倖之倫。此圖當時甚稱上意。觀其位置經營之意,寧無堂構之諷乎?止以藝言,則不足盡振鵬之惓惓矣。」[237] 虞集記王氏大安閣圖甚得仁宗稱意,在於該圖仔細刻劃大安閣的形制,究其堂構之規模。堂構可指建築物,又以作室之事喻子承父業,可知虞集題詞稱譽王氏界畫之準繩,以及王氏藉大安閣尊穩秀傑之形制,比喻仁宗繼承蒙元霸業之穩固基礎。在蒙古佔據中原後,北宋熙春閣被拆掉重置於上都,此閣原本具有無常的興亡感,在安置於上都並改名為大安閣後逐漸褪色,仁宗時代宮廷文人筆下的大安閣,變成基業隱固的象徵。虞集這裡是從頌揚角度出之,但他認為「止以藝言」不足論王振鵬界畫,說明時人認為以圖寄情,是詮釋王振鵬畫作的基本路數。由同時代的宮廷文人寫作看去,袁桷觀王振鵬界畫後引申的諷諭暗示,並沒有脫離時代氛圍。

〈夜山圖〉和〈金明池圖〉的集體題詠是元代初期、中期的重要藝文活動,前者的生發場域在南方杭州,後者在北方大都。宮廷文人需要藉作品呈現王權的意識底下,〈金明池圖〉的創作考慮比起〈夜山圖〉更為周詳。〈夜山圖〉的創作者高克恭及題詠者遊走於公私兩域,不需要顧及王權呈現的元素,故可以如平常般表達情思,〈金明池圖〉則是呈獻上位者之作,歌頌聖明、黼黻皇猷是題中之義。如此一來,考察這類藝文題詠時,不能不顧及場域和社群因素。

本章討論的兩個事例,彰顯元代宮廷文人及其創作的族群跨界特質,尤其〈夜山圖〉題詠,見色目和北籍官員、南方士紳之間的緊密聯繫,他們以圖會友,以題詠連結彼此,在至元二十四年(1287)蒙元臺臣批評朝廷任用

的大安閣書寫〉,《文與哲》第二十一期,2012 年 12 月,頁 250-258。
[237] 虞集,〈跋大安閣圖〉,《道園學古錄》卷十,《欽定四庫全書薈要》本(集部第 403 冊),長春:吉林出版集團有限責任公司,2005 年,頁 161-162。

南人的質疑聲中,顯得特別融洽。[238] 1294 年前後出現的〈夜山圖〉,是來自西域的蒙元高官高克恭,在李公略吳山居處的即興而作,題詠者背景多元,集中在故宋遺民、故宋宗室、由宋入元而普遍為官的士人群體。〈夜山圖〉及題詞是在具有重大歷史價值的杭州地域上生發,此地連結湖光山色、侈靡的銷金窩兒、蒙宋對抗的死難場域,加上元初故宋遺民群《樂府補題》高度隱晦和哀痛的國難書寫,賦予杭州多重意涵。而在此杭州文化背景下的〈夜山圖〉題詞,卻抹去前此的易代哀痛,展現亡國創傷後的另一種情緒——專注欣賞高克恭和李公略的風流,藉畫裡的杭州江山,與唐宋文獻互見,成功營構一個自我調適、逃入虛空的想像世界,兼而表現對南宋的懷舊低沉、淡然情思。從題詞和流傳過程說去,元代初期、中期之際的官員和不同階層的江南士紳群體,表達了仰慕李白的快意人生及蘇軾的曠達精神,而中後期宮廷文人對前此階段題詠者的追思,以及讀題詞後的自傷,是向內尋求的心靈抒懷方式。

　　至於稍後的〈金明池圖〉,分別上呈給時為太子的仁宗(1310 年)和魯國大長公主(1323 年)。進獻二本於宮廷場域,顯然為了某種盛世歌頌而寫。其中 1310 年本的題詞,放在武宗及仁宗朝的政治氣候下看,包含作畫者王振鵬觀察世情後的個人寄託,形塑太子簡淡無嗜慾、悅心目於藝林、不具威脅的繼位形象。當王振鵬於 1323 年奉教再作〈金明池圖〉,此圖由魯國大長公主收藏,場域轉往公主召開的大都南城雅集,題詠者是宮廷文人,有的純粹按照圖像龍舟競渡的本事歌頌盛世,有的引申對北宋宮廷耽於逸樂的諷刺。袁桷更進一步,其〈魯國大長公主圖畫記〉以三個「物」、兩個「文」的典型,說明審物觀文可以審時知變,並由盛世圖像結合皇姊其他藏品,評論宋徽宗時代的侈靡、物癖、物累。可以說,袁桷以個人題詠〈金明池圖〉、題詠宋徽宗圖畫、〈魯國大長公主圖畫記〉的本事追敘,形成一個連續的、系統性的批評視野;在仁宗、英宗時代貴戚宗室喜奢風氣以及權

---

[238] 至元二十四年,元世祖命程鉅夫為御史中丞,臺臣謂程鉅夫為南人,且年少,不應任命,帝大怒曰:「汝未用南人,何以知南人不可用!自今省部臺院,必參用南人。」《元史》卷 172「程鉅夫列傳」,第 13 冊,頁 4016。

臣僭越的背景下，袁桷所作的刺時內容在於反對侈靡、慎別儆戒。袁桷在此公共場域內，向外宣示對理想秩序的省思。以上兩個個案及其題詠，讓我們窺見當時的宮廷文人、南方士紳、北籍官員的交往，以及他們對世情時局的思考。詩歌裡書寫對南宋的懷悃，即見元代文網之不嚴，而宮廷文人雖身處波譎雲詭的政治場域，仍然敢於直書元代中期宮廷鬥爭的情況，史筆詩心，闡發倫理價值，令人敬佩。

第七章　板蕩京闕
——南坡之變與宮廷文人的回響

　　仁宗時期實行儒治，在大都為官的有袁桷（1266-1327）、虞集（1272-1348）、馬祖常（1279-1338）等等，由最初出任吏員，到作為朝官參予日常政務，宮廷文人在元代中期漸為蒙元派系間的籠絡和針對對象。說是籠絡，是因為蒙元帝王及貴戚需要宮廷文人的寫作技能撰寫公文，說是針對，是因為蒙古和色目上位者忌憚宮廷文人僭越大權。宮廷文人自不然會牽涉入各種權鬥裡，具體來說，是源自甘麻剌與答剌麻八剌兩系的帝位紛爭，以及答剌麻八剌一系各兄弟叔姪間的權鬥。其中一樁暗殺事件發生於至治三年（1323）八月，英宗（1320-1323 在位）被殺，史稱「南坡之變」，事涉其繼位者晉王也孫鐵木耳（泰定帝，1324-1328 在位），而上述三位宮廷文人對此事深有體會。那位聞乎暗殺一事的繼位者將是宮廷文人侍奉的新主，面對新政時，他們是如何以詩歌言說內亂經驗？使用怎樣的文學語言表現共同的創傷情緒？其中隱晦的心靈書寫如何隨著時間推移和時局變遷而沉澱和轉化？可以想像圍繞這樁內亂的記載非常隱密，通過文學創作治療創傷是否可能？本章聚焦於這段內亂歷史及其周邊文本，指出元代中期宮廷文人，是以一組聯句及三組次韻詩的方式沉澱思緒達至療傷，由最初激動隱晦的直白，至平淡內斂的情詞景語，到直斥叛黨之非的詩史之筆，最後以大雅正聲的宮廷詩回應時政，這時段的幾組聯作是詩人將創傷經驗自我內化的一個過程，轉化為重建道德標準的力量。

第一節　1323年的南坡之變與元代中期的帝位紛爭

　　蒙元中期以皇太后答己及其黨羽鐵木迭兒殊為專擅，蒙古派系的爭鬥造成當時的混亂政局。[1] 馬祖常曾彈劾鐵木迭兒任意升黜官員，[2] 仁宗延祐六年（1319），四十多位御史上書彈劾鐵木迭兒，因答己的包庇而無罪，御史卻被流放或被逼告老歸田。英宗稍後任命拜住（1298-1323）為左丞，抗衡答己派系，拜住擔任太常禮儀院使時，便與虞集和吳澄（1249-1333）為友。[3] 英宗和拜住聯手保護儒臣免受答己派系的欺凌。[4] 宮廷文人的個人經歷都為他們後來的創傷經驗帶來更大的痛苦。

　　鐵木迭兒和答己先後於至治二年（1322）去世，拜住於同年十月被英宗任命為中書右丞後，[5] 立即在集賢院和翰林院起用漢人行儒法，包括王約（生卒年不詳），吳澄，吳元珪（1251-1323），張珪（1264-1328），王結（1275-1336），宋本（1281-1334）。[6] 英宗和拜住在儒臣輔助下實行新政，以往曾經減少皇太后和皇后隨從，以免助長派系鬥爭，繼而鼓勵御史揭露瀆職的官員。[7] 朝廷命令毀去鐵木迭兒石碑，其舊有部屬則被放逐，以示

---

[1] 鐵木迭兒於1311和1314年兩次被任命為右丞。Hsiao Chi-ching, "Mid-Yuan Politics," in *The Cambridge History of China, vol. 6, Alien Regimes and Border States 907-1368*, edited by Herbert Franke and Denis Twitchett, Cambridge: Cambridge University Press, 1994, pp. 525-534.

[2] 馬祖常，〈彈右丞相帖〔鐵〕木迭兒〉，收入李叔毅、傅瑛點校，《石田先生文集》，鄭州：中州古籍出版社，1991年，頁154。馬祖常論事之語，輯入《松廳事稿略》，見王結，〈書《松廳事稿略》〉，《全元文》第31冊，頁348-349。

[3] 蕭功秦，〈英宗新政與南坡之變〉，《元史論叢》第2輯，北京：中華書局，1983年，頁147。王頲點校，《虞集全集》，頁493。

[4] Hsiao Chi-ching, "Mid-Yuan Politics," p. 530.

[5] 《元史》卷28，第3冊，頁624。

[6] 《元史》卷28，第3冊，頁627。蕭功秦，〈英宗新政與南坡之變〉，頁149。

[7] Hsiao Chi-ching, "Mid-Yuan Politics," p. 531. 蕭功秦，〈英宗新政與南坡之變〉，頁149-150。

絕不包庇叛變者。[8] 當時鐵木迭兒的支持者鐵失（生卒年不詳）仍安然無恙，因為他是英宗皇后速哥八剌的兄長。鐵失為求自保，與怯薛也先帖木兒（生卒年不詳）謀害英宗。英宗新政令蒙古貴族的五位宗王年收入銳減，尊貴地位被動搖，他們因之而參與暗殺計畫。[9] 其內情非常複雜，王頲認為從英宗新政看，是英宗和拜住、鐵木迭兒及鐵失之間的廉正與貪邪較量，屬如何對待貪污不法的問題。[10] 再參考楊訥及劉曉的論證，這又與英宗繼位前的盟約有關，即仁宗改變武、仁授受的兄弟之盟，如所周知，武宗對蒙古統治集團和黃金家族恩威並施、賞賜安撫，但仁宗卻改變傳位決定，廢棄叔侄相傳，立己嫡子碩德八剌（即後來的英宗）為皇太子，改封武宗長子和世㻋為周王，造成蒙古統治集團的反彈。因此，英宗繼位本身的合法性已受質疑，而且，英宗個人性格狂躁殘暴，喜怒無常，也為時人詬病。[11]

至治三年（1323）八月四日，英宗和拜住自上都回大都，在南坡驛稍作停留。當晚，鐵失與阿速衛兵突襲，英宗和拜住被殺，史稱南坡之變。[12] 鐵失等立即奔赴大都，控制朝臣，奪皇印，擁立身在蒙古的晉王也孫鐵木耳（後來的泰定帝）為帝。[13] 鐵失和叛變者在大都，命令集賢院和翰林院官員隨扈上都，文官曹元用（1268-1330）認為晉王突被擁立異於常態，故寧死不從。[14] 晉王即位後，朝臣擔心新朝不再以儒治國，許有壬（1287-

---

[8] 《元史》卷 28，第 3 冊，頁 626，630-631。

[9] 李治安，《元代分封制度研究》，北京：中華書局，2007 年，頁 291。蕭功秦，〈英宗新政與南坡之變〉，頁 152。

[10] 王頲，〈南坡肆逆——元英宗朝政治與鐵失行刺〉，載氏著《西域南海史地探索》，北京：中國人民大學出版社，2010 年，頁 264-280。

[11] 楊訥，〈泰定帝與南坡之變〉，載田餘慶主編，《慶祝鄧廣銘教授九十華誕論文集》，石家莊：河北教育出版社，1997 年，頁 97-102。劉曉，〈「南坡之變」芻議——從「武仁授受」談起〉，《元史論叢》第十二輯，2010 年，頁 47-66。

[12] 關於參與計畫的官員名單，見《元史》卷 28，第 3 冊，頁 632-633。

[13] 虞集，〈書王貞言事〉，載蘇天爵，《元文類》卷 39，臺北：世界書局，1962 年，頁 12a-13a。

[14] 《元史》卷 172，第 13 冊，頁 4027。

1364）和趙成慶（1284-?）上書彈劾瀆職的鐵失等人，[15] 泰定帝最終同意處死鐵失，流放五位宗王。[16] 據《元史》記載及蕭啟慶研究，晉王泰定帝極有可能參與暗殺英宗計畫，其王府內史倒剌沙在南坡之變事發前兩天，告訴他將有叛變，他是在知情之下默許行動。[17] 楊訥和劉曉認為晉王至少沒有積極參與政變。[18] 元代中期宮廷文人見證著這段內亂及其後一連串的政治動盪，是故從他們的文學創作可以一窺其心路歷程，如何以一組聯句及三組次韻詩的方式沉澱思緒達至療傷。

第二節　槍竿嶺道中詩：創傷的回響與延宕

這組在槍竿嶺撰寫的聯句詩，是袁桷、虞集、馬祖常往上都道中收到事變消息後，回程折返時所作，作品反映詩人在內亂時的心理恐懼。蒙元皇帝每年夏天由大都往上都避暑，有兩條路線可供北上，[19] 其中一條路線途經不少著名地區，由大都出發，經龍虎臺、榆林驛、槍竿嶺、李老谷、龍門、赤城、李陵臺、桓州，最後至上都，可知槍竿嶺位處居庸關北。[20] 傳統

---

[15] 至治三年（1323）十二月，趙成慶與監察御史脫脫上書進言誅殺鐵木迭兒子鎖南，以及其他南坡逆賊，事見《元史》卷29，第3冊，頁641。蕭功秦，〈英宗新政與南坡之變〉，頁155。

[16] 許有壬所撰公文便寫到問罪之事，見〈遼王〉、〈鎖南〉二文，《全元文》第38冊，頁52-53。

[17] 《元史》卷136「拜住傳」，第11冊，頁3305。Hsiao Chi-ching, "Mid-Yuan Politics," p. 536. 王頲指出：「倒剌沙曾代表其主子晉王、亦泰定帝的利益，與鐵失一黨聯絡」，見〈南坡肆逆——元英宗朝政治與鐵失行刺〉，頁271。

[18] 劉曉，〈「南坡之變」芻議——從「武仁授受」談起〉，頁61。楊訥，〈泰定帝與南坡之變〉，頁97-102。

[19] 葉新民，〈兩都巡幸制與上都的宮廷生活〉，《元史論叢》第4輯，1992年，頁149-150。

[20] 此路線歸納自不同詩人的記載，基本大同小異。袁桷、廼賢、周伯琦、黃溍，參顧嗣立編，《元詩選》，北京：中華書局，1987年〔2002年重印〕，初集，頁653-656、1455-1458、1959-1967；胡助，《純白齋類稿》，北京：中華書局，1985年，頁

上，蒙元皇帝自上都起程回大都，在京的朝官需要在居庸關之北準備內宴恭迎皇帝回京，[21] 這應該是袁、虞、馬等等宮廷文人北上之原因。當他們收到在南坡發生叛變的消息後，便折返南下，至治三年八月十五日到達槍竿嶺時，性格耿直的馬祖常便先行發句創作，題為〈至治癸亥八月望，同袁伯長、虞伯生過槍竿嶺馬上聯句〉。[22]

此聯句詩以五古三十二句形式出之。[23] 按詩意，分三部分。第一部分（第 1 至 14 句）描述槍竿嶺兼具陡峭及廣漠的環境，與傳統以來對此地的記錄一致，[24] 第二部分（第 15 至 22 句）寫伐木人在此險要之地工作之困境，再次渲染邊陲風物，這一連串的長篇敘事顯然還沒有觸及內亂。最後部分的第 23 及 24 句詩意突轉，描寫奇異想像：「金橋群仙迎（虞），玉幢百神鑿（馬）。」金橋指來自冥府的世界，善者跨越金橋（忠義之士、義士、貞節婦人）或銀橋（僧侶或俗世弟子），而橋下為萬丈深淵，惡者將行走奈河橋（作懲罰用）。[25] 虞集此句暗喻英宗及拜住，因其仁政之舉措、對國家之忠誠，故獲群仙迎接，馬祖常承句的「玉幢」是佛教儀式常見的寶物，二句相合，指英宗和拜住被群仙百神簇擁進入祭祀儀式。這裡的想像異常冷靜及光明，指出二人歿後，諸位及各界對他們的稱譽。「迎」本是宮廷文人在居庸關之北恭迎皇帝回京之謂，現在換成眾仙恭迎，生前歿後的時間緊縮

126；薩都拉〔剌〕，《雁門集》，上海：上海古籍出版社，1982 年，頁 157-158；陳衍，《元詩紀事》，錢仲聯編，《陳衍詩論合集》，福州：福建人民出版社，1999 年，頁 1555-1558。

[21] 葉新民，〈兩都巡幸制與上都的宮廷生活〉，頁 153。

[22] 柳貫有和詩，題曰〈袁伯長侍講伯生伯庸二待制同赴北都却還夜宿聯句歸以示予次韻效體發三賢一笑〉，顧嗣立編，《元詩選》初集中，頁 1127。

[23] 聯句詩後的名目次序，參王頲，《虞集全集》，頁 39。版本又參顧嗣立編，《元詩選》初集上，頁 662；李叔毅、傅瑛點校，《石田先生文集》，頁 127；馬祖常，《馬石田文集》，載《元人文集珍本叢刊》，臺北：新文豐出版公司，1985 年，頁 593。此詩不見於虞集三部詩文集裡（《道園學古錄》、《道園類稿》、《道園遺稿》）。

[24] 蔣一葵，《長安客話》，北京：古籍出版社，1980 年，頁 166。

[25] K. S. Tom, *Echoes from Old China: Life, Legends, and Lore of the Middle Kingdom*, Honolulu: University of Hawaii Press, c1989, p. 97.

的對比令人婉惜且心寒。後句用「鑿」，知玉幢上有佛像、咒語等護法內容，保護已歿的明君賢臣，這一層對比又讓人想像二人生前曝露於危險之中，得不到保護才發生暗殺之事。接著結尾部分（第 25 至 32 句），詩人以傳統歷史人物和天上星宿書寫這一段共同的創傷經驗：

> 禽鳴蜀帝魂（馬），鐵鑄石郎錯（袁）。鈎鈐挂闌干（袁），[26] 欃槍斂鋒鍔（虞）。[27] 屬車建前旄（虞），馳道拘嚴柝（馬）。[28] 載筆三人行（馬），弭節半途却（馬）。

先以傳統人物蜀帝故事開展奇異想像，蜀帝傳位鼇靈後離開故土，杜鵑因而啼叫，此後蜀人每次聽到杜鵑啼叫便想起先帝；另一文本來源為蜀帝死後化為杜鵑泣血，此典後來與帝王之死拉上關係。[29] 馬祖常句道出英宗之崩歿牽動眾人情思，回應第 23 句虞集所寫「恭迎」歿後的英宗，馬祖常句在傷痛之餘加添泣血之告。

袁桷的第 26 句有多重涵意，合「鐵鑄」及「石郎」典。「鐵鑄」指晚唐天雄節度使羅紹威（生卒年不詳）。唐哀帝天祐三年（906），他向朱全忠（854-914）借兵平內亂。為報答朱全忠的幫忙，羅紹威奉上一己鎮守之地的珍寶和生活物品予朱全忠，禮待宴請他停留半年之久，這樣必定削弱己方的軍事力量，並且增加對方的資源，及後果然讓朱全忠得益，收服北方。最後臣服於朱全忠的羅紹威後悔地說：「合六州四十三縣鐵，不能為此錯也。」「錯」語意相關，既是「錯刀」也指「錯誤」。朱全忠後來自稱梁王（907-912 在位），唐哀帝（昭宣）讓位於他，建立大梁。[30] 此其一。「石

---

[26] 鈎鈐指天子之御，班固，《漢書》，北京：中華書局，1962 年，頁 1308。
[27] 欃槍指彗星，乃凶星，不吉，班固，《漢書》，頁 1280。
[28] 馳道即帝王車馬行走之道。
[29] 常璩，《華陽國志》，臺北：世界書局，1979 年，頁 61。
[30] 司馬光著，李宗侗，夏德儀等校註，《資治通鑑今註》，臺北：臺灣商務印書館，1966 年〔1974 年〕，頁 1201-1202。

郎」指後唐（923-936）將領石敬瑭（892-942）。後唐廢帝清泰二年（935），石敬瑭於洛陽收集物資運往其根據地晉陽，告知廢帝（934-936在位）此乃軍事物資，實為推翻後唐作準備。廢帝為打擊石敬瑭，命令其把軍事力量由河東遷往鄆州（今之山東），石敬瑭拒絕，廢帝派兵鎮壓，石敬瑭求助契丹，大獲全勝推翻後唐，於937年稱帝建立後晉。石敬瑭稱帝後受制於契丹，導致燕雲十六州的割讓，成為遼的傀儡。

二典的相同處說明，為了鞏固政權而向外借兵之錯，《資治通鑑》評羅紹威及石敬瑭借兵舉措都是失誤的，以為對方必會助己，最終變成敵對，並要臣服於他們。[31] 據此，第26句的主旨或為鐵失，作為內亂暗殺事件的始作俑者，得力於也先帖木兒及阿速衛兵，內應於晉王也孫鐵木兒，殺害英宗和拜住於南坡。當時鐵失趕回大都並控制各派系朝臣，袁桷此句是否預料鐵失的成功會是短暫的，終會鑄成大「錯」，並要臣服於英宗的繼任人，如同《資治通鑑》的評定一樣？可見當時的宮廷文人在危難時，也能一針見血道出問題所在，從後人來看，這是難能可貴的。

袁桷繼續寫第27句，以「鉤鈐」喻天子之御的參差橫斜，書寫所有物事的傾側欹停，英宗已經罹於大故，沒有藉口再向前邁進。虞集承句接續星宿意象，以不吉的凶星「欃槍」構句，它斂藏「鋒鍔」（光芒），即叛變者造成的災難已臨。詩人對英宗及拜住罹難的震驚，以及對當下事情發展的初步判斷到此結束，詩人回到當下的槍竿嶺，虞集第29句「前旄」的用法，指一般行軍時，給後面的車馬提示前面有危險，虞集據此轉寫前此南坡驛的政變，而馬祖常的承句（第30句）寫出槍竿嶺道中的緊張氣氛，說當時已被英宗的敵對派系控制整條南北路線了。最後，馬祖常以他們在朝中的位置作結：作為宮廷文人的三人既沒有兵器和武力，只是一介「載筆」文臣，雖在半途，也得即時回京。

---

[31] 司馬光著，李宗侗，夏德儀等校註，《資治通鑑今註》，頁197-221。F. Mote, *Imperial China 900-1800*, Cambridge, Mass.: Harvard University Press, c1999, 2003, p. 13, 64-65.

由耿直的馬祖常強調「載筆」，此意義可圈可點，反映三位宮廷文人內心的震驚與無可奈何。「載筆」回車強調他們沒有的能力，即欠缺政治力量和軍事武力制止暗殺的發生，同時又強調「載筆」可起著載舟和覆舟的效果。這首馬上聯句的特殊性在於，它是詩人在道中得知南坡之變後的即時回響，在詩人的精心操作下，此種即興性質的聯句顯得激動猶隱晦，但又是延宕的。如上所述，馬祖常曾彈劾鐵木迭兒，袁桷上書英宗請求任命拜住為右丞，虞集與拜住因為對儒學的共同推動而有較好的關係，這些曾在英宗朝通過三人「載筆」表達的不同訴求與行徑，說明他們與英宗和拜住站在同一陣線，而這些較深的連繫，都使三人在槍竿嶺道中收到暗殺的訊息時顯得倉皇激動，進而明白已經身處危險境地，即英宗拜住被謀害以及敵對派系掌權。詩人熟悉的一切已頓時不存，聯句詩三十二句裡，只有一句談及叛變的「錯」（第 26 句），而且是通過兩個典故的融合隱晦提出，詩裡沒有任何肆意批評叛逆者的用詞，可以想像，創傷經歷後對事件始末的全盤反思，大概會是延宕的，在知悉危難及領受創傷之間，需要時間作整理及轉化。再從全首的安排看，首 22 句寫槍竿嶺的峭拔與廣漠的區域，接著數句以天上星宿及蜀帝典故暗喻英宗和拜住的崩殂，次 1 句（第 26）綜合詩人判斷，再次 4 句（第 27-30）寫槍竿嶺道中的倉皇情況與緊張氣氛，最後 2 句（第 31-32）寫中途回京的突轉。真正寫倉皇的只有 4 句，細節極短卻是全詩的重點，它在全詩比例上顯得錯愕，或許有意指出暗殺事件的突襲與恐慌。最後一段的「載筆」，或者可以詮釋為三人雖然沒有軍事武力可資幫助，但是仍可由此筆書寫南坡始末。袁桷、虞集、馬祖常在內亂後的聯句詩，其激動的情緒通過隱晦的書寫表達，並以極短的創傷篇幅對照詳細的道中情景，說明他們受制於時局的逼迫而有無可奈何的情感抒發。

第三節　榆林驛對月：創傷經驗的沉澱與再現

南坡之變為蒙元中期政局的轉捩點，有關這樁內亂的詩為數不多，皆極其委婉，虞集另有一首觸及此次創傷經驗，題為〈榆林對月〉，收錄於蘇天

爵《國朝文類》卷三。[32] 是詩在虞集親校的《道園學古錄》題為〈至治壬戌八月十五日榆林對月〉。[33] 至治壬戌即至治二年（1322），翁方綱將是詩繫於此。[34] 然而，至治二年夏，虞集身處南方。是詩應該繫於至治癸亥三年（1323），這裡從虞集在江南的行蹤說明。延祐六年（1319），虞集父親虞汲去世，集奔喪江西臨川。至治二年（1322），於池口與老師吳澄會面後，同往金陵。[35] 是年，往吳郡祭祖。[36] 虞集還在吳時，朝廷任命他為國史院一員，拜住遣使者往蜀、江西、吳等地召他回朝，惜未能聯繫。[37] 至治二年六月，趙孟頫（1254-1322）去世。虞集在其撰於至治二年八月四日的〈題趙子昂書過秦論真迹〉說，趙氏去世之後的第五十天，虞集與友人同在吳郡一同欣賞趙書。[38] 至治二年的夏天，他並不在北方，後來親校《道園學古錄》時，大概把〈榆林對月〉改為〈至治壬戌八月十五日榆林對月〉，標明年月，以免添亂。[39] 袁桷〈秋闈唱和〉指出至治三年（1323）八月十五日，他與虞集等同在榆林驛。準此，本文將虞集詩繫於至治三年八月十五日，與槍竿嶺聯句同樣是詩人獲悉南坡之變後的反響，分別在於，聯

---

[32] 虞集，〈榆林對月〉，載蘇天爵，《元文類》卷 3，臺北：世界書局，1962 年，頁 12b。袁桷有和詩，〈次韻伯生榆林中秋〉，《清容居士集》，《文淵閣四庫全書》第 1203 冊，臺北：臺灣商務印書館，1985 年，頁 69。

[33] 虞集，〈至治壬戌八月十五日榆林對月〉，《道園學古錄》卷 1，《四部備要》第 276 冊，上海：中華書局，1936 年，頁 3b。

[34] 翁方綱，《虞文靖公年譜》，收入《北京圖書館藏珍本年譜叢刊》第 36 冊，北京：北京圖書館出版社，1999 年，頁 451-452。

[35] 虞集，〈跋吳文正公題朱子寫陶詩與劉學古略蹟卷〉，《道園類稿》卷 35，載《元人文集珍本叢刊》，臺北：新文豐出版公司，1985 年，頁 158。翁方綱，《虞文靖公年譜》，頁 452。

[36] 虞集，〈送趙茂元序〉，《道園類稿》卷 20，《元人文集珍本叢刊》，頁 535。

[37] 《元史》卷 181「虞集列傳」，第 14 冊，頁 4176。

[38] 王頲，《虞集全集》，頁 464。

[39] 羅鷟繫是詩於 1323 年，認為「《道園學古錄》雖為虞集生前親自編目，由門生刊行，然以時代久遠，記憶有誤，也並非不可能。」《虞集年譜》，頁 76。增刪改寫在《道園學古錄》非罕見，關於南坡之變的「密書」就是一例，見第八章。

句詩是詩人在追趕路程時作，對月詩是詩人沉澱思緒後作。虞集〈榆林對月〉全詩如下：

> 日落次榆林，東望待月出。大星何煜煜，芒角在昴畢。草樹風不起，蛩蜩絕啁唧。天高露如霜，客子衣盡白。羸驂齕餘棧，嫠婦泣空室。[40] 行吟毛骨寒，坐見河漢沒。驛人趣晨征，瞳瞳曉光發。[41]

與聯句詩一樣，同樣反覆使用星宿意象述情。詩的三、四句連用數個，「大星」一般指傑出之士，在南坡之變的背景下，此處指拜住；「昴畢」位處冀州上方，即皇城所在，[42] 這裡暗寓英宗。兩句指英宗和拜住管治之英明就如天上星宿般燦爛。二人之離世讓詩人感到不安，自然界一草一物都為之惋惜而沉寂（五六句），既明且冷的夜星照在露水與詩人白衣上（七八句），[43]「白」讓人聯想到喪服。接下來，詩人用兩個意象書寫由內亂而引起的心理創傷，失去摯友的哀痛落寞，就如羸驂回到破爛之馬棧與嫠婦之空嘆無助。全詩至此所使用的相關天、地、物、人的意象，俱屬靜態緩慢，其意象背景之深廣與縱橫交錯，織成悠悠天地的羅網，詩人無法逃離其中，其思索積澱繼而表現在第十一句「行吟毛骨寒」，既是趕路，同時又是總體感受。詩人無法擺脫傷痛，無法懲處叛逆者，只可以「坐見河漢沒」，句意表面上指夜色將盡，實際喻「大星」和「昴畢」的消逝。相較聯句詩有大量篇幅勾勒槍竿嶺道中之險要，〈榆林對月〉描述靜態的榆林景色和內斂的心理創傷。

〈榆林對月〉措辭典雅，表現一種中正平和的情緒，[44] 這是經過沉澱

---

[40] 「泣空室」《道園學古錄》（《四部備要》第 276 冊）作「幽室」，卷 1，頁 3b。
[41] 「趣晨征」《道園學古錄》（《四部備要》第 276 冊）作「告晨征」，卷 1，頁 3b。
[42] 班固，《漢書》，頁 1278，1288。
[43] 虞詩第七句的用字讓人聯想至《詩經・蒹葭》「白露為霜」的句意。
[44] Stephen Owen 指出作為風格術語的「雅」，一般指向「莊嚴」、「節制」、具古典氣圍。*Readings in Chinese Literary Thought*, Cambridge, Massachusetts and London: Harvard University Press, 1992, p. 594.

後的思緒整理。對比〈至治癸亥八月望，同袁伯長、虞伯生過槍竿嶺馬上聯句〉的星宿意象，「鈎鈐」與「欃槍」代指皇帝座駕與南坡暗殺之事，藉星宿意象書寫此地引發的創傷經驗，除了與當時在廣漠天空下對天象的直接印象外，也說明詩人已藉此地的典型之物——廣漠天空下的星宿——內化並想像內亂的凶殘。就用字表意的層次而言，「鈎鈐」與「欃槍」字詞本身形塑了緊張氛圍，呈現刺殺行動的刀光劍影，二詞自身的感情色彩寄寓詩人收到消息後的震驚。當同樣創傷經驗再現時，需要以同一系列的文學語言來作昇華，故星宿意象重複出現於〈榆林對月〉裡，「昴畢」字詞的感情色彩相對平實，而第七句「天高露如霜」可聯繫《詩經》「白露為霜」的幽靜意境。全詩只用了情詞「泣」和景語「寒」道情，餘下的皆平實婉轉，含蓄地以兩條脈絡書寫憂鬱，虞集把哀傷之情化為第五至第十句，由地及物、至人的情境，把情緒統攝在第十一句。另一條脈絡以第三、四句的星宿通過「比」的方式構成：星光（英宗與拜住）照在露水與客子衣服上（七、八句），反照之白色或可喻君臣的純淨無暇，最後以曙色初現，星光漸褪寫二人離世（十二、十四句）。星光的出現與消逝含蓄表達英宗和拜住人生之起跌。虞集委婉的述情恰到好處，他在槍竿嶺收到消息時是情緒波動的，及後回京途中，晚在榆林沉澱思緒後，轉向了平淡內斂的表述。

　　共同的創傷經驗唯有以共同的文學創作來抒懷，詩人是以次韻的方式互相慰藉，袁桷〈次韻伯生榆林中秋〉云：[45]

> 榆林月中來，今月向此出。天低鳥翼滅，野淨田事畢。驛馬西北鳴，候吏語喧唧。我行起視夜，炯若積雪白。昂頭望玄宮，耿耿駐營室。坐令八方澄，不使萬景沒。徘徊清影孤，躑躅悵後發。

此詩延續由聯句詩、虞集詩使用的星宿意象再現共同的創傷經驗，第九句

---

[45] 袁桷著，李軍，施賢明，張欣校點，《袁桷集》，長春：吉林文史出版社，2010年，頁71。

「玄宮」一般指皇陵，[46] 承句的「營室」即「室宿」，位處北方玄武，即皇帝夏宮之所在。[47] 袁桷藉兩個星宿意象的結合，指英宗已歿於北方，但其精魂仍使北方澄明。「玄宮」映照又可反指英宗過去的保護，袁桷想及自己的孤清之影，進而懷想英宗。這首的星宿意象更進一步，不再停留於聯句詩裡的刀光劍影層面，而逐漸從虞集詩閃耀的「大星」和「昴畢」於「河漢沒」裡抽離，聚焦於英宗化為星宿後，仍然照亮萬物的一瞬。由同一系列星宿意象的再現可見，袁桷表達了另一種創傷後的感受，書寫英宗歿後仍在守護萬民，英宗的精神仍存，也是回應及安慰虞集「河漢沒」的悲痛。那麼，是否可以說袁桷藉此進行了一次自我救贖？1326 年，袁桷為〈秋闈唱和〉寫的序回顧了這樁榆林往事：

> 至治三年（1323）八月十五日，乘駟騎抵榆林。於時，善之（鄧文原，1259-1328）祭酒仲淵（李仲淵）學士伯生（虞集）伯庸（馬祖常）二待制同在驛舍，觸感增悵。今忽同校文於江浙，因述舊懷。[48]

袁桷辭官於泰定初年（約 1324），寫〈秋闈唱和〉時已不在大都生活，然南坡之變為他們帶來的創傷一直縈繞不去。

南坡之變發生時，三位詩人雖不在現場，事變後數天卻剛好在北上道中，由於他們與英宗和拜住的密切聯繫，可知他們的心理恐懼。回到大都後，虞集、馬祖常仍留在朝廷，袁桷則在一段時間後辭官。《元史》沒有記載袁桷辭官原因，蘇費翔（Christian Soffel）指出袁桷於 1327 年下世後獲得不少封號，故他離開翰林院時沒有不愉快的理由，或許因為頑疾而無法侍

---

[46] 姚思廉撰，《梁書》，北京：中華書局，1973 年，頁 171。
[47] 朱熹注，王華寶整理，《詩集傳》，南京：鳳凰出版社，2007 年，頁 36。Sun Xiaochun and Jacob Kistemaker, *The Chinese Sky during the Han: Constellating Stars and Society*, New York: E.J. Brill, 1997, p. 133.
[48] 袁桷著，李軍，施賢明，張欣校點，《袁桷集》，頁 238。

奉。⁴⁹ 或許可由另一角度思考。袁桷曾感恩於大長公主祥哥剌吉（1283-1331）及英宗對漢文化和五經的尊崇，嘗把當中有關國家大事的典禮制作移植至蒙元內廷，袁桷為大長公主記述藏品的〈魯國大長公主圖畫記〉說：「至於宮室有圖則知夫禮之不可僭。」即知其非常重視禮之執行，考之英宗曾經於 1322 年按照漢人帝王習慣，命令把〈豳麥圖〉掛於上都宮殿內，警醒自己無論何時也要念及蒼生，⁵⁰ 這便遙相呼應袁桷上引詩「坐令八方澄，不使萬景沒」的句意，說明袁桷和英宗之間的君臣契合。後來英宗罹於大患，聞乎暗殺行動的晉王繼位為泰定帝。筆者認為袁桷辭官原因兼及二者，既因為年老患病而辭官，以及哀痛英宗之離去，故萌生退意。

　　1324 年的夏天，南坡之變後的整整一年，虞集又隨蒙元傳統扈從北上上都，其詩〈泰定甲子上京有感次韻馬伯庸待制〉八句，⁵¹ 此時袁桷已辭官，虞集在上都憶起去年此時此地的經歷，唯有再次使用星宿意象追憶創傷經驗：「我行起視夜，星漢非故處。」（第 7 至 8 句），第 7 句與上引袁桷〈次韻伯生榆林中秋〉第 7 句「我行起視夜」相同，虞集刻意召喚前一年的共同文本記憶，包括星宿意象及袁桷詩，並直接挪用袁桷詩句，意在再次提醒各人的創傷經驗，時空已變，創傷依舊，星漢已非處於去年看到的地方，在詩人眼裡其錯置更能突顯時空之無情，但無論它在何處，總使詩人憶起南坡之變帶來的傷痛。創傷後的波動情緒反覆再現，其重現方式可以是完整的、片段的、變型的，或是迴環往復的，虞集等人的共同創傷經驗和書寫是以星宿意象涵義的轉化再現，即由塑造緊張氣氛，到敘寫平實星光之位置及河漢沒落，再至歌頌星光之作用，回到星漢再次出現且錯置。三位詩人的次

49　Christian Soffel says "[Yuan Jue] was rewarded several posthumous honours after his death in 1327. Therefore, we can conclude that he left the Hanlin on good terms, maybe because he fell ill and was unable to serve." In his "Publishing Strategies in the Early Fourteenth Century: Yuan Jue's Preface to Wang Yinglin's *Kunxue jiwen*," *Journal of Song-Yuan Studies* No. 35 (2005), p. 66.

50　《元史》卷 28「英宗本紀」，第 3 冊，頁 624。

51　虞集，《道園學古錄》卷 1（《四部備要》第 276 冊），頁 4a。原詩八句。馬祖常詩待考。

韻詩互相提醒和安慰，星宿意象的再現和聯句唱和的迴環往復，是三人直面創傷經驗的緩和方法。

第四節　東平王哀詩：以史筆重建新的政治及道德威信

泰定帝繼位後，做了一個舉動告訴大都朝臣他對南坡災難的立場。《元史》「拜住列傳」記載：「泰定初，中書奏丞相拜住盡忠效節，殞于群兇，乞賜褒崇以光後世。制贈清忠一德佐運功臣、太師、開府儀同三司、上柱國，追封東平王，諡忠獻。」[52] 形容南坡之變的逆賊為群凶，追封拜住為東平王，泰定帝此一舉動固然把自己排除於南坡事變外，並豎立朝廷對忠節之士的肯定。[53] 那麼，大都文人如何面對這樣的官方立場，將之寫進詩裡？虞集及袁桷有一組次韻詩可資參考。

虞集詩題為〈次韻李侍讀東平王哀詩〉，袁桷詩是〈至治丞相輓詩次韻李仲淵學士〉，袁桷於泰定四年（1327）八月下世，詩寫於泰定帝朝 1323 至 1327 之間。[54] 二詩為古體，各有 56 句，原詩由李仲淵直學士撰寫。[55] 就虞集哀詩言，他已沒有再用星宿意象，南坡災變所受的創傷經驗似乎由前一階段的平淡隱晦轉化為直接譴責，這裡的心理轉化或許與泰定帝的官方立場轉變有關。虞詩約可分為三部分，第一部分用感情激動且波詭雲譎的字詞，追憶南坡之變的突襲與恐慌，「傳聞昏白晝，悲憤結全區」（第 3-4 句），「魑魅嫌明鏡」（第 9 句），「箛鳴殘夕月，馬償四交衢。所痛倉皇際，將

---

[52] 《元史》卷 136「拜住列傳」，第 11 冊，頁 3306。
[53] 蘇天爵，〈題丞相東平忠獻王傳〉，《全元文》第 40 冊，頁 81-82。
[54] 虞集，〈次韻李侍讀東平王哀詩〉，《道園學古錄》卷 2，《四部備要》第 276 冊，頁 10a-10b，袁桷，〈至治丞相輓詩次韻李仲淵學士〉，袁桷著，李軍，施賢明，張欣校點，《袁桷集》，頁 247-248。羅鷺繫虞集詩於 1323 年，《虞集年譜》，頁 75。
[55] 李氏原詩待考。虞集，〈送李仲淵雲南廉訪使序〉，《道園學古錄》卷 6，《四部備要》第 276 冊，頁 4b-5a。柳貫有〈故相東平忠獻王挽歌詞〉，書寫頌揚（第 1 至 20 句），寫南坡災難（第 21 至 44 句），反響（第 45-56 句），柳貫著，柳遵傑點校，《柳貫詩文集》，杭州：浙江古籍出版社，2004 年，頁 76-77。

無古昔殊。」（19-22 句），虞集對南坡暗殺的憤恨敘述至此，第二部分直接肯定拜住的功勳及對其離去的無可奈何，「相業今如在，民生實少痛。誰能疵璧玉，唯有泣瓊珠。」（33-36 句）。相比前此兩組南坡詩歌，虞集詩的重點在第三部分：「執簡書群盜，當關欠一夫。」（第37-38句）「執簡」句指的是監察御史彈劾群盜的責任，那麼是次南坡事件為何由李仲淵直學士和虞集以詩來控訴？這或許可從蒙元律法的背景來看。忽必烈於 1272 年廢除金代的太和律，至蒙元 1368 年退出漢地期間，一直沒有頒布適用於蒙古、色目、漢人、南人的律令。[56] 當時中央及地方判決有很多矛盾及不合理處，為了判決有所依據，朝臣始編纂判決案例。[57] 在一段相當長的法律制度的討論後，尤其在拜住上書請求建立正式的法律制度及條文後，英宗最後於 1321 年頒布《大元通制》，但只包括朝廷法令、條格、斷例三部分的判決案例，不及律令。[58] 據此，虞集的「當關」句並非實指關口，指英宗一朝除了拜住外，缺少可以掌權的監察御史彈劾答己、鐵木迭兒、鐵失黨派、蒙元諸王的惡行。虞集故而把南坡謀逆寫進詩裡，親以春秋之筆彈劾叛黨。

虞集詩前兩部分用了不少情感激動的言詞，如「悲憤」（第 4 句），「痛」（第 21 句），「泣」（第 36 句），甚至說出「危知無復死，恨不奮前誅」（43-44 句）的憤憤不平，「謳吟申感慨，述作懼荒蕪」（47-48 句），指出書寫是直面創傷的途徑。虞集最後一段稱頌拜住：「神還嵩岳峻，氣直斗杓孤。陟降先皇側，回翔造化徒。英靈常會合，瞻想豈虛無。」

---

[56] 終元一世，有兩部法律文獻曾於1273 及 1305 年提出，包括《大元新律》及《大元律令》，惜最終都沒有頒布。Paul Chen Heng-chao, *Chinese Legal Tradition under the Mongols: the Code of 1291 as Reconstructed*, Princeton: Princeton University Press, 1979, pp. 3-40, esp. 15, 19.

[57] John Langlois, "Law, Statecraft, and The Spring and Autumn Annals in Yuan Political Thought," in Hok-lam Chan and Wm. Theodore de Bary, eds., *Yuan Thought: Chinese Thought and Religion Under the Mongols*, New York: Columbia University Press, 1982, pp. 89-152.

[58] Paul Chen, *Chinese Legal Tradition under the Mongols: The Code of 1291 as Reconstructed*, p.28.

（第51-56句）以《詩經・大雅》尹吉甫〈崧高〉裡對申伯德行的描述，類比拜住的高尚品德如同嵩山。[59] 第53句又以《大雅》〈文王〉句意，即萬民得到先祖的保護，歌頌拜住雖歿但仍然保護英宗及其臣民，[60] 虞集更說對將來英傑再臨充滿期待。就全詩言，虞集表現的情緒相較前面兩組南坡詩歌更為憤懣，如此憤憤不平已從最初隱晦的創傷書寫、平淡內斂的反應，轉變為這一首憤懣的直接呈現，說明官方追封拜住為東平王一事，對大都文人來說，足以讓他們放膽在私人領域的書寫裡暢所欲言，虞集詩的「氣粗筆縱」或可由此角度理解。[61]

袁桷輓詩約有三部分，第一部分（第1-24句）歌頌英宗及拜住納賢斥佞，例如「繡帛招賢俊，鎧金辟佞諛」（第11-12句），第二部分（第25-40句）再次追憶南坡災變的突襲，「萬騎玄雲蔽，群狐黑夜呼」（第31-32句），第三部分（第41-56句）則是詩人追憶後的當下批判。其中最為重要的，當是對南坡之變的責難。如上所述，英宗與拜住在朝時，於朝政改革和律令頒布都有急於求變之心，袁桷因而寫到：「律成懸象魏，禮缺補鴻都。」[62]（第17-18句）縱有敵對派系和諸王的阻撓，拜住仍然「士進三千牘，奸誅十二衢」（第19-20句）。[63] 與虞集一樣，袁桷詩的後半部表達他

---

[59] 《詩經・大雅》〈崧高〉，見毛亨傳；鄭玄箋；孔穎達疏；龔抗雲等整理；劉家和審定，《毛詩正義》，載《十三經注疏整理本》第六冊，北京：北京大學出版社，2000年，頁1418。

[60] 《大雅》〈文王〉有句：「文王陟降，在帝左右。」，見毛亨傳；鄭玄箋；孔穎達疏；龔抗雲等整理；劉家和審定，《毛詩正義》，載《十三經注疏整理本》第六冊，北京：北京大學出版社，2000年，頁1120-1121。

[61] 潘德輿評此詩「氣粗筆縱」，《養一齋詩話》，收於郭紹虞編，《清詩話續編》，上海：上海古籍出版社，1999年，頁2040。

[62] 「象魏」即闕，用以高懸皇令示民。鄭玄，《周禮鄭注》卷二「冢宰治官之職」，臺北：新興書局，1976年，頁19。東漢時的鴻都門設立官學，是圖書中心，也是教作文、書、畫之地。

[63] 此處的「士」指曾上書長篇箴言給武帝的東方朔，用上三千奏牘。司馬遷，《史記》卷126「滑稽列傳」，第十冊，北京：中華書局，1982年〔2011年〕，頁3205。袁桷以此類比為拜住。

對南坡災難的激動反響，以春秋筆法彈劾叛黨：

> 殺青誰執簡，泣血漫成湖。史記羹梟賜，經傳齒馬誅。（第 41-44 句）

強調書寫此段泣血歷史之重要，但由誰來執行呢？除了李仲淵外，袁桷把自己也拉進書寫歷史的責任裡。第 43 句結合《漢書》梟羹賜朝臣事，古代皇帝命朝臣貢獻梟（食其母）及獍（食其父）用以祭祀，滅梟及獍因為牠們都是不忠不孝之物；[64] 如淳（221-265）對此段記載的注評指出，漢廷命各地呈獻梟，在農曆五月初五把梟羹賜予朝臣，以示剿滅奸佞之心。[65] 袁桷句直指在皇命下，誅滅佞臣。第 44 句的典故來自《禮記·曲禮》「齒路馬有誅」，朝臣數皇帝馬匹之年並視其齒，非禮法所容許，可被誅殺，此典多指向宮廷內亂。[66] 袁桷以激動憤懣的言詞指出，要有重建宮廷的政治力量和誅殺佞臣的魄力（羹梟），並有完整的禮法秩序和律令阻嚇（齒馬），如此才可以「邦刑窮剿絕」（第 49 句）。其意全在指出一個文明社會需要有政治和道德力量的展示，通過朝廷和儒臣的合作，重整律令和禮法制度，「殺青誰執簡」的「誰」，除了袁桷正在以史筆評論這段南坡災難之外，同時肯定和欣賞李仲淵的撰作，而「誰」也可以是任何一個後來者。

　　通過這組追憶南坡事變及悼念拜住的次韻詩可見，大都宮廷文人已拋開了最初的巨大創傷，始以反省和提出改革的角度正視現實，這點固然與泰定帝朝追封拜住為東平王有關，既然朝中已把他視為「盡忠效節」之士，故虞集和袁桷便可放心在私人領域的次韻創作提出時政見解。詩裡最為核心的觀念是以史筆記錄之，這緣於當時律令缺失的政治環境，虞、袁認為叛逆者逃得過法律制裁，但走不出歷史的判決，進而強調「執簡」書寫。從兩首作品的文學語言看，召喚經史裡記載道德力量和威攝佞臣的故事，這些都可視為

---

[64] 班固，《漢書》，頁 1218。
[65] 司馬遷，《史記》卷 12，頁 456-457。
[66] 鄭玄、孔穎達，《禮記正義》，北京：北京大學出版社，2000 年，頁 115。

儒臣對非禮行為的不滿和判斷，虞、袁再現這些原典關鍵字詞於詩裡，進一步提供了古代君主斷案的方法，以及重建道德秩序的事例參考。如果由南坡及泰定帝朝的角度閱讀，虞、袁這組詩歌具有巨大的正面價值，因為它代表了當時對道德力量的訴求，而「執簡」的史筆意義在於，它是當時文人共有的文化背景，藍德彰（John Langlois）的研究指出，元代專研《春秋》的學者頗多，現存有 127 種資料，虞集的老師吳澄便有《春秋纂言》，可知當時對「義」的追求是文人共有的。[67]

第五節　宮廷詩的勸誡：1325 至 1326 年的經筵後詩

虞集的〈泰定甲子上京有感次韻馬伯庸待制〉是他進入泰定帝（1324-1328 在位）一朝後所作，心知新主聞乎暗殺，但又必須侍奉，面對這樣的矛盾，虞集選擇以儒學經典教化新主。需要指出的是，虞集傾向支持答剌麻八剌一系治統的合法性，這一系包括仁宗、英宗以及後來的文宗，而泰定帝屬於甘麻剌一系。當文宗後來繼承泰定帝帝位時，虞集於 1328 年奉文宗之命寫〈即位改元詔 戊辰，天曆元年九月十三日〉，嚴詞斥責泰定帝當初繼位之不當：

> 宗親各授分地，勿敢妄生覬覦。此不易之成規，萬世所共守者也。世祖皇帝之後，成宗皇帝、武宗皇帝、仁宗皇帝、英宗皇帝，以公天下之心，以次相傳，宗王貴戚，咸遵祖訓。至於晉邸，具有盟書，願守藩服，而與賊臣帖失、也先帖木兒等，潛通陰謀，冒干寶位，使英皇

---

[67] John Langlois 指出《春秋》"could provide a source of norms and laws and precedents which would assist the ruler in restoring order to the world" and provide officials "with guidelines and support in the efforts to advise the rulers in statecraft." "Law, Statecraft, and The Spring and Autumn Annals in Yuan Political Thought," in Hok-lam Chan and Wm. Theodore de Bary, eds., *Yüan Thought: Chinese Thought and Religion under the Mongols*, New York: Columbia University Press 1982, pp. 119, 127.

不幸罹於大故。[68]

奉文宗意旨下，以「晉邸」稱呼泰定帝，在此官方文獻裡確認其「潛通陰謀」而致南坡之變，否定其繼位之合法性。文宗 1329 年第二次繼位，虞集奉命再撰〈即位詔〉，同樣斥責「晉邸」破壞祖宗家訓。[69] 楊訥已指出，為何泰定帝一死，便將英宗之死的矛頭指向泰定？仁宗和英宗「以公天下之心，以次相傳」實在是欺心之論，是虞集的無奈言辭，史實說明正是仁宗撕毀武仁授受協定，而文宗命令虞集這樣書寫，完全是為自己製造奪位之理由。[70] 另一篇為寧宗所撰的即位詔寫於 1332 年，甚至隻字不提「晉邸」，只寫答剌麻八剌一脈的英宗（1320-1323）、文宗（1328 首次繼位）、明宗（1329）、文宗（第二次繼位，1329-1332）。[71]

虞集在泰定帝一朝必定充滿內心掙扎及矛盾。曾經經歷南坡謀逆後的詩人是如何面對泰定帝呢？1324 年，泰定帝命令重開經筵，虞集和馬祖常俱任講臣，[72] 二人有詩記述數次講授經筵之過程，以下選取馬祖常〈大明殿進講畢侍宴得詩二首〉及虞集〈進講後侍宴大明殿和伯庸贊善韻〉為例，談談兩位詩人在內亂後的取態。[73] 這組詩大約作於 1325 至 1326 年期間。1325 年，馬祖常任左贊善，同年，虞集任國子司業。[74] 1325 年稍後，虞集升任秘書少監，後於 1327 年拜翰林直學士。[75] 柳貫一首贈詩的詩題記錄了馬祖

---

[68] 虞集，〈即位改元詔 戊辰，天曆元年九月十三日〉，《全元文》第 26 冊，頁 17。
[69] 虞集，〈即位詔 己巳，天曆二年八月十五日〉，《全元文》第 26 冊，頁 18。
[70] 楊訥，〈泰定帝與南坡之變〉，頁 98-99。
[71] 虞集，〈即位詔 壬申，至順三年十月初四日〉，《全元文》第 26 冊，頁 19-20。
[72] 虞集，〈書經筵奏議稿後〉，蘇天爵，《元文類》，北京：商務印書館，1936 年（1958 年），頁 523-524。
[73] 馬祖常，〈大明殿進講畢侍宴得詩二首〉，李叔毅、傅瑛點校，《石田先生文集》，鄭州：中州古籍出版社，1991 年，頁 70，虞集，〈進講後侍宴大明殿和伯庸贊善韻〉，《道園學古錄》卷 3（《四部備要》第 276 冊），頁 4a。
[74] 「泰定健儲，擢〔馬祖常為〕典簿少監、太子左贊善。」，《元史》卷 143「馬祖常列傳」，第 11 冊，頁 3412。羅鷟，《虞集年譜》，頁 82-84。
[75] 翁方綱，《虞集年譜》，頁 453-456。羅鷟，《虞集年譜》，頁 89。

常贊善及虞集秘監同於經筵講學，[76] 柳貫沒有點明時間，但據馬、虞官職，相信是次經筵約於 1325 至 1326 年期間舉行。此外，馬、虞詩都說經筵舉行於大都的大明宮，[77] 而 1325 年的經筵在上都舉行，[78] 1327 年的經筵虞集已轉任翰林直學士，故此，上述「大明殿進講」該在 1325-1326 年的大都舉辦。據柳貫詩「講經白虎論，載筆承明入」的記錄，該次經筵的進講典籍為班固（32-92）《白虎通義》，是書重點陳述為君重大的道德責任，以及身為朝臣要指出君主錯誤的諷諫職責。[79] 據上文有關英宗、拜住、南坡謀逆的各組詩歌書寫為背景，這組詩歌反映南坡之難後，朝廷擬重建和加強道德威信，詩歌雖非寫南坡之變，卻是因為深刻的災難近因而出現，值得參考。

馬祖常〈大明殿進講畢侍宴得詩二首〉其二如下：

漢殿千門飾寶瑤，直郎先奏進經朝。[80]
諸儒泥古言雖固，明主思賢道已昭。
飲酒敢同魚藻賦，制詩真過柏梁朝。
小臣橐筆詞垣側，白日無翰溯赤霄。

---

[76] 柳貫，〈貫草草南歸伯生秘監方晨赴經筵馳詩見別舟中次韻俟便答寄兼簡伯庸贊善〉，柳遵傑點校，《柳貫詩文集》，頁 6-7。

[77] 張帆，〈元代經筵述論〉，《元史論叢》第 5 輯，北京：中華書局，1993 年，頁 139。

[78] John Langlois, "Yu Chi and His Mongol Sovereign: The Scholar as Apologist," *The Journal of Asian Studies* vol. 38, No. 1 (Nov., 1978), p. 101.

[79] Wm. Theodore de Bary 指出《白虎通議》"a clear reaffirmation of the Confucian emphasis on complementarity, on the heavy moral responsibilities of the ruler, on the minister's duty to remonstrate with the ruler lest he goes wrong (or leave his service if this is unavailing), and on the son's duty to remonstrate with his father as well as the wife's to admonish her husband." *Sources of East Asian Tradition vol. 1*, New York: Columbia University Press, 2008, pp. 187-188.

[80] 承直郎屬元代的榮譽稱號。

馬祖常在五六句書寫對經筵的正面看法。第 5 句的「魚藻」指《詩經‧小雅》〈魚藻〉篇，毛詩序謂刺幽王重享樂不重蒼生，不過，第 4 句「明主思賢道已昭」乃正面肯定，所以第 5 句脫離毛詩序闡釋，只用〈魚藻〉「王在在鎬，飲酒樂豈」句意，[81] 寫泰定帝聽講後滿足地與朝臣同樂。第 6 句寫漢武帝柏梁臺上的君臣聯句，武帝起句，朝臣承續，例如石慶寫「總領天下誠難治」譽武帝治國，咸宣云「三輔盜賊天下危」喻武帝應小心周邊地區的各個勢力等等，[82] 故第 6 句是讚揚泰定帝胸襟廣闊，如柏梁臺聯句一樣，接受朝臣進諫。由馬祖常詩看來，此次經筵的效果似乎頗佳。虞集的和詩其二轉寫泰定帝重視老臣，欣喜有經筵的推行，以及宮廷之生氣煥發，最後以宮廷文人頌揚上位者作結。至於有關進講過程的描述只見於其一：

丞相承恩自九天，講臣春殿秩初筵。
養賢敢謂占頤象，[83] 陳戒猶思誦抑篇。
既奏虞韶兼善美，豈無后稷暨艱鮮。
願推餘澤均黎庶，樂只邦基億萬年。

虞集詩用典頗多，除了展現和諧的中期宮廷氛圍外，典故的共通處在於指出，身為君臣的道德行為標準。第 1 句以丞相受皇恩而舉行經筵起句，寫君臣和睦，第 2 句以《小雅》〈賓之初筵〉的「賓之初筵，左右秩秩」承接，[84] 指出經筵完成後，儒臣被邀往內宴就座後的恭敬形象。第 3 句引《易經》

---

[81] 《詩經‧小雅》〈魚藻〉詩，見毛亨傳；鄭玄箋；孔穎達疏；龔抗雲等整理；劉家和審定，《毛詩正義》，載《十三經注疏整理本》第五冊，北京：北京大學出版社，2000 年，頁 1046-1047。

[82] 明代謝榛記載柏梁臺詩：「是時君臣宴樂，相為警誡，猶有二代之風。」，《四溟詩話》，收於丁福保輯，《歷代詩話續編》，北京：中華書局，2001 年，頁 1144。

[83] 「頤」（Nourishment）象，可參 Van Over Raymond ed., *I ching (based on the translation by James Legge)*, New York: New American Library, c1971, pp. 155-158.

[84] 據詩序，《詩經‧小雅》〈賓之初筵〉乃衛武公刺時，謂幽王耽於享樂、宴會和飲酒無度，君臣上下沉溺其中，見毛亨傳；鄭玄箋；孔穎達疏；龔抗雲等整理；劉家和審

「頤」象謂：「天地養萬物，聖人養賢以及萬民，頤之時大矣哉。」[85] 這裡的類比是「聖人養賢」與「泰定帝養賢」兼惠及萬民，虞集對泰定帝再開經筵感到恩喜。第 4 句〈抑〉篇的典故層次指賢士批評時政混亂的勇氣，經筵官向泰定帝進講，就〈抑〉篇以明己志。[86] 第 5 和 6 句為鑑戒，藉古樂「虞韶」指出上位者要以虞舜為本，建立道德正義，又以虞舜時的農官后稷為例，元廷要有惠及萬民之心。末聯回到宮廷詩傳統寫法，感謝皇恩，並願意把剩餘的惠及平民，再以《詩經・小雅》〈南山有臺〉總結邦國再興且樂的理想境界，原因必定在於朝廷的養賢及惠民政策。[87]

由 1323 至 1326 期間有關南坡之變的討論及其周邊文本說去，袁桷、虞集、馬祖常有著不同程度的情緒顯隱，創傷後的激動、平淡隱晦、憤懣，以至直面事實後的反思批判，都與泰定帝的朝政狀況息息相關。從上引詩歌來看，詩人是以共同書寫和召喚同一文本意象或同一立場來抒懷，甚至可說以聯句和次韻的形式對話療傷。南坡之變三年後，袁桷已經離場，馬祖常和虞集仍在朝中。馬、虞於 1325 至 1326 年期間撰寫的經筵後詩，重點不在其創傷經驗的追憶，反而可藉此觀察宮廷文人如何周旋於治統不受廣泛體認的泰定帝一朝。由經筵後詩可見，馬祖常和虞集對泰定帝是有期望的，這種期望已跳出前此南坡詩歌的創傷經驗，而積極介入朝政操作的層面，直面泰定帝

定，《毛詩正義》，載《十三經注疏整理本》第五冊，北京：北京大學出版社，2000 年，頁 1026。虞詩並沒有此意。

[85] Richard John Lynn, *The Classic of Changes: A New Translation of the I Ching as Interpreted by Wang Bi*, New York: Columbia University Press, c1994, p. 305; James Legge, *Book of Changes*, New York: Bantam Books, 1964, p. 114.

[86] 《詩經・大雅》〈抑〉，詩序謂「衛武公刺厲王，亦以自警也。」見毛亨傳；鄭玄箋；孔穎達疏；龔抗雲等整理；劉家和審定，《毛詩正義》，載《十三經注疏整理本》第六冊，北京：北京大學出版社，2000 年，頁 1365。

[87] 此處用《詩經・小雅》〈南山有臺〉「樂只君子，邦家之基。」句意，見毛亨傳；鄭玄箋；孔穎達疏；龔抗雲等整理；劉家和審定，《毛詩正義》，載《十三經注疏整理本》第五冊，北京：北京大學出版社，2000 年，頁 718。

的統治以及由他引起的創傷。要問的是，泰定帝為何重開經筵？蕭啟慶指出，泰定帝為了表明自己對漢文化的尊崇以及為了贏得最廣泛的支持，故於事變後的 1324 年立即實行，[88] 如此操作，如同大德十一年（1307）武宗即位時出版蒙文譯本《孝經》的目的一致。另一方面，參與經筵的儒臣對此的看法如何？虞集寫於泰定四年（1327）的〈書經筵奏議稿後〉，記載集賢院大學士趙簡（字敬甫，1326 年為集賢大學士），感嘆泰定帝朝沒有從經筵獲得歷史經驗推動朝政發展，指出沒有一項改革或討論得益自經筵講學，虞集安慰趙簡，說朝廷重視經筵，把講學內容及典籍以金字皮革包裹，虞集進而援引孟子「人不足與適也，政不足〔與〕間也，唯大人為能格君心之非」之論，[89] 指出君主用人或施政不當，不必一一責難，唯有繼續「格心」匡正君主之心，作為經筵講臣是盡力講述儒家經典要義及事例。[90] 從經筵後詩可證，虞集等人非常珍視這些講學機會，提供美刺並重的經典事例，是當時詩人直面泰定帝的共同態度，其心態固然是為了國家秩序和道德力量的重整。在泰定帝朝的背景下，進講後詩歌彰顯了宮廷文人的進言責任，具有積極的文化價值，宮廷詩並不是無益時政之言詞。

---

[88] Hsiao Chi-ching, "Mid-Yuan Politics," in *The Cambridge History of China, vol. 6, Alien Regimes and Border States 907-1368*, edited by Herbert Franke and Denis Twitchett, Cambridge: Cambridge University Press, 1994, p. 539.

[89] 焦循撰，沈文倬點校，《孟子正義》卷十五〈離婁上〉「第二十章」，北京：中華書局，1987 年，頁 525。

[90] 泰定元年（1324）春天的經筵過程，參虞集〈書經筵奏議藁後〉，載蘇天爵編，《元文類》卷 39，臺北：世界書局，1962 年，頁 13a-15a。

第八章　故實規鑑——君臣同場下元代中期宮廷詩的治國想像與關懷

　　至治三年（1323）南坡政變後，屬甘麻剌一系泰定帝繼位，英宗（答剌麻八剌一系，1320-1323 在位）時期的宮廷文人，除袁桷歸鄉外，馬祖常、虞集、揭傒斯、楊載等等仍在朝。1324 年夏，虞集回到上都，其〈泰定甲子上京有感次韻馬伯庸待制〉說到在上都翰林院之孤寂，「我行起視夜，星漢非故處」寫去年此時英宗與拜住還在，今年則物是人非，仍然感嘆英宗和拜住在南坡被暗殺一事。[1] 泰定帝繼位後共開經筵四次，馬祖常和虞集曾一起參予經筵進講並寫詩歌詠，寄望朝廷應該以儒為本體察民情。[2] 甘麻剌一系的泰定帝殁後，文宗於天曆元年（1328）繼位，虞集奉命撰〈即位改元詔〉，強調文宗繼承英宗以來答剌麻八剌一系的治統，並以「晉邸」稱呼泰定帝，由此即位詔的選詞可見當時蒙古派系兩條血脈間鬥爭激烈。[3] 天曆二年（1329），文宗立藝術中心奎章閣，成員包括奎章閣侍書學士虞集，授經郎（正七品）揭傒斯，鑒書博士柯九思（1290-1343）等等。[4] 文宗御書虞集的〈奎章閣記〉，將之刻石分賜近臣，石守謙謂此乃「追仿宋代帝王以御書賞賜的行為」，指出文宗或許具備解讀「承載理想政治秩序」的中國繪

---

[1] 虞集，〈泰定甲子上京有感次韻馬伯庸待制〉，《道園學古錄》卷 1，《四部備要》第 276 冊，頁 4a。

[2] 虞集，〈書經筵奏議稿後〉，載蘇天爵編，《元文類》卷 39，臺北：世界書局，1962 年，頁 13a-15a。

[3] 見第七章及第九章。

[4] 《元史》卷 181「揭傒斯列傳」，第 14 冊，頁 4184-4187。

畫，[5]其中包括「明皇出遊圖」。此圖虞集有二題，其中一首題詠周怡（1119-1125）臨摹韓幹畫作，寫唐明皇（712-756 在位）騎馬出遊，文宗沒有為此御製詩歌，卻命虞集、揭傒斯題寫應制詩。[6]

文宗奎章閣的成立並沒有經過中書省的討論，是帝王的個人操作，諸如命令虞集撰寫奎章閣閣文，御書閣文刻石分賜近臣，在閣裡賞玩前朝珍寶，或在閣裡議論政事等等。另一方面，文宗入繼大統，是因為燕鐵木兒的幫助，可以想像，凡奎章閣舉行的藝文和政事活動，皆會引起蒙古色目大臣的顧慮。雖然說奎章閣開閣是文宗的個人操作，但其本事應該放在同一時間點——明宗繼位於和寧之北的背景上詮釋。以此為背景，我們會重整奎章閣開閣本事、分賜御書閣文刻本緣由、閣員以詩題詠閣藏的美刺題旨，藉此考察中期宮廷文人在巨大的政治壓力下對理想政治秩序的思考。

第一節　奎章閣開閣的原因以及
　　　　文宗御書〈奎章閣記〉論略

論者談及文宗奎章閣的特點，較多視其為儒治之一環，如果考慮到開閣前後明宗和文宗朝的政治生態，可以重新審視開閣之緣由、其性質及影響、閣員在文宗朝被打壓的情況，從而更深入了解奎章閣閣員題寫藏品的內容側重原因。

---

[5] 石守謙，〈元文宗的宮廷藝術與北宋典範的再生〉，《中國文化研究所學報》第 65 期（2017 年 7 月），頁 97-117。

[6] 傅申，〈元文宗與奎章閣——元代皇室書畫收藏史略（二）〉，《故宮季刊》第 13 卷第 2 期，1978 年，頁 21。Ankeney Weitz 曾簡論此二詩的鑑戒意義，"Art and Politics at the Mongol Court of China: Tugh Temur's Collection of Chinese Paintings," *Artibus Asiae* vol. LXIV no. 2 (2004), p. 252. 本文則關注元代宮廷文人題寫鑑戒意義背後的緣由與中期宮廷多族士人背景下的關係。周怡乃宣和末畫院人，倣唐畫有可觀，參元人湯垕所記，《古今畫鑑》，載《元人畫學論著九種》，臺北：世界書局，2009 年，頁 212。

1.1 奎章閣開閣原因及其象徵意義

進入討論之前，下表首先整理明宗和文宗的繼位史實。

表 8-1　致和、天曆年間的明宗和文宗繼位本事[7]

時間點	和世㻋（明宗）本事	圖‧帖睦爾（文宗）本事
致和元年（1328）七月至八月	周王（明宗）在朔方。	泰定帝崩于上都，燕鐵木兒控制大局，兵刃相見，召百官集興聖宮，號令由武宗（海山 1307-1311）二子入繼大統。時兄周王（明宗）遠在沙漠，弟懷王（文宗）在江陵，乃迎文宗入繼大統，宣言已遣使北迎明宗，又詐稱明宗使者來言旦夕將至。[8] 八月，懷王在大都，群臣請正大統。
九月，改元天曆		懷王（文宗）固讓曰：「大兄在北，以長以德，當有天下。必不得已，當明以朕志播告中外。」[9] 燕鐵木兒曰：「人心向背之機，間不容髮，一或失之，噬臍無及。」[10] 九月即位，改元天曆，詔天下曰：「謹俟大兄之至，以遂朕固讓之心。」[11] 虞集奉命撰〈即位改元詔〉。[12]
天曆元年冬十月	明宗命孛羅如京師，百姓聞使者至，呼曰：「吾天子實自北來矣！」[13]	

---

[7] 資料來源：《元史》、《新元史》、《道園學古錄》等書所記，見表內所示。又參明代陳邦瞻原編，《元史紀事本末》卷二十二「三帝之立　明宗、順帝、文宗」，臺北：三民書局，1966年〔1989年重印〕，頁130-141。

[8] 《元史》卷31，第3冊，頁694-695。

[9] 《元史》卷31，第3冊，頁694-695。

[10] 《元史》卷32，第3冊，頁708。

[11] 《元史》卷31，第3冊，頁695。

[12] 《虞集全集》，頁375。《元史》卷32全文刊載，然句段稍異，第3冊，頁709-710。

[13] 《新元史》卷20，第1冊，頁283。

天曆元年十一月		御史臺臣入見內殿，帝納伯顏等言，謹具石請刻詔書制誥，命趙世延、虞集制文。[14]
天曆二年（1329）正月	即位于和寧（和林）之北，命撒迪遣人還報京師。後再遣撒迪等還京師，命曰：「朕弟曩嘗覽觀書史，邇者得無廢乎？聽政之暇，宜親賢士大夫，講論史籍，以知古今治亂得失。卿等至京師，當以朕意諭之。」[15]	
天曆二年二月	文宗立奎章閣學士院于京師，遣人以除目來奏，並從之。[17]	頒行《農桑輯要》及《栽桑圖》。虞集奉命撰寫〈奏開奎章閣疏〉。[16] 立奎章閣學士院，秩正三品，以翰林學士承旨忽都魯都兒迷失、集賢大學士趙世延為大學士，侍御史撒迪、翰林直學士虞集並為侍書學士。[18]
天曆二年三月	中書右丞相燕鐵木兒奉皇帝寶來行在。[19]	虞集奉勅作〈奎章閣銘〉：「天曆二年三月吉日。天子作奎章閣，萬機之暇，觀書怡神，則恆御焉。」[20] 文宗曰「寶璽既北上，繼今國家政事，其遣人聞于行在所。」命有司造乘輿服飾，北迎大駕。命改集慶潛邸為大龍翔集慶寺。設奎章閣授經郎二員，職正七品。[21]
天曆二年（1329）	燕鐵木兒入覲于行在，率百官奉	虞集奉勅作〈奎章閣記應制 奉 勅視

---

[14] 虞集，〈御史臺記應制〉，《全元文》第 26 冊，頁 438-440。

[15] 《元史》卷 31，第 3 冊，頁 696。

[16] 《道園學古錄》卷十二「在朝稿」，《四部備要》第 276 冊，頁 1a。《全元文》第 26 冊，頁 41。

[17] 《元史》卷 31，第 3 冊，頁 696。《新元史》卷 20，第 1 冊，頁 283。

[18] 《元史》卷 33，第 3 冊，頁 731。

[19] 《新元史》卷 20，第 1 冊，頁 283。

[20] 《道園學古錄》卷二十一「應制錄」，《四部備要》第 276 冊，頁 5b。《全元文》第 27 冊，頁 60。

[21] 《元史》卷 33，第 3 冊，頁 731-732。

四月	上皇帝寶。以燕鐵木兒為太師，兼中書右丞相，開府儀同三司等職。帝諭：「凡京師百官，朕弟所用者，並仍其舊。卿等其以朕意諭之。」又諭臺臣盡忠糾省、臺闕失，凡諸王百官違法越禮事，一舉彈劾，卿也應奏聞朕之闕失。傳諭燕鐵木兒等人，曰：「世祖皇帝立中書省、樞密院、御史臺及百司，共治天下，大小職掌已有定制。……凡百司庶政……以告於朕。軍務機要，樞密院即奏聞……其他必先白中書省、樞密院、御史臺，毋得隔越陳請。儻違朕命，必罰無赦。」[22]	草〉，又題為〈奎章閣記應制 己巳，天曆二年四月〉。[23] 明宗立皇弟圖‧帖睦爾（文宗）為皇太子。[24]
天曆二年五月	敕中書省臣鑄皇太子寶。[25]	
天曆二年六月	車駕次坤都也不剌、撒里、兀納八、忽禿等地。	
天曆二年七月		受皇太子寶。
天曆二年八月	車駕次王忽察都，皇太子入覲，宴皇太子、諸王及群臣於行殿，明宗暴崩。[26]	是月，皇太子復即帝位。即位於上都大安閣。[27] 任命伯顏復為中書左丞相，趙世延等人為中書平章政事，朵兒只為中書右丞，阿榮和趙世安為中書參知政事。[28] 虞集奉命撰〈即位詔 天曆二年八月十五日〉。[29] 陞奎章閣學士院，秩正二品。[30]

---

[22] 《新元史》卷20，第1冊，頁283-285。
[23] 《道園學古錄》卷二十二「應制錄」，《四部備要》第276冊，頁6b-7a。《全元文》第26冊，頁437-438。
[24] 《元史》卷31，第3冊，頁698。《新元史》卷20，第1冊，頁285。
[25] 《新元史》卷20，第1冊，頁285。
[26] 《新元史》卷20，第1冊，頁286。
[27] 《元史》卷33，第3冊，頁737。
[28] 《新元史》卷20，第1冊，頁297。
[29] 《虞集全集》，頁375-376。《元史》卷33，第3冊，頁737-738。
[30] 《元史》卷33，第3冊，頁739。

據上表,有三點線索。第一,當時燕鐵木兒權傾朝野,可以商略帝王之任命,以及百官之進退。就本章討論的御書賞賜言,文宗竟無一篇御書賜予燕鐵木兒,反而於至順二年(1331)二月,建燕鐵木兒居第於興聖宮之西南,同年四月,詔建燕鐵木兒生祠於紅橋之南,樹碑記其勳功。[31] 如果御書賞賜是文宗只給予心腹的重要儀式,也是南人期許君臣契合的治國理想的象徵,那麼,文宗以財富和樹碑賜予燕鐵木兒,看來是撫順人心的權宜之計了。

第二,帝位紛爭期間,虞集撰寫兩篇文宗即位詔、三篇奎章閣文章,無可避免地將自己放在文宗與中書省及燕鐵木兒的政權爭鬥裡。天曆元年九月,文宗即位於大都,[32] 虞集奉撰〈即位改元詔〉,寫及:

> 朕兄弟播越南北,備歷艱險,臨御之事,豈獲與聞?……朕以菲德,宜俟大兄,固讓再三。宗戚將相,百僚耆老,以為神器不可以久虛,天下不可以無主。周王遼隔朔漠,民庶惶惶,已及三月,誠懇迫切。朕姑從其請,謹俟大兄之至,以遂朕固讓之心。已於致和元年九月十三日,即皇帝位於大明殿。其以致和元年為天曆元年,可大赦天下。於戲!朕豈有意於天下哉?重念祖宗開創之艱,恐墜大業,是以勉徇輿情,尚賴爾中外文武臣僚協心相予,輯寧億兆,以成治功。[33]

說明已三個月無君,故先繼位,重複強調辭讓之心,並俟兄從朔漠回來,是文宗借虞集之文放下身段的心志表述。相隔大半年的混亂局面後,文宗往北覲見,明宗暴崩,虞集奉命再撰〈即位詔 天曆二年八月十五日〉,有句云:

---

[31] 《元史》卷35,第3冊,頁777,782。
[32] 同年七月,泰定帝崩於上都,當時倒剌沙、梁王王禪、遼王脫脫,聯結群黨,佔據上都,其時扈從人員王士弘(字可毅)得北使密語,謂上都有國哀,毋寧一人知者,王士弘奔至江陵文宗處,其後大都使者至,謂天命人心歸於文宗。故在文宗九月即位前,上都與大都皆處烽煙之中。釋大訢,〈王可毅尚書歷仕記〉,《全元文》第35冊,頁461。
[33] 《虞集全集》,頁375。

「八月一日，大駕次王忽察都，朕欣瞻對之有期，獨兼程而先進，相見之頃，悲喜交集。何數日之間，而宮車弗駕，國家多難，遽至於斯！念之痛心，以夜繼旦。」[34] 內文避重就輕，沒有提及明宗暴崩之曲折。《元史》及《新元史》只載明宗「暴崩」，《新元史》的「史臣曰」部分則有論：「燕鐵木兒立文宗，文宗固讓於兄，猶仁宗之奉武宗也。明宗之弒，蓋出於燕鐵木兒，非文宗之本意。然與聞乎弒，是亦文宗弒之而已。」[35] 認為文宗是知情的。有一條資料可補暴崩之說。元代後期的高麗人李穡（1328-1396），先後在本國通過成均試，至正八年（1348）在大都為國子監生員，其後還國任門下侍中、藝文春秋館事等，曾五知貢舉，其記述明宗本事固為可信，[36] 事云：

> 時晉邸陟遐，文宗自江南先入宮正位，迎明宗于朔方。文宗出〔劭〕勞于野，丞相燕帖木兒進毒酒，明宗中夜崩，六軍亂。[37]

賜毒酒事罕見於元代漢人文獻，反而高麗人有所記錄，或許此事令中期宮廷文人駭懼而不敢記下。[38] 被受文宗寵信的虞集，對上述情況定必知情，他

---

[34] 《虞集全集》，頁 375-376。

[35] 《新元史》卷 20，第 1 冊，頁 286。

[36] 見《全元文》第 56 冊，李穡小傳部分。羅鷺指出李穡與元代文人交往頻繁，以詩敘述情誼，見羅鷺，《元代印刷文化與文學研究》，上海：上海古籍出版社，2023 年，頁 353-357。

[37] 李穡，〈海平君謚忠簡尹公墓誌銘〉，《全元文》第 56 冊，頁 666。又參李穡，〈海平君謚忠簡尹公墓誌銘并序〉，《牧隱集・牧隱文藁》卷之十七，頁 13b-14a，取自高麗大學海外韓國學資料中心 http://kostma.korea.ac.kr/dir/list?uci=RIKS+CRMA+KSM-WC.1626.0000-20090714.AS_BC_339，accessed May 1, 2023。

[38] 薩都剌〈紀事〉曾記二帝不相容，但沒提毒酒，詩云：「當年鐵馬游沙漠，萬里歸來會二龍。周氏君臣空守信，漢家兄弟不相容。只知奉璽傳三讓，豈料游魂隔九重。天上武皇亦灑淚，世間骨肉可相逢。」，《全元詩》第 30 冊，頁 295。武皇或指明宗、文宗父親海山（武宗 1307-1311）。楊鐮，《元代文學編年史》，太原：山西教育出版社，2005 年，頁 355-356。

負責詔書撰作,同時書寫奎章閣閣文和擔任閣員,使虞集無可避免地捲入燕鐵木兒的爭權漩渦裡。

　　第三,據史實,奎章閣開閣之原因,是明宗在天曆二年(1329)正月即位於和寧之北後,命曰:「朕弟曩嘗覽觀書史,邇者得無廢乎?聽政之暇,宜親賢士大夫,講論史籍,以知古今治亂得失。卿等至京師,當以朕意諭之。」[39] 刻意讓文宗沉潛於書史和士大夫的討論裡,並論古今治亂,是讓文宗有下台階(虞集撰的首次〈即位改元詔〉已寫「固讓之心」),也使其緊記近代治亂興亡之始,源自帝位紛爭(南坡政變)。同年二月,虞集奉命撰寫〈奏開奎章閣疏〉,疏文「特奉聖恩,肇開書閣……欽惟皇帝陛下……」姜一涵業已指出虞集此文的行文語氣「不倫不類」,[40] 邱江寧也注意到此文「頗難以擬定表述的身分和口氣」,[41] 這裡的聖恩和皇帝應指向文宗,當時文宗已於大都在位數月,明宗剛即位於和寧北,而「皇帝寶」四月才到明宗手上;加上,疏文末謂開閣可以詠歌《雅》、《頌》,探頤《圖》、《書》,「成德性之純熙」,比較像文宗藉虞集之文,形塑自己之藝術帝王角色,向明宗表明心跡。虞集撰成疏文後,天曆二年二月文宗於京師立奎章閣學士院,遣人以除目來奏明宗,明宗允之。文宗此時的王權呈現,並非絕對權力,而是有明宗遠在朔漠的背景,因此,文宗三月時曾言:「寶璽既北上,繼今國家政事,其遣人聞于〔明宗〕行在所。」便是合乎情理的王權權力表述,即作為臨時的大都代言者角色。王權呈現的詔文有先明宗、後文宗的表述,在同月虞集奉文宗勑作〈奎章閣銘〉也可得見,有句云:「天曆二年三月吉日。天子作奎章閣,萬機之暇,觀書怡神,則恆御焉。」[42] 再次強調政務之餘只觀書怡神,完全配合明宗於同年正月所發的

---

[39] 《元史》卷 31,第 3 冊,頁 696。

[40] 姜一涵,《元代奎章閣及奎章人物》,臺北:聯經出版事業公司,1981 年,頁 36。

[41] 邱江寧,《元代奎章閣學士院與元代文壇》,北京:中國社會科學出版社,2013 年,頁 6-7。

[42] 《道園學古錄》卷 21「應制錄」,《四部備要》第 276 冊,頁 5b。《全元文》第 27 冊,頁 60。

命令。天曆二年四月，虞集奉文宗勅作〈奎章閣記應制 奉 勅視草〉，又題為〈奎章閣記應制 己巳，天曆二年四月〉，同月，明宗立皇弟圖‧帖睦爾（文宗）為皇太子。就此開閣因由及其發展，虞集這篇閣記仍然圍繞文宗順遂的心跡來寫：第一，奎章閣為「備燕閒之居，將以淵潛遐思，緝熙典學」、「怡心養神而培本浚源，泛應萬變而不窮」，第二，「俾陳夫內聖外王之道，興亡得失之故，而以自儆」、「非有朝會祠享時巡之事，幾無一日而不御於斯。於是宰輔有所奏請，宥密有所圖回，諍臣有所繩糾，侍從有所獻替，以次入對，從容密勿，蓋終日焉。而聲色狗馬不軌不物者，無因而至前矣。」簡單來說，它就是沉潛學問古今得失，以怡心養性、應對變化，以及是聚集臣子心腹的論政場所。這些觀點，以及前此兩篇奎章閣文章的內容，其實是在同一條延長線上，達到明宗之要求。要指出的是，虞集三篇奎章文章都是在天曆二年二月至四月完成，而明宗被弒是在同年八月。蕭啟慶說：「由於他（文宗）弒兄而奪取大位，創建此院（奎章閣）是為塑造合法繼承者及崇尚文治的中原帝王形象，提高自己在漢族人民中的地位與威信。」[43] 如果從開閣本事的時間點來說，創建此院的本質首先為了回應明宗要求，同時也符合自己的學問性情，至於建構崇尚文治的帝王形象，固然是後來第二次繼位時的題中之義了。

　　文宗入繼大統全因燕鐵木兒，在明宗即位時成立奎章閣，除回應明宗意旨外，同時表明只談學問不務前進的心跡。然而，當燕鐵木兒進毒酒予明宗，文宗於八月第二次即位後，文宗立刻實行不同政策，將奎章閣由二月開閣時的秩正三品提升至秩正二品，任命伯顏復為中書左丞相，趙世延等人為中書平章政事，朵兒只為中書右丞，阿榮和趙世安為中書參知政事，諸位皆是文宗之腹心，又建立太禧宗禋院統領佛事，削減歲賜佛事以節流，以及建立完備的原廟祭祀、影堂制度，形塑繼位後統治的正當性，[44] 這是文宗在

---

[43] 蕭啟慶，《九州四海風雅同：元代多族士人圈的形成與發展》，臺北：中央研究院、聯經出版事業股份有限公司，2012 年，頁 173。

[44] 許正弘，〈元太禧宗禋院官署建置考論〉，《清華學報》新 42 卷第 3 期（2012 年），頁 448-449。

權相燕鐵木兒的陰影下所做的治國調整和對抗手段。[45]

1.2 御書分賜〈奎章閣記〉的原因

天曆二年九月以後，文宗與燕鐵木兒的權鬥持續，涉及奎章閣閣員的政治地位、編書、奎章閣閣文刻本分賜。試歸納要點如下：

表 8-2　天曆、至順年間的奎章閣本事舉隅

天曆二年（1329）九月	敕翰林國史院及奎章學士采本朝典故，准照唐、宋會要，纂《經世大典》。
天曆二年十一月	進五代南唐趙幹〈江行初雪〉圖，奎章閣學士院臣子進呈者包括典籤張景光、參書文林郎柯九思、參書奉訓大夫雅琥、供奉學士承德郎李訥、供奉學士中議大夫沙剌班、承制學士奉訓大夫李泂、承制學士朝散大夫中書左司郎中朵來、侍書學士翰林直學士中奉大夫知制誥同脩國史兼經筵官虞集、侍書學士資善大夫中書右丞撒迪、大學士光祿大夫中書平章政事知經筵事趙世延、大學士光祿大夫知經筵事忽都魯都兒迷失。[46]
天曆三年（1330）正月	命趙世延、趙世安領纂《經世大典》。
天曆三年二月	以修《經世大典》久未無功，專命奎章閣蒙古色目大臣譯國言文獻為漢文，趙世延、虞集纂修，燕鐵木兒監修。 奎章閣學士忽都魯都兒迷失、撒迪、虞集請辭，帝不允。
至順元年（1330）五月	帝命一切中書政務，悉聽燕鐵木兒總裁。敢有隔越奏聞，以違制論。
至順元年六月至七月	燕鐵木兒攻擊趙世延兼領三職。同年七月，監察御史攻訐趙世延，令中書議之。
至順元年十月	以奎章閣纂修《經世大典》，命中書省、樞密院、御史臺諸司以次宴其官屬。
至順二年（1331）正月	御書〈奎章閣記〉。分賜「永懷」二字予腹心。

---

[45] 傅申指出文宗在遜位「於明宗之後才立奎章閣，為其牢籠人才，建立私人勢力之根據地。」，〈元文宗與奎章閣〉，載氏著《元代皇室書畫收藏史略》，上海：上海書畫出版社，2018 年，頁 62。

[46] 五代南唐趙幹〈江行初雪〉見圖版 I-7，載石守謙，葛婉章主編，《大汗的世紀——蒙元時代的多元文化與藝術》，臺北：國立故宮博物院，2001 年，頁 28-29。

至順二年三月	御史臺臣：「奎章閣參書雅琥，阿媚奸臣，所為不法，宜罷其職。」從之。
至順二年四月	奎章閣纂修《經世大典》，虞集等請從翰林國史院取實錄及《脫卜赤顏》以記太祖以來事蹟，蒙古籍翰林學士認為非可令外人傳寫，不敢奉詔。
至順二年五月	奎章閣學士院纂修《皇朝經世大典》草成。
至順二年秋	（至順二年春正月，御製閣成。）秋某月某甲子，大學士泰禧宗禮使臣阿榮傳旨，以刻本賜焉。
至順二年九月	御史臺彈劾奎章閣鑒書博士柯九思，性非純良，行極矯譎，挾其末技，趨附權鬥，請罷黜之。
至順二年十一月七日	上遣內侍至臣祖常門，賜臣祖常御書〈奎章閣記〉碑書一幅。
至順二年十二月	有官員議定省親之制，因地域遠近，鼇定省假及拜墓假，御史臺以聞，命中書、禮部、刑部、翰林、集賢、奎章閣議之。
至順三年（1332）二月	燕鐵木兒兼奎章閣大學士，領奎章閣學士院。
至順三年（1332）三月	歐陽玄進呈《經世大典》。
至順三年（1332）四月	命奎章閣學士院以國字譯《貞觀政要》，以印本分賜百官。

資料來源：《元史》第 3 冊，頁 740-741，749，751，759，762，767，773，779，784-785，791，794，801，803；第 11 冊，頁 3332。黃溍，〈恭跋御書奎章閣記石刻〉，《全元文》第 29 冊，頁 133-134。馬祖常，〈恭贊御書奎章閣記〉，《全元文》第 32 冊，頁 440-441。歐陽玄，〈進《經世大典》表 至順三年三月進〉，《歐陽玄集》，長沙：岳麓書社，2010 年，頁 195。

據史實，文宗各方面的政務推行一直受到燕鐵木兒、御史臺、國史院等阻撓。文宗很早便欣賞趙世延，《元史》載泰定帝崩，朝廷迎文宗於江陵時，「世延贊畫之功為多。文宗即位，世延仍以御史中丞兼翰林學士承旨，以疾乞歸田里，詔不允。」短短數月間命趙世延兼任三職，集賢大學士、奎章閣大學士（正二品）、中書平章政事。[47] 至順元年五月，文宗命燕鐵木兒掌管一切中書職務後，燕鐵木兒立即彈劾趙世延不該兼領三職。趙世延同時領

---

[47] 《元史》卷180，第 14 冊，頁 4166。

纂《經世大典》，加上早前連撰兩篇即位詔、三篇奎章閣文章的虞集，一同進入奎章閣而且身兼纂修大典之列，敵對派系難以接受。邱江寧指出：

> 元文宗見《經世大典》久未成功，便將大典纂修事專屬於奎章閣學士院。這一決定引起了翰林國史院對奎章閣學士院的強烈不滿。本來奎章閣學士院在位秩品級上是比翰林國史院還低的文化機構，可是，《經世大典》的修撰工作實質卻是由奎章閣學士院領修，翰林國史院輔助修撰，翰林國史院對此已有不滿，而且在奎章閣學士院修撰《經世大典》過程中，他們可以任意調用包括中書台、御史台等權力部門的資源，其實際權力甚至可以凌駕於包括翰林國史院在內的所有文武百官和朝中各個職能部門……[48]

一個顯例便是至順二年四月，虞集等人請求翰林國史院提供實錄及國書《脫卜赤顏》作為纂修之用時，翰林院以國書不外傳為由斷言拒絕，文宗沒法調解，奎章閣最終讓步。石守謙從虞集〈奎章閣記〉論證奎章閣不僅是藝術賞玩的休閒空間，也是論政場所，纂修《經世大典》的文治舉措，反映文宗抵抗國史院蒙古貴族的逼迫。[49] 文宗確實非常重視奎章閣，由天曆二年（1329）二、三月建閣時所言的備燕閒之居和論古今治亂得失的場所，發展到至順元年（1330）十月，命省、院、臺諸司宴奎章閣官屬，又交付編纂任務，再到至順二年（1331）十二月，「御史臺以聞〔省假墓假奏議〕，命中書、禮部、刑部、翰林、集賢、奎章閣議之。」奎章閣儼然已成為另一個議政和權力中心。在此期間，朝臣常被打壓。例如，奎章閣參書（從五品）雅琥初名雅古，文宗賜予今名，奎章閣鑒書博士（正五品）柯九思屢獲文宗恩寵，柯氏常常進呈法書及題寫藏品，[50] 據表 8-2，至順二年三月雅琥被彈劾，至順二年九月柯九思被彈劾。二人被彈劾，是御史台臣打擊文宗之策

---

[48] 邱江寧，《元代奎章閣學士院與元代文壇》，頁 225。
[49] 石守謙，〈元文宗的宮廷藝術與北宋典範的再生〉，頁 103-104。
[50] 蕭啟慶，《九州四海風雅同——元代多族士人圈的形成與發展》，頁 178-179。

略。因此，當至順三年（1332）二月，燕鐵木兒兼奎章閣大學士，同時領奎章閣學士院，燕鐵木兒權力之膨脹便很正常。一如第四章所指，《經世大典》於至順二年（1331）五月成書後，虞集目疾加劇，改由歐陽玄於至順三年（1332）三月進書，薩都剌有〈三月七日奎章進本朝經世大典呈虞伯生〉描述進書過程，雖然詩裡沒有提及任何編纂的原委曲折，但「呈虞伯生」之語是對編書事成後的暗喜，隱藏草成《經世大典》的辛酸。在此脈絡下看待編書過程，才能深切體會奎章閣閣員完成編纂後，在朝壓力暫且如釋的狀態。不過，這種壓力如影隨形。

表 8-1 及 8-2 還有一點可供思考。虞集〈奎章閣記〉撰於天曆二年（1329）四月，文宗於至順二年（1331）正月才御書〈奎章閣記〉，同年秋天刻本分賜臣子。文宗為何在閣文撰成兩年後，才御書閣文並分賜刻本，此種行為代表什麼？據現存文獻，分賜御書閣記予以下數人：

表 8-3　御書奎章閣記刻本賞賜本事[51]

項目	形式	御書者	獲賜或收藏者	記錄者	本事及來源
1	御書奎章閣記刻本	文宗	朵來	虞集	「御書〈奎章閣記〉初刻石，蒙賜摹本者甚少。應賜者，閣學士畫旨具成案，然後持詣榻前，申稟而後予之，蓋慎重之至。此一卷，今侍書學士臣朵來以僉書樞密院事充承制學士時所被受者也。」[52] 虞集〈奎章閣記奉　勅視草〉撰於天曆二年四月（1329），而御書〈奎章閣記〉約於至順二年春正月（1331）。[53]
2	御書奎章閣記刻本	文宗	多爾濟	黃溍	「天曆二年春三月，上肇開奎章閣，延登儒流，入侍燕間。冬十月，臣多爾濟作頌以獻。至順二年春正月，御製閣記成。秋

---

[51] 筆者自行整理。部分資料首見吉川幸次郎，〈元の諸帝の文学（三）：元史叢說の一〉，《東洋史研究》8（5-6），1944-03-15，頁 305-317。
[52] 虞集，〈題御書奎章閣記後〉，《全元文》第 26 冊，頁 276。
[53] 虞集，〈奎章閣記奉　勅視草〉，四庫備要本《道園學古錄》「應制錄」卷二十二，頁 6b-7a，《全元文》題為〈奎章閣記應制 己巳，天曆二年四月〉，第 26 冊，頁 437。

					某月某甲子,大學士泰禧宗禋使臣阿榮傳旨,以刻本賜焉。……臣竊聞前侍書學士臣〔虞〕集為臣言,皇上以萬機之暇,親灑宸翰,書〈奎章閣記〉,刻寘禁中。凡墨本,悉識以『天曆之寶』,或加用『奎章閣寶』。應賜者,必閣學士畫旨具成案,持詣榻前復奏,然後予之。非文學侍從近臣為上所知遇,未嘗輕畀。」[54]
3	御書奎章閣記刻本	文宗	馬祖常	馬祖常	「至順二年十一月七日,上遣內侍至臣祖常門,賜臣祖常御書〈奎章閣記〉碑本一幅者。……今皇帝陛下即位之明年,開奎章閣,布政四方,大臣公卿以次進對。少間,則覽古文圖書,綜覈古今,求其治亂之原,以施於天下,以戒於群臣。酒製《奎章閣記》,俾工官鑱諸樂石,茲皆萬世無疆之慮也。……」[55]
4	御書奎章閣記刻本	文宗	太師秦王（伯顏）	許有壬	「文宗皇帝游心翰墨,天縱之聖,落筆過人。得唐太宗〈晉祠碑〉,遂益超詣,蓋其天機感觸,有非常人之所能喻者。開奎章閣,書製文,刻石閣中。摹本出,天下聳觀,揭如日月雲漢之貢萬物也。當時霑賜,非殊眷不與。太師秦王、中書右丞相奉賜本俾臣有壬識之。臣有壬竊惟帝王德業雖不係乎書,然寸心之微,眾欲攻之,不惑聲色,則荒游畋。萬幾之暇,誠絕眾欲,深宮靜几,寓意乎書,心正筆正,出治之源,於是乎清矣。況記文所謂崇德樂道,頌祖訓,戒守成,遠不軌不物,所以陳王業詒孫謀者,本末周密。帝王之道盡在是矣。誠歷代之大訓也。」[56]
5	御書奎章閣記刻本	文宗	仇濟	許有壬	「天曆二年文宗皇帝作奎章閣,徵集儒雅,講求太平,見諸記文,憂深思遠。御製若書,宏奧勁麗,而又鑱刻精至,信一代之文寶也。墨本頒賜,止及大臣。皇上

---

[54] 黃溍,〈恭跋御書奎章閣記石刻〉,《全元文》第29冊,頁133-134。
[55] 馬祖常,〈恭贊御書奎章閣記〉,《全元文》第32冊,頁440-441。
[56] 許有壬,〈恭題太師秦王奎章閣記賜本〉,《全元文》第38冊,頁139。

第八章　故實規鑑──君臣同場下元代中期宮廷詩的治國想像與關懷　241

					繼明，思有以擴大訓示百僚，始及朝著之有聞者，而加用二璽焉。此則懷慶路總管臣仇濟為戶部郎中時霑賜本也。屬臣有王識其末。臣竊惟帝王之文，如二典三謨，於以垂世立教，帝王之書，如二曜五星，於以定時成歲，豈炳炳琅琅，務聲音采色者哉！文皇辭翰，於是備矣，於戲休哉！」[57]
6	御書奎章閣記刻本	文宗	蘇天爵（順帝賞賜）	蘇天爵	蘇氏文寫於後至元三年（1337）秋七月。「文宗皇帝以天縱之聖，歷試諸難，既踐帝位，……命作奎章之閣，陳列圖書，怡心養神，勅文儒製〈閣記〉，親灑宸翰，鏤諸樂石。……今上皇帝入正大統，學士臣言：『延閣之建，本以緝熙帝學，輔養聖德。宜開經筵，日陳聖賢謨訓、祖宗典則』……即命〔臣〕兼經筵譯文官。嘗為宰臣言：『今所進說，當指事據經，因以規諫，不可悠悠歲月，徒為觀美。』……比者學士臣請模〈閣記〉，識以奎章、天曆之寶，頒賜講官，臣亦獲賜焉……」[58]
7	御書奎章閣記刻本	文宗	楊瑀（順帝賞賜）	王逢	「先皇龍鳳姿，談笑夷內難。萬方賀清寧，人文劃昭煥。奎章崇延閣，天藻發宸翰。字畫擬庖犧，贊詠缺姬旦。璇霄麗日月，華露濯河漢。流腴蓬萊池，垂耀鳲鵲觀。今王廣舊制，碑本無點竄。璽封賜臣瑀，豈是世所玩。為爾忠義心，可與金石貫。蟲蛇深禹穴，蟬蚋飛簡汗。寶藏風塵外，永夜卿雲爛。相逢感頭白，展卷復三歎。游鯈懷故淵，老驥戀餘棧。誰昔侍經筵，流連忘筆諫。」[59]

---

[57] 許有壬，〈恭題仇公度所藏奎章閣記賜本〉，《全元文》第 38 冊，頁 164。
[58] 蘇天爵，〈恭跋御書奎章閣記碑本〉，《全元文》第 40 冊，頁 92。又參蘇天爵著，陳高華，孟繁清點校，《滋溪文稿》卷 28，北京：中華書局，1997 年，頁 477。
[59] 王逢（1319-1388），〈敬題楊山居太史所藏文皇帝御書奎章閣碑本後〉，《全元詩》第 59 冊，頁 30。

至順二年正月御書虞集的〈奎章閣記〉，同一時間，文宗臨唐太宗《晉祠銘》，賜「永懷」二字予心腹大臣（第四章・表 4-2）。御製時間相同，獲賜者卻分為：

- 文宗於是年秋天分賜御書〈奎章閣記〉刻本予朵來、多爾濟、馬祖常、太師秦王（伯顏）、仇濟。
- 御書永懷二字賜予哈剌拔都兒、趙世安、阿榮、康里巎巎。

以上大部分為蒙古色目大臣，各人協助文宗處理政務多時。[60] 奎章閣記刻本分賜五人，有虞集、黃溍、馬祖常及許有王的記錄，而永懷分賜只得康里巎巎的題跋以及黃溍記錄。前者是在更大的範圍內扮演「藝術帝王」（陳韻如用語）和再一次宣傳奎章閣藝文活動的深意。虞集閣文本意，道明奎章閣具陳內聖外王之道和興亡得失之故，尤重宰輔、諍臣以次入對的討論，現在通過分賜刻本，再次宣告閣裡此一重點，是對當世貴戚、文臣的鑑戒。因為自 1329 年第二次即位至 1331 年秋分賜〈奎章閣記〉刻本期間，文宗曾提升奎章閣品秩和纂修《經世大典》，然而，這些政策都欠缺蒙古翰林國史院的支持，其王權的自主性質頗受影響。至順元年（1330）六月以來，閣員接連被御史臺及燕鐵木兒針對排擠和彈劾，至順元年七月，雲南叛逆未平，自然災害頻仍，大都、保定、杭州、常州、紹興等地大水，漂民廬，沒田頃，[61] 文宗可謂內外受敵。由此背景理解御書製作和分賜，文宗除扮演「藝術帝王」外，也通過賞賜〈奎章閣記〉的行動，凝聚心腹和鞏固朝臣在自己麾下的力量。[62] 因此馬祖常〈恭贊御書奎章閣記〉才引申說：「大臣公卿以次

---

[60] 例如文宗命朵來續《脫卜赤顏》，置之奎章閣，《元史》卷 36，第 3 冊，頁 803。文宗嘗駐龍虎臺，馬祖常扈從並寫應制詩，文宗譽為中原碩儒，《元史》卷 143，第 11 冊，頁 3413。

[61] 《元史》卷 34，第 3 冊，頁 762-764。

[62] 陳韻如從書畫入藏奎章以及臣子呈圖書予文宗的角度論：「奎章閣就像一個私人匯集勢力的根據點，從中顯示圖帖睦爾的中原傳統特質，以拉攏朝廷內的儒化勢力。」「〔文宗〕企圖透過賞賜的動作，成功扮演著中原傳統王朝中的『藝術帝王』，……

進對。少間,則覽古文圖書,綜覈古今,求其治亂之原,以施於天下,以戒於群臣。」(表 8-3 資料 3)而許有王則直陳利害:「況記文所謂崇德樂道,頌祖訓,戒守成,遠不軌不物,所以陳王業詒孫謀者,本末周密。帝王之道盡在是矣。誠歷代之大訓也。」(表 8-3 資料 4)結合上述資料,就能理解文宗賞賜御書刻本的深意了。

相較下,賞賜永懷二字時主要由康里巎巎記錄,筆者認為其原因在於此乃私人性質,康里巎巎的題跋記載文宗賞賜前已親毀石刻,以示四位獲賜者的尊榮(見表 4-2 資料 4)。其中兩位獲賜者與虞集的在朝關係有一懸案。史載阿榮、巎巎傳旨,使虞集起草一勛舊封王制詞,「二人素忌集,繆言制封營國公,集具稿,俄丞相索制詞甚急,集以稿進,丞相愕然問故」,虞集才知並非如事,故立即改稿,不發一言。[63] 蕭啟慶認為虞集受到「世家子」(阿榮、康里巎巎、趙世安)陷害是不成立的,他引用不同文獻證明阿榮及巎巎是正派人士,前者淡泊名利,後者制行峻潔。[64] 盧慧紋從巎巎〈與彥中郎中尺牘〉(東京國立博物館藏)見其為人,尺牘規勸彥中:「台性太剛直,人不能堪,自今請小加收斂則善矣。」[65] 提醒對方謙厚待人,巎巎循循善誘待人恐怕不會誤導虞集撰寫公文。[66] 可知,永懷系列的獲賜

首先可賴親筆御書的賞賜。」,〈蒙元皇室的書畫藝術風尚與收藏〉,載石守謙,葛婉章主編,《大汗的世紀——蒙元時代的多元文化與藝術》,臺北:國立故宮博物院,2001 年,頁 279-281。

[63] 此事應首見於歐陽玄〈元故奎章閣侍書學士翰林侍講學士通奉大夫虞雍公神道碑〉,陳書良,劉娟校點,《歐陽玄集》,長沙:岳麓書社,2010 年,頁 118。《元史》卷 181「虞集列傳」記同樣本事,第 14 冊,頁 4179-4180。引文取自《新元史》卷 206,第 9 冊,頁 4066。

[64] 蕭啟慶,《九州四海風雅同:元代多族士人圈的形成與發展》,頁 183-184。

[65] 盧慧紋,〈康里巎巎(1295-1345)行草書分期與風格溯源:再思元代非漢族書家的「漢化」問題〉,《故宮學術季刊》第三十二卷第一期(2014 年),頁 61。圖錄〈與彥中郎中尺牘〉,見頁 113。

[66] 史載順帝在閣裡觀畫,巎巎即以郭忠恕〈比干圖〉進說忠臣之諫,另一日覽宋徽宗畫,順帝稱善,巎巎曰徽宗多能,「獨不能為君爾」,順帝「察其(按:巎巎)真誠,虛己以聽。」《元史》卷 143,第 11 冊,頁 3414。

者,皆為文宗腹心,而且在文宗派系下的蒙古色目以至南人圈子裡,都是被體認為君臣良會的組合。準此,《元史》記載:「〔虞〕集入侍燕閒,無益時政,且媢嫉者多」[67]的媢嫉者,應該是權臣燕鐵木兒、中書省、國史院蒙古貴戚。

順帝即位後聽從朝臣建議開經筵,據表 8-3 資料 6 及 7,分賜〈奎章閣記〉刻本予蘇天爵及楊瑀。元代中後期,蘇天爵時為監察御史兼經筵官,其獲賜刻本後的題詞寫到:

> 文宗皇帝以天縱之聖,歷試諸難,既踐帝位,……命作奎章之閣,陳列圖書,怡心養神(按:此四字首見於虞集〈奎章閣記〉),勅文儒製〈閣記〉,親灑宸翰,鏤諸樂石。……今上皇帝(按:順帝)入正大統,學士臣言:「延閣之建,本以緝熙帝學,輔養聖德。宜開經筵,日陳聖賢謨訓、祖宗典則」……即命〔臣〕兼經筵譯文官。嘗為宰臣言:「今所進說,當指事據經,因以規諫,不可悠悠歲月,徒為觀美。」……比者學士臣請模〈閣記〉,識以奎章、天曆之寶,頒賜講官,臣亦獲賜焉……

依其語氣,似乎是蘇天爵等人規諫順帝應該以文宗朝奎章本事為本,蘇氏直接引用虞集閣記的「怡心養神」,指出是以沉潛學問、輔養聖德為目的。另一獲賜者楊瑀,「天曆間,以大臣薦,召見於奎章閣,論治道及藝文事,命瑀篆『洪禧明仁』璽文,稱旨,留備宿衛。……帝愛其廉慎,留之。」[68]清楚指出奎章閣是論藝文及論帝王治道二合為一的場所。由於楊瑀是順帝潛邸舊人,所以當順帝入繼大統後,得以扶助帝王事業,更為順帝起草詔書貶斥伯顏「不能安分,專權自恣」。[69] 王逢(1319-1388)〈敬題楊山居太史所藏文皇帝御書奎章閣碑本後〉云:

---

[67] 《元史》卷 181,第 14 冊,頁 4178。
[68] 《新元史》卷 211,第 9 冊,頁 4142。
[69] 洪麗珠,《肝膽楚越——蒙元晚期的政爭(1333-1368)》,頁 39-40。

先皇龍鳳姿，談笑夷內難。萬方賀清寧，人文劃昭煥。奎章崇延閣，
天藻發宸翰。字畫擬庖犧，贊詠缺姬旦。璇霄麗日月，華露濯河漢。
流腴蓬萊池，垂耀鳲鵲觀。今王廣舊制，碑本無點竄。璽封賜臣瑀，
豈是世所玩。為爾忠義心，可與金石貫。蟲蛇深禹穴，蟬蚋飛簡汗。
寶藏風塵外，永夜卿雲爛。相逢感頭白，展卷復三歎。游儵懷故淵，
老驥戀餘棧。誰昔侍經筵，流連忘筆諫。

一幅由先皇文宗御書虞集閣記刻本，連繫兩代帝王事業，以及侍奉兩朝的楊
瑀。文宗開閣有著人文化成天下的貢獻，在後期文人心中，已為定評。今王
順帝繼之，同樣不以玩樂之心對待閣文及講臣。末段藉展卷三歎，懷想昔日
侍講經筵、以筆進諫的君臣契合。

不過，這裡不宜誇大順帝承接文宗奎章閣「人文劃昭煥」的延續作用。
至元六年（1340）六月，順帝詔除文宗廟主，「以帝〔文宗〕謀為不軌，使
明宗飲恨而崩，詔除其廟主。」[70] 背後原因當是，天曆三年（1330）四
月，文宗徙明宗長子妥懽‧貼睦爾（順帝）於高麗，翌年，言「明宗在朔漠
之時，素謂〔妥懽‧貼睦爾〕非其己子，移于廣西之靜江。」文宗曾命虞集
草詔宣告中外，詆毀妥懽‧貼睦爾（順帝）不符入繼大統資格，並命明宗次
子懿璘質班為繼任人。[71] 當 1340 年之時，順帝追究舊詔一事，史載「有以
舊詔為言者，〔順〕帝不懌曰：『此我家事，豈由彼書生耶！』」。[72] 由
於詔書是文宗親改之，故虞集倖免於罪。然而，朝中不乏誣蔑虞集之人，怪
不得內廷大事逐步訛變為民間軼事——虞集在江西時，「詔以皮繩縛腰，馬
尾縫眼，夾兩馬間，逮捕至大都。」[73] 完全是子虛烏有之言。至正元年

---

[70] 《元史》卷 36，第 3 冊，頁 806。
[71] 《元史》卷 37，第 3 冊，頁 815，《元史》卷 181，第 14 冊，頁 4180，《新元史》
卷 206，第 9 冊，頁 4066。
[72] 《元史》卷 181，第 14 冊，頁 4180。
[73] 蔣一葵撰，呂景琳點校，《堯山堂外紀（外一種）》第 3 冊，北京：中華書局，2019
年，頁 1144。

（1341）六月，順帝改奎章閣為宣文閣，[74] 至正九年（1349）冬，詔以興聖宮西偏故宣文閣，改為「端本堂」，為皇太子肄業之所。[75] 因此，順帝分賜文宗御書閣文，看來只是即位數年內的一種權宜之術，藉此穩定儒臣之心。

以上從奎章閣開閣原因和御書閣文分賜的象徵，看文宗和朝臣在朝中的政治生態，文宗為皇太子時只談學問不務前進的心跡，以及後來建構「藝術帝王」形象，凝聚心腹的賞賜形式，即見奎章閣的藝文活動和閣員的日常行為，常常受到他人監視。據此，宮廷文人題寫奎章閣藏品透露的訊息，應該放在上述脈絡裡詮釋。以下進一步考察文宗與虞集、揭傒斯的關係，討論中期宮廷文人寫作宮廷詩的文化價值。

第二節　奎章閣閣藏及其題詠的頌美規鑑
——以虞集、揭傒斯為中心

奎章閣的書畫收藏並沒有目錄傳世，藝術史學者依據現存書畫上的天曆、奎章鈐印，以及元代宮廷文人題跋確認藏品範圍。[76] 其中包括〈明皇

---

[74] 《元史》卷 40，第 3 冊，頁 861。時有議論罷先朝奎章閣學士院及藝文監，嶸嶸反對：「豈有堂堂天朝，富有四海，一學房不能容耶。帝聞而深然之。即日改奎章閣為宣文閣，藝文監為崇文監，存設如初，就命〔嶸嶸〕董治。」《元史》卷 30，第 11 冊，頁 3415。傅申，〈宣文閣與端本堂〉，氏著《元代皇室書畫收藏史略》，上海：上海書畫出版社，2018 年，頁 109-111。在此期間，「上〔順帝〕嘗坐宣文閣，閱宋徽宗畫，侍臣共稱其神妙。公〔朵爾直班，諱拔實，字彥卿〕前奏曰『徽宗溺於小技，而不恤大事，以失其國，父子並為羈虜。其遺跡雖存，何足貴乎？』上默然，亟命藏畫。」黃溍，〈資善大夫河西隴北道肅政廉訪使凱烈公神道碑〉，《全元文》第 30 冊，頁 203。

[75] 王褘，〈端本堂頌〉，《全元文》第 55 冊，頁 534。

[76] 傅申，〈元文宗與奎章閣〉，氏著《元代皇室書畫收藏史略》，頁 81-101。陳韻如，〈蒙元皇室的書畫藝術風尚與收藏〉，載石守謙，葛婉章主編，《大汗的世紀——蒙元時代的多元文化與藝術》，頁 278-282。陳韻如，〈帝王的書閣：元代中後期的皇家書畫鑑藏活動〉，載陳韻如主編：《公主的雅集：蒙元皇室與書畫鑑藏文化特展》，臺北：國立故宮博物院，2016 年，頁 236-251。

出遊圖〉（原跡不存，只見書目），虞集、揭傒斯皆有應制詩題寫，可以作為奎章閣員的典型事例，歐陽玄也有同題奉敕之作，然用字與揭傒斯詩相似，稍後辨析。

考察〈明皇出遊圖〉畫歸屬什麼題旨，可由規鑑圖的流傳談起。石守謙指出南宋規鑑畫有兩種，一是以君主為對象，一為對君主以外者。以君主為對象者，可分為畫像規鑑（以歷史人物的畫像為主），以及故實規鑑（用歷史事件呈現教育意義與鑑戒勸導）。[77] 按此分類，奎章閣藏〈明皇出遊圖〉應為故實規鑑圖，以唐玄宗出遊的歷史事件為本事，申教育意義。據寓目所及，元代文獻相關〈明皇出遊圖〉資料有數種，包括吳澄文章〈題明皇出遊圖〉、虞集詩〈題周怡臨韓幹明皇出遊圖〉和〈明皇出遊圖〉、揭傒斯詩〈題明皇出遊圖應制〉、歐陽玄詩〈奉敕題明皇馬〉。歐陽玄全詩為：「明皇八駿爭馳道，知是開元是天寶。當時一顧傾國姿，萬里君王蜀中老。奎章閣下文書靜，袞衣高拱唐虞盛。此圖一出非偶然，要與明時作龜鏡。」歐陽玄詩與揭傒斯〈題明皇出遊圖應制〉基本相同，歐陽玄詩只錄於《全元詩》及四部叢刊明刊本《圭齋文集》，[78] 但揭氏詩在當世已被選入蔣易的《皇元風雅》內。[79] 筆者傾向認為作者權應該歸屬揭傒斯，加上虞、揭二人有奉敕作〈題胡虔取水蕃部圖應制〉，詩云：[80]

---

[77] 石守謙，〈南宋的兩種規鑑畫〉，載氏著《風格與世變：中國繪畫十論》，北京：北京大學出版社，2008 年（2011 年重印），頁 89。

[78] 楊鐮主編，《全元詩》第 31 冊，頁 249。《圭齋集》，《四部叢刊初編集部》306，上海商務印書館縮印明成化刊本，卷四，頁 25。

[79] 蔣易《皇元風雅》卷 15，《中華再造善本》，據中國國家圖書館藏元建陽張氏梅溪書院刻本影印，北京：北京圖書館出版社，2006 年，頁 6。

[80] 虞集，〈題胡虔取水蕃部圖應制〉，《全元詩》第 26 冊，頁 39，揭傒斯，〈題胡虔汲水蕃部圖應制〉，《全元詩》第 27 冊，頁 220。當時奎章閣承制學士李泂，也有奉勅〈題唐胡虔汲水蕃部圖〉：「桔槔猶憚勞，況此負荷身。庭除猶憂憂，百里誰能頻。低頭沙草黃，仰見天四鄰。如何俯仰間，一富水與薪。承制學士臣李泂奉勅題。」，《全元詩》第 27 冊，頁 91。

駝車度磧輒三日，老馬跑沙泉水溢。櫜囊盛滿不辭勞，徼外天山雪千尺。君不見，聖明天子恩澤多，旁及四海猶翕河。昆蟲草木感餘潤，日獻醴泉甘露多。（虞集詩）

沙磧茫茫塞草平，沙泉下馬滿囊盛。曾於王會圖中見，真向天山雪外行。聖德只今包宇宙，邊庭隨處樂農畊。生綃半幅唐人筆，留與君王駐遠情。（揭傒斯詩）

二詩皆由塞外風光，申聖恩廣澤內外，為頌聖之作，如此題材，與奎章閣收藏大量出獵、番馬題旨的圖像類同，呈現蒙元帝王與草原的關係。[81]

《宣和畫譜》及《南宋館閣錄‧續錄》未見著錄〈明皇出遊圖〉。《宣和畫譜》另錄眾多以明皇為題旨的圖像，例如明皇觀馬圖、明皇試馬圖、明皇射鹿圖、五王出遊圖等等。[82] 其中的五王出遊圖，即唐玄宗的五位兄弟，史載五人分院同居，以東都洛陽積善坊為居處，其後玄宗等五兄弟於西京長安的隆慶坊為住處，先天初玄宗繼位，開元間，改稱舊邸為興慶宮，諸王邸第相望於宮側，「諸王每日於側門朝見，歸宅之後，即奏樂縱飲，擊毬鬥雞，或近郊從禽，或別野追賞，不絕於歲月，遊踐之所，中使相望。以為天下友悌，近世無比。」[83] 以此五王本事來看虞集〈明皇出遊圖〉（七絕），可推測圖像所示：

輦路風微曉霧開，華清宮裡看花來。

---

[81] 陳韻如，〈蒙元皇室的書畫藝術風尚與收藏〉，載石守謙、葛婉章主編，《大汗的世紀——蒙元時代的多元文化與藝術》，頁 273。

[82] 宋宣和間官修《宣和畫譜》，臺北：世界書局，2009 年（2017 年），所引四幅見頁 363，其他明皇主題圖像，見頁 157，161，170，172，176，183-186，194，221，254-256。《南宋館閣錄》及《南宋館閣續錄》「儲藏」未見著錄，宋陳騤、佚名撰，張富祥點校，《南宋館閣錄‧續錄》，北京：中華書局，1998 年。

[83] 《冊府元龜》卷 47「帝王部‧友愛」，第 1 冊，頁 507-508。

五王走馬誰先醉，倒著宮袍去不回。[84]

是兄弟享樂、友睦氣象，讓人想起「明皇」本事喻明宗及文宗之兄弟和睦。其以七絕為之，以及曉霧開、看宮花、醉態、倒著宮袍形塑的宮廷悠閒玩樂氛圍，其語意與唐宋宮詞的傳統寫法非常類同。[85] 如再考慮唐玄宗兄弟的和睦友愛以及前此李顯（唐中宗）被廢，李旦（唐睿宗）被立為帝、後讓位於母后武則天，以及後來中宗被毒殺，睿宗再次繼位，旋立李隆基（玄宗）為太子的本事，五王出遊圖的歷史背景對元文宗來說，不是極度諷刺嗎？讓人疑惑的是，此圖仍然收藏閣中，並容許閣員題詠，虞集顯然避免提及唐代宗室及母后爭鬥的歷史故事。虞集另一首〈題周怡臨韓幹明皇出遊圖〉云：[86]

開元盛事何人畫，玉冠芙蓉御天馬。
從官騎步各有持，移仗華清意閒暇。[87]
宮花如錦照青春，詔許傳看思古人。
不知身在瀛洲上，親奉圖書侍紫宸。

虞集詮釋〈明皇出遊圖〉乃開元盛事，第二至第四句寫禮儀儀式，形塑君臣出遊華清池之嚴謹有序，「宮花如錦」寫花之盛又類比宮人之美艷，隱含宮廷園囿傳統的頌美目的。「思古人」指出當下的君臣和睦，如同唐明皇的開元盛世，末聯說君臣同處神仙境界（「瀛洲」，即大都宮殿興聖宮之東），

---

[84] 《道園學古錄》卷 21「應制錄」，《四部備要》第 276 冊，頁 4a。虞集另有〈題唐五王出游圖〉寫樂未央，《虞集全集》，頁 220。

[85] 陳漢文，〈論宋白《宮詞》百首的字詞運用及其文學意義〉，《數位典藏與數位人文》第七期（臺灣數位人文學會、Ainosco Press 出版），2021 年 4 月，頁 1-36。

[86] 《道園學古錄》卷 21「應制錄」，《四部備要》第 276 冊，頁 4a。

[87] 「騎步」指騎步相持，跨坐移動之意，班固，《漢書》，北京：中華書局，1962年，頁 3871-3932。

故不假外求。全詩用語典奧，屬宮廷詩的典型寫法。

另一方面，吳澄寫有〈題明皇出遊圖〉一文。據目前資料所及，未能考出吳澄是否在場。吳澄文章言：

> 潞州別駕來歸，定禍亂，安社稷，可為文皇曾孫矣。友愛兄弟如家人，禮朝罷，每與諸王游。此在開元勤政之初，若未甚害。然古昔萬乘之尊，蓋自省方觀民之外，不輕於出，故曰無非事者。而周公之書亦以游為戒，何也？防其原也。上無典學之主，下無格心之臣，則視此為常事而不之怪。嗚呼！豈待天寶之淫侈驕怠，而後可以亡國哉？[88]

完全是申論開元初五王出遊「天下友悌，近世無比」的鑑戒，指出為人君者要致力於學，為人臣者要有匡正之心，防患於未然，不能耽於逸樂，不然，開元盛世不待天寶之亂也會走下坡。這是從出遊圖像傳達倫理教訓規鑑的個人見解，也可證明〈明皇出遊圖〉可以讀出或引申五王出遊的帝王故事。然而，吳澄的規鑑有否引導文宗納諫，成就君臣契合的本事？由於文獻缺乏，故有待考證。

虞集、揭傒斯與文宗一起在奎章閣觀賞圖像時，應文宗旨題詩，必發生於 1329 年以後，是年，虞集成功推薦揭傒斯為奎章閣授經郎。[89] 揭傒斯〈題明皇出遊圖應制〉云：[90]

> 明皇八駿爭馳道，還是開元是天寶。[91]
> 長安花發萬年枝，不識韶華醉中老。[92]

---

[88] 《全元文》第 14 冊，頁 575。

[89] 趙汸，〈邵庵先生虞公行狀〉，《全元文》第 54 冊，頁 359。

[90] 揭傒斯著，李夢生標校，《揭傒斯全集》，上海：上海古籍出版社，2012 年，頁 483。

[91] 「八駿」指周穆王出遊以八駿為伴，郭璞，《穆天子傳》，長沙：岳麓書社，1992 年，頁 204。

[92] 吳曾《能改齋漫錄》「萬年枝」條論韓駒詩，「王維〈史館山池〉云：『春池百子

奎章閣下文書靜，冕旒端拱唐虞聖。
此圖莫作等閒看，萬古君王作金鏡。

元代蔣易《皇元風雅》已把是詩歸屬揭傒斯名下，其文字稍異於通行排印本，然詩意沒大影響。[93] 與虞集不同，揭傒斯從另一角度詮釋「明皇出遊圖」。次句寫這是開元「還是」天寶？「還是」應連繫末聯的「等閒」和「金鏡」。「莫作等閒看」，不可隨意視此圖為一般述德圖像，「金鏡」即借鑑他事為警惕鑑戒，有這樣的想法是因為開元是盛世，天寶是盛衰交替的界線，林庚業已指出杜甫在天寶十四載事變之前三四年，已寫詩疾呼明皇和楊氏姊妹的享樂帶來的國家危機。[94] 揭傒斯沒有坐實「天寶」句為亂世，若然結合末聯「莫作等閒」和「金鏡」句意，揭傒斯寫出如此鑑戒：規勸上位者應該借鑑開天盛世的輝煌事蹟，警惕維持盛世之不易，絕不可耽於逸樂。[95] 揭詩第三句寫長安城萬年枝（冬青樹），此樹年年長青不衰，藉宮廷園囿傳統側寫唐明皇及其家眷文臣一生享盡榮華富貴，然而「韶華醉中老」，眾人沉醉享樂裡而不知時光易逝。第五、六句回到奎章閣當下，想到聖賢堯舜，或許有把文宗比之堯舜的意圖，藉宮廷詩傳統頌揚上位者的寫作策略，肯定君主有作賢君的才質，接著末聯才說該以此圖為鑑戒。揭詩同樣避免觸及明皇和前此兄弟繼位紛爭的本事，而詩裡訊息未能使我們將此本事與元明宗和元文宗連結起來。

揭傒斯提出的圖像故實規鑑並非單一事例，他另有〈題內府畫四首應

內，芳樹萬年餘。』……萬年枝，江左謂之冬青，惟禁中則否。」傅璇琮著，《黃庭堅和江西詩派卷》，頁606。
[93] 例如蔣本第6句作「袞衣高拱唐虞聖」、第7-8句作「莫言此畫徒爾為，千載君王作金鏡」，見蔣易《皇元風雅》卷15，《中華再造善本》，據中國國家圖書館藏元建陽張氏梅溪書院刻本影印，頁6。
[94] 林庚，《中國文學簡史》，北京：北京大學出版社，1995年，頁239-240。
[95] 元代後期以天寶為題旨的宮詞寫作驟增，例如張昱〈唐天寶宮詞十五首〉，顧瑛〈天寶宮詞十二首寓感〉等，用天寶遺事刺時，對應著順帝朝以後宮廷的內憂外患。限於題旨，這裡沒法展開討論，可以想見揭傒斯的天寶寄託並非空言。

制〉其四〈宋徽宗《成平殿曲宴蔡京圖》御畫御記〉,[96] 詩云：

> 東京諸蔡滿周行，延福成平樂未央。
> 十畝松篁籠玉殿，九霄風露濕霓裳。
> 君臣契合同堯舜，禮樂光華邁漢唐。
> 明日圖成仍作記，千秋留與監興亡。[97]

首二聯寫北宋承平事。第五句寫君臣契合，即圖像表述的徽宗與蔡京，也是第四章御書大字賞賜所論，元代中期宮廷文人常常關注的得人、君臣契合之治國期望。末聯旋即提出憂患意識，從徽宗與蔡京的史實角度看，盛世與衰世是一體兩面的——蔡京最能與徽宗作藝文交流，無論是題寫圖像，或與徽宗寫聯句詩，皆可敷衍帝王心意，歌頌「君臣燕衎昇平際，屬句論文樂未央」（蔡京），又認為自己乃朝中推行政策之功臣。[98] 然而，北宋之消亡又因為蔡京的大肆揮霍與弄權。[99] 因此，「君臣契合」之同時，必須保持警惕，絕不能耽於藝文享受與逸樂裡。揭傒斯詮釋上述兩幅圖像——唐明皇出遊、宋徽宗宴蔡京——皆由故實規鑑的角度提供個人予元文宗及奎章閣的諷諫。

---

[96] Ankeney Weitz 引陸友仁所記，謂奎章閣懸掛徽宗成平殿圖（hung in the Kuizhangge），"Art and Politics at the Mongol Court of China: Tugh Temur's Collection of Chinese Paintings," *Artibus Asiae* vol. LXIV no. 2 (2004), p. 253. 陸友仁原文記：「奎章閣有徽宗畫承平殿曲宴圖……」，《研北雜志》卷上，《叢書集成初編》，北京：中華書局，1971 年，據寶顏堂秘笈本影印，頁 64。

[97] 揭傒斯，〈題內府畫四首應制〉其四〈宋徽宗《成平殿曲宴蔡京圖》御畫御記〉，《全元詩》第 27 冊，頁 220-221。

[98] 衣若芬，〈「昏君」與「奸臣」的對話——談宋徽宗「文會圖」的題詩〉，載氏著《藝林探微——繪畫、古物、文學》，上海：華東師範大學出版社，2012 年，頁 191-208。宋徽宗，〈宣和元年九月十二日賜宴聯句〉，《全宋詩》第 26 冊，頁 17073。

[99] 例如蔡京為宋徽宗的任意揮霍提供經籍上的理由，開啟日後蔡京妄用經費之始，見梁庚堯編著，《北宋的改革與變法：熙寧變法的源起、流變及其對南宋歷史的影響》，臺北：國立臺灣大學出版中心，2022 年，頁 248-252。

揭傒斯詩裡批評享樂的背景，還可以參考中期成宗、英宗及其後蒙元貴戚的生活模式。當時奢侈風氣盛行，蒙古貴戚每年從中央獲得的利益指不勝數，又對異域珍品非常渴求，如大德二年「珍寶欺詐案」牽涉中書省朝臣與斡脫商人的合謀，成宗又濫發賞賜，使貨幣貶值。[100] 英宗繼位後與拜住商討改革並削減諸王福利，[101] 文宗在其設立的太禧宗禋院減少佛事和宮廷花費以節流。[102] 如果說揭傒斯詩以「金鏡」、「鑑興亡」作結，是引入以古為鑑的漢文化傳統，同時包含在於得人以及君臣契合的省察，那麼他顯然希望文宗可以像古代明君一樣實現治國理想。如此看來，揭傒斯稍為突破宮廷詩的頌聖述德藩籬，通過提煉唐明皇及宋徽宗本事，說明奎章閣不只是作為藝術機構，藉書畫鑑賞也可以論政，勾畫君臣理想的政治秩序。揭傒斯異於虞集的寫作取徑，是作為諍臣的自我塑造。綜合上引詩所寫，虞集恭敬表現宮廷文人的責任，頌聖述德和黼黻皇猷，揭傒斯兼備頌讚和勸勉，隱藏主奴關係外的生存空間。

奎章閣的組成受到非議，在如此風氣產生的應制詩歌，閣員必定仔細考慮文辭的使用，避免麻煩，可稱為情境的適切。[103] 先談虞集。元末孔齊《至正直記》記集賢學士孛朮魯翀（1279-1338）某天與文宗言事，翰林侍講學士（從二品）虞集後至，文宗即引虞集入便殿，孛朮魯翀反不被邀請。事記如下：

---

[100] 邱軼皓，〈大德二年（1298）伊利汗國遣使元朝考：法合魯丁‧阿合馬‧惕必的出使及其背景〉，《中央研究院歷史語言研究所集刊》第八十七本，第一分（民國一零五年三月），頁 96-97。

[101] 李治安，《元代分封制度研究》，北京：中華書局，2007 年，頁 291；蕭功秦，〈英宗新政與南坡之變〉，《元史論叢》第 2 輯，北京：中華書局，1983 年，頁 152。

[102] 許正弘，〈元太禧宗禋院官署建置考論〉，《清華學報》新第 42 卷第 3 期（2012 年），頁 448。

[103] 「情境的適切」（situational appropriateness），G. Philipsen, *Speaking Culturally: Explorations in Social Communication*, Albany: State University of New York Press, 1992, p. 21.

聞伯生稱道帝曰：「陛下堯、舜之君，神明之主。」翀在外屬聲曰：「這個江西蠻子阿附聖君，未嘗聞以二帝三王之道規諫也，論法當以罪之。」文宗笑曰：「子翬醉也，可退，明日來奏事。」帝雖愛其忠直，又恐中傷於伯生也。文宗愛伯生如手足，然是時伯生竦懼，月餘不敢見子翬也。[104]

這則資料真偽無從稽考，仍具參考價值，反映多族士人圈裡的色目人不滿南人虞集在朝中之角色，詰難他未盡文臣責任卻能得到帝王眷顧。文宗時期嫉妒虞集者、惡之者頗多，事記虞集「竦懼」，了解這個背景有助評價虞集的宮廷詩創作。

英宗時期，虞集已捲入後來至治三年的南坡之變。事發後，虞集未能坦然表達對英宗蒙難的哀思，圍繞此事的詩寫得相當謹慎。當他在文宗朝逐步享有崇高地位後，有兩重涵義，第一，獲文宗親炙保護，第二，文宗要確立繼任人，利用虞集文臣職位之便撰作即位詔，務求盡快解決繼位問題，避開蒙古權臣覬覦。[105] 或許，虞集得到文宗眷念部分來自其文學才能，多族士人群體卻認為虞集得寵是來自他對上位者的絕對服從，而他參與制定蒙元皇帝繼位詔書是他被針對的原因，蕭啟慶指出虞集「所受攻擊可能係由燕（鐵木兒）、伯（顏）二人所發動。當時受到攻擊者不限於漢族文人。」[106] 帝王繼位問題有南人虞集參與詔書寫作，固然會招來話柄，而文宗立奎章閣並招攬南人同樣不得民心。姜一涵指出，奎章閣的建立沒有經過由蒙元貴戚、宗室、權臣控制的中書省的討論，因此未能得到支持，最終失敗。[107] 邱江

---

[104] 孔齊撰，莊敏，顧新點校，《至正直記》，上海：上海古籍出版社，1987 年，頁 152。

[105] 文宗命虞集寫確立懿璘質班（寧宗，年僅六歲於 1332 年繼位，在位五十三天）的繼位詔書。懿璘質班是和世㻋（明宗，1329 年在位）次子，詔書貶斥和世㻋長子妥懽貼睦爾（順帝，1333-1367 在位）不具繼承大統資格。

[106] 蕭啟慶，《九州四海風雅同：元代多族士人圈的形成與發展》，頁 184。

[107] 姜一涵，《元代奎章閣及奎章人物》，臺北：聯經出版事業公司，1981 年，頁 213。

寧說文宗立奎章閣及下令編纂《經世大典》時，凌駕任何機構，引起燕鐵木兒猜忌，並攻擊有實權的趙世延。[108]《元史》「虞集列傳」記：「集以入侍燕閒，無益時政，且媢嫉者多，乃與大學士忽都魯都兒迷失等進曰：『陛下出獨見，建奎章閣，覽書籍，置學士員，以備顧問。臣等備員，殊無補報，竊恐有累聖德，乞容臣等辭職。』」面對虞集乞歸，文宗回應：「立奎章閣，置學士員，以祖宗明訓、古昔治亂得失，日陳於前，卿等其悉所學，以輔朕志。若軍國機務，自有省院臺任之，非卿等責也。其勿復辭。」[109] 無益時政之語見虞集身為人臣的歉疚，奈何面對媢嫉者多的現實，只嘆無力回天，虞集在朝時的心理恐懼於茲可見。以此背景閱讀題〈明皇出遊圖〉詩，虞集沒有藉圖像申論時政，並非看不清形勢，而是太熟悉中期奎章閣時局——他親歷南坡謀逆，宗室兄弟相殘，曾寫文宗即位詔以及繼位詔書，自知身處風暴中心，故取謹慎態度寫作，免予人口實。[110] 其〈明皇出遊圖〉應制詩歌接續宮廷詩頌聖寫法的意義在於，既固守漢文化傳統，又能安全無誤地避開一切紛爭，這應該是在主奴關係裡最為合理的選擇。

在奎章閣，虞集與文宗關係友好，前者成功推薦揭傒斯任奎章閣授經郎（位居七品）。[111] 揭傒斯對文宗是滿懷尊敬的，其〈十月十八日夜南郊齋

---

108 邱江寧，《元代奎章閣學士院與元代文壇》，頁 45。
109 《元史》卷 181，第 14 冊，頁 4178。
110 多族士人圈的漢學根柢比蒙元皇帝好，虞集寫作時有此考慮頗為合理。蕭啟慶，〈元代蒙古人的漢學〉，《內北國而外中國：蒙元史研究》，北京：中華書局，2007 年，頁 579-669。這並非說虞集不作箴規，其〈五色石屏風記〉寫文宗得五色石，詩勸勉上位者應避免流連忘返於微物中。《虞集全集》，頁 754。需要指出的是，《新元史》也載虞集：「每承〔文宗〕詔有所述作，必以帝王之道從容諷切，問及古今政治得失，尤委曲盡言，隨事規諫。」，第 9 冊，頁 4066。
111 元明筆記渲染揭傒斯在奎章閣內可有可無的位置。陶宗儀記揭氏非文宗心腹，引用張雨題詩：「侍書愛題博士畫，日日退朝書滿床。奎章閣上觀政要，無人知有授經郎（揭傒斯）。」《南村輟耕錄》「奎章政要」條，北京：中華書局，1959 年，頁 91。蔣一葵《堯山堂外紀》記虞集、柯九思與文宗討論法書名畫，揭氏也同在，比之虞、柯獲得文宗寵眷，揭氏則稍疏。《堯山堂外紀》，載《續修四庫全書》第 1994-1995 冊，上海：上海古籍出版社，1995 年，頁 669-70。邱江寧已辨陶氏此條的訛

宿夢先帝召見便殿手賜橘花一枝有感而作〉云：「淚盡烏號不可攀，傳宣忽降白雲間。天華拜舞君王賜，夢斷齋廬月滿壇。」[112] 先帝指文宗，詩悼念過去的君臣投合。歐陽玄作於至正四年（1344）的揭傒斯墓誌銘指出：「在奎章時，上覽〔揭傒斯〕所撰《秋官憲典》，驚曰：『茲非唐律乎？』又覽所進《太平政要》四十九章，喜而呼其字，以示臺臣曰：『此朕授經郎揭曼碩所進，卿等試觀之。』其本常置御榻側。」[113] 揭傒斯於奎章閣進獻二書，可知其著作有議政之內容，反映對古代典律的熟知，符合文宗創立奎章閣之心意。

同時，揭傒斯的積極論政見於其觀賞文宗宸翰「保寶」二字，有感而寫下：

> 先帝真天縱，斯文乃在茲。淵潛當建業，乾象見庖犧。雲漢天垂紀，山河地有維。每書含至理，隨筆寄深規。從事南臺彥，嘉名上聖貽。惟皇三統正，所寶寸心知。歷數歸龍御，簫韶覩鳳儀。戴星趨秘閣，和月下彤墀。俯仰君臣際，攀號日月移。羹牆空想像，鐵石永操持。什襲餘天翰，孤忠託聖時。奎章舊臣在，一覽淚交頤。[114]

指出文宗御書必然有其目的。御書保寶本事要參考陳旅記述。陳旅〈恭跋文宗皇帝御書保寶二字〉云：

謬，〈《奎章政要》真偽及虞、揭關係辨〉，《南京師大學報》（社會科學版），2013 年第 1 期，頁 128-135。
[112] 顧嗣立編，《元詩選》初集中，頁 1083。
[113] 歐陽玄，〈元翰林侍講學士中奉大夫知制誥同修國史同知經筵事豫章揭公墓志銘〉，陳書良、劉娟校點，《歐陽玄集》，長沙：岳麓書社，2010 年，頁 160。《全元文》第 34 冊，頁 724-725。
[114] 揭傒斯，〈保寶御史為南臺從事時識文宗於潛邸嘗御書其名以賜之因觀宸翰感極成詩〉，《全元詩》第 27 冊，頁 342。

第八章　故實規鑑——君臣同場下元代中期宮廷詩的治國想像與關懷　257

> ……監察御史臣保寶際遇文宗皇帝於淵潛之時，上為書「保寶」二字賜之。既臨御，又識以兩璽。蓋良貴者，天所與人之至寶也。惟賢者為能保之於身，惟聖主為能保其賢於國。御史能忘文皇所以書二字之意乎？鼎湖龍去，惟弘璧、琬琰、天球、河圖在東西序，悲夫！[115]

重視文宗怎樣關顧賢臣——於潛邸時賜字，即位後沒有忘記曾經賜字一事，並在御書上加賜兩璽，即天曆之寶及奎章之寶。這固然是王權展現，也是文宗即位後需要臣子幫忙治理朝政的狀況，由「保寶」之名稱及御書，引申賢臣能保之於身，君主能保其賢於國。以此並讀揭傒斯「保寶」一詩，可知其寫法重在回憶「南臺彥」保寶被文宗重用的情況。[116] 文宗潛邸在建康，而《經世大典》載南臺初設於揚州，後遷建康，由潛邸相識伊始，到文宗入繼大統，保寶皆夙夜匪解，以事一人。故得人之舉以及君臣契合，仍然是這批生活在中期以後宮廷文人理想的治國想像，揭傒斯詩所謂「羹牆空想像」，現在只可以仰慕前人的君臣相合，想起「聖時」的離去與「孤忠」的遺留，而這個遺留除了保寶以外，還包括自己——「奎章舊臣在，一覽淚交頤」，揭傒斯昔日曾與文宗同在閣裡討論書畫日常、政務、朝廷故事，這種君臣相合，是揭氏極欲保持的。詩歌本屬私情，觀賞「保寶」二字後引發的思緒，是結合個人真切感受而來的沉痛，所謂奎章舊臣，明顯是揭傒斯對文宗治下抱持美滿的治國想像和君臣契合願景，故此他才會詳寫保寶獲文宗賞賜御書的背後因緣。在這意義上，揭傒斯真心信賴奎章閣可以帶來改革，其〈題明皇出遊圖應制〉和題內府畫其四的〈宋徽宗《成平殿曲宴蔡京圖》御畫御記〉二詩由衷地提供了故實規鑑。可惜，文宗不斷受到另一奎章大臣燕鐵木兒的打壓，文宗歿後，治國想像驀然落空。並讀文宗御書本事和

---

[115] 陳旅，〈恭跋文宗皇帝御書保寶二字〉，《全元文》第37冊，頁282。
[116] 南臺乃江南行御史臺的簡稱，具監臨東南諸省，統制各道憲司，總諸內臺的職能。洪金富點校，《元代臺憲文書匯編》（中央研究院歷史語言研究所專刊之 104），臺北：中央研究院歷史語言研究所，2003 年，頁 197，545，「南臺題名錄」見頁 561-595。

揭傒斯應制詩歌，得見揭氏對建閣的殷切期望，以及在文宗歿後，理想破滅的痛苦。

揭傒斯題寫奎章閣藏品的積極論政態度，可由另一角度補充。揭氏「性耿介易直，好善惡惡，表裡如一」，[117] 默默努力撰寫史書。黃溍記揭傒斯曾編纂〈功臣列傳〉，被秘書監李孟（1255-1321）譽為「史筆」。[118] 若由「史筆」之譽看〈題明皇出遊圖應制〉，揭傒斯顯然努力以各種寫作媒介建構諍臣形象，他熟悉古代朝政，更是奎章閣裡具有魄力和勇氣議政的一員，元代當世已經有詩人寫道：「近者奎章揭授經，亦言金害陳時疏。」[119] 我們可把揭、虞應制詩歌和文宗觀賞〈明皇出遊圖〉視為一份整體的歷史文獻，揭傒斯藉此文本指出文宗及奎章閣閣員，不應只沉醉於閣裡觀賞書畫，忽略議政責任，既暗合文宗立閣深意，也可「以祖宗明訓、古昔治亂得失，日陳於前」，而揭傒斯確切執行了文宗的意旨，這是主奴關係裡的一種突破。

並讀虞、揭應制詩歌與文宗朝的困局，宮廷文人有各自的處境和限制。虞集參與文宗朝兩次的詔書寫作，召入奎章閣，面對的權臣是來自反對文宗的派系，固然被權臣嫉之惡之。虞集深知其價值在文學才能，又沒法置身派系爭鬥之外，知道撰作應制詩時「情境的適切」是必須的，他的每一個字詞或會被權臣作為打壓藉口，在這背景下，便可理解其〈題周怡臨韓幹明皇出遊圖〉緊隨頌聖傳統而不敢逾越半步。看來是保守之舉，實際上他是懂得在征服王朝下生活的南人，這也許是他書寫私情時，常以道教人物表現出世想望的原因。[120] 揭傒斯進入奎章閣為官的時間較晚，在前此不同的權力過渡

---

[117] 歐陽玄，〈元翰林侍講學士中奉大夫知制誥同修國史同知經筵事豫章揭公墓志銘〉，《歐陽玄集》，長沙：岳麓書社，2010年，頁161。

[118] 黃溍，〈翰林侍講學士中奉大夫知制誥同修國史同知經筵事追封豫章郡公諡文安揭公神道碑〉，載李夢生標校，《揭傒斯全集》，上海：上海古籍出版社，2012年，頁580。又記「其言往往寓獻替之忱，務以禆益治道。上嘉其忠懇，數出金織紋段以賜之。」

[119] 黃河清，〈鬮金行〉，《全元詩》第30冊，頁390。

[120] 虞集喜用安期、浮丘公、匡俗等為出世想望，《道園學古錄》（《四部備要》第276冊）卷3，頁9a，卷29，頁6b-7a。

時皆不在其中,讓他可以通過各種寫作途徑和機會,來展現一己對政事的看法,其〈題明皇出遊圖應制〉訴說維持盛世之不易,指出應善加利用漢文化藏品來達到鑑古知今的目的。揭詩寫法雖從屬宮廷詩範疇,但稍有突破,涵蓋美刺內容兼形塑詩人作為諍臣的角色。梳理中期的政治氣候與朝臣心態後,我們才能對宮廷文人產生同情的理解,體會他們在主奴關係下的生活困境和擔憂,以及在此情況下創作的宮廷詩。

雖然無法得知文宗觀看〈明皇出遊圖〉後的反響,但幸運地保留了虞集的頌揚和揭傒斯的規鑑,如果依據石守謙對南宋規鑑圖的分析,人臣對人主的規鑑可以馬上「用來作今上勇於納諫,君臣關係理想的政治廣告」,[121]或者可以說,虞、揭二詩的結合呈現了文宗勇於納諫的形象。如此詮釋,符合文宗御書分賜習慣以及宮廷文人的記述目的,在於呈現得人和君臣契合的治國理想。

從中期宮廷文人的創作本事和環境看去,宮廷詩有不同面向的藝術價值。宮廷文人緊隨宮廷詩的一貫寫法,頻繁與純熟地使用故事寄託美刺,寫法愈趨精煉。或許其表述方式與前朝宮廷詩差異不大,但它始終是在蒙元治下創作,故此詩裡的某些方面透露著論政氣息,在這意義上,詮釋宮廷詩時也可視它為歷史文獻,進一步洞悉宮廷文人相對保守的創作心態,緣自蒙古貴戚、宗室、權臣的打壓以及在帝位紛爭下身不由己的個人經歷。文宗殁後,順帝繼位,後期政局不隱,江南地區多有叛黨謀反,宮廷文人已無法兼顧宮廷文化活動與詩歌的創作,應制詩逐漸淡出,由中期約百多首下降至後期順帝朝的不足十首之數,整個元代宮廷已無暇顧及漢文化的藝文活動了。[122]

---

[121] 石守謙,〈南宋的兩種規鑑畫〉,載氏著《風格與世變:中國繪畫十論》,頁126-127。

[122] 例如,元代後期的周巽仍然寫有應制作品〈奉和蘇參政伯修受詔奉使宣撫還賜宴宣文閣應制韻〉(《全元詩》第48冊,頁440),而朱右於至正二十一年(1361)呈上〈進河清頌表〉後,卻不遇而返(《全元文》第50冊,頁488,509-510)。關於元末大都詩壇,可參楊鐮,〈元代文學的終結——最後的大都詩壇〉,載氏著《元代文學及文獻研究》,北京:中華書局,2015年,頁76-86。

第九章　流別指歸
——國朝文典與中後期的大都詩壇

　　元代出版事業興旺，官方委派杭州私人書商刊行的著作最少有 31 種，西湖書院存有 200,000 個排印原板。在蓬勃的出版氛圍下，元人在資料彙編、詩文合輯、辭典編纂等等方面累有創獲。[1] 蘇天爵（字伯修，1294-1352）編纂的《國朝文類》（釐為 70 卷，明代翻刻本又稱《元文類》）就是一個重要詩文選本。[2] 近代學者多從史學角度肯定蘇天爵的文章整理工夫和《國朝文類》在史料上的價值。[3]《國朝文類》目錄計為 33 類，包括賦、

---

[1] K.T. Wu, "Chinese Printing under Four Alien Dynasties," *Harvard Journal of Asiatic Studies* 13.3-4 (1950), pp. 463, 473-474. 周少川，《中華典籍與傳統文化》第十一章「元代歷史文獻的成就與特徵」，桂林：廣西師範大學出版社，1996 年，頁 138-155。黃溍，〈西湖書院田記〉，《全元文》第 29 冊，頁 284-285。至正二十二年（1362）八月，陳基撰〈西湖書院書目序〉，《全元文》第 50 冊，頁 308-310。

[2] 蘇天爵為國子生時，在大都師從吳澄、虞集。延祐四年，御史監馬祖常考核國子員，擢蘇天爵為首名，對他有「負斯文之任」的期望。馬祖常〈跋〉，見蘇天爵著，陳高華、孟繁清點校，《滋溪文稿》，北京：中華書局，1997 年，頁 3。至順二年，蘇擢江南行臺監察御史，後遷禮部侍郎、淮東道肅政廉訪史。至正四年召為集賢侍講學士兼國子祭酒。《元史》譽其「進為師長，端己悉心，以範學者。」宋濂等著，《元史》卷 183「蘇天爵列傳」，第 14 冊，北京：中華書局，1976 年，頁 4224-4226。

[3] 孫克寬形容「蘇氏史學為文獻之學者」，《元代漢文化之活動》，臺北：臺灣中華書局，1968 年初版，2015 年再版，頁 398。原文見孫克寬，〈元儒蘇天爵學行述評〉，《東海學報》，第 6 卷第 1 期（1964 年），頁 55-66。江湄，〈獨身任一代文獻之寄——元代傑出史家蘇天爵〉，《文史知識》，1995 年第 5 期，頁 85-89。屈寧，〈蘇天爵與元代史學〉，《史學集刊》，第 3 期（2011 年），頁 60-67。

騷、詩、冊文、表、銘、頌、記、序、題跋等等。此書得到朝廷資助,由杭州路儒學負責刊刻。魏亦樂指出《國朝文類》最早於元統二年(1334)初刻,初刊成於至元二年(1336),其後,在元統本上增加半卷,修正一百三十多字,文獻來自蘇天爵大都家藏手稿,補刊於至正二年(1342),為「官刻定本」。元統本(已佚)出現後,便有翻刻本,包括「翠岩精舍初刻本(小字本)」及另一「翠岩精舍翻刻本(海源閣藏本)」,前者新增〈考亭書院記〉(熊鈁撰作,述朱熹於福建居住講學之地),後者多出五篇,其中獨有建陽鄉里文章(〈建陽縣江源一堂記〉、〈高昌偰氏家傳〉),這三篇文章可以作為建陽書坊妄補的證據。[4] 魏亦樂又言《四部叢刊》影印吳嘉泰藏成化後印本,影響甚大,但此修補版底本晚出,描修失真,有不少訛誤,價值在明人翻刻諸本之下。而至正二年西湖書院印本多有翻刻,其中海源閣(山東聊城楊氏)舊藏元刻明成化修本,現藏中國國家圖書館,《中華再造善本》有影印,魏氏認為此本雖有漫漶,但可資使用。[5] 據此,本文以《中華再造善本》影印本為引用底本,[6] 並參考臺北世界書局(1962年)的排印

---

[4] 需要指出的是,三篇文章非本文的討論範圍。據魏亦樂的判斷標準,現行(I)國學基本叢書《元文類》(北京:商務印書館,1936年初版,1958年重印)卷二十九收錄〈考亭書院記〉、卷七十〈高昌偰氏家傳〉,非精校本。(II)楊家駱主編的歷代詩文總集《元文類》(中國學術名著第三輯·歷代詩文總集第二期書·第三十九冊。臺北:世界書局,1962年),此本即西湖書院本,並沒有收錄上述文章。林申清指出:「西湖書院至正二年刊《國朝文類》,是書前有至正二年二月浙江儒學提舉移文,詳載刊書本末;文後有『右下杭州西湖書院準此』一行。案此書元時有二本,一翠岩精舍密行小字本,一即此西湖書院本。」,《宋元書刻牌記圖錄》,北京:北京圖書館出版社,1999年,頁76。據魏亦樂的考證(資料見下),和錢泰吉校勘結論,元時還有翻刻本,翠岩本錯處不少,而其底本(元統二年本)非精校本,故要小心使用。錢泰吉,《甘泉鄉人稿》卷4,下載自「中國基本古籍庫」,北京:北京愛如生數字化技術研究中心,2009年,頁34-37。

[5] 魏亦樂,〈《國朝文類》元明刻本新探〉,《文史》2023年第2輯·總第143期,頁125-148。魏亦樂,〈《國朝文類》元明諸板本雜考〉,《元史論叢》第十四輯,2013年12月,頁327-340。羅鷺亦有談《元文類》的版本及選文特色,見《元代印刷文化與文學研究》,上海:上海古籍出版社,2022年,頁232-239。

[6] 蘇天爵輯,《國朝文類》七十卷,36冊(3函),影印本,《中華再造善本》金元

本。

　　陳旅（1288-1343）寫於元順帝元統二年（1334）〈《國朝文類》序〉指出，蘇天爵從延祐元年（1314）起，「蒐摭國初至今，名人所作」，「皆類而聚之，積二十年，凡得若干首，為七十卷」，譬之「不惟有以見斯文之所以盛，亦足以見伯修平日之用心矣。」[7] 認為蘇天爵編纂體現其傳承斯文的決心。我們知道仁宗延祐二年（1315）科舉重開，但是朝廷官員的任命以蒙古和色目人為主，漢人南人為副，後者入仕途徑狹窄。虞集謂蒙元以干戈平海內，尚武力有功之臣，其次就是吏員，因為「錢穀轉輸期會，工作計最，刑賞伐閱，道里名物，非刀筆簡牘，無以記載施行。」[8] 相較下，講究治國理念的知識分子在元廷難以一展所長。[9] 延祐天曆以後，帝位紛爭和蒙古統治集團的角力帶來不少問題，蘇天爵身為漢人官員，任監察御史，曾上疏四十五篇，彈劾朝中大臣，[10] 又藉編纂和出版《國朝文類》反映元代典章文物之燦然大備。這裡值得探討的是，知識分子如何在元代中後期的紛亂政局下仍然堅守一己之理想，《國朝文類》的入選篇章正好為此提供線索。

　　本文把《國朝文類》的編纂放在元代中後期的政治和文化環境中考察，並以此書編列的大都宮廷文人作品為研究重點。延祐天曆是為人稱頌的治世，大都又是全國中心，此時期在大都供職的虞集和馬祖常與蘇天爵關係密切，[11]《國朝文類》編入他們多篇作品，在某些方面反映蘇氏對延祐天曆間大都文壇的重視，其編纂著重呈現大都文人的兩難，既要在蒙元治下推廣儒

　　編‧集部，北京：北京圖書館出版社，2006 年 12 月。

[7]　《國朝文類》（《中華再造善本》影印本），頁 8a-b；《元文類》（臺北世界書局），頁 5。

[8]　虞集，〈蘇志道墓碑銘〉，王頲點校，《虞集全集》，頁 868。

[9]　Sun KeKuan, "Yu Chi and Southern Taoism during the Yuan Period," in John D. Langlois, trans. and ed., *China under Mongol Rule*, Princeton: Princeton University Press, 1981, p. 220.

[10]　蘇氏章疏曾結集為《松廳章疏》（已佚）。蘇天爵，〈題《松廳章疏》後〉，載陳高華、孟繁清點校，《滋溪文稿》，頁 473。

[11]　蘇天爵〈書吳子高詩稿後〉指出虞集、馬祖常之詩乃「雅正之音」。陳高華、孟繁清點校，《滋溪文稿》，頁 495。

家理念，惜又未能一展抱負。本文先討論蘇天爵編纂當代作品的原因，再循元代中後期政局與《國朝文類》的編目入手，分析編者如何藉入選作品指出大都文人恪守美刺並重的詩學傳統。至於以《國朝文類》的詩選部分對讀兩部元代詩選集《皇元風雅》（編者為傅習、孫存吾以及蔣易），是為了指出大都文人選詩在後期文壇上的示範意義，以及蘇天爵為延續漢文化所作的貢獻。

第一節　從元代的政治文化背景看 蘇天爵《國朝文類》的編纂

　　蘇天爵從仁宗延祐元年起搜集當代作品，前後共二十年始成《國朝文類》，此書以「作者與翰林院士和前輩的聯繫」為基礎，[12] 入選篇目還包括元初文人作品，因此，我們還需從整體上考察《國朝文類》。本節分三層論述，從律典變更、漢文化的延續以及科舉制度探討是書的編纂理念。綜觀全書，蘇天爵著重文章的批判精神，期以彌補元代律典制度的流弊，他又以金末元初文人為理想楷模，作為其延續漢文化的思想淵源，而他標舉的「雅製」理念又與元代科舉的錄取標準相關，通過這三方面的討論，編纂用心便可得見。

　　陳旅〈《國朝文類》序〉指出蘇天爵的選錄原則：「必其有繫於政治，有補於世教，或取其雅製之足以範俗，或取其論述之足以輔翼史氏。」[13] 政治、世教、補史可視為一個整體，強調文章的社會功能，「雅製」指入選作品要合乎雅。先論文章的社會功能。《國朝文類》雖為官刻定本，但編纂並沒有受到干預，以政治、世教、補史為重，藉篇章寓褒貶警世。可從金元

---

[12] Herbert Franke, "Kuo-ch'ao wen-lei 國朝文類", William H. Nienhauser JR. et al., *The Indiana Companion to Traditional Chinese Literature*, Second revised edition, Southern Materials Center, INC, Taipei, 1986, p. 523.

[13] 陳旅，〈《國朝文類》序〉，《國朝文類》（《中華再造善本》影印本），頁 8a；《元文類》（臺北世界書局），頁 5。

律典制定的情況說去。至元九年（1272）忽必烈廢除金代《太和律》，終元一代沒有頒行適用於蒙古、色目、漢人、南人的法律條文和典籍。[14] 元代審理案件時，一般以條格和斷例為判刑根據，為人詬病者在於中央和地方政府處理同類案件時有不同的判刑考量。[15] 丞相拜住（1298-1323）倡議設立律典制度，以一統全國的判刑依據，經過討論和整理，英宗於至治元年（1321）頒布《大元通制》，包括皇令、條格、斷例。[16] 判刑依據備妥，但仍缺一套完整的法律條文。由於《大元通制》難起阻嚇，元人另闢新徑，保存和介紹《春秋》，期以警醒干犯罪行者或能避過法律制裁，但若然其罪行被寫入史書，就逃不過後人指責。藍德彰（John D. Langlois）指出《春秋》為當政者提供了古代不同的政治案例和規範準則，官員可據此判別政治形勢。有元一代，《春秋》約有127種注本，蘇天爵老師吳澄便著有《春秋纂言》。[17] 蘇天爵重《春秋》學，曾讚揚魏順聖之學「本諸《春秋》」，由於《春秋》具「褒善貶惡」精神，故譽魏乃「天下之心也」。[18] 而從《國朝文類》編列的忠臣碑文和皇帝即位詔書，也可得見蘇天爵對此的承續。這些文章以大都宮廷文人的作品為主，包括虞集〈平章政事張公墓誌

---

[14] 元代官方曾編纂兩部律典，《大元新律》（編於1273年）和《大元律令》（編於1305年）。兩部律典都沒有頒布。洪武元年（1368）才由明人重新制定和頒布適用於全國的法律典籍。Paul Chen Heng-chao, *Chinese Legal Tradition under the Mongols: The Code of 1291 as Reconstructed*, Princeton: Princeton University Press, 1979, pp. 3-40, esp. 15, 19.

[15] John D. Langlois, "Law, Statecraft, and The Spring and Autumn Annals in Yuan Political Thought," in Hok-lam Chan and Wm. Theodore de Bary, eds., *Yuan Thought: Chinese Thought and Religion Under the Mongols*, New York: Columbia University Press, 1982, p. 94.

[16] Paul Chen, *Chinese Legal Tradition under the Mongols: The Code of 1291 as Reconstructed*, p. 28.

[17] John D. Langlois, "Law, Statecraft, and The Spring and Autumn Annals in Yuan Political Thought," pp. 119, 127.

[18] 蘇天爵，〈御史中丞魏忠肅公文集序〉，載陳高華、孟繁清點校，《滋溪文稿》，頁69。

銘〉、袁桷〈丞相拜住贈諡制〉、虞集〈即位改元詔〉等等。[19] 把這些篇章放在中後期帝位紛爭的背景下細讀，得見蘇天爵在編纂中寄寓批判時政的春秋精神。詮釋這些文章可以連繫《國朝文類》的詩選，有助我們分析大都文人官員在面對政局變化時所受的心理壓力。這點會在下節討論。

　　蘇天爵肩負著延續漢文化的責任，此自覺意識體現在《國朝文類》的編纂中，其使命感多少承自其老師安熙（1269-1311）。蘇天爵謂北宋靖康之難後，「中原文獻悉輦而南」，在北方的士大夫則傳承斯文之任，蘇天爵譽安熙「俾吾道不絕如綫」。[20] 蘇氏既問學於安熙，又搜集和整理前代古文遺事，因而也進入了這個傳統中，從編入元好問（1190-1257）作品見其用心。《國朝文類》卷 1 至 8 為詩選部分，選元好問詩八首，而其〈上耶律中書書〉被置入卷 37「書」的第一篇，蘇氏視元好問為異代知音。〈上耶律中書書〉說：「獨有一事，繫斯文為甚重。」有識之士要拯救文人於亂世，因為他們是衣冠禮樂、紀綱文章的代表，強調漢唐以來，國家培養人才，使士之有立於世，必藉學校教育、父兄淵源、師友講習。[21] 惜自喪亂以來，此三種形式俱瓦解。元好問認為聚養立言、立節的知識分子，「不能泯泯默默，以與草木同腐」。[22] 因此，元好問曾編《金源君臣言行錄》和《中州集》，前者乃君臣論國要言，後者以文學彙編傳承知識分子（包括漢人和女

---

[19] 虞集，〈平章政事張公墓誌銘〉，《國朝文類》卷 53（《中華再造善本》影印本），頁 9a-22b；《元文類》卷 53（臺北世界書局），頁 9-22。袁桷，〈丞相拜住贈諡制〉，《國朝文類》卷 12（《中華再造善本》影印本），頁 19a-20a；《元文類》卷 12（臺北世界書局），頁 19-20。虞集，〈即位改元詔〉，《國朝文類》卷 9（《中華再造善本》影印本），頁 15a-16b；《元文類》卷 9（臺北世界書局），頁 15-16。

[20] 蘇天爵，〈默庵先生安君行狀〉，載陳高華、孟繁清點校，《滋溪文稿》，頁 365。

[21] 蘇天爵對此非常贊同，撰於至正五年（1345）的〈國子生試貢題名記〉向國子生親述如何以行之有效的學校制度培養人才。陳高華、孟繁清點校，《滋溪文稿》，頁 30-31。

[22] 元好問，〈上耶律中書書〉，《國朝文類》卷 37（《中華再造善本》影印本），頁 1a-3a；《元文類》卷 37（臺北世界書局），頁 1-3。

真）的漢文化傳統。[23] 值得注意的是，蘇天爵編有類似言行錄性質的《國朝名臣事略》。歐陽玄〈《國朝名臣事略》序〉讚許蘇天爵為國子學生時，已博取國初以來文獻之足徵者，日鈔而彙編，例如記錄耶律楚材之「器業」或著名士人之謀猷、方略、辭章、政事，此一彙編觀點與《國朝文類》相類，歐陽玄序同時收入《國朝文類》裡。[24] 就《國朝文類》選錄〈上耶律中書書〉而言，元好問在異族統治下為延續漢文化所作的貢獻備受尊崇，從另一方面說明在元代「中原前輩，凋謝殆盡」之時，蘇天爵「獨身任一代文獻之寄」，期望時人可以從典籍與前賢傳統裡獲得啟發。[25]

《國朝文類》除了強調入選作品的社會功能外，還標舉其作為「雅製」的藝術價值。此觀念與元代中後期的文化制度有關。皇慶二年（1313）十月，仁宗下旨頒布科舉考試「經問」部分的標準，黜「浮華過實」而取「義理精明，文辭典雅」的文章。[26] 延祐二年（1315）科舉重開，當時的禮部尚書馬祖常標舉「崇雅黜浮」，「雅」成為評核「古賦」的標準。[27] 延祐四年（1317），蘇天爵時為國子生，撰〈碣石賦〉應試，試後禮部尚書潘景良、集賢直學士李源道列蘇天爵第二，首名賜予「文氣踈宕，才俊可喜」的鞏弘。時任御史的馬祖常認為蘇天爵古賦「雅馴美麗，考究詳實」，而鞏弘的行文風格雖然予人閱讀快感，內容卻乏深思，可推想其人最終「流於不

---

[23] 蕭啟慶，〈蘇天爵和他的元朝名臣事略〉，《大陸雜誌》，第22卷第5期（1961年），頁143-146。Peter Bol, "Seeking Common Ground: Han Literati under Jurchen Rule," *Harvard Journal of Asiatic Studies* Vol. 47, No. 2 (Dec., 1987), pp. 491, 529.

[24] 歐陽玄，〈《國朝名臣事略》序〉，《國朝文類》卷36（《中華再造善本》影印本），頁13a-14a；《元文類》卷36（臺北世界書局），頁13-14。

[25] 引文取自宋濂等著，《元史》第14冊，頁4226-4227。陳旅，〈《國朝文類》序〉，《國朝文類》（《中華再造善本》影印本），頁7-8；《元文類》（臺北世界書局），頁4-5。典籍方面，蘇氏的滋溪書堂藏書超過十萬卷，包括大量宋遼金元典籍。井上進，《中国出版文化史：書物世界と知の風景》，名古屋：名古屋大学出版会，2002年，頁207-209。

[26] 方齡貴校注，《通制條格校注》，北京：中華書局，2001年，頁239。

[27] 蘇天爵，〈御史中丞馬公文集序〉，陳高華、孟繁清點校，《滋溪文稿》，頁65。

學」。馬祖常力排眾議,擢蘇天爵為首名。[28] 準此,「雅製」可理解為措辭典雅、內容詳實的作品,同時反映人品格調。《國朝文類》卷 3 編入虞集〈滋溪書堂為蘇伯修賦〉,稱許蘇天爵「積學抱沉默,時至有攸行。抽簡魯史存,采詩商頌并。」[29] 積學以培養沉靜柔順的性情,以《春秋》(魯史)的批判精神為寫作根本,繼承《詩經・商頌》的典雅文辭和風格,體現美刺兼備的文學觀。[30] 四庫館臣謂「天爵乃詞華淹雅,根柢深厚,蔚然稱元代作者」,「蓋其文章原本由沉潛典籍研究掌故」而來。[31] 從歷史及文學傳統中積累學問,培養德性,寫作自然詳實有據。

從元代中後期政治和文化背景看《國朝文類》,知蘇天爵在編纂裡寄寓春秋的褒貶精神,用傳承斯文的積極態度搜集當代作品,以文辭典雅、內容詳實為尚。以下從具體編目入手,分析蘇天爵的編纂與中後期大都文壇的關係。

第二節　《國朝文類》編錄的大都文人及其作品

本節由內緣角度論書中作者與作品的編列,分兩層論述,一層見蘇天爵的理想大都文人群體的示範意義,另一層見選詩表現的美刺傳統用心,藉以揭示此群體與元代中後期大都文壇的關係。

---

[28] 馬祖常,〈跋〉,陳高華、孟繁清點校,《滋溪文稿》,頁 3。孫克寬,《元代漢文化之活動》,臺北:臺灣中華書局,1968 年,頁 409。

[29] 虞集,〈滋溪書堂為蘇伯修賦〉,《國朝文類》卷 3(《中華再造善本》影印本),頁 14a;《元文類》卷 3(臺北世界書局),頁 14。

[30] 評論時賢作品,蘇天爵從儒家文學觀稱許自幼「習六經百家之說」的西林先生,言其詩「興寄高遠,託諸諷議,不為空言,欲有補於世教。」蘇天爵,〈西林李先生詩集序〉,陳高華、孟繁清點校,《滋溪文稿》,頁 62-63。

[31] 《四庫全書總目》〈滋溪文稿(三十卷)〉提要,陳高華、孟繁清點校,《滋溪文稿》,頁 577。

2.1 理想的大都文人群體

《國朝文類》卷 1 至 8 有 387 首作品，其中劉因（1249-1293）詩 53 首，為全集之最，次為趙孟頫的 42 首，再次為虞集（34 首）和馬祖常（31 首）。劉、趙皆為元初重要文人，虞、馬二人乃中後期為時人敬重的宮廷文人。蘇天爵由藝文創作論虞集、馬祖常與宮廷文人創作群的特點，指出：

> 〔袁桷〕公為文辭，奧雅奇嚴，日與虞公集、馬公祖常、王公士熙作為古文論議，迭相師友，間為謌詩倡酬，遂以文章名海內。士咸以為師法，文體為之一變。[32]

又謂：

> 延祐以來，則有蜀郡虞公、浚儀馬公以雅正之音鳴於時，士皆轉相效慕，而文章之習今獨為盛焉。[33]

指出虞集、馬祖常、袁桷與其他大都文人砥礪切磋，後學從而為師，儼然形成文人群體。把上引兩篇觀點參照《國朝文類》的入選篇章，得見理想大都文人群體的意涵所在，即喜好酬唱和討論切磋藝文，以師友淵源體現和諧的大都文人文化，並以中後期文人袁桷、虞集和馬祖常等為重心。特別是虞集與蘇天爵的關係頗深。延祐元年（1314），時為國子學生蘇天爵始問學於太常博士虞集。泰定元年（1324），蘇天爵出任翰林國史院典籍官，虞集仍任教國子學。[34] 自始，蘇天爵與虞集有較多機會一起工作，例如泰定二年

---

[32] 蘇天爵，〈元故翰林侍講學士知制誥同修國史贈江浙行中書省參知政事袁文清公墓誌銘〉，陳高華、孟繁清點校，《滋溪文稿》，頁 137。
[33] 蘇天爵，〈書吳子高詩稿後〉，陳高華、孟繁清點校：《滋溪文稿》，頁 495。
[34] 宋濂等著，《元史》卷 183，第 14 冊，頁 4224-4227。姜一涵，《元代奎章閣及奎章人物》，臺北：聯經出版事業公司，1981 年，130。

（1325），朝廷於長春宮舉行黃籙普天大醮，蘇天爵協助虞集制定青詞。[35]由此可見，理想大都文人群體以師友淵源的關係為基礎。

在師友淵源的基礎上，蘇天爵藉大都文人的序文撰作，指出文人可以怎樣獲得時賢認可。《國朝文類》卷 35 引虞集〈送冷敬先序〉謂：「大德（1297-1306）中，集始來京師，江左耆舊盡名故國衣冠之裔，同仕於朝者」，包括袁桷，十餘年後，獨袁桷與虞集尚在朝廷，「最後至者，得冷君敬先。」隱然有大都文人前後相承之意。虞集譽冷敬先之「溫溫儒雅，有退讓之風，非朝夕之積者矣」，故敬先暫仕而遽歸，大都文人「愛而勉之者，皆為詩以以贈。」[36] 蘇天爵推許儒雅之風，卷 36 編入馬祖常〈臥雪齋文集序〉說文人及其創作如能「賦天地中和之氣，而又充之以聖賢之學」，其人其文便能得到時賢賞識。[37] 中後期文人以贈序方式把各人的關係網絡連結起來，蘇天爵把這些序文編纂在《國朝文類》裡，形塑儒雅之風、中正平和的傳統文人觀念，是理想大都文人群體體現的文化價值。

再者，大都文人的社會定位和創作皆以傳承斯文為重心，蘇天爵於卷 39 引吳澄〈書貢仲章文稾後〉可說明此點。吳澄謂貢奎（1269-1329）乃江南之英，貢奎晉身官場後，與當時有名的大都宮廷文人鄧文原和袁桷「俱掌撰述於朝」，並砥礪切磋，吳澄因而對貢奎與大都文人群體有所期許。朝廷的公文撰作，有既定格套，宮廷文人掌撰述，就必定掌握固有的寫作傳統，這也是體現文化秩序的一環。吳澄稱譽貢奎與時賢「俱掌撰述」，即是說，貢奎在朝中建立的形象並非以其江南身分示人，而是以恪守漢文化傳統的文人身分出之。這是對他作為大都文人群體一員的肯定。吳澄又論貢奎詩：「溫然粹然，得典雅之體，視求工好奇，而卒不工不奇者，相去萬萬

---

[35] 宋濂等著，《元史》卷 183，第 14 冊，頁 4225。
[36] 虞集，〈送冷敬先序〉，《國朝文類》卷 35（《中華再造善本》影印本），頁 22a-23a；《元文類》卷 35（臺北世界書局），頁 22-23。
[37] 馬祖常，〈臥雪齋文集序〉，《國朝文類》卷 36（《中華再造善本》影印本），頁 4a-b；《元文類》卷 36（臺北世界書局），頁 4。

也。」^38 內容溫柔敦厚、體式典雅，符合蘇天爵所謂雅製的詩歌範式。《國朝文類》選錄貢奎詩兩首，〈讀伯庸學士止酒詩〉謂：「風雅久已衰，作者微君誰」，推許馬祖常〈止酒〉上接風雅，「嗟我重景仰，老大將何為」，借以明己之憂慮與抱負；^39 貢奎〈司業李公哀挽元禮〉有句譽李元禮「文章清廟藏琛玉，勳業烏臺鎮羽翰」，嘆李氏之死乃「百年耆舊彫零盡，展卷哀辭忍淚看。」^40 李元禮於元貞元年（1295）任監察御史，上疏奏明五台山建佛寺一事勞民傷財，後獲罪，李氏既寫頌聖文章，又有監察議政之文，^41 貢奎欣賞李元禮之原因，其來有自。從吳澄譽貢奎之文以及貢奎詩例可見，藉彰顯政治、世教、補史的雅製作品傳承漢文化傳統，是中後期大都宮廷文人關注的處世重點。

　　大都文人群體以師友淵源方式，傳承共有的漢文化傳統，體現在雅製作品裡。《國朝文類》編入此精萃部分，同時傳承了斯文。下面接著從理想大都文人群體的角度看《國朝文類》收錄的詔書，考察其內容形塑的中後期政局困境，進而分析詩選部分，期以揭示蘇天爵如何結合詔書與詩歌以寓美刺。

2.2　諷與頌：《國朝文類》與中後期的大都文壇

　　就《國朝文類》三十三個分目而言，卷 9「詔赦」、^42 卷 10「冊文」、卷 11 和 12「制」、卷 13 至 15「奏議」、卷 16「表」、卷 17「表、牋、

38　吳澄，〈書貢仲章文稟後〉，《國朝文類》卷 39（《中華再造善本》影印本），頁 4a-4b；《元文類》卷 39（臺北世界書局），頁 4。

39　貢奎，〈讀伯庸學士止酒詩〉，《國朝文類》卷 3（《中華再造善本》影印本），頁 14a-b；《元文類》卷 3（臺北世界書局），頁 14。

40　貢奎，〈司業李公哀挽元禮〉，《國朝文類》卷 7（《中華再造善本》影印本），頁 6a-6b；《元文類》卷 7（臺北世界書局），頁 6。

41　宋濂等著，《元史》卷 176「李元禮列傳」，第 14 冊，頁 4101-4103。

42　《國朝文類》卷九（《中華再造善本》影印本）「詔赦」，頁 1a；《元文類》（臺北世界書局）和國學基本叢書《元文類》（北京商務印書館）的卷九都以「詔赦」命名，而非「詔敕」。

箴、銘」、卷 18「頌、贊」的各種朝廷公文，都有「補史」之用，而以卷 9「詔赦」最能反映中後期政局的嬗變。大都文人群體的代表人物虞集所撰寫的詔書，曲折反映朝廷對至治三年（1323）發生的南坡之變的官方立場。沿此編纂內容對讀詩選部分，得見蘇氏之用心，既側寫南坡之變，又寄託漢人官員在異族統治下的矛盾心情。

先看卷 9「詔赦」的編排與「晉邸」一詞的運用。詔書是告示朝廷百官有關日常行政事務的文書，體現王權的絕對權威。一般來說，皇帝先以口頭或文書方式下達命令，由輔政部門草擬公文，再由皇帝核准內容後分發各部門執行。[43] 然而，一如第四章指出，蒙元宮廷機要奏事多由怯薛操作，用漢文起草的文書，才叫詔令。卷 9 一共收入二十六篇作品，與元代中後期政局相關的有以下數篇：

至大四年（1311）	三月仁宗即位	姚燧〈即位詔〉
皇慶二年（1313）	十一月仁宗擬重開科舉	程鉅夫〈行科舉詔〉
延祐七年（1320）	三月英宗即位	張士觀〈即位詔〉
至治（1321）	英宗朝改元	元明善〈至治改元詔〉
至治二年（1322）	十二月英宗任命拜住	袁桷〈命拜住為右丞相詔〉
泰定元年（1324）	泰定帝諭安南	曹元用〈諭安南國詔〉
天曆元年（1328）	九月文宗即位	虞集〈即位改元詔〉
天曆二年（1329）	八月文宗第二次即位	虞集〈即位詔〉
至順三年（1332）	八月文宗歿，寧宗繼位	虞集〈即位詔〉

就中後期四位皇帝（仁宗、英宗、泰定帝、文宗）的繼位次序而言，只有泰定帝（1324-1328 在位）的即位詔書被略去。蘇天爵強調文章的政教與補史功能，編纂缺少一朝皇帝即位公文說不過去。泰定帝的即位詔完整保留在《元史》內，該文是蒙語硬譯體，[44] 說明泰定帝於至治三年九月即位於龍居河時，身邊沒有漢人官員撰寫典奧的即位詔；從另一方面看，此文是蒙語

---

[43] 柏華、李春明，〈中國古代重要公文書──詔敕和奏章〉，《檔案學通訊》，1992 年第 4 期，頁 46。

[44] 《元史》卷 29「泰定帝本紀」，第 3 冊，頁 638-639。

硬譯,是否因為不合雅製標準,故而不被錄入《國朝文類》?然而,基於政治、世教、補史的原則,皇帝即位詔應該最為重要,沒有收錄此文,仍然存有疑問。蘇天爵編入虞集三篇詔書,事涉泰定帝有否參與南坡之變以及文宗朝的政治操作,而《國朝文類》的初刊和補刊皆在順帝朝,這反映什麼樣的狀況?

泰定帝死後,文宗於天曆元年(1328)九月即位,虞集〈即位改元詔〉即撰於此時。詔書首先肯定元世祖統一海內,確立制度的功績,接著指出:

> 宗親各授分地,勿敢妄生覬覦。此不易之成規,萬世所共守者也。世祖皇帝之後,成宗皇帝、武宗皇帝、仁宗皇帝、英宗皇帝,以公天下之心,以次相傳,宗王貴戚,咸遵祖訓。至於晉邸,具有盟書,願守藩服,而與賊臣帖失、也先帖木兒等,潛通陰謀,冒干寶位,使英皇不幸罹於大故。[45]

晉邸即泰定帝,泰定帝的父親甘麻剌是真金(裕宗)之長子,1294年,甘麻剌極有可能問鼎可汗之位,惜與鐵穆耳(成宗 1294-1307;真金第三子)競爭中敗陣。[46] 而泰定帝在 1302 年襲封晉王,在漠北地區擁有強大勢力。虞集詔書指出,成宗、武宗、仁宗、英宗才是合法的統治者。成宗是真金第三子,武宗乃真金第二子答剌麻八剌的兒子,而仁宗和英宗同屬答剌麻八剌一脈。元代中後期的混亂政局源自甘麻剌與答剌麻八剌兩系之爭,以及答剌麻八剌一脈內武仁授受、文宗與明宗之紛爭(參第七章及第八章):

甘麻剌一系　　　　　　　泰定帝
答剌麻八剌一系　武宗　仁宗　英宗　　文宗　明宗　文宗　寧宗　順帝

---

[45] 虞集,〈即位改元詔〉,《國朝文類》卷 9(《中華再造善本》影印本),頁 15a-16a;《元文類》卷 9(臺北世界書局),頁 15-16。

[46] 劉曉,〈「南坡之變」芻議——從「武仁授受」談起〉,《元史論叢》第十二輯,2010 年,頁 61。

答剌麻八剌一系掌握大權,而甘麻剌一系的泰定帝藉蒙古統治集團的南坡逆謀而登上帝位。虞集在文宗的即位詔刻意使用「晉邸」來否定泰定帝的正當性,是得到文宗的允許。這不可能是虞集個人的決定,而是背後兩個集團的爭鬥。因此,文宗於 1328 年首次即位時,在詔書裡更加需要嚴詞譴責晉邸與賊臣,形塑泰定帝朝的不合法,反過來證明自己繼承大統的重要。文宗此次即位,同時宣布待其兄長和世㻋從中亞回國後,便立即讓出帝位。1329 年和世㻋即位為明宗,在位僅七個月便去世,文宗於同年八月十五日再次即位。文宗命虞集另撰〈即位詔 天曆二年八月十五日〉,詔書類同第一篇即位詔的寫作策略:

> 晉邸違盟構逆,據有神器,天示譴告,竟隕厥身。於是宗戚舊臣,協謀以舉義,正名以討罪。……八月一日,大駕(明宗)次王忽察都,朕欣瞻對之有期,獨兼程而先進,相見之頃,悲喜交集。何數日之間,而宮車弗駕,國家多難,遽至於斯!念之痛心,以夜繼旦……[47]

同樣以晉邸代稱泰定帝,書寫其罪行,進而指出明宗和世㻋暴崩一事。至順三年(1332)八月文宗歿,其生前欽點和世㻋之子,年僅 6 歲的寧宗繼位,虞集奉命撰寫另一篇〈即位詔〉。寧宗即位詔書完全不提晉邸或泰定帝,直接指出答剌麻八剌一系的統治者:仁宗、英宗、文宗、明宗、文宗(第二次繼位)、寧宗。[48] 三篇詔書透露的朝政操作提供以下數點思考。

第一,即位詔是奉文宗命而寫,可視為文宗朝對泰定帝及明宗的定評,即是說,文宗要形塑怎樣的前朝和當朝形象。據第八章分析,明宗之死,文宗聞乎弒,是亦文宗弒之而已。因此,在即位詔的寫作脈絡下,文宗聞乎弒兄之事,被泰定帝弒英宗一事掩蓋過去。

---

[47] 虞集,〈即位詔 天曆二年八月十五日〉,《國朝文類》卷 9(《中華再造善本》影印本),頁 16a-17a;《元文類》卷 9(臺北世界書局),頁 16-17。

[48] 虞集,〈即位詔〉,《國朝文類》卷 9(《中華再造善本》影印本),頁 18a-19a;《元文類》卷 9(臺北世界書局),頁 18-19。

第二，《國朝文類》於順帝至正二年（1342），在西湖書院作為官刻定本補刊，選錄上述三篇即位詔，是否可以理解為順帝朝承續文宗朝，否定甘麻剌一系的政治取態？如此理解不合順帝對文宗的批評。1340 年，順帝詔撤文宗廟主，1341 年改文宗奎章閣為宣文閣，[49] 源於天曆三年（1330）夏四月，文宗欲傳位己子，又用八不沙皇后所言，謂明宗在朔漠之時，素謂妥懽貼睦爾（順帝）非其子，文宗使翰林學士阿憐帖木兒等，書其事於《脫卜赤顏》，藏之奎章，於同年遂徙妥懽貼睦爾於高麗，至順二年（1331），再徙妥懽貼睦爾至廣西靜江，復命虞集草詔頒布天下。[50] 1340 年，有以此舊詔為言誣虞集者，順帝不懌且曰：「此我家事，豈由彼書生耶！」[51] 虞集倖免於罪。由 1340 年詔撤文宗廟主事看來，順帝怨恨文宗，不可能支持文宗之政治操作，但是，順帝一朝忽視《國朝文類》收錄文宗充滿計算的三篇即位詔，只可以說明當時文網之鬆，[52] 而文宗即位詔形塑的泰定帝弒君形象，在《國朝文類》裡繼續維持，沒有予以翻案。

第三，反映大都宮廷文人只是執行文書職務而已。虞集的三篇詔書都是在文宗朝前後撰寫。文宗寵信虞集，任命他為奎章閣侍書學士，重要公文咸出公手。[53] 虞集為文宗撰寫詆毀妥懽貼睦爾的詔書（已佚），並宣布以明宗次子懿璘質班（寧宗）為其繼任人。[54] 寧宗在位僅兩月便辭世，順帝於

---

[49] 《元史》卷 40「順帝本紀」，第 3 冊，頁 856，861。

[50] 《元史》記載此事語焉不詳，見卷 38「順帝本紀」，第 3 冊，頁 815。參柯劭忞，《新元史》卷 23「惠宗本紀」，第 1 冊，張京華，黃曙輝總校，《新元史》，上海：上海古籍出版社，2018 年，頁 314，326-327。屠寄《蒙兀兒史記》卷第 16「妥歡帖睦爾可汗紀第十四」，柯劭忞，屠寄撰，《元史二種》二，上海：上海古籍出版社，上海書店，2012 年，頁 187。

[51] 《元史》卷 181「虞集列傳」，第 14 冊，頁 4180。羅鷺，《虞集年譜》，頁 185。

[52] 查洪德指出元代文化具寬容精神，體現在寫作自由、對歷史人物的評價上，《元代文學通論》上冊，上海：東方出版中心，2019 年，頁 100-105。

[53] 歐陽玄，〈雍虞公文序〉，載虞集撰，《道園類稿》，《元人文集珍本叢刊》，頁 252。

[54] John D. Langlois, "Yu Chi and His Mongol Sovereign: The Scholar as Apologist," *The Journal of Asian Studies* vol. 38.1 (1978), p. 111.

1333 年繼位。由於文宗曾徙順帝於外，虞集作為文官無可避免地捲入紛爭，而詔書公文撰寫是他必需完成的工作，沒有選擇權利。當文宗與寧宗相繼去世，虞集知道此時已不可能再待在朝中，故他在順帝繼位時退隱江西。[55] 這說明為何虞集在詩中常常表達「時行不違矩」的處世之道。[56]《國朝文類》卷53 收錄虞集〈平章政事張公墓誌銘〉，張公乃平章政事張珪，該篇同時收錄在虞集親自審訂的《道園學古錄》（1341 年刊行）。相較兩個版本，其中一段約390 字描寫「密書」內容，只見於《國朝文類》。[57]「密書」觸及南坡之變、鐵失夜扣國門奪符印、張珪與魏王徹徹禿商略是否應以密書恭迎晉邸為王等重要情節。而夜扣國門奪印一事，同時只見於《國朝文類》卷39 編錄的虞集〈書王貞言事〉裡。[58] 結合上述三篇即位詔的「晉邸」來看，蘇天爵是以補史之原則將「密書」一段全文收錄，體現選本的補史意識。虞集與門生一起審訂《道園學古錄》時，[59] 刪去重要的「密書」，大概考慮到此書會在順帝朝出版，而自己牽涉在文宗與順帝的爭鬥中，刪除容易挑起紛爭的文字，符合虞集謹慎的政治取態，大都文官的身不由己於茲可見。[60]

《國朝文類》通過三篇相關文宗即位詔，繼續流傳泰定帝參與謀逆英宗事，其編纂反映文宗時期對泰定帝朝的定評，同時，反映順帝時文網之寬

---

[55] John D. Langlois, "Yu Chi and His Mongol Sovereign: The Scholar as Apologist," pp. 110-112.

[56] 虞集，〈次韻陳溪山櫻屨〉，《道園學古錄》卷27，四部備要本，頁 3b-4a。

[57] 虞集，〈平章政事張公墓誌銘〉，《國朝文類》卷 53（《中華再造善本》影印本），頁17a-18b；《元文類》卷53（臺北世界書局），頁17-18。《道園學古錄》卷18，四部備要本，頁9a-9b。

[58] 虞集，〈書王貞言事〉，《國朝文類》卷 39（《中華再造善本》影印本），頁 12a-13a；《元文類》卷39（臺北世界書局），頁12-13。

[59] 虞集，《道園學古錄》卷29，四部備要本，頁 8b。

[60] 藍德彰（John D. Langlois）以「辯護式學士」（The Scholar as Apologist）形容虞集，可謂切中。馬曉林指出虞集考慮到在順帝一朝，朝野對張珪一家的功過仍沒有定評，而且張氏家族之死還是一樁冤案，因而把「密書」一段刪去。〈張珪墓志銘文本流傳研究——兼論《元史‧張珪傳》的史源〉，《中國典籍與文化》，總第 79 期（2011 年第 4 期），頁 28-33。

鬆。順帝對文宗曾誣陷自己非明宗子予以譴責,而對文宗詔書的政治操作置若罔聞。對泰定帝弒君的翻案,楊訥指出要到明初王禕修《元史》時,才首次予以澄清,屠寄《蒙兀兒史記》引王禕之說:「舊傳英宗之弒,晉邸與聞,考之實錄,不得其證,傳聞之謬,殊不足信。」[61]

《國朝文類》另一重要內容是彰顯美刺並重的詩學傳統。卷 9「詔赦」的編排,蘇天爵是在蒐集到的文獻基礎上,認同官方文書對時局的形塑,從而寄寓褒貶精神於其中。沿此思路探索《國朝文類》詩選部分,重在呈現大都文人在公私兩面的困難,既質疑在朝中推廣儒家理念的成效,以及反思作為宮廷文人位卑力莫及之嘆。無論是以婉轉筆法寫南坡謀逆,還是寫頌聖隨扈之行,或是感嘆朝中生活的詩歌,都是以合乎「雅製」的方式出之。選詩從各個方面紀錄大都文人的心理變化,褒貶精神實貫穿其中。

南坡之變的發生為中後期政局的轉捩點。由於認同官方立場對南坡之變的定評,所以詩選部分才會收錄相關作品。這些作品極其委婉,虞集的〈榆林對月〉收錄於卷 3。[62] 第七章已分析該詩在《道園學古錄》裡的另一詩題,如何藉年分錯置,隱晦書寫對南坡的懷想。本節只關注詩的雅製表現。全詩如下:

> 日落次榆林,東望待月出。大星何煜煜,芒角在昴畢。草樹風不起,蛩蜩絕喞唧。天高露如霜,客子衣盡白。羸驂齕餘棧,嫠婦泣空室。行吟毛骨寒,坐見河漢沒。驛人趣晨征,曈曈曉光發。[63]

至治三年(1323)八月初四日,英宗與拜住啟程往大都途中被殺,事發十一日後,虞集與其他大都文人官員獲悉此事,忐忑不安。〈榆林對月〉是否可

---

[61] 楊訥,〈泰定帝與南坡之變〉,頁 98。引文見屠寄,《蒙兀兒史記》卷第 14「也孫鐵木兒可汗本紀第十一」,頁 172。
[62] 虞集,〈榆林對月〉,《國朝文類》卷 3(《中華再造善本》影印本),頁 12b;《元文類》卷 3(臺北世界書局),頁 12。
[63] 《道園學古錄》卷 1,四部備要本,頁 3b。

評為「雅製」?「雅」指向措辭典雅,表現一種中正平和的情感。[64] 以用典的方式,化用前人詞藻與句子,可使詩句具有古典氛圍。[65] 虞詩用典不多,除「昴畢」出自《漢書》外,還有第七句「天高露如霜」可聯繫《詩經》「白露為霜」的意境。除了「泣」和「寒」的情緒直白,餘則平實含蓄,以星光漸褪暗喻英宗與拜住之離世,這種委婉含蓄的表情方式恰到好處。與同題作品相比,馬祖常、虞集、袁桷曾寫〈至治癸亥八月望,同袁伯長、虞伯生過槍竿嶺馬上聯句〉,詩裡「鉤鈐挂闌干,欃槍斂鋒鍔」用上兩個星宿意象「鉤鈐」與「欃槍」代指皇帝座駕與南坡暗殺之事。相較〈榆林對月〉的「昴畢」,就用字表意的層次言,「鉤鈐」與「欃槍」塑造緊張氛圍,暗示刺殺行動的刀光劍影,與「雅」要求的中正平和的情感與含蓄的表達方式相距甚遠。虞集〈榆林對月〉確實較為典雅,符合上文所論蘇天爵的詩學見解。

卷四又選入虞集的〈沉沉行〉,全詩如下:

> 沉沉天宇玄以黝,星河如銀垂近人。牛羊漫散草多露,大帳中野旁無鄰。去年八月羽書急,婦女上馬小兒泣。今年八月天子來,身屬橐鞬月中立。[66]

詩的用字古樸,反映的古雅氛圍類近樂府體式。前四句寫大漠風光,後四句意義並不明確,連用兩次「八月」或有兩種情況:(Ⅰ)緊扣南坡之變的背景,先營造去年八月之緊張氣氛,再以婦兒逃難側寫英宗朝之動盪,末聯的突轉書寫當朝泰定帝英姿煥發的神情。(Ⅱ)或將後四句連繫文宗朝。致和

---

[64] Stephen Owen, *Readings in Chinese Literary Thought*, Cambridge, Massachusetts and London: Harvard University Press, 1992, p. 594.

[65] Shan Chou, "Allusion and Periphrasis as Modes of Poetry in Du Fu's Eight Laments," *Harvard Journal of Asiatic Studies* 45.1 (1985), p. 86.

[66] 虞集,〈沉沉行〉,《國朝文類》卷 4(《中華再造善本》影印本),頁 11a;《元文類》卷 4(臺北世界書局),頁 11。「上馬」又作「上城」。

元年（1328）七月，與南坡之變有密切關係的泰定帝崩於上都，是年九月，天順帝在上都繼位，在位僅一個月便去世，文宗倉卒在大都繼位（第一次登基），後來其兄長和世琜（明宗）回朝，文宗讓位，然明宗在位七個月便去世，文宗於天曆二年（1329）八月在上都再次登基。第二種情況大概較為接近虞集詩的寫作背景，因他與文宗關係密切，又曾撰寫即位詔批評泰定帝繼位之合法性，末聯詮釋為威風凜凜的文宗較為合理。那麼，頸聯的「去年八月」指向什麼？羅鷺指出，這裡應該指致和元年倒剌沙專權於上都，擁立泰定帝皇子一事，而末聯「今年八月」指文宗即位。[67] 所言甚是。就此而言，這首詩全是私人領域之作，形塑文宗威武形象，屬虞集由衷的稱讚，同時反映蘇天爵對此的認同。

　　《國朝文類》除了注重大都文人對時局關注的詩歌外，並不忽略頌聖雅製之作。蘇天爵為翰林直學士宋褧（1294-1346）寫的〈宋翰林文集序〉曾說：「昔者仁皇開設貢舉，本以敷求賢才，作興治化。今觀累舉得人之盛，或才識所長裨益國政，或文章之工黼黻皇猷，議者不當盡以迂滯巽懦訾訾之也。」[68] 仁宗於延祐元年重開科舉，廣招賢士，蘇氏言於此治世，頌詩自是題中之義。中後期大都宮廷文人在治世下的回響也見於《國朝文類》。卷7 編入袁桷〈和周待制朝廻詩韻〉（其二、其三）和虞集〈朝廻和周待制韻〉，撰於仁宗延祐四年（1317）。[69] 周待制即周應極（字南翁），仁宗即位時遷集賢院待制。三首作品都是以宮廷詩的文學傳統出之，例如描寫仁宗宮廷盛大儀式，寫樂官吹奏、侍臣移扇，如「三十六竽吹鳳皇，九重春色絢天光」（虞集詩首二句）、「雉尾高張擁玉皇，彤庭金榜粲明光」（袁桷

---

[67] 羅鷺，《虞集年譜》，頁 109。當時，倒剌沙遣兵犯上都，梁王等次榆林，兩方開戰，上都兵潰，倒剌沙奉皇帝寶出降，兩京道路始通。事見《元史》卷 31「明宗本紀」，第 3 冊，頁 695。

[68] 陳高華、孟繁清點校，《滋溪文稿》，頁 81-82。

[69] 袁桷，〈和周待制朝廻詩韻〉，《國朝文類》卷 7（《中華再造善本》影印本），頁 4a-4b；《元文類》卷 7（臺北世界書局），頁 4。虞集，〈朝廻和周待制韻〉，《國朝文類》卷 7（《中華再造善本》影印本），頁 6b-7a；《元文類》卷 7（臺北世界書局），頁 6-7。

詩其二‧首二句）；同時，使用典故以求詩之雅，如「卿雲微動旌旗煖」（虞集詩第三句）化用杜甫〈奉和賈至舍人早朝大明宮〉「旌旆日暖龍蛇動，宮殿風微燕雀高」句意，[70]「舞階飛絮呈滕六，執銳傳臚轉阿香」（袁桷詩其二‧三四句）以神話傳說雪神與推雷車之女神，書寫宮殿內外之景；最後，以詩人自我矮化作結，「小臣職在歌功德，拜手陳詩對日長」（虞集詩七八句）、「侍臣誰近前階立，願紀堯年化日長」（袁詩其二‧七八句），從而頌揚仁宗之德行與其任用賢臣之舉。此三種寫作手段既使詩歌典雅，而又遵循宮廷文學的創作傳統。[71]

　　在美刺的詩學傳統上，《國朝文類》由此帶出大都宮廷文人推廣儒家理念時的矛盾心情。南坡之變後，泰定帝為籠絡朝中文官，實行調和政策，於泰定元年（1324）重開經筵。[72] 卷 7 收錄王士熙的〈寄上都分省僚友‧其二〉有言：「腐儒無補漫獨坐，故人不來勞寸心」，[73] 如何理解「腐儒」？卷 39 編入虞集在泰定年間撰寫的〈書經筵奏議稿後〉，指出泰定帝舉辦經筵四次，中後期大都文人吳澄、曹元用、馬祖常、鄧文原等等都曾參與其中，虞文記錄翰林學士趙簡的懊惱：「於是四年矣，未聞一政事之行，一議論之出，顯有取於經筵者，將無虛文乎？」虞集卻認為泰定帝必定把經筵之事放在心上，因為泰定帝「又欲方冊便觀覽，命西域工人搗紙為帙，刻皮鏤金以護之」，虞集末以勉勵的語氣說，能夠恭敬做好經筵便完成責任。[74] 虞集所言，當然是他在公共領域所作的努力，值得注意的是，這群大都宮廷文人是如何看待一己在朝廷的位置。卷 5 錄虞集〈送孟修兄南歸〉，句

---

[70] 《周禮》記載「旌旗」上需畫有龍蛇。仇兆鰲注，《杜詩詳註》，北京：中華書局，1979 年〔1995 年〕，頁 427-428。
[71] 關於宮廷文學的寫作傳統，參 Wu Fusheng, *Written at Imperial Command: Panegyric Poetry in Early Medieval China*, Albany: State University of New York Press, 2008.
[72] Hsiao Chi-ching, "Mid-Yuan Politics," pp. 538-539.
[73] 王士熙，〈寄上都分省僚友〉（兩首），《國朝文類》卷 7（《中華再造善本》影印本），頁 10b；《元文類》卷 7（臺北世界書局），頁 10。
[74] 虞集，〈書經筵奏議稿後〉，《國朝文類》卷 39（《中華再造善本》影印本），頁 13b-15a；《元文類》卷 39（臺北世界書局），頁 13-15。

末云:「明年乞身向天子,共讀父書歌太平。」[75] 虞集欲辭官,除了臨川勾起其故鄉回憶外,還有他在朝中所受的壓力。袁桷〈懷伯生〉曾經這樣說:「在德良自防,居屯詎為折?」[76] 在朝中做事步步為營,碰到違背道德價值之事該如何面對?翰林學士趙簡期望經筵可為朝廷帶來實質的轉變,虞集卻說做好本分便是,似乎看清了在元廷為官的限制。[77] 卷7錄袁桷〈無題次伯庸韻〉,伯庸即翰林待制馬祖常,袁桷藉以自況:「白髮詞臣兩耳垂」(其四)。[78] 大都宮廷文人在朝中生活久了,然未可一展抱負,卷5錄馬祖常〈寄鄉友〉,詩說:「河邊老父念我出,遠寄京華書一行。謂言白髮今多少,又報南園竹樹荒。門前石田秔秫熟,犢子新生走如鹿。莫戀官家有俸錢,長年作客身如束。」,[79] 其作客心情更能具現在卷3的〈書上都學宮齋壁〉裡:

> 齋居芹宮旁,永日少人跡。清心慕官躅,簡編頗紬繹。徒自傷迷民,位卑力莫及。苟祿亦可羞,吾將反蓬蓽。[80]

馬祖常反思其朝中生活。首句以芹宮代指學宮,把《魯頌‧泮水》的古典氛圍帶進詩裡,[81] 然而,這個上都學宮並非如西周時期的學宮那樣熱鬧非

---

[75] 虞集,〈送孟修兄南歸〉,《國朝文類》卷5(《中華再造善本》影印本),頁8b-9a;《元文類》卷5(臺北世界書局),頁8-9。

[76] 袁桷,〈懷伯生〉,載顧嗣立編,《元詩選》初集上,北京:中華書局,1987年〔2002年重印〕,頁599。

[77] 本文開首引用的虞集〈蘇志道墓誌銘〉,表達同樣看法,他對政治現實看得很透徹。

[78] 袁桷,〈無題次伯庸韻〉四首,《國朝文類》卷7(《中華再造善本》影印本),頁4b-5a;《元文類》卷7(臺北世界書局),頁5。

[79] 馬祖常,〈寄鄉友〉,《國朝文類》卷5(《中華再造善本》影印本),頁9a-b;《元文類》卷5(臺北世界書局),頁9。

[80] 馬祖常,〈書上都學宮齋壁〉,《國朝文類》卷3(《中華再造善本》影印本),頁15a;《元文類》卷3(臺北世界書局),頁15。

[81] 參朱熹對芹及泮水之解說,朱熹注,王華寶整理,《詩集傳》,南京:鳳凰出版社,2007年,頁279。

常。馬祖常以詩人的道德感作為描寫主線,用平淡語調訴說理想之幻滅,為民眾所受之苦而嘆息,既寫不欲尸位素餐之心情,又表達無道則隱的無奈。詩歌減退怨憤之情,最後塑造一己的道德形象。連繫元代中後期的政治背景,是詩深刻反映宮廷文人面對的生活困局。令馬祖常慚愧的是,作為文官,在政治上無可作為,只可在上都學宮裡寫詩,聊以遣懷。馬祖常詩詩意深刻,表現含蓄,合乎雅的表現方式。進一步說明在元代中後期的朝廷,文官只需執行命令,虞集在〈書經筵奏議稿後〉所說的,其實是通達之理。

藉著文選與詩選的結合,《國朝文類》的歷史與文學價值有具體呈現,其中一個重點是,以中期大都文人群體與南坡之變的關係為線索,寄寓美刺兼備的文學傳統。就此點而言,蘇天爵與大都文人群體的文學見解相同,強調大都文人寓規諫於宮廷文學的創作方針。蘇天爵曾談到馬祖常與文宗之間的藝文交流,言:「文宗最喜〔馬祖常〕公文,嘗擬稾進,上曰:『孰謂中原無碩儒乎!』文宗北幸,還駐龍虎臺,公奏事幄殿敕近侍給筆札,命公榻前賦詩。卒章言兩京巡幸非以遊豫,蓋為民爾,因詩以寓規諫,上覽之甚悅。」[82] 因詩以寓規諫是他們共同秉持的寫作宗旨。

第三節　《國朝文類》的詩選在元代後期大都詩壇上的示範意義

為了進一步揭櫫蘇天爵選詩的示範意義,本節我們比對《國朝文類》與元代兩部選集:傅習、孫存吾《皇元風雅》和蔣易《皇元風雅》,三部作品都刊行於元代後期。[83] 元末孔齊《至正直記》(序於至正二十年,1360)

---

[82] 蘇天爵,〈元故資德大夫御史中丞贈攄忠宣憲協正功臣魏郡馬文貞公墓誌銘〉,陳高華、孟繁清點校,《滋溪文稿》,頁 144。馬祖常詩題為〈龍虎台應制〉,末云「兩京巡省非行幸,要使蒼生樂至和」,詩見李叔毅、傅瑛點校,《石田先生文集》,頁 59-60。

[83] 兩部選集的名稱在大部分著錄裡都稱作《皇元風雅》,傅、孫選本有時作《元風雅》。關於兩部選集的名稱、版本和流衍,見王忠閣、葉盈君,〈《元風雅》考

謂「國朝文典」包括《國朝文類》與《皇元風雅》,雖然未能確定後者是指傅習、孫存吾選本或是蔣易之書,起碼知道當代文學選本在後期廣受重視。[84] 相較下,《國朝文類》是面向國家精英的選本,地方傳統的詩歌幾乎找不到蹤影;傅習、孫存吾選本重視地方傳統,蔣易選本著重選錄詩人刻劃生命感悟的作品。這部分的比對,可以突顯《國朝文類》以國家傳統為重的特點,藉大都文人「雅製」詩歌傳承儒家文學觀,在元代後期詩壇具有鼓舞學者和團結大都文人群體的示範意義。

3.1 「隨得即刊」的朝野群英詩歌:傅習、孫存吾《皇元風雅》

傅習、孫存吾《皇元風雅》(虞集序於 1336 年)在《後集》目錄後有出版者的「啟示」一則,說此本乃「求名公詩篇,隨得即刊,難以人品齒爵為序,四方吟壇士友,幸勿責其錯綜之編,倘有佳章,毋惜附示。」《中華再造善本》據中國國家圖書館藏元李氏建安書堂刻本影印原書,此一啟示載「李氏建安書堂謹咨」;在《四部叢刊》縮印高麗翻元本,則謂「古杭勤德書堂咨」,即知杭州書商曾翻刻是本。[85]

據啟示,說明詩歌隨得即刊,沒有特定的作者群,不以人品、年紀、爵位、職級來編列,選本讀者群的定位是普羅大眾。傅習、孫存吾二人的生平資料極少,只知道他們分別來自清江和廬陵(今之江西),四庫館臣說:「(此本)所錄江西人詩最多……首尾頗無倫序。」[86] 因為地緣關係,傅習、孫存吾以江西詩人作品為重,對照選集內容,還編錄其他地方詩人作品。由於是編側重於個別地方詩歌,又沒有特定的編纂原則,因而予人編次

辨〉,《洛陽師範學院學報》,總第 29 卷第 3 期(2010 年),頁 89-92。

[84] 孔齊,《至正直記》,上海:上海古籍出版社,1987 年,頁 26。

[85] 傅習、孫存吾,《皇元風雅・後集》,《中華再造善本》據中國國家圖書館藏元李氏建安書堂刻本影印原書,北京:北京圖書館出版社,2005 年,頁 3。傅習、孫存吾,《皇元風雅》,收入《四部叢刊》初編集部,上海:商務印書館,1919 年,縮印高麗翻元本,頁 53。

[86] 永瑢等,《四庫全書總目》卷 188,北京:中華書局,1965 年,頁 1709。

無序、選詩不均的印象。[87]

　　就杭州勤德書堂言,如所周知,杭州自南宋以來是全國的出版中心,書籍刊印相對便宜,擁有大量讀者群。[88] 從書商的角度去考慮勤德書堂具宣傳作用的「啟示」,正好說明此選本的編纂和翻刻發行,面向的是普羅大眾而非文人群體,傅、孫的編纂大概不在體現什麼詩學見解,而是以紀實的方式收錄詩歌。

　　《皇元風雅》分為前集6卷(傅習采集、孫存吾編類)、後集6卷(孫存吾編類)的模式。全集選詩最多者為後集陳野雲(生卒年不詳)的31首,次為前集的趙孟頫25題30首、范德機27首、虞集20題26首、楊載21題24首、揭傒斯24首、滕玉霄14題19首,還有大部分生平不詳的地方詩人。選本都有編入趙、范、虞、楊、揭等當世已有詩名的大都宮廷文人詩歌,[89] 這是否意味傅、孫選本像《國朝文類》具有延續儒家文學觀念的意識?本文認為這個選本缺乏這個意識。試從以下幾個角度言之。

　　選本內文有小字,謂「奎章學士虞集伯生校選」,此處值得商榷。觀乎選本收錄大量口語化的詩歌,與虞集崇尚言淡意深的詩學觀念相違。[90] 虞集〈《皇元風雅》序〉云:「清江傅說卿行四方得時賢詩甚多,卷帙繁浩,廬陵孫存吾略為詮次,凡數百篇,而求予為之題辭,……(虞集詩)則在所

---

[87] 楊鐮:「劉辰翁、劉將孫父子各存幾首詩,而水準、聲望無法比肩的劉立雪,卻收入11首,超過劉氏父子的總和。」《元代文學編年史》,太原:山西教育出版社,2005年,頁390。

[88] Joseph P. McDermott, *A Social History of the Chinese Book: Books and Literati Culture in Late Imperial China*, Hong Kong: Hong Kong University Press, 2006, pp. 56-57. Chow Kai-wing, *Publishing, Culture, and Power in Early Modern China*, Stanford, California: Stanford University Press, 2004, p. 34.

[89] 陶宗儀,「故國朝之詩,稱虞、趙、楊、范、揭焉。」《南村輟耕錄》,北京:中華書局,1959年〔2014年〕,頁50。

[90] 虞集〈送熊太古詩序〉:「夫學古者,言淡而意深,固不足以逞夫衒鬻之場,多識而博援,亦不足以較夫涉獵之次。」虞集,《道園學古錄》,卷5,四部備要本,頁16b-17a。

不足錄云」。[91] 如果虞集曾經校選，體例應該更嚴謹。《皇元風雅》標明「隨得即刊」，前集和後集「詩人名目」的處理並不一致，前集只列詩人名稱，後集大體以「詩人名稱＋官職＋籍貫」的方式安排，例如「曹子貞 禮部尚書 東平人」。[92] 後集編入文人官員作品，或如虞集序所言，是為了使朝廷制作流於民間，[93] 不過，汪桂海引錢大昕之說，認為虞集序淺陋，乃書肆人偽托，[94] 即借虞序和宮廷文人作品以提升選本的文學價值，以便銷售。前集的目錄部分，首行刻大字「皇元風雅群英姓氏」（《中華再造善本》，頁 1a；以下引用此本），後集在目錄前刻有大字「皇元朝野群英姓氏」（頁 1a），把朝中文人與地方詩人並列，是為了增加地方詩人的地位與名聲。在後集中可以看到如此隨意的編列：卷 1 列有官職的地方詩人「吳養浩 儒學提舉 饒州人」（頁 7a）、「祝直清 儒學教授 上饒人」（頁 7a）、再次地方詩人「上官伯圭 安仁人」（頁 8a）、「祝元美 上饒人」（頁 8a）、「周鈞山」（頁 8a）、「李仲公 安仁人」（頁 8a），又回到具官職的詩人「梁彥中 儒學提舉」（頁 9a），其後接著羅列一眾來自江西上饒的地方詩人。卷 2 列「薛宗海 國子助教」（頁 1a）、「黃晉卿 同知」（頁 3a）、「范約莊 杭州人」（頁 7b）、「胡石塘 永康人」（頁 7b）、「戴祖禹 越人」（頁 8b）、「鄧牧心 杭州人」（頁 9a）等。將朝、野詩人夾雜，而各首詩歌的題材、內容、風格都有著差異。綜合以上各點，《皇元風雅》只是一部羅列「朝野群英」的詩歌選本，其中又側重於地方詩人作品，並不如具有延續儒家理念的《國朝文類》。

前集裡的入選詩歌以思索人生價值為主題，如「何事江湖人，山林未成

---

[91] 虞集題於至元二年（1336），傅習、孫存吾，《皇元風雅・前集》，《中華再造善本》據中國國家圖書館藏元刻本影印，北京：北京圖書館出版社，2006 年，題辭置於目錄前，缺頁碼。

[92] 傅習、孫存吾，《皇元風雅・後集》，《中華再造善本》，頁 4b。

[93] 虞序言「朝廷之制作，或不盡傳於民間，山林之高風，必不俯諧於流俗，以詠歌為樂者，固嘗病其不備見也。」《皇元風雅・前集》，《中華再造善本》，缺頁碼。

[94] 汪桂海，〈元刻總集提要〉，《文獻》季刊「中華再造善本提要選刊」，2007 年 10 月第 4 期，頁 18。

願」（趙孟頫〈張簹事遂初亭〉，前集卷一，頁 17b-18a），「詩書吾所好，農圃也須明」（揭傒斯〈寄題胡氏園趣亭〉，前集卷四，頁 6b）來表現自適的生活，在選集中有宮廷生活的描述，如揭傒斯〈大明殿退朝和周待制〉（前集卷四，頁6a），但較少看到他例。孫存吾編入己作3首，分別為〈餞虞伯生歸隱〉、〈春日遊黃鶴樓〉、〈秋思〉（前集卷五，頁 9a-9b），詩題見其寫作圍繞生活之閒適平淡。選集重點還在地方詩人作品。入選作品的藝術價值普遍不高，平白如話地反映民眾形形色色的生活，例如：

> 舉頭見新月，低頭過新年。新年幾回新，新月幾度圓……（上饒人王子東，〈新春新月〉，後集卷1，頁 12b）

> 鏡是何年鑄，我是何年生。朝朝長見面，相對如兄弟……（熊潤谷，〈覽鏡〉，後集卷4，頁 15b）

詩句用字淺白，寫人生之出處與無常。下面的例子或隱含諷刺，體現平民的生活憂慮與想望：

> 征戰幾何餘百骨，鄉關如此隔青山。驛亭帶暝人爭聚，澤國經秋鴈自還。滿目黃花一盃酒，人生何地不開顏。（楊原巖，〈九日過大勝關宿黃坡小飲〉，後集卷1，頁 14a-b）

> 豐城昔在至元歲，寇賊紛紛亂如鬼。是時廖生抱母行，不死白刃天有情。固知至願天必感，母子全活見太平……（查廣居，〈孝子行〉，後集卷三，頁 2b）

傅習、孫存吾《皇元風雅》所錄詩歌有紀實之意，反映地方詩人關心的各種議題，有別於《國朝文類》以理想大都文人群體作品為主的編纂原則。

3.2 「朝廷與山澤」的個人情感：蔣易《皇元風雅》

蔣易乃建陽人，其《皇元風雅》首先置入自撰於至元三年（1337）之〈皇元風雅集引〉，再次黃清老至元四年（1338）的序，復次虞集撰於 1339 的序文。[95] 蔣易重視美刺敦厚、閒適沖澹、清新俊逸等等的詩旨，尤重「義禮之中而不失性情之正」（1337 年自序），並列朝廷公卿大夫和山林閭巷韋布之詩歌。例如卷 1 只編纂劉因和許衡，卷 2 只有姚樞、郝經、苟宗道三位儒者，卷 20 編錄何得之（何失，隱士）、許益之（許謙）、熊勿軒（熊鉌）三位。趙孟頫獨佔卷 4，卷 5 為楊載，卷 6 為范梈。卷 7 至卷 18 大部分為延祐天曆期間的宮廷文人。卷 19 以戰爭描寫為主。卷 21 輯錄三位遺民詩人，包括文天祥〈正氣歌〉、杜本（蔣易曾從其游）、以及謝枋得〈示兒〉。卷 22 至卷 26 編錄地方詩人。卷 27 有道士吳閑閑（吳全節）、張雨，以及劉辰翁、蘇壽（蔣易的老師）。卷 28、29、30 為雜篇。

蔣易同樣有如傅、孫選本般，關注地方詩人。卷 22 至卷 26 的地方詩人作品，列出每位詩人的籍貫，而且題材廣泛，例如武夷彭炳〈青藜〉寫「人心如海水，世路有風波」（卷 24，頁 173），泗水陳新甫〈思親 都下與愛兒夜半聞歸雁作〉的「天外東風吹塞沙，忽聞歸雁落梅花。江城此夜正春雨，獨倚闌干心到家」（卷 25，頁 175），這些詩用字平白如話，不以詩藝取勝，直截了當表現地方平民的生活壓力。只是有些部分傷於直露，刻劃不夠細緻。

蔣易於目錄後指出，於懷友軒始得觀當代之詩，認為楊載、范梈、虞集、柳貫、何太虛、黃溍等人「典麗有則，誠可繼盛唐之絕響矣。自是始有意收輯。十數年間，耳目所得者已若此。」（《續修四庫全書》本，頁 6）有意思的是，卷 5 收錄楊載〈宗陽宮望月〉（頁 43），元末明初瞿佑已說：

---

[95] 蔣易，《皇元風雅》，收入《續修四庫全書》編纂委員會編：《續修四庫全書》，上海：上海古籍出版社，1995 年，據北京圖書館藏元建陽張氏梅溪書院刻本影印。《中華再造善本》據建陽張氏梅溪書院刻本影印，北京：北京圖書館出版社，2006 年。此節所用為續修四庫本。

「楊仲弘以宗陽宮〈玩月〉詩得名」。[96] 據陳廣宏研究，楊載參與當時由杜道堅（1237-1318）住持的杭州宗陽宮藝文活動，並在席上撰〈宗陽宮望月〉，得到與會者賞識。另外，杜本浸染於宗陽宮藝文圈，又特別推許楊載奉唐詩為本的詩法。[97] 而蔣易從杜本游，其《皇元風雅》收錄楊載這首重要作品自是題中之義。卷 21 杜本詩選，編錄〈寄楊仲弘〉，詩云：「卻憶江東楊少尹，劇談終夜不成眠」（頁 154），即見二人之深厚情誼，由此線索，也見蔣易的交遊圈子。

　　蔣易輯錄不少元代中後期大都宮廷文人的作品，其中有頌聖與描寫宮廷生活的詩，例如卷 5 楊載〈大明殿早朝〉（頁 45）、〈送伯長扈駕〉（頁 45），卷 15 揭傒斯〈憶昨四首〉回想宮廷生活的奎章開閣、步輦回鑾、詩賜皇姑、諸生進講（頁 111-112），但綜覽全書，蔣易傾向關注文官的失落與孤獨，書寫滯在京師而歸家不得的狀況：

　　　　幾年留滯客京師，每憶江邊話別離。落魄已甘心似鐵，蹉跎無奈鬢成絲……（楊載，〈懷應中父〉，卷 5，頁 45）

　　　　城中車馬多於雲，載酒問字無一人。……落紅滿地送客去，十年不見江南春。（薩都剌，〈訪揭曼碩秘書〉，卷 13，頁 103）

　　　　閑愁一萬緒，強半是思家。……京城豈不戀，其奈故園賒。（揭傒斯，〈和族子京城客思〉，卷 15，頁 112）

或書寫強烈的孤獨感、蹉跎歲月之嘆：

---

[96] 瞿佑，《歸田詩話》卷下，載丁福保輯，《歷代詩話續編》，北京：中華書局，1983 年〔2001 年重印〕，頁 1274。
[97] 陳廣宏，〈元明之際宗唐詩風傳播的一個側面──以『二藍』師法淵源為中心〉，《中華文史論叢》總第八十二輯，2006 年（2），頁 281-305。

談笑逢諸老，登臨失故亭。……平生一杯酒，及此慰漂零。（黃溍，〈陪仇先生登石頭城〉，卷16，頁124）

書問蕭條已半年，知君近買過湖舡。……客裡光陰遽如許，人間歧路正茫然。（吳師道，〈和黃晉卿客杭見寄〉其二，卷18，頁136）

這部分的詩歌可看作是蔣易《皇元風雅》的獨有部分。相較傅、孫《皇元風雅》，蔣易選本關注宮廷文人厭倦大都官場，留滯太久又歸鄉無期的感嘆。蔣易《皇元風雅》並沒有受到明清詩評家的重視，其價值又在《國朝文類》之下了。

3.3 上本風雅：《國朝文類》選錄大都文人群體詩的文化意義

從上所論，元代後期的兩部選集都有不同的側重點。傅習、孫存吾《皇元風雅》以地方詩人為重，蔣易《皇元風雅》則以詩人個人化的生活為本，準此，兩部選集題中的「風雅」可理解為廣義的詩歌。另一方面，「風雅」作為文學批評術語，其意義指向「風」與「小雅」，即美刺兼備之意。[98] 在此意義上，《國朝文類》確實可譽為上本風雅的國朝文典，它無論在編纂原則、詩歌選錄、選本內容三方面，都比其餘兩部選本更具深意，以美刺兼備的形式呈現大都文人對時局的關注。下面從元代中後期的文化格局以及兩部《皇元風雅》的編纂意義看《國朝文類》的價值所在。

戴燕曾指出文學選本的功能與價值在於，「可以學習古人的批評經驗，因為能從廣泛作品中篩選出作品精華，恰恰由於選編者具有批評判斷的眼光，這種批評判斷的眼光，也是傳統文學批評中極其精彩的一個內容，它是在作品閱讀中培養的，又經過鑒賞與創作兩方面的千錘百鍊……」。[99] 由

---

[98] 葛曉音，〈從詩騷辨體看「風雅」和「風騷」的示範意義——兼論歷代詩騷體式研究的思路和得失〉，收入氏著《先秦漢魏六朝詩歌體式研究》，北京：北京大學出版社，2012年，頁147-151。

[99] 戴燕，《文學史的權力》，北京：北京大學出版社，2002年，頁24。

此說去，蘇天爵選錄「雅製」的大都文人詩歌，給予時人一個正面的文學範式，此範式代表著這個以國家精英為主的作家群體，重視美刺的文學傳統。《國朝文類》以大都文人官員的詩總括延祐天曆詩風，其列出的代表詩人計有虞集、馬祖常、袁桷等等。這些詩人都是當世著名的文人官員，其詩歌範式對時人來說具有鼓舞學者的作用。[100] 其主要原因在於「雅製」詩代表朝、野之別。元代中後期的「雅製」詩以用典方式含蓄寫情，表現中正平和的情感，又把古典氛圍帶入詩裡。它是肯定文人身分、地位、學養的一個標準，而這個體式的作者群大部分於大都朝廷供職；即是說，文人如要連繫大都文人群體，最理想的途徑就是創作「雅製」詩歌，從而得到群體內部文人的認可。[101] 蘇天爵列舉的代表詩人，非祖籍大都，通過引薦、科舉等等方式進入朝廷。文人藉著一己之努力，達仕途高峰。就如薩都剌〈芒鞋〉所言「南人求名赴北都，北人徇利多南趨」的情況，寫作「雅製」詩歌是進入大都文壇的途徑。[102] 大都文人群體的「雅製」詩盛行於延祐天曆間，這段時期剛好是科舉重開之時（共六科，1315年至1330年）。由外地進入大都的士子，看到由元廷和馬祖常倡導的「崇雅黜浮」的科舉錄取標準，讀到風厲天下的「雅製」詩，大概會追尋它所背負的「斯文」意義，繼而創作。元代江浙等處儒學提舉司曾說明《國朝文類》在西湖書院的開雕緣起，謂是書：「雖文字固富於網羅而去取多關於政治，若於江南學校錢糧內刊板印行，豈惟四方之士廣其見聞，實使一代之文煥然可述矣。」[103] 就四方之士這個層

---

[100] 例如釋來復（1319-1391）〈《蛻庵集》序〉說：「至若德機范公之清淳，仲弘楊公之雅贍，伯生虞公之雄逸，曼碩揭公之森嚴，更唱迭和於延祐、天曆間，足以鼓舞學者而風厲天下，其亦盛矣哉。」見張翥，《蛻庵集》，下載自「文淵閣四庫全書電子版」，頁1。

[101] 這裡相對於同期的地方詩人群而言。元代中後期的東南詩人群，其寫作風格異於大都文壇以「雅」為尚的詩風，顧嗣立形容東南詩人群為「標奇競秀」、「開闔變怪」。顧嗣立，《寒廳詩話》，收入《清詩話》，頁84。

[102] 薩都剌，《雁門集》卷1，上海：上海古籍出版社，1982年，頁12。

[103] 《國朝文類》（《中華再造善本》影印本），頁2a；《元文類》（臺北世界書局），頁1-2。

面來說,《國朝文類》編入虞集、馬祖常、袁桷等人的「雅製」詩,便具有正面的示範意義了,因為後學可以通過閱讀而了解當世文壇的創作風尚,並加以學習。包弼德(Peter Bol)指出選集的作用,是將值得推介的文章保留下來,以備後學藉選集中的標準來衡量他們自己的創作。[104]

其次,《國朝文類》的編纂建構了詩人的鮮明形象,其中一條線索是相關南坡之變的敘述,把入選詩人置於一個道德境地,從而確立了理想大都文人群體作為承繼儒家文學觀念的代表。這裡從三部選本的比較說去。傅習、孫存吾《皇元風雅》隨得即刊大都文人詩歌的原因,多半是為了提高選本的文學價值,蔣易《皇元風雅》重點體現朝廷與山林之士的性情和大都文人的失落與孤獨的詩歌。拿以上兩部選本比對《國朝文類》的詩選部分,兩部《皇元風雅》並不關注大都文人在元廷裡肩負斯文之任的特殊意義,或許傅、孫、蔣根本不能夠像蘇天爵般,可以蒐集到相關文獻。正如上文指出,大都宮廷文人以國家傳統為本,地方文人以個人生活為主線。蘇天爵作為監察御史,以官方身分描述中後期的大都文壇,尤其關懷「雅製」詩的編列與南坡之變、中後期政局的關係,即是說他既放棄對地方詩風的描述,也不是以呈現完整的「元詩史」為目的,傅海博(Herbert Franke)業已從文學和歷史文獻角度審視之:「在異族統治下,當中國知識分子還在掙扎求存自我,〔《國朝文類》這樣〕一部重要的資料結集乃是傳統儒家文學觀念的倖存物。」[105] 在《國朝文類》中,大都文人的「雅製」詩具美刺兼備的特質,而且,又與傳統儒家文學觀念強調的中正平和情感相符,這使得元代中後期的「雅製」詩成為延祐天曆詩風的代名詞,蘇天爵在〈書吳子高詩稿後〉更

---

[104] Peter Bol, "The Rise of Local History: History, Geography, and Culture in Southern Song and Yuan Wuzhou," *Harvard Journal of Asiatic Studies* 61.1 (2001), p. 70.

[105] 原文為:"An impressive source-book for the survival of traditional Confucian literary values into a period when the Chinese intellectuals had to struggle for self-preservation under an alien rule."《國朝文類》簡介,見 William H. Nienhauser JR. et al., *The Indiana Companion to Traditional Chinese Literature*, Taipei: SMC publishing INC, 1986, p. 523.

形容此時段的文人官員詩歌為「雅正之音」，[106] 從此影響著後世對元詩的評價，《國朝文類》實在有其不可磨滅之功。

如所周知，元廷對書籍出版有繁瑣規定，書稿必需經中書省審核，批准後才可付梓。[107] 蘇天爵選錄美刺兼備的大都宮廷文人詩，說明元廷對文學創作持相對寬容的藝術精神。《國朝文類》可以在官方資助下於西湖書院出版，既讓時人看到蘇天爵的堅持，也讓眾人了解到大都文人群體，特別是南人官員如何在蒙古貴戚、宗室、權臣的爭鬥中秉持儒家理念，就這個層面來說，《國朝文類》的詩選在出版之際標示了一個開放的寫作空間，文人參與其中，書寫誦讀所思所想，不怕受到牽連。[108] 蘇天爵的一生都是以傳承斯文、明時政得失作為目標，[109] 其回應胡助之作〈奉酬見寄清製元韻敬賀致政榮歸惟面同一捧腹〉，有云：

> 三入詞林官太史，年年載筆立宮門。欲明得失裨時政，獨歷清華荷國恩。天上玉堂勞夢想，禁中金櫃有書存。鄉閭故老風流在，為教衣冠後世孫。[110]

至正五年（1345），胡助致仕前為太常博士，作〈告老得請留別諸公〉云：「來往京華三十載，自憐孤苦傍人門。白頭始遂歸田志，朱紱新承致仕恩。上苑鶯花春夢老，故園松菊晚香存。太常博士古官職，贏得虛名遺子

---

[106] 蘇天爵，〈書吳子高詩稿後〉，陳高華、孟繁清點校，《滋溪文稿》卷 29，北京：中華書局，1997 年，頁 495-496。

[107] 葉德輝，「元時官刻書由下陳請」條，《書林清話》卷 7，收於《民國叢書》第二編 50，文化、教育、體育類，上海：上海書店，1983 年，頁 4b-6b。

[108] 元朝不見有文學審查之案例，見 Jennifer Jay, "Memoirs and Official Accounts: The Historiography of the Song Loyalists," Harvard Journal of Asiatic Studies vol. 50 no. 2 (1990), pp. 589-612.

[109] 據陳旅所記，蘇天爵為御史中臺僅四閱月，累計上疏 45 篇，見陳旅，〈跋《松廳章疏》〉，《全元文》第 37 冊，頁 290-291。

[110] 陳高華、孟繁清點校，《滋溪文稿》，頁 523。

孫。」[111] 寫自身一無是處，只留得虛銜。蘇天爵於上述和詩勉之日，身在大都任職，掌握經典史籍，講學禮儀制度，作為國家棟樑身分的呈現，而議政治國之道是以歷史典籍為本，最後指出傳承斯文於後世的理想。蘇天爵回應胡助致仕之作的文化意涵，恰好是其編纂《國朝文類》的最佳註腳。

嚴謹的編纂與政治寓意使《國朝文類》達到很高的水平，明清學人研讀是書有不同的側重點，他們多從史料角度使用《國朝文類》一書，觀乎文人別集和類書等等的版本校對、補遺、補誤、訂正都是以蘇氏選本為重。夏之蓉（1697-1784）謂是編「傳一代之盛」，張大受（1711 前後）言是選「備一代之作者，考數百年之典故」；而《四庫全書總目》的《元文類》提要，謂蘇天爵是本「去取精嚴，具有體要」，足與姚鉉《唐文粹》、呂祖謙《宋文鑑》鼎立而三，姚氏書參考《文苑英華》，呂氏書則《聖宋文海》，蘇天爵是編「無所憑藉，而蔚然媲美，其用力可云勤摯。」[112] 另一方面，黃宗羲（1610-1695）曾指出姚燧、虞集之文章乃元人之代表，足與唐之韓杜、宋之歐蘇、金之遺山相匹。[113] 就本文的論述重心言，《國朝文類》編錄虞集撰寫的即位詔書，已見其書寫廟堂制作之功力，翁方綱（1733-1818）推許之：「虞文靖公承故相之世家，本草廬之理學，習朝廷之故事，擇文章之雅言，蓋自北宋歐蘇以後，老於文學者，定推此一人。」[114] 指出虞集重視

---

[111] 胡助，〈告老得請留別諸公〉，《純白齋類稿》卷十一，北京：中華書局，1985年，頁 102。契丹人述津杰（?-1356）也有同題作品，〈奉酬見寄清製元韻敬賀致政榮歸惟面同一捧腹〉，《全元詩》第 43 冊，頁 250。至正十五年（1355）述津杰守潼關，次年戰死，張翥有詩〈潼關失守哭參政述津杰存道〉，《全元詩》第 34 冊，頁 99。蘇天爵、述津杰、胡助三人在朝中認識甚久，述津杰出鎮雲南時，蘇天爵便有〈送都元帥述津杰雲南開閫〉，陳高華、孟繁清點校，《滋溪文稿》，頁 523-524。

[112] 夏之蓉，〈答張解元世犖論古文書〉，《半舫齋古文》卷四，下載自「中國基本古籍庫」，頁 29。張大受，〈勸學十六條〉，《匠門書屋文集》卷三十，下載自「中國基本古籍庫」，頁 219。《元文類》提要，愛新覺羅・永瑢、紀昀等撰，《欽定四庫全書總目》卷 188，北京：中華書局，1965 年，頁 1709。

[113] 黃宗羲，〈明文案序上〉，《南雷文定》卷一，《南雷文定前後三四集》，下載自「中國基本古籍庫」，頁 1。

[114] 翁方綱，《石洲詩話》，北京：人民文學出版社，1981 年〔1998 年〕，頁 162。

儒學傳統、文學傳統、典雅文辭的運用，即見其創作與元代中後期文壇「崇雅黜浮」的寫作標準相稱，虞集作為此時段的代表，蘇天爵又選入虞集的重要文章，無形中提升了《國朝文類》文選部分的文化價值。

《國朝文類》是詩文合輯，其文選的文化價值已為清人肯定，相較下，詩選部分大多為人忽視。考之文獻，清人王昶（1725-1806）嘗從「以詩證史」角度譽蘇天爵之選詩：

> 古人選詩者有二，一則取一代之詩，擷精華，綜宏博，并治亂興衰之故，朝章國典之大，以詩證史，有裨於知人論世，如《唐文粹》、《宋文鑑》、《元文類》，所載之詩與各史相為表裏者是也。[115]

《國朝文類》詩選寄託了相關中後期時局的政治寓意，體現王昶所言「以詩證史」的評價。蘇天爵詩選的文學價值，諸如中後期大都宮廷文人追求含蓄委婉的表現手法、延續宮廷詩的典雅風格、發揚美刺並重的詩學傳統，卻沒有得到更多後人關注。或許與元詩在明清詩學的位置，從來都是依附在唐宋詩之爭的論述有關。[116] 論元詩者常以唐宋詩為參照點，先貶低宋詩之價值，繼而指出元詩近唐卻不足為法，例如李東陽（1447-1516）說：

> 宋詩深，卻去唐遠；元詩淺，去唐卻近。顧元不可為法，所謂「取法乎中，僅得其下」耳。極元之選，惟劉靜修、虞伯生二人，皆能名家，莫可軒輊。[117]

---

[115] 王昶，〈湖海詩傳自序〉，《春融堂集》卷四十一，下載自「中國基本古籍庫」，頁564。

[116] 陳漢文，〈《元詩百一鈔》與乾嘉詩壇的元詩接受——兼論此本在《五朝詩別裁集》的定位問題〉，《清華學報》（新竹：國立清華大學出版社）第 49 卷第 3 期（2019年），頁465-504。

[117] 李東陽，《麓堂詩話》，收入丁福保輯，《歷代詩話續編》，上海：上海古籍出版社，1999年，頁1371。

概言之，元詩只能列於第三等（名家）之列。[118] 胡應麟（1551-1602）《詩藪》從律詩角度評元詩：「元人專務華而離實……觀律體於五季宋元，而知律之無出唐也。」[119] 概括元詩「肉盛骨衰，形浮味淺」的缺點。[120] 元詩文學價值之發揚有待王士禛（1634-1711）《古詩選》標舉吳萊、虞集之古詩（附劉因詩數篇），[121] 以及顧嗣立（1665-1722）窮半生之力始成的《元詩選》。顧嗣立在《寒廳詩話》指出：

> 延祐、天曆之間，風氣日開，赫然鳴其治平者，有虞、楊、范、揭，一以唐為宗，而趨於雅，推一代之極盛，時又稱虞、揭、馬、宋。[122]

以「雅」總評元代中後期詩風。追本溯源，自蘇天爵《國朝文類》標舉「雅製」以及〈書吳子高詩稿後〉（作於至正四年〔1344〕）認為虞集、馬祖常之詩是「雅正之音」的論點後，[123] 元詩的文學價值才在顧嗣立的編纂和論述下，確立自身面目。本文以蘇天爵的《國朝文類》及其詩文編纂，重新闡釋元代中後期的文壇特點，是書形塑大都宮廷文人的師友淵源基礎，承續儒家文學觀念，並以「雅」作為標準，書寫政事與生活，其運用的藝術表現手

---

[118] 以高棅《唐詩品彙》的標準「正宗、大家、名家、羽翼」而言，元詩只能列於第三等。參見 Richard John Lynn, "Tradition and the Individual: Ming and Ching Views of Yuan Poetry," in Ronald C. Miao ed., *Studies in Chinese Poetry and Poetics* vol. 1, San Francisco: Chinese Materials Center, INC. 1978, pp. 326-327.

[119] 胡應麟，《詩藪》，收入長澤規矩也解題，《和刻本漢籍隨筆集》第十九集，古典研究會發行，東京：汲古書院，1972 年，頁 126。

[120] 胡應麟，《詩藪》，《和刻本漢籍隨筆集》第十九集，頁 137。

[121] 王士禛言「元詩稱虞、楊、范、揭」，標舉吳萊及虞集為元人七古代表，謂「元詩靡弱，自虞伯生而外，唯吳立夫長句瑰瑋有奇氣」。王士禛選，聞人倓箋，《古詩箋》「王士禛撰古詩箋凡例」，上海：上海古籍出版社，1980 年，頁 6。

[122] 顧嗣立，《寒廳詩話》，收入《清詩話》，上海：上海古籍出版社，1999 年，頁 83-84。

[123] 蘇天爵，〈書吳子高詩稿後〉，陳高華，孟繁清點校，《滋溪文稿》卷 29，北京：中華書局，1997 年，頁 495-496。

法絕不亞於唐宋詩人。《國朝文類》作為詩文合輯,有嚴謹的編纂理念,重要價值在於其文史兼備的特質,後期文人通過是書,不但從鑒賞中看到時賢的文學創作特點,更可從中見到他們對時政的批判和省思,以及因為中後期的混亂政局,而引發詩人回應人生出處等等問題。就此而言,《國朝文類》提供一個新的角度讓我們了解元人心靈世界的多重複調。

第十章 總　結

第一節　王權與跨界：多族士人圈下的元代宮廷詩

　　蒙元立國最初的三十年，只重武臣與吏員的實用性，不重視宮廷詩有謳歌太平、黼黻皇猷的作用，一直到十四世紀初，即元代中期以後，大量南人北上為官，宮廷詩的創作狀況才改變。元代宮廷文化可概括為三點，分別是宮廷文人對「天命歸元」的確認最終在中期完成、宮廷以蒙文漢語並行的語言政策、蒙漢文化制度的並聯。元代中期是當時宮廷詩發展的高峰，此時宮廷文人確認治統，元廷推出文化政策招攬漢人和南人於大都為官，也因為在盛世之時，仁宗、英宗、文宗三朝的藝文活動增多，大都一地，甚至南方的杭州，逐漸形成多族士人圈，遍及蒙古、色目、漢人南人（漢族）群體的宮廷詩寫作群。毫無疑問，元代中期宮廷詩創作蓬勃，是宮廷文人體認蒙元治統後，遵循漢文化宮廷詩寫作傳統的條件反射，也是蒙漢並置的框架下，最為突出的文化特色。

　　文學創作裡，書寫和呈現王權的威儀是宮廷文人的責任。最初由宋入元的一段時間內，時人仍然沿著宋末詩論，探索詩歌的發展方向，批評近世詩歌的格卑與陳腐。當十四世紀初的宮廷文人普遍確認天命歸元的治統後，反映在文學書寫裡，開始有本朝詩歌、大元詩歌的論述出現，這樣一個文學現象，是伴隨著治統確認與王權呈現而生發。元代宮廷文人標舉雅正之音，體認本朝詩歌具有用韻之正、作品風格和內容之正的特點，這些觀點都是在儒家詩教觀的延長線上。因此，本朝詩歌要承載美時政、興禮樂、感人心的文化作用，同時，這些文化作用也是呈現王權威儀的組成部分。通覽元代全部約二千首宮廷詩後，元代宮廷文人運用那些遍布物質層面（地點場所、日常

生活)、社會層面(政治權力)、精神層面(生活禮儀、價值意義)的關鍵字詞,形塑蒙元帝王的王權威儀,重點在呈現王權的可視、可知、可感,即是以行走可見的禮儀儀仗、服飾、器物等等營構王權的可視性質,通過抽象觀念的制度等級、君臣距離的形塑,展示王權的可知部分,並以蒙元混一區宇、恩澤遍及宮殿內外等等氣氛描摹,書寫王權的可感程度,綰合而成「萬物大元」的宮廷敘事。

從「蒙」說去,蒙元帝王在宮廷裡學習和實踐漢文化的不同面向,例如御書、賜字、行禮儀、纂修典籍等等,是表現尊重漢文化,禮賢下士,倣傚北宋皇帝的文治舉措,繼承漢地中原文明的象徵。仁宗重開科舉、英宗與拜住任用儒臣、文宗建立奎章閣等等,都需要宮廷文人為中介,除了協助施行政策外,也需要他們共同營構盛世,並作記錄,而以漢文化宮廷詩記錄這一盛世最為恰當。蒙元文化意涵得到完滿呈現,就帝王而言,他們運用御書手詔、御書大字、尊號儀式、拓本分賜彰顯自身王權的權力,蒙元帝王的御書賞賜反映在宮廷詩裡,是君臣契合、朝廷用人得宜的表徵。從蒙漢並置的框架說去,這些書詔和賞賜模式都是漢族帝王文化傳統,不過,它們在元代的實際運作裡,往往是期望擺脫中書省高級官員,特別是蒙古統治集團、黃金氏族、怯薛人員的掣肘而有的個人操作,有時候透露了帝王王權權力的游移與不確定,尤其於元代中期以後,帝王繼位紛爭的紛亂背景上,它們反而成為宮廷文人的書寫重心,是宮廷詩裡引起懷念先帝的中介和象徵王權脆弱的物質證明。

因此,從蒙漢並置的角度,體認蒙元宮廷詩的文化價值有其必要。自蕭啟慶提出「多族士人圈」的概念後,研究元代文學者定必關注當時士人圈裡的創作群像,遍及蒙古、色目、漢人南人(漢族)。[1] 其中的跨界特質,即作者與受文者的族群跨界、蒙漢習尚題材的地理文化跨界、蒙漢風物表述的語言跨界,形塑了元代宮廷詩獨有的性情面目。趙園觀察到:「漢語寫作在

---

[1] 蕭啟慶,《九州四海風雅同:元代多族士人圈的形成與發展》,臺北:中央研究院、聯經出版事業股份有限公司,2012 年,頁 6。

這一異族為主要統治者的時代非但未被削弱，反而因吸納了異民族的資源而造成了一片前所未有的獨特風景。」[2] 所論甚具啟發意義，蒙元宮廷詩的語言運用情況，據本書考察，可分為「漢語借用於蒙語或其他外來語言的音譯詞」和「以漢語固有詞彙表述蒙古或外來概念」兩類，成為此一階段最為重要的語言文化現象。從「漢」角度言，漢文化傳統融入了蒙元和外來風俗，宮廷文人據此蒙漢習俗撰寫的宮廷詩，既遵循宮廷詩的一般寫法，又以漢字表現蒙元或外來概念，或直接以音譯外來語入詩，如此蒙漢習俗的交疊，更新了詩歌語言，擴大傳統宮廷詩的取材角度、詩體形式和風格表現，尤其在上京書寫、開平紀行、灤京雜詠、宮詞等等的題旨裡，創造不少新聲，我們看到有新地景的書寫，而蒙元或外來嶄新概念的可言說者甚多，其無由說者則由漢文化資源填補，某些音譯外來語在元代開始積澱文化意義，藉漢語的莊典、正式、通俗詞彙表述同一種蒙元風物，或以詩文互補方式表述新穎概念，又以漢語固有詞彙承載新的蒙元或域外風物概念等等，為部分宮廷詩帶來陌生化的藝術效果，在典實富艷的典型宮廷詩風格以外，加添豪放灑脫之風。十四世紀初這些詩歌反映蒙元皇帝統領漢地及漠北的文治形象，也道出當時宮廷文人對宮廷文化活動增多、自身地位和文化日益受到重視的喜悅。總而言之，元代宮廷詩的文化價值體現在其創作場景上主、客的互為影響，皇帝、貴戚宗室的文治作為，以及宮廷文人對此的積極期盼，宮廷詩便是在這些元素下互為因果的產物，可以說，蒙漢並置的視角，是了解和賞析元代宮廷詩與前朝作品同中有異的有效途徑。

第二節　感恩與惶恐：元代宮廷文人的心靈世界

張宏生業已指出元初士人「報皇元」微妙的心理意識，例如程鉅夫的贈別詩曾引用〈北山移文〉氣節之象徵，寫到「北山一任德璋移」，這裡的情感世界是，仕奉蒙元是「有污於氣節的事」，但他又執行元世祖 1286 年的

---

[2] 趙園，《想像與敘述》，北京：人民文學出版社，2009 年，頁 218。

江南訪賢政策,並推薦多人北上為官。[3] 隨程鉅夫北上晉見忽必烈的,包括故宋宗室趙孟頫。么書儀討論趙孟頫的為官心態時,認為他處於各種力量的拉扯中,卻尋找到適意的生存方法,提出廣納賢士、監察官員的為政理想,但當沒法實現理想時,又可以淡然地超脫其上。[4] 蕭麗華便認為有元一代的詩人,普遍具有仕與隱的二元情志表現,「元人對於人生的沉思,最終是以山林為歸,無塵的世界是元人的渴望企想的」空間。[5] 換句話說,於蒙漢並置的時空內,元人的仕隱心態是複雜的,有時候甚至是矛盾的,這反而為他們的宮廷生活帶來更多的創作衝動。

在動盪的政治文化和多元的藝術生活的驅使下,元代宮廷文人時刻有著非常豐富的靈感來源和同題創作,雖然這些活動並不如唐宋館閣般,呈現高度凝聚的群體意識,但是,通過這些個別的書寫和酬唱,深刻反映中後期宮廷文人心之所嚮往。無論初期的蒙古色目官員,還是中期以後的漢族官員,他們觀察蒙漢風物,為漢詩體式裡帶來新的藝術趣味,蘊藏了典雅、粗豪、陌生的感情色彩,同時表達蒙元混一區宇、蒙古文化廣被四海的融合欣賞,以及通過此類書寫的嘗試,積極參與建構蒙古和外來概念在漢語系統內的文化積澱過程。而且,多族士人圈題詠西域官員高克恭〈夜山圖〉(1294 年前後)的同題創作,得以讓人聚焦地窺見中期宮廷文人的情感世界,參與題詠的故宋遺民、宗室、當世文臣,叩問了政事之餘的仕隱空間,表現複沓多層的自適、虛空逃、懷舊、自傷的情緒,其中對南宋亡國記憶的內斂淡然,與元初文人的憤懣(例如林景熙)或高度隱晦(如《樂府補題》)已截然不同,在某程度上,反映中期文臣已經逃離南宋亡國的創傷記憶,而順從和認可蒙元統治。而宮廷畫師王振鵬 1310 年的〈金明池圖〉及題跋,巧妙地結合了對時局的觀察,形塑仁宗作為太子時恬淡無欲的個人形象,後來,王振

---

[3] 張宏生,《感情的多元選擇——宋元之際作家的心靈活動》,北京:現代出版社,1990 年,頁 140-141。

[4] 么書儀,《元代文人心態》,北京:文化藝術出版社,2000 年,頁 199-225。

[5] 蕭麗華,《元詩之社會性與藝術性研究》,臺北:國家出版社,1998 年,頁 297-314。

鵬奉教再作〈金明池圖〉（1323 年）呈獻給魯國大長公主，參與題詠的宮廷文人，藉此表達「反對侈靡、慎別儆戒」的理想時局的寄託，足以說明中期宮廷文人對世情的清楚掌握和承擔了文臣的進言責任。這可以看作是感蒙元之恩的一個具體呈現。當然，受元廷資助在 1342 年補刊的官刻定本《國朝文類》，是最為重要的感皇恩敘述。蘇天爵藉當代詩文編纂，形塑中後期大都文人群體及其代表作家，又以雅製為本的詩文風尚，反映蒙元中期具備美刺並重的創作傳統，編入其中的公文詔書，從側面反映中期政局，帝位之頻繁更替和派系爭權，而編錄宮廷文人對此的詩文書寫，同時反映蒙元文網之鬆散。

就中期宮廷文人來說，虞集詩的選錄數量在《國朝文類》內佔據最多篇幅。由於虞集在中期宮廷的政治和文學方面都有重要位置，[6] 這裡以此為重心，探究他如何看待在朝中的公、私撰作，從而觀察元代中期文人的處世哲學。

上文指出，泰定帝殁於 1328 年，文宗同年於大都暫時繼位，後來恭迎和世㻋（明宗）回漢地為帝，明宗在位數月而薨，文宗於 1329 年再次繼位，後崩於至順三年（1332）八月，其欽點的繼任人懿璘質班（寧宗，和世㻋次子）按原定計劃繼位，惜在位不到兩個月便亡。當和世㻋長子妥懽貼睦爾（順帝）繼承大統，虞集自知其政治生涯即將終結，而乞歸江西，因為文宗曾命他寫詔書詆毀妥懽貼睦爾。[7] 虞集乃識時務者，學會妥協的生活哲學。有一例值得參考，至正三年（1343）三月詔修宋、遼、金三史編纂，時

---

[6] 成宗時（1302）虞集任大都路儒學教授，仁宗時為國子博士（1311）、集賢修撰（1317）、翰林待制（1319），文宗時被召為國子祭酒，兼任奎章閣侍書學士、翰林直學士、知制誥、中奉大夫。宋濂等著，《元史》卷 181「虞集列傳」，第 14 冊，頁 4174-4183。羅鷺，《虞集年譜》，頁 29-112。

[7] John Langolis, "Yu Chi and His Mongol Sovereign: The Scholar as Apologist," *Journal of Asian Studies* 38.1 (1978), pp. 104-105, 111-113. 宋濂等著，《元史》卷 181「虞集列傳」，第 14 冊，頁 4180。羅鷺謂此段期間：「御史中有嫉之者以草詔之事為言，諷其速去，幾致禍，馬祖常使人告之。及還大都，乃以病謁告歸臨川。」《虞集年譜》，頁 149。

有意見兩種，一學南史、北史體例，分別立史，或學晉書體例，以宋史為正史，遼、金入載紀，南方儒者多主此說。[8] 朝議未決，總修史官脫脫謂：「三國各與正統，各繫其年號。」[9] 虞集早於修史前十數年的〈送墨莊劉叔熙遠遊序〉（1330 年）便指出：「天曆、至順之間，屢詔史館趣為之，而予別領書局未奏，故未及承命。間與同列議三史之不得成，蓋互以分合論正統，莫克有定。今當三家各為書，各盡其言而覈實之，使其事不廢，可也。乃若議論，則以俟來者；諸公頗以為然。」[10] 先妥協並俟來者討論非常務實，可說是他在朝中的處事原則。

另一方面，虞集於中後期朝野內外展示的公共形象，也與其創作取向相關。歐陽玄（1283-1357）為虞集《道園類稿》寫的序（1346 年）指出：

> 至治天曆（1321-1330），公仕顯融，文亦優裕，一時宗廟朝廷之典冊、公卿大夫之碑板，咸出公手，粹然自成一家之言。山林之人，逢掖之士，得其贈言，如獲拱璧。[11]

虞集文學才能出眾，故獲朝野肯定，隱士、儒者以得其贈言為榮。[12] 他也

---

[8] 涂雲清，《蒙元統治下的士人及其經學發展》，臺北：國立臺灣大學出版中心，2012 年，頁 118-125。李淑華，〈元代史學領域的「華夷」、「正統」觀念〉，《蘭州大學學報》，2004 年第 6 期，頁 21。

[9] 在修史問題上，中後期文臣態度妥協，對皇帝是華是夷置之不理。參饒宗頤對楊維楨〈正統辨〉的討論，《中國史學上之正統論》，香港：龍門書店，1977 年，頁 41。元代後期曾參與修三史的解觀，於至正三年（1343）提出與時論不合的〈論元承宋統書〉，《全元文》第 47 冊，頁 54-57。

[10] 王頲，《虞集全集》，頁 549。

[11] 歐陽玄，〈雍虞公文序〉，見虞集《道園類稿》，載《元人文集珍本叢刊》，臺北：新文豐出版公司，1985 年，頁 252。

[12] 孫克寬，《元代漢文化之活動》，臺北：臺灣中華書局，1968 年，頁 477-480。劉元珠，〈虞集《道園類稿》在元史研究上的價值〉，《食貨月刊》第 16 卷第 11，12 期（1988 年），頁 460-469。

意識到自己的「事業久為人土苴，文章猶作世璠璵」。[13] 虞集背負榮顯的公共形象，加上他在文宗的要求下，參與詆毀順帝的詔書寫作而被針對，使他在朝中撰作步步為營。順帝至元六年（1340），虞集已退隱江西六、七年，友人來訪並搜集其散佚作品二百餘首，擬結成集。虞集記此事時，憶及昔日在大都的創作：「然學未成而出早，涉筆為文，應事而已。人或以為能，自知其不足也。」又寫到：「老病自知才思少，應酬長愧語言多。」（頷聯）[14] 這些話雖是自謙，然不容忽視「應事」、「應酬」反映其謹慎的在朝生活。由文宗朝繼位的政治紛爭看去，或者可以說，虞集是為了明哲保身，這更好理解他為何以「道園」為號。虞集〈道園天藻詩稿序〉云：

> 養親東南，無躬耕之土。及來京師，僦隙宇以自容。嘗讀《黃庭經》，有曰：「寸田尺宅可治生」，是則我固有之，其可為也。又曰：「恬淡無欲道之園」，遂可居有哉！[15]

恬淡無欲是他在大都生活和供職時的處世原則。

自元統元年（1333）歸隱江西後，虞集漸次拋開步步為營的寫作路徑，回憶種種在朝時的心靈感受，〈次韻陳溪山櫻履〉（其一）最後數聯言：[16]

> 知君貴賤履，陟降恆有道。憐我涉世深，垂誡不待造。兢兢歷淵冰，

---

[13] 虞集，〈題東平王與盛熙明手卷〉，《道園學古錄》卷3，《四部備要》第276冊，頁12b。

[14] 虞集詩題為小序：「集家世以文學為業，亂離顛沛，憂患困苦……拾殘稿於敝篋，得粗可屬讀者二百餘篇而錄之，賦此以謝。」，見《道園學古錄》卷29，《四部備要》第276冊，頁8b。

[15] 虞集，〈道園天藻詩稿序〉，《道園類稿》卷19，載《元人文集珍本叢刊》，頁504-505。羅鷺繫此文於仁宗延祐元年（1314），《虞集年譜》，頁49。

[16] 虞集，〈次韻陳溪山櫻履〉（其一），《道園學古錄》卷27，《四部備要》第276冊，頁3b。

縮縮奉師保。時行不違矩,庶懍歲年老。[17]

以「歷淵冰」追憶往日宮廷生活的精神壓力,虞集在朝中規行矩步,而歸隱後的放鬆心情,可以其恆常使用的「素履」為證。〈次韻陳溪山櫻履〉(其二)倒數第二聯謂:「感君素履詠,幽貞可長保。」[18]「素履」指隱士或幽人,以隨心所欲的態度直面生活,故橫禍不至,福氣隨來。「素履」簡單直接,表現虞集的個我私情。元統二年(1334)虞集已在江西,以眼疾為由婉拒順帝徵召,隨後恩准於江西撰作朝廷公文。[19] 寓目所及,沒有資料直接顯示虞集是因為懼怕獲罪而拒赴大都,但至少知道他不欲以「歷淵冰」的心情再次進入大都權臣的視野中。[20] 有一例值得參考,虞集〈平章政事張公墓誌銘〉寫平章政事張珪,此文收錄於虞集親校的《道園學古錄》及蘇天爵《國朝文類》,其中一段約 390 字的「密書」只見於後者的版本中。[21]「密書」重點記載南坡政變、鐵失夜扣國門奪取符印、張珪與魏王商略是否應以密書恭迎晉邸為王等內容。虞集於 1340-1341 年期間與門生共同審訂《道園學古錄》時刪去「密書」,[22] 楊訥認為「那時虞集在世,已因過去的文字

---

[17] 《論語》「為政」:「七十而從心所欲不踰矩」。劉寶楠,《論語正義》,石家莊:河北人民出版社,1988 年,頁 23。

[18] 「素履」、「幽貞」取自《易經》「履」卦,卦曰:「素履之往,獨行願也。……履道坦坦。幽人貞吉。象曰:幽人貞吉。中不自亂也。」。南懷瑾、徐芹庭註釋,《周易今註今譯》,臺北:臺灣商務印書館,1984 年,頁 90。虞集〈次韻陳溪山櫻履〉(其二),見《道園學古錄》卷 27,《四部備要》第 276 冊,頁 3b。

[19] 翁方綱,《虞文靖公年譜》,頁 464。羅鷺,《虞集年譜》,頁 156-158。

[20] 徐子方以「盛世南官」為題,指出虞集等人有「二重性心態結構」,包括對盛世的讚嘆、在盛世官場同時感到巨大的失落。《挑戰與抉擇——元代文人心態史》,石家莊:河北教育出版社,2001 年,頁 216-226。

[21] 虞集,〈平章政事張公墓誌銘〉,載蘇天爵編,《元文類》卷 53,臺北:世界書局,1962 年,頁 17-18。虞集,〈張平章墓誌銘〉,《道園學古錄》卷 18,《四部備要》第 276 冊,頁 8b-9b。

[22] 虞集門人及幼子等十多人協助編輯《道園學古錄》,於至正元年(1341)付梓,參羅鷺,《虞集年譜》,頁 196-197。虞集,《道園學古錄》卷 29,《四部備要》第 276 冊,頁 8b。

吃過苦頭，想必是出於謹慎，刪掉了這一段。」[23] 馬曉林提供另一種看法，指出虞集考慮到在順帝一朝，朝野對張珪一家的功過還沒有定評，而且張氏家族之死還是一樁冤案，因而把「密書」一段刪去。[24] 兩個原因皆有可能，無論如何，虞集考慮到此書會在順帝朝出版，自己又曾撰寫詔書詆毀順帝，故刪除相關政變的記載，符合虞集謹慎的政治取態。據 Jennifer Jay（謝慧賢）研究，元初遺民普遍有「自我審查」，意識到不恰當的言詞會帶來嚴重後果。[25] 這觀察大致也適用於中期宮廷文人公私兩面的書寫。南坡之變的細節歷史不見於親校文集，但虞集相對隱晦的創傷經驗的再現與評判，在相關南坡逆謀的詩歌裡仍可得見，其隱與顯確實與波詭雲譎的朝政息息相關。

第三節　文學文本和歷史文獻的結合：元代宮廷詩的文化價值

宮廷詩向來受詩論家批評，認為此類粉飾語言無益時政。[26] 緒論部分已指出，因為主奴心態的滲透和蒙元貴戚、宗室、權臣派系的爭鬥，尤其是中書省蒙古色目大臣的掌權，漸次使中期以後的宮廷文人論政精神薄弱，反映在宮廷詩創作，便是傾向依從傳統頌揚美政。當然，元代宮廷文人寫有不少作品反映時局世情之變化，一如上文已從南坡之變的內亂視角，詮釋宮廷文人驚惶失措的心靈世界，以及思緒沉澱後的積極進言，又從兄弟宗室的帝位紛爭之間，考察在帝王之命令下，圍繞公文詔書的撰寫策略及其影響。宮

---

[23] 楊訥，〈泰定帝與南坡之變〉，頁 101。

[24] 馬曉林，〈張珪墓誌銘文本流傳研究──兼論《元史·張珪傳》的史源〉，《中國典籍與文化》，總第 79 期（2011 年第 4 期），頁 28-33。

[25] Jennifer Jay, "Memoirs and Official Accounts: The Historiography of the Song Loyalists," *Harvard Journal of Asiatic Studies* vol. 50 no. 2 (1990), p. 603.

[26] 例如清代沈德潛評明代永樂以還，詩宗臺閣風氣，眾人靡然和之，「而真詩漸亡矣」。沈德潛編，周準編，《明詩別裁集》卷三「解縉」條下評語，北京：中華書局，1975 年，頁 27。

廷文人永遠生活於身不由己的時空，在朝與退隱是宮廷詩裡抒情世界的紐結所在。由此可以看到宮廷文人與當世的政治文化事件關係頗深，促使我們不能只從文學文本角度分析元代宮廷文人之作，也應該視其為歷史文獻的一部分，才能彰顯這些詩歌的文化價值所在。

這裡必須指出的是，宮廷詩是可以容納詩人的個我形象的呈現，有時可以從側面看到他們對世情的體會。中後期的吳師道（至治元年進士，後為國子博士）撰有宮廷詩〈恩榮宴〉，詩說：

> 聖主龍飛第一春，造廷多士際昌辰。墨痕金榜雲煙濕，花艷瓊林雨露新。千載文明開至治，九天恩重愧微身。輕肥不逐時人夢，誓守平生一念真。[27]

前六句是大雅正聲的宮廷詩寫法，以雨露頌美時政，並把自身放在微小位置，突顯王權之威儀，末聯筆鋒一轉，說不會像時人般追逐財富奢華，而會誓守平生所尚之金華學術、涵養道德性情的本真，突顯詩人對世情的省察。[28] 吳師道在宮廷詩框架內，找到空間抒發自我。上引詩第五句稱譽英宗「千載文明開至治」，然而，吳師道在一些私人領域的作品裡，從另外一面書寫至治間的宮廷大事。至治元年（1321）二月，監察御史觀音保、鎖咬兒哈的迷失、成珪、李謙亨向英宗進言，諫造壽安山佛寺，前二人被殺，後二人被杖後流放，[29] 吳師道寫有四言詩〈至治四御史詩成憲甫廉使徵賦〉，詩云：

> 至治之元，英主當御。時崇梵教，大啟宮宇。都城嗟咨，民勞役巨。

---

[27] 吳師道，〈恩榮宴〉，《全元詩》第32冊，頁79。
[28] 吳師道作為婺州學人，秉承金華學術傳統，受到朱學影響頗深。至正元年，為國子博士時，上書朝廷請求在國子學裡，講授許謙標點的《四書章句集注》。見邱居里，〈前言〉，載吳師道著，邱居里、邢新欣點校，《吳師道集》上冊，杭州：浙江古籍出版社，2012年，頁1-18。
[29] 事見《元史》卷27「英宗本紀」，第3冊，頁610。

謇謇執法，四臣列疏。臣直伊何？由聖明故。維時權姦，實激霆怒。
誅竄亟加，誣以謗懟。粵若古先，誹木諫鼓。我元造邦，責在憲府。
列聖虛心，忠謨繼武。偉茲弗褒，名節奚樹？皇化更新，直氣斯吐。
生榮歿賁，寵以異數。嗟嗟在位，有目斯睹。恪恭爾職，正直是與。
明明國是，赫赫王度。毋利而回，毋禍而懼。明於一時，千載彌著。
小儒作詩，用贊言路。[30]

吳氏為四御史案申冤，指出權姦對四御史的讒懟。王頲的研究認為此案各人被誅、被流放，除了英宗易怒、果毅性情的原因外，也有權臣鐵木迭兒的因素。[31] 以此重看詩裡的權姦之謂，即見吳師道透徹掌握時局世情。詩末二句的小儒作詩贊言路，以及詩裡不同位置出現的「直氣、正直」用詞，便是其〈恩榮宴〉末句所說，在宮廷供職時「誓守平生一念真」的本質。[32] 由此可見，詩人在公共及私人領域誠實地書寫了英宗至治文明以及聽信讒言的兩種截然不同的在朝形象。

因此，在歸類為大雅正聲的典型宮廷詩系統內，專注尋找其書寫對象的不善以及道德實踐的功效，大概會引發對宮廷詩的偏見。例如薩都剌與同僚路過文宗潛邸時所建的舊跡，曾寫詩說道：

虎踞龍蟠王氣多，雲深石磴碧嵯峨。珠峰獨占金陵勝，寶地嘗經翠輦過。花草舊曾沾雨露，殿臺今已近星河。登高願效封人祝，萬歲千秋保太和。[33]

---

[30] 吳師道，〈至治四御史詩成憲甫廉使徵賦〉，載吳師道著，邱居里，邢新欣點校，《吳師道集》上冊，頁8-9。

[31] 王頲，〈南坡肆逆——元英宗朝政治與鐵失行刺〉，頁268-269，274。

[32] 黃溍稱譽吳師道為地方官，「所至能使政平訟理，民安其業。」，〈吳正傳先生文集序〉，載吳師道著，邱居里，邢新欣點校，《吳師道集》上冊，頁1。

[33] 薩都剌，〈偕侍御郭翰卿過鍾山大崇禧萬壽寺文皇潛邸所建御榻在焉侍御索詩因為賦此〉，《全元詩》第30冊，頁165。

向來是金陵王氣所在之鍾山,文宗潛邸時已經恩澤這裡之萬物,詩末藉登高俯視王畿疆界,向文宗獻上祝頌。同時,薩都剌也寫文宗與明宗的繼位紛爭,其私人領域的〈紀事〉書寫二帝之不相容,但沒有提及毒酒事,詩云:

> 當年鐵馬游沙漠,萬里歸來會二龍。周氏君臣空守信,漢家兄弟不相容。只知奉璽傳三讓,豈料游魂隔九重。天上武皇亦灑淚,世間骨肉可相逢。[34]

武皇即明宗和文宗之父武宗海山。元末明初瞿佑已經轉載此詩,並說:「蓋泰定帝崩於上都,文宗自江陵入據大都,而兄周王〔按:明宗〕遠在沙漠,乃權攝位,而遣使迎之……及周王至,迎見於上都,歡宴一夕,暴卒。」[35] 薩都剌的兩首詩裡,呈現了文宗的兩種形象,一個是天命王氣之所歸,另一個是二帝爭權的不相容,這是否說,前一首宮廷詩的書寫,純粹是無益時政的粉飾語言,而缺乏文化價值?這樣的說法是不公道的,應該從文學文本及歷史文獻角度審視和體認宮廷詩的文化價值。

就文學文本言,元代中期宮廷文人專注以典奧雅麗或其他風格寫詩,成功形塑興王之象。元代這類典奧雅麗的宮廷詩,似乎與前朝宮廷詩難分軒輊,或者可以說,其書寫意義在於表現詩人具備高超的文學才能,承擔宮廷文人的寫作義務。元代宮廷詩的內容恰當完備,部分詩句的構思卻未可超越前人,例如虞集的「卿雲微動旌旗煥」化用杜甫「旌旗日暖龍蛇動」句意,但缺乏後者句構上的「變化」和「生氣」,[36] 雖然說元人寫詩宗唐,但是

---

[34] 薩都剌,〈紀事〉,《全元詩》第30冊,頁295。楊鐮指詩裡的武皇指明宗、文宗父親海山(武宗 1307-1311),《元代文學編年史》,太原:山西教育出版社,2005年,頁355-356。

[35] 瞿佑,《歸田詩話》「薩天錫紀事」條,載丁福保輯,《歷代詩話續編》下,頁1271-1272。

[36] 施閏章《蠖齋詩話》轉引明代李日華《紫桃軒雜綴》詩論,收於《清詩話》,頁398。

元詩緊隨唐詩的表現方式而缺少內容深度，惹來胡應麟（1551-1602）「肉盛骨衰，形浮味淺」的批評。[37] 必須指出的是，詩評家很少注意到，蒙漢風物在元代宮廷詩裡的文學價值，以及由此所帶來的豪放灑脫詩風。

元代宮廷詩的文化價值同時體現在其作為歷史文獻的一個部分，即通過其撰作背景和詩裡透現的論政訊息來呈現。詩歌對上位者形象的塑造、時局的評價、個我意向流露的顯隱，皆有不同演繹，注意這些部分，使得宮廷詩不會只是黼黻皇猷和謳歌太平的代稱，或只是一種藝術實踐，更多的是反映詩人在歷史興亡的觀照中，創作具有政治關懷、體現憂患意識的作品。從文宗時期的政治風波切入，得見虞集和揭傒斯寫作應制題畫詩時的考量，包括因為對應時局伴隨而來的取材角度、在多族權臣監視下如履薄冰的創作空間。詩人論政普遍謹慎，顯然，君臣、多族士人群體之間的政治聯繫是他們寫作的最大考慮，虞集與文宗的密切關係使他陷入危機，故題詩鮮少偏離典型的頌聖寫法，揭傒斯以疏遠之臣進入文宗朝，賦予唐明皇出遊圖像具有鑑戒勸勉之象徵，體現主奴關係下敢於表現憂患精神的一種識見。胡曉明談到文學與美刺時指出：「士之憑藉文化力量（道）與帝王專制（勢）相頡頏」的情況自古皆然，「主文譎諫」發展到漢賦以後「文麗用寡」的方向，是道、勢相佐的映現。[38] 在此意義上，蒙元中期的宮廷文人往往因為「勢」的無形介入而影響宮廷詩的撰作，詩裡透現的「道」或許有多寡深淺之別，但不能據此抹煞他們藉宮廷詩展現文化力量的貢獻，例如詩中記錄的二帝三王之道、漢文化禮儀、蒙古禮俗、蒙古字學教授感化邊域等等歷史文化知識。蘇天爵曾說：「今觀累舉得人之盛，或才識所長裨益國政，或文章之工黼黻皇猷，議者不當盡以迂滯冀儒詆訾之也。」[39] 因此，從宮廷的現實環境說去，應該給予宮廷文人某種程度的同情和了解。

進一步來說，宮廷詩在古代的屬性，是專制政權下（勢）的產物。胡曉明認為：「帝王借以支撐政治之勢」，「需相應之全盤性系統性經典性文化

---

[37] 胡應麟，《詩藪》，東京：汲古書院，1972年，頁137。
[38] 胡曉明，《中國詩學之精神》，南昌：江西人民出版社，2001年，頁20-31。
[39] 蘇天爵，〈宋翰林文集序〉，陳高華、孟繁清點校，《滋溪文稿》，頁81-82。

權威與之配合」,⁴⁰ 即如 Pocock J. G. A. 指出古代中國的禮與法的結合,形塑了君臣的肅穆和階級的距離,法是由語言指令組成(verbal command),而禮則由威儀、程序、價值標準等等面向呈現(non-verbal),後者因為是絕對的,是文明社會的基準,這樣便能避免眾人在執行意願與行動之間引起紛爭,從而創造和諧。⁴¹ 元代宮廷文人在詩裡,書寫禮儀程序之執行、王權威儀的呈現,正是在這種文化權威下,成為支撐政治之勢的組件。元代宮廷文人在道與勢的此消彼長下,回歸宮廷詩的傳統頌聖題旨,其實同時助長「勢」的一方,在某些情況下,或許使詩人逐漸形成妥協的生活哲學,以及應酬的文人心態,這說明在王權威儀和儒家禮法之下,創作宮廷詩時面對的難題。即便如此,宮廷詩是否欠缺抒情之本質?

　　古典詩歌向以抒情為核心,在某些方面,宮廷詩受制於狹隘的旨趣(頌聖述德)、單一的創作群體、大量的頌聖言辭,往往被認為單調乏味。如何看待宮廷詩所抒之情,可以借鑑鄭毓瑜對「抒情傳統」的考察,從「智識性與情感性」方面解釋。鄭毓瑜討論「引譬援類」串連萬物萬象的方式時,指出它是經由不斷積累的「名物訓解與觸引摯衍」,先界定物類屬性,再進行「意義或形象各方面的引申串連,或者是時、空環境的聯繫……再加上自然與人事相比擬,比如藉草木榮枯、鳥獸長幼比擬國君施政、君子行事是否合於時宜、謹守禮法等。」最後一點,與本書所論宮廷詩的典型寫法相關。禮儀語言系統和宮廷園囿傳統,都是古人通過不斷的引申串聯積澱下來的寫作法則,例如宮廷園囿裡動植物的茁壯成長,可比擬為國君仁愛萬物的舉措,用鄭氏的話,這種比擬其實是一套早已存在的「觸物連類的認知體系,這經過反覆習練、熟悉上手的時物系統,在如何讀、如何用當中累積了可以表達

---

[40] 胡曉明,《中國詩學之精神》,頁 26。

[41] Pocock J. G. A. (John Greville Agard), "Ritual, Language, Power: An Essay on the Apparent Political Meanings of Ancient Chinese Philosophy", in *Politics, Language and Time: Essays on Political Thought and History*, London: Methuen, 1973, c.1972, pp. 44-46.

與被理解的感發方式，適足以成為後來創作時自然發詠的基礎……」[42] 顯然，宮廷詩的抒情特質包括習慣性、熟知性的感興，例如由歷代宮廷詩傳統所引申串聯的特定意義，或是兼有個人的、當下的感興，即如創作之時因應不同的寫作對象、環境氛圍而生發的個體意向。可以說，在內容和形式上，元代宮廷詩與前朝相較似乎分別不大，不過，其中呈現的習慣性、熟知性的感興方式，是由古代開始積澱至今，最終匯成宮廷詩的寫作傳統，它是宮廷文人自然發詠的基礎，其抒情性質不下於發諸自我的部分，這應該是詮釋和評價元代宮廷詩所抒之情時的重要原則。

宮廷詩的創作歷朝皆備，其內容與書寫方式都被穩固的漢文化傳統限制，對此類作品的分析主要從頌聖主題和藝術手法入手，本書嘗試以元代宮廷文學獨有的創作氛圍和君臣貴戚的政治生活切入，揭示元代宮廷文人在蒙漢並置的框架下的寫作趨向與生活憂患，無論其宮廷詩的內容是緊隨傳統寫法，還是賦予了個人對時局的思考，它都有著支撐王權之勢、呈現蒙元文化力量、關懷政治民生、書寫憂戚苦樂的內容，以及具有智識性與情感性的抒情特質。元代的宮廷詩及其創作過程值得重新注視。

---

[42] 鄭毓瑜，〈詮釋的界域——從〈詩大序〉再探『抒情傳統』的建構〉，《中國文哲研究集刊》第 23 期，2003 年 9 月，頁 31-32。

引用書目

一、傳統文獻

〔周〕左丘明傳,〔晉〕杜預注,〔唐〕孔穎達正義,《春秋左傳正義(十三經注疏)》,北京:北京大學出版社,2000 年。

〔周〕列禦寇,《列子》,「文淵閣四庫全書電子版」,香港:迪志文化出版有限公司,2007 年。

〔漢〕毛亨傳;〔漢〕鄭玄箋;〔唐〕孔穎達疏;龔抗雲等整理;劉家和審定,《毛詩正義》,李學勤主編,《十三經注疏整理本》第六冊,北京:北京大學出版社,2000 年。

〔漢〕司馬遷著,〔清〕吳汝綸評論和編纂,《史記集評》,臺北:臺灣中華書局,1970 年。

〔漢〕司馬遷著,《史記》,北京:中華書局,1959 年〔1982 年第 2 版、2011 年重印〕。

〔漢〕班固撰,〔唐〕顏師古注,《漢書》,北京:中華書局,1962 年〔1964 年〕。

〔漢〕劉安等原著,陳廣忠注釋,《淮南子譯注》,長春:吉林文史出版社,1990 年〔1996 年〕。

〔漢〕鄭玄,《周禮鄭注》,校永懷堂本,臺北:新興書局,民國六十五年(1976 年)。

〔漢〕鄭玄注、〔唐〕孔穎達正義,《禮記正義》,北京:北京大學出版社,2000 年。

〔漢〕應劭撰,王利器校注,《風俗通義校注》,北京:中華書局,2010 年。

〔晉〕常璩,《華陽國志》,臺北:世界書局,1979 年。

〔晉〕陳壽撰,〔劉宋〕裴松之注,《三國志‧魏志》,《景印文淵閣四庫全書》第 254 冊,臺北:臺灣商務印書館,1984 年。

〔晉〕陶潛撰,汪紹楹校注,《搜神後記》,北京:中華書局,1981 年。

〔東晉〕郭璞,《穆天子傳》,長沙:岳麓書社,1992 年。

〔南朝‧宋〕劉義慶著,〔南朝‧梁〕劉孝標注,余嘉錫箋疏,周祖謨,余淑宜,周士琦整理,《世說新語箋疏》,北京:中華書局,2009 年重印版。

〔南朝〕徐陵編，〔清〕吳兆宜注，〔清〕程琰刪補，穆克宏點校，《玉臺新詠箋注》，北京：中華書局，1999 年。

〔梁〕蕭統編，〔唐〕李善注，《文選》，上海：上海古籍出版社，1986 年〔2011 年重印〕。

〔北周〕庾信撰，〔清〕倪璠注，《庾子山集注》，北京：中華書局，1980 年。

〔唐〕王維著，〔清〕趙殿成箋注，《王右丞集箋注》，上海：上海古籍出版社，1998 年〔2010 年〕。

〔唐〕李白著，〔清〕王琦注，《李太白全集》，北京：中華書局，1999 年重印版。

〔唐〕李延壽，《北史》，《文淵閣四庫全書》電子版，香港：迪志文化出版有限公司，2007 年。

〔唐〕李商隱著，劉學鍇、余恕誠著，《李商隱文編年校注》，北京：中華書局，2002 年。

〔唐〕杜甫著，〔清〕仇兆鰲注，《杜詩詳注》，北京：中華書局，1979 年。

〔唐〕沈佺期、宋之問撰，陶敏、易淑瓊校注，《沈佺期宋之問集校注》，北京：中華書局，2001 年。

〔唐〕姚思廉撰，《梁書》，北京：中華書局，1973 年。

〔唐〕韓愈著，周啟成、周維德注譯，《新譯昌黎先生文集》，臺北：三民書局，1999 年。

〔唐〕魏徵等撰，《隋書》，聚珍仿宋《四部備要》版，臺北：臺灣中華書局，1965 年。

〔宋〕王明清撰，王恒柱點校，《揮麈錄》，濟南：山東人民出版社，2018 年。

〔宋〕王欽若等編纂，周勛初等校訂，《冊府元龜》，南京：鳳凰出版社，2006 年。

〔宋〕王溥，《唐會要》，北京：中華書局，1960 年。

〔宋〕王應麟，《玉海》，臺北：華聯出版社，1964 年，據元後至元三年慶元路儒學刊本影印。

〔宋〕司馬光著，李宗侗、夏德儀等校註，《資治通鑑今註》，臺北：臺灣商務印書館，1966 年〔1974 年〕。

〔宋〕朱熹注，王華寶整理，《詩集傳》，南京：鳳凰出版社，2007 年。

〔宋〕朱熹撰，廖名春點校，《周易本義》，北京：中華書局，2009 年。

〔宋〕米芾，《研史》，收於《文房四譜》三十二種，第 52 卷，臺北：世界書局，2016 年。

〔宋〕佚名，《端溪硯譜》，載《硯史；硯譜》，《四庫全書・藝術類》，北京：中國書店，2014 年。

〔宋〕吳淑著，冀勤、王秀梅、馬蓉校點，《事類賦注》，北京：中華書局，1989 年。

〔宋〕沈括撰，金良年點校，《夢溪筆談》，北京：中華書局，2015 年〔2017 年〕。
〔宋〕周密，《志雅堂雜鈔》，載周密撰，鄧子勉點校，《志雅堂雜鈔；雲煙過眼錄；澄懷錄》，北京：中華書局，2018 年。
〔宋〕周密，《武林舊事》，北京：中華書局，2007 年。
〔宋〕周密著，〔明〕朱廷煥著，謝永芳注評，《武林舊事 附增補《武林舊事》》，鄭州：中州古籍出版社，2019 年。
〔宋〕周密著，吳企明點校，《癸辛雜識》，北京：中華書局，1988 年〔2004 年重印〕。
〔宋〕孟元老撰，伊永文箋注，《東京夢華錄箋注》，北京：中華書局，2006 年〔2007 年重印〕。
〔宋〕姜夔著，夏承燾箋校，《姜白石詞編年箋校》，上海：上海古籍出版社，1981 年〔1998 年〕。
〔宋〕宣和間官修，《宣和畫譜》，臺北：世界書局，2009 年〔2017 年〕。
〔宋〕施宿《東坡先生年譜》，王水照整理，載王水照編，《宋人所撰三蘇年譜彙刊》，上海：上海古籍出版社，1989 年。
〔宋〕張炎著，夏承燾校注；〔宋〕沈義父著，蔡嵩雲箋釋，《詞源注・樂府指迷箋釋》，北京：人民文學出版社，1998 年。
〔宋〕曹彥約，《昌谷集》，《景印文淵閣四庫全書》第 1167 冊，臺北：臺灣商務印書館，1983-1986 年。
〔宋〕梅堯臣著，朱東潤編年校注，《梅堯臣集編年校注》，上海：上海古籍出版社，2006 年。
〔宋〕陳元靚，《事林廣記》，北京：中華書局，1999 年。
〔宋〕陳世崇，《隨隱漫錄》，上海：上海書店，1990 年。
〔宋〕陳振孫，《直齋書錄解題》，《叢書集成初編》第 44 冊，北京：中華書局，1985 年。
〔宋〕陳騤、佚名撰，張富祥點校，《南宋館閣錄・續錄》，北京：中華書局，1998 年。
〔宋〕黃庭堅撰，〔宋〕任淵、史容、史季溫注，劉尚榮校點，《黃庭堅詩集注》，北京：中華書局，2003 年。
〔宋〕曾季貍，《艇齋詩話》，載吳文治主編，《宋詩話全編》第叁冊，南京：江蘇古籍出版社，1998 年。
〔宋〕楊萬里著，辛更儒箋校，《楊萬里集箋校》，北京：中華書局，2007 年〔2012 年重印〕。
〔宋〕楊億等著，王仲犖注，《西崑酬唱集注》，上海：世紀出版集團・上海書店出版

社，2001 年。
〔宋〕葛立方，《韻語陽秋》，載何文煥編，《歷代詩話》，北京：中華書局，1981年。
〔宋〕劉克莊，《後村先生大全集》，《四部叢刊初編》集部第 69 冊，上海：商務印書館，1900 年。
〔宋〕歐陽修，宋祁撰，《新唐書》，北京：中華書局，1975 年。
〔宋〕羅大經著，王瑞來點校，《鶴林玉露》，北京：中華書局，1983 年。
〔宋〕嚴羽著，郭紹虞校釋，《滄浪詩話校釋》，北京：人民文學出版社，1998 年。
〔宋〕蘇洵原本，〔清〕趙大浣增補，胡翼雲標點，《新式標點蘇批孟子》，上海：坤元堂，上海：掃葉山房，民國廿一年（1932 年）。
〔宋〕蘇軾著，〔明〕茅維編，孔凡禮點校，《蘇軾文集》，北京：中華書局，1986 年〔2011 年重印〕。
〔宋〕蘇軾著，〔清〕王文誥輯注，孔凡禮點校，《蘇軾詩集》，北京：中華書局，1982 年〔2009 年重印〕。
〔宋〕蘇軾著，鄒同慶，王宗堂著，《蘇軾詞編年校注》，北京：中華書局，2002 年。
〔金〕劉祁著，崔文印點校，《歸潛志》，北京：中華書局，1983 年〔2007 年〕。
〔元〕蔣易，《皇元風雅》，《中華再造善本》據建陽張氏梅溪書院刻本影印，北京：北京圖書館出版社，2006 年。
〔元〕蔣易，《皇元風雅》，收入《續修四庫全書》編纂委員會編：《續修四庫全書》，上海：上海古籍出版社，1995 年，據北京圖書館藏元建陽張氏梅溪書院刻本影印。
〔元〕仇遠，《山村遺集》，《文淵閣四庫全書》電子版，香港：迪志文化出版有限公司，2007 年。
〔元〕孔齊著，莊敏，顧新點校，《至正直記》，上海：上海古籍出版社，1987 年。
〔元〕方回，《桐江集》，《續修四庫全書》第 1322 冊，上海：上海古籍出版社，1995年。
〔元〕方回，《瀛奎律髓》，《景印文淵閣四庫全書》第 1366 冊，臺北：臺灣商務印書館，1983 年。
〔元〕方回評，李慶甲集評校點，《瀛奎律髓彙評》，上海：上海古籍出版社，1986年。
〔元〕王士點、〔元〕商企翁編次，高榮盛點校，《秘書監志》，杭州：浙江古籍出版社，1992 年。
〔元〕王惲，《秋澗先生大全集》，臺北：新文豐出版公司，1985 年。
〔元〕王惲著，楊亮，鍾彥飛點校，《王惲全集彙校》，北京：中華書局，2013 年。

〔元〕王惲撰，楊曉春點校，《玉堂嘉話》，北京：中華書局，2006年。
〔元〕吳師道著，邱居里、邢新欣點校，《吳師道集》，杭州：浙江古籍出版社，2012年。
〔元〕李祁，《雲陽集》，《景印文淵閣四庫全書》第1219冊，臺北：臺灣商務印書館，1983年。
〔元〕李穡，《牧隱集・牧隱文藁》，取自高麗大學海外韓國學資料中心 http://kostma.korea.ac.kr/dir/list?uci=RIKS+CRMA+KSM-WC.1626.0000-20090714.AS_BC_339（2023/05/01瀏覽）。
〔元〕周德清，《中原音韻》，中國戲曲研究院編，《中國古典戲曲論著集成》第1冊，北京：中國戲劇出版社，1959年。
〔元〕柳貫著，柳遵傑點校，《柳貫詩文集》，杭州：浙江古籍出版社，2004年。
〔元〕胡助，《純白齋類稿》，北京：中華書局，1985年。
〔元〕袁桷，《清容居士集》，《文淵閣四庫全書》第1203冊，臺北：臺灣商務印書館，1985年。
〔元〕袁桷著，李軍、施賢明、張欣校點，《袁桷集》，長春：吉林文史出版社，2010年。
〔元〕袁桷著，楊亮校注，《袁桷集校注》，北京：中華書局，2012年。
〔元〕廼賢著，葉愛欣校注，《廼賢集校注》，鄭州：河南大學出版社，2012年。
〔元〕郝經著，張進德、田同旭編年校箋，《郝經集編年校箋》，北京：人民文學出版社，2016年。
〔元〕馬祖常，《馬石田文集》，載《元人文集珍本叢刊》，臺北：新文豐出版公司，1985年。
〔元〕馬祖常著，李叔毅、傅瑛點校，《石田先生文集》，鄭州：中州古籍出版社，1991年。
〔元〕馬端臨著，《文獻通考》，北京：中華書局，1986年。
〔元〕張翥，《蛻庵集》，《文淵閣四庫全書》電子版，香港：迪志文化出版有限公司，2007年。
〔元〕脫脫等撰，《宋史》，北京：中華書局，1985年。
〔元〕脫脫等撰，《金史》，北京：中華書局，2016年重印版。
〔元〕郭畀，《雲山日記》，中國基本古籍庫電子版，北京：北京愛如生數字化技術研究中心，2009年。
〔元〕陳旅，《安雅堂集》，載於《元代珍本文集彙刊》，臺北：國立中央圖書館，1970年。
〔元〕陳澔注，《禮記集說》，上海：上海古籍出版社，1987年。

〔元〕陶宗儀，《南村輟耕錄》，北京：中華書局，1959 年〔2014 年重印〕。
〔元〕陶宗儀著，武克忠、尹貴友編，《南村輟耕錄》，濟南：齊魯書社，2007 年。
〔元〕陶宗儀著，徐永明點校，《書史會要》，北京：北京師範大學出版社，2016 年。
〔元〕陸友仁，《研北雜志》，《叢書集成初編》，北京：中華書局，1971 年，據寶顏堂秘笈本影印。
〔元〕陸友仁，《研北雜志》，載於明代陳繼儒輯，《寶顏堂秘笈》，上海：文明書局，出版年分缺。
〔元〕傅習、孫存吾，《皇元風雅‧前集》，《中華再造善本》據中國國家圖書館藏元刻本影印，北京：北京圖書館出版社，2006 年。
〔元〕傅習、孫存吾，《皇元風雅‧後集》，《中華再造善本》據中國國家圖書館藏元李氏建安書堂刻本影印原書，北京：北京圖書館出版社，2005 年。
〔元〕傅習、孫存吾編，《皇元風雅》，四部叢刊初編縮本，《四部叢刊》初編集部（1919 年），據上海商務印書館縮印高麗翻元本。
〔元〕揭傒斯著，李夢生標校，《揭傒斯全集》，上海：上海古籍出版社，1985 年（2012 年）。
〔元〕湯垕，《古今畫鑑》，《叢書集成初編本》，北京：中華書局，1985 年。
〔元〕湯垕，《古今畫鑑》，載《元人畫學論著九種》，臺北：世界書局，2009 年。
〔元〕黃溍著，王頲點校，《黃溍集》，杭州：浙江古籍出版社，2013 年。
〔元〕楊瑀著，李夢生校點，《山居新語》，載上海古籍出版社編，《宋元筆記小說大觀》第六冊，上海：上海古籍出版社，2007 年〔2019 年重印〕。
〔元〕虞集，《道園學古錄》，《四部備要》集部第 276 冊，據明刻本校刊，上海：中華書局，1936 年。
〔元〕虞集，《道園學古錄》，《欽定四庫全書薈要》集部第 403 冊，長春：吉林出版集團有限責任公司，2005 年。
〔元〕虞集，《道園遺稿》，《欽定四庫全書》第 1207 冊，上海：上海古籍出版社，1987 年。
〔元〕虞集，《道園類稿》，載《元人文集珍本叢刊》，臺北：新文豐出版公司，1985 年。
〔元〕虞集著，王頲點校，《虞集全集》，天津：天津古籍出版社，2007 年。
〔元〕趙世延、虞集等撰，周少川、魏訓田、謝輝輯校，《經世大典輯校》，北京：中華書局，2020 年。
〔元〕趙孟頫著，任道斌校點，《趙孟頫集》，杭州：浙江古籍出版社，1986 年。
〔元〕趙孟頫著，錢偉強點校，《趙孟頫集》，杭州：浙江古籍出版社，2016 年。
〔元〕趙孟頫著，錢偉強點校，《松雪齋詩集》，杭州：浙江人民美術出版社，2019

年。
〔元〕劉將孫，《養吾齋集》，《景印文淵閣四庫全書》第1199冊，臺北：臺灣商務印書館，1983年。
〔元〕歐陽玄，《圭齋文集》，《四部叢刊初編集部》306，上海商務印書館縮印明成化刊本。
〔元〕歐陽玄著，陳書良，劉娟校點，《歐陽玄集》，長沙：岳麓書社，2010年。
〔元〕蔣易，《皇元風雅》，載《續修四庫全書》第1622冊・集部・總集類，上海：上海古籍出版社，1995年。
〔元〕蔣易《皇元風雅》，《中華再造善本》，據中國國家圖書館藏元建陽張氏梅溪書院刻本影印，北京：北京圖書館出版社，2006年。
〔元〕戴良，《九靈山房集》，《景印文淵閣四庫全書》第1219冊，臺北：臺灣商務印書館，1983年。
〔元〕戴表元，《剡源戴先生文集》，《四部叢刊初編縮本》，上海商務印書館縮印明刊本。
〔元〕薩都拉（剌），《雁門集》，上海：上海古籍出版社，1982年。
〔元〕薩都剌著，龍德壽譯注，《薩都剌詩詞選譯》，南京：鳳凰出版社，2011年。
〔元〕蘇天爵，《元文類》，國學基本叢書，北京：商務印書館，1936年初版，1958年重印。
〔元〕蘇天爵，《元文類》，楊家駱主編，歷代詩文總集・中國學術名著第三輯・歷代詩文總集第二期書・第三十九冊。臺北：世界書局，1962年。
〔元〕蘇天爵著，陳高華，孟繁清點校，《滋溪文稿》，北京：中華書局，1997年。
〔元〕蘇天爵輯，《國朝文類》七十卷，36冊（3函），影印本，《中華再造善本》金元編・集部，北京：北京圖書館出版社，2006年12月。
〔明〕宋濂等撰，《元史》，北京：中華書局，1976年〔2011年重印〕。
〔明〕李東陽，《麓堂詩話》，收入丁福保輯，《歷代詩話續編》，上海：上海古籍出版社，1999年。
〔明〕胡應麟，《詩藪》，長澤規矩也解題，《和刻本漢籍隨筆集》第十九集，古典研究會發行，東京：汲古書院，1972年。
〔明〕徐師曾，《文體明辨》，載吳文治主編，《明詩話全編》第肆冊，南京：江蘇古籍出版社，1997年。
〔明〕張丑，《清河書畫舫》，《文淵閣四庫全書》電子版，香港：迪志文化出版有限公司。
〔明〕張丑撰，徐德明校點，《清河書畫舫》，上海：上海古籍出版社，2011年。
〔明〕陳邦瞻原編，《元史紀事本末》，臺北：三民書局，1966年〔1989年〕。

〔明〕葉子奇，《草木子》，北京：中華書局，1959 年〔2006 年重印〕。
〔明〕蔣一葵，《長安客話》，北京：古籍出版社，1980 年。
〔明〕蔣一葵，《堯山堂外紀》，載《續修四庫全書》第 1994-1995 冊，上海：上海古籍出版社，1995 年。
〔明〕蔣一葵撰，呂景琳點校，《堯山堂外紀（外一種）》，北京：中華書局，2019 年。
〔明〕謝榛，《四溟詩話》，載丁福保輯，《歷代詩話續編》，北京：中華書局，1983 年〔2001 年重印〕。
〔明〕瞿佑，《歸田詩話》，載丁福保輯，《歷代詩話續編》，北京：中華書局，1983 年〔2001 年重印〕。
〔清〕卞永譽，《式古堂書畫彙考（全四冊）》，臺北：正中書局，1958 年。
〔清〕卞永譽，《式古堂書畫彙考》，清文淵閣四庫全書本，中國基本古籍庫電子版，北京：北京愛如生數字化技術研究中心，2009 年。
〔清〕卞永譽纂輯，《式古堂書畫彙考》，杭州：浙江人民美術出版社，2012 年。
〔清〕王士禛撰，靳斯仁點校，《池北偶談》，北京：中華書局，2005 年。
〔清〕王士禛選，〔清〕聞人倓箋，《古詩箋》，上海：上海古籍出版社，1980 年。
〔清〕王昶，《春融堂集》，中國基本古籍庫電子版，北京：北京愛如生數字化技術研究中心，2009 年。
〔清〕永瑢等，《四庫全書總目》，北京：中華書局，1965 年。
〔清〕沈德潛，《唐詩別裁集》，北京：中華書局，1975 年。
〔清〕沈德潛編，〔清〕周準編，《明詩別裁集》，北京：中華書局，1975 年。
〔清〕施閏章，《蠖齋詩話》，收入王夫之等撰，《清詩話》，上海：上海古籍出版社，1999 年。
〔清〕柯劭忞撰，張京華，黃曙輝總校，《新元史》，上海：上海古籍出版社，2018 年。
〔清〕夏之蓉，《半舫齋古文》，中國基本古籍庫電子版，北京：北京愛如生數字化技術研究中心，2009 年。
〔清〕孫詒讓著，汪少華整理，《周禮正義》，北京：中華書局，2015 年。
〔清〕翁方綱，《石洲詩話》，北京：人民文學出版社，1981 年〔1998 年〕。
〔清〕翁方綱，《虞文靖公年譜》，收入《北京圖書館藏珍本年譜叢刊》第 36 冊，北京：北京圖書館出版社，1999 年。
〔清〕屠寄，《蒙兀兒史記》，載《元史二種》（二），上海：上海古籍出版社、上海書店，2012 年。
〔清〕張大受，《匠門書屋文集》，中國基本古籍庫電子版，北京：北京愛如生數字化

技術研究中心，2009 年。
〔清〕張廷玉等撰，《明史》，北京：中華書局，1974 年。
〔清〕郭慶藩撰，王孝魚點校，《莊子集釋》，北京：中華書局，1961 年〔1997 年〕。
〔清〕陳廷焯撰，孫克強主編，孫克強、趙瑾、張海濤、楊傳慶輯校，《白雨齋詞話全編》，北京：中華書局，2013 年。
〔清〕曾燠輯，《江西詩徵》，中國基本古籍庫電子版，北京：北京愛如生數字化技術研究中心，2009 年。
〔清〕焦循撰，沈文倬點校，《孟子正義》，北京：中華書局，1987 年。
〔清〕黃宗羲，《南雷文定》，《南雷文定前後三四集》，中國基本古籍庫電子版，北京：北京愛如生數字化技術研究中心，2009 年。
〔清〕愛新覺羅・永瑢、紀昀等撰，《欽定四庫全書總目》，北京：中華書局，1965 年。
〔清〕端方，《壬寅消夏錄》，收於《續修四庫全書》第 1089-1090 冊，上海：上海古籍出版社，1995 年。
〔清〕趙執信著，陳邇冬校點，《談龍錄》，翁方綱著，陳邇冬校點，《石洲詩話》，北京：人民文學出版社，1998 年。
〔清〕趙翼著，王樹民校證，《廿二史劄記校證》，北京：中華書局，1984 年。
〔清〕趙翼著，欒保群，呂宗力校點，《陔餘叢考》，石家莊：河北人民出版社，1990 年。
〔清〕劉寶楠，《論語正義》，石家莊：河北人民出版社，1988 年。
〔清〕潘德輿，《養一齋詩話》，收於郭紹虞編，《清詩話續編》，上海：上海古籍出版社，1999 年。
〔清〕錢大昕，《元史氏族表》，北京：中華書局，1991 年。
〔清〕錢泰吉，《甘泉鄉人稿》，中國基本古籍庫電子版，北京：北京愛如生數字化技術研究中心，2009 年。
〔清〕顧嗣立，《寒廳詩話》，收入王夫之等撰，《清詩話》，上海：上海古籍出版社，1999 年。
〔清〕顧嗣立編，《元詩選》，北京：中華書局，1987 年〔2002 年〕。
〔清〕顧嗣立編，《元詩選》二集上，北京：中華書局，1987 年（2022 年重印）。
〔清〕顧嗣立編，《元詩選》初集，北京：中華書局，1987 年〔2002 年重印〕。
方齡貴校注，《通制條格校注》，北京：中華書局，2001 年。
王水照選注，《蘇軾選集》，上海：上海古籍出版社，1984 年〔1999 年〕。
王世舜，《尚書譯注》，成都：四川人民出版社，1982 年。
朱惠國主編，《全金元詞評注・元詞》第二冊及第三冊，西安：西安出版社，2014 年。

李修生主編，《全元文》（60冊），南京：江蘇古籍出版社，1999年，南京：鳳凰出版社，2004年。
南懷瑾、徐芹庭註釋，《周易今註今譯》，臺北：臺灣商務印書館，1984年。
洪金富點校，《元代臺憲文書彙編》，中央研究院歷史語言研究所專刊之104，臺北：中央研究院歷史語言研究所，2003年。
高步瀛選注，孫通海點校，《南北朝文舉要》，北京：中華書局，1998年。
張健，《元代詩法校考》，北京：北京大學出版社，2001年。
陳衍，《元詩紀事》，載錢仲聯編，《陳衍詩論合集》，福州：福建人民出版社，1999年。
陳高華，《元代畫家史料彙編》，杭州：杭州出版社，2004年。
傅樂淑著，《元宮詞百章箋注》，北京：書目文獻出版社，1994年。
傅璇琮，倪其心，孫欽善，陳新，許逸民主編，北京大學古文獻研究所編，《全宋詩》（72冊），北京：北京大學出版社，1991年。
傅璇琮著，《黃庭堅與江西詩派卷》，高雄：麗文文化事業股份有限公司，1993年。
曾棗莊，劉琳主編，《全宋文》（360冊），上海：上海辭書出版社，合肥：安徽教育出版社，2006年。
楊鐮主編，《全元詩》（68冊），北京：中華書局，2013年。
葉德輝，《書林清話》，收於《民國叢書》第二編50，文化、教育、體育類，上海：上海書店，1983年。
賈敬顏著，《五代宋金元人邊疆行記十三種疏證稿》，北京：中華書局，2004年。
謝巍編著，《中國畫學著作考錄》，上海：上海書畫出版社，1998年。

二、近人論著

中文專書

丁亞傑著，林淑貞編，《經典詮釋與生命會通》，臺北：萬卷樓圖書公司，2018年。
么書儀，《元代文人心態》，北京：文化藝術出版社，2000年。
王大方、張文芳編著，《草原金石錄》，北京：文物出版社，2013年。
王水照，《北宋三大文人集團》，上海：上海古籍出版社，2021年〔2022年重印〕。
王次澄，《宋元逸民詩論叢》，臺北：大安出版社，2001年。
王育紅，《唐五代宮詞研究》，南京：南京大學出版社，2013年。
王宗維，《元代安西王及其與伊斯蘭教的關係》，蘭州：蘭州大學出版社，1993年。
王頲，《西域南海史地探索》，北京：中國人民大學出版社，2010年。

王頲著，邱樹森等編，《龍庭崇汗——元代政治史研究》，海口：南方出版社，2002年。
方齡貴，《元明戲曲中的蒙古語》，昆明：雲南人民出版社，2014年。
史衛民，《元代社會生活史》，北京：中國社會科學出版社，1996年。
田曉菲，《烽火與流星：蕭梁王朝的文學與文化》，北京：中華書局，2010年。
申萬里，《元代科舉新探》，北京：人民出版社，2019年。
石守謙，《風格與世變：中國繪畫十論》，北京：北京大學出版社，2008年。
石守謙，《從風格到畫意——反思中國美術史》，北京：生活・讀書・新知三聯書店，2015年。
石守謙，葛婉章主編，《大汗的世紀——蒙元時代的多元文化與藝術》，臺北：國立故宮博物院，2001年。
亦鄰真著，齊木德道爾吉、烏雲畢力格、寶音德力根編輯，《亦鄰真蒙古學文集》，呼和浩特：內蒙古人民出版社，2001年。
成明明，《北宋館閣與文學研究》，北京：中國社會科學出版社，2007年。
朱偰，《元大都宮殿圖考》，北京：北京古籍出版社，1990年。
朱錦雄，《在情志之外——六朝詩的多元面向》，臺北：萬卷樓圖書公司，2020年。
衣若芬，《藝林探微——繪畫、古物、文學》，上海：華東師範大學出版社，2012年。
余來明，《元代科舉與文學》，武漢：武漢大學出版社，2013年。
余英時，《朱熹的歷史世界——宋代士大夫政治文化的研究》，北京：生活・讀書・新知三聯書店，2012年。
余輝，《畫史解疑》，臺北：東大圖書公司，2000年。
余輝，《翰墨辨疑：唐宋元書畫家叢考》，北京：生活・讀書・新知三聯書店，2023年。
吳保合，《高克恭研究》，國立故宮博物院故宮叢刊編輯委員會編輯，臺北：國立故宮博物院，1987年。
巫鴻著，李清泉、鄭岩等譯，《中國古代藝術與建築中的「紀念碑性」》，上海：上海世紀出版集團，上海人民出版社，2010年。
巫鴻著，錢文逸譯，《「空間」的美術史》，上海：上海人民出版社，2017年。
杉山正明著，周俊宇譯，《顛覆世界史的蒙古》，新北市：八旗文化出版，2014年。
李治安，《元代分封制度研究》，北京：中華書局，2007年。
李治安，《忽必烈傳》，臺北：臺灣商務印書館，2017年。
李則芬，《宋遼金元歷史論文集》，臺北：黎明文化事業股份有限公司，1991年。
李舜臣、歐陽江琳，《「漢廷老吏」虞集》，南昌：江西高校出版社，2006年。
李嘉瑜，《元代上京紀行詩的空間書寫》，臺北：里仁書局，2014年。

李漫，《元代傳播考——概貌、問題及限度》，北京：北京大學出版社，2013年。
沈凡玉，《六朝同題詩歌研究》，臺北：國立臺灣大學出版中心，2015年。
周少川，《中華典籍與傳統文化》，桂林：廣西師範大學出版社，1996年。
屈文軍，《元代中央官制論述》，南京大學博士論文，2001年。
松浦友久著，劉維治，尚永亮，劉崇德譯，《李白的客寓意識及其詩思——李白評傳》，北京：中華書局，2001年。
林申清，《宋元書刻牌記圖錄》，北京：北京圖書館出版社，1999年。
林庚，《中國文學簡史》，北京：北京大學出版社，1995年。
林素娟，《象徵與體物：先秦兩漢禮儀中的修身與教化觀》，臺北：國立臺灣大學出版中心，2021年。
邱江寧，《元代文人群體的地理分布與文學格局（下）》，北京：中華書局，2021年。
邱江寧，《元代文人群體的地理分布與文學格局（上）》，北京：中華書局，2021年。
邱江寧，《元代奎章閣學士院與元代文壇》，北京：中國社會科學出版社，2013年。
邱江寧，《元代館閣文人活動繫年》，北京：人民出版社，2015年。
邱江寧，《奎章閣文人群體與元代中期文學研究》，北京：人民出版社，2013年。
邱軼皓，《蒙古帝國視野下的元史與東西文化交流》，上海：上海古籍出版社，2019年。
姚大力，《蒙元制度與政治文化》，北京：北京大學出版社，2011年。
姚從吾，《姚從吾先生全集》，臺北：正中書局，1971年。
姚道生，《殘蟬身世香蕈興：《樂府補題》研究》，南京：鳳凰出版社，2018年。
姜一涵，《元代奎章閣及奎章人物》，臺北：聯經出版事業公司，1981年。
查洪德，《元代文學通論》（上、中、下冊），上海：東方出版中心，2019年。
洪麗珠，《肝膽楚越——蒙元晚期的政爭（1333-1368）》，新北市：花木蘭文化出版社，2011年。
胡曉明，《中國詩學之精神》，南昌：江西人民出版社，2001年。
孫克寬，《元代漢文化之活動》，臺北：臺灣中華書局，1968年初版，2015年再版。
徐子方，《挑戰與抉擇——元代文人心態史》，石家莊：河北教育出版社，2001年。
徐建融，《元代書畫藻鑒與藝術市場》，上海：上海書店出版社，1999年。
涂雲清，《蒙元統治下的士人及其經學發展》，臺北：國立臺灣大學出版中心，2012年。
袁國藩，《元代蒙古文化論集》，臺北：臺灣商務印書館，1973年〔2004年〕。
袁國藩，《元代蒙古文化論叢》，臺北：文史哲出版社，2004年〔2011年〕。
馬成名編著，《海外所見善本碑帖錄》，上海：上海書畫出版社，2014年。
馬曉林，《馬可・波羅與元代中國：文本與禮俗》，上海：中西書局，2018年。

高志忠，《明清宮詞與宮廷文化研究》，北京：方志出版社，2014年。
張宏生，《清代詞學的建構》，南京：江蘇古籍出版社，1998年〔1999年〕。
張宏生，《感情的多元選擇——宋元之際作家的心靈活動》，北京：現代出版社，1990年。
梁庚堯編著，《北宋的改革與變法：熙寧變法的源起、流變及其對南宋歷史的影響》，臺北：國立臺灣大學出版中心，2022年。
陳元鋒，《北宋翰林學士與文學研究》，上海：復旦大學出版社，2019年。
陳元鋒，《北宋館閣翰苑與詩壇研究》，北京：中華書局，2005年。
陳垣，《元西域人華化考》，上海：上海古籍出版社，2008年〔2015年重印〕。
陳高華，史衛民，《元代大都上都研究》，北京：中國人民大學出版社，2010年。
陳得芝，《蒙元史研究叢稿》，北京：人民出版社，2005年。
陳廣宏，《閩詩傳統的生成：明代福建地域文學的一種歷史省察》，上海：上海古籍出版社，2018年。
陳韻如主編，《公主的雅集——蒙元皇室與書畫鑑藏文化特展》，臺北：國立故宮博物院，2016年。
傅申，《元代皇室書畫收藏史略》，上海：上海書畫出版社，2018年。
馮勝利，《漢語的韻律、詞法與句法》（修訂本），北京：北京大學出版社，1997年〔2009年〕。
馮勝利，《漢語韻律詩體學論稿》，北京：商務印書館，2015年。
楊亮，《混一風雅：元代翰林國史院與元詩風尚》，北京：社會科學文獻出版社，2022年。
楊德忠，《元代皇權意識下的書畫活動及其政治意涵研究》，南京藝術學院博士論文，2015年。
楊鐮，《元代文學及文獻研究》，北京：中華書局，2015年。
楊鐮，《元代文學編年史》，太原：山西教育出版社，2005年。
楊鐮，《元詩史》，北京：人民文學出版社，2003年。
葛兆光，《想像異域——讀李朝朝鮮漢文燕行文獻札記》，北京：中華書局，2014年。
葛曉音，《先秦漢魏六朝詩歌體式研究》，北京：北京大學出版社，2012年。
葛曉音，《詩國高潮與盛唐文化》，北京：北京大學出版社，1998年。
賈晉華，《唐代集會總集與詩人群研究》，北京：北京大學出版社，2001年。
廖可斌，《明代文學復古運動研究》，上海：上海古籍出版社，1994年。
廖宜方，《王權的祭典——傳統中國的帝王崇拜》，臺北：國立臺灣大學出版中心，2020年。
趙園，《想像與敘述》，北京：人民文學出版社，2009年。

劉迎勝，《蒙元帝國與 13-15 世紀的世界》，北京：生活・讀書・新知三聯書店，2013年。

劉迎勝主編，《《大明混一圖》與《混一疆理圖》研究——中古時代後期東亞的寰宇圖與世界地理知識》，南京：鳳凰出版社，2010年。

劉嘉偉，《元代多族士人圈的文學活動與元詩風貌》，北京：人民出版社，2016年。

歐陽光，《宋元詩社研究叢稿》，廣州：廣東高等教育出版社，1998年重印本。

潘務正，《清代翰林院與文學研究》，北京：人民出版社，2014年。

箭內亙著，陳捷，陳清泉譯，《元朝怯薛及斡耳朵考》，太原：山西人民出版社，2015年。

蔡美彪，《遼金元史十五講》，北京：中華書局，2015年。

鄭天挺著，王曉欣，馬曉林整理，《鄭天挺元史講義》，北京：中華書局，2009年。

蕭啟慶，《九州四海風雅同：元代多族士人圈的形成與發展》，臺北：中央研究院、聯經出版事業股份有限公司，2012年。

蕭啟慶，《元代進士輯考》，臺北：中央研究院歷史語言研究所，2012年。

蕭啟慶，《元代的族群文化與科舉》，臺北：聯經出版事業股份有限公司，2008年。

蕭啟慶，《元朝史新論》，臺北：允晨文化實業股份有限公司，1999年。

蕭啟慶，《內北國而外中國：蒙元史研究》（上、下冊），北京：中華書局，2007年。

蕭麗華，《元詩之社會性與藝術性研究》，臺北：國家出版社，1998年。

龍榆生，《詞學十講》，福州：福建人民出版社，1988年。

戴燕，《文學史的權力》，北京：北京大學出版社，2002年。

羅鷺，《元代印刷文化與文學研究》，上海：上海古籍出版社，2023年。

羅鷺，《虞集年譜》，南京：鳳凰出版社，2010年。

饒宗頤，《中國史學上之正統論》，香港：龍門書店，1977年。

顧易生，蔣凡，劉明今著，《宋金元文學批評史》，上海：上海古籍出版社，1996年。

龔延明，祖慧編著，《宋代登科總錄》第12冊，龔延明主編，《中國歷代登科總錄》，桂林：廣西師範大學出版社，2014年。

日文專書

井上進，《中国出版文化史：書物世界と知の風景》，名古屋：名古屋大学出版会，2002年。

宮紀子，《モンゴル時代の出版文化》，名古屋：名古屋大学出版会，2006年。

宮紀子，《モンゴル帝国が生んだ世界図：地図は語る》，東京：日本経済新聞出版社，2007年。

植松正，《元代江南政治社会史研究》，東京：汲古書院，1997年。

英文專書

Brook, Timothy, Van Walt van Praag, Michael and Boltjes, Miek, ed. *Sacred Mandates: Asian International Relations since Chinggis Khan.* Chicago: University of Chicago Press, 2018.

Chen, Jack W. *The Poetics of Sovereignty: On Emperor Taizong of the Tang Dynasty.* Cambridge, Mass.: Harvard University Asia Center, 2010.

Chen, Paul Heng-chao. *Chinese Legal Tradition under the Mongols: the Code of 1291 as Reconstructed.* Princeton: Princeton University Press, 1979.

Chow, Kai-wing. *Publishing, Culture, and Power in Early Modern China.* Stanford, California: Stanford University Press, 2004.

De Bary, Wm. Theodore, ed. *Sources of East Asian Tradition vol. 1.* New York: Columbia University Press, 2008.

Egan, Ronald. *The Problem of Beauty: Aesthetic Thought and Pursuits in Northern Song Dynasty China.* Cambridge, Mass.: Harvard University Asia Center, Distributed by Harvard University Press, 2006.

Goh, Meow Hui. *Sound and Sight: Poetry and Courtier Culture in the Yongming Era (483-493).* Stanford: Stanford University Press, 2010.

Knechtges, David R. *Court Culture and Literature in Early China.* Aldershot: Ashgate c2002. 部分論文的中譯本，見康達維著，蘇瑞隆譯，《康達維自選集：漢代宮廷文學與文化之探微》上海：上海譯文出版社，2013 年。

Legge, James. *Book of Changes.* New York: Bantam Books, 1964.

McDermott, Joseph P. *A Social History of the Chinese Book: Books and Literati Culture in Late Imperial China.* Hong Kong: Hong Kong University Press, 2006.

Mote, Frederick W. *Imperial China 900-1800.* Cambridge, Mass.: Harvard University Press, c1999, 2003.

Owen, Stephen. *All Mine!: Happiness, Ownership, and Naming in Eleventh-Century China.* New York: Columbia University Press, 2021.

Owen, Stephen. *Readings in Chinese Literary Thought.* Cambridge, Massachusetts and London: Harvard University Press, 1992.

Philipsen, Gerry. *Speaking Culturally: Explorations in Social Communication.* Albany: State University of New York Press, 1992.

Lynn, Richard John. *The Classic of Changes: A New Translation of the I Ching as Interpreted by Wang Bi.* New York: Columbia University Press c1994.

Sun, Xiaochun and Kistemaker, Jacob. *The Chinese Sky during the Han: Constellating Stars and Society.* New York: E.J. Brill, 1997.

Tom, K. S. *Echoes from Old China: Life, Legends, and Lore of the Middle Kingdom.* Honolulu: University of Hawaii Press, c1989.

Van Over, Raymond ed. *I ching (based on the translation by James Legge).* New York: New American Library, c1971.

Wu, Fusheng. *Written at Imperial Command: Panegyric Poetry in Early Medieval China.* Albany: State University of New York Press, c2008.

Yu, Leqi. *Painting Architecture:* Jiehua *in Yuan China, 1271-1368.* Hong Kong: Hong Kong University Press, 2022.

中文期刊論文及專書論文

方誠峰，〈御筆、御筆手詔與北宋徽宗朝的統治方式〉，《漢學研究》第 31 卷第 3 期（2013 年），頁 31-67。

王一丹，〈巴達赫尚的紅寶石〉，收錄於榮新江、朱玉麒主編，《絲綢之路新探索：考古、文獻與學術史》，南京：鳳凰出版社，2019 年，頁 143-157。

王忠閣、葉盈君，〈《元風雅》考辨〉，《洛陽師範學院學報》，總第 29 卷第 3 期（2010 年），頁 89-92。

王頲，〈元代回紇畫家高彥敬史事考辨〉，《中國文化研究所學報》第 48 期，2008 年，頁 147-162。

王耀庭，〈明昌七璽及其周邊〉，《故宮學術季刊》第 34 卷第 3 期，2017 年，頁 1-43。

平田昌司，〈「中原雅音」與宋元明江南儒學——「土中」觀念、文化正統意識對中國正音理論的影響〉，載耿振生編，《近代官話語音研究》，北京：語文出版社，2006 年，頁 51-74。

平田昌司，〈音起八代之衰——復古詩論與元明清古音學〉，《中華文史論叢》，總第 85 期（2007 年），頁 181-201。

平田昌司，〈回望中原夕靄時——失陷汴洛後的「雅音」想像〉，《中國文學學報》第 2 期（北京大學中文系、香港中文大學中文系），2011 年，頁 165-175。

田浩（Hoyt C. Tillman），〈因「亂」而致的心理創傷：漢族士人對蒙古入侵回應之研究〉，《臺大文史哲學報》第 58 期，2003 年，頁 71-93。

田曉菲著，何維剛、雷之波譯，〈南朝宮廷詩歌裡的王權再現與帝國想像〉，《中國文哲研究通訊》第三十卷第一期（2020 年 3 月），頁 141-182。

石守謙，〈元文宗的宮廷藝術與北宋典範的再生〉，《中國文化研究所學報》第 65 期，2017 年 7 月，頁 97-117。

亦鄰真著，白薩茹拉翻譯，〈元代漢字譯寫蒙古語音的慣例〉，《蒙古學訊息》2004 年第 1 期，頁 23-31。
江湄，〈獨身任一代文獻之寄——元代傑出史家蘇天爵〉，《文史知識》，1995 年第 5 期，頁 85-89。
衣若芬，〈題畫文學研究概述〉，《中國文哲研究通訊》第十卷第一期，2000 年，頁 215-252。
余輝，〈宋元龍舟題材繪畫研究——尋找張擇端《西湖爭標圖》卷〉，《故宮博物院院刊》2017 年第 2 期・總第 190 期，頁 6-36。
李如鈞，〈予奪在上——宋徽宗朝的違御筆責罰〉，《臺大歷史學報》第 60 期（2017 年 12 月），頁 119-158。
李淑華，〈元代史學領域的「華夷」、「正統」觀念〉，《蘭州大學學報》，2004 年第 6 期，頁 19-24。
李嘉瑜，〈《交州藁》中的安南書寫〉，《漢學研究》，第 34 卷第 4 期，2016 年 2 月，頁 63-97。
李嘉瑜，〈宮城與廢墟的對視——元代文學中的大安閣書寫〉，《文與哲》第二十一期，2012 年 12 月，頁 245-284。
李嘉瑜，〈記憶之城・虛構之城——《灤京雜詠》中的上京空間書寫〉，《文與哲》第十九期，2011 年 12 月，頁 261-290。
李嘉瑜，〈傅若金使越詩中的傜亂書寫〉，載胡曉真、廖肇亨主編，《遺忘與凝望：另一種文學書寫的再詮釋》，臺北：中央研究院中國文哲研究所，2022 年，頁 259-284。
杜正勝，〈什麼是新社會史〉，《新史學》第 3 卷第 4 期（1992 年），頁 95-116。
杜愛瑛，〈元代儒學教授虞集詩詞曲用韻考〉，《南昌大學學報》總第 30 卷第 4 期（1999 年），頁 96-100。
汪桂海，〈元刻總集提要〉，《文獻》季刊「中華再造善本提要選刊」，2007 年 10 月第 4 期，頁 11-22。
屈文軍，〈論元代中書省的本質〉，《西北民族研究》2003 年第 3 期（總第 38 期），頁 27-40。
屈寧，〈蘇天爵與元代史學〉，《史學集刊》，第 3 期（2011 年），頁 60-67。
林巖，〈宋季元初科舉存廢的文學史意義：以詩歌為中心之考察〉，《中國文化研究所學報》，總第 61 期（2015 年），頁 131-156。
邱江寧，〈《奎章政要》真偽及虞、揭關係辨〉，《南京師大學報》（社會科學版），2013 年第 1 期，頁 128-135。
邱江寧，〈元代上京紀行詩論〉，《文學評論》2011 年第 2 期，頁 135-143。

邱軼皓，〈大德二年（1298）伊利汗國遣使元朝考：法合魯丁・阿合馬・惕必的出使及其背景〉，《中央研究院歷史語言研究所集刊》第八十七本，第一分（民國一零五年三月），頁 67-124。

邱軼皓，〈見諸波斯史料的一場元代宮廷政變——以《瓦薩甫史》《完者都史》為中心的考察〉，北京大學伊朗文化研究所編：《伊朗學在中國》第五輯，上海：中西書局，2021 年 12 月，頁 219-236。

侯美珍，〈元代科舉三場考試偏重之探論〉，《國文學報》第 63 期，2018 年，頁 171-201。

姚大力，〈怎樣看待蒙古帝國與元代中國的關係〉，載張志強主編，《重新講述蒙元史》，北京：生活・讀書・新知三聯書店，2016 年，頁 20-29。

姜一涵，〈元內府之書畫收藏・上〉，《故宮季刊》14.2，1979 年，頁 25-54。

姜一涵，〈元內府之書畫收藏・下〉，《故宮季刊》14.3，1980 年，頁 1-38。

柏華、李春明，〈中國古代重要公文書——詔敕和奏章〉，《檔案學通訊》，1992 年第 4 期，頁 46-48。

柳存仁，〈元代蒙古人漢化問題及其漢化之程度〉，《新亞學報》第 15 卷（1986 年），頁 113-200。

范家偉，〈元代三皇廟與宋金元醫學發展〉，《漢學研究》第 34 卷第 3 期，2016 年，頁 53-87。

凌頌榮，〈踵金宋餘習：蘇天爵《元文類》中的詩歌史開端探論〉，《人文中國學報》第三十四期（2022 年 6 月），頁 193-223。

奚如谷，〈第七章：金末至明初文學（約 1230-約 1375）〉，孫康宜、宇文所安主編，《劍橋中國文學史（上卷 1375 年之前）》，北京：生活・讀書・新知三聯書店，2013 年，頁 605-694。

孫克寬，〈元儒蘇天爵學行述評〉，《東海學報》，第 6 卷第 1 期（1964 年），頁 55-66。

孫海橋，〈《全元詩》補遺 80 首〉，《古籍整理研究學刊》2015 年 5 月第 3 期，頁 46-53。

宮崎市定著，童嶺譯，〈從元朝統治下的蒙古職官看蒙漢關係——再論元朝恢復科舉的意義〉，載宮崎市定著，張學鋒、尤東進、馬雲超、童嶺、楊洪俊、張紫毫譯，《中國的歷史思想——宮崎市定論中國史》，上海：上海古籍出版社，2018 年，頁 210-243。

烏雲畢力格，〈明清蒙古史家的元朝認識〉，載張志強主編，《重新講述蒙元史》，北京：生活・讀書・新知三聯書店，2016 年，頁 116-127。

馬曉林，〈蒙漢文化交會之下的元朝郊祀〉，載平田茂樹，余蔚主編，《史料與場域：

遼宋金元史的文獻拓展與空間體驗》，上海：上海人民出版社，2020 年，頁 424-439。

馬曉林，〈張珪墓志銘文本流傳研究——兼論《元史·張珪傳》的史源〉，《中國典籍與文化》，總第 79 期（2011 年第 4 期），頁 28-33。

張中復，〈從「蕃客」到「回族」：泉州地區穆斯林族群意識變遷的歷史省察〉，載洪麗完主編，《國家與原住民：亞太地區族群歷史研究》，臺北：中央研究院臺灣史研究所，2009 年，頁 283-326。

張民權，〈元代古音學考論〉，《陝西師範大學學報》總第 32 期（2003 年），頁 68-72。

張帆，〈元代經筵述論〉，《元史論叢》第 5 輯，北京：中華書局，1993 年，頁 136-159。

張佳，〈元代的夷夏觀念潛流〉，《中央研究院歷史語言研究所集刊》第九十二本，第一分，2021 年 3 月，頁 91-150。

許正弘，〈元仁宗生日及其干支問題〉，《元代文獻與文化研究》，第 3 輯（2015 年 3 月），頁 143-152。

許正弘，〈元太禧宗禋院官署建置考論〉，《清華學報》新 42 卷第 3 期（2012 年），頁 443-487。

許正弘，〈元答己太后政治集團與仁英二朝政局〉，《臺大歷史學報》第 66 期（2020 年 12 月），頁 1-44。

許正弘，〈元答己太后與漢文化〉，《中國文化研究所學報》第 53 期，2011 年，頁 89-108。

許正弘，〈從開創帝業到三宮協和：元仁宗朝前答己太后的政治活動〉，《成大歷史學報》，第六十二號（2022 年 6 月），頁 1-33。

許正弘，〈闊闊真太后與元成宗朝政治——兼論太后位下徽政院的建立〉，《臺灣師大歷史學報》第 66 期（2021 年），頁 45-83。

郭聲波，〈《大元混一方輿勝覽》作者及版本考〉，載紀宗安、湯開建主編《暨南史學》第二輯，廣州：暨南大學出版社，2003 年 12 月，頁 184-194。

陳元鋒，〈北宋館職詞臣的宴賞賦詠活動〉，《山東師範大學學報》2003 年第 3 期，頁 57-61。

陳元鋒，〈論北宋詩歌的館閣氣象〉，《東嶽論叢》2005 年第 3 期，頁 105-110。

陳佳榮，〈現存最詳盡、準確的元朝疆理總圖——清浚《廣輪疆理圖》略析〉，《海交史研究》2009 年第 2 期，頁 1-24。

陳得芝，〈元代多元文化社會的言語文字二題〉，載方鐵、鄒建達主編，《中國蒙元史學術研討會暨方齡貴教授九十華誕慶祝會文集》，北京：民族出版社，2009 年，

頁 50-58。

陳得芝，〈從「銷金鍋兒」到民族熔爐——元代杭州與蒙古色目人文化的演變〉，載李治安、宋濤主編，《馬可波羅游歷過的城市：元代杭州研究文集》，杭州：杭州出版社，2012 年，頁 20-33。

陳得芝，〈從元代江南文化看民族融合與中華文明的多樣性〉，《北方民族大學學報（哲學社會科學版）》，2010 年第 5 期，頁 5-13。

陳漢文，〈《元詩百一鈔》與乾嘉詩壇的元詩接受——兼論此本在《五朝詩別裁集》的定位問題〉，《清華學報》（新竹：國立清華大學出版社）第 49 卷第 3 期（2019 年），頁 465-504。

陳漢文，〈文化傳承與江南情結——顧嗣立《元詩選》詩人小傳探析〉，《漢學研究》第 35 卷第 4 期（2017 年），頁 197-235。

陳漢文，〈論宋白（936-1012）〈宮詞〉百首的字詞運用及其文學意義〉，《數位典藏與數位人文》第七期（04.2021），臺灣數位人文學會主辦、項潔主編，Ainosco Press 出版，頁 1-36。

陳廣宏，〈元明之際宗唐詩風傳播的一個側面——以『二藍』師法淵源為中心〉，《中華文史論叢》總第八十二輯，2006 年（2），頁 281-305。

陳廣宏，〈明初閩詩派與臺閣文學〉，《文學遺產》2007 年第五期，頁 63-76。

陳韻如，〈「界畫」在宋元時期的轉折：以王振鵬的界畫為例〉，《國立臺灣大學美術史研究集刊》，第 26 期（2009 年），頁 135-192。

陳韻如，〈記憶的圖像：王振鵬龍舟圖研究〉，《故宮學術季刊》，20 卷 2 期（2002 年 12 月），頁 129-164。

陳麗華，〈元王應祚墓誌銘考釋〉，《福建文博》2016 年第 1 期，頁 15-20。

陳麗華，〈元代泉州《重建清源純陽洞記》人物新考〉，《福建文博》2022 年第 2 期，頁 2-10。

陳麗華，〈家荷帝恩：元代孫勝夫家族在泉州事蹟考〉，《福建文博》2018 年第 3 期，頁 37-44。

陳麗華，〈元代鎮戍泉州的萬戶府及其職官探析〉，《閩南師範大學學報（哲學社會科學版）》2018 年第 2 期，頁 91-99。

都劉平，〈《全元詩》輯補 25 首〉，《古籍整理研究學刊》2016 年 11 月第 6 期，頁 14-17。

都劉平，〈元散曲家趙世安事迹鉤沉〉，《元史及民族與邊疆研究集刊》第三十七輯，2019 年 01 期，頁 50-59。

傅申，〈女藏家皇姊大長公主——元代皇室書畫收藏史略（一）〉，《故宮季刊》13.1，1978 年，頁 25-51。

傅申，〈元文宗與奎章閣——元代皇室書畫收藏史略（二）〉，《故宮季刊》13.2，1978年，頁1-24。

馮恩學，〈北宋熙春閣與元上都大安閣形制考〉，吉林大學邊疆考古研究中心編：《邊疆考古研究》第七輯，2008年，頁292-302。

馮勝利，〈駢文韻律與超時空語法——以《蕪城賦》為例〉，載蔡宗齊主編：《嶺南學報》復刊第五輯「聲音與意義：中國古典詩文新探」，上海：上海古籍出版社，2016年，頁189-219。

楊訥，〈泰定帝與南坡之變〉，載田餘慶主編，《慶祝鄧廣銘教授九十華誕論文集》，石家莊：河北教育出版社，1997年，頁97-102。

葉新民，〈兩都巡幸制與上都的宮廷生活〉，《元史論叢》第4輯，1992年，頁148-159。

廖可斌，〈論臺閣體〉，《中華文史論叢》第46輯，上海：上海古籍出版社，1990年，頁149-183。

劉元珠，〈虞集《道園類稿》在元史研究上的價值〉，《食貨月刊》第16卷第11，12期（1988年），頁460-469。

劉迎勝，〈元代回回珠寶與江南士人及其新價值觀〉，北京大學伊朗文化研究所編：《伊朗學在中國》第五輯，上海：中西書局，2021年，頁157-166。

劉嫱嫱，〈元文宗御書御賜研究——以〈永懷〉與〈奎章閣記〉為例〉，《故宮學術季刊》第40卷第1期（2022年），頁63-102。

劉曉，〈『南坡之變』芻議——從『武仁授受』談起〉，中國元史研究會編：《元史論叢》第12輯，呼和浩特：內蒙古教育出版社，2010年，頁47-66。

劉曉，〈元代公文起首語初探——兼論《全元文》所收順帝詔書等相關問題〉，《文史》2007年第3輯・總第80輯，頁171-182。

蔡春娟，〈元代的蒙古字學〉，《中國史研究》，2004年第2期，頁103-122。

鄧富華，〈《全元詩》補考〉，《古籍整理研究學刊》2016年1月第1期，頁45-50。

鄧富華，〈《全元詩》補遺〉，《古籍整理研究學刊》2014年11月第6期，頁38-41。

鄭毓瑜，〈詮釋的界域——從《詩大序》再探『抒情傳統』的建構〉，《中國文哲研究集刊》第23期，2003年，頁1-32。

盧慧紋，〈元初北方士大夫的書畫活動與鑑藏：以王惲（1227-1304）《秋澗先生大全集》為中心的幾點考察〉，《故宮學術季刊》第三十八卷第二期（2020年），頁47-82。

盧慧紋，〈康里巎巎（1295-1345）行草書分期與風格溯源：再思元代非漢族書家的「漢化」問題〉，《故宮學術季刊》第三十二卷第一期（2014年），頁47-126。

蕭功秦，〈英宗新政與南坡之變〉，《元史論叢》第2輯，北京：中華書局，1983年，

頁 145-156。

蕭啟慶，〈元代科舉特色新論〉，《中央研究院歷史語言研究所集刊》第八十一本，第一分，2010 年，頁 1-36。

蕭啟慶，〈蘇天爵和他的元朝名臣事略〉，《大陸雜誌》，第 22 卷第 5 期（1961 年），頁 143-146。

鍾曉峰，〈煙艇詩想：陸游漁隱詩書寫探析〉，《臺大中文學報》第七十七期，2022 年 6 月，頁 1-50。

魏亦樂，〈《國朝文類》元明刻本新探〉，《文史》2023 年第 2 輯・總第 143 期，頁 125-148。

魏亦樂，〈《國朝文類》元明諸板本雜考〉，《元史論叢》第十四輯，2013 年 12 月，頁 327-340。

魏崇新，〈臺閣體作家的創作風格及其成因〉，《復旦學報》1999 年第二期，頁 46-51。

魏崇新，〈論臺閣體〉，載周勛初，錢中文，葉子銘主編：《文學評論叢刊》第 1 卷第 1 期，南京：江蘇文藝出版社，1997 年，頁 68-89。

櫻井智美，〈禮部韻略與元代科舉〉，《元史論叢》第 9 輯，2004 年，頁 109-117。

日文期刊論文及專書論文

井手誠之輔，〈見心来復編集『澹游集』編目一覽（附、見心来復略年譜）〉，《美術研究》第 367 号、第 373 号，東京：東京文化財研究所出版，2000 年 3 月，頁 207-229。

吉川幸次郎，〈元の諸帝の文学〉，載《吉川幸次郎全集》第 15 冊（1969 年），東京：筑摩書房，1968-1975 年，頁 232-313。

吉川幸次郎，〈元の諸帝の文学（三）：元史叢説の一〉，《東洋史研究》8（5-6），1944-03-15，頁 305-317。

植松正，〈元代条画考（七）〉，《香川大学教育学部研究報告》第一部第五十一号（1981 年 1 月），頁 39-76。

植松正，〈元代条画考（八）〉，《香川大学教育学部研究報告》第一部第五十八号（1983 年 3 月），頁 1-18。

竹越孝，〈『至元譯語』漢語語彙索引〉，古代文字資料館発行《KOTONOHA》第 46 号，2006 年 9 月，頁 8-23。

竹越孝，〈『至元譯語』校異〉，古代文字資料館発行《KOTONOHA》第 43 号，2006 年 6 月，頁碼缺，http://www.for.aichi-pu.ac.jp/museum/pdf/takekoshi43.pdf。

英文期刊論文及專書論文

Bol, Peter. "Seeking Common Ground: Han Literati under Jurchen Rule," *Harvard Journal of Asiatic Studies* Vol. 47, No. 2 (Dec., 1987): 461-538.

Chan, Hon-man. "The Concept of *yazheng* (Orthodox Correctness) in the Chinese Poetic Tradition with Special Reference to Yuan Period Criticism of Poetry," *Monumenta Serica: Journal of Oriental Studies* vol. 62 (2014): 55-109.

Chou, Shan. "Allusion and Periphrasis as Modes of Poetry in Du Fu's Eight Laments," *Harvard Journal of Asiatic Studies* 45.1 (1985): 77-128.

Chow, Fong. "A Dragon-Boat Regatta," *The Metropolitan Museum of Art Bulletin*, Vol. 26 no. 9 (May 1968): 389-398.

Cleaves, Francis Woodman. "The "Fifteen 'Palace Poems'" by Ko Chiu-ssu," *Harvard Journal of Asiatic Studies*, vol. 20 no. 3/4 (Dec. 1957): 391-479.

Egan, Ronald. "The Emperor and the Ink Plum: Tracing a Lost Connection between Literati and Huizong's Court," in *Rhetoric and the Discourses of Power in Court Culture: China, Europe, and Japan*, edited by David R. Knechtges and Eugene Vance, 117-148. Seattle: University of Washington Press, c2005.

Franke, Herbert. "Could the Mongol Emperors Read and Write Chinese?," in his *China under Mongol Rule*, V. 28-41. Brookfield, Vt.: Variorum, 1994.

Franke, Herbert. "Kuo-ch'ao wen-lei 國朝文類," in *The Indiana Companion to Traditional Chinese Literature*, Second revised edition, William H. Nienhauser JR. et al., 522-524. Southern Materials Center, INC, Taipei, 1986.

Hargett, James M. "Huizong's Magic Marchmount: The *Genyue* Pleasure Park of Kaifeng," *Monumenta Serica: Journal of Oriental Studies* Volume 38 (1988 - Issue 1): 1-48.

Hearn, Maxwell K. "Painting and Calligraphy under the Mongols," in *The World of Khubilai Khan: Chinese Art in the Yuan Dynasty*, edited by James C. Y. Watt, 181-240. New York: Metropolitan Museum of Art; New Haven and London: Yale University Press, 2010.

Hsiao, Chi-ching. "Mid-Yuan Politics," in *The Cambridge History of China. Vol. 6: Alien Regimes and Border States 907-1368*, edited by Herbert Franke and Denis Twitchett, 490-560. Cambridge: Cambridge University Press, 1994.

Jay, Jennifer W. "Memoirs and Official Accounts: The Historiography of the Song Loyalists," *Harvard Journal of Asiatic Studies* vol. 50 no. 2 (1990): 589-612.

Langlois, John D. Jr. "Law, Statecraft, and The Spring and Autumn Annals in Yuan Political Thought," in *Yuan Thought: Chinese Thought and Religion Under the Mongols,* edited by Hok-lam Chan and Wm. Theodore de Bary, 89-152. New York: Columbia University Press, 1982.

Langlois, John D. Jr. "Yu Chi and His Mongol Sovereign: The Scholar as Apologist," *The Journal of Asian Studies* vol. 38, No. 1 (Nov., 1978): 99-116.

Lynn, Richard John. "Tradition and the Individual: Ming and Ching Views of Yuan Poetry," in *Studies in Chinese Poetry and Poetics* vol. 1, edited by Ronald C. Miao, 321-375. San Francisco: Chinese Materials Center, INC. 1978.

Masuya, Tomoko. "Seasonal Capitals with Permanent Buildings in the Mongol Empire," in *Turko-Mongol Rulers, Cities and City Life*, edited by David Durand-Guedy, 223-256. Leiden: Brill, 2013.

McMullen, David. "Recollection without Tranquility: Du Fu, the Imperial Gardens and the State," *Asia Major* 3rd. ser. vol. 14, part 2 (2001): 189-251.

Pocock, John Greville Agard. "Ritual, Language, Power: An Essay on the Apparent Political Meanings of Ancient Chinese Philosophy," in his *Politics, Language and Time: Essays on Political Thought and History*, 42-79. London: Methuen, 1973, c.1972.

Soffel, Christian. "Publishing Strategies in the Early Fourteenth Century: Yuan Jue's Preface to Wang Yinglin's *Kunxue jiwen*," *Journal of Song-Yuan Studies* No. 35 (2005): 59-77.

Sun KeKuan, "Yu Chi and Southern Taoism during the Yuan Period," in *China under Mongol Rule,* translated and edited by John D. Langlois, 212-253. Princeton: Princeton University Press, 1981.

Tian, Xiaofei. "Representing Kingship and Imagining Empire in Southern Dynasties Court Poetry," *T'oung Pao* 102-1-3 (2016): 18-73.

Weitz, Ankeney. "Art and Politics at the Mongol Court of China: Tugh Temur's Collection of Chinese Paintings," *Artibus Asiae* vol. LXIV no. 2 (2004): 243-279.

Wu, K.T. "Chinese Printing under Four Alien Dynasties," *Harvard Journal of Asiatic Studies* 13.3-4 (1950): 447-523.

Yu, Pauline. "Poems for the Emperor: Imperial Tastes in the Early Ninth Century," in *Rhetoric and the Discourses of Power in Court Culture: China, Europe, and Japan*, edited by David R. Knechtges and Eugene Vance, 73-93. Seattle: University of Washington Press, c2005.

三、網絡電子資源

《維摩詰所說經》，取自「財團法人佛教電子佛典基金會」CBETA 電子版 https://cbetao

nline.dila.edu.tw/zh/（2023/08/21 瀏覽）。

臺灣中央研究院數位文化中心「數位人文研究平台」https://dh.ascdc.sinica.edu.tw/member/index.html

臺灣國立故宮博物院藏「宋黃庭堅自書松風閣詩　卷」書法（故書 00006900000），https://digitalarchive.npm.gov.tw/Painting/Content?pid=43&Dept=P（2023/08/21 瀏覽）。

臺灣國立故宮博物院藏「元王振鵬龍池競渡圖　卷」（故畫 00101300000），https://digitalarchive.npm.gov.tw/Painting/Content?pid=1129&Dept=P（2023/08/12 瀏覽）。

美國大都會博物館藏王振鵬（至大元年（1308）二月）「奉仁宗皇帝潛邸聖旨，臨金馬雲卿畫〈維摩不二圖〉草本」https://www.metmuseum.org/art/collection/search/40513（2023/08/21 瀏覽）。

廖宜方，「中國中古地方祠祀中人物信仰的性格與發展」研究計畫（臺灣科技部，計畫編號 MOST105-2420-H001-009-MY3）http://www3.ihp.sinica.edu.tw/dhrctw/index.php/latest/89-2018-09-16-09-31-10，見計劃公開檔案（三）Markus 標註分類表（2023/03/13 瀏覽）。

DocuSky 軟件系統，國立臺灣大學數位人文研究中心、資訊工程學系數位典藏與自動推論實驗室規劃，項潔教授主持，杜協昌博士設計開發。http://www.digital.ntu.edu.tw/。

Harvard University, Academia Sinica, and Peking University, *China Biographical Database* (March 08, 2023), https://projects.iq.harvard.edu/cbdb.

後　記

　　撰寫本書之時，我得到眾多師長幫助。首先應當感謝張宏生教授。回想最初開展教研行政工作，張老師從旁給予指導和鼓勵，使我可以安心的把事情做妥，又對我的學術事業發展予以最大的扶持，而本書的出版，同時編入「中國人文新知叢書」系列，就是得到他的支持和提攜，謹申謝忱。

　　我要向吳淑鈿教授敬申謝意。在她的指導下，我的學士和碩士論文探索唐宋詩歌與詩學世界，她開拓了我根植於詩歌文獻的細讀、從中西文論探索文本結構、剖析詩人詩心的關懷視野。老師厚重的人文關懷，處事的正直無私，以及對中文系學生的愛護，永遠是我的楷模。

　　同時要向盧慶濱（Andrew Lo）教授誌謝。他引領我進入元明清的文人文化研究。撰寫博士論文時，每隔一周我都會到老師的研究室報告閱讀進度，其實只是不成熟的看法，但老師總會耐心聆聽，然後指引我參考另一些書籍，彌補我的不足。老師治學謹嚴，視野廣闊，一直是我的學習對象。

　　還要感謝傅熊（Bernhard Fuehrer）教授。老師為學篤實，使我無敢懈怠。曾經連續三個學期，每周從他的研究室借來一個厚實的檔案盒，內裡全是他蒐集的漢學文獻史料，我們幾位學生，每周需要閱讀一整個檔案盒內的史料、呈交一篇短題習作和一篇書評作為課堂討論，切磋鑽研，是我們學術境界上的一次飛躍。我也要向王次澄教授誌謝，當我還在猶豫是否應當以元代詩文為研究課題時，她給予溫柔和堅定的支持。

　　我同樣得感謝平田昌司教授。在京都留學期間，他給予我各方面的關懷和照顧，細讀他的雅音研究，使我對元代雅音與文學的關係有更為深入的認識；川合康三教授斧正我的兩篇元詩文稿，其中一篇有關選本的討論，他提醒要注意蒙元文化的宮廷與帝王角色，這個觀點一直延伸至本書的學術關懷

中。

　　此外，特別感謝陳永明教授的教導、關懷和鼓勵。他為中文系學生爭取豐厚的教學和研究資源，提供最優良的學術環境予我們成長。老師身教言教，銘記在心。

　　撰作本書期間，研究助理廖譓恩為我處理大量元詩文獻，與我一起討論和製作數位人文圖表，後來加入計畫的陳惠儀、賴潤泉，為我查找文獻來源，整理和分類原始資料，感謝他們的費心和付出。感謝浸會大學人文中國研究所的王新童，為我聯絡出版事宜。蒙兩位匿名審查人及臺灣學生書局編輯部的建議，糾正本書的疏漏，在此一併感謝。

　　本書部分章節，曾發表在以下學術期刊上：

〈蒙漢並置與傳承創新——論元代宮廷文化及其詩的特色〉，《國際漢學研究通訊》（榮新江、劉玉才主編，北京大學出版社、北京大學國際漢學家研修基地）第 21 輯（2020 年 06 月；出版日期：2021 年 2 月），頁 106-128。（本書第一章、第三章的部分內容）

〈元代文人對本朝詩的體認〉，《中國韻文學刊》第 31 卷第 4 期（2017 年 10 月），頁 16-23。（本書第二章）

〈南坡之變與元代中期宮廷文人的心靈書寫〉，《中國韻文學刊》第 34 卷第 4 期（2020 年 10 月），頁 38-48。（本書第七章）

〈蘇天爵的《元文類》與元代中後期的大都文壇〉，《人文中國學報》第 21 期（2015 年），頁 287-323。（本書第九章）

蒙各位期刊主編俞允，同意本書轉載上述論文，謹此誌謝。各篇論文收入本書時，已修訂和增補內容。

　　本書為香港研究資助局「傑出青年學者計劃」（Early Career Scheme）的研究成果（編號：HKBU 22602918）。感謝研資局的支持，本研究才得以順利完成。

陳漢文
2024 年夏

國家圖書館出版品預行編目資料

元代宮廷與詩壇研究

陳漢文著. – 初版. – 臺北市:臺灣學生,2024.09
面;公分

ISBN 978-957-15-1945-6 (平裝)

1. 詩評 2. 元代

821.85　　　　　　　　　　　　　113008411

元代宮廷與詩壇研究

著　作　者	陳漢文
出　版　者	臺灣學生書局有限公司
發　行　人	楊雲龍
發　行　所	臺灣學生書局有限公司
地　　　址	臺北市和平東路一段 75 巷 11 號
劃 撥 帳 號	00024668
電　　　話	(02)23928185
傳　　　眞	(02)23928105
E - m a i l	student.book@msa.hinet.net
網　　　址	www.studentbook.com.tw
登記證字號	行政院新聞局局版北市業字第玖捌壹號
定　　　價	新臺幣五○○元
出 版 日 期	二○二四年九月初版
I S B N	978-957-15-1945-6

82121　　　　　　　有著作權・侵害必究